E L JAMES
Darker

E L James

DARKER

Fifty Shades of Grey
Gefährliche Liebe
von Christian selbst erzählt

Roman

Deutsch von
Andrea Brandl, Karin Dufner,
Sonja Hauser, Christine Heinzius
und Ulrike Laszlo

GOLDMANN

Die Originalausgabe erschien 2017 unter dem Titel
»Darker: Fifty Shades Darker as Told by Christian« bei Arrow Books,
The Random House Group Limited, London, und Vintage Books,
a division of Penguin Random House LLC, New York.

Sollte diese Publikation Links auf Webseiten Dritter enthalten,
so übernehmen wir für deren Inhalte keine Haftung,
da wir uns diese nicht zu eigen machen, sondern lediglich auf
deren Stand zum Zeitpunkt der Erstveröffentlichung verweisen.

Dieses Buch ist auch als E-Book erhältlich.

Verlagsgruppe Random House FSC® N001967

1. Auflage
Deutsche Erstausgabe Dezember 2017
Copyright © der Originalausgabe 2011, 2017 by Fifty Shades Ltd.
Copyright © der deutschsprachigen Ausgabe 2017
by Wilhelm Goldmann Verlag, München,
in der Verlagsgruppe Random House GmbH,
Neumarkter Str. 28, 81673 München
Gestaltung des Umschlags und der Umschlaginnenseiten: UNO Werbeagentur,
München, unter Verwendung eines Designs von Sqicedragon und Megan Wilson
Umschlagfoto: U1 © Peter Djordjevic/Penguin Random House, U4 © Shutterstock
Redaktion: Regina Carstensen
BH · Herstellung: kw
Satz: Uhl + Massopust, Aalen
Druck und Bindung: GGP Media GmbH, Pößneck
Printed in Germany
ISBN: 978-3-442-48793-6
www.goldmann-verlag.de

Besuchen Sie den Goldmann Verlag im Netz:

Für meine Leserinnen und Leser.
Danke für eure Unterstützung.
Dieses Buch ist für euch.

DONNERSTAG, 9. JUNI 2011

Ich sitze und warte. Das Herz klopft mir bis zum Hals. Es ist 17:36 Uhr, und ich schaue in der Zurückgezogenheit meines Audi auf die Tür des Gebäudes, in dem sie arbeitet. Ich weiß, ich bin zu früh dran, aber auf diesen Augenblick habe ich mich schon den ganzen Tag gefreut.
Gleich sehe ich sie.
Unruhig rutsche ich auf dem Rücksitz meines Wagens herum, Vorfreude und Angst schnüren mir den Magen zu und liegen schwer auf meiner Brust. Taylor blickt, gelassen wie immer, vom Fahrersitz aus schweigend geradeaus, während ich kaum Luft bekomme. Das ärgert mich.
Verdammt. Wo steckt sie?
Sie ist drinnen – in dem heruntergekommenen Verlagsgebäude von Seattle Independent Publishing, das etwas zurückgesetzt an einem breiten, offenen Gehsteig steht. Der Firmenname ist lieblos ins Glas geätzt und die Milchglasfolie auf dem Fenster löst sich an manchen Stellen ab. Hinter diesen verschlossenen Türen könnte sich gut und gern eine Versicherung oder Steuerkanzlei befinden; sie präsentieren ihre Waren nicht im Schaufenster. Das werde ich ändern, sobald ich hier das Sagen habe. SIP gehört mir. Fast. Den Vorvertrag habe ich bereits unterzeichnet.

Taylor räuspert sich und sieht mich im Rückspiegel an. »Ich warte draußen, Sir«, sagt er zu meiner Überraschung und steigt aus, bevor ich ihn daran hindern kann.

Möglicherweise spürt er meine Anspannung stärker, als ich dachte. Ist sie mir so deutlich anzusehen? Vielleicht ist *er* ja unruhig. Aber warum? Immerhin musste er in der vergangenen Woche meine ständig wechselnden Launen ertragen, und ich weiß, dass es mit mir nicht leicht war.

Doch heute war alles anders. So voller Hoffnung. Es ist mein erster produktiver Tag, seit sie mich verlassen hat. So fühlt es sich zumindest an. Mein Optimismus hat mich meine Termine mit Schwung absolvieren lassen. Noch zehn Stunden. Neun. Acht. Sieben... Meine Geduld wurde auf eine harte Probe gestellt, während die Sekunden bis zu meiner Wiedervereinigung mit Miss Anastasia Steele herunterticken.

Aber jetzt, da ich allein hier sitze und warte, verflüchtigen sich Entschlossenheit und Zuversicht, die mich tagsüber begleitet haben.

Vielleicht hat sie es sich anders überlegt.

Wird es überhaupt eine Wiedervereinigung? Oder bin ich nur das Taxi nach Portland?

Wieder schaue ich auf die Uhr.

17:38.

Scheiße. Warum vergeht die Zeit so langsam?

Ich spiele mit dem Gedanken, ihr eine E-Mail zu schicken, ihr mitzuteilen, dass ich draußen warte, aber als ich nach meinem Handy greife, merke ich, dass ich den Blick nicht von der Tür wenden kann. Also lehne ich mich zurück und rufe mir ihre letzten Mails in Erinnerung. Ich kenne sie auswendig; sie sind alle freundlich und sachlich, ohne jeden Hinweis darauf, dass ich ihr fehle.

Möglicherweise bin ich tatsächlich nur das Taxi.

Ich schiebe den Gedanken beiseite, starre weiter die Tür an und versuche, Ana mit Willenskraft dazu zu bringen, dass sie auftaucht.

Anastasia Steele, ich warte.

Da geht die Tür auf, und mein Herz hebt sich in schwindelerregende Höhen, stürzt aber gleich wieder ab. Was für eine Enttäuschung! Es ist nicht sie.

Verdammt.

Sie hat mich immer warten lassen. Jedes Mal eine freudlose Angelegenheit: bei Clayton's, nach dem Fotoshooting im Heathman und sogar, als ich ihr Erstausgaben von Thomas Hardy geschickt habe.

Tess...

Ob sie sie noch hat? Sie wollte sie mir zurückgeben; sie wollte sie einer wohltätigen Organisation überlassen.

Ich will nichts, das mich an dich erinnert.

Anas Bild hat sich in mein Hirn eingebrannt: ihr trauriges, aschfahles Gesicht, verletzt und verwirrt. Die Erinnerung ist mir nicht willkommen. Sie schmerzt.

Ich bin schuld, dass es ihr so schlecht geht. Ich bin zu weit gegangen, zu schnell. Und das bedauere ich. Seit sie mich verlassen hat, ist die Verzweiflung mein ständiger Begleiter. Ich schließe die Augen, versuche, meine Mitte zu finden, werde aber nur mit meiner tiefsten, dunkelsten Angst konfrontiert: Sie hat einen anderen kennengelernt. Sie teilt ihr kleines weißes Bett und ihren wunderbaren Körper mit einem beschissenen Fremden.

Verdammt. Grey. Bleib positiv.

Vergiss es. Noch ist nicht alles verloren. Du wirst sie bald sehen. Du bist vorbereitet. Du wirst sie zurückgewinnen. Während ich die Augen aufmache, starre ich die Tür durch die dunkel getönten Scheiben meines Audi an. Die Fenster spiegeln meine Stimmung wider. Weitere Leute verlassen das Gebäude, Ana ist nicht dabei.

Wo steckt sie?

Taylor geht draußen auf und ab und schaut zur Tür hinüber. Er wirkt genauso nervös, wie ich mich fühle. *Was zum Teufel ist los mit ihm?*

17:43. Sie muss jeden Moment herauskommen. Ich hole tief Luft, zupfe an meinen Manschetten. Als ich meine Krawatte kontrollieren will, stelle ich fest, dass ich keine trage. *O Mann.* Während ich mir mit der Hand durch die Haare fahre, bemühe ich mich, meine Zweifel beiseitezuschieben, aber sie lassen mir keine Ruhe. *Bin ich nur ihr Taxi? Habe ich ihr gefehlt? Will sie mich überhaupt zurückhaben? Ist da ein anderer?* Ich habe keine Ahnung. Das ist schlimmer als das Warten damals in der Marble Bar vom

Heathman. Die Situation ist nicht ohne Ironie. Ich hatte gedacht, das sei der wichtigste Deal, den ich je mit ihr aushandeln würde. Doch es hatte sich nicht wie erwartet entwickelt. Mit Miss Anastasia Steele entwickelt sich nie etwas so, wie ich es erwarte. Ich spüre nun, wie blanke Panik aufkommt. Heute werde ich einen noch viel wichtigeren Deal aushandeln müssen.

Ich will sie zurück.

Sie hat gesagt, sie liebt mich …

Mein Puls beschleunigt sich, Adrenalin durchströmt meinen Körper.

Nein. Nein. Denk nicht daran. Sie kann mir keine solchen Gefühle entgegenbringen.

Beruhige dich, Grey. Konzentrier dich.

Ich sehe noch einmal zum Eingang von Seattle Independent Publishing hinüber, und da ist sie. Sie kommt auf mich zu.

Fuck.

Ana.

Bei ihrem Anblick schnappe ich nach Luft, als hätte mir jemand einen Tritt in den Solarplexus verpasst. Unter einem schwarzen Blazer trägt sie eines meiner Lieblingskleider, das lilafarbene, dazu schwarze hochhackige Schuhe. Ihr Haar, das die frühabendliche Sonne erglänzen lässt, schwingt beim Gehen. Doch nicht ihr Outfit oder ihre Frisur ziehen meine Aufmerksamkeit auf sich. Ihr Gesicht ist blass, fast durchsichtig. Unter ihren Augen sind dunkle Ringe, und sie ist schmaler geworden.

Schmaler.

Ich werde von Schmerz und Schuldgefühlen gepackt.

O Mann.

Auch sie hat gelitten.

Meine Sorge schlägt in Verärgerung um.

Nein. In Zorn.

Sie hat nichts gegessen. In den vergangenen Tagen hat sie fünf, möglicherweise sogar sechs Pfund verloren. Sie wendet sich irgendeinem Typen zu, der sich mit einem breiten Lächeln bedankt. Gut aussehender Kerl, ziemlich eingebildet. Arschloch. Ihre freundlichen Blicke machen mich noch wütender. Er sieht ihr mit unverhohlener Bewunderung nach, als sie zu meinem Wagen geht. Mit jedem ihrer Schritte spüre ich, wie Rachegelüste in mir aufsteigen.

Taylor öffnet ihr die Tür und hält ihr die Hand hin, um ihr beim Einsteigen zu helfen. Endlich sitzt sie neben mir.

»Wann hast du das letzte Mal etwas gegessen?« Ich bin kaum in der Lage, mich zu beherrschen. Ihre blauen Augen schauen mich an, ziehen mich nackt aus. Ich bin wieder so hilflos wie bei unserer ersten Begegnung.

»Hallo, Christian. Mich freut's auch, dich wiederzusehen«, sagt sie.

Wie bitte?

»Ich habe jetzt keine Lust auf deine spitze Zunge. Antworte mir.«

Sie blickt auf ihre Hände in ihrem Schoß und liefert mir dann eine fadenscheinige Ausrede. Von wegen, sie habe eben einen Joghurt und eine Banane gegessen.

Das ist doch kein richtiges Essen!

Ich bemühe mich nach Kräften, meine Wut zu zügeln.

»Und die letzte richtige Mahlzeit?«, hake ich nach. Doch sie ignoriert meine Frage und schaut wortlos aus dem Fenster. Als Taylor losfährt, winkt Ana dem Arschloch zu, das ihr aus dem Gebäude gefolgt ist.

»Wer ist das?«

»Mein Chef.«

Das also ist Jack Hyde. Ich erinnere mich an die Personalakte, die ich heute Morgen durchgegangen bin: stammt aus Detroit, Princeton-Stipendium, hat sich in einem New Yorker Verlag hochgearbeitet, ist alle paar Jahre weitergezogen, durchs ganze Land. Seine Assistentinnen behält er nie länger als drei Monate. Ich habe ein Auge auf ihn. Welch wird mehr über ihn herausfinden.

Konzentrier dich auf das, was jetzt ansteht, Grey.

»Und? Deine letzte Mahlzeit?«

»Christian, das geht dich wirklich nichts an«, flüstert sie.

»Alles, was mit dir zu tun hat, geht mich etwas an. Antworte mir.« Schreib mich nicht ab, Anastasia. Bitte.

Ich bin also tatsächlich nur das Taxi.

Sie stöhnt frustriert auf und verdreht die Augen, nur um mich zu ärgern. Da sehe ich es – das kleine Lächeln, das ihre Mundwinkel umspielt. Sie strengt sich an, nicht zu lachen. Nicht über mich zu lachen. Nach all meinem Kummer ist das so erfrischend, dass mein Zorn nachlässt. Typisch Ana. Ich ertappe mich dabei, wie ich sie nachmache, wie ich versuche, mein Lächeln zu kaschieren.

»Und?«, frage ich in sanfterem Tonfall.

»Pasta alle vongole, vergangenen Freitag«, antwortet sie mit gedämpfter Stimme.

Herrgott, sie hat seit unserer letzten gemeinsamen Mahlzeit nichts mehr gegessen! Am liebsten würde ich sie hier und jetzt übers Knie legen, auf dem Rücksitz des SUV – aber ich weiß, dass ich sie nie wieder so anfassen darf.

Was soll ich bloß mit ihr machen?

Sie mustert ihre Hände. Ihr Gesicht wirkt noch blasser und trauriger als zuvor. Ich kann den Blick nicht von ihr wenden, ertrinke in ihr. Dabei möchte ich mir darüber klar werden, was ich tun soll. Ein Gefühl steigt in mir hoch, eins, das ich nicht will, denn es droht, mich zu überwältigen. Ich verdränge es, schenke ihm keine Beachtung, stattdessen schaue ich sie weiter an. Da wird mir bewusst, dass meine Angst unbegründet ist. Sie hat sich nicht betrunken und dann jemand anderen kennengelernt. So wie sie aussieht, hat sie allein in ihrem Bett gelegen und sich die Seele aus dem Leib geheult. Der Gedanke ist tröstlich und betrüblich zugleich. Ich bin schuld an ihrem Leid.

Ich.

Ich bin das Monster, das ihr das angetan hat. Wie soll ich sie je zurückgewinnen?

»Aha«, murmle ich und bemühe mich weiter, meine Gefühle

in den Griff zu bekommen. »Du siehst aus, als hättest du mindestens fünf Pfund abgenommen. Du musst etwas essen, Anastasia.« Ich bin hilflos. Was soll ich dieser wunderbaren jungen Frau noch sagen, damit sie etwas isst?

Sie blickt mich nicht an. Das gibt mir Zeit, ihr Profil zu betrachten. Sie ist genauso elfenhaft hübsch, wie ich sie in Erinnerung hatte. Ich würde so gern die Hand ausstrecken und ihre Wange streicheln. Ihre weiche Haut spüren... mich vergewissern, dass sie real ist. Ich wende mich ihr zu. Mich juckt es in den Fingern, sie zu berühren.

»Wie geht es dir?«, frage ich, weil ich ihre Stimme hören möchte.

»Gut wäre gelogen.«

Verdammt. Ich habe mich nicht getäuscht. Sie hat gelitten – und ich bin schuld daran. Doch ihre Worte geben mir ein wenig Hoffnung. Vielleicht habe ich ihr gefehlt. Vielleicht? Ich klammere mich verzweifelt an diesen Gedanken.

»Ja, geht mir auch so«, gestehe ich und greife nach ihrer Hand, weil ich es nicht mehr aushalte, sie nicht zu berühren. Ihre Finger fühlen sich klein und eiskalt an.

»Christian, ich...« Sie verstummt, doch sie entzieht mir ihre Hand nicht.

»Ana, bitte. Wir müssen reden.«

»Christian, ich... bitte... ich habe viel geweint«, flüstert sie. Ihre Worte und wie sie gegen ihre Tränen ankämpft, versetzen mir einen Stich ins Herz, von dem nicht mehr viel übrig ist.

»O Baby, das sollst du nicht.« Ich ziehe sie zu mir heran, und bevor sie protestieren kann, hebe ich sie auf meinen Schoß und schlinge die Arme um sie.

Gott, wie gut sich das anfühlt!

»Du hast mir so gefehlt, Anastasia.« Sie ist zu leicht, zu zerbrechlich. Am liebsten würde ich laut aufschreien, aber stattdessen vergrabe ich die Nase in ihren Haaren, überwältigt von ihrem berauschenden Ana-Duft. Er erinnert mich an glücklichere Zeiten:

an einen Obstgarten im Herbst. An Lachen zu Hause. An leuchtende Augen, in denen der Schalk sitzt ... und an Begehren. Meine süße, süße Ana.

Sie gehört mir.

Anfangs ist sie starr und abweisend, doch schon bald entspannt sie sich und legt den Kopf an meine Schulter. Mit geschlossenen Augen küsse ich ihre Haare. Und bin erleichtert, denn noch immer hat sie sich nicht meiner Umarmung entzogen. Wie ich mich nach dieser Frau gesehnt habe! Aber ich muss behutsam sein. Ich genieße es, sie in meinen Armen zu halten, diesen einfachen Moment der Ruhe.

Doch das Glück ist nicht von Dauer – Taylor erreicht den Hubschrauberlandeplatz in der Stadtmitte von Seattle in Rekordzeit.

»Komm.« Widerwillig hebe ich sie von meinem Schoß. »Wir sind da.«

Sie sieht mich erstaunt an.

»Der Hubschrauberlandeplatz – oben auf dem Dach«, erkläre ich. Wie hatte sie sich denn vorgestellt, nach Portland zu kommen? Mit dem Auto würde die Fahrt mindestens drei Stunden dauern. Taylor öffnet ihr die Tür, und ich steige auf meiner Seite aus.

»Ich sollte Ihnen Ihr Taschentuch zurückgeben«, sagt sie mit einem schüchternen Lächeln zu Taylor.

»Behalten Sie's, Miss Steele. Mit meinen besten Wünschen.«

Was zum Teufel läuft da zwischen den beiden?

»Um neun?«, mische ich mich ein, nicht nur, um ihn daran zu erinnern, wann er uns in Portland abholen soll, sondern auch, um ihn daran zu hindern, dass er weiter mit Ana redet.

»Ja, Sir«, antwortet er mit ruhiger Stimme.

Genau. Das Mädchen gehört mir. Taschentücher sind meine Sache. Nicht seine.

Bilder, wie sie sich übergab, wie ich ihr die Haare aus dem Gesicht hielt, gehen mir durch den Kopf. Damals habe ich ihr mein Taschentuch gegeben. Und später in jener Nacht habe ich sie neben mir im Schlaf beobachtet.

Hör auf damit. Sofort. Grey.

Ich nehme ihre Hand – sie fühlt sich nach wie vor kühl an – und führe sie in das Gebäude. Als wir den Aufzug erreichen, muss ich an unsere Begegnung im Heathman denken. An den ersten Kuss.

Ja. Der erste Kuss.

Bei dem Gedanken regt sich etwas.

Die Türen öffnen sich, lenken mich ab. Ich lasse Ana widerstrebend los, um sie in den Lift zu schieben.

Der Aufzug ist klein, wir berühren uns nicht mehr. Trotzdem spüre ich sie.

Alles an ihr.

Ganz. Hier.

Jetzt.

Scheiße. Ich schlucke.

Liegt es daran, dass sie so nahe ist? Ihre dunkler werdenden Augen sehen mich an.

O Ana.

Ihre Nähe ist erregend. Sie saugt scharf den Atem ein, senkt den Blick.

»Ich spüre es auch«, flüstere ich, greife wieder nach ihrer Hand und streichle ihre Fingerknöchel mit meinem Daumen. Sie hebt den Blick. In ihren tiefblauen Augen erkenne ich Begierde.

Fuck. Ich will sie.

Sie kaut an ihrer Lippe.

»Bitte kau nicht auf deiner Lippe, Anastasia.« Meine Stimme ist leise, voller Sehnsucht. Wird es mit ihr immer so sein? Ich möchte sie küssen, sie gegen die Wand des Aufzugs drücken wie bei unserem ersten Kuss. Ich will sie ficken, hier, und sie wieder zu der meinen machen. Sie blinzelt. Ihr Mund ist leicht geöffnet. Ich unterdrücke ein Stöhnen. Wie macht sie das? Wie bringt sie mich mit einem einzigen Blick aus der Fassung? Ich muss immer alles unter Kontrolle haben – und nun fange ich fast zu geifern an, bloß weil sie an ihrer Lippe nagt.

»Du weißt, was dann passiert.« Ich würde dich gern in diesem Lift nehmen, Baby, aber ich glaube nicht, dass du das zulässt.

Als die Türen sich öffnen und kalte Luft hereinströmt, kehre ich in die Realität zurück. Wir sind auf dem Dach, und obwohl der Tag warm war, weht nun ein frischer Wind. Anastasia zittert. Ich lege den Arm um sie, und sie schmiegt sich an mich. Sie fühlt sich schmal an, zu schmal, doch ihre zierliche Figur passt genau in meinen Arm.

Wir passen so gut zusammen, Ana.

Wir bewegen uns in Richtung Hubschrauberlandeplatz, zu *Charlie Tango*. Die Rotorblätter drehen sich langsam, der Helikopter ist bereit zum Start. Stephan, mein Pilot, eilt geduckt zu uns. Wir geben uns die Hand, dabei lasse ich Anastasia nicht los.

»Startklar, Sir!«, brüllt er mir zu, um das Hubschraubergeräusch zu übertönen.

»Alle Checks erledigt?«

»Ja, Sir.«

»Sie holen ihn gegen halb neun ab?«

»Ja, Sir.«

»Taylor wartet unten auf Sie.«

»Danke, Mr. Grey. Ich wünsche einen sicheren Flug nach Portland. Ma'am.« Er salutiert und nickt Anastasia zu und macht sich auf den Weg zum Aufzug. Wir laufen jetzt selbst geduckt unter den Rotorblättern hindurch, dann öffne ich die Tür und helfe ihr an Bord.

Als ich ihren Sicherheitsgurt festzurre, schnappt sie nach Luft. Das Geräusch fährt mir geradewegs in meine Leisten.

Ich ziehe den Gurt an und versuche, die Reaktion meines Körpers auf sie auszublenden.

»Das sollte genügen, um dich an den Sitz zu fesseln.« Der Gedanke geht mir durch den Kopf, wobei ich schließlich realisiere, dass ich ihn auch laut geäußert habe. »Das Geschirr gefällt mir wirklich sehr gut an dir. Lass die Finger von den Instrumenten.«

Ein tiefes Rot überzieht ihr Gesicht. Endlich bekommt sie

Farbe – und ich kann nicht widerstehen. Mein Zeigefinger gleitet ihre Wange entlang, zeichnet die Röte nach.

Gott, wie ich diese Frau begehre!

Ihre Miene ist mürrisch. Ich weiß, das liegt daran, dass sie sich nicht bewegen kann. Ich reiche ihr den Kopfhörer, nehme meinen Platz ein und lege den Sicherheitsgurt an.

Anschließend führe ich die Vorflugkontrollen durch. Alles in Ordnung. Ich setze den Kopfhörer auf, schalte die Funkgeräte ein, überprüfe die Rotorgeschwindigkeit.

Als ich mich Ana zuwende, mustert sie mich eingehend. »Bereit, Baby?«

»Ja.«

Vor Aufregung macht sie große Augen. Als ich die Luftverkehrskontrolle anfunke, kann ich mir ein triumphierendes Grinsen nicht verkneifen.

Sobald ich die Starterlaubnis habe, führe ich die letzten Checks durch. Wieder alles in Ordnung. *Charlie Tango* erhebt sich elegant in die Lüfte.

Wie ich das liebe!

Je höher wir hinaufsteigen, desto sicherer fühle ich mich. Ich sehe Miss Steele neben mir an.

Zeit, sie zu beeindrucken.

Showtime, Grey.

»Letztes Mal sind wir in die Morgendämmerung geflogen, Anastasia, jetzt fliegen wir in die Abenddämmerung.« Mein Grinsen wird mit einem scheuen Lächeln belohnt, das ihr Gesicht erstrahlen lässt. Bei ihrem Anblick keimt Hoffnung in mir auf. Ich habe sie hier, bei mir, obwohl ich schon alles verloren glaubte. Ihr scheint es zu gefallen, und sie wirkt glücklicher als vorhin, als sie aus dem Gebäude von SIP trat. Vielleicht bin ich nur das Taxi, aber ich werde mich bemühen, jede Minute dieses Flugs mit ihr zu genießen.

Dr. Flynn wäre stolz auf mich.

Ich lebe ganz im Moment. Und ich bin optimistisch.

Ich schaffe das. Ich kann sie zurückgewinnen.

Erste zaghafte Schritte, Grey. Nichts übereilen.

»Und die Abendsonne. Diesmal gibt's mehr zu sehen«, sage ich, um die Stille zu unterbrechen. »Das Escala ist dort. Da drüben siehst du Boeing und da hinten die Space Needle.«

Sie reckt den schlanken Hals. »Da war ich noch nie.«

»Wir gehen mal zum Essen hin.«

»Christian, wir haben uns getrennt«, protestiert sie.

Das will ich natürlich nicht hören. Ich bemühe mich, ruhig zu bleiben. »Ich weiß. Trotzdem kann ich dich zum Essen einladen.« Ich schaue sie vielsagend an, und sie errötet auf höchst attraktive Weise.

»Es ist sehr, sehr schön hier oben, danke.« Sie wechselt das Thema.

»Beeindruckend, nicht?« Ich kann mich nicht sattsehen an diesem Ausblick.

»Ich finde dich beeindruckend.« Ihr Kompliment überrascht mich.

»Schmeicheleien von Ihnen, Miss Steele? Ich bin ein Mann mit vielen Fähigkeiten.«

»Das weiß ich, Mr. Grey«, erwidert sie schroff, und mir ist klar, worauf sie anspielt. Ich verkneife mir eine spöttische Bemerkung. Genau das hat mir gefehlt: ihre Impertinenz, die mich immer wieder entwaffnet.

Sorg dafür, dass sie weiterredet, Grey.

»Wie läuft's im neuen Job?«

»Gut, danke.«

»Und dein Chef?«

»Ach, der ist ganz okay.« Enthusiastisch klingt das nicht gerade. Ein Anflug von Besorgnis kommt in mir auf. Hat Jack Hyde versucht, sich an sie heranzumachen?

»Was ist los?« Ich will es wissen – hat das Arschloch sie angemacht? Falls ja, feuere ich ihn auf der Stelle.

»Abgesehen von den bekannten Problemen? Nichts.«

»Die bekannten Probleme?«

»Christian, manchmal bist du wirklich verdammt schwer von Begriff.« Sie sieht mich mit einer Mischung aus Belustigung und Verachtung an.

»Schwer von Begriff? Ich? Vergreifen Sie sich da nicht ein wenig im Ton, Miss Steele?«

»Meinen Sie?«, entgegnet sie, sichtlich zufrieden mit sich. Ich muss grinsen. Mir gefällt es, dass sie sich über mich lustig macht. Mit einem einzigen Blick oder Lächeln kann sie mir das Gefühl geben, sechzig Zentimeter oder auch drei Meter groß zu sein – das ist erfrischend und ganz anders als alles, was ich kenne.

»Deine spitze Zunge hat mir gefehlt, Anastasia.« Ein Bild von ihr, sie auf den Knien vor mir, kommt mir in den Sinn. Ich werde unruhig auf meinem Sitz.

Scheiße. Herrgott, konzentrier dich, Grey.

Sie wendet den Kopf ab, um ihr Lächeln zu verbergen, und sieht hinunter auf die Vororte, während ich den Kurs überprüfe – alles gut. Wir sind weiter unterwegs nach Portland.

Sie schweigt. Hin und wieder schaue ich zu ihr hinüber. Sie wirkt neugierig und erstaunt, als sie die Landschaft unter uns und den opalfarbenen Himmel betrachtet. Ihre weichen Wangen schimmern im Abendlicht. Ihrer Blässe und den dunklen Ringen unter ihren Augen zum Trotz – Beweise für das Leid, das ich ihr zugefügt habe – sieht sie atemberaubend aus. Wie habe ich es nur zulassen können, dass sie aus meinem Leben verschwindet? Was habe ich mir dabei gedacht?

Während wir hoch über den Wolken dahinschweben, wächst mein Optimismus und das Chaos der vergangenen Wochen tritt in den Hintergrund. Allmählich fange ich an, mich zu entspannen und verspüre eine Gelassenheit, die ich seit der Trennung von ihr nicht mehr gekannt habe.

Doch als wir uns unserem Ziel nähern, beginnt meine Zuversicht zu bröckeln. Ich bete zu Gott, dass mein Plan funktioniert. Ich muss sie an einen Ort bringen, an dem wir allein sind. Vielleicht mit ihr essen gehen. Verdammt. Ich hätte irgendwo einen Tisch bestellen sollen.

Sie muss etwas essen. Wenn ich es schaffe, sie zu überreden, mit mir in ein Restaurant zu gehen, muss ich nur noch die richtigen Worte finden. Die letzten Tage haben mir gezeigt, dass ich jemanden brauche – ich brauche sie. Ich will sie, aber will sie mich ebenfalls? Kann ich sie davon überzeugen, dass sie mir eine zweite Chance gibt?

Das wird die Zeit zeigen, Grey – immer mit der Ruhe. Vergraul sie nicht wieder.

Fünfzehn Minuten später landen wir auf Portlands einzigem Hubschrauberlandeplatz. Als ich *Charlie Tango* aufsetze und den Motor ausschalte, kehrt die Unsicherheit zurück, die ich wahrnehme, seit ich beschlossen habe, sie zurückzugewinnen. Ich muss ihr sagen, was ich empfinde, und das wird schwierig – weil ich meine Gefühle für sie nicht begreife. Ich weiß, dass sie mir gefehlt hat, dass es mir ohne sie schlecht ging und dass ich bereit bin, eine Beziehung auf ihre Art zu versuchen. Doch wird ihr das genügen? Wird es mir genügen?

Auch das wird die Zeit zeigen, Grey.

Ich öffne meinen Sicherheitsgurt und beuge mich anschließend zu ihr hinüber, um ihren zu lösen. Dabei steigt mir ihr wunderbarer Duft in die Nase. Sie riecht so gut. Immer. Ana sieht mich verstohlen an, als würden ihr unanständige Gedanken durch den Kopf gehen. Wie üblich würde ich gern erfahren, was sie denkt.

»Hatten Sie einen guten Flug, Miss Steele?«, frage ich, ohne ihren Blick weiter zu beachten.

»Ja, danke, Mr. Grey.«

»Dann lass uns runtergehen, die Fotos von dem Jungen anschauen.« Ich öffne die Tür und springe hinaus, während Ana ihre Tür aufmacht. Ich halte ihr meine Hand hin.

Joe, der Verwalter des Hubschrauberlandeplatzes, erwartet uns schon. Er ist ein Urgestein: ein Veteran aus dem Koreakrieg, jedoch fit wie ein Fünfzigjähriger. Seinen wachen Augen entgeht nichts. Sie leuchten, als er mich mit einem schiefen Grinsen begrüßt.

»Halten Sie den Helikopter für Stephan bereit. Er kommt zwischen acht und neun.«

»Wird gemacht, Mr. Grey. Ma'am. Ihr Wagen wartet unten, Sir. Ach, und der Lift ist kaputt. Sie müssen leider die Treppe nehmen.«

»Danke, Joe.«

Auf dem Weg zur Treppe registriere ich Anastasias hohe Absätze, und mir fällt ihr wenig damenhafter Sturz in meinem Büro ein.

»Zum Glück sind's nur drei Stockwerke.« Ich verberge mein Lächeln.

»Gefallen dir die Schuhe nicht?«, fragt sie und schaut auf ihre Füße. Mit einem wohligen Schauer stelle ich mir vor, wie sie sie um meinen Nacken schlingt.

»Doch, sogar sehr, Anastasia.« Ich hoffe, dass mein Gesichtsausdruck meine Gedanken nicht verrät. »Komm, aber langsam. Ich möchte nicht riskieren, dass du hinfällst und dir den Hals brichst.«

Ich lege den Arm um ihre Taille, dankbar dafür, dass der Aufzug kaputt ist – das verschafft mir einen Grund, sie zu halten. Ich ziehe sie näher zu mir, und so steigen wir die Treppe hinunter.

Im Wagen, auf dem Weg zur Galerie, verstärkt sich meine Angst. Schließlich wollen wir zur Vernissage ihres sogenannten Freundes. Des Mannes, der das letzte Mal, als ich ihn gesehen habe, versucht hat, ihr die Zunge in den Hals zu schieben. Vielleicht haben sie in den vergangenen Tagen miteinander geredet. Vielleicht ist dies ein Rendezvous, auf das sich die beiden freuen.

Fuck. Das hatte ich nicht bedacht. Ich hoffe, dass es darum nicht geht.

»José ist wirklich nur ein Freund«, erklärt Ana.

Wie bitte? Sie kann meine Gedanken lesen? Ist das so deutlich? Seit wann?

Seit sie mir meine Rüstung geraubt hat. Seit ich gemerkt habe, dass ich sie brauche.

Als sie mich anschaut, flattern Schmetterlinge in meinem Bauch. »Diese wunderschönen Augen wirken viel zu groß in deinem Gesicht, Anastasia. Bitte versprich mir, dass du mehr isst.«

»Ja, Christian, das werde ich«, antwortet sie, ein wenig genervt.

»Es ist mein Ernst.«

»Tatsächlich?« Nun klingt sie sarkastisch, und ich muss mich bremsen.

Fuck.

Es ist Zeit, mich ihr zu offenbaren.

»Ich will mich nicht mit dir streiten, Anastasia. Ich möchte dich zurück, und zwar gesund und munter.« Schockiert blickt sie mich an.

»Aber es ist alles beim Alten.« Sie runzelt die Stirn.

O nein, Ana – in mir hat ein Erdbeben stattgefunden. Wir erreichen die Galerie. Mir bleibt keine Zeit mehr, ihr vor der Ausstellung alles zu erklären.

»Lass uns auf dem Rückweg darüber reden. Wir sind da.«

Bevor sie etwas entgegnen kann, steige ich aus dem Wagen, laufe auf ihre Seite und öffne die Tür. Sie wirkt wütend.

»Warum tust du das?«, herrscht sie mich an.

»Was?« *Fuck – was soll das jetzt?*

»Warum sagst du so etwas. Und verstummst dann?«

Ist es das – bist du deswegen wütend?

»Anastasia, wir sind da. Wo du hinwolltest. Lass uns hineingehen und hinterher weiterreden. Ich habe keine Lust, das hier auf der Straße zu diskutieren.«

Sie presst ihre Lippen zusammen. »Okay«, sagt sie widerwillig.

Ich nehme ihre Hand, eile in die Galerie, und sie stolpert hinter mir her.

Der Raum in einem dieser umgestalteten Lagerhäuser, die momentan so in sind, wirkt mit seinen Holzfußböden und Ziegelwänden sehr hell und luftig. Portlands Kenner trinken billigen

Wein und unterhalten sich mit gedämpfter Stimme, während sie die Exponate bewundern.

Eine junge Frau begrüßt uns. »Herzlich willkommen bei der Vernissage von José Rodriguez.« Sie mustert mich.

Du siehst nur die Oberfläche, Schätzchen. Such dir lieber einen anderen.

Sie wirkt nervös, scheint sich aber zu fangen, als ihr Blick auf Anastasia fällt. »Ach, Sie sind das, Ana. Wir sind schon gespannt auf Ihre Meinung.« Sie reicht ihr eine Broschüre und deutet in Richtung der improvisierten Bar. Ana runzelt die Stirn. Über ihrer Nasenwurzel bildet sich das kleine V, das ich so sehr liebe. Gern würde ich es küssen wie früher.

»Kennst du sie?«, frage ich. Sie schüttelt den Kopf, und ihre Stirn legt sich noch stärker in Falten. Ich zucke mit den Achseln. *Tja, das ist Portland.* »Was möchtest du trinken?«

»Ein Glas Weißwein, bitte.«

Als ich mich der Bar nähere, höre ich jemanden freudig »Ana!« rufen.

Und als ich mich umdrehe, sehe ich, dass dieser Junge die Arme um meine Ana gelegt hat.

Zur Hölle mit ihm.

Ich kann nicht hören, was sie sagen, aber Ana macht die Augen zu, und einen kurzen Moment fürchte ich, sie könnte in Tränen ausbrechen. Doch sie reißt sich zusammen. Er tritt einen Schritt zurück und mustert sie.

Ja, sie hat abgenommen, und ich bin schuld.

Ich kämpfe gegen mein schlechtes Gewissen an, obwohl sie ihn sichtbar beruhigt. Er ist total auf sie fixiert. Viel zu sehr. Wut steigt in mir hoch. Sie behauptet, er sei nur ein Freund, aber er sieht das anders. Er will mehr.

Zieh Leine, Kumpel, sie gehört mir.

»Toll, die Fotos, was?« Ein junger Typ mit Halbglatze und grellem Hemd spricht mich an.

»Ich habe mich noch nicht umgeschaut«, erwidere ich und

wende mich dem Mann an der Bar zu. »Ist das alles, was Sie haben?«, frage ich und deute auf die Weinflaschen.

»Ja. Rot oder weiß?«, erkundigt er sich ziemlich desinteressiert.

»Zwei Gläser Weißwein«, brumme ich.

»Sie werden beeindruckt sein. Rodriguez ist ein Superfotograf«, meint der nervige Typ mit dem nervigen Hemd. Ich versuche ihn zu ignorieren und beobachte Ana. Sie sieht mich mit großen, leuchtenden Augen an. Mein Puls beschleunigt sich, ich kann den Blick nicht abwenden. Sie ist wunderschön, sticht aus der Menge heraus. Ihre Haare, die ihr bis zur Brust reichen, ihr Gesicht ein Rahmen aus dichten Locken. Ihr Kleid, das lockerer sitzt als bei unserem letzten Treffen, betont nach wie vor ihre Kurven. Trägt sie es absichtlich, weil sie weiß, dass es mein Lieblingsoutfit ist? Heißes Kleid, heiße Schuhe...

Fuck, reiß dich am Riemen, Grey.

Rodriguez fragt Ana etwas, weswegen sie den Blickkontakt mit mir unterbrechen muss. Ich spüre, dass sie das nur ungern tut, und das freut mich. Aber der Bursche hat strahlend weiße Zähne, breite Schultern und trägt einen schicken Anzug. Ein richtiges Sahneschnittchen, das muss ich ihm lassen. Sie kommentiert eine Bemerkung von ihm mit einem Nicken und schenkt ihm ein freundliches, gelöstes Lächeln.

Mich soll sie auch so anlächeln! Er küsst sie auf die Wange. *Mistkerl.*

Ich sehe den Mann an der Bar finster an.

Nun mach schon. Der unfähige Trottel braucht ewig, um den Wein einzuschenken.

Endlich ist er fertig. Ich nehme die Gläser, zeige dem nervigen jungen Typ neben mir, der gerade über einen weiteren Fotografen oder irgendeinen anderen Quatsch schwadroniert, die kalte Schulter und eile zu Ana zurück.

Immerhin hat Rodriguez sich inzwischen vom Acker gemacht. Sie betrachtet gedankenverloren eines seiner Landschaftsfotos von einem See. Es ist gar nicht so schlecht, finde ich. Als ich ihr ein Glas reiche, wendet sie sich mir zögernd zu. Ich nehme einen Schluck Wein. Igitt, was für ein grässliches Gesöff, ein lauwarmer Chardonnay, bei dem man das Eichenfass viel zu stark schmeckt.

»Entspricht er deinen Erwartungen?«, erkundigt sie sich belustigt. Ich habe keine Ahnung, was sie meint – den Raum, den Künstler? »Der Wein«, erklärt sie.

»Nein. Aber das ist bei solchen Anlässen nur selten der Fall.« Ich wechsle das Thema. »Der Junge hat Talent, findest du nicht?«

»Glaubst du, ich hätte ihn sonst gebeten, Porträts von dir zu machen?« Dass sie stolz auf seine Arbeit ist, ärgert mich. Sie bewundert ihn und freut sich über seinen Erfolg, weil sie ihn mag. Zu sehr. Ein hässliches Gefühl steigt in mir hoch. Eifersucht, eine ungewohnte Empfindung, stellt sich bei mir ein – und das gefällt mir nicht.

»Mr. Grey?« Ein Typ, der aussieht wie ein Penner, reißt mich aus meinen düsteren Gedanken, indem er mir eine Kamera vor die Nase hält. »Darf ich Sie ablichten, Sir?«

Scheißpaparazzi. Am liebsten würde ich ihm sagen, dass er sich verpissen soll, aber ich beschließe, höflich zu sein. Ich will ja nicht, dass Sam, mein Faktotum für die Öffentlichkeitsarbeit, sich mit einer Beschwerde der Presse herumschlagen muss.

»Gern.« Ich ziehe Ana näher zu mir heran. Alle sollen wissen, dass sie mir gehört – wenn sie mich will.

Nicht vorgreifen, Grey.

Der Typ macht ein paar Bilder von uns. »Danke, Mr. Grey.« Immerhin weiß er es zu würdigen, dass ich ihm das Fotografieren erlaubt habe. »Miss …?«, fragt er Ana.

»Steele«, antwortet sie schüchtern.

»Danke, Miss Steele.« Er verschwindet, und Anastasia löst sich aus meiner Umarmung. Ich balle enttäuscht die Fäuste.

Sie sieht mich an. »Ich habe im Internet nach Bildern von dir in Begleitung gesucht und keine gefunden. Deshalb hat Kate wohl gedacht, du wärst schwul.«

»Das erklärt deine dreiste Frage.« Ich muss grinsen, als ich mich an ihre Unbeholfenheit bei unserer ersten Begegnung und an ihre ungeschickten Fragen erinnere. *Sind Sie schwul, Mr. Grey?* Und an meine Verärgerung.

Wie lange das her ist! Ich schüttle den Kopf. »Nein, ich bin nie in Begleitung, Anastasia, nur mit dir. Aber das weißt du ja.«

Und das wäre ich gern noch viel öfter.

»Dann hast du deine ...«, sie senkt die Stimme und blickt über die Schulter, um sicher zu sein, dass niemand sie hört, »... Subs niemals ausgeführt?«

»Manchmal war ich mit ihnen unterwegs, jedoch nie offiziell. Beim Shoppen.« Solche gelegentlichen Ausflüge dienten der Ablenkung oder auch als Belohnung für gutes Sub-Betragen. Die einzige Frau, mit der ich mehr teilen möchte, ist Ana. »Nur mit dir, Anastasia«, flüstere ich. Ich muss herausfinden, was sie von meinem Vorschlag hält und was sie empfindet, ob sie mich zurückhaben will.

Doch dafür sind in der Galerie zu viele Menschen. Anas Wangen erröten auf diese köstliche Weise, die ich so sehr liebe, und sie senkt den Blick auf ihre Hände. Hoffentlich weil ihr das, was ich sage, gefällt, aber sicher kann ich mir da nicht sein. Wir müssen weg hier, ich muss mit ihr allein sein, ernsthaft mit ihr reden und etwas mit ihr essen. Je schneller wir uns die Fotos des Jungen ansehen, desto schneller können wir gehen.

»Dein Freund scheint eher auf Landschaften als auf Porträts spezialisiert zu sein. Lass uns seine Bilder anschauen.« Ich strecke ihr die Hand hin, und zu meiner Freude ergreift sie sie.

Wir schlendern durch die Räume der Galerie, halten kurz vor jeder Aufnahme. Obwohl ich den Jungen nicht leiden kann und die Gefühle hasse, die er in Ana weckt, muss ich zugeben, dass er Talent hat. Wir biegen um eine Ecke – und bleiben wie angewurzelt stehen.

Sie. Sieben riesige Porträts von Anastasia Steele. Darauf ist sie atemberaubend schön, natürlich und entspannt. Sie lacht, schaut finster, macht einen Schmollmund, wirkt nachdenklich, belustigt oder wehmütig. Beim Betrachten der Fotos wird mir noch klarer, dass er gern mehr wäre als nur ein Freund. »Ich scheine nicht der Einzige zu sein«, murmle ich. Die Bilder sind seine Huldigung an sie – seine Liebeserklärung –, und sie hängen ganz offen an den Wänden der Galerie. Jedes x-beliebige Arschloch kann sich daran sattsehen.

Ana starrt sie verblüfft an; sie ist genauso überrascht wie ich. Diese Fotos wird niemand anders bekommen. Die will ich. Hoffentlich sind sie verkäuflich.

»Entschuldige mich einen Augenblick.« Ich marschiere Richtung Empfang.

»Wie kann ich Ihnen helfen?«, erkundigt sich die Frau, die uns am Eingang begrüßt hat.

Ohne auf ihren aufreizenden Augenaufschlag und das laszive Lächeln ihrer zu roten Lippen zu achten, frage ich: »Die sieben Porträts im hinteren Teil, kann man die kaufen?«

Ihre offensichtliche Enttäuschung verwandelt sich in ein breites Lächeln. »Die Anastasia-Serie? Die ist fantastisch.«

Ist ja auch ein fantastisches Modell.

»Natürlich kann man sie kaufen. Ich sage Ihnen gleich, was die Bilder kosten«, meint sie.

»Ich will sie alle.« Ich zücke meine Brieftasche.

»Alle?«, wiederholt sie überrascht.

»Ja.« *Die Frau nervt.*

»Die ganze Serie kostet vierzehntausend Dollar.«

»Die Fotos sollen mir so schnell wie möglich geliefert werden.«

»Aber sie müssen doch bis zum Ende der Ausstellung hier hängen bleiben«, jammert sie.

Keine Chance.

Ich schenke ihr mein bestes Tausend-Watt-Lächeln, und sie sagt nervös: »Na ja, da lässt sich bestimmt etwas machen.« Dann zieht sie meine Kreditkarte ungeschickt durch die Maschine.

Als ich zu Ana zurückkehre, redet ein blonder Typ mit ihr. »Die Bilder sind super«, bemerkt er. Ich lege besitzergreifend eine Hand auf Anas Ellbogen und bedeute ihm mit einem finsteren Blick, dass er verschwinden soll. »Glückspilz«, brummt der Blondschopf und weicht einen Schritt zurück.

»Er hat recht«, raune ich Ana zu und ziehe sie weg.

»Hast du eins der Fotos gekauft?« Ana nickt in Richtung der Porträts.

»Eins?« Ich schnaube verächtlich. *Eins? Ist das dein Ernst?*

»Mehr als eins?«

»Alle, Anastasia.« Ich weiß, das klingt herablassend, doch die Vorstellung, dass jemand anders diese Bilder besitzen und sich daran erfreuen könnte, ertrage ich nicht. Sie macht erstaunt den Mund auf. Ich versuche, mich nicht davon ablenken zu lassen. »Ich will nicht, dass irgendein Fremder dich bei sich zu Hause nach Herzenslust angaffen kann.«

»Das darfst also nur du?«, kontert sie.

Ihr Tadel belustigt mich. »Offen gestanden, ja.«

»Perversling«, flüstert sie und beißt sich auf die Unterlippe, vermutlich, um ein Lachen zu unterdrücken.

Herr im Himmel, sie provoziert mich, sie ist witzig und hat recht.

»Dem habe ich nichts entgegenzusetzen, Anastasia.«

»Ich würde mich gern weiter mit dir über dieses Thema unterhalten, aber leider habe ich eine Verschwiegenheitsvereinbarung unterschrieben.« Mit einem hochmütigen Blick wendet sie sich wieder den Fotos zu.

Nicht zum ersten Mal macht sie sich über mich und meinen Lebensstil lustig. Gott, wie gern ich sie sofort in die Schranken weisen würde – ich stelle mir sie auf Knien vor und flüstere ihr ins Ohr: »Was ich jetzt am liebsten mit deiner spitzen Zunge anstellen würde.«

»Was fällt dir ein?«, fragt sie entrüstet, und ihre Ohren laufen auf höchst attraktive Weise rot an.

Tja, Baby, so bin ich nun mal.

Ich drehe mich zu den Bildern. »Auf den Fotos siehst du so entspannt aus, Anastasia. Ich kenne das eher selten von dir.«

Sie betrachtet ihre Finger, zögernd, als überlege sie, was sie erwidern soll. Weil ich nicht weiß, was sie denkt, strecke ich die Hand aus und hebe ihr Kinn an. Bei der Berührung saugt sie scharf die Luft ein.

Wieder dieses Geräusch; es verfehlt seine Wirkung auf meinen Unterleib nicht.

»Ich möchte, dass du bei mir auch so entspannt bist.« Das klingt hoffnungsvoll.

Verdammt. Zu hoffnungsvoll.

»Wenn du das möchtest, solltest du aufhören, mir Angst zu machen«, entgegnet sie. Ihre Heftigkeit überrascht mich.

»Und du solltest lernen, mir zu sagen, wie du dich fühlst«, fauche ich zurück.

Scheiße, wollen wir das wirklich hier diskutieren? Mir wäre es lieber unter vier Augen. Sie räuspert sich und strafft die Schultern.

»Christian, du wolltest mich als Sub«, sagt sie leise. »Und genau da liegt das Problem. In der Definition, die du mir freundlicherweise einmal gemailt hast.« Sie schweigt kurz. »Die Synonyme waren, wenn ich mich recht entsinne: demütig, ergeben, gefügig, servil, unterwürfig, willfährig, ehrerbietig. Ich durfte dich nicht ansehen und nicht mit dir sprechen, es sei denn, ich hatte deine Erlaubnis. Was erwartest du?«

Darüber müssen wir unter vier Augen reden! Warum fängt sie hier damit an?

»Es ist verdammt verwirrend, mit dir zusammen zu sein«, fährt sie fort. »Einerseits möchtest du nicht, dass ich dir widerspreche, andererseits magst du meine spitze Zunge. Du erwartest Gehorsam, nur nicht dann, wenn du ihn nicht willst, damit du mich bestrafen kannst. Ich weiß nie, woran ich mit dir bin.«

Gut, ihre Verwirrung kann ich nachvollziehen, aber ich möchte das wirklich nicht hier diskutieren.

»Wie üblich gut argumentiert, Miss Steele«, entgegne ich in eisigem Tonfall. »Lass uns etwas essen gehen.«

»Wir sind erst eine halbe Stunde hier.«

»Du hast die Fotos gesehen und mit dem Jungen gesprochen.«

»Der Junge heißt José«, erklärt sie, diesmal lauter.

»Du hast mit José gesprochen – mit dem Mann, der neulich, als du betrunken warst, versucht hat, dir gegen deinen Willen die Zunge in den Mund zu schieben«, knurre ich.

»Aber er hat mich nie geschlagen«, erwidert sie wütend.

Wie bitte? Sie will das also tatsächlich sofort ausdiskutieren.

Ist das zu fassen? *Sie wollte doch wissen, wie schlimm es werden kann!* In mir brodelt Wut hoch wie glühende Lava. »Das ist ein Schlag unter die Gürtellinie, Anastasia.« Sie wird rot, keine Ahnung, ob aus Verlegenheit oder Zorn. Ich fahre mir mit der Hand durch die Haare, um sie nicht zu packen und nach draußen zu ziehen, damit wir dieses Gespräch endlich unter vier Augen fortsetzen können. Dann hole ich tief Luft.

»Wir gehen jetzt etwas essen. Du wirst vor meinen Augen immer weniger. Verabschiede dich von dem Jungen«, fauche ich sie an, um Beherrschung bemüht, doch sie rührt sich nicht vom Fleck.

»Bitte, können wir nicht noch ein bisschen bleiben?«

»Nein. Geh jetzt und verabschiede dich von ihm.« Es gelingt mir, nicht zu brüllen. Diesen störrischen Zug um ihren Mund kenne ich. Sie ist fuchsteufelswild, und obwohl ich in den letzten Tagen durch die Hölle gegangen bin, ist mir das scheißegal. Wir verschwinden, und wenn ich sie hinaustragen muss. Mit einem vernichtenden Blick dreht sie sich so abrupt von mir weg, dass ihre Haare gegen meine Schulter peitschen, und stolziert davon, um ihn zu suchen.

Ich versuche, mein Gleichgewicht wiederzuerlangen. Wie schafft sie es nur immer, solche Reaktionen bei mir auszulösen? Am liebsten würde ich sie zur Schnecke machen, sie versohlen, sie ficken. Hier. Und in dieser Reihenfolge.

Ich sehe mich im Raum um. Der Junge – Rodriguez – ist von Bewunderinnen umringt. Als er Ana bemerkt, vergisst er die Damen und geht auf sie zu, als wäre sie der Mittelpunkt seines verdammten Universums. Er packt sie, wirbelt sie herum.

Nimm deine dreckigen Pfoten von Ana.

Den Blick auf mich gerichtet legt sie die Arme um seinen Hals, schmiegt ihre Wange an die seine und flüstert ihm etwas ins Ohr. Sie reden weiter. Nahe beieinander. Seine Arme um sie. Er strahlt.

Ehe ich mich versehe, marschiere ich zu den beiden, bereit, ihn in der Luft zu zerreißen. Zum Glück für ihn lässt er sie los, als ich mich ihnen nähere.

»Melde dich, Ana. Ach, Mr. Grey, guten Abend«, murmelt der Junge verlegen und ein wenig eingeschüchtert.

»Mr. Rodriguez, sehr beeindruckend. Tut mir leid, dass wir nicht länger bleiben können, aber wir müssen zurück nach Seattle. Anastasia?« Ich nehme ihre Hand.

»Bye, José. Noch mal Gratulation.« Sie dreht sich von mir weg, um Rodriguez sanft einen Kuss auf seine errötende Wange zu drücken. Es fehlt nicht viel, und ich bekomme einen Herzinfarkt. Ich muss mich sehr zusammenreißen, um sie nicht einfach zu packen und über die Schulter zu werfen. Stattdessen zerre ich sie an der Hand zum Eingang und hinaus auf die Straße. Sie stolpert mir nach, hat Mühe, Schritt zu halten, doch das ist mir egal.

Im Moment will ich nur...

Vor uns befindet sich eine Gasse. Ich haste mit ihr hinein und dränge sie gegen eine Mauer. Dann fasse ich ihr Gesicht mit den Händen und presse meinen Körper in einer explosiven, berauschenden Mischung gegen sie. Ich drücke meine Lippen so heftig auf die ihren, dass unsere Zähne gegeneinanderstoßen, und schon ist meine Zunge in ihrem Mund. Sie schmeckt nach billigem Wein und köstlich nach Ana.

Oh, dieser Mund.

Wie sehr er mir gefehlt hat!

Auch sie explodiert förmlich. Ihre Finger sind in meinen Haaren, sie reißt daran, stöhnt an meinem Mund, öffnet ihn weiter für mich, erwidert meinen Kuss. Ihre Leidenschaft bricht sich Bahn, ihre Zunge umschlingt die meine. Schmeckt. Nimmt. Gibt.

Mit einer solchen Begierde habe ich nicht gerechnet. Lust entflammt meinen Körper wie ein Waldbrand trockenes Holz. Ich bin über alle Maßen erregt, will sie hier, jetzt, in dieser Gasse. Das, was ursprünglich als strafender Du-gehörst-mir-Kuss gedacht war, wird plötzlich zu etwas anderem.

Sie will es auch.

Ihr hat es auch gefehlt.

Und das ist wahnsinnig erregend.

Ich erwidere ihr Stöhnen, zerfließe.

Während wir uns küssen, schlinge ich eine Hand um ihren Nacken. Die andere wandert ihren Körper hinunter und erforscht ihre Kurven: ihre Brust, ihre Taille, ihren Po, ihren Oberschenkel. Als meine Finger den Saum ihres Kleids ertasten und es nach oben zu schieben beginnen, schnappt sie nach Luft. Ich will es ganz hinaufziehen und sie hier ficken. Sie wieder zu der meinen machen.

Wie sie sich anfühlt!

Atemberaubend. Ich begehre sie wie nie zuvor.

In der Ferne, durch den Nebel meiner Lust, höre ich eine Polizeisirene.

Nein! Nein! Grey!

Nicht so. Reiß dich zusammen.

Ich löse mich von ihr, schaue ihr schwer atmend in die Augen.

»Du. Gehörst. Mir!«, knurre ich. Allmählich kehrt die Vernunft wieder. Ich stütze die Hände auf die Knie, versuche, meinen aufgewühlten Körper unter Kontrolle zu bekommen. Mein Schwanz pocht vor Erregung.

Habe ich je so auf jemanden reagiert? Jemals?

Jesus! Fast hätte ich sie in einer dunklen Gasse gefickt.

Meine Eifersucht kennt keine Grenzen. Mein Inneres fühlt sich wund an, ich habe vollkommen die Beherrschung verloren. Und das gefällt mir nicht. Kein bisschen.

»Tut mir leid«, flüstert sie.

»Das sollte es auch. Mir war klar, was du gemacht hast. Willst du den Fotografen, Anastasia? Immerhin empfindet er etwas für dich.«

»Nein«, antwortet sie leise und ebenso atemlos wie ich. »Er ist nur ein Freund.« Sie scheint es zu bereuen, und das besänftigt mich ein wenig.

»Ich habe immer versucht, extremen Emotionen aus dem Weg zu gehen. Aber du... Du weckst Gefühle in mir, die mir völlig fremd sind. Es ist sehr... verwirrend. Ich habe gern alles im Griff, Ana, doch bei dir löst sich alles in Luft auf.«

Ihre Augen schimmern lüstern, und die Haare fallen ihr zerzaust und sexy auf die Brüste. Ich massiere meinen Nacken, dankbar dafür, wieder so etwas wie Kontrolle über mich selbst zu erlangen.

Schau, was du aus mir machst, Ana.

Ich fahre mir mit der Hand durch die Haare und hole tief Luft, um einen klaren Kopf zu kriegen. Dann ergreife ich ihre Hand. »Komm, lass uns reden. Und du musst etwas essen.«

Ganz in der Nähe befindet sich ein Restaurant. Nicht gerade das, was ich für unsere Wiedervereinigung ausgesucht hätte, falls es eine solche ist, aber es erfüllt seinen Zweck. Mir bleibt nicht viel Zeit, weil Taylor bald eintrifft.

Ich halte ihr die Tür auf. »Was Besseres gibt's hier in der Gegend nicht. Und wir haben nicht viel Zeit.« Das Lokal sieht aus, als würde es von Galeriebesuchern frequentiert werden, vielleicht auch von Studenten. Ironie des Schicksals: Die Wände haben die gleiche Farbe wie die in meinem Spielzimmer. Ich schiebe den Gedanken beiseite.

Ein reichlich serviler Kellner führt uns zu einem Tisch in einer Nische. Bei Anas Anblick hört er gar nicht mehr auf zu lächeln. Ich werfe einen Blick auf die Tafel, auf der mit Kreide die Gerichte des Abends geschrieben stehen. Und ich bestelle, bevor der Kellner sich wieder entfernen kann, um ihm zu signalisieren, dass wir nicht viel Zeit haben. »Wir nehmen beide Sirloin-Steak medium, Sauce béarnaise, wenn Sie welche haben, Pommes und grünes Gemüse, was immer der Küchenchef dahat. Und bringen Sie mir die Weinkarte.«

»Gern, Sir«, sagt der Kellner und eilt davon.

Ana schürzt verärgert die Lippen.
Was kommt jetzt?
»Und wenn ich kein Steak mag?«
»Bitte fang nicht wieder damit an, Anastasia.«
»Ich bin kein kleines Kind mehr, Christian.«
»Dann hör auf, dich wie eines zu benehmen.«
»Ich bin ein Kind, weil ich kein Steak mag?«, fragt sie trotzig.
Nein!
»Nein, weil du versucht hast, mich eifersüchtig zu machen. Das ist kindisch. Hast du denn keine Achtung vor den Gefühlen deines Freundes?«

Sie wird rot und senkt den Blick.

Ja, sei ruhig verlegen, denn du verwirrst ihn. Das sehe ich deutlich.

Macht sie das auch mit mir? Führt sie mich an der Nase herum?

Vielleicht ist ihr in der Zeit unserer Trennung klar geworden, dass sie Macht besitzt. Macht über mich.

Der Kellner kehrt mit der Weinkarte zurück und gibt mir Gelegenheit, wieder die Oberhand zu gewinnen. Das Angebot ist bestenfalls mittelmäßig: Auf der Karte finde ich nur einen einzigen genießbaren Wein. Ich schaue Anastasia an. Sie scheint zu schmollen, den Gesichtsausdruck kenne ich. Vielleicht hätte sie ihr Essen gern selbst gewählt. Ich weiß, dass sie sich mit Weinen nicht auskennt, und kann es mir nicht verkneifen, mit ihr zu spielen. »Möchtest du den Wein aussuchen?«

»Such du ihn aus.« Sie presst die Lippen aufeinander.

Ja. Keine Spielchen mehr mit mir, Baby.

»Zwei Gläser Barossa Valley Shiraz, bitte«, sage ich dem Kellner, der auf unsere Bestellung wartet.

»Äh, den gibt es nur in der Flasche, Sir.«

»Dann eben eine Flasche.« *Idiot.*

»Sir.« Er entfernt sich.

»Du bist ganz schön schlecht drauf«, bemerkt sie. Bestimmt tut der Kellner ihr leid.

»Warum wohl?« Ich bemühe mich, meine Verärgerung zu verbergen, merke aber selbst, wie kindisch ich klinge.

»Für ein aufrichtiges Gespräch über die Zukunft sollte man den richtigen Ton treffen, findest du nicht?« Sie bedenkt mich mit einem zuckersüßen Lächeln.

Aha, wie du mir, so ich dir. Wieder einmal geht sie in die Offensive; ich muss ihren Mumm bewundern. Aber diese Zankerei bringt uns nicht weiter.

Außerdem führe ich mich auf wie ein Arschloch.

Verdirb's nicht, Grey.

»Sorry«, sage ich, weil sie recht hat.

»Entschuldigung angenommen. Und ich darf dir mitteilen, dass ich seit unserem letzten gemeinsamen Essen keine Vegetarierin geworden bin.«

»Da das das letzte Mal war, dass du überhaupt etwas gegessen hast, ist das ja wohl noch nicht endgültig raus.«

»Wieder mal ist was nicht endgültig raus.«

»Ja«, pflichte ich ihr bei. Wie an jenem Samstagmorgen, als wir über unsere Abmachung diskutierten. An dem Tag, an dem meine Welt zusammenbrach.

Scheiße. Denk jetzt nicht daran und reiß dich zusammen, Grey. Sag ihr, was du dir vorstellst.

»Ana, nach dem Vorfall im Spielzimmer hast du mich verlassen. Ich bin nervös. Du weißt, dass ich dich zurückhaben möchte, aber bis jetzt ist mir nicht klar, wie du dazu stehst.« Sie kaut auf ihrer Lippe, und die Farbe weicht aus ihrem Gesicht.

O nein.

»Du hast mir gefehlt... echt gefehlt, Christian«, gesteht sie mit leiser Stimme. »Die letzten Tage waren... die Hölle.«

Hölle? Die Untertreibung des Jahrhunderts!

Sie schluckt und holt tief Luft, um sich zu beruhigen. Das klingt nicht gut. Hat mein Verhalten in der letzten Stunde sie endgültig vergrault? Ich bekomme ein flaues Gefühl im Magen. Was denkt sie?

»Es hat sich nichts geändert. Ich kann nicht so sein, wie du mich möchtest.« Ihre Miene verrät mir nichts.

Nein. Nein. Nein.

»Du bist, wie ich dich möchte.« Genau so.

»Nein, Christian, das bin ich nicht.«

Bitte, Baby, glaub mir. »Was letztes Mal passiert ist, hat dich aus der Fassung gebracht. Ich habe mich dumm verhalten und du … auch. Warum hast du nicht das Safeword benutzt, Anastasia?«

Sie sieht mich erstaunt an, als wäre ihr das überhaupt nicht in den Sinn gekommen.

»Antworte mir.«

Diese Frage lässt mir seitdem keine Ruhe. *Warum hast du das Safeword nicht benutzt, Ana?*

Sie sinkt in sich zusammen.

»Keine Ahnung«, flüstert sie.

Wie bitte?

WIE BITTE?

Mir verschlägt es die Sprache. Ich bin durch die Hölle gegangen, weil sie das Safeword nicht benutzt hat. Noch bevor ich mich von meiner Bestürzung erhole, sprudeln die Worte nur so aus ihr heraus. Leise, eine verschämte Beichte. »Das war alles zu viel für mich. Ich habe versucht, so zu sein, wie du mich willst, hab versucht, den Schmerz zu bewältigen, und nicht mehr dran gedacht.« Sie sieht mich mit großen Augen an und zuckt verlegen mit den Achseln. »Ich hab's einfach … vergessen.«

Was sagst du da?

»Du hast es vergessen!«, rufe ich entsetzt aus. Die ganze Scheiße nur, weil sie es *vergessen* hat?

Ist das zu fassen? Ich umklammere die Tischkante, um mich im Hier und Jetzt zu verankern, während ich diese erschreckende Neuigkeit verarbeite.

Habe ich sie denn nicht an die Safewords erinnert? *Himmel.* Ich weiß es nicht mehr. Die E-Mail, die sie mir geschickt hat, nachdem ich sie das erste Mal versohlt hatte, fällt mir ein.

Damals hat sie mich nicht gestoppt.
Ich Idiot! Ich hätte sie erinnern sollen.
Moment. Sie kennt die Safewords. Ich habe sie ihr mehr als einmal gesagt, das weiß ich genau.

»Noch haben wir den Vertrag nicht unterschrieben, Anastasia. Aber die Grenzen haben wir bereits festgelegt. Und ich will dich an unsere Safewords erinnern.«
Sie blinzelt ein paarmal, ohne etwas zu sagen.
»Wie lauten sie?«, frage ich.
Sie zögert.
»Wie lauten die Safewords, Anastasia?«
»Gelb.«
»Und?«
»Rot.«
»Vergiss sie nicht.«
Sie hebt verächtlich eine Augenbraue und macht den Mund auf, um etwas zu sagen.
»Zügeln Sie Ihr vorlautes Mundwerk, solange wir hier drin sind, Miss Steele, sonst werde ich es Ihnen mit meinem Schwanz stopfen, während Sie vor mir knien. Verstanden?«

»Wie soll ich dir da je vertrauen?« Haben wir überhaupt eine Chance, wenn sie nicht ehrlich zu mir sein kann? Sie soll mir nicht sagen, was ich ihrer Ansicht nach von ihr hören möchte. Was für eine Beziehung wäre das denn? Mir sinkt der Mut. Das ist genau das Problem mit jemandem, der keine Ahnung von diesem Lebensstil hat. Sie begreift ihn nicht.
Ich hätte nie etwas mit ihr anfangen sollen.
Der Kellner kehrt mit dem Wein zurück.
Vielleicht hätte ich es ihr besser erklären müssen.
Verdammt, Grey, nicht so negativ.
Ja. Das ist jetzt nicht mehr wichtig. Wenn sie es zulässt, werde ich versuchen, auf ihre Art eine Beziehung mit ihr zu führen.

Der Idiot lässt sich viel Zeit mit dem Öffnen der Flasche. Jesus. Will er uns beeindrucken? Oder nur Ana? Endlich ist der Korken heraus, und er schenkt mir einen Schluck zum Probieren ein. Ich nippe daran. Der Wein muss noch atmen, ist aber ganz passabel.

»In Ordnung.« *Und jetzt verschwinde. Bitte.* Er füllt die Gläser und entfernt sich.

Ana und ich haben uns die ganze Zeit über angesehen. Dabei hat jeder für sich herauszufinden versucht, was der andere denkt. Sie wendet den Blick als Erste ab, trinkt etwas Wein, schließt die Augen, als würde ihr das beim Überlegen helfen. Als sie sie wieder aufmacht, sehe ich darin Verzweiflung. »Tut mir leid«, flüstert sie.

»Was tut dir leid?« *Himmel.* Hat sie mich abgeschrieben? Besteht noch Hoffnung?

»Dass ich das Safeword nicht verwendet habe«, antwortet sie.

Gott sei Dank. Ich hatte schon befürchtet, dass alles aus ist.

»Den ganzen Kummer hätten wir uns ersparen können«, murmle ich, bemüht, meine Erleichterung zu verbergen.

»Man merkt dir den Kummer nicht an«, meint sie mit bebender Stimme.

»Der äußere Schein kann trügen. Mir geht es alles andere als gut. Es kommt mir vor, als wäre die Sonne unter- und fünf Tage lang nicht mehr aufgegangen, Ana. Als wäre ich in ewiger Dunkelheit gefangen.«

Sie seufzt kaum hörbar.

Was dachte sie denn, wie ich mich fühle? Schließlich hat sie mich verlassen, obwohl ich sie fast auf Knien angefleht habe zu bleiben. »Du hast gesagt, du würdest mich nie verlassen, aber sobald es beginnt, schwierig zu werden, bist du weg.«

»Wann habe ich das gesagt?«

»Im Schlaf. Das war das Tröstendste, was ich seit Langem gehört habe, Ana. Es hat mir Sicherheit gegeben.«

Sie saugt scharf die Luft ein. Ana empfindet aufrichtiges Mitgefühl, als sie die Hand nach dem Weinglas ausstreckt, das sehe ich. Ich wittere meine Chance.

Los, frag sie, Grey.

Ich muss ihr die Frage stellen, über die ich mir nicht nachzudenken gestattet habe, weil ich mich vor der Antwort, wie sie auch immer ausfallen mag, fürchte. Aber ich muss es wissen.

»Du hast gesagt, du liebst mich.« Ich bringe die Worte kaum heraus. Bestimmt haben sich ihre Gefühle für mich verändert. Oder doch nicht? »Gilt das jetzt nicht mehr?«

»Doch, Christian.« Erleichterung durchströmt meinen Körper. Aber sie vermischt sich mit Angst. Eine verstörende Kombination, weil ich eigentlich nicht möchte, dass sie ein Ungeheuer liebt.

»Gut«, murmle ich verwirrt. Ich will nicht mehr über dieses Thema nachdenken. Wie aufs Stichwort serviert der Kellner unser Essen.

»Iss«, fordere ich Ana auf. Sie muss etwas zu sich nehmen.

Sie beäugt das, was auf ihrem Teller liegt, mit Widerwillen.

»Ana, wenn du nicht isst, lege ich dich hier in diesem Restaurant übers Knie, und das hat dann nichts mit Lustbefriedigung zu tun. Iss!«

»Okay, ich werde etwas essen. Aber bitte lass deine juckende Hand in der Hosentasche.« Sie versucht zu scherzen, doch ich lache nicht. Sie ist viel zu schmal. Ana nimmt zögernd das Besteck in die Hand, isst einen Bissen, schließt die Augen und leckt sich genüsslich die Lippen. Mein Körper, der nach unserem Kuss in der Gasse immer noch erregt ist, reagiert beim Anblick ihrer Zunge sofort.

Herr im Himmel, nicht schon wieder! Ich reiße mich zusammen. Dafür wird später Zeit sein, vorausgesetzt, sie willigt ein. Sie nimmt einen zweiten Bissen und noch einen. Nun weiß ich, dass sie weiteressen wird. Ich bin dankbar für die Ablenkung, die die Mahlzeit bietet, schneide ein Stück von meinem Steak ab und schiebe es in den Mund. Gar nicht schlecht.

Wir beobachten einander schweigend.

Sie hat mich nicht zum Teufel geschickt. Das ist gut. Ich merke, wie sehr ich einfach nur ihre Gesellschaft genieße. Okay, in mir kämpfen allerlei widersprüchliche Gefühle gegeneinander, aber immerhin ist sie da. Hier bei mir, und sie isst. Ich hoffe, dass wir meinen Vorschlag in die Tat umsetzen können. Ihre Reaktion auf den Kuss in der Gasse war… intensiv. Sie begehrt mich nach wie vor. Ich weiß, dass ich sie auf der Stelle hätte ficken können, ohne von ihr daran gehindert zu werden.

Sie reißt mich aus meinen Tagträumen. »Weißt du, wer da singt?« Aus den Lautsprechern des Restaurants dringt die sanfte, eindringliche Stimme einer jungen Frau. Ich habe keine Ahnung, wer sie ist. Ihr Gesang gefällt uns beiden.

Die Musik erinnert mich an das iPad für Ana. Hoffentlich nimmt sie es an und freut sich darüber. Ich habe gestern Musik und heute Vormittag weitere Dinge daraufgeladen – Fotos von dem Segelflugzeug auf meinem Schreibtisch und von uns beiden bei ihrer Uni-Abschlussfeier sowie einige Apps. Das ist meine Entschuldigung. Ich bin optimistisch, dass die schlichte Botschaft, die ich auf die Rückseite eingravieren habe lassen, meinen Gefühlen Ausdruck verleiht. Hoffentlich findet sie sie nicht zu kitschig. Erst einmal muss sie das iPad allerdings kriegen, und ich weiß nicht, ob wir überhaupt so weit kommen. Ich unterdrücke ein Seufzen, weil sie Geschenke von mir nur widerwillig annimmt.

»Was ist?«, erkundigt sie sich. Sie spürt, dass mich etwas beschäftigt. Nicht zum ersten Mal frage ich mich, ob sie meine Gedanken lesen kann.

Ich schüttle den Kopf. »Iss auf.«

Sie sieht mich mit ihren strahlend blauen Augen an. »Mehr schaffe ich nicht. Habe ich Ihrer Meinung nach genug gegessen, Sir?«

Macht sie sich über mich lustig? Nein, sie wirkt ernst und hat mehr als die Hälfte dessen, was sich auf ihrem Teller befand, verspeist. Da sie in den letzten Tagen überhaupt nichts gegessen hat, dürfte sie kaum mehr herunterbekommen.

»Ich bin wirklich satt«, meint sie.

Wie aufs Stichwort vibriert das Handy in meiner Jacketttasche.

Das ist bestimmt Taylor, der inzwischen vermutlich in der Nähe der Galerie ist. Ich werfe einen Blick auf meine Uhr.

»Wir müssen bald los. Taylor wartet, und du musst morgen früh in die Arbeit.« Das hatte ich bisher nicht bedacht. Sie hat jetzt einen Job und braucht Schlaf. Weswegen ich möglicherweise meinen Plan aufgeben und die Erwartungen meines Körpers enttäuschen muss. Der Gedanke, die Lustbefriedigung zu verschieben, gefällt mir gar nicht.

Ana erinnert mich daran, dass ich ebenfalls früh aufstehen und ins Büro muss.

»Ich komme mit viel weniger Schlaf aus als du, Anastasia. Aber immerhin hast du etwas gegessen.«

»Fliegen wir denn nicht mit *Charlie Tango* zurück?«

»Nein, mir war nach einem Drink. Taylor holt uns ab. So habe ich dich im Wagen ein paar Stunden für mich. Was können wir schon tun außer reden?« Und ich kann ihr meinen Vorschlag unterbreiten.

Ich rutsche unruhig auf meinem Stuhl hin und her. Phase drei meines Plans ist nicht so glatt gelaufen wie erhofft.

Sie hat mich eifersüchtig gemacht.

Ich habe die Beherrschung verloren.

Ja. Wie üblich hat sie mich aus dem Gleichgewicht gebracht. Aber ich kann die Sache noch drehen und den Deal im Auto unter Dach und Fach bringen.

Nicht aufgeben, Grey.

Ich winke den Kellner herbei und verlange die Rechnung, dann rufe ich Taylor an. Er meldet sich nach dem zweiten Klingeln.

»Mr. Grey.«

»Wir sind im Le Picotin in der Southwest Third Avenue«, teile ich ihm mit und beende das Gespräch.

»Du bist sehr schroff zu Taylor und den meisten Leuten.«

»Ich komme nur gern schnell zum Punkt, Anastasia.«

»Heute Abend bist du noch nicht zum Punkt gekommen. Nichts hat sich geändert, Christian.«

Wie recht Sie haben, Miss Steele.
Sag's ihr. Sag's ihr jetzt, Grey.
»Ich habe einen Vorschlag für dich.«
»Unsere Geschichte hat mit einem Vorschlag angefangen.«
»Ein anderer Vorschlag«, erkläre ich.

Sie wirkt skeptisch, jedoch auch neugierig. Als der Kellner zu uns zurückkommt, reiche ich ihm meine Kreditkarte, ohne den Blick von Ana zu wenden. Immerhin scheint sie interessiert zu sein.

Gut.

Mein Puls beschleunigt sich. Hoffentlich lässt sie sich darauf ein … sonst bin ich verloren. Der Kellner reicht mir den Kreditkartenbeleg zum Unterschreiben. Ich trage einen absurd hohen Betrag fürs Trinkgeld ein und unterzeichne mit großer Geste. Der Kellner bedankt sich überschwänglich. Er geht mir nach wie vor auf die Nerven.

Wieder vibriert mein Handy. Ich überfliege die SMS. Taylor ist da. Der Kellner gibt mir meine Kreditkarte zurück und entfernt sich.

»Komm, Taylor wartet draußen.«

Wir stehen auf, und ich ergreife ihre Hand. »Ich will dich nicht verlieren, Anastasia«, murmle ich, hebe ihre Finger an meinen Mund und berühre ihre Knöchel mit den Lippen. Sie atmet schneller.

Oh, dieses Geräusch!

Ich schaue in ihr Gesicht. Ihre Lippen sind geöffnet, die Wangen gerötet und die Augen groß. Der Anblick erfüllt mich mit Hoffnung und Begierde. Ich unterdrücke meine Reaktion und führe sie durchs Lokal nach draußen, wo Taylor mit dem Q7 wartet. Möglicherweise möchte Ana in seiner Gegenwart nicht so gern mit mir reden.

Mir kommt eine Idee. Ich öffne die hintere Tür, schiebe Ana auf den Rücksitz und gehe auf die Fahrerseite. Taylor steigt aus, um mir die Tür aufzuhalten.

»Guten Abend, Taylor. Haben Sie Ihren iPod und die Ohrhörer dabei?«

»Ja, Sir. Ohne die verlasse ich nie das Haus.«

»Wunderbar. Benutzen Sie sie während der Heimfahrt.«

»Ja, Sir.«

»Was werden Sie hören?«

»Puccini, Sir.«

»*Tosca*?«

»*La Bohème*.«

»Gute Wahl.« Ich lächle. Wieder einmal überrascht er mich. Ich hatte gedacht, sein Musikgeschmack gehe in Richtung Country und Rock. Tief durchatmend steige ich in den Wagen. Gleich werde ich den Deal meines Lebens aushandeln.

Ich will sie zurück.

Taylor schaltet die Stereoanlage ein, und schon erklingt leise berührende Musik von Rachmaninow. Nach einem kurzen Blick in den Spiegel zur Rückversicherung lenkt er den Q7 in den lockeren abendlichen Verkehr.

Ich wende mich Anastasia zu, und sie sieht mich an. »Wie gesagt, Anastasia, ich habe einen Vorschlag.«

Sie schaut wie erwartet nervös zu Taylor.

»Taylor kann dich nicht hören.«

»Wie das?«, fragt sie erstaunt.

»Taylor«, rufe ich. Taylor reagiert nicht. Ich rufe noch einmal, bevor ich mich vorbeuge und ihm auf die Schulter tippe. Er nimmt einen Ohrstöpsel heraus.

»Ja, Sir?«

»Danke, Taylor. Alles in Ordnung. Sie können weiter Musik hören.«

»Sir.«

»Bist du jetzt zufrieden? Er hört Puccini über iPod. Vergiss, dass er da ist.«

»Hast du ihn gebeten, seinen iPod einzustöpseln?«

»Ja.«

Sie blinzelt überrascht. »Okay, wie sieht dein Vorschlag aus?«, fragt sie zögernd und ein wenig ängstlich.

Ich bin auch nervös, Baby. *Verdirb's nicht, Grey.*
Wie soll ich anfangen?

Ich hole tief Luft. »Als Erstes eine Frage: Willst du eine feste Beziehung mit Blümchensex, ohne perverse Nummern?«

»Ohne perverse Nummern?«, quietscht sie ungläubig.

»Ja, ohne perverse Nummern.«

»Und das aus deinem Munde.« Wieder blickt sie besorgt in Richtung Taylor.

»Ja. Wie lautet deine Antwort?«

»Deine perversen Nummern gefallen mir«, flüstert sie.

O Baby, mir auch.

Gott sei Dank! Schritt eins... okay. *Ruhig bleiben, Grey.*

»Hab ich mir schon gedacht. Und was gefällt dir nicht?«

Sie mustert mich eine Weile stumm im Licht- und Schattenspiel der Straßenlaternen. »Dass mir ständig körperliche Strafe droht«, antwortet sie schließlich.

»Wie meinst du das?«

Ein neuerlicher Blick zu Taylor, und sie senkt die Stimme. »Die Stöcke und Peitschen und all die anderen Sachen in deinem Spielzimmer jagen mir eine Heidenangst ein. Ich möchte nicht, dass du die bei mir benutzt.«

Das habe ich schon gemerkt.

»Okay, also keine Peitschen, Stöcke... oder Gürtel«, füge ich spöttisch hinzu.

»Definierst du gerade die Hard Limits neu?«, erkundigt sie sich.

»Nicht grundsätzlich. Ich versuche nur, eine klarere Vorstellung davon zu bekommen, was du magst und was nicht.«

»Ich habe ein Problem damit, dass du mir gern Schmerz zufügst, weil ich eine willkürlich von dir gesetzte Grenze überschritten habe.«

O je. Sie kennt mich wirklich gut, hat das Ungeheuer in mir entdeckt. Darauf darf ich nicht eingehen, sonst missglückt der

Deal. Ich ignoriere ihre erste Feststellung und konzentriere mich auf den zweiten Punkt. »Sie ist nicht willkürlich. Die Regeln sind schriftlich fixiert.«

»Ich will keine Regeln.«

»Überhaupt keine?«

Fuck – und wenn sie mich anfasst? Wie kann ich mich davor schützen? Und angenommen, sie tut etwas Dummes, das sie selbst in Gefahr bringt?

»Keine Regeln«, erklärt sie und schüttelt den Kopf mit Nachdruck.

Gut, dann also jetzt die Eine-Million-Dollar-Frage.

»Aber es macht dir nichts aus, wenn ich dich versohle?«

»Womit?«

»Hiermit.« Ich hebe die Hand.

Sie rutscht unruhig auf ihrem Sitz herum, was mein Herz höher schlagen lässt. *O Baby, wie mir das gefällt, wenn du so hin und her rutschst!*

»Nein, eigentlich nicht. Und diese Silberkugeln ...«

Bei der Erinnerung daran regt sich mein Schwanz. *Verdammt.* Ich schlage die Beine übereinander. »Stimmt, das hat Spaß gemacht.«

»Mehr als das«, meint sie.

»Du kannst also ein gewisses Maß an Schmerz ertragen?«, erkundige ich mich voller Hoffnung.

»Ja, vermutlich.« Sie zuckt mit den Achseln.

Gut. Darauf ließe sich eine Beziehung aufbauen.

Tief durchatmen, Grey, nenn ihr die Bedingungen.

»Anastasia, ich möchte noch einmal von vorn anfangen. Mit Blümchensex, und dann könnten wir vielleicht, wenn du mir mehr vertraust und ich meinerseits darauf vertrauen kann, dass du mir deine Bedürfnisse mitteilst, auch einige der Dinge tun, die ich gern mache.«

So, jetzt ist es heraus.

Puh. Mein Puls beschleunigt sich; das Blut dröhnt mir in den

Ohren, während ich auf ihre Reaktion warte. Meine Zukunft steht auf dem Spiel. Und sie sagt... nichts! Als wir an einer Straßenlaterne vorbeifahren, sieht sie mich nachdenklich an. In ihrem wunderschönen, nun schmaleren und traurigeren Gesicht wirken ihre Augen riesig.

O Ana.

»Und was ist mit den Strafen?«, will sie schließlich wissen.

Ich mache die Augen zu. Das ist kein Nein. »Keine Strafen.«

»Und die Regeln?«

»Keine Regeln.«

»Überhaupt keine? Aber die brauchst du doch...« Sie verstummt.

»Dich brauche ich mehr, Anastasia. Die letzten Tage waren die Hölle. Mein Instinkt sagt mir, dass ich dich loslassen soll, dass ich dich nicht verdiene. Diese Fotos, die der Junge von dir gemacht hat... Ich kann nachvollziehen, wie er dich wahrnimmt. Auf den Bildern wirkst du so unbeschwert und schön. Du bist auch jetzt schön, doch ich sehe deinen Schmerz. Das Wissen, dass ich es bin, der ihn verursacht, macht mir zu schaffen.«

Es bringt mich um, Ana.

»Aber ich bin egoistisch. Ich begehre dich, seit du in mein Büro gestolpert bist. Du bist wunderschön, aufrichtig, liebenswert, stark, geistreich, betörend unschuldig... Gott, die Liste ließe sich endlos fortsetzen. Ich bewundere und will dich, und die Vorstellung, dass irgendjemand sonst dich besitzen könnte, versetzt meiner dunklen Seele einen Stich.«

Scheiße, war das blumig, Grey. Verdammt blumig.

Ich habe schreckliche Angst, sie zu vergraulen.

»Christian, warum glaubst du, eine dunkle Seele zu haben?«, fragt sie zu meiner Überraschung entsetzt. »Das sehe ich nicht so. Du bist traurig, ja, aber ein guter Mensch, großzügig und liebenswert, und du hast mich noch nie angelogen. Ich habe mir bisher keine Mühe gegeben. Das letzten Samstag war ein Schock für mich. Mir ist klar geworden, dass du gar nicht richtig streng mit mir warst, dass ich nicht so sein kann, wie du mich möchtest. Als ich weg war, ist mir aufgegangen, dass der körperliche Schmerz bei Weitem nicht so schlimm war wie der Schmerz, sich von dir zu trennen. Ich würde dir ja gern Vergnügen bereiten, aber es fällt mir schwer.«

»Du bereitest mir immerzu Vergnügen.« Wann begreift sie das endlich? »Wie oft muss ich dir das noch sagen?«

»Ich weiß nie, was du denkst.«

Nein? Baby, du liest doch in meinen Gedanken wie in einem Buch. Allerdings bin ich kein Held. Der werde ich nie sein.

»Manchmal bist du so verschlossen ... wie eine Auster«, fährt sie fort. »Dann machst du mir Angst. Deshalb halte ich den Mund. Deine plötzlichen Stimmungsumschwünge verunsichern mich. Und ich darf dich nicht berühren, obwohl ich dir so gern zeigen würde, wie sehr ich dich liebe.«

Furcht lässt meinen Brustkorb schier zerplatzen, und mein Herz beginnt wie wild zu klopfen. Wieder hat sie sie gesagt, die drei Worte, die ich kaum ertrage. Genauso wenig wie Berührungen. Nein. Nein. *Nein.* Sie darf mich nicht anfassen. Doch bevor ich etwas erwidern kann, bevor die Dunkelheit mich umfängt, löst sie ihren Sicherheitsgurt, klettert auf meinen Schoß, wölbt die Hände um mein Gesicht und sieht mir in die Augen. Mir stockt der Atem.

»Ich liebe dich, Christian Grey«, erklärt sie. »Du bist bereit, für mich auf so vieles zu verzichten. Ich verdiene dich nicht, und es tut mir leid, dass ich nicht alle deine Bedürfnisse befriedigen kann. Vielleicht im Lauf der Zeit ... Ich weiß es nicht ... Ja, ich nehme deinen Vorschlag an. Wo soll ich unterschreiben?« Sie schlingt die Arme um meinen Nacken; ich spüre ihre warme Wange an der meinen.

Ich kann fast nicht glauben, was ich höre.

Meine Angst verwandelt sich in Freude. Das Gefühl breitet sich in meiner Brust aus, wärmt meinen ganzen Körper. Sie will es versuchen. Ich bekomme sie zurück. Obwohl ich sie nicht verdiene.

Ich lege die Arme um sie, drücke sie fest an mich und vergrabe die Nase in ihren duftenden Haaren. Erleichterung und Euphorie füllen die Leere, die ich seit der Trennung von ihr in mir spüre.

»O Ana«, hauche ich und halte sie, zu verblüfft und zu ... voll von diesem Gefühl der Wärme, um irgendetwas anderes zu sagen. Sie schmiegt sich an mich, den Kopf an meiner Schulter, und gemeinsam lauschen wir der Musik von Rachmaninow.

Sie liebt mich.

Ich wiederhole diesen Satz in meinem Gehirn und dem, was von meinem Herzen noch übrig ist und schlucke die Angst hinunter, die ich in mir aufsteigen spüre.

Ich schaffe das.

Mit dieser Lösung kann ich leben.

Das muss ich, um sie und ihr verletzliches Herz zu schützen.

Ich hole tief Luft.

Ja, ich schaffe das.

Nur nicht die Sache mit den Berührungen. Die schaffe ich nicht. Das muss ich ihr begreiflich machen; ich muss ihre Erwartungen dämpfen. Sanft streiche ich ihr über den Rücken. »Berührungen sind ein Hard Limit für mich, Anastasia.«

»Ich weiß. Wenn ich nur wüsste, warum.« Ihr Atem kitzelt mich am Hals.

Soll ich es ihr verraten? Wieso interessiert sie diese Scheiße? Meine Scheiße? Vielleicht reichen Andeutungen als Erklärung aus.

»Ich hatte eine grässliche Kindheit. Einer der Zuhälter der Crackhure ...«

»*Da bist du ja, du kleines Biest.*«

Nein. Nein. Nein. Nicht brennen.

»*Mami! Mami!*«

»*Sie kann dich nicht hören, du Scheißwurm.*« *Er packt mich an den Haaren und zerrt mich unter dem Küchentisch hervor.*

»*Au. Au. Au.*«

Er raucht. Der Geruch. Nach Zigaretten. Sie stinken. Riechen alt und eklig. Er ist schmutzig. Wie Abfall. Wie dreckiges Wasser. Er trinkt braunen Schnaps. Aus der Flasche.

»Und wenn sie könnte, wär's ihr egal«, brüllt er. Er ist immer laut.

Er gibt mir eine Ohrfeige. Noch eine. Und noch eine. Nein. Nein.

Ich wehre mich. Er lacht nur. Und nimmt einen Zug an der Zigarette. Ihr Ende leuchtet rot und orange.

»Gleich brennt's«, sagt er.

Nein. Nein.

Das tut weh. Weh. So weh. Und stinkt.

Es brennt. Brennt. Brennt.

Weh. Nein. Nein. Nein.

Ich schreie auf.

Schreie.

»Mami! Mami!«

Er lacht und lacht. Ihm fehlen zwei Zähne.

Ich beginne zu zittern, als meine Erinnerungen und Albträume sich vermischen wie der Rauch seiner weggeworfenen Zigarette. Sie vernebeln mir das Gehirn, versetzen mich in eine Zeit der Angst und Ohnmacht zurück.

Ich erzähle Ana davon, und sie drückt mich fester an sich, ihre Wange an meinem Hals. Ihre weiche, warme Haut an der meinen bringt mich in die Gegenwart zurück.

»Hat sie dich misshandelt? Deine Mutter?«, fragt Ana mit rauer Stimme.

»Nicht dass ich wüsste. Sie hat mich vernachlässigt und mich nicht vor ihrem Zuhälter beschützt.«

Als Mutter war sie ein Witz, und er war ein perverser Scheißkerl.

»Am Ende war ich es, der sich um sie gekümmert hat. Nach ihrem Selbstmord hat es vier Tage gedauert, bis jemand uns gefunden hat... Das weiß ich noch.« Vor meinem geistigen Auge sehe ich meine Mutter, wie sie zusammengekrümmt auf dem Boden liegt, wie ich eine Decke über sie breite und mich neben ihr zusammenrolle.

Anastasia schnappt nach Luft. »Abgefuckt.«

»Ja, in tausend Facetten.«

Sie küsst mich zärtlich auf den Hals. Nicht aus Mitleid, das weiß ich. Sie will mich trösten; vielleicht kann sie mich sogar verstehen. Meine wunderschöne, mitfühlende Ana.

Ich presse sie fester an mich und küsse sie auf die Haare, während sie sich in meine Arme schmiegt.

Baby, das ist lange her.

Ich bin erschöpft, das merke ich jetzt. Mehrere fast schlaflose Nächte voller Albträume fordern ihren Tribut. Ich bin müde und möchte nicht mehr denken müssen. Sie ist meine Traumfängerin. Wenn sie neben mir schlief, hatte ich keine Albträume. Ich lehne mich zurück, schließe schweigend die Augen, weil es nichts mehr zu sagen gibt. Ich lausche der Musik, und als die aus ist, Anas leisem, regelmäßigem Atem. Sie ist eingeschlafen, erschöpft wie ich. Mir wird klar, dass ich die Nacht nicht mit ihr verbringen kann. Denn wenn, macht sie kein Auge zu. Ich halte sie im Arm, genieße es, ihr Gewicht auf mir zu spüren, fühle mich geehrt, dass sie auf mir schlafen kann. Ich muss grinsen, selbstzufrieden. Ich habe es geschafft, sie zurückzuerobern. Nun muss ich sie nur noch halten, und das wird schwierig genug werden.

Meine erste Blümchensexbeziehung – wer hätte das gedacht? Ich stelle mir Elenas Miene vor, wenn ich ihr das erzähle. Wie immer wird sie einen Kommentar dazu haben …

Wie du dastehst, verrät mir, dass du mir etwas sagen willst.

Ich wage einen Blick auf Elena, deren knallrote Lippen sich zu einem Lächeln verziehen. Sie verschränkt die Arme, den Flogger in der Hand.

Ja, Ma'am.

Du darfst sprechen.

Ich habe einen Studienplatz in Harvard.

Ihre Augen blitzen auf.

Ma'am, füge ich hastig hinzu und senke den Blick.

Aha. Sie geht um mich herum; ich stehe nackt in ihrem Keller. Kühle Frühlingsluft streicht über meine Haut, aber letztlich ist es die Erwartung dessen, was gleich geschehen wird, die mir eine Gänsehaut verursacht. Die und der Duft ihres teuren Parfums. Mein Körper regt sich.

Sie lacht. *Selbstbeherrschung!*, faucht sie und zieht mir den Flogger über die Oberschenkel. Und ich bemühe mich, bemühe mich wirklich, die Reaktion meines Körpers in den Griff zu bekommen.

Obwohl, vielleicht sollte ich dich belohnen, weil du so artig warst, schnurrt sie. Und schlägt erneut zu, diesmal auf meine Brust, leicht, verspielt. Das schafft nicht jeder, einen Studienplatz in Harvard zu ergattern, mein lieber Junge. Wieder der Flogger, der eine brennende Spur über meinen Hintern zieht, und meine Beine beginnen zu beben.

Halt still, ermahnt sie mich. Ich erwarte den nächsten Schlag mit gestrafften Schultern. Du willst mich also verlassen, raunt sie, und der Flogger landet auf meinem Rücken.

Ich sehe sie entsetzt an.

Nein. Niemals.

Schau mich nicht an, befiehlt sie.

Voller Panik starre ich meine Füße an.

Du wirst mich verlassen und dir irgendein College-Girl suchen.

Nein. Nein.

Sie packt mein Gesicht, ihre Fingernägel graben sich in meine Haut.

O doch. Der Blick ihrer eisblauen Augen bohrt sich in mich, sie verzieht fauchend die knallroten Lippen.

Niemals, Ma'am.

Sie stößt mich lachend von sich weg und hebt die Hand.

Aber der Schlag bleibt aus.

Als ich die Augen aufmache, steht Ana vor mir. Sie liebkost lächelnd meine Wange. *Ich liebe dich*, sagt sie.

Beim Aufwachen fehlt mir vorübergehend die Orientierung, mein Herz schlägt wie wild. Ich weiß nicht, ob aus Angst oder Erregung. Ich befinde mich auf dem Rücksitz des Q7, die schlafende Ana auf meinem Schoß.

Ana.

Sie gehört wieder mir. Einen kurzen Moment ist mir schwindlig. Ich schüttle den Kopf, grinse dümmlich vor mich hin. Habe ich schon jemals so empfunden? Ich bin gespannt auf die Zukunft, darauf, wie unsere Beziehung verlaufen wird. Welche neuen Dinge wir ausprobieren werden. Es gibt so viele Möglichkeiten.

Ich küsse sie auf die Haare und stütze das Kinn auf ihren Kopf. Als ich zum Fenster hinausschaue, merke ich, dass wir in Seattle sind. Taylor sieht mich im Rückspiegel an.

»Zum Escala, Sir?«

»Nein, zu Miss Steele.«

Um seine Augen bilden sich Lachfältchen. »In fünf Minuten sind wir da«, meint er.

Wow. Fast daheim.

»Danke, Taylor.« Ich habe länger geschlafen, als ich es auf dem Rücksitz eines Wagens für möglich gehalten hätte. Obwohl mich interessiert, wie spät es ist, will ich meinen Arm mit der Uhr nicht von Ana lösen. Ich betrachte mein Dornröschen. Ihre Lippen sind leicht geöffnet, ihre dunklen Wimpern beschatten ihre Wangen. Ich erinnere mich, wie ich ihr das erste Mal im Heathman beim Schlafen zugesehen habe. Sie wirkte so friedlich; auch jetzt wirkt sie friedlich. Ich zögere, sie aufzuwecken.

»Wach auf, Baby.« Ich küsse sie auf die Haare. Ihre Lider zucken, und sie schlägt die Augen auf. »Hey«, begrüße ich sie leise.

»Sorry«, murmelt sie und richtet sich auf.

»Ich könnte dir bis in alle Ewigkeit beim Schlafen zusehen, Ana.« Kein Grund, sich zu entschuldigen.

»Hab ich irgendetwas gesagt?«, erkundigt sie sich besorgt.

»Nein«, versichere ich ihr. »Wir sind fast bei dir.«

»Wir fahren nicht zu dir?«, fragt sie überrascht.

»Nein.«

Sie richtet sich auf. »Warum nicht?«

»Weil du morgen arbeiten musst.«

»Oh.« Sie zieht enttäuscht einen Schmollmund. Fast muss ich laut lachen.

»Warum, hattest du was anderes vor?«, necke ich sie.

Sie bewegt sich auf meinem Schoß.

Autsch.

Ich halte sie mit den Händen fest.

»Na ja, vielleicht.« Sie weicht verlegen meinem Blick aus. Ich kann mir ein Lachen nicht mehr verkneifen. So oft ist sie mutig, und dann reagiert sie plötzlich verschämt. Mir wird klar, dass ich ihr beibringen muss, offener über Sex zu reden. Wenn wir ehrlich zueinander sein wollen, muss sie mir sagen, was sie empfindet. Was sie möchte. Sie muss selbstbewusst genug sein, ihre Wünsche klar zu formulieren. Alle.

»Anastasia, ich werde dich erst wieder anfassen, wenn du mich darum bittest.«

»Was?« Sie klingt bestürzt.

»Damit du anfängst, wirklich mit mir zu reden. Wenn wir das nächste Mal miteinander schlafen, wirst du mir ganz genau erklären müssen, was du möchtest.«

Stoff zum Nachdenken, Miss Steele.

Als Taylor den Wagen vor ihrem Haus an den Straßenrand lenkt, hebe ich sie von meinem Schoß herunter. Dann steige ich aus, gehe zu ihrer Tür und mache sie ihr auf. Als sie ihrerseits aussteigt, wirkt sie auf höchst attraktive Weise verschlafen.

»Ich habe etwas für dich.«

Jetzt ist es heraus. Wird sie mein Geschenk annehmen? Dies ist die letzte Phase meines Kampfs um sie. Ich öffne den Kofferraum und hole die in Geschenkpapier eingewickelte Schachtel mit ihrem Mac, ihrem Handy und einem iPad heraus. Sie sieht zuerst die Schachtel, dann mich argwöhnisch an. »Mach's erst drinnen auf.«

»Du kommst nicht mit rein?«

»Nein, Anastasia.« Obwohl ich nichts lieber tun würde. Wir beide brauchen Schlaf.

»Wann sehen wir uns wieder?«

»Morgen.«

»Morgen möchte mein Chef mit mir auf einen Drink gehen.«

Was zum Teufel will der Mistkerl von ihr? Ich muss Welch nach dem Bericht über Hyde fragen. Irgendetwas ist faul an dem Kerl, das nicht aus der Mitarbeiterakte hervorgeht. Ich traue ihm nicht über den Weg. »Ach, tatsächlich?« Ich bemühe mich, nonchalant zu klingen.

»Zur Feier meiner ersten Arbeitswoche«, erklärt sie hastig.

»Wo?«

»Keine Ahnung.«

»Ich könnte dich dort abholen.«

»Okay. Ich schreibe dir eine Mail oder eine SMS.«

»Gut.«

Wir nähern uns dem Hauseingang, wo ich ihr belustigt zusehe, wie sie in ihrer Handtasche nach den Schlüsseln kramt. Dann schließt sie die Tür auf und wendet sich mir zu, um sich von mir zu verabschieden – und ich kann ihr nicht länger widerstehen. Ich berühre ihr Kinn. Obwohl ich sie gern leidenschaftlich küssen würde, halte ich mich zurück und hauche ihr nur sanfte Küsse auf Schläfe, Wange und Mund. Meine Lenden reagieren umgehend auf ihr wohliges Seufzen.

»Bis morgen«, murmle ich. Es gelingt mir nicht, mir meine Begierde nicht anmerken zu lassen.

»Gute Nacht, Christian«, flüstert sie, genauso sehnsüchtig wie ich.

O Baby. Morgen. Nicht jetzt.

»Rein mit dir«, befehle ich ihr. Es fällt mir sehr schwer, sie ziehen zu lassen, da ich weiß, dass ich sie auf der Stelle haben könnte. Mein Schwanz schert sich nicht um meine noblen Absichten und wird vor Vorfreude hart. Ich schüttle, immer wieder erstaunt über meine Lust auf Ana, den Kopf.

»Ciao, ciao, Baby«, rufe ich ihr nach und mache mich, entschlossen, mich nicht zu ihr umzudrehen, auf den Weg zum Auto. Im Wagen gestatte ich mir dann einen Blick. Sie sieht von der Tür aus zu mir herüber.

Gut.

Geh schlafen, Ana, denke ich. Als hätte sie mich gehört, schließt sie die Tür, und Taylor lässt den Motor an, um mich nach Hause zu bringen.

Ich lehne mich auf dem Sitz zurück.

Wie anders die Welt heute aussieht!

Ich grinse. Sie gehört wieder mir.

Ich stelle mir vor, wie sie in ihrer Wohnung die Schachtel aufmacht. Wird sie sauer sein? Oder sich freuen?

Sie wird sauer sein.

Geschenke nimmt sie nicht gern an.

Scheiße. Habe ich mich zu weit vorgewagt?

Taylor lenkt den Wagen in die Garage des Escala und stellt ihn neben dem A3 von Ana ab. »Taylor, bringen Sie Miss Steeles Audi bitte morgen zu ihr?« Hoffentlich akzeptiert sie auch den.

»Ja, Mr. Grey.«

Ich verlasse Taylor und gehe zum Aufzug. Drinnen sehe ich auf meinem Handy nach, ob sie sich bereits zu den Geschenken geäußert hat. Gerade als die Lifttüren sich öffnen und ich meine Wohnung betrete, kommt eine Mail herein.

Von: Anastasia Steele
Betreff: iPad
Datum: 9. Juni 2011, 23:56 Uhr
An: Christian Grey

Du hast mich wieder einmal zum Weinen gebracht.
Ich liebe das iPad.
Ich liebe die Songs.
Ich liebe die British-Library-App.

> Ich liebe dich.
> Danke.
> Gute Nacht.
> Ana xx

Ich betrachte grinsend das Display. *Tränen des Glücks, wunderbar!*
Sie liebt mein Geschenk.
Sie liebt mich.

FREITAG, 10. JUNI 2011

Sie liebt mich. Drei Stunden Autofahrt sind nötig gewesen, um mich bei diesem Gedanken nicht mehr zusammenzucken zu lassen. Aber sie kennt mich nicht wirklich. Sie weiß nicht, wozu ich fähig bin oder warum ich tue, was ich tue. Niemand kann ein Ungeheuer lieben, egal wie viel Mitgefühl er hat.

Ich schiebe den Gedanken beiseite, weil ich mich nicht mit negativen Dingen beschäftigen will.

Flynn wäre stolz auf mich.

Ich tippe hastig eine Antwort auf ihre Mail.

Von: Christian Grey
Betreff: iPad
Datum: 10. Juni 2011, 00:03 Uhr
An: Anastasia Steele

Freut mich, dass es dir gefällt. Ich habe mir selbst eins gekauft.
Wenn ich bei dir wäre, würde ich deine Tränen wegküssen.
Aber ich bin nicht bei dir – also geh schlafen.
CHRISTIAN GREY
CEO, Grey Enterprises Holdings, Inc.

Ich möchte, dass sie morgen ausgeruht ist. Als ich in mein Schlafzimmer schlendere, strecke ich mich zufrieden – ein mir gänzlich unbekanntes Gefühl. Dort lege ich mein Handy auf den Tisch neben meinem Bett, und im selben Moment trifft eine neue Mail von ihr ein.

Von: Anastasia Steele
Betreff: Mr. Griesgram
Datum: 10. Juni 2011, 00:07 Uhr
An: Christian Grey

Sie klingen wieder herrisch, dazu vermutlich angespannt und mürrisch wie immer, Mr. Grey.
Ich wüsste da etwas, das Ihre Anspannung lockern könnte. Aber Sie sind ja nicht hier – Sie wollten mich nicht zu sich mitnehmen und erwarten von mir, dass ich Sie anbettle ...

Träumen Sie weiter, Sir.
Ana xx

PS: Mir ist aufgefallen, dass Sie die Stalker-Hymne *Every Breath You Take* auf das iPad geladen haben. Mir gefällt Ihr Sinn für Humor, aber weiß Dr. Flynn Bescheid?

Da ist sie wieder, die spitzzüngige Anastasia Steele. Ihr Witz hat mir gefehlt. Ich setze mich auf die Bettkante und schreibe zurück.

Von: Christian Grey
Betreff: Seelenruhe
Datum: 10. Juni 2011, 00:10 Uhr
An: Anastasia Steele

Meine liebste Miss Steele,
auch in Blümchensexbeziehungen wird versohlt. Für gewöhnlich in beiderseitigem Einvernehmen und in erotischen Situationen, aber ich wäre selbstverständlich mehr als bereit, eine Ausnahme zu machen.
Vermutlich erleichtert es Sie zu erfahren, dass Dr. Flynn meinen Sinn für Humor ebenfalls schätzt.

Bitte gehen Sie jetzt ins Bett, denn morgen werden Sie nicht viel Schlaf bekommen.

Übrigens: Sie werden betteln, glauben Sie mir. Und ich freue mich schon darauf.

CHRISTIAN GREY
Angespannter CEO, Grey Enterprises Holdings, Inc.

Ich behalte den Apparat in der Hand und warte auf ihre Reaktion, denn mir ist klar, dass sie meine Mail nicht unkommentiert lassen wird. Und da ist ihre Antwort auch schon.

Von: Anastasia Steele
Betreff: Gute Nacht, süße Träume
Datum: 10. Juni 2011, 00:12 Uhr
An: Christian Grey

Sehr geehrter Mr. Grey,
da Sie mich so nett bitten und mir Ihre köstliche Drohung gefällt, werde ich mich mit dem iPad ins Bett legen, das Sie mir freundlicherweise geschenkt haben, und beim Schmökern in der British Library einschlafen, während ich der Musik lausche, die Ihre Gefühle ausdrückt.

A xxx

Meine Drohung gefällt ihr? Herr im Himmel, sie bringt mich noch um den Verstand. Dann fällt mir ein, wie sie sich im Wagen bei unserem Gespräch übers Versohlen gewunden hat.

Baby, das ist keine Drohung, sondern ein Versprechen.

Während ich zu meinem begehbaren Schrank schlendere, um mein Jackett auszuziehen, lege ich mir eine Antwort zurecht.

Von: Christian Grey
Betreff: Noch eine Bitte
Datum: 10. Juni 2011, 00:15 Uhr
An: Anastasia Steele

Träum von mir.

x

CHRISTIAN GREY
CEO, Grey Enterprises Holdings, Inc.

Ja. Träum von mir. Ich will der Einzige in ihrem Kopf sein. Der Fotograf hat dort nichts zu suchen. Und auch ihr Chef nicht. Nur ich. Ich schlüpfe in eine Pyjamahose und putze mir die Zähne.

Im Bett werfe ich noch einen Blick auf mein Handy, aber von Miss Steele ist nichts gekommen. Sie scheint schon zu schlafen. Als ich die Augen zumache, wird mir bewusst, dass ich den ganzen Abend nicht an Leila gedacht habe. Anastasia hat mich mit ihrer Schönheit und ihrem Witz abgelenkt ...

Das erste Mal, seit sie mich verlassen hat, werde ich durch den Radiowecker wach. Ich habe tief und traumlos geschlafen und fühle mich erfrischt. Mein erster Gedanke gilt Ana. Wie geht es ihr heute Morgen? Hat sie es sich anders überlegt?
Nein. Positiv bleiben.
Okay.
Wie ihr Morgen wohl normalerweise abläuft?
Schon besser.
Heute Abend werde ich sie sehen. Ich springe aus dem Bett und ziehe meinen Jogginganzug an, um meine übliche Strecke, an ihrem Haus vorbei, zu laufen. Doch nun werde ich mich nicht länger vor dem Gebäude aufhalten, denn ich bin kein Stalker mehr.

Meine Füße trommeln auf den Gehsteig. Die Sonne lugt zwischen den Häusern hindurch, als ich Anas Straße erreiche, in der noch nicht viel los ist. Beim Joggen höre ich ziemlich laut die Foo Fighters. Sollte ich lieber Musik hören, die besser zu meiner Stimmung passt? Zum Beispiel *Feeling Good* in Nina Simones Version.

Zu kitschig, Grey. Lauf weiter.

Ich renne an Anas Apartment vorbei, ohne stehen bleiben zu müssen, weil wir uns später treffen. Mit einem wunderbaren Gefühl der Zufriedenheit frage ich mich, ob wir heute Abend hier landen werden.

Egal, das ist Anas Entscheidung. Ab jetzt machen wir es auf ihre Art.

Ich laufe die Wall Street entlang, zurück nach Hause, um meinen Tag zu beginnen.

»Guten Morgen, Gail.« Ich höre selbst, wie ungewöhnlich fröhlich ich klinge. Gail bleibt verwundert vor dem Herd stehen und starrt mich entgeistert an. »Heute Morgen hätte ich gern Rührei und Toast«, teile ich ihr mit, zwinkere ihr zu und verschwinde in Richtung Arbeitszimmer. Die Kinnlade fällt ihr herunter, doch sie sagt nichts.

Eine sprachlose Mrs. Jones, das ist mal was Neues.

In meinem Arbeitszimmer gehe ich die E-Mails auf meinem Computer durch. Nichts dabei, was nicht warten könnte, bis ich im Büro bin. Meine Gedanken wandern zu Ana. Ob sie schon gefrühstückt hat?

Von: Christian Grey
Betreff: Hilferuf
Datum: 10. Juni 2011, 08:05 Uhr
An: Anastasia Steele

Hoffentlich hast du gefrühstückt.
Du hast mir heute Nacht gefehlt.
CHRISTIAN GREY
CEO, Grey Enterprises Holdings, Inc.

Ihre Antwort erreicht mich auf dem Weg ins Büro im Wagen.

Von: Anastasia Steele
Betreff: Alte Bücher ...
Datum: 10. Juni 2011, 08:33 Uhr
An: Christian Grey

Esse gerade eine Banane. Nach Tagen ganz ohne Frühstück ein echter Fortschritt. Ich liebe die British-Library-App und habe angefangen, Robinson Crusoe noch einmal zu lesen ... und natürlich liebe ich dich.

   Lass mich jetzt in Ruhe – ich muss arbeiten.

ANASTASIA STEELE
Assistentin des Cheflektors, SIP

Robinson Crusoe? Ein Mann allein, gestrandet auf einer einsamen Insel. Was will sie mir damit sagen?

Und sie liebt mich.

Liebt. Mich. Es erstaunt mich, dass es mir inzwischen leichter fällt, diese Worte zu hören oder zu lesen ... aber *wirklich* leicht ist es nach wie vor nicht.

Also konzentriere ich mich auf den Punkt in ihrer Mail, der mich ärgert.

Von: Christian Grey
Betreff: Mehr hast du nicht gegessen?
Datum: 10. Juni 2011, 08:36 Uhr
An: Anastasia Steele

Da ist noch Entwicklungsspielraum. Du wirst deine Energie fürs Betteln brauchen.

CHRISTIAN GREY
CEO, Grey Enterprises Holdings, Inc.

Taylor lenkt den Wagen an den Straßenrand vor Grey House.

»Sir, heute Morgen bringe ich den Audi zu Miss Steele.«

»Wunderbar. Bis später, Taylor. Danke.«

»Ich wünsche Ihnen einen guten Tag, Sir.«

Im Aufzug von Grey House lese ich ihre Antwort.

Von: Anastasia Steele
Betreff: Nervensäge
Datum: 10. Juni 2011, 08:39 Uhr
An: Christian Grey

Mr. Grey – ich versuche, mir meinen Lebensunterhalt zu verdienen. Am Ende werden Sie es sein, der bettelt.
ANASTASIA STEELE
Assistentin des Cheflektors, SIP

Ha! Das werden wir ja sehen.

»Guten Morgen, Andrea.« Als ich an ihrem Schreibtisch vorbeimarschiere, nicke ich ihr freundlich zu.

»Ähm...«, murmelt sie, doch als fähige persönliche Assistentin erholt sie sich schnell von ihrer Überraschung. »Guten Morgen, Mr. Grey. Kaffee?«

»Ja, bitte. Schwarz.« Ich mache die Tür zu meinem Büro zu und antworte Ana, sobald ich an meinem Schreibtisch sitze.

Von: Christian Grey
Betreff: Das wollen wir mal sehen!
Datum: 10. Juni 2011, 08:42 Uhr
An: Anastasia Steele

Miss Steele, ich liebe Herausforderungen...
CHRISTIAN GREY
CEO, Grey Enterprises Holdings, Inc.

Ihre frechen Mails gefallen mir. Mit Ana ist das Leben nie langweilig. Ich lehne mich auf meinem Stuhl zurück, verschränke die Hände hinter dem Kopf und versuche, mir meine Euphorie zu erklären. Wann bin ich jemals zuvor so unbeschwert gewesen? Das macht mir Angst. Sie besitzt die Macht, mir Hoffnung zu geben, kann mich aber auch genauso leicht in Verzweiflung stürzen. Was mir lieber ist, liegt auf der Hand. Eine der Wände in meinem Büro ist leer; vielleicht sollte ich dort eines ihrer Porträts hinhängen. Bevor ich diesen Gedanken weiterverfolgen kann, klopft es an der Tür. Andrea kommt mit dem Kaffee herein.

»Mr. Grey, könnte ich kurz mit Ihnen sprechen?«

»Natürlich.«

Sie setzt sich nervös auf den Stuhl mir gegenüber. »Sie wissen, dass ich heute Nachmittag und am Montag nicht hier sein werde?«

Ich sehe sie verständnislos an. *Wie bitte?* Das weiß ich nicht. Ich hasse es, wenn sie nicht da ist.

»Ich dachte, ich erinnere Sie mal lieber«, meint sie.

»Kommt eine Vertretung?«

»Ja, die Personalabteilung schickt eine Kollegin. Sie heißt Montana Brooks.«

»Gut.«

»Es sind nur einhalb Tage, Sir.«

Ich lache. »Wirke ich so verzweifelt?«

Andrea schenkt mir ein seltenes Lächeln. »Ja, Mr. Grey.«

»Was auch immer Sie vorhaben: Ich hoffe, es bereitet Ihnen Spaß.«

Sie steht auf. »Danke, Sir.«

»Habe ich dieses Wochenende Termine?«

»Morgen spielen Sie Golf mit Mr. Bastille.«

»Sagen Sie ab.« Ich möchte mir lieber einen schönen Tag mit Ana machen.

»Ja. Außerdem ist da der Maskenball bei Ihren Eltern, für Coping Together«, erinnert Andrea mich.

»Oje.«

»Der Termin steht seit Monaten fest.«

»Ich weiß. Da muss ich hin.«

Wird Ana mich begleiten wollen?

»Gut, Sir.«

»Haben Sie einen Ersatz für Senator Blandinos Tochter gefunden?«

»Ja, Sir. Sie heißt Sarah Hunter und fängt am Dienstag an, wenn ich wieder da bin.«

»Gut.«

»Um neun haben Sie einen Termin mit Miss Bailey.«

»Danke, Andrea. Rufen Sie Welch für mich an.«

»Ja, Mr. Grey.«

Ros beendet gerade ihren Bericht über die Hilfsgüterlieferungen für Darfur. »Alles ist wie geplant gelaufen. Die ersten Rückmeldungen der dortigen Nichtregierungsorganisationen bestätigen, dass die Lieferungen rechtzeitig und am richtigen Ort angekommen sind«, erläutert Ros. »Die Aktion war ein großer Erfolg. Damit wird vielen Menschen geholfen.«

»Wunderbar. Vielleicht sollten wir so etwas jedes Jahr an Orten durchführen, wo es nötig ist.«

»Das kostet eine ganze Menge, Christian.«

»Ich weiß. Aber es ist richtig. Und es ist ja auch nur Geld.«

Sie bedenkt mich mit einem leicht genervten Blick.

»War's das?«, frage ich.

»Fürs Erste, ja.«

»Gut.«

Sie mustert mich.

Was ist?

»Ich bin froh, dass Sie wieder da sind«, sagt sie.

»Wie meinen Sie das?«

»Das wissen Sie ganz genau.« Sie steht auf und nimmt ihre Unterlagen. »Sie waren abwesend, Christian.« Ihre Augen verengen sich.

»Ich war da.«

»Nein. Es freut mich, dass Sie jetzt auch wieder mit dem Kopf hier sind. Und Sie wirken zufriedener.« Mit einem breiten Lächeln geht sie zur Tür.

Ist es mir so deutlich anzusehen?

»Heute Morgen habe ich das Foto in der Zeitung gesehen.«

»Was für ein Foto?«

»Von Ihnen und einer jungen Frau in einer Ausstellung.«

»Ach so, ja.« Ich kann mir ein Lächeln nicht verkneifen.

Ros nickt. »Wir sehen uns am Nachmittag bei der Besprechung mit Marco.«

»Ja.«

Als sie weg ist, frage ich mich, wie meine anderen Mitarbeiter heute auf mich reagieren werden.

Barney, mein Technikgenie und erfahrenster Ingenieur, stellt drei Prototypen eines Solar-Tablets vor. Dabei handelt es sich um ein Produkt, das ich in den Industrieländern als Premiumerzeugnis und in den Entwicklungsländern besonders preisgünstig verkaufen will. Technologie für alle zugänglich zu machen gehört zu meinen Leidenschaften. Ich möchte sie funktional gestalten und den Benachteiligten der Welt billig überlassen, um diesen Ländern aus der Armut zu helfen.

Am Vormittag versammeln wir uns im Labor zu einem Gespräch über die Prototypen. Fred, der VP unserer Telekommunikationsabteilung, regt an, die Solarzellen in den hinteren Teil des Gehäuses einzubauen.

»Warum können wir sie nicht in das gesamte Gehäuse des Tablets integrieren, auch ins Display?«, erkundige ich mich.

Sieben Augenpaare richten sich auf mich.

»Nicht *ins* Display, sondern vielleicht in eine spezielle Schicht«, schlägt Fred vor.

»Und die Kosten?«, meldet sich Barney zu Wort.

»Macht euch darüber mal keine Gedanken, Leute«, antworte

ich. »Wir werden das Tablet hier als Premiumprodukt verkaufen, und in den Entwicklungsländern geben wir's praktisch gratis her. Das ist genau der Punkt.«

Ideen werden ausgetauscht, und zwei Stunden später haben wir drei Vorschläge, wie sich das Gerät mit Solarzellen ausstatten lässt.

»Für den hiesigen Markt müssen wir es natürlich WiMAX-fähig machen«, meint Fred.

»Und für den afrikanischen und indischen statten wir es mit der Möglichkeit für einen Satelliteninternetzugang aus«, fügt Barney hinzu. »Vorausgesetzt, wir bekommen einen Zugang.« Er sieht mich fragend an.

»Das ist noch nicht geklärt. Ich hoffe, dass wir uns an das GPS-System Galileo der EU dranhängen können.« Die Verhandlungen darüber werden sich hinziehen, aber wir haben Zeit. »Marcos Team ist dran.«

»Schon heute die Technologie von morgen«, bemerkt Barney stolz.

»Wunderbar.« Ich nicke anerkennend und wende mich Vanessa zu, die sich mit der Materialbeschaffung befasst. »Vanessa, wo stehen wir in der Frage der Konfliktrohstoffe? Wie kommen wir da voran?«

Später präsentiert Marco in meinem Besprechungszimmer den veränderten Geschäftsplan für SIP sowie die vertraglichen Auflagen nach der Unterzeichnung des überarbeiteten Vorvertrags vom Vortag.

»Sie wollen die Öffentlichkeit erst in einem Monat von der Übernahme in Kenntnis setzen«, teilt er mir mit. »Um ihre Autoren nicht kopfscheu zu machen.«

»Ach. Wird das ihre Autoren überhaupt kümmern?«, frage ich.

»Es handelt sich um eine kreative Branche«, klärt Ros mich mit sanfter Stimme auf.

»Aha.« Fast hätte ich die Augen verdreht.

»Wir haben heute um halb fünf eine Konferenzschaltung mit dem Inhaber Jeremy Roach.«

»Gut. Dann können wir die letzten Details besprechen.« Wieder einmal wandern meine Gedanken zu Ana. Wie läuft ihr Tag? Hat sie heute schon die Augen verdreht? Wie sind ihre Kollegen im Verlag? Ihr Chef? Ich habe Welch gebeten, Informationen über Jack Hyde einzuholen. Seine Mitarbeiterakte lässt ahnen, dass er nicht ganz koscher ist. Er hat in New York angefangen, und jetzt ist er hier. Irgendetwas stimmt da nicht. Wenn Ana für ihn arbeitet, muss ich mehr über ihn herausfinden.

Außerdem warte ich auf Neuigkeiten über Leila. Welch weiß nach wie vor nicht, wo sie ist. Sie ist wie vom Erdboden verschluckt. Ich kann nur hoffen, dass es ihr gut geht.

»Sie überprüfen ihre E-Mails fast genauso streng wie wir«, reißt Ros mich aus meinen Gedanken.

»Und?«, frage ich. »Alle Unternehmen, die etwas auf sich halten, machen das.«

»Bei einem so kleinen Verlag überrascht es mich. Sämtliche Mails werden von der Personalabteilung gecheckt.«

Ich zucke mit den Achseln. »Soll mir recht sein.« Aber ich muss Ana warnen. »Nun zu ihren Verbindlichkeiten.«

Sobald wir mit SIP durch sind, wenden wir uns dem nächsten Tagesordnungspunkt zu. »Wir wollen eine vorsichtige Anfrage wegen der Reederei in Taiwan starten«, sagt Marco.

»Ja, wir haben nichts zu verlieren«, pflichtet Ros ihm bei.

»Abgesehen von einer Menge Geld und dem Wohlwollen unserer Mitarbeiter?«

»Christian, wir können auch die Finger davonlassen«, seufzt Ros.

»Finanziell ergibt es Sinn. Ihr wisst das. Und ich weiß es auch. Schauen wir mal, wie weit wir damit kommen.«

Mein Handy signalisiert mir, dass eine Mail von Ana eingetroffen ist.

Endlich!

Ich bin so beschäftigt gewesen, dass ich ihr seit dem Morgen keine Nachricht mehr geschickt habe, obwohl sie die ganze Zeit über irgendwo in meinen Gedanken war wie ein Schutzengel. Mein Schutzengel. Immer da, aber nie aufdringlich.

Sie gehört mir.

Reiß dich zusammen, Grey.

Während Ros die nächsten Stufen des Taiwan-Projekts erläutert, lese ich Anas Mail.

Von: Anastasia Steele
Betreff: Langeweile
Datum: 10. Juni 2011, 16:05 Uhr
An: Christian Grey

Ich drehe Däumchen.
Wie geht's dir?
Was machst du gerade?

ANASTASIA STEELE
Assistentin des Cheflektors, SIP

Sie dreht Däumchen? Die Vorstellung entlockt mir ein Lächeln, und ich muss daran denken, wie unbeholfen sie den Kassettenrekorder bei dem Interview mit mir bedient hat.

Sind Sie schwul, Mr. Grey?

Die liebe, unschuldige Ana.

Nein, ich bin nicht schwul.

Ich freue mich, dass sie an mich denkt und sich die Zeit genommen hat, sich zu melden. Das lenkt mich ab. Eine mir unbekannte Wärme durchströmt meinen Körper und verunsichert mich. Verunsichert mich ziemlich. Ohne darauf zu achten, tippe ich hastig eine Antwort.

Von: Christian Grey
Betreff: Deine Daumen
Datum: 10. Juni 2011, 16:15 Uhr
An: Anastasia Steele

Du hättest für mich arbeiten sollen.
Dann würdest du jetzt nicht Däumchen drehen.
Ich wüsste eine bessere Beschäftigung für deine Daumen.
Nicht nur eine ...

Herrgott, Grey, nicht jetzt.
Ros bedenkt mich mit einem missbilligenden Blick.
»Ich muss sofort antworten«, rechtfertige ich mich. Sie sieht Marco vielsagend an.

Ich bin mit den üblichen Fusionsgeschäften zugange.
Ziemlich trocken.
Deine Mails von SIP werden überwacht.
CHRISTIAN GREY
Beunruhigter CEO, Grey Enterprises Holdings, Inc.

Ich kann es kaum erwarten, sie am Abend zu treffen, und sie hat mir noch keine Mail geschickt, wo. Es ist frustrierend. Aber wir haben uns darauf geeinigt, dass nun sie die Bedingungen für unsere Beziehung vorgibt, also lege ich das Handy weg und konzentriere mich wieder auf die Besprechung.
Geduld, Grey. Geduld.
Inzwischen geht es um den Besuch des Bürgermeisters von Seattle in Grey House in der folgenden Woche, ein Termin, den ich Anfang dieses Monats bei einem Treffen mit ihm vereinbart habe.
»Kümmert Sam sich darum?«, erkundigt sich Ros.
»Klar«, antworte ich. Sam lässt sich keine PR-Gelegenheit entgehen.

»Okay. Wenn ihr so weit seid, soll Jeremy Roach von SIP jetzt zu uns durchgestellt werden, damit wir die letzten Einzelheiten besprechen können.«

»Ja.«

In meinem Vorzimmer trägt Andreas Vertretung noch mehr Lippenstift auf ihren bereits knallroten Mund auf. Das gefällt mir nicht, und außerdem erinnert mich die Farbe an Elena. Zu den Dingen, die ich an Ana liebe, gehört, dass sie ihr Gesicht nicht mit Lippenstift oder Make-up zukleistert. Ich lasse mir meine Abneigung nicht anmerken und betrete mein Büro, ohne die Neue zu beachten. Ich weiß nicht einmal mehr ihren Namen.

Auf dem Bildschirm meines Computers sehe ich Freds überarbeiteten Vorschlag für Kavanagh Media, aber es fällt mir schwer, mich darauf zu konzentrieren. Die Zeit vergeht, und ich höre nichts von Anastasia. Wie immer lässt Miss Steele mich warten. Ich überprüfe noch einmal meine Mails.

Nichts.

Ich gehe die SMS auf meinem Handy durch.

Nichts.

Was hält sie davon ab, mir zu schreiben? Hoffentlich nicht ihr Chef.

Es klopft.

Was ist jetzt schon wieder?

»Herein.«

Andreas Vertretung steckt den Kopf rein, und gleichzeitig trifft eine Mail ein, allerdings nicht von Ana.

»Was?«, herrsche ich die Frau an. Ich versuche, mich an ihren Namen zu erinnern.

Sie lässt sich nicht aus der Ruhe bringen. »Ich geh dann mal, Mr. Grey. Mr. Taylor hat das hier für Sie hinterlassen.« Sie hält einen Umschlag hoch.

»Legen Sie ihn auf die Konsole dort.«

»Brauchen Sie mich noch?«

»Nein. Gehen Sie nach Hause. Danke.« Ich schenke ihr ein schmallippiges Lächeln.

»Schönes Wochenende, Sir«, säuselt sie.

Ja, das werde ich haben.

Ich habe mich von ihr verabschiedet, doch sie verschwindet nicht, sieht mich erwartungsvoll an.

Was?

»Dann bis Montag«, sagt sie mit einem nervenden, nervösen Kichern.

»Ja, bis Montag. Machen Sie die Tür hinter sich zu.«

Enttäuscht tut sie mir den Gefallen.

Was sollte das denn?

Ich greife zum Umschlag auf der Ablage. Darin befindet sich der Schlüssel zu Anas Audi, und auf einem Zettel steht in Taylors ordentlicher Schrift: *Ich habe den Wagen auf dem reservierten Parkplatz hinterm Haus abgestellt.*

Wieder an meinem Schreibtisch wende ich mich meinen E-Mails zu. Endlich kommt die von Ana. Ich grinse wie ein Honigkuchenpferd.

Von: Anastasia Steele
Betreff: Genau deine Kragenweite
Datum: 10. Juni 2011, 17:36 Uhr
An: Christian Grey

Wir gehen in eine Kneipe mit dem hübschen Namen Facet's.
Ein wahrer Steinbruch an Möglichkeiten, die Bar mit allen ihren Facetten zu vergleichen, tut sich auf.
Freue mich schon, Sie dort zu sehen, Mr. Grey.

A. x

Ist das eine Anspielung auf die tausend Facetten?
Merkwürdig. Macht sie sich über mich lustig?
Okay. Sie soll ihren Spaß haben.

Von: Christian Grey
Betreff: Gefahren
Datum: 10. Juni 2011, 17:38 Uhr
An: Anastasia Steele

Steinbrüche können sehr, sehr gefährliche Orte sein.
CHRISTIAN GREY
CEO, Grey Enterprises Holdings, Inc.

Mal sehen, was sie damit anfängt.

Von: Anastasia Steele
Betreff: Gefahren?
Datum: 10. Juni 2011, 17:40 Uhr
An: Christian Grey

Was willst du mir damit sagen?

Plötzlich so begriffsstutzig, Ana? Das sieht dir gar nicht ähnlich. Aber ich will mich nicht mit dir streiten.

Von: Christian Grey
Betreff: Nur ...
Datum: 10. Juni 2011, 17:42 Uhr
An: Anastasia Steele

War nur so eine Feststellung, Miss Steele.
Bis gleich, Baby.
CHRISTIAN GREY
CEO, Grey Enterprises Holdings, Inc.

Nachdem sie sich gemeldet hat, kann ich mich entspannt auf den Kavanagh-Vorschlag konzentrieren. Er ist gut. Ich schicke ihn an Fred zurück und bitte ihn, den Vorschlag an Kavanagh weiterzuleiten. Ist Kavanagh Media reif für die Übernahme? Was halten Ros und Marco von der Idee? Ich schiebe den Gedanken einstweilen beiseite und begebe mich hinunter in den Eingangsbereich. Unterwegs schreibe ich Taylor eine SMS, in der ich ihm mitteile, wo ich Ana treffe.

Das Facet's ist eine Sportbar. Irgendwie kommt sie mir bekannt vor. Plötzlich erinnere ich mich, dass ich schon einmal mit Elliot hier war. Er liebt alle typischen Männervergnügungen und ist der Mittelpunkt einer jeden Party. Diese Kneipe, in der der Teamsport gefeiert wird, ist genau sein Stil. Ich selbst war in meiner gesamten Schullaufbahn zu aufbrausend für Mannschaftssportarten. Mir waren Einzelsportarten wie Rudern oder Kickboxen lieber, wo ich jemandem in die Eier treten ... oder mir in die Eier treten lassen konnte.

Drinnen ist ordentlich was los. Hier drängen sich junge Büroangestellte, die sich mit ein paar Drinks auf das Wochenende einstimmen. Ich brauche keine zwei Sekunden, um sie an der Theke auszumachen.

Ana.

Er ist auch da. *Hyde.* Dicht bei ihr.

Arschloch.

Ihre Schultern sind verkrampft. Sie fühlt sich nicht wohl, das sieht man.

Mistkerl.

Nur mit Mühe gelingt es mir, ganz cool zu ihnen hinzuschlendern. Als ich sie erreiche, lege ich den Arm um ihre Schultern und ziehe sie zu mir heran, weg von ihm.

Dann küsse ich sie hinterm Ohr. »Hallo, Baby«, flüstere ich ihr zu. Sie schmiegt sich an mich, während das Arschloch sich hoch aufrichtet und mich taxiert. Am liebsten würde ich ihm den selbstgefälligen Ausdruck aus dem Gesicht prügeln, aber ich widme mich lieber Ana.

Hey, Baby. Geht der Typ dir auf die Nerven?

Ana strahlt mich an. Ihre Augen glänzen, die Lippen schimmern feucht, die Haare fallen ihr über die Schultern. Sie trägt die blaue Bluse, die Taylor für sie besorgt hat und die so gut zu ihren Augen und ihrer Haut passt. Ich küsse sie. Errötend wendet sie sich dem Arschloch zu, das die Botschaft verstanden hat und einen Schritt zurückgewichen ist.

»Jack, das ist Christian. Christian, Jack«, stellt sie uns vor.

»Ich bin ihr Freund«, erkläre ich, um Missverständnisse zu vermeiden, und strecke Hyde die Hand hin.

Siehst du? Ich kann auch nett sein.

»Und ich bin der Chef«, entgegnet er und schüttelt sie. Ich erwidere seinen festen Händedruck.

Lass die Finger von meinem Mädchen.

»Ana hat etwas von einem Exfreund erwähnt«, teilt er mir in herablassendem Tonfall mit.

»Nicht mehr Ex«, informiere ich ihn mit einem Verpiss-dich-Grinsen. »Komm Baby, es ist Zeit zu gehen.«

»Bleiben Sie doch noch auf einen Drink bei uns«, meint Hyde und betont das »uns«.

»Wir haben noch etwas vor. Vielleicht ein andermal.«

Soll heißen: nie.

Ich traue ihm nicht über den Weg und möchte Distanz zwischen ihm und Ana schaffen. »Komm«, wiederhole ich und nehme ihre Hand.

»Bis Montag«, sagt sie, als sich ihre Finger um die meinen schließen, zu Hyde und einer attraktiven Frau, vermutlich eine Kollegin von ihr. Immerhin war Ana nicht allein mit ihm. Die Frau verabschiedet sich mit einem freundlichen Lächeln von Ana, während Hyde uns finster ansieht. Als wir gehen, spüre ich seinen Blick im Rücken. Aber das ist mir scheißegal.

Draußen wartet Taylor im Q7. Ich halte Ana die hintere Tür auf.

»Wieso ist mir das wie Platzhirschgehabe vorgekommen?«, fragt sie beim Einsteigen.

Miss Steele entgeht wie immer nichts.

»Weil es das war«, antworte ich und schließe die Tür.

Im Wagen greife ich nach ihrer Hand und hebe sie an die Lippen. »Hi«, murmle ich. Sie ist wunderschön. Die dunklen Ringe unter ihren Augen sind verschwunden. Sie hat geschlafen und gegessen. Ihre Haut schimmert wieder gesund. Ihrem fröhlichen Lächeln nach zu urteilen würde ich sagen, dass sie glücklich ist, und das entzückt mich.

»Hi«, haucht auch sie. Verdammt, am liebsten würde ich mich auf der Stelle über sie hermachen ... aber das wäre Taylor bestimmt nicht recht. Ich sehe ihn von hinten an, und er erwidert meinen Blick im Rückspiegel. Er wartet auf Anweisungen.

Jetzt machen wir, was Ana will.

»Was möchtest du heute Abend unternehmen?«

»Hast du nicht gesagt, wir hätten was vor?«

»Ich weiß, was ich gern machen würde, Anastasia. Aber ich frage, wonach dir ist.«

Ihr Lächeln verwandelt sich in ein laszives Grinsen, auf das mein Schwanz umgehend reagiert.

Verdammt, ist diese Frau heiß.

»Verstehe. Dann willst du also betteln. Lieber bei mir oder bei dir?«, necke ich sie.

Der Schalk blitzt aus ihren Augen. »Ich finde, Sie sind sich Ihrer Sache ein bisschen zu sicher, Mr. Grey. Aber zur Abwechslung könnten wir mal in meine Wohnung gehen.« Sie kaut auf ihrer vollen Unterlippe und sieht mich durch ihre dunklen Wimpern an.

Fuck.

»Taylor, bitte zu Miss Steele.« Und zwar schnell!

»Sir.« Taylor fährt los.

»Wie war dein Tag?«, erkundige ich mich und streiche mit dem Daumen über ihre Fingerknöchel. Ihr stockt der Atem.

»Gut. Und deiner?«

»Auch gut, danke.« Ja, richtig gut. Ich habe heute mehr Arbeit erledigt als in der ganzen Woche. Zum Dank dafür küsse ich ihre Hand. »Du siehst schön aus.«

»Du auch.«

Nur mein Gesicht, Baby.

Apropos hübsche Gesichter: »Dein Chef Jack Hyde, ist der gut in seinem Job?«

Sie runzelt die Stirn, und wieder einmal bildet sich das V an ihrer Nasenwurzel, das ich so gern küsse. »Warum? Geht's da um die Platzhirschsache?«

»Der Typ will dir an die Wäsche, Anastasia«, warne ich sie. Ich versuche, gelassen zu klingen. Sie wirkt schockiert. Herrgott, ist das Mädchen naiv! Nicht nur mir, sondern auch den anderen Gästen der Kneipe dürfte Hydes Interesse an ihr aufgefallen sein.

»Er kann wollen, was er möchte«, erklärt sie. »Warum führen wir dieses Gespräch überhaupt? Du weißt doch, dass er mich nicht die Bohne interessiert. Er ist mein Chef, Punkt.«

»Er will, was mir gehört. Deshalb muss ich wissen, ob er gut in seinem Job ist.« Wenn nicht, setze ich ihn auf die Straße.

Sie zuckt mit den Achseln und senkt den Blick.

Wie bitte? Hat er etwa schon bei ihr zu landen versucht?

Sie erzählt mir, dass er seine Arbeit gut macht, doch das klingt nicht sonderlich überzeugt.

»Wenn er nicht die Finger von dir lässt, landet er auf der Straße.«

»Christian, was redest du da? Er hat nichts Schlimmes getan.«

Warum runzelt sie die Stirn? Fühlt sie sich in seiner Gegenwart unwohl? Sprich mit mir, Ana. Bitte. »Eine falsche Bewegung seinerseits, und du sagst mir Bescheid. Das nennt man grob unsittliches Verhalten – oder sexuelle Belästigung.«

»Es war doch bloß ein Drink nach der Arbeit.«

»Es ist mein Ernst. Eine falsche Berührung, und er kann seinen Job vergessen.«

»Dazu hast du nicht die Macht«, entgegnet sie belustigt. Aber dann verschwindet ihr Lächeln, und sie sieht mich unsicher an. »Oder doch, Christian?«

Doch, die habe ich. Ich grinse.

»Du kaufst den Verlag?«, flüstert sie entsetzt.

»Nicht ganz.« Mit dieser Reaktion habe ich nicht gerechnet, und auch die Unterhaltung geht in eine andere Richtung als erwartet.

»Du hast ihn schon gekauft.« Sie wird blass.

Jesus, sie ist sauer!

»Möglich«, antworte ich vorsichtig.

»Ja oder nein?«

Leg die Karten auf den Tisch, Grey. Sag's ihr.

»Ja.«

»Warum?« Ihre Stimme klingt schrill.

»Weil ich es kann, Anastasia. Ich will dich in Sicherheit wissen.«

»Aber du hast versprochen, dich nicht in meine Arbeit einzumischen!«

»Das tue ich auch nicht.«

Sie entzieht mir die Hand. »Christian!«

Scheiße. »Bist du sauer?«

»Natürlich bin ich sauer«, faucht sie. »Ein verantwortungsbewusster Geschäftsmann lässt sich nicht von seinem Schwanz leiten.« Nach einem nervösen Blick auf Taylor sieht sie mich vorwurfsvoll an.

Am liebsten würde ich sie wegen ihrer spitzen Zunge und ihrer Überreaktion ausschimpfen. Ich mache schon den Mund auf, überlege es mir jedoch anders, denn vielleicht ist das keine gute Idee. Sie hat die Lippen zu dem typischen Steele-Schmollmund verzogen, den ich so gut kenne… Und der mir ebenfalls gefehlt hat.

Sie verschränkt die Arme.

Fuck.

Sie ist echt sauer.

Ich erwidere ihren wütenden Blick, würde sie am liebsten sofort übers Knie legen. Aber leider geht das nicht.

Herrgott, ich hab doch nur getan, was ich für das Beste hielt!

Taylor hält vor ihrem Haus an. Kaum steht der Wagen, ist sie auch schon draußen.

Scheiße! »Warten Sie lieber hier«, sage ich zu Taylor und stolpere ihr nach. Der Abend scheint eine völlig andere Wendung zu nehmen als geplant. Möglicherweise habe ich schon alles verdorben.

Als ich sie an der Haustür einhole, kramt sie in ihrer Handtasche nach dem Schlüssel. Ich stehe unschlüssig hinter ihr.

»Anastasia«, flehe ich sie an, bemüht, Ruhe zu bewahren. Sie wendet sich mir laut seufzend mit zusammengekniffenen Lippen zu.

Ich nehme den Faden des Gesprächs wieder auf, das wir im Auto geführt haben, und versuche es mit Humor. »Erstens habe ich eine gefühlte Ewigkeit nicht mehr mit dir geschlafen, und zweitens wollte ich sowieso in die Verlagsbranche. Von den vier Verlagen in Seattle ist SIP der profitabelste.« Ich rede weiter über den Verlag, obwohl ich eigentlich sagen möchte: *Bitte nicht streiten.*

»Dann bist du also jetzt mein Chef«, konstatiert sie.

»Genauer gesagt, der Chef vom Chef deines Chefs.«

»Präziser ausgedrückt, es handelt sich um grob unsittliches Verhalten – ich meine, dass ich mit dem Chef vom Chef meines Chefs bumse.«

»Im Moment streitest du dich mit ihm.« Ich werde lauter.

»Weil er ein ziemliches Arschloch ist.«

Arschloch.

Sie nennt mich Arschloch! Sonst tun das nur Mia und Elliot.

»Ein Arschloch?« Ja. Vielleicht bin ich das. Fast muss ich lachen. Anastasia hat mich Arschloch genannt. Das würde Elliot gefallen.

»Ja.« Sie bemüht sich, mir weiter böse zu sein, doch ihre Mundwinkel zucken.

»Ein Arschloch?«, wiederhole ich und kann mir ein Grinsen nicht verkneifen.

»Bring mich nicht zum Lachen, wenn ich wütend auf dich bin!«, faucht sie und versucht erfolglos, ernst zu bleiben. Ich schenke ihr mein schönstes Tausend-Watt-Lächeln, und sie lacht spontan so fröhlich und ungehemmt, dass ich mich plötzlich ziemlich groß fühle.

Erfolg!

»Wenn ich lache, heißt das noch lange nicht, dass ich nicht stinksauer auf dich bin«, japst sie. Ich beuge mich zu ihr vor, vergrabe die Nase in ihren Haaren und atme tief ihren Duft ein. Ihr Geruch und ihre Nähe wecken meine Begierde. Ich will sie.

»Wie üblich reagieren Sie unerwartet, Miss Steele.« Ich erfreue mich an ihren geröteten Wangen und ihren leuchtenden Augen. Sie ist wunderschön. »Wollen Sie mich nun hineinbitten, oder schicken Sie mich weg, weil ich mein demokratisches Recht als amerikanischer Bürger, zu kaufen, was ich verdammt noch mal will, geltend gemacht habe?«

»Hast du darüber schon mal mit Dr. Flynn gesprochen?«

Wieder muss ich lachen. Noch nicht. Das wird bestimmt ein richtiger Kopffick.

»Lässt du mich nun rein oder nicht, Anastasia?«

Kurz wirkt sie unentschlossen, und mein Puls beginnt zu rasen. Doch dann kaut sie auf ihrer Lippe und öffnet mir lächelnd die Tür. Ich signalisiere Taylor, dass er sich entfernen kann, und folge Ana nach oben, wobei ich den wunderbaren Anblick ihres Hinterns genieße. Ihr leichter Hüftschwung, als sie die Stufen hinaufsteigt, ist mehr als verführerisch – weil sie vermutlich nicht ahnt, wie verführerisch. Ihre Sinnlichkeit rührt von ihrer Unschuld her, ihrer Bereitschaft, Dinge auszuprobieren, und ihrer Fähigkeit zu vertrauen.

Verdammt. Hoffentlich habe ich ihr Vertrauen nach wie vor. Schließlich habe ich sie vergrault. Ich werde mich anstrengen müssen, es wieder aufzubauen. Ich möchte sie nicht noch einmal verlieren.

Ihre Wohnung ist hübsch und wie nicht anders zu erwarten ordentlich aufgeräumt, hat aber etwas Unbenutztes, Unbewohntes. Mit dem vielen Holz und den Ziegelwänden erinnert sie mich an die Galerie. Die Kücheninsel aus Stein ist ein deutliches, modernes Designstatement, das mir gefällt.

»Hübsche Wohnung«, stelle ich anerkennend fest.

»Die haben Kates Eltern für sie gekauft.«

Eamon Kavanagh verwöhnt seine Tochter. Das Apartment ist stylish – er hat gut gewählt. Hoffentlich weiß Katherine das zu würdigen. Ich mustere Ana, die neben der Kücheninsel steht. Wie sie sich wohl als Mitbewohnerin einer so reichen Freundin fühlt? Bestimmt lässt sie sich nichts von ihr schenken ... aber es ist sicher nicht leicht, immer die zweite Geige zu spielen. Vielleicht macht ihr das nichts aus, vielleicht fällt es ihr auch schwer. Jedenfalls wirft sie ihr Geld nicht für Kleidung hinaus. Deswegen wartet im Escala ein voller Schrank auf sie. Was sie davon halten wird? Wahrscheinlich wird sie mir die Hölle heißmachen.

Zerbrich dir jetzt nicht den Kopf darüber, Grey.

Ana mustert mich mit dunklen Augen. Als sie mit der Zunge über ihre Unterlippe fährt, geht mein Körper ab wie eine Rakete.

»Möchtest du was trinken?«, fragt sie.

»Nein, danke, Anastasia.« Ich will dich.

Sie verschränkt nervös die Finger ineinander. Verunsichere ich sie immer noch? Diese Frau, die mich in die Knie zwingen kann, ist nervös?

»Was würdest du gern tun, Anastasia?«, frage ich und gehe auf sie zu, ohne den Blick von ihr zu wenden. »Was ich machen möchte, weiß ich.«

Und wo wir das tun, hier oder in deinem Schlafzimmer oder im Bad, ist mir egal – ich will dich einfach nur. Jetzt.

Ihr Mund öffnet sich ein wenig, und ihr Atem geht schneller.

Was für ein verführerisches Geräusch!

Du willst mich doch auch, Baby.

Ich weiß es.

Ich spüre es.

Sie weicht zur Kücheninsel zurück.

»Ich bin immer noch wütend auf dich«, erklärt sie mit bebender, leiser Stimme. Sie klingt alles andere als wütend. Eher lüstern.

»Ich weiß«, sage ich mit einem anzüglichen Grinsen. Ihre Pupillen weiten sich.

O Baby.

»Hast du Hunger?«, murmelt sie.

Ich nicke. »Ja, auf dich.«

Ich blicke in ihre Augen, in denen Begierde aufleuchtet, und spüre die Hitze ihres Körpers. Sie versengt mich. Ich möchte von ihr umhüllt werden. Darin baden. Sie dazu bringen zu schreien, zu stöhnen und meinen Namen zu rufen. Ich möchte sie zurückerobern und ihre Erinnerung an unsere Trennung auslöschen.

Ich will, dass sie mir gehört. Wieder.

Aber zuvor sind noch andere Dinge zu erledigen.

»Hast du heute schon was gegessen?«, frage ich sie.

»Mittags ein Sandwich.«

Immerhin ein Anfang. »Du musst etwas essen«, ermahne ich sie.

»Ich habe im Moment wirklich keinen Hunger… jedenfalls nicht auf was zu essen.«

»Worauf dann, Miss Steele?« Ich senke den Kopf, so dass unsere Lippen sich fast berühren.

»Ich glaube, das wissen Sie, Mr. Grey.«

Ja, das stimmt. Ich muss mich sehr beherrschen, sie nicht einfach zu packen und auf die Arbeitsfläche zu drücken. Aber es war mein Ernst, als ich sagte, sie müsste betteln. Sie muss mir sagen, was sie will, lernen, ihre Gefühle, Bedürfnisse und Gelüste in Worte zu fassen. Ich möchte wissen, was sie glücklich macht. Ich beuge mich zu ihr herunter, als wollte ich sie küssen, flüstere ihr aber nur etwas ins Ohr.

»Möchtest du, dass ich dich küsse, Anastasia?«

Sie saugt scharf die Luft ein. »Ja.«

»Wo?«

»Überall.«

»Du wirst mir genauere Anweisungen geben müssen. Ich habe dir doch gesagt, dass ich dich erst anfasse, wenn du mich darum bittest und mir erklärst, was ich tun soll.«

»Bitte«, haucht sie.

Nein, Baby, so nicht. So leicht werde ich es dir nicht machen. »Bitte was?«

»Fass mich an.«

»Wo, Baby?«

Sie streckt die Hand nach mir aus.

Nein.

Dunkelheit packt meine Kehle mit ihren Klauen. Unwillkürlich weiche ich einen Schritt zurück, und mein Herz schlägt vor Angst wie wild.

Nicht anfassen. Fass mich nicht an.

Fuck.

»Nein«, murmle ich.

Deswegen habe ich Regeln.

»Was?« Sie wirkt verwirrt.

»Nein.« Ich schüttle den Kopf. Sie weiß Bescheid. Ich habe es ihr gestern erklärt. Ich muss ihr begreiflich machen, dass sie mich nicht berühren darf.

»Überhaupt nicht?« Sie tritt einen Schritt auf mich zu. Keine Ahnung, was sie vorhat. Die Dunkelheit reißt an meinem Innersten; ich weiche weiter zurück und hebe abwehrend die Hände.

Mit einem Lächeln flehe ich sie an: »Ana.« Aber ich finde nicht die richtigen Worte.

Bitte. Fass mich nicht an. Damit kann ich nicht umgehen.

Verdammt, ist das frustrierend.

»Manchmal macht es dir nichts aus«, beklagt sie sich. »Soll ich einen Leuchtmarker holen? Dann könnten wir die verbotenen Zonen markieren.«

Der Gedanke ist mir noch gar nicht gekommen. »Keine schlechte Idee. Wo ist dein Schlafzimmer?« Themenwechsel.

Sie zeigt mit dem Kopf nach links.

»Hast du die Pille genommen?«

Sie verzieht das Gesicht. »Nein.«

Wie bitte?

Und das nach dem Heckmeck, dass sie sie verschrieben bekommt! Ist das zu fassen?

»Verstehe.«

Das ist eine Katastrophe. Was zum Teufel soll ich jetzt mit ihr machen? Verdammt. Ich brauche Kondome. »Komm, lass uns was essen«, sage ich. Dann können wir rausgehen, und ich kann mir welche besorgen.

»Ich dachte, wir gehen ins Bett! Ich will mit dir schlafen«, schmollt sie.

»Ich weiß, Baby.«

Bei uns ist es immer zwei Schritte vorwärts und einen zurück.

Der Abend läuft nicht wie geplant. Vielleicht habe ich mir zu viel erhofft. Wie soll sie es auch mit einem abgefuckten Arschloch aushalten, das keine Berührungen erträgt? Und wie soll ich mit einer Frau zusammen sein, die vergisst, die Pille zu nehmen? Ich hasse Kondome.

Herrgott. Möglicherweise passen wir einfach nicht zusammen.

Lass diese negativen Gedanken, Grey. Es reicht!

Sie wirkt zerknirscht, was mich plötzlich sehr befriedigt. Immerhin begehrt sie mich. Ich fasse sie an den Handgelenken, drücke sie hinter ihren Rücken und ziehe sie zu mir heran. Wie gut sich ihr schlanker Körper an dem meinen anfühlt! Aber sie ist zu schmal. »Du musst etwas essen und ich auch.« Du hast mich völlig aus dem Konzept gebracht mit deinem Versuch, mich zu berühren. Davon muss ich mich erst erholen, Baby. »Außerdem ist Vorfreude das A und O der Verführung, und im Moment möchte ich das Vergnügen noch ein bisschen hinauszögern.« Schon deshalb, weil wir ohne Verhütungsmittel miteinander schlafen müssten.

Sie hebt skeptisch eine Augenbraue.

Ja, ja. Das hab ich mir gerade eben ausgedacht.
»Ich hatte genug Vorfreude und möchte mein Vergnügen jetzt. Ich bitte auch darum«, quengelt sie.

Sie ist ganz Eva, personifizierte Versuchung. Als ich sie fester an mich drücke, spüre ich, dass sie definitiv abgenommen hat. Das beunruhigt mich, insbesondere weil ich weiß, dass ich schuld daran bin. »Iss. Du bist zu dünn.« Ich küsse sie auf die Stirn und lasse sie los. Dabei überlege ich, in welches Lokal wir gehen können.

»Ich bin nach wie vor sauer, weil du SIP gekauft hast, und jetzt werde ich wütend, weil du mich hinhältst.« Sie schürzt die Lippen.

»Nicht so zornig, Miss Steele. Nach einem anständigen Essen fühlst du dich besser, das verspreche ich dir.«

»Ich weiß, wonach ich mich besser fühle.«

»Anastasia Steele, ich bin schockiert.« Ich lege gespielt entsetzt die Hand auf meine linke Brust.

»Hör auf, dich über mich lustig zu machen. Das ist nicht fair.« Plötzlich ändert sich ihr Tonfall. »Ich könnte was kochen, aber zuerst müssten wir einkaufen gehen.«

»Einkaufen?«

»Lebensmittel.«

»Du hast nichts zu essen hier?« Herrgott noch mal – kein Wunder, dass sie abgenommen hat! »Dann lass uns einkaufen gehen.« Ich trete an die Wohnungstür und öffne sie weit. Möglicherweise ist das gar nicht so schlecht. Ich muss nur einen Drogeriemarkt oder eine Apotheke finden.

»Okay, okay«, sagt sie und huscht hinaus.

Als wir Hand in Hand die Straße entlangschlendern, frage ich mich, wie es sein kann, dass ich in ihrer Gegenwart ein solches Spektrum von Gefühlen erlebe: von wütend zu lüstern, ängstlich und verspielt. Vor Ana war ich ruhig und halbwegs ausgeglichen, aber was war mein Leben eintönig! Das änderte sich in dem Moment, in dem sie in mein Büro stolperte. Mit ihr zusammen zu sein, ist, als würde man sich mitten in einem Sturm aufhalten. Meine Emotionen kollidieren, dann brechen sich die Wellen und laufen am Strand aus. Ich weiß kaum, wo oben und unten ist. Mit Ana langweile ich mich nie. Ich hoffe nur, dass das, was von meinem Herzen noch übrig ist, das aushält.

Wir gehen zwei Häuserblocks weiter zu Ernie's Supermarket. Der Laden ist klein und voller Menschen, dem Inhalt ihrer Einkaufskörbe nach zu urteilen, hauptsächlich Singles. Und ich mittendrin, allerdings nicht mehr Single.

Der Gedanke gefällt mir.

Während ich Ana mit einem Korb in der Hand folge, genieße ich den Anblick ihres Hinterteils, das sich appetitlich unter ihrer engen Jeans abzeichnet. Besonders gut gefällt mir, wie sie sich über die Gemüsetheke beugt und Zwiebeln aussucht. Dabei strafft sich der Stoff über ihrem Po, und ihre Bluse rutscht hoch, so dass ein Streifen ihrer hellen, makellosen Haut zum Vorschein kommt.

Ach, was ich gern mit diesem Hintern anstellen würde!

Ana fragt mich, wann ich das letzte Mal in einem Supermarkt gewesen bin. Keine Ahnung. Sie möchte etwas im Wok zubereiten, weil das schnell geht. Schnell, so, so. Ich verziehe den Mund zu einem Grinsen und beobachte entzückt, wie gekonnt sie die Zutaten auswählt: Sie drückt eine Tomate hier und schnuppert an einer Paprika dort. Als wir uns der Kasse nähern, will sie wissen, wie lange meine Mitarbeiter schon bei mir sind. *Warum interessiert sie das?* »Taylor, glaube ich, vier Jahre, Mrs. Jones ungefähr genauso lange.«

Dann stelle ich ihr meinerseits eine Frage: »Warum hast du zu Hause keine Lebensmittel?«

Ihre Miene verdüstert sich. »Du weißt, warum.«

»Du hast mich verlassen«, erinnere ich sie. *Wenn du geblieben wärst, hätten wir uns den Kummer sparen können.*

»Ja«, gibt sie kleinlaut zu.

Ich stehe hinter ihr in der Schlange. Vor uns wartet eine Frau, die versucht, mit zwei kleinen Kindern fertigzuwerden, von denen das eine die ganze Zeit quengelt.

Gott, wie halten Menschen das nur aus?

Wir hätten zum Essen ausgehen können. In der Gegend gibt es genug Restaurants. »Hast du was zu trinken im Haus?«, frage ich sie, weil ich nach dieser Kostprobe des realen Lebens Alkohol brauchen werde.

»Bier... glaube ich.«

»Dann besorge ich Wein.«

Ich entferne mich so weit wie möglich von dem kreischenden Kind, aber nach einer kurzen Orientierung in dem Laden wird mir klar, dass es hier weder Alkohol noch Kondome gibt.

Verdammt.

»Gleich nebenan ist ein gutes Weingeschäft«, teilt Anastasia mir mit, als ich zu der Warteschlange zurückkehre, die noch kein bisschen kürzer geworden zu sein scheint. Und das Kind schreit nach wie vor.

»Dann schau ich mal, was die haben.«

Vor Ernie's Hölle fällt mein Blick auf einen kleinen Gemischtwarenladen neben dem Liquor Locker. Drinnen spüre ich die beiden letzten Kondompäckchen auf.

Gott sei Dank. Zwei Doppelpackungen.

Viermal ficken, wenn ich Glück habe.

Ich grinse. Das sollte selbst für die unersättliche Miss Steele reichen.

Ich nehme sie beide, gebe dem alten Mann an der Kasse das Geld dafür und gehe. Auch in dem ausgezeichnet sortierten Weinladen habe ich Glück. In der Kühlung entdecke ich einen mehr als nur durchschnittlichen Pinot Grigio.

Anastasia verlässt gerade Ernie's Supermarket, als ich herauskomme.

Ich nehme ihr die Einkaufstaschen ab, und wir kehren zu ihrer Wohnung zurück.

Sie erzählt mir, was sie während der Woche gemacht hat. Offenbar gefällt ihr der neue Job. Sie erwähnt meine Übernahme des Verlags nicht, und dafür bin ich dankbar. Dafür sage ich nichts über ihren Arschloch-Chef.

»Du wirkst sehr... häuslich«, bemerkt sie mit kaum verhohlenem Amüsement, als wir ihre Küche betreten.

Schon wieder macht sie sich über mich lustig. »Das hat mir noch keiner vorgeworfen.« Ich stelle die Tüten auf die Kücheninsel, und sie beginnt sie auszupacken. Ich nehme die Weinflasche. Der Supermarkt hat mir für heute genug Einblick in die Realität geboten. Wo ist wohl der Flaschenöffner?

»Ich habe mich hier noch nicht richtig eingelebt. Der Öffner ist, glaub ich, in der Schublade da drüben.« Sie deutet mit dem Kopf hinüber. Ich lächle über ihre Multitaskingfähigkeiten und hole den Flaschenöffner heraus. Gott sei Dank hat sie ihren Kummer in meiner Abwesenheit nicht ertränkt. Ich weiß ja, was passiert, wenn sie sich betrinkt.

Als ich mich zu ihr umdrehe, wird sie rot.

»Woran denkst du?«, frage ich, schlüpfe aus meinem Jackett und werfe es aufs Sofa. Dann wende ich mich wieder der Weinflasche zu.

»Wie wenig ich dich letztlich kenne.«

»Du kennst mich besser als irgendjemand sonst.« Jedenfalls errät sie meine Gedanken wie kein anderer Mensch. Das ist mir unheimlich. Ich öffne die Flasche mit der gleichen theatralischen Geste wie der Kellner in Portland.

»Das glaube ich nicht«, erwidert sie und packt weiter die Tüten aus.

»Doch, Anastasia. Die Menschen wissen nicht viel von mir.« Das hängt mit meinem Lebensstil zusammen. *Meinem früheren Lebensstil.*

Ich fülle zwei Gläser und reiche ihr eines.

»Cheers.« Ich hebe mein Glas.

»Cheers.« Sie trinkt einen Schluck und macht sich in der Küche an die Arbeit. Sie ist ganz in ihrem Element. Mir fällt ein, dass sie mir erzählt hat, sie habe früher immer für ihren Dad gekocht.

»Kann ich dir helfen?«, frage ich.

Mit einem Blick signalisiert sie mir, dass sie alles im Griff hat. »Nein, danke... setz dich einfach hin.«

»Ich würd dir aber gern helfen.«

Sie sieht mich erstaunt an. »Du kannst das Gemüse schnippeln.« Das klingt wie ein ziemlich großes Zugeständnis. Möglicherweise zu Recht, denn ich habe keine Ahnung vom Kochen. Meine Mutter, Mrs. Jones und meine Subs – manche besser, andere weniger gut – haben das für mich erledigt.

»Ich kann nicht kochen«, gestehe ich, während ich das rasierklingenscharfe Messer beäuge, das sie mir reicht.

»Vermutlich, weil du nicht musst.« Sie legt ein Schneidebrett und rote Paprikaschoten vor mich hin.

Was soll ich damit machen? Die Dinger haben eine seltsame Form.

»Du hast noch nie Gemüse geschnitten?«, fragt Anastasia ungläubig.

»Nein.«

Sie grinst spöttisch.

»War das eben Verachtung in deinem Blick?«

»Endlich scheine ich mal etwas zu können, das du nicht beherrschst. Das ist eine Premiere. Komm, ich zeig's dir.«

Sie schiebt sich so an mir vorbei, dass ihr Arm den meinen berührt. Mein Körper reagiert sofort.

Himmel.

Ich mache ihr Platz.

»So.« Sie zeigt es mir, schneidet die rote Paprikaschote auf und holt mithilfe des Messers mit einer einzigen eleganten Handbewegung die Kerne heraus.

»Sieht ganz einfach aus.«

»Sollte eigentlich kein Problem sein«, meint sie. Glaubt sie denn, ich wäre nicht in der Lage, Gemüse zu schneiden? Ich beginne, langsam und vorsichtig zu schnippeln.

Verdammt, überall diese Kerne. Es ist schwieriger, als ich dachte. Bei Ana hat's so leicht ausgeschaut. Sie streicht an mir vorbei; ihr Oberschenkel streift mein Bein, als sie die anderen Zutaten holt. Das macht sie absichtlich, da bin ich mir sicher. Mit Mühe ignoriere ich die Reaktion meines Körpers und schneide artig weiter. Das Messer ist höllisch scharf. Wieder schiebt sie sich an mir vorbei, diesmal berührt ihre Hüfte mich, dann noch einmal, alles unterhalb der Taille. Meinem Schwanz gefällt das sehr. »Ich weiß genau, was du tust, Anastasia.«

»Ich glaube, man nennt es Kochen«, entgegnet sie mit einem entwaffnenden Lächeln.

Die neckische Ana. Merkt sie endlich, welche Macht sie über mich besitzt?

Sie nimmt ebenfalls ein Messer in die Hand und stellt sich neben mich, um Knoblauch, Schalotten und grüne Bohnen zu putzen und zu schneiden. Dabei nutzt sie jede Gelegenheit, gegen mich zu stoßen. Sonderlich subtil ist das nicht.

»Du machst das ziemlich gut«, lobe ich sie und wende mich der zweiten Paprikaschote zu.

»Das Schneiden?« Sie sieht mich mit unschuldigem Augenaufschlag an. »Jahrelange Übung«, erklärt sie und streift mit dem Hinterteil an mir vorbei.

Es reicht.

Sie legt das Gemüse neben den erhitzten Wok.

»Noch einmal, Anastasia, dann nehme ich dich hier auf dem Küchenboden.«

»Aber zuerst musst du mich anbetteln«, kontert sie.

»Willst du mich provozieren?«

»Vielleicht.«

Kein Problem, Miss Steele.

Ich lege, den Blick auf sie gerichtet, das Messer weg. Sie öffnet den Mund leicht, als ich mich, nur ein paar Zentimeter von ihr entfernt, nach vorn beuge, ohne sie zu berühren. Mit einer schnellen Handbewegung schalte ich den Gasherd aus. »Ich glaube, wir essen später.« *Weil ich dich jetzt erst mal ordentlich durchficken werde.* »Stell das Hühnchen in den Kühlschrank.«

Sie schluckt, deckt die Schüssel mit dem klein geschnittenen Hühnerfleisch ungeschickt mit einem Teller zu und schiebt sie in den Kühlschrank. Ich schleiche mich hinter sie, so dass ich, als sie sich umdreht, direkt vor ihr stehe.

»Du willst mich also anbetteln?«, haucht sie.

»Nein, Anastasia.« Ich schüttle den Kopf. »Kein Betteln.« Ich sehe sie an, die Lust bringt mein Blut in Wallung.

Ich möchte mich in ihr verlieren.

Ihre Pupillen weiten sich, und ihre Wangen röten sich vor Begierde. Sie will mich. Ich will sie. Als sie auf ihrer Unterlippe zu kauen beginnt, halte ich es nicht mehr länger aus. Ich umfasse ihre Hüften und presse sie gegen meinen harten Schwanz. Sie vergräbt die Hände in meinen Haaren und zieht mich zu ihrem Mund herunter. Ich drücke sie gegen den Kühlschrank und küsse sie leidenschaftlich.

Wie gut sie schmeckt!

Sie stöhnt in meinen Mund hinein, und mein Schwanz wird noch härter. Ich schiebe meine Hände in ihr Haar und ziehe ihren Kopf zurück, damit ich mit der Zunge tiefer in ihren Mund hineinkomme. Ihre Zunge umschlingt die meine.

Gott, das ist pure, intensive Erotik. Ich löse mich von ihr.

»Was willst du, Anastasia?«

»Dich.«

»Wo?«

»Im Bett.«

Das muss sie mir nicht zweimal sagen. Ich hebe sie hoch und trage sie ins Schlafzimmer. Dort soll sie nackt und sich vor Lust windend unter mir liegen. Nachdem ich sie sanft auf den Boden gestellt habe, schalte ich die Lampe auf ihrem Nachttisch ein und ziehe die Vorhänge zu. Ein Blick auf die Straße bestätigt mir, dass es tatsächlich ihr Zimmer war, das ich von meinem Stalker-Versteck aus beobachtet habe.

Und sie lag hier, allein in ihrem Bett.

Als ich mich umdrehe, schaut sie mich mit großen Augen an. Sie wartet. Und begehrt mich.

»Und jetzt?«, frage ich.

Sie wird rot.

Ich bewege mich nicht von der Stelle.

»Schlaf mit mir«, antwortet sie nach kurzem Zögern.

»Wie? Sag's mir, Baby.«

Sie leckt sich über die Lippen, eine nervöse Übersprunghandlung. Lust durchströmt meinen Körper.

Verdammt, konzentrier dich, Grey.

»Zieh mich aus«, fordert sie mich auf.

Ja! Ich schiebe den Zeigefinger oben in ihre Bluse, darauf bedacht, ihre weiche Haut nicht zu berühren, ziehe sanft, zwinge sie, einen Schritt näher zu mir zu kommen. »Braves Mädchen.«

Ihre Brust hebt und senkt sich heftig, ihr Atem geht schnell. Ich beginne, ihre Bluse aufzuknöpfen. Sie legt die Hände auf meine Arme – um sich abzustützen, denke ich – und sieht mich an.

Ja, kein Problem, Baby. Aber fass meine Brust nicht an.

Ich mache den letzten Knopf auf, schiebe die Bluse von ihren Schultern und lasse sie auf den Boden fallen. Dann wende ich mich, ohne ihre schönen Brüste zu berühren, dem Bund ihrer Jeans zu. Ich öffne den Knopf und ziehe den Reißverschluss herunter.

Ich widerstehe dem Drang, sie aufs Bett zu werfen. *Geduld, Grey.* Zuerst muss sie mir erklären, wie es weitergehen soll. »Sag mir, was du willst, Anastasia.«

»Küss mich von da bis da.« Sie streicht mit einem Finger vom unteren Ende ihres Ohrs zu ihrem Hals.

Sehr gern, Miss Steele.

Ich schiebe ihr die Haare aus dem Gesicht, ergreife sie mit einer Hand und ziehe ihren Kopf sanft auf eine Seite, damit ich freien Zugang zu ihrem schlanken Hals habe. Dann berühren meine Lippen ihr Ohr. Als ich mit leichten Küssen dem Pfad ihres Fingers folge und wieder an den Ausgangspunkt zurückkehre, fängt sie an, sich zu winden. Ein leises Geräusch entringt sich ihrer Kehle.

Wie mich das erregt!

Himmel, wie ich mich danach sehne, mich in ihr zu verlieren. Sie neu zu entdecken.

»Jeans und Slip«, keucht sie, und ich muss grinsen. Allmählich beginnt sie zu begreifen, worum es geht.

Sprich mit mir, Ana.

Ich küsse ihren Hals ein letztes Mal und knie vor ihr nieder. Das überrascht sie. Ich stecke die Daumen in den Bund ihrer Jeans und ihres Slips und ziehe beide langsam herunter. Dann richte ich mich halb auf, um ihre langen Beine und ihr köstliches Hinterteil zu bewundern, als sie aus Schuhen und Hose steigt. Unsere Blicke treffen sich, ich erwarte ihren nächsten Befehl.

»Was jetzt, Anastasia?«

»Küss mich«, antwortet sie mit kaum hörbarer Stimme.

»Wo?«

»Du weißt, wo.«

Ich unterdrücke ein Grinsen. Sie will das Wort nicht aussprechen.

»Wo?«, wiederhole ich.

Erneut errötet sie, und mit verschämt entschlossenem Gesichtsausdruck deutet sie auf ihren Schritt.

»Gern«, sage ich schmunzelnd und ergötze mich an ihrer Verlegenheit. Langsam wandern meine Finger ihre Beine hinauf, bis meine Hände ihre Hüften erreichen, dann ziehe ich sie mit einem Ruck zu mir her, zu meinem Mund.

Wow. Ich rieche ihre Erregung.

Ich fühle mich schon eine ganze Weile unwohl in meiner Jeans, aber nun wird sie definitiv zu eng. Meine Zunge gleitet durch ihre Schamhaare, dabei frage ich mich, ob es mir je gelingen wird, sie dazu zu überreden, dass sie sie abrasiert. Ich finde mein Ziel und beginne zu lecken.

Herr im Himmel, wie gut sie schmeckt! So verdammt gut.

Aufstöhnend packt sie meine Haare, während meine Zunge ihre Klitoris umkreist.

»Christian, bitte«, bettelt sie.

Ich halte inne.

»Bitte was, Anastasia?«

»Bitte mach's mir.«

»Das tue ich doch gerade«, entgegne ich und blase leicht gegen ihre Scham.

»Nein. Ich will dich in mir spüren.«

»Bist du sicher?«

»Bitte.«

Nein. Weil es mir so viel Spaß macht, setze ich die Folter der süßen Ana quälend langsam fort.

»Christian ... bitte!«, flüstert sie. Ich lasse sie los, erhebe mich und betrachte sie, den Mund feucht von ihr.

»Und?«, frage ich.

»Und was?«, keucht sie.

»Ich bin noch angezogen.«

Sie scheint nicht zu verstehen, was ich meine, also hebe ich die Arme.

Nimm mich – ich gehöre dir.

Sie streckt die Hand nach meinem Hemd aus.

Scheiße. Nein. Ich weiche zurück.

Und vergesse mich selbst.

»Nein.« Die Jeans, Baby. Sie blinzelt, als sie begreift, was ich meine, und sinkt auf die Knie.

Wow! Ana.

Ziemlich ungeschickt – wieder einmal mit zwei linken Händen – öffnet sie meine Hose und zieht sie mir herunter.

Ah! Endlich Platz für meinen Schwanz.

Ich steige aus der Hose und ziehe die Socken aus, während sie auf dem Boden vor mir knien bleibt wie eine Sub. Was hat sie mit mir vor? Sobald ich aus der Hose bin, packt sie meinen Schwanz und drückt fest zu, wie ich es ihr gezeigt habe.

Fuck.

Sie bewegt ihre Hand auf und ab. Ah! Fast ein bisschen zu fest. Ich schließe seufzend die Augen; sie vor mir auf den Knien und ihre Hand um mein Glied sind fast zu viel für mich. Plötzlich spüre ich ihren warmen, feuchten Mund. Sie fängt an zu saugen.

»Ana, Moment, nicht so wild.« Ich wölbe eine Hand um ihren Kopf, und sie nimmt mich tiefer in den Mund, schiebt die Lippen über die Zähne, saugt weiter.

»Gott«, seufze ich verzückt und hebe die Hüften an, so dass ich noch tiefer in ihrem Mund bin. Wie gut sich das anfühlt! Sie hört nicht auf; es ist so erregend, dass ich es fast nicht mehr aushalte. Sie fährt mit der Zunge über meine Eichel, immer wieder, fordert mich heraus. Sie ist in Höchstform. Stöhnend genieße ich das Gefühl ihres Mundes und ihrer geschickten Zunge.

Jesus. Sie ist fast zu gut. Noch einmal nimmt sie mich tief in den Mund.

»Ana, genug«, knurre ich. Gleich ist meine Selbstbeherrschung beim Teufel. Ich will jetzt nicht kommen; dabei möchte ich in ihr sein. Doch sie achtet gar nicht auf mich und macht einfach weiter.

»Ana, du hast bewiesen, was du beweisen wolltest. Ich will nicht in deinem Mund kommen«, keuche ich. Sie hört mir nicht zu.

Genug.

Ich packe sie an den Schultern, ziehe sie hoch und werfe sie aufs Bett. Dann greife ich mir meine Jeans, hole ein Kondom aus der Gesäßtasche, schlüpfe aus dem Hemd und lasse es neben die Jeans fallen. Sie wartet mit lasziven Blick auf dem Bett.

»Zieh deinen BH aus.« Sie setzt sich auf und tut ausnahmsweise sofort, was ich ihr sage.

»Leg dich hin. Ich will dich sehen.«

Sie gehorcht, ohne den Blick von mir zu wenden. Ihr kastanienbraunes zerzaustes Haar liegt auf dem Kopfkissen wie ein Heiligenschein um ihren Kopf, und ihr Körper hat vor Erregung eine zartrosa Färbung angenommen. Ihre harten Brustwarzen scheinen mich förmlich zu rufen. Die langen Beine hat sie gespreizt.

Sie ist atemberaubend.

Ich reiße die Verpackung des Kondoms auf und rolle es über mein Glied. Sie folgt schwer atmend jeder meiner Bewegungen mit den Augen.

»Du bist wirklich ein schöner Anblick, Anastasia Steele.«

Und du gehörst mir. Wieder.

Ich klettere aufs Bett, küsse ihre Knöchel, die Innenseiten ihrer Knie, ihre Oberschenkel, ihre Hüften, ihren weichen Bauch. Als meine Zunge ihren Nabel umkreist, belohnt sie mich mit einem lauten Stöhnen. Ich lecke zuerst die Unterseite einer Brust, dann die der anderen. Nehme eine Brustwarze in den Mund, ziehe daran, fester, bis Ana sich aufschreiend unter mir windet.

Geduld, Baby.

Ich lasse die eine Brustwarze los und widme mich der anderen.

»Christian, bitte.«

»Bitte was?«, murmle ich zwischen ihren Brüsten und labe mich an ihrer Hilflosigkeit.

»Ich will dich in mir spüren.«

»Tatsächlich?«

»Bitte«, haucht sie verzweifelt, ganz so, wie es mir gefällt. Ich drücke ihre Beine mit den Knien auseinander. Ja, ich will dich auch, Baby. Ich verharre, bereit zum Angriff, kurz über ihr, weil ich diesen Moment auskosten möchte, in dem ich ihren wunderbaren Körper zurückerobere, meine wunderbare Ana. Sie sieht mich an, als ich unendlich langsam in sie hineingleite.

Wow. Sie fühlt sich so gut an. So eng. So richtig.

Sie hebt mir das Becken entgegen, wirft den Kopf zurück, das Kinn hoch aufgereckt, und ihr Mund steht in stummer Bewunderung offen. Hemmungslos stöhnend umklammert sie meine Oberarme. Was für ein wundervoller Laut! Ich lege die Hände um ihren Kopf, um sie an Ort und Stelle zu halten, ziehe mich aus ihr zurück, gleite wieder in sie hinein. Ihre Finger packen meine Haare, reißen und zurren daran, und ich bewege mich ganz langsam in ihr und genieße ihre enge, feuchte Wärme, jeden verdammten Zentimeter ihres unglaublichen Körpers.

Ihre Augen sind dunkel, ihre Lippen geöffnet; sie keucht unter mir.

»Schneller, Christian, schneller ... bitte«, fleht sie mich an.

Dein Wunsch ist mir Befehl, Baby.

Mein Mund senkt sich auf den ihren, erobert auch ihn, und ich werde schneller und schneller. Sie ist so verdammt schön. Wie mir das gefehlt hat! Wie alles an ihr mir gefehlt hat! Es fühlt sich an wie Heimkommen. Sie *ist* mein Zuhause. Mein Ein und Alles. Ich verliere mich in ihr, löse mich auf.

Ich spüre, wie sie sich dem Höhepunkt nähert.

Ja, Baby, ja. Sie spannt die Beinmuskulatur an. Gleich ist sie so weit. Ich auch.

»Komm, Baby. Komm für mich«, flüstere ich. Als sie um mich herum in tausend Stücke zerspringt, mich pulsierend in sich hineinsaugt, schreit sie auf, und ich ergieße mich, mein Leben und meine Seele in sie.

»Ana! Oh, Ana!«

Ich sinke auf sie herab, das Gesicht an ihrem Hals, atme ihren köstlichen, berauschenden Ana-Duft ein.

Nun gehört sie wieder mir.

Mir.

Niemand wird sie mir mehr wegnehmen. Ich werde alles in meiner Macht Stehende tun, um sie zu halten.

Sobald ich wieder bei Atem bin, richte ich mich auf und nehme ihre Hände in die meinen. Als sie die Augen aufschlägt, sind sie tiefblau und klar, in ihnen liegt ein zufriedener Ausdruck. Sie lächelt scheu, und ich lasse meine Nasenspitze über die ihre gleiten. Ich suche nach Worten, um meiner Dankbarkeit Ausdruck zu verleihen. Weil mir nichts Passendes einfällt, küsse ich sie kurz und ziehe mich widerstrebend aus ihr zurück. »Das hat mir gefehlt.«

»Mir auch«, flüstert sie.

Ich umfasse ihr Kinn und küsse sie noch einmal.

Danke, danke, danke dafür, dass du mir eine zweite Chance gegeben hast.

»Geh nicht wieder fort«, murmle ich. *Nie mehr.* Jetzt beichte ich und offenbare ihr mein dunkles Geheimnis: *wie sehr ich sie brauche.*

»Nein«, versichert sie mir mit einem zärtlichen Lächeln, das mein Herz fast zum Zerbersten bringt. Mit einem einzigen Wort gelingt es ihr, meine kranke Seele zu heilen. Ich bin euphorisch.

Mein Schicksal liegt in deinen Händen, Ana. Seit unserer ersten Begegnung.

»Danke für das iPad«, sagt sie und reißt mich aus meinen Gedanken. Das ist das erste Geschenk von mir, das sie widerspruchslos annimmt.

»Gern geschehen, Anastasia.«

»Was ist dein Lieblingssong darauf?«

»Das verrate ich dir nicht«, necke ich sie. Möglicherweise der von Coldplay, weil der am besten passt.

Mir knurrt der Magen. Ich bin am Verhungern, und diesen Zustand ertrage ich nicht lange. »Nun kocht mir endlich etwas, holde Maid. Ich habe einen Bärenhunger.« Ich setze mich auf und ziehe sie auf meinen Schoß.

»Holde Maid?«, wiederholt sie kichernd.

»Holde Maid. Essen, jetzt, bitte«, brumme ich wie der Höhlenmensch, als der ich mich gerade fühle, und vergrabe die Nase in ihren Haaren.

»Da ihr mich so freundlich bittet, Sire, mache ich mich sogleich an die Arbeit.«

Bevor sie sich von meinem Schoß erhebt, bewegt sie sich kurz ein paarmal hin und her.

Aua!

Als sie aus dem Bett aufsteht, verschiebt sich ihr Kissen. Darunter liegt ein ziemlich verschrumpelter Hubschrauberballon. Ich nehme ihn in die Hand. Wo sie den wohl herhat?

»Lass die Finger von meinem Ballon«, ermahnt sie mich.

Ach ja, Andrea hat Ana und Katherine zum Einzug in dieser Wohnung einen Ballon und Blumen geschickt. Was macht der hier? »Du hast ihn bei dir im Bett?«

»Ja. Er leistet mir Gesellschaft.«

»Glücklicher *Charlie Tango*.«

Sie hüllt ihren schönen Körper lächelnd in einen Morgenmantel.

»Mein Ballon«, erinnert sie mich, bevor sie aus dem Schlafzimmer segelt.

Die besitzergreifende Miss Steele!

Sobald sie draußen ist, rolle ich das Kondom herunter, verknote es und werfe es in den Papierkorb neben Anas Bett. Dann sinke ich in die Kissen zurück und sehe mir den Ballon genauer an. Sie hat ihn behalten und zu sich ins Bett gelegt. Jedes Mal wenn ich voller Sehnsucht vor ihrem Haus stand, hat sie ebenfalls voller Sehnsucht die Arme um dieses Ding geschlungen.

Sie liebt mich.

Verwirrung und Panik steigen in mir auf.

Wie kann das sein?

Weil sie dich nicht kennt, Grey.

Scheiße.

Nicht wieder diese negativen Gedanken. Flynns Worte vernebeln mir das Gehirn. *Konzentrier dich auf das Positive.*

Sie ist wieder die Meine. Ich muss sie nur noch halten. Hoffentlich können wir das ganze Wochenende miteinander verbringen und uns neu kennenlernen.

O nein. Morgen muss ich ja auf den Ball für Coping Together.

Ich könnte absagen, doch das würde meine Mutter mir nie verzeihen.

Ob Ana mich begleiten möchte?

Wenn ja, braucht sie eine Maske.

Ich nehme mein Handy vom Boden und schicke Taylor eine SMS. Ich weiß, dass er sich am Vormittag mit seiner Tochter trifft, hoffe aber trotzdem, dass er eine Maske auftreiben kann.

> Ich brauche eine Maske für Anastasia, für den Ball morgen.
> Glauben Sie, Sie könnten eine besorgen?

TAYLOR
Ja, Sir.
Ich weiß auch schon, wo.

> Ausgezeichnet.

TAYLOR
Welche Farbe?

> Silber oder dunkelblau.

Beim Schreiben kommt mir eine Idee, die funktionieren könnte.

> Würden Sie mir auch einen Lippenstift besorgen?

TAYLOR
Eine bestimmte Farbe?

> Nein, das überlasse ich Ihnen.

Ana kann kochen. Das Wok-Gericht ist köstlich. Allmählich werde ich ruhiger. Ich kann mich nicht erinnern, in ihrer Gegenwart jemals so locker und entspannt gewesen zu sein. Wir sitzen auf dem Boden, hören Musik von meinem iPod, essen und trinken kühlen Pinot Grigio. Und noch besser: Sie isst mit Appetit. Sie ist genauso hungrig wie ich.

»Hm, schmeckt gut.« Ich genieße jeden Bissen.

Sie strahlt über mein Lob und schiebt eine Haarsträhne, die sich gelöst hat, hinters Ohr. »Normalerweise koche ich für uns, denn Kate ist keine so gute Köchin.« Sie sitzt im Schneidersitz neben mir, so dass ich ihre Beine gut sehen kann. Ihr abgetragener Morgenmantel ist apart cremefarben. Als sie sich vorbeugt, fällt er ein wenig auseinander und gibt den Blick auf die sanfte Wölbung ihrer Brust frei.

Reiß dich zusammen, Grey.

»Hat deine Mutter dir das beigebracht?«, erkundige ich mich.

»Nein.« Sie lacht. »Als ich alt genug war, mich dafür zu interessieren, war Mom schon mit Ehemann Nummer drei in Mansfield,

Texas. Und Ray, na ja, der hätte sich von Toast und Fast Food ernährt, wenn ich nicht da gewesen wäre.«

»Warum bist du nicht bei deiner Mom in Texas geblieben?«

»Ihr Mann Steve und ich…« Sie schweigt kurz, und ihre Miene verdüstert sich. Die Erinnerung scheint ihr unangenehm zu sein. Ich bedaure schon, sie gefragt zu haben, und will das Thema wechseln, als sie fortfährt: »Wir haben uns nicht besonders gut verstanden. Und Ray hat mir gefehlt. Ihre Ehe mit Steve hat nicht lange gehalten. Ich glaube, sie hat gerade noch rechtzeitig die Reißleine gezogen. Sie erzählt nie von ihm«, fügt sie mit leiser Stimme hinzu.

»Du bist also in Washington bei deinem Stiefvater geblieben?«

»Ja, ich habe nur ganz kurz in Texas gelebt und bin dann zurück zu Ray.«

»Klingt, als hättest du dich um ihn gekümmert.«

»Wahrscheinlich«, meint sie.

»Du bist es gewohnt, dich um andere Menschen zu kümmern.«

Von Rechts wegen sollte es anders herum sein.

Sie sieht mich fragend an. »Ja, warum? Was ist?«

»Ich möchte mich gern um dich kümmern.« Und zwar in jeder Hinsicht. Dieser einfache Satz sagt alles über mich aus. Sie ist erstaunt.

»Das ist mir nicht entgangen«, meint sie spöttisch. »Aber du stellst das ziemlich merkwürdig an.«

»Eine andere Methode kenne ich nicht.« Ich muss mich noch in dieser neuen Art von Beziehung zurechtfinden, über deren Regeln ich nichts weiß. Und im Moment wünsche ich mir nichts sehnlicher, als mich um Ana zu kümmern und ihr zu geben, was sie sich wünscht.

»Ich bin immer noch sauer auf dich, weil du SIP gekauft hast.«

»Ich weiß, aber dein Ärger darüber hätte mich nicht daran gehindert.«

»Was soll ich meinen Kollegen und Jack sagen?«, fragt sie verstimmt. Das Bild, wie Hyde sich an der Bar an sie drückt, sie fast mit Blicken auszieht, taucht vor meinem geistigen Auge auf.

»Der Mistkerl soll sich mal besser vorsehen«, knurre ich.

»Christian, er ist mein Chef.«

Wenn's nach mir geht, nicht mehr lange.

Sie schaut finster drein, und das möchte ich nicht. Nicht jetzt, wo wir gerade so viel Spaß miteinander haben. *Was tun Sie zum Chillen nach der Arbeit?*, hat sie mich in dem Interview gefragt. Tja, Ana, genau das hier: Ich esse ein Hühnchen-Gemüse-Gericht aus dem Wok mit dir, und wir sitzen dabei auf dem Boden. Bestimmt kreisen ihre Gedanken um ihren Job und darum, wie sie sich gegenüber den Leuten im Verlag beim Thema Grey Enterprises Holdings und SIP verhalten soll.

Ich biete ihr eine simple Lösung. »Sag ihnen einfach nichts, okay?«

»Was soll ich ihnen nicht sagen?«

»Dass der Verlag mir gehört. Gestern haben wir den Vorvertrag unterzeichnet. Darin wurde vierwöchiges Stillschweigen vereinbart. In der Zeit soll die Geschäftsführung von SIP umstrukturiert werden.«

Sie sieht mich entsetzt an. »Heißt das, dass ich meinen Job verliere?«

»Wohl kaum.« Jedenfalls nicht, wenn du ihn behalten möchtest.

Ihre Augen verengen sich. »Bleibt es auch dann bei dem Kauf, wenn ich mir einen anderen Job suche?«

»Du denkst doch nicht etwa daran zu kündigen, oder?« Himmel, ich bin gerade dabei, ein kleines Vermögen in diesen Verlag zu investieren, und sie redet davon, sich einen anderen Job zu suchen!

»Vielleicht doch. Ich habe fast das Gefühl, dass du mir keine andere Wahl lässt.«

»Dann kaufe ich den neuen Verlag auch.«

Das könnte teuer werden.

»Geht da nicht dein Beschützerinstinkt mit dir durch?«, fragt sie mich in leicht sarkastischem Tonfall.

Mag sein…

Sie hat recht.

»Ich bin mir völlig im Klaren darüber, wie das auf dich wirken muss«, gestehe ich ihr zu.

»Ein klarer Fall für Dr. Flynn.« Sie verdreht die Augen. Am liebsten würde ich sie dafür maßregeln, doch sie steht auf und streckt die Hand nach meiner leeren Schale aus. »Nachspeise?« Sie bedenkt mich mit einem süffisanten Grinsen.

»Endlich ein vernünftiger Vorschlag!«, rufe ich aus, ohne auf ihre freche Äußerung einzugehen.

Du wärst eine tolle Nachspeise, Baby.

»Nein, nicht ich«, sagt sie hastig, als könnte sie meine Gedanken lesen. »Es gibt Eis. Vanille«, fügt sie mit verschwörerischer Miene hinzu.

Oh, Ana. Es wird immer besser.

»Ach. Ich glaube, damit ließe sich was machen.« Das wird ein Spaß! Voller Vorfreude auf das, was kommt, und darauf, wer kommt, stehe ich auf.

Sie.
Ich.
Wir beide.

»Kann ich bleiben?«, erkundige ich mich.

»Wie meinst du das?«

»Über Nacht.«

»Davon bin ich ausgegangen.«

»Gut. Wo ist das Eis?«

»Im Ofen.« Da ist er wieder, dieser spöttische Ausdruck.

Anastasia Steele, mir juckt die Hand.

»Sarkasmus ist die gemeinste Form des Witzes, Miss Steele. Ich könnte dich übers Knie legen.«

Sie hebt eine Augenbraue. »Hast du die Silberkugeln dabei?«

Fast muss ich lachen. Gute Nachrichten! Das bedeutet, dass sie nichts dagegen hat, hin und wieder versohlt zu werden. Aber das kann warten. Ich taste meine Hemd- und Jeanstaschen ab, als würde ich nach den Kugeln suchen. »Leider trage ich keine Toys mit mir herum. Im Büro brauche ich sie eher selten.«

Sie schnappt gespielt entrüstet nach Luft. »Freut mich zu hören, Mr. Grey. Aber ich dachte, Sarkasmus sei die gemeinste Form des Witzes.«

»Nun, Anastasia, mein neues Motto lautet: ›Wenn du sie nicht schlagen kannst, dann schlag dich auf ihre Seite.‹«

Ihr bleibt der Mund offen stehen.

Gut!

Warum machen mir die Sparringskämpfe mit ihr so viel Spaß?

Ich gehe grinsend zum Kühlschrank, öffne das Eisfach und hole die Packung mit dem Vanilleeis heraus. »Genau das Richtige. Ben & Jerry's & Ana.« Ich nehme einen Löffel aus der Besteckschublade.

Als ich den Kopf hebe, sehe ich Anas gierigen Blick, ob nach mir oder dem Eis, weiß ich nicht. Hoffentlich nach beidem.

Los geht's, Baby.

»Dir ist doch warm, oder? Komm, ich werde dich abkühlen.« Ich strecke ihr die Hand hin und freue mich wie ein Schneekönig, als sie sie ergreift. Sie will also auch spielen.

Ihre Nachttischlampe bringt nicht sonderlich viel Helligkeit in ihr Schlafzimmer. Bis vor Kurzem wäre ihr das vermutlich nur recht gewesen, doch ihrem Verhalten von heute Abend nach zu urteilen, scheint sie nun weniger zurückhaltend zu sein und sich in ihrer nackten Haut wohler zu fühlen. Ich stelle das Eis auf ihr Nachtkästchen und ziehe Bettzeug und Kissen auf den Boden. »Hast du noch andere Laken?«

Sie nickt, beobachtet mich von der Tür aus. Der *Charlie-Tango*-Ballon liegt verschrumpelt auf der Matratze. »Lass die Finger von meinem Ballon«, warnt sie mich, als ich ihn in die Hand nehme. Ich lasse ihn los; er landet neben dem Bettzeug auf dem Boden.

»Natürlich, aber nicht von dir und den Laken.« Gleich wird's klebrig.

Jetzt die Frage aller Fragen: Wird sie sich darauf einlassen? »Ich möchte dich fesseln«, flüstere ich. Sie schnappt leise nach Luft.

Dieses Geräusch!

»Okay«, sagt sie.

»Nur die Hände, ans Bett. Du musst stillhalten.«

»Okay«, wiederholt sie.

Ich trete, den Blick auf sie gerichtet, zu ihr. »Wir nehmen den hier.« Ich löse den Gürtel ihres Morgenmantels, der sich öffnet. Darunter kommt die nackte Ana zum Vorschein. Noch ein kurzer Ruck, und ich habe den Gürtel ganz in der Hand. Ich schiebe den Morgenmantel sanft von Anas Schultern, so dass er zu Boden gleitet. Sie hält die Augen auf mich gerichtet und unternimmt keinerlei Versuch, sich zu bedecken.

Gut gemacht, Ana.

Meine Fingerknöchel streichen über ihre Wange; ihr Gesicht fühlt sich glatt wie Satin an. Ich küsse sie kurz auf die Lippen. »Leg dich mit dem Gesicht nach oben aufs Bett.«

Showtime, Baby.

Ich spüre Anas Vorfreude, als sie meinen Anweisungen folgt und sich aufs Bett legt. Ich bleibe kurz vor ihr stehen, um sie zu bewundern.

Meine Ana.

Meine atemberaubende Ana. Lange Beine, schmale Taille, perfekte Brüste. Ihre makellose Haut schimmert in dem trüben Licht, und ihre Augen glänzen dunkel vor Begierde.

Ich bin wirklich ein Glückspilz.

Mein Schwanz pflichtet mir bei.

»Ich könnte dich den ganzen Tag bewundern, Anastasia.«

Die Matratze gibt unter mir nach, als ich mich auf Ana setze. »Arme über den Kopf«, befehle ich ihr. Sie gehorcht sofort. Mit dem Gürtel binde ich ihre Handgelenke zusammen und fessle sie an die Metallstäbe des Kopfstücks.

Gut.

Was für ein Anblick!

Zum Dank küsse ich sie kurz auf die Lippen und bewege mich vom Bett herunter, um aus Hemd und Jeans zu schlüpfen. Dann lege ich ein Kondom auf den Nachttisch.

Und jetzt?

Ich trete ans Fußende des Betts, ergreife ihre Knöchel und ziehe sie die Matratze herunter, so dass ihre Arme ganz gestreckt sind. Je weniger sie sich rühren kann, desto intensiver werden ihre Empfindungen sein.

»Sehr schön«, murmle ich.

Ich nehme die Packung mit dem Eis und den Löffel und setze mich erneut auf sie. Sie kaut auf ihrer Lippe, als ich den Deckel hebe und eine Portion herauszulöffeln versuche. »Hm... ziemlich hart.« Ich spiele mit dem Gedanken, etwas Eis auf meinen Schwanz zu geben und ihn ihr in den Mund zu schieben. Aber die Kälte könnte bewirken, dass sich meine Erektion verflüchtigt.

Und das käme nun wirklich ungelegen.

»Köstlich.« Als das Eis in meinem Mund schmilzt, lecke ich meine Lippen. »Erstaunlich, wie gut einfaches Vanilleeis schmecken kann.« Sie lacht. »Möchtest du auch etwas?«

Sie nickt... ein wenig unsicher, finde ich.

Ich hole einen weiteren Löffel voll mit Eis heraus und halte ihn ihr vor den Mund, damit sie ihn öffnet. Dann überlege ich es mir anders und esse das Eis selbst. *Das ist, als würde man einem Kind den Lutscher wegnehmen.* »Zu gut zum Teilen«, ärgere ich sie.

»Hey«, protestiert sie.

»Nun, Miss Steele, lieben Sie Vanille?«

»Ja!«, ruft sie aus und überrascht mich mit dem Versuch, mich abzuschütteln, doch gegen mein Gewicht kommt sie nicht an.

Ich lache. »Na, werden wir aufsässig? Keine gute Idee.«

Sie hört auf. »Eis«, bettelt sie schmollend.

»Nur, weil sie mir heute schon so großes Vergnügen bereitet haben, Miss Steele.« Ich fülle den Löffel von Neuem und halte ihn ihr hin. Sie sieht mich unsicher-belustigt an, macht aber den Mund auf, und ich tue ihr den Gefallen und füttere sie. Mein Schwanz wird noch steifer, als ich mir ihre Lippen darum vorstelle.

Alles zu seiner Zeit, Grey.

Ich entferne den Löffel vorsichtig aus ihrem Mund und grabe

ihn erneut ins Eis. Sie verspeist auch diese Portion gierig. Allmählich wird das Eis in der Packung weicher. Ich füttere sie mit einem weiteren Happen.

»So bringe ich dich immerhin dazu, etwas zu essen – ich glaube, ich könnte mich an die Zwangsernährung gewöhnen.«

Als ich ihr noch einmal Eis hinhalte, presst sie die Lippen zusammen und schüttelt den Kopf. Sie hat genug. Ich kippe den Löffel, und das schmelzende Eis tropft auf ihren Hals. Ich bewege den Löffel ein Stück weiter nach unten, und die Tropfen landen auf ihrem Brustbein. Sie öffnet den Mund.

O ja, Baby.

Ich beuge mich über sie und lecke das Eis ab.

»Hm. Schmeckt von Ihrer Haut noch besser, Miss Steele.«

Sie versucht, die Arme zu bewegen, zerrt an der Gürtelfessel, doch die hält sie an Ort und Stelle. Den nächsten Löffel Eis lasse ich geschickt auf ihre Brüste und Brustwarzen tropfen. Fasziniert beobachte ich, wie diese sich ob der Kälte aufstellen. Mit dem Löffelrücken verteile ich das Vanilleeis darüber, worauf sie sich unter mir zu winden beginnt.

»Kalt?«, erkundige ich mich und fange, ohne ihre Antwort abzuwarten, zu lecken an, wo auch immer ich Eiscreme-Rinnsale entdecke. Ich sauge an ihren Brustwarzen, die immer härter werden. Sie schließt stöhnend die Augen.

»Möchtest du noch etwas Eis?« Ich nehme einen großen Löffel in den Mund, schlucke einen Teil von dem Eis, küsse sie und schiebe meine kalte Zunge zwischen ihre wartenden Lippen.

Ben & Jerry's. Und Ana.

Köstlich.

Ich richte mich auf und rutsche ein wenig zurück, so dass ich auf ihren Oberschenkeln sitze. Weiter lasse ich geschmolzenes Eis von dem Löffel tropfen, nun von ihrem Brustbein hinunter zu ihrem Unterleib. Ein großer Klecks landet in ihrem Nabel. Sie zuckt zusammen.

»Das kennst du ja schon. Du wirst stillhalten müssen, sonst

gibt's eine Sauerei auf dem Bett«, warne ich sie. Ich schiebe Vanilleeis in meinen Mund und wende mich mit meinen kühlen Lippen und meiner ebenso kühlen Zunge wieder ihren Brustwarzen zu. Anschließend gleite ich ihren Körper hinunter, folge dem geschmolzenen Eis, lecke es auf. Sie bockt unter mir, ihre Hüften heben und senken sich in vertrautem Rhythmus.

Baby, wenn du stillhalten würdest, hättest du viel mehr davon.

Ich hole mir mit der Zunge den letzten Rest Eis aus ihrem Nabel.

Sie klebt. Aber nicht überall.

Noch nicht.

Zwischen ihren Oberschenkeln kniend lasse ich Eis auf ihren Bauch, in ihre Schamhaare tropfen und nähere mich meinem endgültigen Ziel. Als die letzten Tropfen auf ihrer angeschwollenen Klitoris landen, schreit sie auf und spannt die Beine an.

»Still.« Ich beuge mich über sie und lecke sie behutsam sauber.

»Bitte... Christian.«

»Ich weiß, ich weiß«, flüstere ich an ihrer gereizten Haut, ohne davon abzulassen. Wieder spannt sie die Beine an. Sie ist nahe dran.

Ich lasse die Packung mit dem Eis auf den Boden fallen, schiebe zuerst einen, dann noch einen Finger in sie hinein, erfreue mich daran, wie feucht und warm ihr Körper sich anfühlt, und konzentriere mich auf ihre Klitoris, liebkose sie, merke, wie sie fast den Höhepunkt erreicht.

Meine Finger gleiten langsam in sie hinein und wieder heraus.

Sie stößt einen spitzen Schrei aus, und ihre Scham beginnt zu pulsieren.

Ja.

Ich ziehe meine Hand zurück und greife nach dem Kondom. Obwohl ich die Dinger hasse, brauche ich nicht lange, um es überzustreifen. Ich verharre kurz über der bockenden Ana, bevor ich in sie hineinstoße. »Ja!«, stöhne ich.

Sie ist himmlisch.

Mein Himmel.
Aber sie klebt. Am ganzen Körper. Meine Haut bleibt an der ihren haften, und das stört mich. Ich ziehe mich aus ihr zurück und drehe sie auf Ellbogen und Knie herum. »So rum«, murmle ich und löse den Gürtel von ihren Händen. Dann ziehe ich sie hoch, so dass sie mit dem Rücken zu mir auf meinem Schoß sitzt. Ich wölbe die Hände um ihre Brüste und ziehe an ihren Brustwarzen. Sie legt stöhnend den Kopf nach hinten, auf meine Schulter. Ich knabbere an ihrem Hals und hebe die Hüften, um tiefer in sie eindringen zu können. Sie riecht nach Äpfeln, Vanille und Ana.
Mein Lieblingsduft.
»Weißt du, wie viel du mir bedeutest?«, flüstere ich ihr ins Ohr, als sie den Kopf in Ekstase zurückwirft.
»Nein«, japst sie.
Ich lege sanft die Finger um ihr Kinn und ihren Hals und halte sie fest.
»O doch. Und ich lasse dich nicht mehr gehen.«
Niemals.
Ich liebe dich.
»Du gehörst mir, Anastasia.«
»Ja.«
»Und ich beschütze das, was mir gehört«, raune ich, während meine Zähne über ihr Ohrläppchen gleiten.
Sie schreit auf.
»Genau, Baby, ich will dich hören.«
Und ich will dich beschützen.
Ich schlinge einen Arm um ihre Taille und drücke sie an mich, während ich mit der anderen Hand ihre Hüfte umfasse. Und ich stoße weiter in sie hinein. Sie hebt und senkt sich mit mir, schreit auf, wimmert. Schweißperlen bilden sich auf meinem Rücken, meiner Stirn und meiner Brust; sie reitet glitschend und rutschend auf mir. Dann plötzlich ballt sie die Hände zu Fäusten, hört, die Beine um mich, auf, sich zu bewegen, und öffnet den Mund zu einem stummen Schrei.

»Komm, Baby«, knurre ich, und sie kommt und ruft kaum verständlich meinen Namen. Auch ich lasse los und komme in ihr.

Wir sinken aufs Bett und schmiegen uns zuckrig verklebt und keuchend aneinander. Als ihre Haare an meinen Lippen vorbeistreichen, hole ich tief Luft.

Wird es immer so sein?

Dass nichts mehr sonst zählt?

Ich schließe die Augen und genieße diesen klaren, stillen Moment der Ruhe.

Nach einer Weile regt sie sich. »Was ich für dich empfinde, macht mir Angst«, gesteht sie mit rauer Stimme.

»Mir geht's genauso.« Mehr als du ahnst.

»Was, wenn du mich verlässt?«

Wie bitte? Warum sollte ich sie verlassen? Ohne sie war ich verloren. »Ich verlasse dich nicht. Von dir werde ich nie genug bekommen, Anastasia.«

Sie dreht sich zu mir um und mustert mich mit dunklem, intensivem Blick. Dann richtet sie sich auf und küsst mich zärtlich.

Was zum Teufel denkt sie?

Ich schiebe ihr eine Haarsträhne hinters Ohr. Ich muss ihr klarmachen, dass ich bei ihr bleiben werde, solange sie mich will. »Ich habe noch nie so gelitten wie nach deiner Trennung von mir, Anastasia. Und ich würde alles tun, damit das nicht mehr passiert.«

Die Albträume. Die Schuldgefühle. Die Verzweiflung, die mich in den Abgrund zieht, über mir zusammenschlägt.

Scheiße. Reiß dich zusammen, Grey.

Nein. So will ich mich nie wieder fühlen.

Sie küsst mich noch einmal, ein sanfter, flehender Kuss, der mich tröstet.

Zerbrich dir darüber nicht den Kopf, Grey. Denk an etwas anderes.

Der Sommerball meiner Eltern fällt mir ein. »Begleitest du mich morgen zum Sommerfest meines Vaters? Das findet einmal im Jahr statt. Der Erlös wird einem wohltätigen Zweck gespendet. Ich habe ihm versprochen zu kommen.« Ich halte den Atem an.

Eine Verabredung.
Eine echte Verabredung.
»Natürlich.« Ana strahlt, doch dann verdüstert sich ihre Miene.
»Was ist?«
»Nichts.«
»Sag's mir.«
»Ich habe nichts anzuziehen.«
O doch. »Ähm, die Kleider für dich sind noch bei mir zu Hause. Da ist sicher was Passendes dabei.«
»Soso.« Sie schürzt die Lippen.
»Ich konnte sie einfach nicht weggeben.«
»Warum nicht?«
Das weißt du ganz genau, Ana. Ich streiche ihr über die Haare, wünsche mir, dass sie mich versteht. Ich wollte dich zurück und habe sie für dich aufgehoben.
Sie schüttelt resigniert den Kopf. »Wie immer ist es nicht leicht mit Ihnen, Mr. Grey.«
Ich muss lachen, weil sie recht hat und ich diesen Satz auch zu ihr gesagt haben könnte. Ihre Miene klart sich auf. »Ich klebe am ganzen Körper und muss duschen.«
»Das müssen wir beide.«
»Leider ist in der Dusche nicht genug Platz für zwei. Geh du zuerst, dann wechsle ich das Bettzeug.«

Ihr gesamtes Bad ist so groß wie meine Dusche. In einer kleineren bin ich noch nie gewesen. Ich stoße mit der Nase praktisch an den Brausekopf. Allerdings weiß ich nun, wieso ihre Haare immer so frisch riechen. Weil sie ein Shampoo mit dem Duft von grünen Äpfeln benutzt. Während das Wasser über mich hinwegrinnt, mache ich den Verschluss auf, schließe die Augen und schnuppere ausgiebig daran.
Ana.
Vielleicht sollte ich dieses Shampoo auf die Einkaufsliste von Mrs. Jones setzen. Als ich die Augen öffne, steht Ana vor mir, die

Hände in die Hüften gestemmt. Leider trägt sie ihren Morgenmantel.

»Die Dusche ist schrecklich klein«, beklage ich mich.

»Das habe ich dir doch gesagt. Hast du an meinem Shampoo gerochen?«

»Möglich.« Ich grinse.

Sie reicht mir lachend ein Handtuch, auf dem die Buchrücken von Klassikern abgebildet sind. Ana, die Büchernärrin. Ich schlinge es um die Hüfte und gebe ihr einen Kuss. »Mach schnell. Das ist keine Bitte.«

Während ich im Bett liegend auf sie warte, schaue ich mich in ihrem Schlafzimmer um. Es fühlt sich unbewohnt an. Ich sehe drei nackte Ziegelwände und eine vierte aus glattem Beton, ohne jeglichen Schmuck. Ana hat noch keine Zeit gehabt, ihr Zuhause heimelig zu gestalten. Sie war zu niedergeschlagen, um ihre Sachen auszupacken. Und daran bin ich schuld.

Ich mache die Augen zu.

Ich will, dass sie glücklich ist.

Eine glückliche Ana.

Ich lächle.

SAMSTAG, 11. JUNI 2011

Ana ist neben mir. Sie strahlt, sieht einfach entzückend aus. Und sie gehört mir. Sie trägt einen Morgenmantel aus weißem Satin. Wir fliegen in meinem Hubschrauber *Charlie Tango* in die Morgendämmerung. In die Abenddämmerung. In die Morgendämmerung. Die Abenddämmerung. Hoch über den Wolken. Die Nacht wölbt sich dunkel über uns. In der untergehenden Sonne leuchten Anas Haare tizianrot. Die Welt liegt uns zu Füßen, und ich möchte sie ihr schenken. Sie ist hingerissen. Plötzlich sitzen wir in meinem Segelflugzeug. Schau dir die Welt an, Ana. Ich möchte sie dir zeigen. Sie lacht. Kichert. Ist glücklich. Ihre Zöpfe hängen kopfüber in Richtung Boden, als ich einen Looping fliege. Noch mal, ruft sie. Und ich tue ihr den Gefallen. Wir drehen uns und drehen uns und drehen uns. Plötzlich beginnt sie zu schreien. Und sie sieht mich entsetzt an. Verzieht das Gesicht. Voller Angst. Angewidert. Von mir.

Von mir?

Nein.

Nein.

Sie schreit.

Als ich aufwache, rast mein Puls. Ana wälzt sich neben mir hin und her und gibt ein unheimliches Geräusch von sich, bei dem sich mir die Nackenhaare aufstellen. Im Schein der Straßenlaterne sehe ich, dass sie schläft. Ich setze mich auf und rüttle sie sanft.

»Himmel, Ana!«

Sie wacht auf. Schnappt nach Luft. Schaut mich mit großen Augen an. Panisch.

»Hey, alles in Ordnung? Du hast schlecht geträumt.«

Ihre Augenlider flattern wie die Flügel eines Kolibris. Ich greife über sie hinweg, um die Lampe einzuschalten. Sie blinzelt. »Die junge Frau«, flüstert sie.

»Was für eine junge Frau?« Ich widerstehe dem Drang, sie in die Arme zu nehmen und ihre Albträume mit Küssen zu vertreiben.

Sie blinzelt noch einmal, und nun klingt sie klarer und weniger erschreckt. »Vor SIP stand heute Abend eine junge Frau. Sie hatte große Ähnlichkeit mit mir.«

Meine Kopfhaut beginnt zu prickeln.

Leila.

»Wann war das?«, frage ich und setze mich auf.

»Als ich heute Abend aus dem Büro bin.« Sie zittert. »Weißt du, wer sie ist?«

»Ja.« Was bildet Leila sich ein? Was hatte sie bei Ana verloren?

»Wer?«, möchte Ana wissen.

Ich muss Welch anrufen. Bei unserem letzten Gespräch gestern Morgen hatte er nichts Neues darüber gewusst, wo Leila sich aufhält. Sein Team versucht nach wie vor, sie aufzuspüren.

»Wer?«, hakt Ana nach.

Verdammt. Ich weiß, dass sie keine Ruhe geben wird, bis sie eine Antwort bekommt. Warum hat sie mir das nicht früher erzählt?

»Leila.«

Sie runzelt die Stirn. »Die junge Frau, die *Toxic* auf deinen iPad geladen hat?«

»Ja. Hat sie etwas gesagt?«

»Sie hat gesagt: ›Was haben Sie, das ich nicht habe?‹ Und als ich sie gefragt habe, wer sie ist, hat sie geantwortet: ›Niemand.‹«

Herrgott, Leila, was soll das?

Ich rolle aus dem Bett und schlüpfe in meine Jeans.

Im Wohnzimmer nehme ich das Handy aus meiner Jacketttasche. Welch geht nach dem zweiten Klingeln dran. Alle Bedenken meinerseits, ihn um fünf Uhr morgens anzurufen, verflüchtigen sich. Offenbar war er schon wach.

»Mr. Grey«, sagt er, die Stimme heiser wie immer.
»Tut mir leid, dass ich Sie so früh störe.« Ich laufe in der kleinen Küche auf und ab.
»Ich brauche nicht viel Schlaf, Mr. Grey.«
»Das habe ich mir schon gedacht. Es geht um Leila. Sie hat meine Freundin Anastasia Steele angesprochen.«
»In ihrem Büro? Oder in ihrer Wohnung? Wann?«
»Vor SIP, gestern ... am frühen Abend.« Als ich mich umdrehe, sehe ich Ana, nur mit meinem Hemd bekleidet, an der Arbeitsfläche stehen. In ihrem Blick liegt eine Mischung aus Neugierde und Angst. Sie ist wunderschön.
»Wann genau?«, erkundigt sich Welch.
»Um wie viel Uhr?«, will ich von Ana wissen.
»Ungefähr um zehn vor sechs«, antwortet sie.
»Haben Sie das gehört?«, frage ich Welch.
»Nein.«
»Um zehn vor sechs«, wiederhole ich.
»Dann ist sie Miss Steele also zum Verlag gefolgt.«
»Finden Sie heraus, wie.«
»Es gibt Pressefotos von Ihnen beiden.«
»Ja.«
Ana legt den Kopf ein wenig schief und wirft die Haare über die Schulter, während sie lauscht.
»Glauben Sie, wir müssen uns Gedanken über Miss Steeles Sicherheit machen?«, erkundigt sich Welch.
»So hätte ich das nicht ausgedrückt, aber ich hätte auch nicht gedacht, dass sie zu so etwas in der Lage ist.«
»Ich finde, Sie sollten zusätzliche Sicherheitsvorkehrungen für sie treffen, Sir.«
»Keine Ahnung, wie das aufgenommen wird.« Ich schaue Ana an, die die Arme verschränkt, wodurch sich die Konturen ihrer Brüste unter meinem weißen Baumwollhemd deutlicher abzeichnen.
»Und die für Sie würde ich auch gern verstärken, Sir. Reden

Sie mit Anastasia und erklären Sie ihr, in welcher Gefahr sie sich möglicherweise befindet.«

»Ja, ich rede mit ihr.«

Ana kaut auf ihrer Lippe herum. Ich wünschte, sie würde damit aufhören. Das lenkt mich ab.

Welch fährt fort: »Mr. Taylor und Mrs. Jones sage ich zu einer christlicheren Zeit Bescheid.«

»Ja.«

»Ich werde mehr Leute brauchen.«

»Ja, ich weiß«, seufze ich.

»Wir fangen mit den Läden um SIP herum an. Fragen nach, ob dort jemandem etwas aufgefallen ist. Das könnte endlich der Hinweis sein, auf den wir schon so lange warten.«

»Verfolgen Sie die Angelegenheit und geben Sie mir Bescheid. Spüren Sie sie auf, Welch – sie hat Probleme.« Ich lege auf und schaue Ana an. Die zerzausten Haare hängen ihr über die Schultern, ihre langen Beine schimmern fahl im trüben Licht des Flurs. Ich male mir aus, wie sie sie um mich schlingt.

»Möchtest du Tee?«, fragt sie.

»Eigentlich würde ich lieber wieder ins Bett gehen.« Und den ganzen Mist mit Leila vergessen.

»Ich brauche jetzt einen Tee. Leistest du mir bitte Gesellschaft?« Sie tritt an den Herd, nimmt den Wasserkessel in die Hand und füllt ihn.

Ich will jetzt keinen Scheißtee. Ich möchte mich in dir verlieren und die Sache mit Leila vergessen.

Ana wartet auf eine Antwort.

»Na schön«, brumme ich.

Was will Leila von Ana?

Und warum zum Teufel hat Welch sie noch nicht aufgespürt?

»Was ist los?«, erkundigt sich Ana ein paar Minuten später, eine Teetasse, die mir bekannt vorkommt, in der Hand.

Ana. Bitte. Mach dir darüber keine Gedanken.

»Du willst es mir nicht sagen?«

»Nein.«

»Warum nicht?«

»Weil ich dich nicht damit belasten will. Ich möchte nicht, dass du in die Sache verwickelt wirst.«

»Eigentlich sollte es mich nicht kümmern, aber das tut es. Sie hat mich vor dem Verlag angesprochen. Woher kennt sie mich und weiß, wo ich arbeite? Ich denke, ich habe ein Recht, mehr über sie zu erfahren.«

Sie hat wirklich auf alles eine Antwort.

»Bitte?«, drängt sie mich.

O Ana. Ana. Ana. Warum machst du das?

Ihre strahlend blauen Augen flehen mich an.

Verdammt. Gegen diesen Blick kann ich mich einfach nicht wehren.

»Okay.« Ich gebe mich geschlagen. »Keine Ahnung, wie sie dich gefunden hat. Vielleicht anhand des Fotos von uns beiden in Portland. Ich weiß es nicht.« Widerwillig fahre ich fort: »Als ich mit dir in Georgia war, ist Leila bei mir in der Wohnung aufgetaucht und hat Gail eine Szene gemacht.«

»Gail?«

»Mrs. Jones.«

»Was meinst du mit ›eine Szene gemacht‹?«

Ich schüttle den Kopf.

»Erklär es mir, verdammt noch mal.« Sie stemmt die Hände in die Hüften.

»Ana, ich ...« Warum ist sie so wütend? Ich will sie nicht in die Angelegenheit hineinziehen. Sie weiß nicht, dass Leilas Schande auch die meine ist. Leila hat sich *meine* Wohnung für einen Selbstmordversuch ausgesucht, und ich war nicht da, um ihr zu helfen, obwohl sie meine Hilfe doch so offensichtlich wollte.

»Bitte?«, wiederholt Ana.

Sie lässt nicht locker. Ich seufze resigniert und erzähle ihr von Leilas halbherzigem Selbstmordversuch.

»Nein!«

»Gail hat sie ins Krankenhaus gebracht, aber Leila ist sehr

schnell wieder abgehauen. Ihr Psychiater interpretiert das als typischen Hilfeschrei. Er glaubt nicht, dass sie wirklich in Gefahr war. Aber mich überzeugt das nicht. Seitdem bin ich auf der Suche nach ihr, um ihr zu helfen.«

»Hat sie etwas zu Mrs. Jones gesagt?«

»Nicht viel.«

»Du kannst sie nicht finden, ja? Was ist mit ihrer Familie?«

»Die weiß nicht, wo sie steckt. Genauso wenig wie ihr Mann.«

»Mann?«, wiederholt sie.

»Ja.« *Dieses verlogene Arschloch.* »Sie ist seit zwei Jahren verheiratet.«

»Dann war sie während ihrer Ehe mit dir zusammen?«

»Nein! Die Sache mit mir lief vor fast drei Jahren. Sie hat mich verlassen und kurz darauf diesen Mann geheiratet.« *Ich hab dir doch gesagt, dass ich nicht teile, Baby.* Bisher habe ich mich nur mit einer einzigen verheirateten Frau eingelassen, und das hat kein gutes Ende genommen.

»Und warum versucht sie jetzt, wieder deine Aufmerksamkeit zu erregen?«

»Ich weiß es nicht. Wir konnten lediglich herausfinden, dass sie ihren Mann vor ungefähr vier Monaten verlassen hat.«

Ana nimmt einen Teelöffel in die Hand und fuchtelt beim Reden damit herum. »Sie ist seit drei Jahren nicht mehr deine Sub?«

»Seit zweieinhalb.«

»Und sie wollte mehr.«

»Ja.«

»Aber du wolltest nicht.«

»Das weißt du doch.«

»Also hat sie dich verlassen.«

»Ja.«

»Und was will sie jetzt von dir?«

»Keine Ahnung.« Sie wollte mehr, doch das konnte ich ihr nicht geben. Vielleicht hat sie mich ja mit dir gesehen?

»Aber du denkst…«

»Ich denke, dass es etwas mit dir zu tun hat.« Möglicherweise täusche ich mich auch.

Können wir jetzt wieder ins Bett gehen?

Ana mustert mich, ihr Blick verharrt auf meiner Brust. Ich ignoriere diesen Blick und stelle ihr die Frage, die mich beschäftigt, seit sie mir gesagt hat, dass sie Leila gesehen hat. »Warum hast du gestern nichts davon erzählt?«

Ana besitzt den Anstand, schuldbewusst dreinzuschauen. »Ich habe sie völlig vergessen. Die Drinks nach der Arbeit, das Ende meiner ersten Woche. Dann du und Jack in der Kneipe, euer Platzhirschgehabe, und anschließend waren wir hier. Da habe ich alles vergessen.«

Und ich würde es jetzt gern vergessen. Lass uns wieder ins Bett gehen.

»Platzhirschgehabe?«, wiederhole ich belustigt.

»Ja.«

»Ich werd dir gleich zeigen, wie echtes testosterongesteuertes Platzhirschgehabe aussieht«, entgegne ich mit leiser Stimme.

»Möchtest du nicht lieber ein Tässchen Tee?« Sie hält mir eine Tasse hin.

»Nein, Anastasia.« *Ich will dich. Jetzt.* »Vergiss sie. Komm.« Ich strecke ihr die Hand hin. Sie stellt die Teetasse auf der Arbeitsfläche ab und legt ihre Finger in die meinen.

Wieder in ihrem Schlafzimmer ziehe ich ihr mein Hemd aus. »Ich mag's, wenn du meine Sachen trägst«, flüstere ich.

»Und ich trage sie gern. Sie riechen nach dir.«

Ich wölbe die Hände um ihr Gesicht und küsse sie.

Ich möchte, dass sie Leila vergisst.

Ich möchte Leila vergessen.

Ich hebe sie hoch und trage sie zu der Betonwand.

»Schling die Beine um mich, Baby«, weise ich sie an.

Als ich die Augen öffne, ist der Raum in Licht getaucht. Ana neben mir ist wach, sie schmiegt sich in meine Armbeuge. »Hi«, begrüßt sie mich mit einem verschmitzten Lächeln.

»Hi«, antworte ich vorsichtig. Irgendetwas ist im Busch. »Was machst du da?«

»Ich sehe dich an.« Ihre Hand wandert meinen Bauch hinunter. Und mein Körper reagiert.

Wow!

Ich packe ihre Finger.

Bestimmt ist sie noch wund.

Sie leckt sich die Lippen, und ihr verlegenes Lächeln verwandelt sich in ein wissendes, lüsternes Grinsen.

Vielleicht auch nicht.

Neben Anastasia Steele aufzuwachen, hat eindeutig Vorteile. Ich lege mich auf sie, nehme ihre Hände und drücke sie aufs Bett.

»Sie scheinen Unsinn im Kopf zu haben, Miss Steele.«

»Bei dir habe ich gern Unsinn im Kopf.«

Es ist, als würde sie direkt mit meinem Schwanz reden.

»Ach wirklich?« Ich küsse sie kurz auf die Lippen. Sie nickt.

Du wunderschöne Frau. »Sex oder Frühstück?«

Sie hebt mir die Hüften entgegen, und ich muss mich sehr beherrschen, um ihr Angebot nicht postwendend anzunehmen.

Nein. Spann sie auf die Folter.

»Gute Wahl.« Ich küsse ihren Hals, ihr Schlüsselbein, ihr Brustbein, ihren Busen.

Sie stöhnt auf.

Hinterher liegen wir ausgepowert nebeneinander.

Ich kann mich nicht erinnern, vor Ana so etwas erlebt zu haben. Vor ihr habe ich nicht einfach nur im Bett gelegen ... und es genossen. Ich vergrabe die Nase in ihren Haaren. Mit ihr ist alles anders.

Sie schlägt die Augen auf.

»Hi.«

»Hi.«

»Bist du wund?«, erkundige ich mich.

Sie wird rot. »Nein. Nur müde.«

Ich streichle ihre Wange. »Heute Nacht hast du nicht viel Schlaf bekommen.«

»Du auch nicht.« Ihr Lächeln ist einhundert Prozent kokette Miss Steele, doch ihre Stirn umwölkt sich. »In letzter Zeit schlafe ich sowieso nicht gut.«

Ein hässliches Gefühl der Schuld flammt in mir auf. »Tut mir leid.«

»Du musst dich nicht entschuldigen. Ich bin selbst ...«

Ich lege einen Finger auf ihren Mund. »Nichts sagen.«

Sie spitzt die Lippen, um meinen Finger zu küssen.

»Wenn dich das tröstet: Ich habe in der letzten Woche ebenfalls nicht gut geschlafen«, gestehe ich.

»Oh, Christian«, haucht sie, ergreift meine Hand und küsst jeden Knöchel einzeln. Eine liebevolle, ergreifende Geste. Die Kehle schnürt sich mir zu, während mein Herz sich weitet. Ich stehe am Rand von etwas mir Unbekanntem, vor einer Ebene, die nahtlos in den Horizont übergeht. Unerforschtes Gebiet.

Das macht mir Angst.

Es verwirrt mich.

Es erregt mich.

Was stellst du mit mir an, Ana? Wohin führst du mich?

Ich hole tief Luft und konzentriere mich auf die Frau neben mir. Sie schenkt mir ein sexy Lächeln. Ich könnte mir vorstellen, den ganzen Tag mit ihr im Bett zu verbringen, merke aber, dass ich Hunger habe. »Frühstück?«, frage ich.

»Erbieten Sie sich, Frühstück zu machen, oder wollen Sie bedient werden, Mr. Grey?«, neckt sie mich.

»Weder noch. Ich lade Sie zum Frühstück ein. Wie Sie gestern Abend gesehen haben, tauge ich in der Küche nicht viel.«

»Dafür haben Sie andere Qualitäten«, meint sie mit einem vielsagenden Grinsen.

»Was Sie damit wohl meinen, Miss Steele?«

Ihre Augen verengen sich. »Ich glaube, das wissen Sie.« Sie setzt sich auf und schwingt die Beine über die Bettkante. »Du kannst in Kates Bad duschen. Das ist größer als meines.«

Natürlich.

»Ich dusche lieber in deinem. Ich bin gern in deinen Räumen.«

»Und ich hab's gern, wenn du in meinen Räumen bist.« Mit einem Augenzwinkern erhebt sie sich und marschiert aus dem Schlafzimmer.

Die freche Ana.

Als ich aus der engen Dusche komme, ist Ana bereits angezogen. Sie trägt Jeans, dazu ein knappes T-Shirt, das kaum etwas der Fantasie überlässt, und frottiert sich die Haare.

Ich schlüpfe in meine Jeans, wobei ich den Audi-Schlüssel in der Tasche spüre, und frage mich, wie sie wohl reagieren wird, wenn ich ihn ihr wiedergebe. Das iPad anzunehmen schien ihr keine allzu großen Probleme bereitet zu haben.

»Wie oft machst du Sport?«, fragt sie. Erst jetzt merke ich, dass sie mich im Spiegel ansieht.

»Während der Woche jeden Tag.«

»Und was?«

»Laufen, Gewichtheben, Kickboxen.« Laufen in der letzten Woche zu deinem Apartment und wieder zurück.

»Kickboxen?«

»Ja, Claude, mein Personal Trainer, ist Ex-Olympionike. Er würde dir gefallen.«

»Was meinst du damit, er würde mir gefallen?«

»Als Trainer.«

»Wozu brauche ich einen Personal Trainer? Du hältst mich doch fit.«

Ich trete zu ihr und nehme sie in die Arme. Unsere Blicke begegnen sich im Spiegel. »Aber du musst noch fitter werden, Baby.

Du sollst mir ebenbürtig sein.« *Sofern wir jemals wieder einen Fuß in mein Spielzimmer setzen.*

Sie zieht eine Braue hoch.

»Du weißt, dass du es möchtest.« Ich forme die Worte lautlos, so dass sie es im Spiegel sieht, während sie die Lippen aufeinanderpresst. Dann sieht sie weg.

»Was ist?«, frage ich, plötzlich besorgt.

»Nichts.« Sie schüttelt den Kopf. »Okay, stell mir Claude vor.«

»Wirklich?«

Das war ja das reinste Kinderspiel!

»Wenn dich das glücklich macht.« Sie grinst.

Ich drücke sie kurz an mich und gebe ihr einen Kuss auf die Wange. »Du ahnst nicht, wie sehr«, sage ich. »Was möchtest du heute unternehmen?«

»Ich würde mir gern die Haare schneiden lassen und den Scheck einlösen, damit ich mir einen Wagen kaufen kann.«

»Soso.«

Na also! Ich ziehe den Audi-Schlüssel aus der Hosentasche. »Hier.«

Einen Moment lang ist ihre Miene ausdruckslos, dann röten sich ihre Wangen. Sie ist sauer.

»Was soll das heißen?«

»Taylor hat ihn gestern zurückgebracht.«

Sie löst sich aus meiner Umarmung und sieht mich finster an.

Scheiße. Sie ist sogar stocksauer. Aber wieso?

Sie zieht einen Umschlag aus der Gesäßtasche ihrer Jeans. »Hier.« Es ist der Umschlag, in den ich den Scheck für ihren alten Käfer gesteckt habe. Mit erhobenen Händen trete ich einen Schritt zurück. »Das ist dein Geld.«

»Nein, ist es nicht. Ich möchte dir den Wagen abkaufen.«

Zur Hölle noch mal!

Sie will *mir* Geld geben. »Nein, Anastasia. Dein Geld, dein Wagen.«

»Nein, Christian. Mein Geld, dein Wagen. Ich will ihn kaufen.«

Das wirst du nicht tun.

»Das Auto war ein Geschenk zu deinem Abschluss.« Und du hast gesagt, dass du es akzeptierst.

»Ein schöner Stift wäre angemessen gewesen, kein Audi.«

»Willst du wirklich darüber streiten?«

»Nein.«

»Gut. Hier sind die Schlüssel.« Ich lege sie auf die Kommode.

»So war das nicht gemeint.«

»Ende der Diskussion, Anastasia. Mach mich nicht wütend.«

Ihr Blick spricht Bände. Wäre ich ein Stück trockener Zunder, würde ich in Flammen aufgehen. Sie ist wütend. Stinkwütend. Plötzlich kneift sie die Augen zusammen, hält mit einer dramatischen Geste den Umschlag hoch, zerreißt ihn und lässt die Fetzen mit einem triumphierenden »Leck mich doch«-Blick in den Papierkorb regnen.

So ist das also. Na gut. Lass uns spielen, Ana.

»Wie immer für eine Provokation gut, Miss Steele.« Mit Absicht benutze ich ihre Worte von gestern, während ich mich umdrehe und in die Küche gehe.

Jetzt bin ich wütend. Und zwar so richtig.

Wie kann sie es wagen?

Ich rufe Andrea von meinem Handy aus an.

»Guten Morgen, Mr. Grey.« Ihre Stimme klingt leicht atemlos.

»Hi, Andrea.«

Ich höre eine Frauenstimme im Hintergrund. »Weiß der Kerl nicht, dass du heute heiratest, Andrea?«, ruft jemand. »Entschuldigen Sie bitte, Mr. Grey«, sagt Andrea.

Heiraten!

Leises Rascheln ertönt. »Sei still, Mom. Er ist mein Chef«, höre ich Andrea gedämpft sagen, dann klingt ihre Stimme wieder klar. »Was kann ich für Sie tun, Mr. Grey?«

»Sie heiraten?«

»Ja, Sir.«

»Heute?«

»Ja. Wie kann ich Ihnen helfen?«
»Ich möchte, dass Sie vierundzwanzigtausend Dollar auf Anastasia Steeles Konto überweisen.«
»Vierundzwanzigtausend?«
»Ja, vierundzwanzigtausend. Direkt.«
»Ich kümmere mich darum. Am Montag ist das Geld auf dem Konto.«
»Gut ... Montag?«
»Ja, Sir.«
»Prima.«
»Sonst noch etwas, Sir?«
»Nein, das ist alles, Andrea.«
Ich lege auf. Es ärgert mich, dass ich sie an ihrem Hochzeitstag behelligt habe, und noch mehr ärgert es mich, dass sie mir nichts davon erzählt hat.
Aber warum nicht? Ist sie etwa schwanger?
Muss ich mir am Ende eine neue Assistentin suchen?
Ich wende mich zu Miss Steele um, die wutschnaubend im Türrahmen steht.
»Auf deinem Bankkonto, am Montag. Lass solche Spielchen in Zukunft.«
»Vierundzwanzigtausend Dollar!«, ruft sie. »Und woher weißt du meine Kontonummer?«
»Ich weiß alles über dich, Anastasia.« Ich bemühe mich, gelassen zu bleiben.
»Mein Wagen war keine vierundzwanzigtausend Dollar wert.«
»Ganz deiner Meinung, aber bei solchen Geschäften muss man den Markt kennen, egal ob man kauft oder verkauft. Irgendein Verrückter da draußen wollte deine Rostlaube unbedingt und war bereit, so viel hinzublättern. Offenbar handelt es sich um einen Klassiker. Frag Taylor, wenn du mir nicht glaubst.«
Wir starren einander finster an.
Diese Frau ist unmöglich.
Absolut unmöglich.

Ihre Lippen teilen sich. Ich sehe, dass sie nach Atem ringt, sehe, wie sich ihre Pupillen weiten. Sie starrt mich an. Verschlingt mich förmlich mit ihren Blicken.

Ana.

Sie fährt sich mit der Zunge über die Unterlippe.

Und plötzlich ist da wieder dieses Knistern zwischen uns. Die Magie, so unwiderstehlich. Und sie wird stärker und stärker.

Fuck.

Ich packe sie und schiebe sie gegen die Tür. Meine Lippen suchen nach den ihren. Voller Gier küsse ich sie, während ich die Hand um ihren Hinterkopf lege und sie halte. Sie vergräbt die Finger in meinem Haar, zerrt an ihnen, dirigiert mich, während sie meinen Kuss erwidert und ihre Zunge meine Mundhöhle erforscht, sie mit Beschlag belegt. Ich lege die Hand auf ihren Hintern, ziehe sie zu mir heran, presse ihre Hüften gegen meinen Schwanz, reibe mich an ihr. Ich will sie. Jetzt gleich. Noch einmal.

»Warum, warum nur widersprichst du mir?«, raune ich, während ich ihren Hals liebkose. Bereitwillig lässt sie den Kopf in den Nacken sinken, ergibt sich, überlässt sich meiner Zärtlichkeit.

»Weil ich es kann«, antwortet sie.

Ah. Das war doch mein Text.

Mein Atem geht stoßweise, als ich die Stirn gegen die ihre lege.

»Am liebsten würde ich dich auf der Stelle nehmen, aber ich habe keine Kondome mehr. Ich kriege nie genug von dir. Du treibst mich noch in den Wahnsinn.«

»Du mich auch«, flüstert sie. »In jeder Hinsicht.«

Ich hole tief Luft und blicke kopfschüttelnd in diese dunklen, hungrigen Augen, in denen die Verheißung einer ganzen Welt liegt.

Nur die Ruhe, Grey.

»Komm. Lass uns draußen frühstücken. Und ich weiß, wo du dir die Haare schneiden lassen kannst.«

»Okay.« Sie lächelt.

Und plötzlich ist das Kriegsbeil zwischen uns begraben.

Hand in Hand schlendern wir die Vine Street entlang und biegen auf die First Avenue. Ich frage mich, ob es normal ist, sich zuerst so in der Wolle zu haben, um anschließend in aller Seelenruhe durch die Straßen zu spazieren. Aber vielleicht läuft es bei den meisten Paaren so ab. Ich mustere Ana neben mir. »Das fühlt sich so normal an«, bemerke ich. »Das gefällt mir gut.«

»Ich denke, Dr. Flynn würde mir zustimmen, dass du alles andere als normal bist. Außergewöhnlich trifft es wohl besser«, gibt sie zurück und drückt meine Hand.

Außergewöhnlich.

»Was für ein schöner Tag«, fügt sie hinzu.

»Allerdings.«

Sie schließt kurz die Augen und hält das Gesicht in die Vormittagssonne.

»Komm, ich kenne ein tolles Café zum Brunchen.«

Das Café gehört zu meinen Lieblingsläden und ist lediglich ein paar Häuserblocks von Anas Wohnung in der First entfernt. Ich halte ihr die Tür auf und atme genüsslich den Duft nach frisch gebackenem Brot ein.

»Schön ist es hier«, bemerkt sie, als wir uns setzen. »Die Kunstwerke an den Wänden gefallen mir sehr.«

»Jeden Monat wird ein anderer Künstler ausgestellt. Hier bin ich auf Trouton gestoßen.«

»Das Gewöhnliche in etwas Außergewöhnliches verwandeln«, bemerkt sie.

»Du hast es dir gemerkt.«

»Es gibt nur wenig an Ihnen, das ich vergessen könnte, Mr. Grey.«

Das kann ich nur zurückgeben, Miss Steele. Sie sind außergewöhnlich.

Lachend reiche ich ihr die Speisekarte.

»Das erledige ich.« Ana reißt die Rechnung an sich, bevor ich sie in die Finger bekomme. »Hier muss man schnell sein, Grey.«

»Stimmt«, brumme ich. Jemand, der mehr als fünfzigtausend Dollar Studienkreditschulden an der Backe hat, sollte mir nicht das Frühstück spendieren.

»Jetzt stell dich nicht so an. Immerhin bin ich vierundzwanzigtausend Dollar reicher als heute Morgen und kann es mir leisten…«, sie blickt auf die Rechnung, »zweiundzwanzig Dollar siebenundsechzig Cent fürs Frühstück zu zahlen.«

»Danke«, murmle ich. Viel anderes bleibt mir sowieso nicht übrig.

»Was machen wir jetzt?«

»Willst du dir die Haare wirklich schneiden lassen?«

»Ja, sieh sie dir doch an.«

Dunkle Strähnen haben sich aus ihrem Zopf gelöst und fallen ihr weich um das bildschöne Gesicht. »Mir gefallen sie so.«

»Heute Abend ist das Fest bei deinem Vater.«

»Ja, mit großer Robe. Im Haus meiner Eltern. Sie haben ein Zelt gemietet mit allem Drum und Dran.«

»Um was für einen wohltätigen Zweck geht's?«

»Um ein Drogenrehabilitationsprogramm für Eltern und ihre Kinder. Es heißt Coping Together.« Ich hoffe bloß, dass sie nicht nachhakt, was die Greys dazu bewogen hat, ein derartiges Projekt ins Leben zu rufen. Natürlich hat es persönliche Gründe, und ich will ihr Mitleid nicht. Alles, was es über diese Phase in meinem Leben zu wissen gibt, habe ich ihr bereits erzählt.

»Klingt gut«, sagt sie mitfühlend und geht zu meiner Erleichterung nicht näher darauf ein.

»Komm, lass uns gehen.« Ich stehe auf und strecke ihr die Hand entgegen.

»Wo gehen wir hin?«, fragt sie, als wir wieder die First Avenue entlangspazieren.

»Überraschung.«

Natürlich kann ich ihr nicht sagen, dass der Laden Elena gehört. Sie würde ausflippen. Nach unserem Gespräch in Savannah weiß ich, dass allein der Name ein rotes Tuch für sie ist. Aber heute ist Samstag, und Elena arbeitet an den Wochenenden nicht; und falls doch, dann im Salon im Bravern Center.

Wir stehen vor dem Esclava, und ich halte Ana die Tür auf. Es ist schon einige Monate her, seit ich das letzte Mal hier war; damals mit Susannah.

»Guten Morgen, Mr. Grey«, begrüßt uns Greta.

»Hallo, Greta.«

»Das Übliche, Sir?«, erkundigt sie sich höflich.

Fuck. »Nein.« Nervös sehe ich zu Ana hinüber. »Miss Steele wird Ihnen sagen, was sie möchte.«

Ana mustert mich durchdringend; ihr Blick verrät, dass sie genau weiß, was Sache ist. »Warum hier?«, zischt sie.

»Weil mir dieser und drei andere Salons gehören«, antworte ich.

»Er gehört dir?«

»Ja. Ein kleiner Nebenerwerb. Egal – was auch immer du möchtest, hier bekommst du es. Gratis. Massagen, Shiatsu, Hot Stone, Fußreflexzonen, Algenbäder, Gesichtsbehandlungen, alles, was Frauen mögen.«

»Auch Waxing?«

Einen Moment lang bin ich in Versuchung, ihr das Schoko-Waxing für den Intimbereich vorzuschlagen, aber angesichts der Spannung verkneife ich es mir lieber. »Ja, auch Waxing. Am ganzen Körper.«

Ana wird rot.

Wie soll ich sie jemals davon überzeugen, dass Penetration ohne Schamhaar tausendmal mehr Spaß macht?

Eins nach dem anderen, Grey.

»Ich möchte mir die Haare schneiden lassen.«

»Gern, Miss Steele.«

Greta tippt etwas in ihren Computer. »Franco wäre in fünf Minuten frei.«

»Franco ist gut«, bekräftige ich, doch ich sehe, dass Ana stocksteif geworden ist. Ich drehe mich um und sehe Elena aus dem Hinterzimmer treten.

Zur Hölle mir ihr! Wieso ist sie hier?

Sie wechselt ein paar Worte mit einer Angestellten, dann erblickt sie mich, und ihre Züge erhellen sich wie die Kerzen an einem Weihnachtsbaum. Ihre Miene verrät eine Mischung aus Boshaftigkeit und Entzücken.

Mist.

»Entschuldige mich kurz«, sage ich zu Ana und gehe auf Elena zu, um sie abzufangen.

»Na, das ist ja eine Überraschung«, schnurrt Elena und küsst mich auf beide Wangen.

»Guten Morgen, Ma'am. Ich hatte nicht damit gerechnet, dich hier zu sehen.«

»Meine Kosmetikerin hat sich krankgemeldet, deshalb bin ich hier. Du bist mir aus dem Weg gegangen.«

»Ich war beschäftigt.«

»Das sehe ich. Ist sie neu?«

»Das ist Anastasia Steele.«

Elena wirft Ana, die uns anstarrt, ein strahlendes Lächeln zu. Sie merkt, dass wir über sie reden, und lächelt dünn.

Verdammt.

»Das ist also deine kleine Südstaatenschönheit?«, bohrt Elena nach.

»Sie ist keine Südstaatlerin.«

»Ich dachte, du wärst wegen ihr nach Georgia geflogen.«

»Ihre Mutter wohnt dort.«

»Verstehe. Jedenfalls ist sie genau dein Typ.«

»Stimmt.« *Lass uns lieber nicht davon anfangen.*

»Willst du mich ihr gar nicht vorstellen?«

Ana redet mit Greta – genauer gesagt, sie quetscht sie aus. *Was will sie von ihr wissen?*

»Das halte ich für keine gute Idee.«

Elena macht ein enttäuschtes Gesicht. »Wieso nicht?«

»Sie nennt dich Mrs. Robinson.«

»Wirklich. Wie witzig. Allerdings finde ich es erstaunlich, dass jemand ihres Alters den Bezug kennt«, bemerkt Elena mit einem Anflug von Sarkasmus. »Und ich bin erstaunt, dass du ihr von uns erzählt hast. Was ist aus der Vertraulichkeit geworden?« Sie tippt sich mit ihrem knallrot lackierten Nagel gegen die Lippen.

»Sie wird nichts sagen.«

»Das hoffe ich. Aber keine Angst, ich mische mich nicht ein.« Sie hebt resigniert die Hände.

»Danke.«

»Aber ist das wirklich so eine gute Idee, Christian? Sie hat dir schon einmal wehgetan.« Besorgnis zeichnet sich auf Elenas Miene ab.

»Ich weiß es nicht. Aber sie hat mir gefehlt. Und ich ihr. Deshalb habe ich beschlossen, es auf ihre Art zu versuchen. Sie ist bereit, uns eine Chance zu geben.«

»Auf ihre Art? Bist du sicher, dass du das kannst?«

Ana sieht immer noch herüber. Ich sehe ihr an, dass sie beunruhigt ist.

»Das wird sich zeigen«, erwidere ich.

»Nun ja, ich bin hier, falls du mich brauchst. Viel Glück.« Sie wirft mir ein freundliches, aber zugleich berechnendes Lächeln zu. »Lass von dir hören.«

»Danke. Kommst du heute Abend zu der Party meiner Eltern?«

»Ich denke nicht.«

»Das ist vermutlich besser so.«

Kurz wirkt sie überrascht, doch dann sagt sie nur: »Lass uns nächste Woche reden, wenn wir beide mehr Ruhe haben.«

»Klar.«

Sie drückt meinen Arm, und ich kehre zu Ana zurück, die noch immer am Empfang wartet. Sie hat die Lippen aufeinandergepresst und die Arme vor der Brust überkreuzt. Sie wirkt angespannt und verärgert.

Kein gutes Zeichen.

»Alles in Ordnung?«, frage ich, wohl wissend, dass nicht alles in Ordnung ist.

»Nicht wirklich. Wolltest du mich nicht vorstellen?«, fragt sie in einer Mischung aus Sarkasmus und Empörung.

O Mann. Sie weiß also, dass es Elena war. Woher? »Aber ich dachte …«

»Bei deiner Intelligenz bist du manchmal …«, fällt sie mir ins Wort, ehe sie mitten im Satz abbricht, weil sie offenbar zu wütend ist, um weiterzusprechen. »Ich möchte jetzt bitte gehen.« Ungeduldig tippt sie mit dem Fuß auf den Marmorfußboden.

»Warum?«

»Du weißt, warum«, erwidert sie barsch und verdreht die Augen, als wäre ich der größte Schwachkopf, dem sie je begegnet ist.

Du bist der größte Schwachkopf, dem sie je begegnet ist, Grey.

Du weißt, wie sie über diese Elena-Sache denkt.

Alles lief gerade so gut.

Bring es wieder in Ordnung, Grey.

»Tut mir leid, Ana. Ich wusste nicht, dass sie hier sein würde. Sie ist sonst nie da. Sie hat eine neue Filiale im Bravern Center eröffnet, um die sie sich normalerweise kümmert. Aber heute hat sich jemand krankgemeldet, da musste sie einspringen.«

Abrupt wendet sie sich ab und stürmt zur Tür.

»Greta, wir brauchen Franco jetzt doch nicht«, sage ich zu der Empfangsdame. Es ärgert mich, dass sie unsere Debatte womöglich mitbekommen hat. Eilig folge ich Ana nach draußen.

Die Arme um den Oberkörper geschlungen stapft sie die Straße hinunter. Nach ein paar Metern habe ich sie eingeholt.

Hör auf, Ana. Du reagierst völlig über.

Sie versteht das Verhältnis zwischen Elena und mir schlicht und einfach nicht.

Ich gehe neben ihr her, versuche Zeit zu schinden. Was soll ich tun? Was sage ich ihr? Vielleicht hat Elena ja recht.

Kriege ich das wirklich hin?

Noch nie habe ich ein derartiges Verhalten von einer meiner Subs hingenommen; schlimmer noch – so bockig hat sich noch keine von ihnen benommen.

Aber ich ertrage es nicht, wenn sie mir böse ist.

»Du hast deine früheren Subs in den Salon gebracht?«, schnauzt sie mich an. Ich bin nicht sicher, ob das eine rhetorische Frage ist, trotzdem riskiere ich eine Antwort.

»Ja, manche.«

»Leila?«

»Ja.«

»Der Salon sieht recht neu aus.«

»Er ist kürzlich renoviert worden.«

»Verstehe. Dann kennt Mrs. Robinson also alle deine Subs?«

»Ja.«

»Und wussten sie über sie Bescheid?«

Nicht so, wie du denkst. Sie wussten nichts über den S/M-Aspekt unserer Beziehung, sondern dachten, wir wären bloß Freunde. »Nein, keine. Nur du.«

»Aber ich bin nicht deine Sklavin.«

»Nein, definitiv nicht.« Das bist du nicht, denn einer Sklavin würde ich so ein Verhalten niemals durchgehen lassen.

Sie bleibt stehen und wirbelt herum. Ihre Miene ist ausdruckslos. »Merkst du eigentlich, wie abgefuckt das alles ist?«

»Ja. Tut mir leid.« Ich wollte das alles nicht.

»Ich möchte mir die Haare schneiden lassen, vorzugsweise an einem Ort, wo du weder das Personal noch die Kundschaft gefickt hast.« Ihre Stimme ist leicht brüchig, und sie ist den Tränen nahe.

Ana.

»Wenn du mich jetzt bitte entschuldigen würdest.« Sie wendet sich zum Gehen.

»Du verlässt mich nicht, oder?« Panik steigt in mir auf. Das war's. Sie macht Schluss, noch bevor wir überhaupt eine reelle zweite Chance hatten.

Du hast es an die Wand gefahren, Grey.

»Nein«, schreit sie. »Ich will nur einen verdammten Haarschnitt. An einem Ort, an dem ich entspannt die Augen zumachen kann, während mir jemand die Haare wäscht, und den ganzen Ballast vergessen, den du mit dir herumschleppst.«

Sie wird mich also nicht verlassen. Ich atme auf. »Ich könnte Franco bitten, zu mir oder zu dir in die Wohnung zu kommen«, schlage ich vor.

»Sie ist sehr attraktiv.«

Herrgott noch mal. Bitte nicht. »Ja.« Na und. Lass es gut sein, Ana.

»Ist sie noch verheiratet?«

»Nein. Sie hat sich vor ungefähr fünf Jahren scheiden lassen.«

»Warum bist du nicht mit ihr zusammen?«

Lass es gut sein, Ana! »Weil dieser Aspekt unserer Beziehung keine Rolle mehr spielt. Das habe ich dir doch schon erklärt.« Wie oft muss ich es ihr denn noch sagen? Ich spüre mein Telefon in meiner Tasche vibrieren und gebe ihr mit einer knappen Geste zu verstehen, dass sie ihren Redefluss unterbrechen soll. Welchs Nummer leuchtet auf dem Display auf.

»Mr. Grey.«

»Welch.«

»Drei Dinge. Wir haben Mrs. Leila Reed in Spokane aufgestöbert, wo sie mit einem Mann namens Geoffrey Barry zusammengelebt hat. Er ist bei einem Autounfall auf der I-90 ums Leben gekommen.«

»Bei einem Autounfall ums Leben gekommen? Wann?«

»Vor vier Wochen. Ihr Ehemann, Russell Reed, wusste von diesem Barry, wollte aber trotzdem nicht sagen, wo Mrs. Reed sich aufhält.«

»Das ist schon das zweite Mal, dass der Kerl den Mund nicht aufmacht. Er weiß sicher Bescheid. Empfindet er denn nichts für sie?« Ich bin fassungslos über die Herzlosigkeit von Leilas Ex.

»Bestimmt empfindet er etwas für sie, aber eben nicht mehr wie ein Ehemann für seine Angetraute.«

»Allmählich ergibt es Sinn.«

»Konnte Ihnen der Psychiater irgendetwas Aufschlussreiches sagen?«

»Nein.«

»Leidet sie womöglich an einer Psychose?«

Ich stimme mit Welch überein, dass dies die Ursache sein könnte, trotzdem hilft es uns in der Frage, so sie steckt, auch nicht weiter. Ich sehe mich um. *Wo steckst du, Leila?* »Sie ist hier. Und beobachtet uns…«

»Wir sind ganz dicht dran, Mr. Grey. Wir werden sie finden«, meint Welch beruhigend und erkundigt sich dann, ob ich im Escala bin.

»Nein.« Ich wünschte, Ana und ich würden nicht mitten auf einer belebten Straße stehen.

»Ich überlege gerade, wie viele Leute für ein Personenschutzteam für Sie notwendig sind.«

»Zwei oder vier, sieben Tage die Woche, rund um die Uhr…«

»Okay, Mr. Grey. Haben Sie es Anastasia gesagt?«

»Das Thema habe ich noch nicht angeschnitten.« Ich sehe, dass Ana mich mustert und genau zuhört. Ihre Miene verrät nicht, was sie denkt.

»Das sollten Sie unbedingt tun. Und noch etwas. Mrs. Reed hat die Genehmigung erwirkt, verdeckt eine Waffe bei sich zu tragen.«

»Was?«

»Darauf sind wir bei unseren Ermittlungen heute Morgen gestoßen.«

»Verstehe. Wann?«

»Sie wurde gestern ausgestellt.«

»Gestern erst? Aber wie?«

»Sie hat die Unterlagen gefälscht.«

»Und ohne jede Überprüfung?«

»Alle Formulare sind gefälscht. Sie benutzt einen anderen Namen.«

»Verstehe. Mailen Sie mir Namen, Adresse und Fotos, sobald Sie etwas haben.«

»Alles klar. Und ich kümmere mich um die zusätzliche Security.«

»Sieben Tage die Woche, rund um die Uhr, von heute Nachmittag an. Schließen Sie sich mit Taylor kurz.« Ich lege auf. Die Sache ist ernst.

»Und?«, will Ana wissen.

»Das war Welch.«

»Wer ist das?«

»Mein Sicherheitsberater.«

»Okay. Und was ist passiert?«

»Leila hat ihren Mann vor drei Monaten verlassen und ist mit einem Typ durchgebrannt, der vor vier Wochen bei einem Autounfall ums Leben gekommen ist.«

»Oh.«

»Der Scheißpsychiater hätte das merken müssen... Den Kummer.«

Verdammt, die Leute in diesem Krankenhaus haben es echt verbockt.

»Komm.« Ich strecke ihr die Hand hin. Sie ergreift sie, lässt aber sofort wieder los.

»Moment. Wir waren gerade mitten in einem Gespräch über ›uns‹. Und über sie, deine Mrs. Robinson.«

»Sie ist nicht meine Mrs. Robinson. Darüber können wir uns bei mir unterhalten.«

»Ich will nicht zu dir, sondern mir die Haare schneiden lassen«, schreit sie.

Ich rufe im Salon an. Greta hebt nach dem ersten Läuten ab.

»Greta, Christian Grey. Franco soll in einer Stunde in meiner Wohnung sein. Bitten Sie Mrs. Lincoln.«

»Ja, Mr. Grey.« Sie legt mich für einen kurzen Moment in die Warteschleife, ist aber sofort wieder dran. »Geht in Ordnung. Er kann um ein Uhr bei Ihnen sein.«

»Gut.« Ich lege auf. »Er kommt um eins.«

»Christian!« Sie starrt mich aufgebracht an.

»Ana, Leila durchlebt im Moment offenbar eine psychische Krise. Keine Ahnung, ob sie's auf dich oder auf mich abgesehen hat und zu was sie bereit ist. Wir gehen zu dir, holen deine Sachen, und dann kannst du bei mir bleiben, bis wir sie aufgespürt haben.«

»Und warum sollte ich das tun?«

»Damit ich für deine Sicherheit sorgen kann.«

»Aber ...«

Lieber Gott, schenk mir die Kraft ...

»Du kommst mit zu mir, und wenn ich dich an den Haaren hinschleifen muss.«

»Ich habe das Gefühl, dass du übertreibst.«

»Tu ich nicht. Wir können bei mir weiterdiskutieren. Komm.«

Sie sieht mich trotzig an. »Nein.«

»Du kannst entweder selbst gehen, oder ich trage dich. Mir ist beides recht, Anastasia.«

»Das wagst du nicht.«

»Baby, wir wissen doch beide, dass ich dazu nur allzu bereit bin.«

Sie kneift die Augen zusammen.

Du lässt mir keine andere Wahl, Ana.

Ich packe sie und werfe sie mir über die Schulter, ohne das sichtlich verblüffte Pärchen zu beachten, das an uns vorbeigeht.

»Lass mich runter!«, schreit sie und beginnt wild zu zappeln. Ich verstärke meinen Griff und verpasse ihr mit der freien Hand einen Klaps aufs Hinterteil.

»Christian!«, kreischt sie. Sie schäumt vor Wut, aber das ist mir scheißegal. Ein Vater schiebt seine beiden Kinder vorsorglich zur Seite. »Lass mich sofort runter!« Ich gehorche augenblicklich. Sie macht auf dem Absatz kehrt und stürmt in Richtung ihres Apartments davon. Ich folge ihr, wobei ich meine Umgebung genau im Auge behalte.

Wo bist du, Leila?

Hast du dich hinter einem Wagen verschanzt? Oder einem Baum?

Was willst du?

Ana bleibt abrupt stehen. »Was ist passiert?«, will sie wissen.

»Wie meinst du das?« *Was ist jetzt schon wieder los?*

»Mit Leila.«

»Das habe ich dir doch erklärt.«

»Nein, hast du nicht. Da ist noch was anderes. Gestern hast du nicht darauf bestanden, dass ich mit zu dir komme. Also, was ist los?«

Sehr aufmerksam und sensibel, Miss Steele.

»Christian! Sag es mir!«

»Sie hat sich gestern einen Waffenschein ausstellen lassen.«

Schlagartig ist ihre Wut einer großen Angst gewichen. »Das bedeutet, dass sie sich einfach so eine Waffe besorgen kann.«

»Ana.« Ich nehme sie in die Arme. »Ich glaube nicht, dass sie etwas Dummes tun wird, aber ich will dich nicht in Gefahr bringen.«

»Mich? Und was ist mit dir?«, flüstert sie und birgt das Gesicht an meiner Brust. Sie hat eindeutig Angst um mich.

Um mich!

Und gerade hatte ich noch Angst, sie würde mich verlassen.

»Lass uns nach Hause gehen.« Ich drücke ihr einen Kuss aufs Haar. Wir machen uns auf den Weg. Ich lege den Arm um sie und ziehe sie ganz nahe zu mir heran, während sie den Daumen in die Gürtelschlaufe meiner Jeans schiebt.

Diese Nähe ist so neu. Ich könnte mich glatt daran gewöhnen.

Den ganzen Weg bis zu ihrem Apartment halte ich die Augen nach Leila offen.

Während ich zusehe, wie sie einen kleinen Koffer packt, versuche ich meine Gefühle zu analysieren, die ich seit dem Morgen empfunden habe. Kürzlich, in dieser kleinen Gasse, habe ich zu beschreiben versucht, wie ich mich fühle. »Verunsichert« habe ich es damals genannt. Und im Grunde geht es mir nach wie vor so. Ana ist nicht das nette Mädchen, wie ich es in Erinnerung habe, sondern wesentlich gnadenloser und temperamentvoller, als ich sie kennengelernt habe.

Hat sie sich so verändert, seit wir uns getrennt haben? *Oder habe ich mich verändert?*

Dass nun auch noch Leila Unruhe hineinbringt, ist nicht gerade hilfreich. Zum ersten Mal seit langer Zeit verspüre ich so etwas wie Furcht. Was, wenn Ana etwas zustieße, nur weil ich früher mit Leila zusammen war? Die Situation entzieht sich meiner Kontrolle – etwas, das mir ganz und gar nicht behagt.

Ana ist ungewöhnlich ernst und still. Ich sehe zu, wie sie den Ballon einpackt.

»*Charlie Tango* darf auch mit?«, frage ich.

Sie nickt und lächelt flüchtig. Entweder hat sie Angst, oder aber sie ist immer noch wütend wegen Elena. Oder weil ich sie mitten auf der Straße gepackt und über die Schulter geworfen habe. Vielleicht auch wegen der vierundzwanzigtausend Dollar.

Verdammt, das sind ziemlich viele mögliche Gründe. Ich wünschte, ich wüsste, was sie denkt.

»Ethan kommt am Dienstag zurück«, sagt sie leise.

»Ethan?«

»Kates Bruder. Er will hier schlafen, bis er in Seattle eine Bleibe gefunden hat.«

Ah, der andere Kavanagh-Sprössling. Der Beach Boy. Ich habe ihn bei der Abschlussfeier kennengelernt. Als er die Finger nicht von Ana lassen konnte. »Gut, dass du bei mir bist. Dann hat er mehr Platz.«

»Ich weiß nicht, ob er einen Schlüssel hat. Wenn er kommt, muss ich da sein.«

Ich erwidere nichts darauf. Beim Hinausgehen lasse ich den Blick umherschweifen und stelle verärgert fest, dass das Apartment nicht mit einer Alarmanlage ausgestattet ist.

Der Audi steht an der mit Taylor vereinbarten Stelle. Ich öffne Ana die Beifahrertür, doch sie steht wie angewurzelt da und sieht mich finster an.

»Willst du nicht einsteigen?«, frage ich sie verwirrt.

»Ich dachte, ich fahre.«

»Nein, ich.«

»Hast du etwas an meinem Fahrstil auszusetzen?«, fragt sie. Da ist er wieder, dieser genervte Tonfall. »Behaupte jetzt bloß nicht, du wüsstest nicht, wie ich in der Fahrprüfung abgeschnitten habe... Deine Stalking-Neigungen kenne ich nur zu gut.«

»Steig ein, Anastasia.« Allmählich verliere ich die Geduld.

Es reicht jetzt. Du machst mich wahnsinnig. Ich will, dass du endlich bei mir zu Hause bist, in Sicherheit.

»Okay«, schnaubt sie und steigt endlich ein. Ihre Wohnung ist nicht allzu weit entfernt, deshalb sollte die Fahrt nicht lange dauern. Normalerweise hätte ich meinen Spaß daran, den wendigen Audi durch Seattle zu lenken, aber jetzt muss ich jeden Fußgänger im Auge behalten. Einer von ihnen könnte Leila sein.

»Waren alle deine Subs brünett?«, will Ana aus heiterem Himmel wissen.

»Ja«, antworte ich, obwohl ich über dieses Thema jetzt nicht reden will. Unsere wieder aufgefrischte Beziehung ist immer noch sehr fragil.

»War nur so eine Idee.« Sie fummelt am Reißverschluss ihres Rucksacks herum – ein sicheres Zeichen, dass sie etwas beschäftigt.

Sag etwas, das sie beruhigt.

»Ich hab dir doch gesagt, dass ich eine Vorliebe für brünette Frauen habe.«

»Mrs. Robinson ist aber nicht brünett.«

»Vermutlich deswegen. Sie hat mir den Appetit auf Blondinen wohl dauerhaft verdorben.«

»Du verarscht mich.« Es liegt auf der Hand, dass sie mir kein Wort glaubt.

»Ja, das tue ich.« Müssen wir unbedingt darüber reden? Meine Besorgnis wächst. Wenn sie weiterbohrt, gestehe ich ihr am Ende noch mein dunkelstes Geheimnis.

Nein. Das kann ich nicht tun. Niemals. Wenn sie es erfährt, verlässt sie mich.

Auf der Stelle.

Ich denke daran, wie sie nach unserem ersten Kaffee die Straße entlanggegangen und in der Garage vom Heathman Hotel verschwunden ist.

Ohne sich auch nur einmal umzudrehen.

Kein einziges Mal.

Hätte ich mich nach der Vernissage dieses Fotografen nicht bei ihr gemeldet, säße ich jetzt nicht hier mit ihr.

Ana ist eine starke Frau. Wenn sie einmal Auf Wiedersehen gesagt hat, war's das.

»Erzähl mir von ihr.« Ihre Stimme durchbricht meine Gedanken.

Wie bitte? Spricht sie von Elena? Immer noch? »Was willst du wissen?« Mehr über Elena zu erfahren wird ihre Laune nur noch weiter in den Keller fahren lassen.

»Erklär mir euer geschäftliches Arrangement.«

Das ist leicht. »Ich bin stiller Partner. Eigentlich interessiere ich mich nicht für die Beauty-Branche, aber sie hat ein erfolgreiches Unternehmen daraus gemacht. Für mich ist das eine profitable Investition, denn ich habe ihr am Anfang finanziell unter die Arme gegriffen.«

»Warum?«

»Das war ich ihr schuldig.«

»Ach.«

»Immerhin hat sie mir als Starthilfe einhunderttausend Dollar geliehen, als ich das Studium in Harvard abgebrochen habe.«

»Du hast das Studium geschmissen?«

»Ja, nach zwei Jahren. Leider hatten meine Eltern kein großes Verständnis dafür.«

»Wie bitte?« Grace starrt mich fassungslos an.

»Ich will nicht länger studieren, sondern gründe mein eigenes Unternehmen.«

»Und zwar was für eines?«

»*Investments.*«

»*Christian, was verstehst du denn bitte von Investments. Du musst dein Studium zu Ende bringen.*«

»*Mom, ich habe mir alles genau überlegt und glaube, ich kann es schaffen.*«

»*Versteh doch, Junge. Das ist ein großer Schritt, der Auswirkungen auf deine gesamte Zukunft haben könnte*«, *wendet Dad ein.*

»*Das weiß ich, Dad, aber ich kann das einfach nicht mehr. Ich will nicht noch zwei Jahre in Cambridge bleiben.*«

»*Dann wechsle einfach und komm zurück nach Seattle.*«

»*Aber das Problem ist nicht die Stadt, Mom.*«

»*Du hast einfach noch nicht die passende Nische für dich gefunden.*«

»*Meine Nische ist die reale Welt, nicht die Uni. Ich kriege dort keine Luft.*«

»*Hast du jemanden kennengelernt?*«, *will Grace wissen.*

»*Nein.*« *Die Lüge kommt mühelos über meine Lippen. Ich kannte Elena schon, bevor ich nach Harvard gegangen bin.*

Grace' Augen verengen sich zu Schlitzen, und ich spüre, wie meine Ohren zu glühen beginnen.

»*Wir können diesen leichtsinnigen Schritt nicht unterstützen, Junge.*« *Mir ist klar, dass Carrick gleich den oberschlauen Wichtigtuer-Dad raushängen und mir einen seiner obligatorischen* »*Ein echter Mann lernt viel, arbeitet hart und stellt seine Familie über alles*«*-Vorträge halten wird.*

»*Christian, du setzt hier leichtfertig deine Zukunft aufs Spiel*«, *bekräftigt Grace noch einmal.*

»*Mom. Dad. Es ist zu spät. Das war's. Es tut mir leid, wenn ich euch jetzt enttäusche. Mein Entschluss steht fest. Ich wollte es euch nur offiziell mitteilen.*«

»*Aber was ist mit den Studiengebühren, die wir völlig umsonst bezahlt haben?*« *Meine Mutter ringt die Hände.*

Verdammt.

»*Ich zahle euch alles zurück.*«

»Wie denn? Und wie um alles in der Welt willst du ein Unternehmen gründen? Für so etwas braucht man doch Startkapital.«
»Mach dir keinen Sorgen, Mom. Ich habe bereits alles in die Wege geleitet. Und ich zahle euch das Geld zurück.«
»Christian, Liebling, es geht doch nicht ums Geld...«

Eine Bilanz zu lesen war das Einzige, was ich auf dem College letztlich gelernt hatte; und dass mir das Rudern inneren Frieden schenkt.

»So schlecht scheinst du dich ohne Abschluss nicht geschlagen zu haben. Was waren deine Hauptfächer?«, fragt Ana.

»Politik und Wirtschaft.«

»Sie ist reich?« Ana beschäftigt immer noch das Geld, das Elena mir geliehen hat.

»Sie war eine gelangweilte Vorzeigeehefrau, Anastasia. Ihr Mann hat Kohle, ist ein großes Tier in der Holzbranche«, erkläre ich mit einem schiefen Grinsen. Lincoln Timber. Was für ein Arschloch! »Sie durfte nicht arbeiten. Er hat sie kontrolliert. Manche Männer sind so.«

»Ach nein. Männliche Kontrollfreaks gehören doch sicher dem Reich der Mythen an, oder?«, erwidert sie mit vor Sarkasmus triefender Stimme. Trotz ihrer Patzigkeit muss ich grinsen.

»Sie hat dir das Geld ihres Mannes geliehen?«

Das ist richtig.

»Das ist ja schrecklich.«

»Sie hat ihm seine Kontrollsucht zurückgezahlt.«

Dieses blöde Arschloch.

Dieser Dreckskerl hat seine Frau beinahe umgebracht, weil sie eine Affäre mit mir hatte. Allein die Vorstellung, was er mit ihr angestellt hätte, wäre ich nicht in letzter Sekunde aufgetaucht, jagt mir einen Schauer über den Rücken. Wut steigt in mir auf, und ich umklammere das Lenkrad fest mit beiden Händen, während ich darauf warte, dass sich die Schranke an der Garagenzufahrt des Escala hebt. Meine Fingerknöchel sind ganz weiß. Elena lag drei

Monate lang im Krankenhaus, trotzdem weigerte sie sich, ihn zu verklagen.

Reiß dich zusammen, Grey.

Ich löse meinen Griff ein wenig.

»Wie?«, hakt Ana mit ihrer gewohnten Neugier nach.

Aber ich werde ihr die Geschichte nicht auf die Nase binden. Ich fahre in die Tiefgarage, stelle den Wagen auf einem meiner Parkplätze ab und schalte die Zündung aus. »Komm. Franco wird gleich da sein.«

Wenige Augenblicke später stehen wir im Aufzug. Ich sehe sie an, bemerke die v-förmige Falte zwischen ihren Brauen. Sie wirkt nachdenklich; vielleicht geht ihr im Kopf herum, was ich ihr erzählt habe. Oder etwas anderes?

»Bist du immer noch sauer auf mich?«, frage ich.

»Ja, allerdings.«

Ich nicke. Zumindest weiß ich jetzt Bescheid.

Taylor ist von seinem Besuch bei Sophie, seiner Tochter, zurück und erwartet uns bereits im Foyer.

»Hat Welch sich gemeldet?«, frage ich.

»Ja, Sir.«

»Und?«

»Es ist alles arrangiert.«

»Wunderbar. Wie geht's Ihrer Tochter?«

»Gut, danke, Sir.«

»Prima. Um eins kommt ein Friseur. Franco De Luca.«

»Miss Steele«, begrüßt Taylor Ana.

»Hallo, Taylor. Sie haben eine Tochter?«

»Ja, Ma'am.«

»Wie alt ist sie?«

»Sieben.«

Ana sieht verwirrt drein.

»Sie lebt bei ihrer Mutter«, erklärt Taylor.

»Verstehe.« Er lächelt sie an, was eine Seltenheit ist.

Ich gehe ins Wohnzimmer. Es passt mir nicht, dass Taylor mit

Miss Steele flirtet oder umgekehrt. Ich höre sie hinter mir eintreten.

»Hast du Hunger?«, frage ich.

Sie schüttelt den Kopf und sieht sich um. Seit jenem grauenvollen Tag, als sie mich verlassen hat, ist sie nicht mehr hier gewesen. Ich würde ihr so gern sagen, dass ich froh bin, sie wiederzuhaben, aber im Moment ist sie viel zu wütend dafür.

»Ich muss ein paar Anrufe erledigen. Mach es dir bequem.«

»Okay«, sagt sie.

Auf dem Schreibtisch in meinem Arbeitszimmer liegt eine große Stofftasche mit einer prachtvollen silberfarbenen, mit kobaltblauen Federn verzierten Maske für Ana und eine kleine Chanel-Tüte mit einem leuchtend roten Lippenstift. Taylor hat seine Sache gut gemacht. Allerdings bin ich nicht sicher, ob Ana von meiner Idee mit dem Lippenstift sonderlich begeistert sein wird, zumindest nicht jetzt gerade. Ich lege die Maske ins Regal, stecke den Lippenstift ein und setze mich an meinen Computer.

Der Vormittag mit ihr war kurzweilig und aufschlussreich. Kaum waren wir wach, gab es Diskussionen – wegen des Schecks für diese Klapperkiste, meiner Beziehung zu Elena und am Ende darüber, wer die Rechnung beim Frühstück übernimmt.

Ana pocht auf ihre Unabhängigkeit und zeigt nach wie vor keinerlei Interesse an meinem Geld. Sie nimmt nicht, sondern gibt nur; andererseits ist das nichts Neues. So war es vom ersten Tag an. Und ich finde diese Eigenschaft sehr erfrischend. Alle meine Subs zeigten sich begeistert über die Geschenke, die ich ihnen gemacht habe. *Mach dir doch nichts vor, Grey.* Natürlich haben sie das immer behauptet, aber vielleicht auch nur, weil es Teil ihrer Rolle war.

Ich stütze den Kopf auf die Hände. Das Ganze ist heikel. Ich habe keine Ahnung, wo die Beziehung mit Ana hinführt.

Dass sie so wütend auf Elena ist, macht es nicht leichter. Elena ist eine Freundin.

Ist Ana etwa eifersüchtig?

Ich kann nichts für meine Vergangenheit, und nach allem, was Elena für mich getan hat, könnte sich Anas Feindseligkeit ihr gegenüber als echtes Problem entpuppen.

Ist das jetzt meine Zukunft? Ein Leben in ständiger Verunsicherung? Das wird ein interessantes Thema für meinen nächsten Termin bei Flynn. Vielleicht kann er mir ja helfen.

Kopfschüttelnd fahre ich den iMac hoch und checke meine E-Mails. Welch hat eine Kopie von Leilas Waffenschein geschickt. Er ist auf den Namen Jeanne Barry und eine Adresse in Belltown ausgestellt. Ich betrachte das Foto. Sie sieht älter, dünner und trauriger aus als zu der Zeit, als wir zusammen waren. Es ist deprimierend. Die Frau braucht dringend Hilfe.

Ich drucke ein paar Tabellen von SIP aus – Gewinn- und Verlustaufstellungen, die ich mir später ansehen werde. Dann werfe ich einen Blick auf die Lebensläufe der zusätzlichen Leibwächter, die Taylor ausgewählt hat. Zwei ehemalige FBIler und zwei einstige Navy Seals. Aber dieses Thema muss ich erst noch mit Ana besprechen.

Eins nach dem anderen, Grey.

Ich beantworte ein paar Mails, dann mache ich mich auf die Suche nach Ana.

Im Wohnzimmer ist sie nicht, im Schlafzimmer kann ich sie auch nicht finden. Ich nehme ein paar Kondome vom Nachttisch und gehe nach oben, um zu sehen, ob sie im Sub-Zimmer ist. Doch dann höre ich die Aufzugtüren und Taylors Stimme, als er jemanden begrüßt. Es ist 12:55 Uhr. Das muss Franco sein.

Die Dielentür geht auf. »Ich gehe Miss Steele holen«, erkläre ich, noch bevor Taylor etwas sagen kann.

»Sehr gut, Sir.«

»Geben Sie mir sofort Bescheid, wenn die neuen Security-Leute hier sind.«

»Geht in Ordnung, Sir.«

»Und danke für die Maske und den Lippenstift.«

»Gern, Sir.« Taylor schließt die Tür.

Ich gehe nach oben; ich sehe sie nirgendwo, höre aber ihre Stimme.

Sie führt offenbar Selbstgespräche in ihrem begehbaren Kleiderschrank.

Was zum Teufel treibt sie dort drinnen?

Ich hole tief Luft und mache die Tür auf. Sie sitzt im Schneidersitz auf dem Fußboden. »Da bist du ja. Ich dachte schon, du wärst abgehauen.«

Sie hebt einen Finger. Erst jetzt merke ich, dass sie telefoniert. Also keine Selbstgespräche. Gegen den Türrahmen gelehnt sehe ich zu, wie sie sich das Haar hinters Ohr streicht und eine einzelne Strähne um ihren Zeigefinger wickelt.

»Sorry, Mom, ich muss jetzt Schluss machen. Ich ruf bald wieder an.« Sie ist so hektisch. Liegt es an mir? Vielleicht hat sie sich ja wegen mir im Schrank versteckt. Braucht sie Freiraum? Der Gedanke ist entmutigend.

»Ich dich auch, Mom.« Sie legt auf und sieht mich erwartungsvoll an.

»Warum versteckst du dich hier drin?«, frage ich.

»Ich verstecke mich nicht. Ich bin verzweifelt.«

»Verzweifelt?« Angst packt mich. Sie überlegt also doch, von hier zu verschwinden.

»Darüber, Christian.« Sie deutet auf die Kleider.

Die Kleider? Gefallen sie ihr nicht?

»Darf ich reinkommen?«, frage ich.

»Es ist dein Schrank.«

Mein Schrank. Deine Kleider, Ana.

Langsam setze ich mich ihr gegenüber auf den Boden, versuche ein Gefühl dafür zu bekommen, in welcher Stimmung sie sich befindet. »Das sind doch bloß Kleider. Wenn sie dir nicht gefallen, gebe ich sie zurück.« Mir ist bewusst, dass ich eher resigniert als beruhigend klinge.

»Es ist nicht gerade einfach mit dir, das ist dir schon klar, oder?«

Das ist wahr. Ich streiche über mein stoppeliges Kinn.

Seien Sie authentisch. Ehrlich. Flynns Worte hallen in meinen Gedanken wider.

»Ich weiß. Aber ich gebe mir Mühe.«

»Und ich habe meine liebe Mühe mit dir«, kontert sie.

»Genau wie ich mit Ihnen, Miss Steele.«

»Warum machst du das alles?« Sie zeigt auf uns beide.

Auf sich und mich.

Ana und Christian.

»Du weißt, warum.«

»Nein.«

Ich fahre mir mit der Hand durchs Haar. Was soll ich sagen? Was will sie von mir hören? »Gott, kannst du begriffsstutzig sein.«

»Du könntest dir ganz leicht eine nette brünette Sub suchen, die fragt ›Wie hoch?‹, wenn du sagst, sie soll springen. Vorausgesetzt natürlich, sie darf reden. Warum also ich, Christian? Ich begreife das einfach nicht.«

Was soll ich darauf erwidern? Weil ich aufgewacht bin, seit ich sie kenne? Weil sich alles um mich herum verändert hat, meine ganze Welt? Sie dreht sich inzwischen auf einer ganz anderen Achse. »Du veränderst meinen Blick auf die Welt, Anastasia. Du willst mich nicht meines Geldes wegen. Du gibst mir…« Ich suche nach dem richtigen Wort. »… Hoffnung.«

»Hoffnung auf was?«

Auf alles.

»Auf mehr«, antworte ich. Genau das wollte sie doch. Und ich will es jetzt ebenfalls.

Los, spuck's schon aus, Grey.

»Ich bin es gewohnt, dass Frauen machen, was ich will. Das wird schnell langweilig. Aber du, Anastasia, du hast etwas, das mich auf einer tiefen Ebene berührt, die ich nicht verstehe. Ich kann dir nicht widerstehen und möchte dich nicht verlieren.«

Wow. Wie poetisch, Grey.

Ich ergreife ihre Hand. »Bitte lauf nicht weg. Glaub an mich und hab Geduld mit mir. Bitte.«

Ich sehe es in ihrem hinreißenden Lächeln. Ihr Mitgefühl. Ihre Liebe. Am liebsten würde ich den ganzen Tag darin baden. Jeden einzelnen Tag. Zu meiner Verblüffung legt sie die Hände auf meine Knie und küsst mich mitten auf den Mund. »Okay. Glaube und Geduld, damit kann ich leben.«

»Gut. Denn gerade kommt Franco.«

Sie wirft sich das Haar über die Schulter und lacht auf ... ein mädchenhaftes Lachen, dem ich mich nicht entziehen kann. Wir erheben uns.

Hand in Hand gehen wir nach unten, und ich bin ziemlich sicher, dass wir das, was auch immer sie wütend gemacht hat, überwunden haben.

Francos Getue um Ana ist peinlich. Ich lasse die beiden im Badezimmer zurück, weil ich davon ausgehe, dass Ana nicht allzu begeistert wäre, wenn ich bleiben und mich in ihren Haarschnitt einmischen würde.

Auf dem Weg zurück ins Arbeitszimmer spüre ich, wie verspannt meine Schultern sind, mein ganzer Körper. Die Ereignisse des heutigen Vormittags entziehen sich meiner Kontrolle, und trotz ihres Versprechens, an mich zu glauben und Geduld zu haben, muss sich erst noch zeigen, ob sie auch Wort hält.

Aber bisher hat sie nie Anlass gegeben, an ihr zu zweifeln.

Nur als sie mich verlassen hat.

Es hat so wehgetan ...

Ich verwerfe den unerfreulichen Gedanken und checke meine E-Mails. Eine stammt von Flynn.

Von: Dr. John Flynn
Betreff: Heute Abend
Datum: 11. Juni 2011, 13:00 Uhr
An: Christian Grey

Christian,
haben Sie vor, heute Abend an der Benefizveranstaltung Ihrer Eltern teilzunehmen?

JF

Ich antworte unverzüglich.

Von: Christian Grey
Betreff: Heute Abend
Datum: 11. Juni 2011, 13:15 Uhr
An: Dr. John Flynn

Hallo John,
ja, das habe ich tatsächlich. Und ich werde in Begleitung von Miss Anastasia Steele hingehen.

CHRISTIAN GREY
CEO, Grey Enterprises Holdings, Inc.

Ich frage mich, was er davon hält. Das ist das erste Mal, dass ich seinen Rat beherzige und versuche, meine Beziehung mit Ana auf ihre Weise zu leben. Was bisher ziemlich verwirrend ist.

Kopfschüttelnd ziehe ich die Tabellen und ein paar Berichte heran, die ich über das Reedereigeschäft mit Taiwan lesen muss.

Ich bin in die aktuellen Zahlen von SIP vertieft. Der Laden ist die reinste Geldvernichtungsmaschine. Die Fixkosten sind zu hoch, die Abschreibungen astronomisch, die Produktionskosten steigen unablässig, und die Personalkosten ...

Ich registriere eine Bewegung aus dem Augenwinkel.

Ana.

Sie steht im Türrahmen des Wohnzimmers und wirkt verlegen und schüchtern. Ich sehe die Beklommenheit in ihren Augen – es ist eindeutig, dass sie meine Zustimmung braucht.

Sie sieht fantastisch aus. Ihr Haar glänzt wie flüssige Seide.

»Hab ich Ihnen nicht gesagt, dass es ihm gefallen würde?«, ereifert sich Franco, der ihr gefolgt ist.

»Du siehst wunderschön aus, Ana.« Mein Kompliment zaubert eine hinreißende Röte auf ihre Wangen.

»Meine Arbeit hier ist getan«, ruft Franco und klatscht in die Hände.

Höchste Zeit, ihn loszuwerden.

»Danke, Franco.« Ich versuche ihn aus dem Wohnzimmer zu bugsieren, doch er wirft die Arme um Ana und küsst sie auf beide Wangen – eine reichlich melodramatische Zurschaustellung von Gefühlen, finde ich. »Lassen Sie sich die Haare nie wieder von jemand anderem schneiden, *bellissima* Ana!«

Ich starre ihn vernichtend an, bis er endlich von ihr ablässt.

»Hier entlang«, sage ich und schiebe ihn hinaus.

»Sie ist das reinste Juwel, Mr. Grey.«

Weiß ich.

»Hier.« Ich drücke ihm dreihundert Dollar in die Hand. »Danke, dass Sie so kurzfristig kommen konnten.«

»Es war mir ein Vergnügen. Das reinste Vergnügen.« Er packt meine Hand und schüttelt sie, als Taylor – keine Sekunde zu früh – auftaucht, um ihn ins Foyer zu begleiten.

Ein Glück.

Ana hat sich nicht vom Fleck gerührt.

»Gott sei Dank hast du sie lang gelassen.« Ich lasse eine Strähne zwischen meinen Fingern hindurchgeleiten. »So weich«, flüstere ich. Sie sieht mich an – ängstlich, wenn ich es richtig interpretiere. »Bist du immer noch sauer auf mich?«

Sie nickt.

O Ana.

»Warum genau?«

Sie verdreht die Augen. Und ich muss an einen Moment in ihrem Zimmer in Vancouver denken, als sie genau den gleichen Fehler begangen hat. Aber trotz unserer kurzen Beziehung ist es eine gefühlte Ewigkeit her, und ich bin sicher, dass sie sich von mir nicht versohlen lassen wird. Obwohl ich es gern tun würde. O ja. So gern.

»Soll ich dir eine Liste geben?«

»Es gibt eine Liste?«

»Ja, eine ziemlich lange sogar.«

»Könnten wir die im Bett diskutieren?«

»Nein.«

»Dann beim Essen. Ich habe Hunger, und nicht nur auf Essbares.«

»Ich lasse mich nicht von deiner Sexpertise blenden.«

Sexpertise!

Du schmeichelst mir, Ana.

Und das finde ich gut.

»Was genau beschäftigt Sie, Miss Steele? Raus mit der Sprache.« Inzwischen habe ich den Überblick verloren.

»Was mich beschäftigt?«, wiederholt sie höhnisch. »Zum Beispiel, dass du in meine Privatsphäre eingedrungen bist, dass du mich in einen Salon gebracht hast, in dem deine Ex-Geliebte arbeitet und in den du all deine früheren Geliebten zum Waxen geschickt hast, dass du mich auf offener Straße behandelt hast wie eine Sechsjährige – und vor allen Dingen, dass du dich von deiner Mrs. Robinson hast anfassen lassen!«

Sie hat mich nicht angefasst. *Herrgott noch mal!* »Eine ganz schön lange Liste. Aber um das ein weiteres Mal klarzustellen: Sie ist nicht meine Mrs. Robinson.«

»Sie darf dich anfassen«, wiederholt sie, und ihre Stimme bebt vor Kränkung.

»Sie weiß, wo.«

»Was heißt das?«

»Du und ich, wir haben keine Regeln. Ich habe niemals eine Beziehung ohne Regeln gehabt, und weiß nie, wo du mich berühren wirst. Das macht mich nervös.« Sie ist unberechenbar und muss begreifen, dass mich ihre Berührung komplett aushebeln kann. »Deine Berührung ist für mich ... Sie bedeutet mir mehr ... viel mehr.«

Ich kann nicht zulassen, dass du mich berührst, Ana. Bitte akzeptier das doch.

Sie tritt vor, hebt die Hand.

Nein! Die Dunkelheit presst sämtliche Luft aus meiner Lunge. Ich weiche zurück. »Hard Limit«, flüstere ich.

Sie bemüht sich, ihre Enttäuschung zu verhehlen. »Wie würdest du dich fühlen, wenn du mich nicht berühren dürfest?«

»Am Boden zerstört und beraubt«, antworte ich.

Sie lässt die Schultern sacken und schüttelt den Kopf, wenn auch mit einem resignierten Lächeln. »Eines Tages wirst du mir genau erklären müssen, warum das ein Hard Limit für dich ist.«

»Eines Tages«, sage ich und verdränge das Bild einer brennenden Zigarette aus meinen Gedanken.

»Zurück zu deiner Liste. Der Punkt mit der Verletzung deiner Privatsphäre. Meinst du, weil ich deine Kontonummer kenne?«

»Ja, das ist unerhört.«

»Ich informiere mich über alle meine Sklavinnen. Komm, ich zeige es dir.« Ich gehe voran in mein Arbeitszimmer, ziehe Anas Akte aus dem Schrank und gebe sie ihr, obwohl ich mich frage, ob das wirklich so eine gute Idee ist. Beim Anblick ihres fein säuberlich getippten Namens auf dem Umschlag wirft sie mir einen vernichtenden Blick zu.

»Die kannst du behalten«, sage ich.

»Vielen Dank«, faucht sie und beginnt zu blättern. »Du hast gewusst, dass ich bei Clayton's arbeite?«

»Ja.«

»Und du hast nicht zufällig vorbeigeschaut?«

Los, raus mit der Sprache, Grey.

»Nein.«

»Ganz schön abgefuckt, das ist dir schon klar, oder?«

»Ich sehe das nicht so. Bei meinem Lebensstil muss ich vorsichtig sein.«

»Aber das sind vertrauliche Unterlagen.«

»Ich treibe ja keinen Missbrauch mit den Informationen. Außerdem kann jeder, der sich dafür interessiert, sie sich besorgen, Anastasia. Um Kontrolle zu haben, brauche ich Informationen. Das war schon immer mein Arbeitsstil.«

»Du treibst sehr wohl Missbrauch mit den Informationen. Du hast vierundzwanzigtausend Dollar auf mein Konto überwiesen, die ich nicht wollte.«

»Ich habe dir doch erklärt, dass Taylor die für deinen Wagen bekommen hat. Mich wundert das ja auch.«

»Aber der Audi...«

»Anastasia, machst du dir eigentlich eine Vorstellung davon, wie viel ich verdiene?«

»Warum sollte ich? Dein Kontostand interessiert mich nicht, Christian.«

»Ich weiß. Das gehört zu den Dingen, die ich an dir liebe. Ana, ich verdiene grob geschätzt hunderttausend Dollar die Stunde.«

Sie starrt mich mit offenem Mund an.

Und ausnahmsweise kommt kein Ton über ihre Lippen.

»Vierundzwanzigtausend Dollar sind nichts. Der Wagen, die *Tess*-Bücher, die Kleider, das sind Peanuts.«

»Wie würdest du an meiner Stelle mit solcher... Großzügigkeit umgehen?«, fragt sie.

Das spielt jetzt keine Rolle. Es geht um sie, nicht um mich.

»Ich weiß es nicht.« Ich zucke mit den Achseln, weil die Frage lächerlich ist.

Sie seufzt, als müsste sie einem Dummkopf eine höchst komplexe Gleichung erläutern. »Es ist nicht so toll. Ich meine, du bist wirklich sehr großzügig, aber ich fühle mich nicht wohl dabei. Das habe ich dir oft genug erklärt.«

»Aber ich möchte dir die Welt zu Füßen legen, Anastasia.«

»Ich will nur dich, Christian, ohne das ganze Drum und Dran.«
»Das gehört mit dazu. Zu mir.«
Sie schüttelt den Kopf. Ihre Stimmung scheint plötzlich getrübt zu sein. »Sollen wir was essen?«, wechselt sie das Thema.
»Ja.«
»Ich koche uns was.«
»Gut. Aber es wäre auch noch was im Kühlschrank.«
»Mrs. Jones hat an den Wochenenden frei?«
Ich nicke.
»Das heißt, dann isst du kalt?«
»Nein.«
»Ach.«
Ich hole tief Luft und frage mich, wie sie mit dem umgehen wird, was ich ihr gleich sage. »Meine Subs kochen, Anastasia.« Einige besser, einige nicht ganz so gut.
»Ja, natürlich.« Sie setzt ein falsches Lächeln auf. »Was hätten Sie denn gern, Sir?«
»Was auch immer Madam vorschlagen.«
Sie nickt und verlässt mein Arbeitszimmer. Ihre Akte lässt sie liegen. Ich lege sie zurück in den Aktenschrank, wobei mir Susannahs Akte ins Auge fällt. Sie war eine lausige Köchin, sogar noch schlechter als ich. Aber sie hat es zumindest versucht... und wir hatten unseren Spaß dabei.

»Sie haben das Essen anbrennen lassen.«
»Ja. Es tut mir leid, Sir.«
»Tja, und was machen wir jetzt mit Ihnen?«
»Was auch immer Sie für richtig halten, Meister.«
»Haben Sie das mit Absicht getan?«
Die Röte auf ihren Wangen und das Zucken um ihre Mundwinkel, als sie ihr Lächeln zu verhehlen versucht, sind Antwort genug.

Das war eine schöne Zeit; eine, in der vieles einfacher war. Die Basis meiner bisherigen Beziehungen war eine Handvoll Regeln, die befolgt wurden, andernfalls drohten Konsequenzen. Ich hatte meinen Frieden. Gleichzeitig wusste ich genau, was von mir erwartet wird. Doch trotz aller Intimität berührte keine meiner Subs mein Herz so sehr wie Ana, auch wenn sie noch so schwierig ist.

Vielleicht ist genau das ja der Grund.

Ich erinnere mich noch genau daran, wie wir die Bedingungen für unseren Vertrag ausgehandelt haben. Schon damals war sie schwierig.

Ja. Und sieh dir an, wie sich alles entwickelt hat, Grey.

Diese Frau hält mich gewaltig auf Trab. Mag ich sie deshalb so sehr? Wie lange wird es wohl anhalten? Wahrscheinlich solange wir zusammen sind. Weil ich tief im Innern genau weiß, dass sie mich eines Tages verlassen wird.

Genau wie alle anderen.

Musik dringt aus dem Wohnzimmer. *Crazy In Love* von Beyoncé. Will sie mir damit etwas sagen?

Ich stehe im Flur, der zu meinem Arbeits- und ins Fernsehzimmer führt, und sehe ihr beim Kochen zu. »Interessante Musikwahl«, säusle ich ihr ins Ohr, worauf sie zusammenzuckt. »Deine Haare riechen gut.« Sie löst sich aus meiner Umarmung.

»Ich bin immer noch sauer auf dich«, sagt sie.

»Wie lange soll das so weitergehen?«, frage ich und fahre mir frustriert mit der Hand durchs Haar.

»Mindestens bis ich was gegessen habe.« Ein spielerischer Unterton schwingt in ihrer Stimme mit.

Sehr gut.

Ich schalte die Musik aus. »Hast du das auf deinen iPod geladen?«, fragt Ana.

Ich schüttle den Kopf. Ich will ihr lieber nicht sagen, dass es Leila war, weil sie sonst womöglich wieder wütend wird.

»Glaubst du nicht, dass sie dir damals etwas mitzuteilen versucht hat?« Sie ist von ganz allein darauf gekommen, dass es Leila gewesen sein muss.

»Wahrscheinlich«, gebe ich zurück. *Wieso habe ich es nicht kommen sehen?*

Sie will wissen, wieso der Song immer noch auf meinem iPod ist, worauf ich ihr anbiete, ihn zu löschen, aber sie lehnt ab.

»Was würdest du jetzt gern hören?«, frage ich sie.

»Such du was aus«, gibt sie zurück.

Sehr gern, Miss Steele. Ihr Wunsch ist mir Befehl. Ich scrolle durch den iPod, finde jedoch nichts Passendes. Kurz überlege ich, *Please Forgive Me* von David Gray zu spielen, aber das ist zu offensichtlich und auch zu dick aufgetragen.

Jetzt weiß ich es. Wie hat sie es vorhin genannt? Sexpertise? Ja, genau.

Setz diese Gabe ein, Grey.

Ich finde den Song, den ich suche, und rufe ihn auf. *Perfekt.* Orchesterklänge erfüllen den Raum, ein cooles, fast mürrisches Intro folgt, dann singt Nina Simone *I Put A Spell On You.*

Ana wirbelt herum, den Schneebesen noch in der Hand. Ich sehe ihr in die Augen, löse den Blick keine Sekunde von ihr, während ich langsam auf sie zugehe.

»*You're mine*«, haucht Nina.

Du gehörst mir.

»Christian, bitte«, wispert Ana, als ich vor ihr stehe.

»Bitte was?«

»Mach das nicht.«

»Was?«

»Das.«

»Bist du sicher?« Ich nehme ihr den Schneebesen aus der Hand, ehe sie auf die Idee kommen kann, ihn als Waffe zu benutzen.

Ana. Ana. Ana.

Ich stehe so dicht vor ihr, dass mir ihr Duft in die Nase steigt. Kurz schließe ich die Augen, sauge ihn tief ein. Als ich sie wieder aufschlage, sehe ich die verräterische Röte, die das Verlangen auf ihre Wangen gezaubert hat.

Und dann spüre ich es.

Die gewohnte Anziehungskraft zwischen uns.

Die Magie.

»Ich begehre dich, Anastasia. Ich liebe und ich hasse es, mit dir zu streiten. Das ist ein sehr neues Gefühl für mich. Ich muss wissen, dass mit uns alles in Ordnung ist. Und das ist meine einzige Möglichkeit, das festzustellen.«

Sie schließt die Augen. »Meine Gefühle für dich haben sich nicht verändert.« Ihre Stimme ist leise, beschwichtigend.

Beweis es.

Ihre Lider flattern. Ich sehe, wie ihr Blick sich auf den nackten Streifen Haut am Hals heftet und sie sich auf die Lippe beißt. Die Hitze, die von ihrem Körper ausgeht, ist so intensiv, dass sie uns beide wärmt. Ich unterdrücke ein Stöhnen.

»Ich rühre dich erst an, wenn du es mir erlaubst.« Meine Stimme klingt belegt vor Verlangen. »Nach diesem Scheißmorgen würde ich mich am liebsten in dir vergraben und alles außer uns vergessen.«

Sie sieht mir in die Augen. »Ich werde jetzt dein Gesicht berühren«, sagt sie zu meiner Überraschung.

Okay. Ich ignoriere den Schauer, der mir über den Rücken läuft, spüre ihre Hand auf meiner Wange und schließe die Augen, genieße es, als ihre Finger über meine Bartstoppeln streichen.

O Baby.

Kein Grund zur Angst, Grey.

Instinktiv schmiege ich mein Gesicht in ihre Hand, gebe mich ganz diesem Gefühl hin, versinke darin. Ich beuge mich vor, so dass unsere Münder dicht voreinanderschweben. Sie sieht mich an.

»Ja oder nein, Anastasia?«

»Ja.« Es ist kaum mehr als ein Flüstern.

Mein Mund berührt ihre Lippen, ich lasse meine Zunge spielerisch darübergleiten. Ich schmecke sie, necke sie, bis sich ihre Lippen teilen. Ich schlinge die Arme um sie, lege eine Hand auf ihren Rücken, um sie an mich zu ziehen, an meinen Schwanz, während ich die andere Hand in ihrem Haar vergrabe und behutsam daran ziehe. Sie stöhnt auf.

»Mr. Grey.«

Verdammt!

Ich lasse Ana los.

»Taylor«, stoße ich zwischen zusammengebissenen Zähnen hervor. Er steht an der Tür zum Wohnzimmer; zwar verlegen, aber dennoch entschlossen.

Was. Ist. Los?

Wir haben eine unausgesprochene Vereinbarung, dass er sich rarmacht, wenn ich nicht allein hier bin; daher muss es etwas Wichtiges sein. »Ins Arbeitszimmer«, sage ich, woraufhin Taylor kehrtmacht. »Aufgeschoben ist nicht aufgehoben«, flüstere ich Ana zu und folge ihm.

»Bitte entschuldigen Sie die Störung, Sir«, sagt er, als wir mein Arbeitszimmer betreten.

»Ich hoffe für Sie, dass Sie einen guten Grund haben.«

»Ihre Mutter hat angerufen.«

»Bitte sagen Sie jetzt nicht, dass das der Grund ist.«

»Nein, Sir, aber Sie sollten sie lieber zurückrufen. Es geht um heute Abend.«

»Aha. Und was gibt es sonst noch?«

»Das Security-Team ist da, und ich fand, Sie sollten wissen, dass die Leute bewaffnet sind. Schließlich weiß ich ja, wie Sie zu diesem Thema stehen.«

»Wie bitte?«

»Mr. Welch und ich waren der Ansicht, dass es eine angemessene Vorsichtsmaßnahme ist.«

»Ich hasse Waffen. Hoffen wir nur, dass sie sie nicht benutzen müssen.« Ich bin sauer. Und ich war gerade dabei, mit Miss Steele herumzumachen.

Wann wurde ich jemals beim Herummachen gestört?

Noch nie!

Plötzlich amüsiert mich der Gedanke.

Wie es aussieht, lebe ich gerade die wilden Jugendjahre aus, die ich nicht hatte.

Taylor entspannt sich. Er hat gemerkt, dass sich meine Laune gebessert hat.

»Wussten Sie, dass Andrea heute heiratet?« Die Frage beschäftigt mich schon den ganzen Morgen.

»Ja«, antwortet er sichtlich verwirrt.

»Sie hat mir nichts davon gesagt.«

»Wahrscheinlich bloß ein dummes Versehen, Sir.«

Eine ziemlich überhebliche Bemerkung. Ich ziehe die Brauen hoch.

»Die Trauung findet im Hotel Edgewater statt«, fügt er eilig hinzu.

»Und übernachtet sie auch dort?«

»Ich denke schon.«

»Könnten Sie diskret herausfinden, ob das glückliche Paar ein Zimmer reserviert hat, und sie auf die beste verfügbare Suite upgraden lassen?«

Taylor lächelt. »Gewiss, Sir.«

»Und wer ist der Glückliche?«

»Das weiß ich nicht, Mr. Grey.«

Ich frage mich, warum Andrea aus ihrer Hochzeit so ein Geheimnis gemacht hat, verdränge den Gedanken jedoch, als ein köstlicher Duft hereinweht. Mir knurrt der Magen.

»Ich sollte wieder zurück in die Küche gehen.«

»Ja, Sir.«

»War's das?«

»Ja.«

»Gut.« Wir verlassen den Raum. »Weitere Instruktionen in zehn Minuten«, sage ich zu Taylor, als wir das Wohnzimmer betreten, wo Ana gerade Teller aus dem Vorwärmschrank nimmt und auf die Frühstückstheke stellt.

»Wir sind bereit«, erwidert Taylor und lässt uns allein.

»Lunch?«, fragt Anastasia.

»Bitte.« Ich setze mich auf einen der Barhocker.

»Probleme?«, erkundigt sie sich. Noch habe ich ihr nicht von den zusätzlichen Security-Leuten erzählt.

»Nein.«

Sie hakt nicht weiter nach, stattdessen gibt sie etwas von dem Spanischen Omelett und Salat auf meinen Teller. Ich bin beeindruckt, dass sie sich so mühelos in meiner Küche zurechtgefunden und aus dem Nichts ein Essen gezaubert hat. Sie setzt sich neben mich. Das Omelett zergeht mir auf der Zunge. Köstlich.

»Hm, lecker. Möchtest du ein Glas Wein?«

»Nein, danke.« Sie schiebt sich eine Gabel voll von dem Omelett in den Mund.

Wenigstens isst sie etwas.

Ich verzichte auf den Wein, weil ich weiß, dass ich heute Abend trinken werde. Der Anruf bei meiner Mutter kommt mir wieder in den Sinn. Ich frage mich, was sie will. Sie weiß nichts davon, dass Ana und ich uns getrennt haben – und folglich auch nicht, dass wir wieder zusammen sind. Ich sollte ihr sagen, dass ich Ana heute Abend mitbringen werde.

Ich schnappe die Fernbedienung und starte irgendwas Klassisches.

»Was ist das?«, fragt sie.

»Canteloube, *Chants d'Auvergne*. Dieses Stück heißt *Baïlèro*.«

»Gefällt mir. Was für eine Sprache ist das?«

»Eine romanische Sprache aus dem Süden Frankreichs, genauer gesagt, Okzitanisch.«

»Du kannst Französisch. Verstehst du den Text?«

»Ein paar Worte, ja. Meine Mutter hat Wert auf drei Dinge gelegt: ein Musikinstrument spielen, Fremdsprachen, Kampfsport. Elliot spricht Spanisch, Mia und ich haben Französisch gelernt. Elliot spielt Gitarre, ich Klavier, Mia Cello.«

»Wow. Und der Kampfsport?«

»Elliot macht Judo. Mia hat sich mit zwölf geweigert.« Dass mein Sport Kickboxen ist, habe ich ihr bereits erzählt.

»Ich wünschte, meine Mutter wäre auch so zielstrebig gewesen.«

»Dr. Grace kennt kein Erbarmen, wenn es um die Fähigkeiten ihrer Kinder geht.«

»Sie ist sicher sehr stolz auf dich. Ich wäre es jedenfalls.« Ich höre die Wärme in Anas Stimme.

O Baby, du liegst so was von daneben. Nichts ist jemals so einfach, wie es aussieht. Ich war für meine Familie eine Riesenenttäuschung: von der Schule geflogen, das College geschmissen, keine Beziehungen, zumindest keine offiziellen. Wenn Grace eine Ahnung hätte, wie ich mein Leben in Wahrheit führe...

Wenn *du* eine Ahnung hättest, Ana.

Lass gut sein, Grey.

»Hast du schon entschieden, was du heute Abend tragen willst? Oder soll ich für dich wählen?«

»Äh, noch nicht. Hast du die Kleider alle selbst ausgesucht?«

»Nein, Anastasia. Ich habe einer Frau, die als Personal Shopper für Neiman Marcus arbeitet, eine Liste und deine Maße gegeben. Es müsste alles passen. Damit du dich nicht wunderst: Für heute Abend sind zusätzliche Sicherheitskräfte engagiert, und auch für die nächsten Tage. Als Vorsichtsmaßnahme, weil Leila sich auf den Straßen von Seattle herumtreibt. Ich möchte nicht, dass du das Haus ohne Begleitung verlässt. Okay?«

Sie wirkt ein bisschen verdattert, willigt jedoch zu meiner Verblüffung ohne Widerrede ein.

»Gut. Dann instruiere ich die Leute jetzt. Es wird nicht lange dauern.«

»Sie sind hier?«

»Ja.«

Sie sieht mich verwirrt an, scheint aber immer noch kein Problem damit zu haben. Ich nutze die Gunst der Stunde, trage meinen Teller zur Spüle und lasse Ana in Ruhe aufessen.

Das Team hat sich an dem runden Konferenztisch in Taylors Büro eingefunden und nimmt die Anweisungen für den heutigen Abend entgegen.

Nach dem Briefing gehe ich in mein Arbeitszimmer, um meine Mutter anzurufen.

»Schatz, wie geht es dir?«, fragt sie.

»Mir geht's gut, Grace.«

»Du kommst doch heute Abend, oder?«

»Natürlich. Und Anastasia kommt auch.«

»Tatsächlich?« Sie klingt überrascht, hat sich aber sofort wieder im Griff. »Das ist ja wunderbar, Liebling. Ich lasse die Sitzordnung an unserem Tisch ändern.« Sie klingt ein bisschen zu überschwänglich für meinen Geschmack, trotzdem scheint sie sich sehr zu freuen.

»Wir sehen uns dann heute Abend, Mutter.«

»Ich freue mich auf euch, Christian. Bis dann.«

Ich sehe, dass Flynn eine weitere E-Mail geschickt hat.

Von: Dr. John Flynn
Betreff: Heute Abend
Datum: 11. Juni 2011, 14:25 Uhr
An: Christian Grey

Ich freue mich darauf, Anastasia kennenzulernen.

JF

Das glaube ich gerne, John.

Alle Welt scheint ganz aus dem Häuschen zu sein, weil ich ein Date habe.

Alle außer mir.

Ana liegt mit ihrem Mac quer über dem Bett in ihrem Zimmer und liest irgendetwas im Internet.

»Was machst du da?«

Sie zuckt zusammen; aus irgendeinem Grund scheint sie ein schlechtes Gewissen zu haben. Als ich mich neben sie lege, kann ich die Überschrift der Website lesen, die sie sich gerade angesehen hat: »Multiple Persönlichkeitsstörung: Die Symptome«.

Mir ist klar, dass ich eine ganze Reihe an Problemen habe, aber Schizophrenie gehört zum Glück nicht dazu. Dass sie jetzt auch noch unter die Hobbypsychologen gegangen ist, amüsiert mich. »Beschäftigst du dich aus einem bestimmten Grund mit diesem Thema?«

»Ich recherchiere über eine schwierige Persönlichkeit«, antwortet sie mit ernster Miene.

»Eine schwierige Persönlichkeit??«

»Mein gegenwärtiges Lieblingsprojekt.«

»Ich bin also dein gegenwärtiges Lieblingsprojekt, ein wissenschaftliches Problem? Und ich dachte, ich sei alles für dich. Miss Steele, das verletzt mich.«

»Woher weißt du, dass es um dich geht?«

»Ist nur so eine Ahnung.«

»Nun, du bist der einzige launenhafte Kontrollfreak, den ich intimer kenne.«

»Ich dachte, ich bin überhaupt der Einzige, den du intim kennst.«

»Ja, das auch.« Die Verlegenheit zaubert eine reizende Röte auf ihre Wangen.

»Bist du schon zu irgendwelchen Schlüssen gelangt?«

Sie mustert mich eindringlich. »Ich habe den Eindruck, dass du eine intensive Therapie brauchst«, sagt sie liebevoll.

Ich streiche ihr eine Haarsträhne hinters Ohr; ich bin erleichtert, dass sie ihr Haar nicht hat abschneiden lassen, so dass ich auf diese Geste verzichten müsste.

»Und ich habe den Eindruck, dass ich dringend dich brauche.« Ich ziehe den Lippenstift aus der Tasche und gebe ihn ihr.

»Den soll ich tragen?«, fragt sie.

Ich lache. »Nein, Anastasia. Nur wenn du möchtest. Ich glaube nicht, dass das deine Farbe ist.«

Scharlachrot ist Elenas Farbe, aber natürlich sage ich das Ana nicht, sonst platzt sie vor Wut.

Ich setze mich auf, kreuze die Beine und ziehe mir das Hemd über den Kopf. Was ich vorhabe, ist entweder eine brillante Idee – oder die größte Dummheit seit Langem. Das werden wir gleich sehen. »Dein Vorschlag, die Grenzen zu markieren, gefällt mir.«

Sie sieht mich verständnislos an.

»Die verbotenen Zonen«, erkläre ich.

»Ach, das war ein Scherz«, sagt sie.

»Für mich nicht.«

»Ich soll sie auf dir markieren, mit Lippenstift?«, fragt sie.

»Das geht ja wieder weg. Irgendwann.«

Sie überlegt. Ein Lächeln spielt um ihre Mundwinkel. »Wie wär's mit etwas Dauerhafterem, zum Beispiel einem Textmarker?«

»Ich könnte mir eine Tätowierung stechen lassen.«

»Nein, kein Tattoo!« Sie lacht, doch ihre Miene verrät blankes Entsetzen.

»Gut, dann also Lippenstift.« Ihr Lachen ist ansteckend. Ich grinse sie an.

Sie klappt den Mac zu, während ich die Hände vorstrecke. »Komm. Setz dich auf mich.«

Sie zieht ihre Schuhe aus und krabbelt quer übers Bett. Ich lasse mich nach hinten sinken und stelle die Beine auf, während sie sich rittlings auf mich setzt. »Lehn dich gegen meine Beine.«

»Du scheinst dich darauf zu freuen«, bemerke ich mit einem Anflug von Ironie.

»Ich erfahre immer gern Neues über Sie, Mr. Grey. Außerdem kriege ich Sie so vielleicht dazu, sich zu entspannen, wenn ich weiß, wo die Grenzen verlaufen.«

Ich schüttle den Kopf, kann nur hoffen, dass das wirklich eine gute Idee ist. »Mach den Lippenstift auf«, sage ich.

Ausnahmsweise gehorcht sie ohne Widerrede.

»Gib mir deine Hand.«

Sie hebt ihre freie Hand.

»Die mit dem Lippenstift.« Ich verdrehe die Augen.

»Verdrehst du die Augen?«

»Ja.«

»Das gehört sich nicht, Mr. Grey. Ich kenne da ein paar Leute, die richtiggehend ausrasten, wenn jemand die Augen verdreht.«

Statt einer Erwiderung setze ich mich abrupt auf, so dass wir Nase an Nase sitzen.

»Bereit?«, frage ich leise, während ich die Panik bereits in mir aufsteigen fühle.

»Ja«, haucht sie mit einer Stimme so sanft wie eine Sommerbrise.

Die Dunkelheit lauert über mir wie ein gieriger Raubvogel, bereit, jederzeit über mir herabzusinken und mich zu verschlingen. Ich nehme ihre Hand und lege sie auf meine Schulter. Die Angst schnürt mir förmlich die Luft ab. Ich kann kaum noch atmen.

»Los jetzt«, presse ich mühsam hervor. Sie gehorcht. Ich führe ihre Hand um meinen Oberarm herum, über das Schultergelenk und seitlich über meine Brust. Die Dunkelheit breitet sich in mir aus, droht die Luft aus meiner Lunge zu pressen. Anas Belustigung ist verflogen, stattdessen blickt sie mich mit ernster und entschlossener Konzentration an. Ich sehe ihr in die Augen, lese jede Regung, jeden noch so nuancierten Gedanken in den Tiefen ihrer Iris; jede einzelne Emotion ist wie eine Rettungsleine, die mich davor bewahrt, in die Tiefe gezogen zu werden, unterzugehen.

Sie ist meine Rettung.

Auf der Höhe meines Bauchs halte ich inne, schiebe ihre Hand auf die andere Seite. Ich blicke auf die rote Linie, die sich quer über meinen Körper zieht. Meine Atemzüge beschleunigen sich. Verzweifelt bemühe ich mich, meine Angst zu verbergen. Jeder einzelne Muskel meines Körpers ist angespannt. Ich lehne mich zurück, spüre, wie sich die Muskeln in meinen Armen anspannen, während ich die Dämonen in Schach zu halten versuche und mich dem sanften Druck des Lippenstifts auf meiner Haut beuge. »Und auf der anderen Seite wieder rauf«, sage ich und übergebe ihr das Kommando.

Mit derselben Konzentriertheit lässt Ana den Lippenstift an meiner rechten Körperseite emporwandern. Ihre Augen sind riesig. Voller Sorge. Und doch bin ich wie gefesselt von ihrem Blick. Schließlich erreicht sie meine Schulter, hält inne. »Fertig«, haucht sie, und ich spüre, wie sie mit ihren Gefühlen ringt. Sie löst ihre Hand, gibt mir einen Moment Zeit, mich zu erholen.

»Nein.« Ich zeichne mit dem Finger eine Linie um den Ansatz meines Halses. Ana holt tief Luft und fährt die Linie mit dem Lippenstift nach. Als sie fertig ist, sieht sie mir in die Augen – Blau trifft auf Grau.

»Jetzt der Rücken.« Ich bewege mich ganz leicht. Sie klettert herunter, so dass ich mich umdrehen und ihr meine hintere Seite zukehren kann. »Folge der Linie von meiner Brust auf die andere Seite.« Meine Stimme ist rau und klingt selbst in meinen eigenen Ohren fremd, so als hätte ich meinen Körper verlassen und würde aus der Ferne zusehen, wie eine wunderschöne junge Frau ein Ungeheuer zähmt.

Nein. Nein.

Bleib im Hier und Jetzt, Grey.

Lebe das Gefühl.

Gib dich ihm hin.

Bewältige es.

Ich bin Anas Gnade hilflos ausgeliefert.

Jener Frau, die ich liebe.

Ich spüre die Spitze des Lippenstifts, als ich mich vorbeuge und mich mit geschlossenen Augen dem Schmerz ergebe. Dann spüre ich nichts mehr.

»Auch um den Hals?«, höre ich sie fragen. Ihre Stimme klingt bedrückt und zugleich beruhigend. *Meine Rettungsleine.* Ich nicke. Und plötzlich ist der Schmerz wieder da, bohrt sich in meine Haut direkt unter dem Haaransatz.

Dann hört er mit einem Mal wieder auf.

»Fertig«, sagt sie leise. Am liebsten würde ich meine Erleichterung laut hinausschreien, am besten vom Helikopterlandeplatz auf dem Dach des Escala. Ich wende mich zu ihr um, sehe sie an. Und ich weiß, dass mein Herz zerbersten wird, wenn ich auch nur den

Hauch von Mitleid auf ihren Zügen sehe ... Aber da ist nichts. Sie wartet. Geduldig. Liebevoll. Beherrscht. Und voller Zuneigung.

Meine Ana.

»Das sind die Grenzen«, sage ich leise.

»Damit kann ich leben. Am liebsten würde ich dich auf der Stelle vernaschen.« Ihre Augen leuchten.

Endlich!

Ich grinse verschmitzt und strecke ihr die Hand entgegen. »Nun, Miss Steele, ich bin ganz der Ihre.«

Mit einem verzückten Quietschen wirft sie sich in meine Arme. Wow!

Ich verliere das Gleichgewicht und kippe nach hinten, fange mich jedoch sofort wieder und drehe mich um, so dass sie unter mir liegt, die Hände um meinen Bizeps gelegt. »Aufgeschoben ist nicht aufgehoben«, raune ich und küsse sie. Sie vergräbt die Finger in meinem Haar, packt es, zieht leise stöhnend daran, während ihre Zunge die meine umkreist. Unsere Leidenschaft ist ruchlos, wild, ungezügelt. Sie verjagt die Dunkelheit um mich, zieht mich heraus, erlaubt mir, mich in ihrem Licht zu aalen. Das Adrenalin pumpt durch meine Venen, befeuert meine Gier, ebenso wie die ihre. Ich will sie nackt. Ich ziehe sie an den Armen hoch, streife ihr das T-Shirt über den Kopf und schleudere es zu Boden.

»Ich möchte dich fühlen.« Fieberhaft mache ich mich an ihrem BH zu schaffen, löse den Verschluss. Ich drücke sie nach hinten, lege den Mund um ihre eine Brustwarze, lasse meine Zunge um sie kreisen, während ich mit den Fingern an ihrem anderen Nippel spiele. Sie schreit auf.

»Ja, Baby, ich will dich hören.«

Sie windet sich unter mir, während ich weiter ihren prachtvollen Brüsten huldige. Ihre Brustwarzen richten sich auf, werden härter, während Ana sich dem Rhythmus ihrer eigenen Leidenschaft hingibt.

Sie ist eine Göttin.

Meine Göttin.

Ich öffne den Knopf ihrer Jeans, ziehe den Reißverschluss herunter und schiebe meine Hand in ihren Slip. Meine Finger erreichen mühelos ihr Ziel.

Heilige Scheiße.

Sie reckt sich mir entgegen. Ich lasse meinen Finger über ihre Klitoris gleiten, während sie weiter stöhnt. Sie ist feucht. Bereit für mich. »O Ana, du bist so schön feucht.« Ich richte mich auf, sehe sie an, den wilden Ausdruck auf ihrem Gesicht.

»Ich will dich«, wimmert sie.

Wieder küsse ich sie und lasse meine Hand in ihrem Slip kreisen. Ich kann mich kaum beherrschen. Ich will sie. Brauche sie.

Sie gehört mir.

Mir ganz allein.

Ich setze mich auf, packe die Säume ihrer Jeans und reiße sie ihr mit einem Ruck vom Leib, dicht gefolgt von ihrem Slip. Dann stehe ich auf, ziehe das Kondom aus der Tasche und werfe es ihr zu. Es ist eine wahre Erleichterung, Jeans und Unterwäsche loszuwerden.

Ana reißt das Kondompäckchen auf und betrachtet mich voller Gier, als ich mich neben ihr ausstrecke. Betont langsam rollt sie das Kondom von meinem Schwanz ab. Ich packe sie bei den Händen und rolle mich auf den Rücken.

»Du. Oben. Ich will dich sehen«, befehle ich und setze sie rittlings auf mich.

Wie in Zeitlupe senkt sie sich auf mich herab.

O Gott. Das ist unglaublich.

Ich schließe die Augen, hebe mich ihr entgegen, als sie mich in sich aufnimmt. »Du fühlst dich so gut an«, stöhne ich und packe sie bei den Händen. Ich will sie nie wieder loslassen.

Ich sehe sie an, wie sie sich auf mir bewegt, auf und ab, während ihre Brüste wippen. Ich lasse ihre Hände los, in der Gewissheit, dass sie die Grenzen respektieren wird, und packe sie bei den Hüften. Sie legt die Hände auf meine Arme und schreit auf, als ich mich hochstemme, tief in ihr versinke.

»Ja, Baby, spür mich«, raune ich.

Sie legt den Kopf in den Nacken, passt sich meinem Rhythmus an, auf und ab, auf und ab, auf und ab.

Ich verliere mich darin, koste jede Sekunde aus, die ich in ihr sein darf. Sie keucht, stöhnt. Und ich sehe zu, wie sie mich in sich aufnimmt, mich wieder und wieder in sich aufsaugt, die Augen geschlossen, den Kopf in den Nacken geworfen. Sie ist exquisit. Schließlich schlägt sie die Augen auf und sieht mich an.

»Ana«, stöhne ich.

»Ja«, ruft sie. »Auf ewig.«

Ihre Worte widerhallen in meiner Seele, lassen mich vollends die Kontrolle verlieren. Ich schließe die Augen und ergebe mich ihr.

Mit einem Aufschrei gelangt sie zum Höhepunkt, ehe sie stöhnend auf meiner Brust zusammensinkt.

»O Baby«, schreie ich, als auch ich endlich Erfüllung finde.

Ihr Kopf liegt schwer auf meiner Brust, doch es stört mich nicht. Sie hat die Dunkelheit in mir verjagt. Ich streichle ihr Haar, lasse meine Finger müßig über ihren Rücken gleiten, während wir allmählich zu Atem kommen.

»Du bist so schön.«

Erst als Ana den Kopf hebt, wird mir bewusst, dass ich die Worte laut ausgesprochen habe. Sie mustert mich skeptisch.

Wann lernt sie endlich, ein Kompliment anzunehmen?

Eilig setze ich mich auf, so dass Ana von mir herunterrutscht. Ich fange sie auf.

»Du. Bist. Wunderschön«, wiederhole ich, wobei ich jedes Wort einzeln betone.

»Und du bist manchmal erstaunlich zärtlich.« Sie beugt sich vor und gibt mir sanft einen Kuss.

Ich hebe sie ein wenig hoch, um mich aus ihr herauszuziehen, und küsse sie liebevoll. »Du hast keine Ahnung, wie schön du bist, oder?«

Sie sieht mich verblüfft an.

»Dass die ganzen Jungs hinter dir her sind, dürfte doch Beweis genug sein.«

»Jungs? Was für Jungs?«

»Möchtest du eine Liste? Der Fotograf ist verrückt nach dir, der Typ im Baumarkt, der ältere Bruder deiner Mitbewohnerin. Und dein Chef.« Dieser verlogene Dreckskerl.

»Christian, nun hör schon auf.«

»Glaub mir. Sie sind verrückt nach dir. Sie wollen, was mir gehört.« Ich verstärke meinen Griff. Sie legt die Unterarme auf meine Schulter und mustert mich mit belustigter Nachsicht.

»Mir«, füge ich hinzu.

»Ja, dir.« Sie lächelt milde. »Die Linie ist immer noch zu sehen«, sagt sie und fährt mit dem Finger die Lippenstiftspur auf meiner Schulter nach. Ich werde stocksteif.

»Ich würde jetzt gern auf Entdeckungsreise gehen«, fügt sie hinzu.

»In der Wohnung?«

»Nein.« Sie schüttelt den Kopf. »Auf der Schatzkarte deiner Haut.«

Was?

Sie stupst mich mit der Nase an.

»Und wie genau würde das ablaufen, Miss Steele?«

Sie streicht über meine Bartstoppeln. »Ich möchte dich gern überall anfassen, wo ich darf.«

Mit dem Zeigefinger berührt sie meine Lippen. Ich packe ihn und beiße zärtlich hinein.

»Aua!«, ruft sie, worauf ich grinsend ein tiefes Grollen ausstoße.

Sie will mich anfassen. Ich habe ihr meine Grenzen klar aufgezeigt.

Versuch es auf ihre Art, Grey.

»Okay«, sage ich, doch mir entgeht der unsichere Unterton in meiner Stimme nicht. »Warte.« Ich hebe sie ein weiteres Mal an, ziehe das Kondom herunter und lasse es neben das Bett fallen.

»Ich hasse diese Dinger. Am liebsten würde ich Dr. Greene rufen, damit sie dir eine Spritze gibt.«

»Du meinst, die Topgynäkologin von Seattle kommt sofort angerannt?«

»Ich kann sehr überzeugend sein.« Ich streiche ihr das Haar hinters Ohr. Sie hat die hübschesten, kecksten Ohren, die ich je gesehen habe. »Franco hat dir die Haare toll gemacht. Das Stufige gefällt mir.«

»Hör auf, ständig das Thema zu wechseln«, warnt sie.

Ich schiebe sie ein Stück nach hinten, so dass sie wieder auf mir sitzt, und lasse mich in die Kissen sinken, während sie sich mit dem Rücken gegen meine angezogenen Knie lehnt. »Okay, dann fang mal an«, sage ich leise.

Ohne den Blick von mir zu lösen, legt sie ihre Hand auf meinen Bauch, direkt unterhalb der Lippenstiftlinie. Ich spanne die Muskeln an, als sie vorsichtig die Topografie meines Sixpacks erkundet. Ich zucke zusammen. Sie hebt den Finger.

»Es muss nicht unbedingt sein«, sagt sie.

»Ist schon in Ordnung. Ich muss mich nur daran… gewöhnen. Mich hat lange niemand mehr berührt.«

»Mrs. Robinson?«

Verdammt! Wieso habe ich ihr bloß davon erzählt?

Ich nicke unbehaglich. »Ich will nicht über sie reden. Das verdirbt dir nur die Laune.«

»Das verkrafte ich schon.«

»Nein, Ana, das tust du nicht. Jedes Mal, wenn ich von ihr anfange, siehst du rot. Ich kann meine Vergangenheit nicht wegzaubern. Zum Glück hast du keine, denn wenn du eine hättest, würde mich das verrückt machen.«

»Noch verrückter, als du ohnehin schon bist?«

»Verrückt nach dir«, gebe ich zurück.

»Soll ich Dr. Flynn rufen?«

»Ich glaube nicht, dass das nötig ist.«

Sie lehnt sich nach hinten, so dass ich die Beine sinken lassen muss, während sie ihre Finger erneut auf meinen Bauch legt, ohne mich aus den Augen zu lassen.

Wieder spanne ich mich an.

»Ich fasse dich gern an.« Sie lässt ihre Hand zu meinem Nabel gleiten, spielt mit den Härchen, ehe sie sie noch tiefer wandern lässt.

O Gott.

Mein Schwanz zuckt.

»Schon wieder?«, fragt sie lüstern.

O Anastasia, du bist ein unersättliches Geschöpf.

»O ja, Miss Steele, schon wieder.«

Ich setze mich auf, lege die Hände um ihr Gesicht und küsse sie, lange, hart und voller Leidenschaft.

»Du bist nicht zu wund?«, flüstere ich.

»Nein.«

»Ich bewundere dein Stehvermögen, Ana.«

Sie liegt neben mir und döst. Erschöpft und zufrieden, wie ich hoffe. Nach all den heutigen Verstimmungen und Auseinandersetzungen habe ich meinen inneren Frieden wiedergefunden.

Vielleicht kriege ich dieses Blümchensexding ja doch hin.

Ich sehe Ana an. Ihre Lippen sind leicht geöffnet, und ihre Wimpern werfen kleine Schatten auf ihre bleichen Wangen. Sie sieht wunderschön aus, so friedlich und still. Ich könnte ihr ewig beim Schlafen zusehen.

Gleichzeitig kann sie schrecklich schwierig sein.

Wer hätte das gedacht?

Und das Ironische daran ist – ich glaube, ich mag das.

Sie bringt mich dazu, mich selbst infrage zu stellen.

Sie bringt mich dazu, alles infrage zu stellen.

Sie gibt mir das Gefühl, lebendig zu sein.

Ich kehre ins Wohnzimmer zurück und sammle die Unterlagen auf dem Sofa ein, um sie ins Arbeitszimmer mitzunehmen. Ich habe Anastasia schlafen lassen. Nach der gestrigen Nacht ist sie bestimmt erschöpft, und auch heute wird es spät werden.

Ich setze mich an den Schreibtisch und fahre den Computer hoch. Andrea sorgt dafür, dass alle meine Kontakte stets auf dem Laufenden und auf sämtlichen Geräten synchronisiert sind; das ist eine ihrer vielen Stärken. Ich suche Dr. Greenes Nummer heraus und finde auch ihre E-Mail-Adresse. Ich habe die Kondome endgültig satt und will, dass sie sich so schnell wie möglich mit Ana trifft. Ich schicke ihr eine Mail, gehe aber nicht davon aus, dass ich vor Montag eine Rückmeldung bekommen werde, schließlich ist Wochenende.

Ich schicke ein paar Mails an Ros und mache mir ein paar Notizen zu den Berichten, die ich zuvor durchgelesen habe. Als ich in der Schublade nach einem Stift krame, fällt mein Blick auf die rote Schatulle mit den Ohrringen, die ich Ana für die Gala gekauft habe, die wir nie besucht haben.

Weil sie mich verlassen hat.

Ich nehme die Schatulle heraus und sehe mir die Ohrringe noch einmal an. Sie sind wie geschaffen für Ana. Schlicht. Elegant. Atemberaubend. Vielleicht nimmt sie sie ja an, wenn ich sie ihr heute gebe. Nach dem Streit wegen des Audi und der vierundzwanzigtausend Dollar stehen die Chancen allerdings wohl nicht allzu gut. Aber ich würde sie so gern an ihr sehen. Ich stecke die Schatulle ein und sehe auf die Uhr. Höchste Zeit, sie zu wecken. Bestimmt braucht sie eine Weile, um sich für die Party fertig zu machen.

Ich finde sie zusammengerollt in der Mitte des Betts im Sub-Zimmer vor. Sie wirkt so klein und einsam. Ich frage mich, wieso sie ausgerechnet dieses Zimmer ausgewählt hat. Sie ist nicht meine Sklavin. Eigentlich sollte sie unten schlafen, in meinem Bett.

»Hey, Schlafmütze.« Ich hauche ihr einen Kuss auf die Schläfe.

»Hmm«, murmelt sie und öffnet die Augen.

»Zeit aufzustehen.« Ich küsse sie auf den Mund.

»Mr. Grey.« Sie streicht mit den Fingern über meine Bartstoppeln. »Ich habe Sie vermisst.«

»Du bist eingeschlafen.« Wie kann sie mich da vermisst haben? Diese schlichte, verschlafene Aussage haut mich um. Ana ist so unberechenbar, so faszinierend. Ich lächle, als mich eine unerwartete Wärme durchströmt. Allmählich gewöhne ich mich an dieses Gefühl, trotzdem ist es noch zu neu, um ihm schon einen Namen zu geben. Zu neu und zu beängstigend.

»Raus aus den Federn«, sage ich und lasse sie allein, bevor ich erneut in Versuchung geraten kann, mich zu ihr zu legen.

Ich dusche und rasiere mich. Normalerweise vermeide ich den Blickkontakt mit dem Arschloch im Spiegel, aber heute wirkt er irgendwie glücklicher, wenn auch ein klein bisschen lächerlich mit der roten Lippenstiftlinie am Hals.

Ich denke an den Abend, der vor uns liegt. Normalerweise kann ich Veranstaltungen wie diese auf den Tod nicht ausstehen, weil sie stocklangweilig sind, aber heute bin ich nicht allein. Noch eine Premiere mit Ana. Ich hoffe, sie an meinem Arm zu haben, hält die Scharen von Mias Freundinnen ab, die sonst bei Gelegenheiten wie dieser verzweifelt versuchen, meine Aufmerksamkeit auf sich zu ziehen. Offenbar begreifen sie nicht, dass ich schlicht und ergreifend kein Interesse an ihnen habe.

Ich bin gespannt, wie Ana es finden wird – vielleicht langweilt sie sich ja auch zu Tode. Ich hoffe nicht. Vielleicht sollte ich mir ja etwas überlegen, um ihr den Abend zu versüßen.

Ich habe eine Idee.

Ich rasiere mich zu Ende, schlüpfe in Anzughose und Hemd und gehe nach unten. Vor meinem Spielzimmer bleibe ich kurz stehen.

Ist die Idee wirklich so gut?

Andererseits kann Ana immer noch Nein sagen.

Ich schließe auf und gehe hinein.

Seit unserer Trennung hat Ana keinen Fuß mehr in das Zimmer

gesetzt. Es ist ganz still. Der rot tapezierte Raum ist von trübem Licht erhellt, was die Illusion von Wärme entstehen lässt. Aber heute dient mir dieser Raum nicht als Zufluchtsstätte – das hat er nicht mehr getan, seit sie mich allein in der Dunkelheit zurückgelassen hat –, stattdessen beschwört er bloß Erinnerungen an ihr tränenüberströmtes Gesicht herauf, an ihre Wut, ihre bittern Worte. Ich schließe die Augen.

Krieg deine Scheiße endlich auf die Reihe, Grey!
Ich versuche es ja, Ana, ich versuche es.
Du bist ein abgefuckter Dreckskerl, das bist du.
Fuck!

Wenn sie Bescheid wüsste, würde sie mich auf der Stelle verlassen. Wieder.

Ich verdränge den unschönen Gedanken und hole aus der Kommode, was ich brauche.

Ob sie wohl mitspielt?

Ich mag deine perversen Nummern – dass sie das am Abend unserer Versöhnung gesagt hat, tröstet mich ein klein wenig. Ich wende mich zum Gehen. Zum ersten Mal, seit dieser Raum existiert, will ich mich nicht länger hier aufhalten als nötig.

Als ich die Tür abschließe, überlege ich, ob und, falls ja, wann Ana und ich ihn je wieder betreten werden. Ich weiß, dass ich noch nicht bereit dafür bin. Wie letztlich Ana zu meiner – wie nennt sie das Zimmer noch mal? – Kammer der Qualen steht, muss sich erst noch herausstellen. Die Vorstellung, dass sie vielleicht nie wieder einen Fuß hineinsetzen wird, deprimiert mich. Bedrückt mache ich mich auf den Weg in ihr Zimmer. Vielleicht würde es ja helfen, wenn ich mich von all den Stöcken, Gerten und Gürteln trennen würde.

Ich öffne die Tür zum Sub-Zimmer und bleibe abrupt stehen.

Ana dreht sich erschrocken um und sieht mich an. Sie trägt eine schwarze Korsage, ein Nichts von einem schwarzen Seidenhöschen und hauchzarte Strümpfe.

Schlagartig kann ich keinen klaren Gedanken mehr fassen.

Mein Mund wird ganz trocken.
Sie ist der fleischgewordene Männertraum.
Aphrodite.
Verbindlichsten Dank, Caroline Acton.
»Kann ich Ihnen irgendwie behilflich sein, Mr. Grey? Ich nehme an, Ihr Besuch hat noch einen anderen Grund als den, dass Sie mich mit offenem Mund anstarren wollen«, sagt sie mit kehliger Stimme.

»Ich genieße es, Sie mit offenem Mund anzustarren, Miss Steele.« Ich trete ein. »Erinnern Sie mich daran, Caroline Acton ein persönliches Dankeschön zu schicken.«

Ana runzelt die Stirn. Offenbar hat sie keine Ahnung, wovon ich rede.

»Die Frau, die als Personal Shopper für Neiman's arbeitet«, erkläre ich.

»Oh.«

»Ich bin ziemlich abgelenkt.«

»Das sehe ich. Was willst du, Christian?«, fragt sie, doch ich glaube, einen neckenden Unterton in ihrer ungeduldig klingenden Stimme mitschwingen zu hören. Ich ziehe die Silberkugeln aus der Tasche. Unvermittelt schlägt die Verschmitztheit auf ihren Zügen in Angst um.

Sie glaubt, ich will sie versohlen.

Das will ich auch...

Aber...

»Keine Angst«, sage ich beruhigend. »Ich hab mir gedacht, die könntest du heute Abend tragen.«

Sie blinzelt. »Zu der Wohltätigkeitsveranstaltung?«

Ich nicke.

»Wirst du mich später versohlen?«

»Nein.«

Ich glaube so etwas wie Enttäuschung auf ihrem Gesicht zu erkennen und muss lachen. »Soll ich das denn?«

Sie scheint nicht sicher zu sein. Sie schluckt.

»Du kannst sicher sein, dass ich dich nicht so anfassen werde, nicht einmal, wenn du mich darum bittest.« Ich halte inne, damit die Worte ihre Wirkung entfalten können, ehe ich fortfahre. »Spielst du mit?«, frage ich dann. »Du kannst sie rausnehmen, wenn es dir zu viel wird.«

Ich sehe, wie ihre Augen dunkel werden und ein unanständiges Lächeln um ihre Mundwinkel spielt. »Okay«, sagt sie.

Und wieder kommt mir in den Sinn, dass Anastasia Steele keine Frau ist, die vor einer Herausforderung den Schwanz einzieht.

Mein Blick fällt auf die Louboutins. »Braves Mädchen. Komm, ich führe sie dir ein, sobald du die Schuhe angezogen hast.«

Ana in hauchzarten Dessous und Louboutins an den Füßen – alle meine Träume werden auf einmal wahr.

Ich halte ihr die Hand hin, während sie in die Stilettos schlüpft und sich vor meinen Augen von einem zierlichen, knabenhaften Mädchen in eine gertenschlanke, elegante Frau verwandelt.

Sie ist einfach atemberaubend.

Mann, was würde so manch andere Frau für diese Beine geben.

Ich führe sie zum Bett und stelle den Stuhl vor sie.

»Wenn ich nicke, bückst du dich und hältst dich an dem Stuhl fest. Verstanden?«

»Ja.«

»Gut. Und jetzt mach den Mund auf.«

Sie gehorcht. Ich schiebe meinen Zeigefinger zwischen ihre Lippen.

»Saug«, befehle ich. Sie packt meine Hand und gehorcht mit einem lustvollen Blick.

Großer Gott.

Ihr Blick durchbohrt mich regelrecht, lasziv, unbeirrt, während ihre Zunge spielerisch meinen Finger umkreist und an ihm zieht.

Genauso gut könnte es mein Schwanz sein.

Ich werde sofort hart.

O Baby.

In meinem Leben gab es mehr als eine Frau, die eine ähnliche

Wirkung auf mich hatte, aber keiner ist es je so mühelos gelungen wie Ana... Was mich angesichts ihrer Naivität ein wenig überrascht. Aber diesen Effekt hatte sie vom ersten Moment an auf mich.

Los, Grey, tu endlich, was du tun wolltest.

Ich nehme die Kugeln in den Mund, um sie zu befeuchten, während sie weiter meinen Finger liebkost. Als ich ihn herausziehen will, beißt sie mit einem triumphierenden Lächeln kurz zu.

Nein, das wirst du nicht tun, warne ich sie mit einem Kopfschütteln, worauf sie loslässt.

Ich nicke. Sie beugt sich über den Stuhl, wie ich es ihr gesagt habe.

Ich gehe hinter ihr auf die Knie und schiebe ihr Spitzenhöschen zur Seite, dann lasse ich meinen nassen Finger zwischen die weichen, glatten Falten ihrer Vagina gleiten und beginne ihn zu kreisen. Sie stöhnt auf. Mein erster Impuls ist, ihr zu sagen, sie solle gefälligst den Mund halten und still stehen, doch diese Art von Beziehung führen wir nicht mehr.

Jetzt läuft es nach ihren Bedingungen.

Ich ziehe meinen Finger heraus und schiebe behutsam die Kugeln nacheinander in sie hinein, ganz tief, ehe ich den Slip zurechtziehe und einen Kuss auf ihr prächtiges Hinterteil drücke. Ich richte mich halb auf, streiche genüsslich über die Rückseite ihrer Beine und küsse die Stelle, an der ihre Strümpfe enden und sich ihre nackte Haut anschließt.

»Sie haben wirklich sehr, sehr schöne Beine, Miss Steele«, sage ich, packe sie bei den Hüften und ziehe sie an mich, so dass sie meine Erektion spürt. »Vielleicht werde ich dich so nehmen, wenn wir zu Hause sind, Anastasia. Du kannst dich jetzt aufrichten.«

Sie gehorcht. Ihr Atem beschleunigt sich, als sie sich vollends aufrichtet und sich vorsichtig hin und her bewegt, wobei ihr Hintern meinen Schwanz streift. Ich drücke ihr einen Kuss auf die Schulter und schlinge von hinten den Arm um sie – in der Hand halte ich die Cartier-Schatulle.

»Die habe ich dir für die Gala letzten Samstag gekauft. Aber da hast du mit mir Schluss gemacht, und ich hatte keine Gelegenheit mehr, sie dir zu geben.« Ich hole tief Luft. »Das ist meine zweite Chance.«

Wird sie sie annehmen?

In gewisser Weise sind sie ein Symbol. Wenn es ihr mit uns ernst ist, wird sie sie annehmen. Mit angehaltenem Atem warte ich. Sie nimmt die Schatulle entgegen, öffnet sie und starrt wie gebannt auf die Ohrringe.

Bitte, nimm sie, Ana.

»Sie sind wunderschön«, haucht sie. »Danke.«

Sie *kann* also auch nett sein. Ich lächle und atme auf. Es ist eine Erleichterung, sie nicht überreden zu müssen, dass sie sie behält. Ich drücke noch einen Kuss auf ihre Schulter, wobei mein Blick auf das silberfarbene Kleid auf dem Bett fällt. Ich frage sie, ob sie sich dafür entschieden hat.

»Ja. Ist das in Ordnung?«

»Natürlich. Ich gehe jetzt, damit du dich fertig machen kannst.«

Ich habe den Überblick verloren, wie oft ich schon an Veranstaltungen wie dieser teilgenommen habe, aber zum ersten Mal freue ich mich wirklich darauf. Ich werde heute Ana meiner Familie und ihren hochkarätigen Freunden präsentieren.

Ich binde meine Fliege und schlüpfe in mein Jackett, wobei ich einen letzten Blick in den Spiegel werfe. Das Arschloch sieht richtig glücklich aus, aber leider sitzt die Fliege noch ein bisschen schief.

»Halt still«, herrscht Elena mich an.

»Ja, Ma'am.« Ich stehe vor ihr und mache mich für den Abschlussball bereit. Meinen Eltern habe ich erzählt, dass ich nicht hingehe, sondern mich stattdessen mit einem Freund treffe. Das hier wird unser privater Abschlussball, meiner und Elenas. Ich höre das Rascheln edler Seide und nehme den provokanten Duft ihres Parfums wahr.

»Mach die Augen auf.«

Ich gehorche. Mein Blick heftet sich auf ihr Gesicht im Spiegel, nicht auf den dummen Jungen, der vor ihr steht.

Sie nimmt die Enden der Fliege und bindet sie. Ihre Nägel sind leuchtend rot lackiert. Wie gebannt sehe ich zu, wie sich ihre Finger bewegen. Ich bin völlig fasziniert. »So macht man das.«

Sie bindet die Enden, und schon trage ich eine richtige Fliege.

»Und jetzt zeig her, ob du es auch kannst. Und falls ja, gibt's eine Belohnung.« Dieses verführerische »Du gehörst nur mir ganz allein«-Lächeln tritt auf ihre Züge, und ich weiß, dass die Belohnung unvergesslich sein wird.

Ich gehe gerade mit dem Security-Team den genauen Ablauf für den Abend durch, als ich ihre Schritte höre. Alle vier Männer sind wie in den Bann geschlagen. Taylor lächelt. Als ich mich umdrehe, steht Ana unten an der Treppe.

Eine Vision. Wahnsinn.

Das weich fallende Kleid lässt sie wie eine Sirene aus einem Stummfilm aussehen.

Der Stolz dringt mir aus sämtlichen Poren, als ich zu ihr trete und ihr einen Kuss aufs Haar drücke. »Anastasia, du bist atemberaubend schön.« Zu meinem Entzücken sehe ich, dass sie die Ohrringe trägt. Sie wird rot.

»Ein Glas Champagner, bevor wir gehen?«, frage ich.

»Ja, gern.«

Ich nicke Taylor zu, der seine drei Kollegen hinaus in den Vorraum dirigiert, lege den Arm um Ana und führe sie ins Wohnzimmer. Ich nehme eine Flasche Cristal Rosé aus dem Kühlschrank und mache sie auf.

»Sicherheitsleute?«, fragt sie, während ich den Champagner in zwei Flöten gieße.

»Personenschutz. Sie unterstehen Taylors Befehl. Auch dafür ist er ausgebildet.« Ich reiche ihr ein Glas.

»Ein Mann mit vielen Fähigkeiten.«

»Ja, das stimmt. Du bist wunderschön, Ana. Prost.« Ich hebe mein Glas, und wir stoßen an. Sie nippt vorsichtig an ihrem Getränk und scheint seine herbe Säure zu genießen.

»Wie fühlst du dich?«, frage ich und bemerke die zarte Röte auf ihren Wangen – dieselbe Farbe wie der Champagner. Ich frage mich, wie lange sie die Kugeln in ihrer Vagina wohl aushält.

»Gut, danke«, antwortet sie unschuldig.

Das verspricht ein spannender, anregender Abend zu werden.

»Hier, das wirst du brauchen.« Ich reiche ihr den Samtbeutel mit der Maske. »Schau rein.«

Ana zieht die zarte Silbermaske heraus und streicht über die kobaltblauen Federn.

»Es ist ein Maskenball«, erkläre ich.

»Aha.«

»Sie wird deine schönen Augen zur Geltung bringen.«

»Trägst du auch eine?«

»Natürlich. So eine Maske kann sehr befreiend wirken.«

Sie grinst.

Ich habe noch eine Überraschung für sie. »Komm, ich möchte dir etwas zeigen.« Ich nehme sie bei der Hand und führe sie den Korridor bis zu meiner Bibliothek, die ich ihr bisher noch nie gezeigt habe.

»Du hast eine Bibliothek!«, ruft sie.

»Ja, Elliot nennt sie das Kugelzimmer. Die Wohnung ist ziemlich groß. Als du heute gesagt hast, du würdest gern auf Entdeckungstour gehen, ist mir bewusst geworden, dass ich dich nie herumgeführt habe. Jetzt ist dazu auch keine Zeit, aber ich dachte mir, ich zeige dir mal diesen Raum, und irgendwann in naher Zukunft könnte ich dich auf eine Partie Billard herausfordern.«

Mit leuchtenden Augen betrachtet sie meine Büchersammlung und den Billardtisch. »Gern«, sagt sie selbstsicher.

»Was?«

»Nichts«, wiegelt sie eilig ab; sie ist eine hoffnungslos lausige Lügnerin.

»Vielleicht gelingt es Dr. Flynn, dir deine Geheimnisse zu entlocken. Du wirst ihn heute Abend sehen.«

»Den Luxusscharlatan?«

»Genau den. Er kann's gar nicht erwarten, dich kennenzulernen. Sollen wir gehen?«

Sie nickt nur. Vor Aufregung glänzen ihre Augen.

In kameradschaftlichem Schweigen sitzen wir auf dem Rücksitz des Audi. Ich streiche mit dem Daumen über ihre Fingerknöchel, spüre, wie ihre Anspannung wächst. Abwechselnd schlägt sie die Beine übereinander und löst sie wieder – die Kugeln fordern ihren Tribut.

»Wo hast du den Lippenstift her?«, fragt sie schließlich.

Ich deute auf Taylor und forme lautlos seinen Namen mit den Lippen.

Sie lacht auf, verstummt jedoch sofort wieder.

Die Kugeln, ganz klar.

»Entspann dich«, sage ich leise. »Wenn es dir zu viel wird...«

Ich küsse jeden einzelnen ihrer Fingerknöchel, nehme die Spitze ihres kleinen Fingers in den Mund und sauge daran, lasse zärtlich meine Zunge darum kreisen, so wie sie es vorhin mit meinem Zeigefinger getan hat. Ana schließt die Augen, legt den Kopf in den Nacken und holt tief Luft. Dann öffnet sie sie wieder und sieht mich an. Unverbrämte Gier steht in ihren Augen. Sie schenkt mir ein lüsternes Lächeln, das ich erwidere.

»Was erwartet uns bei dieser Veranstaltung?«, fragt sie.

»Ach, das Übliche.«

»Für mich sicher nicht.«

Natürlich. Wann hätte sie schon Gelegenheit haben sollen, an so etwas teilzunehmen? Ich drücke noch einen Kuss auf ihren Fingerknöchel. »Jede Menge Leute, die mit ihrem Geld protzen. Auktion, Tombola, Dinner, Tanz – meine Mutter weiß, wie man Feste feiert.«

Der Audi schließt sich der Schlange an, die sich vor dem Haus meiner Eltern gebildet hat. Ana späht aus dem Fenster, während ich mich nach Reynolds umdrehe, der uns in meinem zweiten Audi Q7 gefolgt sein sollte.

»Masken auf«, sage ich und ziehe meine eigene aus dem schwarzen Seidenbeutel neben mir.

Als wir vorfahren, tragen wir beide unsere Masken. Ana sieht spektakulär aus, und ich will sie unbedingt der ganzen Welt präsentieren. Taylor hält an, und ein Hausdiener öffnet die Tür auf Christians Seite.

»Bereit?«, frage ich sie.

»Allzeit bereit.«

»Du bist wunderschön, Ana.« Ich küsse ihre Hand und steige aus.

Ich lege den Arm um sie, als wir nebeneinander über den grünen Teppich gehen, den meine Mutter für den Anlass geliehen hat. Als ich über die Schulter sehe, bemerke ich, dass die vier Leibwächter dicht hinter uns sind und alles im Auge behalten. Ein beruhigendes Gefühl.

»Mr. Grey«, ruft ein Fotograf, worauf ich Ana an meine Seite ziehe. Zusammen posen wir.

»Zwei Fotografen«, bemerkt Ana.

»Der eine ist von der *Seattle Times*, der andere fotografiert im Auftrag meiner Mutter. Später können wir einen Abzug kaufen.«

Wir kommen an einer Reihe Diener mit Tabletts voll Champagnergläsern vorbei. Ich nehme eines und reiche es Ana.

Meine Eltern haben keine Kosten und Mühen gescheut, wie jedes Jahr. Ein Pavillon, eine Pergola, überall Lampions, eine schwarz-weiß gemusterte Tanzfläche, Schwäne aus Eis und ein Streichquartett. Ich sehe die Ehrfurcht, mit der Ana alles ringsum aufnimmt. Es ist ein schönes Gefühl, die Großzügigkeit meiner Eltern zur Abwechslung mit ihren Blicken zu sehen. Ich habe nicht oft Gelegenheit, innezuhalten und mir vor Augen zu führen, was für ein Glückspilz ich bin, Teil ihres Lebens sein zu dürfen.

»Wie viele Leute werden denn erwartet?«, fragt sie beim Anblick des riesigen Zelts am Ufer.

»Ich glaube, so um die dreihundert. Da musst du meine Mutter fragen.«

»Christian!«, höre ich die schrille Stimme meiner Schwester, und dann wirft sie auch schon in einem theatralischen Gefühlsausbruch die Arme um mich. Sie ist ein Traum in Pink.

»Mia.« Ich drücke sie an mich. Dann bemerkt sie Ana, und ich bin Geschichte.

»Ana! Schätzchen, du siehst toll aus! Komm, ich stelle dich meinen Freunden vor. Sie können es gar nicht glauben, dass Christian endlich eine Freundin hat.« Sie drückt Ana überschwänglich an sich, dann packt sie sie bei der Hand. Ana wirft mir einen panischen Blick zu, doch Mia zieht sie auch schon mit sich zu einem Grüppchen junger Frauen, die sie unter lauten Ahhhs und Oohs in ihre Runde aufnehmen. Alle bis auf eine.

Verdammt. Ich erkenne Lily, Mias Freundin aus dem Kindergarten, ein hoffnungslos verwöhntes, reiches, bildschönes, aber unfassbar gehässiges Geschöpf, das all die verabscheuungswürdigsten Attribute von Macht, von einem privilegierten Dasein in sich vereint. Und es gab eine Zeit, als sie sich einbildete, ihre Macht erstrecke sich auch auf mich. Ich erschaudere.

Ana mischt sich scheinbar mühelos unter Mias Freundinnen, doch dann sehe ich, wie sie zurückweicht. Etwas scheint ihr nicht zu behagen. Wahrscheinlich versprüht Lily wieder einmal eine Portion Gift. Das kann nicht gut gehen. Ich trete zu ihnen und lege den Arm um Anas Taille. »Meine Damen, könnte ich jetzt bitte meine Begleiterin wiederhaben?«

»Schön, euch kennengelernt zu haben«, sagt Ana zu den vier Mädchen, als ich sie wegziehe, ehe sie sich mir zuwendet. »Danke«, raunt sie.

»Ich habe gesehen, dass Lily bei Mia ist. Sie kann ziemlich gemein sein.«

»Sie macht sich etwas aus dir«, gibt Ana zurück.

»Das beruht nicht auf Gegenseitigkeit. Komm, ich stelle dir ein paar Leute vor.«

Ana ist beeindruckend, die perfekte Begleitung. Anmutig, elegant und hinreißend. Sie lauscht aufmerksam den Anekdoten, stellt intelligente Fragen, ist zugleich aber dezent und fügsam, was mir ganz besonders gut gefällt.

Mehr noch. Es ist ein Novum, mit dem ich nicht gerechnet habe.

Andererseits ist sie immer für eine Überraschung gut.

Und am besten gefällt mir, dass sie sich nicht von den vielen, vielen bewundernden Blicken von den männlichen und auch weiblichen Gästen beeindrucken lässt, sondern unbeirrt an meiner Seite bleibt. Ich gehe davon aus, dass ihre rosigen Wangen vom Champagner herrühren, vielleicht auch von den Silberkugeln – falls sie sie irgendwie stören sollten, kaschiert sie es jedenfalls sehr gut.

Der Conférencier erscheint und verkündet, dass das Dinner nun serviert werde, und wir folgen den Gästen durch den Garten zum Pavillon. Anas Blick schweift zum Bootshaus.

»Bootshaus?«, frage ich.

»Vielleicht können wir ja später hingehen.«

»Nur wenn ich dich über die Schulter werfen und tragen darf.«

Sie lacht auf, verstummt aber sofort wieder.

Ich grinse. »Wie fühlst du dich?«

»Gut«, erwidert sie mit einem Anflug von Herablassung, worauf ich noch breiter grinse.

Sie wollten es so haben, Miss Steele.

Taylor und seine Männer folgen uns in diskretem Abstand und nehmen ihre Position im Zelt ein, so dass sie alles im Blick haben.

Meine Mutter, Mia und ein Freund von ihr haben bereits ihre Plätze an unserem Tisch eingenommen.

»Ana, welche Freude, Sie wiederzusehen«, begrüßt Grace sie herzlich. »Wie hübsch Sie sind.«

»Mutter.« Ich küsse sie auf beide Wangen.

»Christian, so förmlich!«, tadelt sie.

Meine Großeltern mütterlicherseits gesellen sich zu uns, und ich stelle ihnen Ana vor.

»Nun hat er also doch noch jemanden kennengelernt, und dann gleich so eine hübsche junge Dame! Ich hoffe, dass Sie endlich einen ehrbaren Mann aus ihm machen«, platzt Großmutter heraus.
Wie peinlich!
Verdammt! Ich werfe meiner Mutter einen Blick zu. *Hilfe, Mom! Mach etwas, damit sie aufhört.*
»Mutter, bitte bring Ana nicht in Verlegenheit«, wirft Grace hilfreich ein.
»Achten Sie nicht auf sie«, sagt Großvater und schüttelt Ana die Hand. »Sie meint, in ihrem Alter hat sie das gottgegebene Recht, alles zu sagen, was ihr in den wirren Kopf kommt.« Er zwinkert mir zu.
Theodore Trevelyan ist mein Held. Unsere Beziehung zueinander ist etwas ganz Besonderes. Dieser Mann hat mir geduldig beigebracht, wie man Apfelbäume pflanzt, hegt und pflegt und sich damit unwiederbringlich einen Platz in meinem Herzen erobert. Ruhig, stark, freundlich und immer geduldig mit mir. Immer.

»Na, Kleiner«, sagt Großvater Trev-yan. »Du redest wohl nicht viel, was?«
Ich schüttle den Kopf. Nein. Überhaupt nicht.
»Kein Problem. Die Leute hier sind sowieso eher maulfaul. Hast du Lust, mir im Obstgarten zu helfen?«
Ich nicke. Ich mag Großvater Trev-yan. Er hat so freundliche Augen und ein lautes Lachen. Er streckt mir die Hand hin, aber ich schiebe mir die Hände unter die Achseln.
»Wie du willst, Christian. Dann wollen wir mal los und dafür sorgen, dass die grünen Apfelbäume hübsche rote Äpfel hergeben.«
Ich mag rote Äpfel.
Der Obstgarten ist riesengroß. Es gibt viele Bäume. Bäume. Und noch mal Bäume. Aber sie sind alle noch ganz klein. Und sie haben keine Blätter. Und keine Äpfel. Weil es Winter ist. Ich habe dicke Stiefel an und trage eine Mütze. Ich mag sie. Sie ist so schön warm.
Grandpa Trev-yan deutet auf einen Baum.

»Siehst du den Baum da, Christian? Auf dem wachsen bloß bittere grüne Äpfel. Aber wir können ihn austricksen und dafür sorgen, dass er süße rote für uns wachsen lässt. Die kleinen Zweige da sind von dem Baum mit den roten Äpfeln. Und hier ist meine Baumschere.«

Baumschere. Sie ist ziemlich scharf.

»Willst du den Ast da abschneiden?«

Ich nicke.

»Wir werden den kleinen Zweig, den du abschneidest, auf den anderen Baum draufsetzen. Den Zweig, den man dafür aufpflanzt, nennt man Pfropfreis.«

Pfropfreis. Pfropfreis. Ich wiederhole das Wort im Kopf ein paarmal. Er zieht ein Messer heraus und spitzt das eine Ende des Zweigs an, schneidet eine Lücke in den Ast des anderen Baums und setzt den Pfropfreis darauf.

»Und jetzt wickeln wir die Wunde fest.«

Er wickelt ein grünes Band um die Stelle, wo der Zweig mit dem Ast verbunden ist.

»Und am Ende muss die Wunde mit weichem Bienenwachs verschlossen werden. So. Und jetzt schön festhalten. Sehr gut, so ist es richtig.«

Wir machen ganz viele Pfropfreise.

»Äpfel sind nach Orangen das zweitwichtigste Obst, das in den USA wächst. Hier in Washington haben wir nicht genug Sonne für Orangen.«

Mir fallen fast die Augen zu.

»Bist du müde? Sollen wir zurück ins Haus gehen?«

Ich nicke.

»Heute haben wir eine Menge geschafft. Im Herbst wird dieser Baum eine Menge süßer roter Äpfel tragen. Und du kannst mir dann bei der Ernte helfen.«

Er lächelt und reicht mir seine große Hand, und ich ergreife sie. Sie ist riesig und rau, aber schön warm und angenehm.

»Komm, gehen wir eine heiße Schokolade trinken.«

Grandpa schenkt mir ein faltiges Lächeln, und ich wende mich Mias Date zu, der mein eigenes Date in Augenschein zu nehmen scheint. Er heißt Sean und ist ebenfalls ein alter Highschool-Freund. Ich schüttle ihm die Hand und drücke herzhaft zu.

»Ana, mein Begleiter, Sean«, stellt Mia ihn vor.

»Hallo, Sean«, sagt Ana.

Pass bloß auf, dass dir die Augen nicht rausfallen, Sean, denke ich. Und übrigens bist du mit meiner Schwester hier. Wenn du sie mies behandelst, mache ich dich alle. Ich bin ziemlich sicher, dass ich all das mit einem scharfen Blick und einem kräftigen Handschlag kommunizieren kann.

»Mr. Grey.« Er nickt und schluckt.

Ich ziehe Anas Stuhl heraus, und wir nehmen Platz.

Mein Dad steht bereits auf der Bühne und tippt gegen das Mikro. »Herzlich willkommen, meine Damen und Herren, zu unserem alljährlichen Wohltätigkeitsball. Ich hoffe, Sie haben Freude an dem, was wir uns für Sie ausgedacht haben, und greifen alle tief in die Tasche, um die fabelhafte Arbeit zu unterstützen, die unser Team für Coping Together leistet. Wie Sie wissen, ist das eine Sache, die meiner Frau und mir sehr am Herzen liegt.«

Die Federn an Anas Maske beben leicht, als sie sich mir zuwendet, und ich frage mich, ob sie gerade an meine Vergangenheit denkt. Muss ich auf ihre unausgesprochene Frage antworten?

Ja. Diese Wohltätigkeitsveranstaltung wurde wegen mir ins Leben gerufen.

Weil ich einen so schweren Start ins Leben hatte. Und jetzt helfen sie Hunderten anderen drogenabhängigen Eltern und ihren Kindern, indem sie ihnen eine Unterkunft und die Möglichkeit eines Entzugs bieten.

Doch Ana sagt nichts, und auch ich lasse mir nichts anmerken, obgleich ich nicht sicher bin, wie ich mit ihrer Neugier umgehen soll.

»Und jetzt überlasse ich Sie unserem Conférencier. Bitte nehmen Sie Ihre Plätze ein. Viel Vergnügen«, sagt Dad und reicht das Mikro dem Moderator, dann eilt er zu unserem Tisch, geradewegs auf Ana zu, die er überschwänglich mit einem Kuss auf beide Wangen begrüßt. Sie wird rot. »Schön, Sie wiederzusehen, Ana«, sagt er.

»Verehrte Gäste, bitte ernennen Sie einen Tischsprecher«, verkündet der Conférencier.

»Ich, ich!«, ruft Mia und springt aufgeregt von ihrem Stuhl auf.

»In der Mitte des Tischs finden Sie einen Umschlag«, fährt er fort. »Würde bitte jeder einen möglichst hohen Geldschein aus der Tasche ziehen, erbetteln, borgen oder stehlen, den eigenen Namen draufschreiben und in das Kuvert stecken? Tischsprecher, bitte bewachen Sie die Umschläge mit Argusaugen. Wir werden Sie später noch brauchen.«

»Hier«, sage ich und reiche Ana einen Hunderter.

»Du kriegst das Geld wieder zurück«, flüstert sie.

Wie süß von dir.

Ich will mich nicht schon wieder über Geld streiten, deshalb reiche ich ihr wortlos meinen Montblanc, damit sie ihren Namen auf die Banknote schreiben kann.

Grace gibt einem Grüppchen Bediensteter ein Zeichen, woraufsie die Zeltwand zurückschlagen, hinter der der Sonnenuntergang über Seattle und der Meydenbauer Bay zu sehen ist. Die Aussicht ist spektakulär, das reinste Postkartenmotiv, vor allem um diese Uhrzeit, und ich freue mich für meine Eltern, dass das Wetter mitspielt.

Verzückt lässt Ana den Blick über die Skyline und die Lichter schweifen, die sich in der Bucht spiegeln.

Und auch ich lasse den Anblick auf mich wirken – die funkelnden Lichter der Stadt, die in orangefarbenen Dunst gehüllte Bucht. Ja. Es ist in der Tat spektakulär.

All das nun durch Anas Augen zu sehen macht mich demütig. All die Jahre war all das immer selbstverständlich. Ich sehe meine Eltern an. Mein Vater hält die Hand meiner Mutter, während sie über einen Scherz, den ein Freund von ihr macht, lacht. Die Art, wie er sie ansieht… die Art, wie sie ihn ansieht.

Sie lieben sich von ganzem Herzen.

Selbst heute noch.

Ich schüttle den Kopf; es ist seltsam, dass mir ausgerechnet jetzt bewusst wird, wie dankbar ich dafür sein kann, in dieser Familie aufgewachsen zu sein.

Ich hatte Glück. Riesenglück.

Zehn Bedienstete, jeder mit einem Teller in der Hand, treten zwischen uns und servieren die Vorspeise. Ana schaut mich an.

»Hunger?«, frage ich sie.

»Ja«, flüstert sie und erwidert vielsagend meinen Blick.

Verdammt. Schlagartig kann ich keinen vernünftigen Gedanken mehr fassen, weil mein Körper so heftig auf ihre kesse Erwiderung reagiert – sie hat eindeutig nicht vom Essen gesprochen. Mein Großvater sagt etwas zu ihr, und ich rutsche ein Stück auf meinem Stuhl nach hinten, in der Hoffnung, meinen Körper wieder unter Kontrolle zu bekommen.

Das Essen ist hervorragend.

Andererseits kommt bei meinen Eltern immer nur das Beste auf den Tisch.

Hier musste ich nie Hunger leiden.

Erschrocken halte ich inne. Was für ein Gedanke! Zu meiner Erleichterung verwickelt Lance, der College-Freund meiner Mutter, mich in ein Gespräch über die jüngsten Entwicklungen bei GEH.

Die ganze Zeit spüre ich Anas Blick auf mir, während ich mich über die Wirtschaftlichkeit neuer Technologien in Entwicklungsländern unterhalte.

»Diese Technologie darf man nicht einfach so verschenken«, schnaubt Lance.

»Wieso nicht? Wer profitiert denn letzten Endes davon. Wir als Menschen haben doch die Pflicht, den endlichen Platz und die Ressourcen auf unserem Planeten zu teilen. Je klüger wir uns anstellen, umso effizienter können wir sie einsetzen.«

»Trotzdem hätte ich jemandem wie dir nicht zugetraut, dass er ein Verfechter der Demokratisierung von Technologie ist.« Lance lacht.

Du kennst mich einfach schon zu lange, mein Freund.

So anregend das Gespräch mit ihm auch sein mag, bringt mich Miss Steeles Schönheit ganz gewaltig aus dem Konzept. Sie rückt ein wenig näher, um unserer Unterhaltung zu lauschen, während ich bloß an die Silberkugeln in ihrer Vagina und ihrer Wirkung auf sie denken kann.

Vielleicht sollten wir uns ja ins Bootshaus zurückziehen.

Immer wieder grätschen Geschäftspartner in meine Unterhaltung mit Lance, um mir die Hand zu schütteln oder eine Anekdote zum Besten zu geben. Keine Ahnung, ob sie bloß einen Blick auf Ana werfen oder sich bei mir lieb Kind machen wollen.

Als das Dessert serviert wird, will ich nur noch gehen.

»Entschuldige mich kurz«, stößt Ana ein wenig atemlos hervor. Sie hat also genug.

»Musst du zur Toilette?«, frage ich sie.

Sie nickt und wirft mir einen flehenden Blick zu.

»Ich zeige dir den Weg.«

Sie erhebt sich. In diesem Moment springt Mia auf. »Nein, Christian. Ich begleite Ana.« Bevor ich etwas erwidern kann, hat sie Anas Hand gepackt.

Ana wirft mir einen entschuldigenden Blick zu und folgt Mia hinaus. Taylor gibt mir zu verstehen, dass er ihnen folgt, aber bestimmt bekommt Ana nichts davon mit.

Verdammt! Ich möchte sie begleiten.

»Sie ist hinreißend«, bemerkt meine Großmutter.

»Ich weiß.«

»Du scheinst glücklich zu sein, mein Lieber.«

Tatsächlich? Dabei dachte ich, man sähe mir meinen Frust über die verpasste Gelegenheit an.

»Ich kann mich nicht erinnern, dich je so entspannt gesehen zu haben.« Sie tätschelt mir die Hand, eine liebevolle Geste. Ausnahmsweise ziehe ich meine Hand nicht weg.

Glücklich?
Ich?

Ich wiederhole das Wort im Geiste, probiere, wie es sich anfühlt, und spüre eine unerwartete Wärme durch meinen Körper strömen.

Ja. Sie macht mich glücklich.

Es ist ein neues Gefühl und ein Begriff, den ich im Zusammenhang mit meiner Person noch nie benutzt habe.

Ich lächle meiner Großmutter zu und tätschle ihre Hand. »Ich glaube, du hast recht, Großmutter.«

Ihre Augen funkeln, als sie meine Hand drückt. »Du solltest mit ihr auf die Farm kommen.«

»Ja. Ich glaube, das würde ihr gefallen.«

In diesem Moment kehren Mia und Ana zurück. Es ist eine Freude, die beiden zu beobachten und zu sehen, wie meine Familie meine Freundin mit offenen Armen willkommen heißt. Selbst meine Großmutter hat gemerkt, dass Ana mich glücklich macht.

Und das tut sie auch.

Anas lustvoller Blick entgeht mir nicht, als sie sich wieder hinsetzt.

Ah. Ich muss mir ein Lächeln verkneifen. Am liebsten würde ich sie fragen, ob sie immer noch die Kugeln trägt, aber vermutlich hat sie sie herausgenommen. Es war beeindruckend, dass sie es überhaupt so lange mit ihnen ausgehalten hat. Ich nehme ihre Hand und drücke sie, dann reiche ich ihr eine Liste der Tombolapreise.

Ich bin sicher, dass ihr dieser Teil des Abends Spaß machen wird – Seattles Society, die zeigt, was sie hat.

»Dir gehört etwas in Aspen?«, fragt sie halblaut, woraufhin sich alle zu ihr umdrehen. Ich lege den Finger auf die Lippen.

»Gehört dir woanders auch was?«, flüstert sie.

Ich nicke nur, weil ich unsere Tischnachbarn nicht beim Bieten stören will, schließlich gilt es heute Abend eine möglichst stattliche Summe zusammenzubekommen.

»Das erkläre ich dir später«, sage ich, als die Anwesenden applaudieren, weil ein signierter Baseballschläger der Mariners für zwölftausend Dollar den Besitzer wechselt.

Sie wendet sich wieder der Auktion zu.

Als Nächstes steht mein Wochenende in Aspen zum Gebot. Ich überlege, ob ich mit Ana hinfahren sollte, aber ich weiß nicht, ob sie überhaupt Ski fährt. Die Vorstellung ist nicht gerade ermutigend. Ihre Koordination ist nicht die allerbeste, deshalb könnte sie sich auf der Piste gewaltig schwertun, und ich will nicht, dass ihr etwas zustößt.

Inzwischen steht mein gestifteter Gewinn bei zwanzigtausend Dollar. Ich sehe, wie Ana neben mir die Hand hebt.

»Vierundzwanzigtausend Dollar.«

Es ist, als hätte sie mir einen Schlag mitten auf den Solarplexus verpasst.

Was zum Teufel soll das?

»Vierundzwanzigtausend Dollar, an die hübsche Dame in Silber, zum Ersten, zum Zweiten ... und zum Dritten!«, trompetet der Conférencier, während lauter Applaus aufbrandet. Alle Anwesenden an unserem Tisch starren sie an, während die Wut in mir aufsteigt. Dieses Geld war für sie gedacht. Ich hole tief Luft, beuge mich vor und gebe ihr einen Kuss auf die Wange. »Ich weiß nicht, ob ich mich bewundernd vor dir niederwerfen oder dich versohlen soll«, zische ich ihr ins Ohr.

»Option zwei, bitte«, sagt sie leise. Atemlos.

Wie bitte?

Einen Moment lang bin ich ganz durcheinander, doch dann wird mir klar, dass die Silberkugeln ihre Wirkung zeigen. Sie ist scharf, wirklich scharf, und meine Wut verraucht auf der Stelle. »Du leidest, stimmt's?«, flüstere ich. »Mal sehen, was wir dagegen tun können.« Ich streiche über ihre Wange.

Lass sie warten, Grey.

Das sollte Strafe genug sein.

Aber vielleicht könnten wir die Qual auch noch ein bisschen hinauszögern. Ein böser Gedanke kommt mir in den Sinn.

Ruhelos rutscht sie auf ihrem Stuhl herum, während meine Familie sie zu ihrem Erfolg beglückwünscht. Ich lege den Arm um ihre Schultern und streichle mit dem Daumen ihren nackten Rücken. Mit der anderen Hand umschließe ich ihre Finger, drücke einen Kuss in ihre Handfläche und führe diese dann ganz langsam unter dem Tisch an meinem Schenkel entlang bis zu meinem Schwanz.

Sie schnappt nach Luft, während ihre Augen die meinen suchen.

Die Süße ihrer schockierten Miene werde ich wohl nie vergessen.

Die Auktion geht in die nächste Runde, und alle lauschen gespannt. Angestachelt durch ihr Verlangen beginnt Ana zu meiner Verblüffung die Ausbeulung in meiner Hose zu streicheln.

Herrgott, was macht sie da?

Ich halte meine Hand über ihre Finger, damit niemand etwas mitbekommt, während ich mit der anderen ihren Nacken liebkose.

Meine Hose wird allmählich unangenehm eng.

Sie hat den Spieß umgedreht, Grey. Wieder mal.

»Verkauft, für einhundertzehntausend Dollar.« Die Stimme des Conférenciers reißt mich ins Hier und Jetzt zurück. Der Preis ist eine Woche im Haus meiner Eltern in Montana, und die Summe ist gewaltig.

Donnernder Applaus brandet auf, Jubelrufe ertönen. Ana nimmt ihre Hand von meinem Schwanz und stimmt in den Applaus ein.

Verdammt.

Widerstrebend klatsche auch ich Beifall. Nun, da die Auktion vorüber ist, werde ich Ana das Haus zeigen.

»Bereit?«, frage ich leise.

»Ja«, antwortet sie. Ihre Augen hinter der Maske glänzen.

»Ana!«, ruft Mia. »Es ist so weit!«

Ana sieht verwirrt drein. »Was ist so weit?«

»Die Versteigerung des ersten Tanzes. Komm!« Mia steht auf und hält ihr die Hand hin.

Zur Hölle mit ihr! Wieder mal meine nervige kleine Schwester! Ich werfe ihr einen vernichtenden Blick zu.

Das war's dann mit meiner Erektion.

Ana beginnt zu kichern.

Ihr Lachen ist ansteckend.

Ich stehe auf und bin heilfroh, dass ich mein Jackett trage. »Der erste Tanz gehört mir, ja? Und zwar nicht auf der Tanzfläche«, flüstere ich ihr ins Ohr.

»Darauf freue ich mich schon.« Vor aller Augen küsst sie mich mitten auf den Mund.

Ich grinse. Erst jetzt merke ich, dass uns alle am Tisch ansehen.

Ja, Leute, ich habe eine Freundin. Gewöhnt euch dran.

Als hätten sie meine Gedanken gelesen, wenden alle gleichzeitig verlegen den Blick ab.

»Komm, Ana«, drängt Mia.

»Meine Herren, der Höhepunkt des Abends«, verkündet der Conférencier über das Stimmengewirr im Zelt. »Der Moment, auf den Sie alle gewartet haben! Diese zwölf hübschen Damen haben sich bereit erklärt, ihren ersten Tanz an den höchsten Bieter versteigern zu lassen!«

Ana fühlt sich sichtlich unwohl. Sie starrt zu Boden, dann auf ihre ineinander verkrallten Finger, überall hin, nur nicht auf die Gruppe junger Männer, die sich der Bühne nähern.

»Meine Herren, treten Sie näher und werfen Sie einen Blick auf die Ladys, die Ihnen beim ersten Tanz gehören könnten. Zwölf willige Damen von schöner Gestalt.«

Wie um alles in der Welt hat Mia Ana dazu gebracht, bei diesem albernen Zirkus mitzumachen?

Das ist ja der reinste Fleischmarkt.

Zwar für einen guten Zweck, aber trotzdem.

Der Conférencier preist die erste junge Dame an, Jada, deren erster Tanz nach kurzer Zeit für fünftausend Dollar versteigert wird. Mia und Ana schwatzen, und Ana scheint genau zuzuhören.

Mist!

Was erzählt Mia ihr da?

Mariah ist die Nächste. Die Art, wie der Conférencier sie anpreist, scheint ihr ziemlich peinlich zu sein, was ich ihr nicht verdenken kann. Mia und Ana reden immer noch, und ich sehe ihnen an, dass es um mich geht.

Halt verdammt noch mal endlich den Mund, Mia!

Der erste Tanz für Mariah bringt glatte viertausend Dollar.

Ana sieht mich an, dann wieder Mia, die sich offensichtlich warm geredet hat.

Als Nächste ist Jill an der Reihe, deren erster Tanz ebenfalls für viertausend Dollar ersteigert wird.

Ana starrt mich an. Ich sehe ihre Augen hinter der Maske glitzern, aber ich habe keine Ahnung, was ihr durch den Kopf geht.

Scheiße. Was erzählt Mia ihr da bloß?

»Jetzt darf ich Ihnen die wunderschöne Ana vorstellen.«

Mia schubst Ana auf die Bühne, während ich mich durch die Menge nach vorn dränge. Ana hasst es, im Mittelpunkt zu stehen.

Ich verfluche Mia dafür, dass sie ihr das antut.

Aber Anastasia ist bildschön.

Der Conférencier hebt zu einer weiteren albernen und völlig überzogenen Präsentation an. »Die schöne Ana spielt sechs Instrumente, spricht fließend Mandarin und liebt Yoga ... nun, meine Herren ...«

Das reicht jetzt. »Zehntausend Dollar«, rufe ich.

»Fünfzehntausend«, ruft irgendein Kerl aus der Menge.

Was soll das, zum Teufel?

Ich drehe mich um. Es ist Flynn, der Luxusscharlatan, wie Ana ihn nennt. Er nickt mir höflich zu.

»Meine Herren! Heute Abend scheinen entschlossene Bieter unter uns zu sein«, ruft der Conférencier.

»Zwanzig«, sage ich halblaut.

»Fünfundzwanzig«, kontert Flynn.

Ana sieht von mir zu Flynn. Das Ganze ist ihr unendlich peinlich. Und mir ebenfalls. Ich habe genug von Flynns Spielchen.

»Hunderttausend«, rufe ich für alle im Zelt hörbar.

»Heilige Scheiße«, ruft eine der jungen Frauen hinter Ana, und ich höre die Menge hinter mir kollektiv nach Luft schnappen.

Los, John, zeig, was du kannst.

Ich bedenke Flynn mit einem ausdruckslosen Blick, worauf er lacht und in einer anmutigen Geste die Hände hebt. Er zieht nicht mit.

»Einhunderttausend für die hübsche Ana! Zum Ersten! Zum Zweiten...« Der Conférencier wirft Flynn einen auffordernden Blick zu, doch er schüttelt nur den Kopf und verbeugt sich.

»Und zum Dritten!«, ruft der Conférencier triumphierend, worauf sich lautstarker Beifall und Jubelrufe erheben. Ich trete vor und helfe Ana von der Bühne.

Ich habe einen Tanz mit meiner eigenen Freundin ersteigert.

Sie strahlt vor Erleichterung, als sie ihre Hand in die meine legt. Ich küsse ihre Hand und schiebe sie unter meinen Arm, dann gehen wir zum Ausgang des Pavillons, ohne den Pfiffen und Glückwünschen ringsum Beachtung zu schenken.

»Wer war das?«, fragt sie.

»Jemand, den ich dir später vorstellen werde. Aber erst möchte ich dir etwas zeigen. Wir haben ungefähr dreißig Minuten, bis die Versteigerung der ersten Tänze vorbei ist. Dann müssen wir aufs Parkett.«

»Ein sehr teurer Tanz«, bemerkt sie trocken.

»Er ist bestimmt jeden Cent wert, den ich dafür bezahlt habe.«

Endlich habe ich sie für mich. Mia steht immer noch auf der Bühne. Ich führe Ana zur Tanzfläche. Die beiden Leibwächter folgen uns in angemessenem Abstand. Die Geräuschkulisse verebbt, als wir durch die Terrassentüren ins Wohnzimmer treten, die Diele durchqueren und die Treppe hinauf in das Zimmer meiner Kindheit und Jugend gehen.

Noch eine weitere Premiere.

Ich verriegle die Tür. Die Security-Jungs können draußen warten. »Das war früher mein Zimmer.«

Ana steht da und sieht sich um: die Poster, die Pinnwand über dem Schreibtisch. Alles. Dann sieht sie mich an.

»Hierher habe ich noch niemals eine Frau mitgenommen«, sage ich.

»Noch nie?«

Ich schüttle den Kopf. Erregung durchströmt mich, als wäre ich plötzlich wieder ein Teenager. Ein Mädchen. In meinem Zimmer. Was Mom wohl dazu sagen würde?

Anas Lippen teilen sich einladend. Ihre Augen wirken dunkel und strahlend hinter der Maske, und sie löst den Blick keine Sekunde von mir. Ich schlendere zu ihr hinüber.

»Wir haben nicht lange, Anastasia, und wie ich das sehe, werden wir nicht lange brauchen. Dreh dich um, damit ich dir aus dem Kleid helfen kann.«

Sie dreht sich, ohne zu zögern, um.

»Behalt die Maske auf«, flüstere ich ihr ins Ohr.

Sie stöhnt auf, dabei habe ich sie noch nicht einmal berührt. Ich weiß, dass sie sich nach all den Stunden, die sie die Kugeln in ihrer Vagina hatte, nach Erlösung sehnt. Ich ziehe den Reißverschluss ihres Kleids herunter, helfe ihr heraus und hänge es über einen Stuhl, ehe ich mein Jackett ausziehe.

Sie trägt das Bustier.

Und halterlose Strümpfe.

Und High Heels.

Und die Maske.

Das ganze Abendessen über konnte ich kaum denken.

»Anastasia.« Ich trete auf sie zu, löse meine Fliege und öffne die obersten Hemdknöpfe. »Bei der Versteigerung war ich stinksauer und habe sogar kurz daran gedacht, dich zu bestrafen. Und dann hast du das Thema selber angeschnitten.« Ich sehe sie an. »Warum?«

Ich muss es wissen.

»Keine Ahnung«, antwortet sie mit rauchiger Stimme. »Frustration... zu viel Alkohol... guter Zweck.« Sie zuckt die Achseln, während ihr Blick sich auf meinen Mund heftet.

»Ich habe mir geschworen, dich nicht mehr zu versohlen, nicht einmal, wenn du mich darum bittest.«

»Bitte.«

»Aber dann ist mir klar geworden, dass du momentan ziemlich unbefriedigt sein musst, und das bist du nicht gewohnt.«

»Ja«, haucht sie, atemlos, sexy und, wie ich vermute, erfreut darüber, dass ich weiß, wie sie sich fühlt.

»Das heißt, es handelt sich um eine Ausnahmesituation, in der sich ein gewisser Spielraum ergibt. Wenn ich es tue, musst du mir allerdings eines versprechen.«

»Was du möchtest.«

»Wenn's kritisch wird, sagst du das Safeword, und dann machen wir blümchensexmäßig weiter, okay?«

Sie stimmt bereitwillig zu.

Ich führe sie zum Bett, schlage die Decke zurück und setze mich hin, während sie, in Strümpfen, Bustier und High Heels, vor mir steht.

Sie sieht unglaublich aus.

Ich lege ein Kissen neben mich und ziehe sie zu mir herunter. Sie liegt auf meinem Schoß, mit der Brust auf dem Kissen. Ich streiche ihr das Haar über die Schulter, lasse meine Finger über die Maske gleiten.

Der Anblick ist atemberaubend.

Zeit, noch einen draufzulegen. »Leg die Hände auf den Rücken.«

Sie gehorcht, ohne zu zögern.

Sie kann es kaum erwarten.

Das gefällt mir.

Mit meiner Fliege binde ich ihr die Hände auf dem Rücken zusammen. Damit ist sie hilflos. Mir auf Gedeih und Verderb ausgeliefert.

Das Gefühl ist berauschend.

»Willst du das wirklich, Anastasia?«

»Ja.« Eine klare und deutliche Antwort.

Trotzdem kann ich sie nicht recht einschätzen. Ich dachte, das Thema wäre endgültig vom Tisch.

»Warum?«, frage ich und streichle ihr Hinterteil.

»Brauche ich einen Grund?«

»Nein, Baby, brauchst du nicht. Ich versuche nur, dich zu verstehen.«

Bleib dran, Grey.

Sie will es. Und du willst es auch.

Noch einmal streichle ich ihr Hinterteil, bereite mich selbst vor. Und sie.

Mit der linken Hand halte ich sie fest, mit der anderen hole ich aus und lasse sie am Übergang von ihrem Prachthintern zu den Oberschenkeln herabsausen.

Sie stöhnt auf. Irgendein Wort.

Aber es ist nicht das Safeword.

Wieder schlage ich zu.

»Zwei. Stell dich auf zwölf ein.« Ich beginne zu zählen.

Ich liebkose die zarte Haut, dann verpasse ich ihr nacheinander zwei Hiebe, auf jede Pobacke einen. Dann ziehe ich ihren Slip herunter, über ihre Schenkel, ihre Knie, ihre Waden bis hinab zu den Louboutins, ehe ich ihn achtlos zu Boden fallen lasse.

Es ist unglaublich erregend.

In jeglicher Hinsicht.

Nun, da ich weiß, dass sie die Kugeln nicht mehr trägt, verpasse ich ihr einen weiteren Hieb. Wieder stöhnt sie auf, windet sich mit fest zusammengekniffenen Augen auf meinem Schoß. Inzwischen hat ihr Hinterteil eine hübsche rosa Färbung angenommen.

»Zwölf«, stoße ich schließlich hervor, streiche ein letztes Mal über die rosigen Backen und schiebe dann zwei Finger in sie hinein.

Sie ist feucht.

Verdammt feucht.

So bereit.

Wieder dringt ein Stöhnen über ihre Lippen, als ich meine Finger in ihr kreisen lasse, und dann kommt sie, laut, intensiv.

Wow. Das ging schnell. Sie ist so ein sinnliches, empfindsames Geschöpf.

»Genau, Baby«, murmle ich und binde sie los. Ihr Atem kommt stoßweise. »Ich bin noch nicht mit dir fertig, Anastasia.«

Ich will sie, muss sie besitzen.

Unbedingt.

Ich schiebe sie auf den Boden, dann knie ich mich hinter sie, öffne den Reißverschluss meiner Hose und reiße mir die Boxershorts nach unten, so dass mein Schwanz geradezu herausschnellt. Aus der Hosentasche ziehe ich ein Kondom. Für einen kurzen Moment muss ich meine Finger aus ihr nehmen.

Sie wimmert.

Ich streife das Kondom über. »Spreiz die Beine«, befehle ich. Sie gehorcht. Ich schiebe mich in sie. »Es wird schnell gehen, Baby«, flüstere ich, halte sie bei den Hüften und ziehe mich ganz langsam aus ihr heraus, ehe ich mich mit aller Kraft noch einmal in ihr versenke.

Sie schreit auf. Vor Lust. Vor Leidenschaft. Vor Ekstase.

Das ist es, was sie will, und ich schenke es ihr nur allzu gern. Wieder und wieder stoße ich zu, während sie sich bereitwillig meinem Rhythmus anpasst.

Scheiße.

So wird es sogar noch schneller gehen, als ich dachte. »Ana, nein«, warne ich sie. Ich will ihre Lust hinauszögern, machen, dass sie möglichst lange etwas davon hat. Aber sie ist gierig, nimmt alles, was sie kriegen kann. Mein unersättliches Gegenstück.

»Ana.« Ihr Name ist ein erstickter Schrei, als ich komme und sie damit geradewegs zum Höhepunkt bringe. Sie schreit laut auf, als die Wellen der Lust über ihr zusammenschlagen und sie mich immer tiefer in sich hineinzieht. Ich sinke über ihr zusammen.

O Mann, das war unglaublich.

Ich bin völlig erledigt.

Nach all dem Necken und der Vorfreude während des Essens war es unvermeidlich, dass das passieren würde. Ich küsse ihre

Schulter, ziehe mich aus ihr heraus und werfe das Kondom in den Papierkorb neben dem Bett. Soll die Putzfrau sich ruhig ihre Gedanken darüber machen.

Ana trägt immer noch ihre Maske. Ich sehe sie lächeln, beuge mich vor und lege meine Stirn an ihren Rücken, während wir beide allmählich wieder zu Atem kommen.

»Hmmm«, murmle ich zufrieden und küsse ihren Rücken. »Ich glaube, Sie schulden mir noch einen Tanz, Miss Steele.«

Ein Summen dringt tief aus ihrem Innern. Ich setze mich zurück und ziehe sie auf meinen Schoß.

»Wir haben nicht mehr viel Zeit. Komm«, sage ich und küsse ihr Haar. Sie setzt sich aufs Bett, hebt ihren Slip auf und zieht sich wieder an, während ich mein Hemd zuknöpfe und meine Fliege umbinde.

Sie steht auf und tritt zu dem Stuhl, um ihr Kleid zu nehmen. Sie so zu sehen, lediglich mit ihrer Maske, der Korsage und den hohen Schuhen bekleidet, hat mir bewusst gemacht, dass sie eine wahre Göttin ist, doch nun ... Sie ist mehr, als ich mir jemals erträumt und erwartet habe.

Ich liebe sie.

Ich wende mich ab und streiche die Bettdecke glatt. Plötzlich komme ich mir so verwundbar vor.

Mein Unbehagen verfliegt, als ich sehe, wie Ana vor den Schreibtisch getreten ist und die Fotos an der Pinnwand in Augenschein nimmt. Es sind viele, von überall auf der Welt. Meine Eltern haben gern im Ausland Urlaub gemacht.

»Wer ist das?«, fragt sie und zeigt auf das alte Schwarz-Weiß-Foto der Crackhure.

»Niemand von Bedeutung«, antworte ich, ziehe mein Jackett über und rücke meine Maske gerade. Das Foto habe ich völlig vergessen. Carrick hat es mir gegeben, als ich sechzehn war. Ich habe mehrmals versucht, es wegzuwerfen, konnte mich aber dann doch nicht dazu durchringen.

»Ich habe etwas für dich, Junge.«

»Was denn?« Ich stehe in Carricks Arbeitszimmer, in der Annahme, dass er mir gleich eine tüchtige Standpauke halten wird, auch wenn ich nicht weiß, wofür. Ich hoffe bloß, er hat nicht das von Mrs. Lincoln herausgefunden.

»Du wirkst in letzter Zeit ruhiger und zufriedener.«

Ich nicke und kann nur hoffen, dass mein Gesicht nichts verrät.

»Ich habe ein paar alte Unterlagen durchgesehen und dabei das hier gefunden.« Er reicht mir ein Schwarz-Weiß-Foto, auf dem eine traurige junge Frau zu sehen ist. Es ist wie ein Schlag in die Magengrube.

Die Crackhure.

Er mustert mich. »Das hat man uns im Zuge der Adoption gegeben.«

»Oh«, presse ich mühsam hervor.

»Ich dachte, du willst es dir vielleicht ansehen. Erinnerst du dich an sie?«

»Ja.«

Er nickt. Mir ist klar, dass das noch nicht alles war.

Was kommt jetzt noch?

»Ich habe allerdings keinerlei Informationen über deinen leiblichen Vater, aber er scheint im Leben deiner Mutter keine Rolle gespielt zu haben.«

Er versucht mir etwas zu sagen… Es war also nicht ihr beschissener Zuhälter?

Bitte, sag mir, dass nicht er es war.

»Wenn du noch etwas wissen willst… ich bin hier.«

»Dieser Mann?«, flüstere ich.

»Nein. Er hat nichts mit dir zu tun«, sagt mein Dad beruhigend.

Ich schließe die Augen. Gott sei Dank!

»Ist das alles, Dad? Kann ich jetzt gehen?«

»Natürlich.« Er wirkt besorgt, nickt mir jedoch zu.

Mit dem Foto in der Hand verlasse ich sein Arbeitszimmer. Und laufe. Laufe, laufe, laufe…

Die Crackhure war ein trauriges, erbärmliches Ding, dem das Wort *Opfer* förmlich ins Gesicht geschrieben ist. Ich denke, bei der Aufnahme handelt es sich um ein erkennungsdienstliches Foto, allerdings hat jemand die Registriernummer abgeschnitten. Ich frage mich, ob ihr Leben anders verlaufen wäre, hätte damals die Stiftung meiner Eltern bereits existiert. Ich schüttle den Kopf. Ich will diese Dinge nicht mit Ana besprechen. »Soll ich dir den Reißverschluss zumachen?«, frage ich sie.

»Bitte.« Ana kehrt mir den Rücken zu. »Warum hängt ihr Foto dann an deiner Pinnwand?«

Immer eine Frage auf den Lippen und auf alles eine Antwort parat, Miss Steele.

»Ein Versehen. Sitzt die Fliege richtig?«

Ihr Blick wird weich, als sie beide Enden ergreift und sie zurechtrückt. »Jetzt ist sie perfekt.«

»Wie du.« Ich nehme sie in die Arme und küsse sie. »Geht's dir jetzt besser?«

»Viel besser. Danke, Mr. Grey.«

»Das Vergnügen war ganz meinerseits.«

Ich bin dankbar. Und hochzufrieden.

Ich halte ihr die Hand hin. Sie ergreift sie mit einem zurückhaltenden, aber dennoch zufriedenen Lächeln. Ich schließe die Tür auf, und sie folgt mir nach unten. Irgendwo auf dem Weg stoßen unsere Sicherheitsleute zu uns und folgen uns durch die Terrassentüren nach draußen, wo sich ein paar Raucher eingefunden haben und uns neugierig beäugen, doch ich schenke ihnen keine Beachtung. Gemeinsam gehen wir zur Tanzfläche.

»Und jetzt, meine Damen und Herren, ist es Zeit für den ersten Tanz. Mr. und Dr. Grey, sind Sie bereit?«, fragt der Conférencier. Carrick, der die Arme bereits um Grace gelegt hat, nickt. »Meine Damen und Herren von der Versteigerung des ersten Tanzes, sind Sie ebenfalls bereit?« Ich lege den Arm um Anas Taille. Sie lächelt zu mir auf.

»Dann kann's losgehen. Fangen Sie an, Sam.« Der Bandleader

geht über die Bühne, dreht sich zur Band um und schnippt mit den Fingern, woraufhin die Band eine schmalzige Version von *I've Got You Under My Skin* anstimmt. Ich ziehe Ana an mich, die sich mühelos von mir führen lässt. Sie ist hinreißend. Wir wirbeln über die Tanzfläche und grinsen einander wie zwei bis über beide Ohren verknallte Dummköpfe an …

Habe ich mich jemals schon so gefühlt?
So voller Lebensfreude?
Glücklich?

Als würde mir das ganze Scheißuniversum gehören.

»Ich liebe diesen Song«, sage ich. »Er passt so gut.«

»Du gehst mir auch unter die Haut. Zumindest vorhin in deinem Zimmer.«

Ana! Ich bin schockiert.

»Miss Steele, ich wusste gar nicht, dass Sie so derb sein können.«

»Mr. Grey, ich auch nicht. Ich glaube, das liegt an meinen Erfahrungen der letzten Zeit. Sie haben sehr zu meiner Bildung beigetragen.«

»Und Sie zu meiner.« Wir drehen eine weitere Runde auf der Tanzfläche, dann endet der Song, und ich lasse sie widerstrebend los, damit sie applaudieren kann.

»Darf ich abklatschen?«, fragt Flynn, der aus dem Nichts aufgetaucht zu sein scheint. Nach seinem Auftritt bei der Versteigerung ist er mir eine Erklärung schuldig, trotzdem trete ich beiseite.

»Gern. Anastasia, das ist John Flynn. John, Anastasia.«

Ana sieht mich etwas nervös an, während ich mich an den Rand der Tanzfläche zurückziehe. Flynn nimmt sie in die Arme, und Ana ergreift seine Hand, als die Band *They Can't Take That Away From Me* anstimmt.

Ich sehe den beiden zu. Ana plaudert angeregt mit John. Worüber?, frage ich mich.

Über mich?

Scheiße.

Schlagartig hat mich die Angst wieder im Würgegriff.

Ich muss den Tatsachen ins Auge blicken: Sobald Ana all meine Geheimnisse kennt, wird sie mich auf der Stelle verlassen, und unser Entschluss, es auf ihre Weise zu versuchen, zögert diesen Moment lediglich hinaus.

Aber John wäre gewiss niemals so indiskret.

»Hallo, Schatz.« Grace' Stimme reißt mich aus meinen düsteren Gedanken.

»Mutter.«

»Amüsierst du dich?« Auch sie sieht Ana und John auf der Tanzfläche zu.

»Sehr.«

Grace hat ihre Maske abgenommen. »Was für ein großzügiges Angebot von deiner jungen Freundin.« Ich höre einen Anflug von Schärfe in ihrer Stimme.

»Ja«, erwidere ich trocken.

»Ich dachte, sie sei Studentin.«

»Das ist eine lange Geschichte, Mom.«

»Das denke ich mir.«

Hier stimmt etwas nicht. »Was ist los, Grace? Los, raus damit.«

Behutsam berührt sie meinen Arm. »Du siehst glücklich aus, Schatz.«

»Das bin ich.«

»Ich glaube, sie tut dir gut.«

»Das glaube ich auch.«

»Ich hoffe nur, dass sie dir nicht wehtut.«

»Wieso sagst du das?«

»Sie ist noch so jung.«

»Mutter, was ...«

Ein weiblicher Gast im buntesten Kleid, das ich je gesehen habe, tritt auf Grace zu.

»Christian, das ist meine Freundin Pamela aus dem Buchclub.«

Wir tauschen ein paar Höflichkeiten aus, aber eigentlich habe ich nur eines im Kopf: Ich will wissen, was zum Teufel diese Andeutung über Ana soll. Die Musik endet, und ich muss los, um Ana vor meinem Psychiater zu retten.

»Dieses Gespräch ist noch nicht vorbei«, warne ich Grace und eile zum Rand der Tanzfläche.

Was will meine Mutter mir sagen, verdammt noch mal?

»Es war mir ein Vergnügen, Sie kennenzulernen, Anastasia«, sagt Flynn.

»John.« Ich nicke ihm zu.

»Christian.« Flynn nickt ebenfalls und zieht sich dann zurück – wohl um seine Frau zu suchen. Der kurze Dialog mit meiner Mutter hat mich aus dem Konzept gebracht. Ich ziehe Ana zum nächsten Tanz in meine Arme.

»Er ist viel jünger, als ich ihn mir vorgestellt habe«, bemerkt Ana. »Und schrecklich indiskret.«

Fuck! »Indiskret?«

»Ja, er hat mir alles erzählt«, sagt sie.

Scheiße. Wirklich? Ich muss wissen, was er ihr erzählt hat, wie groß der Schaden ist. »Wenn das so ist, hole ich jetzt deine Tasche. Dann willst du sicher nichts mehr mit mir zu tun haben.«

Ana bleibt unvermittelt stehen. »Er hat mir überhaupt nichts gesagt!« Einen Moment lang sieht sie mich an, als würde sie mich am liebsten packen und durchschütteln.

Gott sei Dank.

Ich lege meine Hand auf ihren Rücken, als die Band *The Very Thought Of You* zu spielen beginnt. »Dann lass uns diesen Tanz genießen.«

Ich bin ein Idiot. Natürlich würde Flynn niemals gegen die ärztliche Schweigepflicht verstoßen. Augenblicklich verfliegt meine Angst, und meine Lebensgeister erwachen erneut. Ich hatte keine Ahnung, dass Tanzen so viel Spaß machen kann.

Ich kann nur staunen, wie anmutig Ana sich bewegt. Kurz denke ich an unseren ersten gemeinsamen Abend zurück, als ich sie mit den Kopfhörern beobachtet habe. Damals wirkten ihre Bewegungen so unkoordiniert… ganz anders als die Ana jetzt, die sich so mühelos und entspannt von mir führen lässt und sichtlich ebenso großes Vergnügen daran findet wie ich.

You Don't Know Me ist der nächste Song.

Er ist langsamer. Voller Melancholie. Und bitterer Süße.

Eine Warnung.

Ana. *Du kennst mich nicht.*

Stumm flehe ich um Vergebung für eine Sünde, von der sie gar nichts weiß. Und von der sie niemals erfahren darf.

Sie kennt mich nicht.

Baby, es tut mir so leid.

Ich atme ihren Duft ein, der mir Trost spendet, schließe die Augen und versuche, ihn in mein Gedächtnis zu bannen, so dass ich ihn später jederzeit heraufbeschwören kann.

Ana.

Der Song endet, und sie strahlt mich an.

»Bin gleich wieder da«, sagt sie.

»Okay.« Ich sehe ihr hinterher, als sie in Richtung Toilette geht, dicht gefolgt von Taylor, während die anderen drei Leibwächter neben der Tanzfläche stehen. Doch nun löst sich einer und heftet sich an Taylors Fersen.

Am anderen Ende des Zelts sehe ich Dr. Flynn mit seiner Frau sprechen und gehe hinüber.

»John.«

»Christian, hallo. Sie kennen ja meine Frau Rhian.«

»Natürlich. Rhian.« Ich schüttle ihr die Hand.

»Ihre Eltern wissen, wie man eine Party schmeißt«, sagt sie.

»Allerdings«, bestätige ich.

»Wenn Sie mich entschuldigen wollen, ich pudere mir kurz die Nase. John. Benimm dich«, warnt sie. Ich muss lachen.

»Sie kennt mich nun mal wie niemand sonst«, bemerkt Flynn trocken.

»Also, was zum Teufel sollte das vorhin?«, frage ich, als sie verschwunden ist. »Wollen Sie sich auf meine Kosten einen Scherz erlauben?«

»Definitiv auf Ihre Kosten. Es war schön zu sehen, wie bereitwillig Sie sich von Ihrem Geld getrennt haben.«

»Sie können von Glück sagen, dass sie jeden einzelnen Cent wert ist.«

»Ich musste etwas tun, damit Sie erkennen, dass Sie sich in Wahrheit nicht vor einer Bindung fürchten.« Flynn zuckt mit den Schultern.

»Deshalb haben Sie also gegen mich geboten? Um mich auf die Probe zu stellen? Was mir Angst macht, ist nicht die Frage, ob ich mich binden will oder nicht.« Ich sehe ihn scharf an.

»Sie scheint durchaus in der Lage zu sein, es mit Ihnen aufzunehmen«, sagt er.

Da bin ich mir nicht so sicher.

»Sagen Sie es ihr, Christian. Sie weiß, dass Sie Probleme haben. Mit mir hat das alles nichts zu tun.« Er hebt die Hände. »Und jetzt ist weder der richtige Zeitpunkt noch der Ort für dieses Gespräch.«

»Das ist allerdings richtig.«

»Wo ist sie überhaupt?« Flynn sieht sich um.

»Pudert sich ebenfalls die Nase.«

»Sie ist eine reizende junge Frau.«

Ich nicke.

»Haben Sie etwas Vertrauen.«

»Mr. Grey.« Reynolds, einer der Sicherheitsmänner, tritt neben mich.

»Was gibt's?«

»Könnte ich Sie kurz unter vier Augen sprechen?«

»Das ist nicht nötig. Dr. Flynn kann ruhig hören, was Sie zu sagen haben.« Der Mann ist mein Psychiater, verdammt.

»Taylor lässt ausrichten, dass Elena Lincoln mit Miss Steele spricht.«

Scheiße.

»Gehen Sie«, meint Flynn. Seine Miene verrät, dass er nur zu gern Mäuschen bei dieser Unterhaltung spielen würde.

»Bis dann«, murmle ich und folge Reynolds zum Pavillon.

Taylor hat sich am Eingang postiert. Ich sehe Ana und Elena miteinander sprechen. Beide wirken angespannt und alles andere als freundlich. Plötzlich wirbelt Ana herum und kommt geradewegs auf mich zugestürmt.

»Hier bist du also«, sage ich, doch sie ignoriert mich und fegt wortlos an Taylor und mir vorbei.

Das ist gar nicht gut.

Ich werfe Taylor einen kurzen Blick zu, doch seine Miene bleibt ausdruckslos.

»Ana«, rufe ich und folge ihr. »Was ist los?«, frage ich, als ich sie eingeholt habe.

»Warum fragst du nicht deine Ex?«, faucht sie.

Ich sehe mich um, um sicherzugehen, dass uns keiner hört. »Ich frage aber dich.«

Sie starrt mich finster an.

Was zum Teufel habe ich denn verbrochen?

Sie strafft die Schultern. »Sie hat mir gedroht, sich an mir zu rächen, wenn ich dir noch einmal wehtue. Wahrscheinlich zückt sie dann ihre Peitsche«, blafft sie.

Ich bin nicht sicher, ob das ein Scherz sein soll, doch die Vorstellung von Elena, wie sie Ana mit der Peitsche bedroht, ist völlig absurd. »Die Ironie der Situation ist dir doch sicher bewusst, oder?«, necke ich sie – ein Versuch, ihre Laune ein bisschen zu verbessern.

»Ich finde das nicht lustig, Christian.«

»Du hast recht. Ich rede mit ihr.«

»Das tust du nicht.« Sie verschränkt die Arme vor der Brust.

Was zum Teufel soll ich jetzt tun?

»Ich weiß, dass eure geschäftlichen Interessen verquickt sind, aber ...« Sie hält inne und stößt ein Schnauben aus, als ihr mit einem Mal die Worte zu fehlen scheinen. »Entschuldige, ich muss aufs Klo.« Ana ist sauer. Wieder.

Ich seufze. Was kann ich tun? »Bitte nicht wütend sein. Ich

wusste nicht, dass sie da ist. Sie hat gesagt, sie würde nicht kommen.« Ich trete vor sie, streiche mit dem Daumen über ihre Unterlippe. »Bitte, Anastasia, Elena darf uns nicht den Abend verderben. Sie ist wirklich Schnee von gestern.« Ich hebe ihr Kinn an und drücke einen zärtlichen Kuss auf ihre Lippen.

Sie stößt einen Seufzer aus. In der Hoffnung, dass unser Streit damit vom Tisch ist, nehme ich sie beim Ellbogen. »Ich begleite dich zur Toilette, damit du nicht wieder abgelenkt wirst.«

Während ich vor den mobilen Luxustoiletten auf sie warte, ziehe ich mein Handy heraus. Dr. Greene hat meine E-Mail beantwortet und bietet einen Termin für morgen an.

Sehr gut. Ich werde mich später darum kümmern.

Ich ziehe mich in eine ruhige Ecke zurück, während ich Elenas Nummer aufrufe. Sie hebt beim ersten Läuten ab.

»Christian.«

»Was zum Teufel soll das, Elena?«

»Dieses Mädchen ist unhöflich und frech.«

»Vielleicht solltest du sie einfach in Ruhe lassen.«

»Ich fand, ich sollte mich ihr vorstellen«, erklärt Elena.

»Weshalb? Ich dachte, du hättest gesagt, du kommst nicht. Wieso hast du deine Meinung geändert? Ich dachte, wir wären uns einig, dass es keine gute Idee ist.«

»Deine Mutter hat angerufen und mich angebettelt, dass ich kommen soll, und ich war eben neugierig. Ich muss sicher sein können, dass sie dir nicht noch einmal wehtut.«

»Lass sie in Ruhe. Das ist meine erste richtige Beziehung, und ich will nicht, dass du sie aus einer völlig deplatzierten Sorge heraus in Gefahr bringst. Also, noch mal zum Mitschreiben. Lass sie in Ruhe.«

»Chris ...«

»Ich meine es ernst, Elena.«

»Hast du vergessen, wer du bist?«

»Nein, natürlich nicht.« Ich sehe auf und merke, dass Ana mich beobachtet. »Ich muss jetzt Schluss machen. Gute Nacht.« Wahrscheinlich zum ersten Mal in unserer Beziehung lege ich einfach auf.

»Wie geht's dem Schnee von gestern?«, fragt Ana mit hochgezogener Braue.

»Sie ist sauer«, antworte ich und beschließe, lieber das Thema zu wechseln. »Möchtest du weitertanzen? Oder lieber gehen?« Ich sehe auf meine Uhr. »Das Feuerwerk beginnt in ein paar Minuten.«

»Ich liebe Feuerwerk«, sagt Ana, und mir ist bewusst, dass dies ein Friedensangebot ist.

»Dann bleiben wir.« Ich lege den Arm um sie und ziehe sie an mich. »Bitte lass nicht zu, dass sie sich zwischen uns drängt.«

»Du bist ihr wichtig«, sagt sie.

»Ja, und sie ist mir wichtig... als Freundin.«

»Für sie ist das, glaube ich, mehr als eine Freundschaft«, sagt sie.

»Anastasia. Elena und ich...« Ich unterbreche mich. Was soll ich sagen, um Anastasia zu beruhigen? »Es ist kompliziert. Wir haben eine gemeinsame Vergangenheit. Nicht mehr und nicht weniger. Wir sind gute Freunde. Das ist alles. Bitte mach dir keine Gedanken über sie.« Ich küsse sie. Ana erwidert nichts darauf.

Hand in Hand schlendern wir zur Tanzfläche zurück.

»Anastasia«, sagt mein Vater hinter uns. »Würden Sie mir die Freude machen, mit mir zu tanzen?« Auffordernd streckt er ihr die Hand entgegen.

Lächelnd sehe ich zu, wie er Ana zu den ersten Klängen von *Come Fly With Me* auf die Tanzfläche führt.

Die beiden scheinen sich angeregt zu unterhalten, und nicht zum ersten Mal an diesem Abend frage ich mich, ob es dabei um mich geht.

»Hallo, mein Schatz.« Meine Mutter tritt mit einem Glas Champagner in der Hand neben mich.

»Mutter, was wolltest du vorhin andeuten?«, platze ich ohne jede Einleitung heraus.

»Christian, ich...« Sie hält inne und sieht mich besorgt an, was mir verrät, dass sie um den heißen Brei herumredet. Ich kenne sie. Schlechte Nachrichten zu überbringen war noch nie ihre Stärke.

Meine Beklommenheit wächst. »Grace. Sag es mir.«

»Ich habe mit Elena gesprochen. Sie hat mir erzählt, du und Ana, ihr hättet euch getrennt, und du wärst deswegen am Boden zerstört gewesen.«

Was?

»Warum hast du mir nichts davon gesagt?«, fährt sie fort. »Ich weiß ja, dass ihr Geschäftspartner seid, trotzdem hat es mich gekränkt, es von ihr zu erfahren.«

»Elena übertreibt. Ich war nicht am Boden zerstört. Wir hatten einen heftigen Streit, das ist alles. Ich habe es dir nicht gesagt, weil es nicht endgültig war. Und jetzt ist alles wieder in Ordnung.«

»Die Vorstellung, dass dir jemand wehtut, ist schrecklich für mich, Liebling. Ich hoffe, sie ist aus den richtigen Gründen mit dir zusammen.«

»Wer? Ana? Was willst du damit sagen, Mutter?«

»Du bist ein sehr vermögender Mann, Christian.«

»Du glaubst, sie ist hinter meinem Geld her?« Es ist, als hätte sie mich geohrfeigt.

Verdammt!

»Das habe ich so nicht gesagt...«

»Mom. Sie ist nicht so.« Ich ringe um meine Beherrschung.

»Das hoffe ich ja, Schatz. Ich will bloß nicht, dass dir etwas passiert. Sei vorsichtig. So vielen wird in jungen Jahren das Herz gebrochen.« Sie sieht mich wissend an.

Bitte! Mein Herz wurde mir gebrochen, schon viele, viele Jahre bevor ich überhaupt in die Pubertät gekommen bin.

»Liebling, du weißt, dass ich nur dein Glück will, und nach diesem Abend muss ich sagen, dass ich dich nie glücklicher gesehen habe.«

»Ja. Ich weiß deine Besorgnis sehr zu schätzen, Mutter, aber es ist alles in Ordnung.« Ich unterdrücke das Bedürfnis, die Finger hinter dem Rücken zu kreuzen. »Und jetzt werde ich meine geldgierige Freundin aus den Fängen meines Vaters befreien.« Mir ist bewusst, dass mein Tonfall eisig ist.

»Christian!« Meine Mutter ruft mir nach, aber wenn ich ehrlich bin, kann sie mich mal. Wie kann sie es wagen, so über Ana zu denken? Und wieso klatscht Elena hinter meinem Rücken über Ana und mich? Noch dazu mit Grace?

»Genug mit alten Männern getanzt«, sage ich zu Ana, als ich zu den beiden trete.

»Verkneif dir mal das ›alt‹, mein Sohn. Auch ich hatte meine guten Zeiten.« Er zwinkert Ana zu und geht davon, in Richtung meiner reichlich bestürzt dreinsehenden Mutter.

»Ich glaube, mein Dad mag dich«, murmle ich, obwohl ich so wütend bin, dass ich am liebsten jemandem an die Gurgel springen würde.

»Wäre wohl auch schwer, mich nicht zu mögen, oder?«, bemerkt Ana mit einem scheuen Lächeln.

»Wieder einmal ein berechtigtes Argument, Miss Steele.« Ich ziehe sie an mich. Die Band stimmt *It Had To Be You* an.

»Tanz mit mir«, flüstere ich ihr mit rauer Stimme zu.

»Mit Vergnügen, Mr. Grey«, erwidert sie lächelnd. Kaum schweben wir über die Tanzfläche, sind all die unerfreulichen Gedanken an geldgierige Frauen, überbesorgte Eltern und übereifrige Ex-Doms vergessen.

SONNTAG, 12. JUNI 2011

Um Mitternacht verkündet der Conférencier, dass wir unsere Masken abnehmen dürfen. Wir stehen am Ufer und werden Zeuge des spektakulären Feuerwerks. Ana steht vor mir, und ich habe die Arme um sie gelegt. Ihr strahlendes Gesicht ist in ein Kaleidoskop aus Farben getaucht, während über uns die Raketen im Takt zu Händels *Zadok The Priest* in den nächtlichen Himmel emporsteigen und in einem Farbregen zerbersten.

Es ist eine sensationelle Show.

Meine Eltern haben sich für ihre Gäste selbst übertroffen, was meine Verärgerung ein wenig mildert. Schließlich explodieren die letzten Raketen, ein weißer und goldfarbener Feuerregen erhellt den dunklen See.

Der Anblick raubt allen den Atem.

»Meine Damen und Herren«, ruft der Conférencier, als die Jubelrufe allmählich verebben. »Nur noch eine Information am Ende dieses wunderbaren Abends. Dank Ihrer Großzügigkeit sind insgesamt eine Million achthundertdreiundfünfzigtausend Dollar zusammengekommen!« Wieder branden Jubelrufe auf. Was für eine beeindruckende Summe. Meine Mutter hat offenbar den ganzen Abend damit zugebracht, ihren reichen Freunden das Geld aus der Tasche zu ziehen. Mein Anteil von sechshunderttausend Dollar hat zu dieser stattlichen Summe beigetragen. Der Applaus ist ohrenbetäubend, und auf dem Ponton leuchten die Worte »Danke schön von Coping Together« in silberfarbenen Buchstaben am Himmel auf.

»Christian ... das war wunderschön«, ruft Ana. Ich küsse sie und schlage vor, dass wir uns allmählich auf den Heimweg begeben.

Ich kann es kaum erwarten, wieder Hause zu sein und mich an sie zu schmiegen. Es war ein langer Tag. Ich hoffe, ich muss sie nicht überreden, die Nacht in meinem Apartment zu verbringen. Immerhin ist Leila immer noch nicht dingfest gemacht. Abgesehen davon habe ich trotz aller Widrigkeiten den heutigen Tag sehr genossen, und ich will noch mehr. Ich will, dass sie auch morgen bei mir bleibt. Oder vielleicht die ganze nächste Woche.

Morgen kann Ana mit Dr. Greene sprechen, und danach können wir entweder segelfliegen oder eine Runde auf der *Grace* drehen.

Es wäre schön, mehr Zeit mit Ana zu verbringen.

Sogar wunderbar.

Taylor kommt näher und schüttelt den Kopf. »Bleib noch einen Augenblick mit mir hier«, sage ich zu ihr. »Taylor möchte, dass wir warten, bis die Menge sich zerstreut hat.« Er hat einen anstrengenden Abend hinter sich. »Das Feuerwerk hat ihn bestimmt um hundert Jahre altern lassen.«

»Warum, mag er kein Feuerwerk?«, fragt sie.

Ich gehe nicht auf die Frage ein. »Aspen, also?«, bemerke ich stattdessen.

»Oh, ich habe völlig vergessen, dafür zu zahlen«, sagt sie eilig.

»Du kannst einen Scheck schicken. Ich habe die Adresse.«

»Du warst echt sauer.«

»Ja.«

Sie grinst. »Du und deine Toys. Das hast du dir selbst zuzuschreiben.«

»Sie hatten eine unübersehbare Wirkung auf Sie, Miss Steele. Und am Ende gab es, wenn ich mich recht entsinne, ein höchst befriedigendes Ergebnis. Wo hast du sie übrigens verstaut.«

»Die Silberkugeln? In meiner Handtasche.«

»Die hätte ich gern wieder. Sie sind viel zu gefährlich für deine unerfahrenen Hände.«

»Hast du Angst, dass sie erneut eine so unübersehbare Wirkung auf mich ausüben könnten, vielleicht mit jemand anderem?«

Bitte keine Scherze über solche Dinge, Ana.
»Ich hoffe, dass das nicht passiert. Aber um deine Frage zu beantworten, Ana, ich will deine Begierde ganz für mich allein.«
Und zwar immer.
»Vertraust du mir denn nicht?«
»Doch, absolut. Könnte ich sie jetzt bitte zurückhaben?«
»Ich überlege es mir.«
Miss Steele gibt sich also unnachgiebig.
Auf der Bühne hat inzwischen der DJ seine Anlage aufgebaut. Musik dringt herüber.
»Möchtest du tanzen?«, frage ich sie.
»Ich bin hundemüde, Christian. Wenn du nichts dagegen hast, würde ich gern gehen.«
Ich gebe Taylor ein Zeichen, worauf er nickt und etwas in sein Mikro am Revers sagt. Wir machen uns auf den Weg durch den Garten, als Mia barfuß auf uns zuläuft, in der Hand ihre Schuhe.
»Geht ihr schon? Die richtige Musik fängt doch erst an. Komm, Ana.« Sie packt Anas Hand.
»Mia, Anastasia ist müde. Wir wollen nach Hause. Außerdem ist morgen ein wichtiger Tag für uns.«
Ana sieht mich fragend an.
Mia schmollt, weil es nicht nach ihrem Kopf geht, doch sie bedrängt uns nicht weiter. »Du musst nächste Woche mal vorbeischauen. Wir könnten gemeinsam shoppen gehen.«
»Gern, Mia«, erwidert Ana. Die Erschöpfung in ihrer Stimme ist unüberhörbar. Ich muss sie schleunigst nach Hause bringen. Mia gibt Ana einen Kuss auf die Wange, ehe sie sich mir zuwendet und mich fest an sich drückt. Sie strahlt übers ganze Gesicht.
»Ich freue mich, dass du so glücklich bist«, sagt sie und küsst auch mich zum Abschied. »Viel Spaß noch«, ruft sie und läuft weiter zu ihren wartenden Freunden.
Beim Anblick meiner Eltern bekomme ich ein schlechtes Gewissen, da ich meine Mutter so angeschnauzt habe. »Ich möchte meinen Eltern eine Gute Nacht wünschen. Komm.« Wir gehen

hinüber. Grace' Züge erhellen sich, als sie uns sieht. Sie streichelt meine Wange, und ich bemühe mich um eine freundliche Miene. »Bitte, lassen Sie sich bald einmal wieder blicken, Anastasia. Wir haben uns sehr gefreut, dass Sie gekommen sind«, sagt sie zu Ana. Ihre Freude scheint aufrichtig zu sein, und ich spüre, wie meine Verärgerung über ihre Bemerkung, Ana könnte hinter meinem Geld her sein, verraucht. Vielleicht ist sie ja tatsächlich nur besorgt. Andererseits haben sie keine Ahnung, wer Ana wirklich ist. Fest steht, dass ich noch nie mit einer Frau zu tun hatte, der Geld so wenig bedeutet.

Wir gehen um das Haus herum, wo zahlreiche Autos auf die Gäste warten. Ana reibt sich mit den Händen über die Arme. »Ist dir warm genug?«, frage ich sie.

»Ja, danke.«

»Ich habe diesen Abend wirklich sehr genossen, Anastasia. Danke.«

»Ich auch. Manche Teile mehr als andere«, erwidert sie – es liegt auf der Hand, dass sie auf unser kleines Abenteuer in meinem Zimmer anspielt.

»Kau nicht auf deiner Lippe«, warne ich sie.

»Was hast du vorhin mit dem großen Tag morgen gemeint?«, will sie wissen.

»Dr. Greene kommt mit einer Alternative für die Pille. Außerdem habe ich eine Überraschung für dich.«

»Dr. Greene?«

»Ja.«

»Warum?«

»Ich hasse Kondome.«

»Es ist mein Körper«, murmelt sie.

»Meiner auch«, sage ich leise.

Ana. Bitte. Ich hasse die Dinger.

Ihre Augen glitzern im sanften Schein der Lampions. Ich frage mich, ob sie es darauf ankommen lässt und diese Debatte weiterführen wird. Sie hebt die Hand. Ich zucke zusammen. Sie zieht an den Enden meiner Fliege, so dass sie sich löst, dann öffnet sie mit sanften Fingern den obersten Knopf meines Hemds. Wie gebannt stehe ich da und sehe sie an.

»So siehst du unglaublich sexy aus«, sagt sie zu meiner Verblüffung.

Ich denke, damit ist das Thema Dr. Greene vom Tisch. »Ich glaube, ich muss dich jetzt heimbringen.«

Der Wagen fährt vor, der Hausdiener steigt aus und reicht Taylor die Schlüssel. Beim Einsteigen reicht mir einer der Leibwächter, Sawyer, ein Kuvert mit Anas Namen darauf.

Ich reiche ihn ihr ungeöffnet. »Für dich. Einer der Bediensteten hat es Sawyer gegeben. Bestimmt von einem Verehrer.« Die Handschrift kommt mir bekannt vor. Taylor schließt sich den Wagen an, die die Einfahrt hinabrollen. Ana reißt den Umschlag auf, zieht eine Karte heraus und überfliegt sie.

»Du hast es ihr gesagt?«, ruft sie.

»Wem habe ich was gesagt?«

»Dass ich sie Mrs. Robinson nenne.«

»Der Umschlag ist von Elena? Das ist absurd.« Ich habe Elena doch gesagt, sie soll Ana in Frieden lassen. Wieso missachtet sie meine Anweisung? Und was schreibt sie Ana? Was zum Teufel ist ihr Problem? »Ich kümmere mich morgen darum. Oder am Montag.« Eigentlich würde ich die Nachricht gern lesen, aber Ana macht keine Anstalten, sie mir zu zeigen, sondern steckt die in ihre Handtasche und zieht die Silberkugeln heraus.

»Bis zum nächsten Mal«, sagt sie leise.

Zum nächsten Mal?

Das sind erfreuliche Nachrichten. Ich drücke ihre Hand. Sie erwidert die Geste, während sie aus dem Fenster in die Dunkelheit blickt.

Als wir über die Brücke der State Route 520 fahren, ist sie eingeschlafen. Wow. Heute ist so viel passiert. Ich bin ebenfalls müde, deshalb lasse ich den Kopf gegen die Nackenstütze sinken und gestatte mir für einen Augenblick, die Augen zu schließen.

Was für ein Tag!
Ana und der Scheck. Ihr Wutausbruch. Ihre Halsstarrigkeit. Der Lippenstift. Der Sex.
Ja, der Sex.
Und natürlich muss ich mir überlegen, wie ich mit der Sorge meiner Mutter umgehen soll, die Ana offensichtlich für eine Opportunistin hält, die es lediglich auf mein Vermögen abgesehen hat.
Und dann ist da noch Elena, die sich in meine Beziehung einmischt und Unfrieden stiftet. Was zum Teufel soll ich im Hinblick auf sie unternehmen?
Einen Moment lang betrachte ich mein Gesicht, das sich in der Fensterscheibe spiegelt. Eine fahle, verzerrte Fratze starrt mich an und verschwindet erst, als der Wagen von der I-5 auf die hell erleuchtete Stewart Street einbiegt. Gleich sind wir zu Hause.
Ana schläft immer noch, als wir vor dem Escala halten. Sawyer springt heraus und öffnet die Tür.
»Muss ich dich reintragen?«, frage ich Ana und drücke vorsichtig ihre Hand. Sie schlägt die Augen auf und blickt mich schlaftrunken an, dann schüttelt sie den Kopf. Sawyer geht vor uns her ins Foyer, während Taylor den Wagen in die Garage fährt.
Im Aufzug lehnt Ana sich mit geschlossenen Augen an mich.
»War ein langer Tag, nicht wahr, Anastasia?«
Sie nickt.
»Du bist nicht gerade gesprächig.«
Wieder nickt sie, und ich muss lächeln.
»Komm. Ich bringe dich ins Bett.« Meine Hand fest um die ihre gelegt treten wir aus dem Aufzug, bleiben aber sofort stehen, als Sawyer die Hand hebt. Ich verstärke meinen Griff um Anas Hand.
Was ist hier los?
»In Ordnung, Taylor«, sagt Sawyer und dreht sich zu uns um. »Mr. Grey, die Reifen von Miss Steeles Audi sind zerstochen, und er ist voller Farbe.«

Ana schnappt nach Luft.
Was?
Irgendein schwachsinniger Vandale ist in die Garage eingedrungen, ist mein erster Gedanke, doch dann fällt mir Leila wieder ein.
Was zum Teufel hat sie getan?
»Taylor befürchtet, dass der Übeltäter in die Wohnung eingedrungen und nach wie vor hier sein könnte. Er will sich vergewissern«, fährt Sawyer fort.
Wie kann jemand in die Wohnung eingedrungen sein?
»Verstehe. Wie sieht Taylors Plan aus?«, frage ich leise.
»Er fährt mit Ryan und Reynolds mit dem Lastenaufzug nach oben. Sie durchsuchen die Wohnung und sagen Bescheid, ob alles in Ordnung ist. Ich soll bei Ihnen warten, Sir.«
»Danke, Sawyer.« Ich drücke Ana fester an mich. »Was für ein Tag.« Leila kann sich unmöglich Zugang zum Apartment verschafft haben. Oder?

Mir fallen die Momente wieder ein, in denen ich dachte, ich hätte irgendetwas aus dem Augenwinkel wahrgenommen... Momente, in denen ich aufgewacht bin, weil es sich anfühlte, als würde mir jemand das Haar zerzausen, nur um Ana tief und fest schlafend neben mir vorzufinden. Leiser Zweifel regt sich in mir.
Mist!
Sollte Leila tatsächlich in der Nähe sein, muss ich es wissen. Ich kann mir nicht vorstellen, dass sie mir etwas tun würde, aber trotzdem. Ich drücke Ana einen Kuss aufs Haar. »Ich kann hier nicht herumstehen und warten. Sawyer, passen Sie auf Miss Steele auf. Lassen Sie sie erst herein, wenn Taylor Entwarnung gegeben hat. Bestimmt übertreibt er. Sie kann nicht in die Wohnung eingedrungen sein.«

»Nein, Christian, bleib bei mir.« Ana klammert sich an meiner Hand fest.

»Tu, was ich dir sage, Anastasia. Warte hier«, befehle ich strenger als beabsichtigt. Sie lässt meine Hand los. »Sawyer?« Er steht vor mir, weiß offensichtlich nicht, wie er sich verhalten soll. Ich werfe ihm einen scharfen Blick zu, worauf er die Doppeltüren zum Apartment öffnet und mich eintreten lässt, ehe er sie hinter mir schließt.

Es ist dunkel und still im Vorraum. Ich stehe da, lausche angestrengt, doch alles, was ich höre, ist der Wind, der um das Gebäude fegt, und das Summen der elektrischen Geräte in der Küche. Irgendwo unten auf der Straße heult eine Polizeisirene, ansonsten herrscht die Stille, wie ich sie vom Escala gewöhnt bin.

Wo würde Leila hingehen, wenn sie hier wäre?

Das Spielzimmer, ist mein erster Gedanke. Gerade als ich die Treppe hinauflaufen will, höre ich ein Rumpeln und das leise Ping des Serviceaufzugs. Taylor und die beiden anderen Security-Jungs steigen, die Waffen im Anschlag, aus dem Aufzug – es ist ein Szenario wie aus einem Actionfilm.

»Sind die unbedingt nötig?«, frage ich Taylor.

»Wir ergreifen nur die notwendigen Maßnahmen, Sir.«

»Ich glaube nicht, dass sie hier ist.«

»Wir führen trotzdem eine kurze Durchsuchung des Apartments durch.«

»Okay«, willige ich ein. »Ich sehe oben nach.«

»Ich komme mit Ihnen, Mr. Grey.« Ich finde Taylors Sorge um meine Sicherheit ein bisschen übertrieben.

Er erteilt den beiden anderen ein paar Anweisungen, worauf sie sich an die Arbeit machen. Ich schalte unterdessen sämtliche Lichter ein, so dass das Wohnzimmer und die Diele hell erleuchtet sind, und gehe gemeinsam mit Taylor nach oben.

Er arbeitet effizient und gründlich, sieht unter dem Himmelbett nach, unterm Tisch und sogar unter dem Sofa im Spielzimmer, ehe er das Sub-Zimmer und die restlichen Räume einer weiteren Durchsuchung unterzieht. Doch es findet sich kein Hinweis auf einen Eindringling. Als Nächstes folgen seine und Mrs. Jones' Räume, während ich nach unten gehe. Mein Bade- und das Ankleidezimmer sind leer, ebenso mein Schlafzimmer. Obwohl ich mir wie ein Idiot vorkomme, gehe ich auf die Knie und sehe unterm Bett nach.

Nichts.

Nicht einmal ein Staubkorn. Mrs. Jones leistet wirklich erstklassige Arbeit.

Die Balkontür ist verschlossen. Ich öffne sie und trete hinaus, es weht eine frische Brise. Die dunkle Stadt erstreckt sich unter mir, gedämpfter Verkehrslärm dringt herauf, gepaart mit dem leisen Stöhnen des Windes. Mehr nicht. Ich gehe wieder hinein und schließe die Tür ab.

Taylor kommt die Treppe herunter. »Sie ist nicht hier.«

»Sie glauben, es ist Leila?«

»Ja, Sir.« Er presst die Lippen zu einer schmalen Linie zusammen. »Stört es Sie, wenn ich Ihr Zimmer noch überprüfe?«

Ich habe es ja gerade erst gecheckt, aber ich bin zu erschöpft, um Nein zu sagen. »Tun Sie Ihre Arbeit.«

»Ich will sämtliche Schränke und dergleichen überprüfen«, erklärt er.

»Gut.« Was für ein Schlamassel! Ich schüttle den Kopf und gehe zur Tür, um Ana hereinzuholen, die immer noch mit Sawyer draußen steht. Instinktiv hebt er die Waffe an, lässt sie jedoch wieder sinken, als er mich sieht.

»Alles in Ordnung«, sage ich, worauf er seine Pistole ins Holster zurückschiebt. »Taylor übertreibt.« Ich wende mich Ana zu, die wie angewurzelt dasteht. Sie ist kreidebleich. Erst jetzt wird mir bewusst, wie groß ihre Angst sein muss.

»Alles okay, Baby.« Ich nehme sie in die Arme und drücke ihr einen Kuss aufs Haar. »Komm ins Bett. Du bist müde.«

»Ich habe mir solche Sorgen gemacht«, sagt sie.

»Ich weiß. Wir sind alle etwas nervös.«

Sawyer ist verschwunden. Vermutlich ist er hineingegangen.

»Ehrlich, Mr. Grey, Ihre Exfreundinnen erweisen sich als ziemliche Herausforderung«, sagt sie.

Ja, das stimmt.« Und ich kann ihr tatsächlich nur recht geben. Ich gehe voran ins Wohnzimmer. »Taylor und seine Männer überprüfen sämtliche Schränke. Ich glaube nicht, dass sie hier ist.«

»Warum sollte sie hier sein? Das ergibt keinen Sinn«, sagt Ana besorgt, worauf ich ihr versichere, dass Taylor sehr gewissenhaft vorgeht und wir jeden Winkel abgesucht haben, selbst das Spielzimmer. Ich frage sie, ob sie etwas trinken will, um sich ein wenig zu beruhigen, aber sie lehnt ab. »Geh schlafen. Du siehst erschöpft aus.«

Ich gehe voran in mein Schlafzimmer. Sie kippt den Inhalt ihrer Abendtasche auf die Kommode. »Hier.« Sie reicht mir Elenas Brief. »Keine Ahnung, ob du ihn lesen willst. Ich werde nicht darauf eingehen.«

Anastasia,

vielleicht habe ich Sie falsch eingeschätzt. Und Sie täuschen sich definitiv in mir. Rufen Sie mich an, wenn Sie mehr erfahren wollen – wir könnten uns zum Lunch treffen. Christian möchte nicht, dass ich mit Ihnen spreche, doch ich würde Ihnen sehr gern helfen. Bitte verstehen Sie mich nicht falsch, ich gebe Ihnen wirklich meinen Segen, aber wenn Sie ihm wehtun ... Er hat genug Verletzungen erlitten. Rufen Sie mich an unter der Nummer (206) 279-6261.

Mrs. Robinson

Ich spüre Wut in mir aufsteigen.

Ist das eines von Elenas Spielchen?

»Ich wüsste nicht, welche Informationen sie dir geben könnte.« Ich stecke die Nachricht in die Hosentasche. »Komm, ich mach dir den Reißverschluss von deinem Kleid auf.« Ich muss dringend mit Taylor reden.

»Wirst du die Polizei wegen dem Wagen benachrichtigen?«, fragt sie und dreht sich um.

»Nein, ich werde die Polizei nicht verständigen. Leila braucht Hilfe, keine Polizei. Wir müssen unsere Bemühungen, sie zu finden, verdoppeln.« Ich küsse sie sanft auf die Schulter. »Geh ins Bett.«

In der Küche schenke ich mir ein Glas Wasser ein.

Was zum Teufel passiert hier gerade? Meine ganze Welt scheint zu implodieren. Gerade jetzt, wo ich mich mit Ana versöhnt habe, droht mich meine Vergangenheit in Gestalt von Leila und Elena einzuholen. Einen Moment lang überlege ich, ob die beiden sich womöglich gemeinsam gegen mich verschworen haben, doch dann siegt meine Vernunft. Das ist paranoid. Was für eine absurde Idee. So verrückt ist Elena nicht.

Ich fahre mir mit der Hand übers Gesicht.

Aber weshalb sollte Leila es auf mich abgesehen haben?

Aus Eifersucht?

Sie wollte mehr. Ich aber nicht.

Ich hätte unsere Beziehung, wie sie war, mit Freuden weitergeführt... Sie war diejenige, die sie beendet hat.

»Darf ich offen sprechen, Meister?«, fragt Leila. Sie sitzt in einem atemberaubenden La-Perla-Spitzeneinteiler zu meiner Rechten am Esstisch.

»Natürlich.«

»Ich entwickle Gefühle für Sie. Ich hatte gehofft, dass Sie mich zu der Ihren machen und ich für jetzt und immerdar an Ihrer Seite bleiben dürfte.«

Zu der Meinen machen? Für jetzt und immerdar? Was ist das für ein altmodischer Quatsch?

»Aber ich glaube, dieser Traum wird niemals in Erfüllung gehen«, fährt sie fort.

»Leila. Wir haben das doch besprochen. Du weißt, dass das nichts für mich ist.«

»Aber Sie sind so einsam. Das sehe ich doch.«

»Einsam? Ich? Das sehe ich anders. Ich habe meine Arbeit. Meine Familie. Und dich.«

»Aber ich will mehr, Meister.«

»Ich kann dir nicht mehr geben. Das weißt du.«

»Ich verstehe.« Sie sieht mich an. Ihre bernsteinfarbenen Augen

sind direkt auf mich gerichtet. Sie hat die vierte Wand durchbrochen – niemals zuvor hat sie mich ohne Erlaubnis angesehen. Aber ich schimpfe deswegen nicht mit ihr.

»Ich kann das nicht. So etwas entspricht ganz einfach nicht meinem Naturell.« *Ich war ihr gegenüber immer aufrichtig, habe keine Geheimnisse vor ihr.*

»Ich denke sehr wohl, dass es Ihrem Naturell entspricht, Sir. Aber vielleicht bin ich eben nicht diejenige, die es Ihnen begreiflich macht.« *Ihre Stimme klingt traurig. Sie blickt auf ihren leeren Teller.* »Ich möchte unsere Beziehung gern beenden.«

Damit habe ich nicht gerechnet. »Bist du sicher? Leila, das ist eine schwerwiegende Entscheidung. Ich würde unser Arrangement gern weiterführen.«

»Ich kann das nicht mehr, Meister.« *Beim letzten Wort bricht ihre Stimme. Ich weiß nicht, was ich sagen soll.* »Ich kann einfach nicht«, *flüstert sie und räuspert sich.*

»Leila…« *Ich halte inne. Ihre Emotionalität schockiert mich. Bislang war sie eine erstklassige Sub, und ich dachte immer, wir würden perfekt zueinander passen.* »Ich würde sehr bedauern, wenn es zu Ende wäre«, *sage ich wahrheitsgetreu.* »Ich habe unsere Zeit zusammen sehr genossen, und ich hoffe, du ebenso.«

»Ich würde es ebenfalls bedauern, Sir. Das, was wir hatten, habe ich über alle Maßen genossen. Ich hatte gehofft…« *Ihre Stimme verklingt, und sie lächelt traurig.*

»Ich wünschte, ich würde anders empfinden.« *Aber ich tue es nicht. Eine dauerhafte Beziehung kommt für mich nicht infrage.*

»Sie haben mir niemals Hoffnungen dahingehend gemacht«, *sagt sie leise.*

»Es tut mir leid. Du hast recht. Lass es uns beenden, wenn es das ist, was du willst. Es ist das Beste, vor allem, wenn du Gefühle für mich entwickelt hast.«

Taylor und seine Männer kehren in die Küche zurück. »Kein Hinweis auf Leila, Sir«, sagt Taylor.

»Ich hatte auch nichts anderes erwartet, aber danke fürs Nachsehen.«

»Wir werden ab sofort die Kameras überwachen. Ryan übernimmt die erste Schicht, Sawyer und Reynolds legen sich schlafen.«

»Gut. Und Sie sollten das auch tun.«

»Ja, Mr. Grey. Gentlemen.« Taylor entlässt die drei Männer.

»Gute Nacht.«

Als sie gegangen sind, wendet Taylor sich mir zu. »Der Wagen ist völlig im Eimer, Sir.«

»Totalschaden?«

»Ich fürchte, ja. Sie hat ganze Arbeit geleistet.«

»Falls es Leila überhaupt war.«

»Ich werde gleich morgen früh mit der Gebäudeverwaltung sprechen und dafür sorgen, dass wir die Überwachungsvideos ansehen können. Haben Sie vor, die Polizei einzuschalten?«

»Noch nicht.«

»Okay.« Taylor nickt.

»Ana braucht einen neuen Wagen. Würden Sie sich mit Audi in Verbindung setzen?«

»Ja, Sir. Das Wrack lassen wir sobald wie möglich abholen.«

»Danke.«

»Sonst noch etwas, Mr. Grey?«

»Nein. Danke. Ruhen Sie sich etwas aus.«

»Gute Nacht, Sir.«

»Gute Nacht.«

Als Taylor verschwunden ist, gehe ich in mein Arbeitszimmer. Ich bin hellwach. An Schlaf ist nicht zu denken. Ich überlege, ob ich Welch anrufen und ihn auf den neuesten Stand bringen soll, aber es ist viel zu spät dafür. Ich ziehe mein Jackett aus, hänge es über die Stuhllehne und setze mich an den Computer, um ihm eine E-Mail zu schreiben.

Gerade als ich auf »Senden« drücke, leuchtet das Display meines Telefons auf. Elena.

Was jetzt?

Ich gehe ran. »Was soll das?«, frage ich.

»Christian!« Sie klingt überrascht.

»Wieso rufst du um diese Uhrzeit an? Ich habe dir nichts mitzuteilen.«

Sie seufzt. »Ich wollte nur...« Sie unterbricht sich und schlägt einen anderen Ton an. »Ich wollte dir eigentlich eine Nachricht hinterlassen.«

»Tja, das kannst du mir ja nun direkt sagen«, erwidere ich und registriere, dass ich Mühe habe, meine Verärgerung zu unterdrücken.

»Du bist wütend auf mich. Ich höre es an deiner Stimme. Falls es um meine Nachricht geht, solltest du...«

»Nein, du hörst mir jetzt zu. Ich habe dich gebeten, und jetzt sage ich es dir klipp und klar: Lass sie in Ruhe. Sie hat nichts mit dir gemein. Hast du das verstanden?«

»Christian, ich will doch nur dein Bestes.«

»Ich weiß, trotzdem meine ich es ernst, Elena. Lass sie verdammt noch mal in Ruhe. Oder brauchst du es schriftlich mit Durchschlag? Lass die Finger von ihr, hast du mich verstanden?«

»Ja. Ja. Es tut mir leid.« So zerknirscht habe ich sie noch nie erlebt. Sie so kleinlaut zu erleben hilft, meine Wut etwas zu bändigen.

»Na dann. Gute Nacht.« Ich lege auf und knalle das Handy auf den Tisch. Diese verdammte Unruhestifterin. Ich stütze den Kopf in meine Hände.

Ich bin so verdammt müde.

Es klopft an der Tür.

»Was?«, rufe ich und sehe auf. Es ist Ana. Sie trägt mein T-Shirt, ansonsten scheint sie nur aus endlosen Beinen und riesigen Augen zu bestehen. Sie hat sich in die Höhle des Löwen gewagt.

O Ana.

»Du solltest dich in Satin und Seide kleiden, Ana. Aber auch in meinem T-Shirt bist du wunderschön.«

»Du fehlst mir. Komm ins Bett.«

Wie soll ich bei dem Chaos schlafen? Ich stehe auf und trete um den Schreibtisch herum auf sie zu. Was, wenn Leila versuchen sollte, ihr etwas anzutun? Was, wenn es ihr sogar gelingt? Wie könnte ich jemals mit dieser Schuld leben?

»Weißt du, was du mir bedeutest? Wenn dir durch meine Schuld etwas zustoßen würde...« Ich verstumme, als das vertraute unangenehme Gefühl sich in meiner Brust ausbreitet, dieser dicke Kloß in meinem Hals, der mir die Luft abschnürt.

»Mir passiert schon nichts.« Sie streichelt meine Wange und krault meine Barstoppeln. »Dein Bart wächst so schnell.« Leises Staunen schwingt in ihrem Tonfall mit. Ich liebe die sanfte Berührung ihrer Finger, sie ist so sinnlich, so tröstlich, so beruhigend. Sie bezähmt die Dunkelheit in mir. Mit dem Daumen streicht sie über meine Unterlippe, während ihre Augen der Bewegung folgen. Ihre Pupillen sind riesig, und zwischen ihren Brauen hat sich wieder dieses V eingegraben, wie immer, wenn sie sich konzentriert. Sie lässt ihren Daumen weiterwandern, von meiner Unterlippe über mein Kinn, dann an meinem Hals entlang, bis zu der Stelle, wo sich der Stoff meines Hemds teilt.

Was macht sie da?

Ihr Finger wandert an meinem Hals entlang. Ich vermute, sie zeichnet die Lippenstiftspur nach. Ich schließe die Augen, warte darauf, dass sich die Dunkelheit wieder über mich senkt, mich zu verschlingen droht. Ihre Finger berühren mein Hemd.

»Ich werde dich nicht anfassen. Ich will nur dein Hemd aufknöpfen«, sagt sie.

Ich schlage die Augen auf, sorgsam darauf bedacht, meine Panik in Schach zu halten und mich auf ihr Gesicht zu konzentrieren. Ich mache keine Anstalten, ihr Einhalt zu gebieten. Der Stoff löst sich von meiner Haut, als sie den zweiten Knopf öffnet, dann den nächsten und noch einen und noch einen weiteren. Ich wage es kaum zu atmen, während ich meine Angst zu unterdrücken versuche. Mein ganzer Körper ist stocksteif, gespannt wie eine Feder.

Bitte, fass mich nicht an.
Bitte, Ana.
Sie öffnet den nächsten Knopf und lächelt mich an. »Zurück auf vertrautem Gebiet«, bemerkt sie und streicht über die Linien, die sie vor Stunden gezeichnet hat. Instinktiv spanne ich mein Zwerchfell an.

Sie öffnet den letzten Knopf und schiebt mein Hemd vollends auf, während ich meinen angehaltenen Atem ausstoße. Sie wendet sich den Ärmeln zu und öffnet zuerst die linke, dann die rechte Manschette. »Darf ich dir aus dem Hemd helfen?«, fragt sie.

Völlig entwaffnet nicke ich nur, worauf sie mir das Hemd von den Schultern streift. Sie sieht mich an, scheint hochzufrieden mit sich und ihrem Werk zu sein. Halb nackt stehe ich vor ihr.

Allmählich entspanne ich mich.

So schlimm war es gar nicht.

»Was ist mit meiner Hose, Miss Steele?« Es gelingt mir, ein süffisantes Lächeln aufzusetzen.

»Im Schlafzimmer.«

»Tatsächlich? Miss Steele, Sie sind wirklich unersättlich.«

»Warum wohl?« Sie nimmt meine Hand, und ich lasse mich vom Wohnzimmer durch den Korridor in mein Schlafzimmer führen, wo uns kalte Luft umfängt. Meine Brustwarzen richten sich auf.

»Du hast die Balkontür aufgemacht?«, frage ich.

»Nein«, erwidert Ana und blickt erschrocken zu der geöffneten Tür, ehe sie sich wieder mir zuwendet. Sie ist kreidebleich.

»Was?« Ich spüre, wie sich sämtliche Härchen auf meinem Körper aufrichten – und es liegt nicht an der Kälte.

»Als ich aufgewacht bin, war jemand hier drin«, flüstert sie. »Ich dachte, ich hätte mir das bloß eingebildet.«

»Was?« Ich lasse den Blick durchs Zimmer schweifen, dann laufe ich zur Balkontür und sehe hinaus. Da ist niemand. Aber ich erinnere mich genau, dass ich sie vorhin abgeschlossen habe. Und Ana geht sonst nie auf den Balkon. Ich schließe die Tür erneut ab.

»Bist du sicher? Wer?«

»Ich glaube, eine Frau. Es war dunkel, und ich war noch im Halbschlaf.«

Fuck!

»Zieh dich an«, befehle ich. Auf der Stelle. Warum zum Teufel hat sie mir das nicht gleich gesagt, als sie ins Arbeitszimmer gekommen ist? Ich muss sie hier rausschaffen.

»Meine Sachen sind oben«, jammert sie.

Ich hole aus einer Kommodenschublade eine Jogginghose heraus. »Zieh die an.« Ich werfe sie ihr zu, zerre ein T-Shirt heraus und streife es mir eilig über, dann schnappe ich mein Telefon.

»Mr. Grey?«, sagt Taylor.

»Verdammt, sie ist hier«, belle ich.

»Scheiße«, flucht Taylor und legt auf.

Augenblicke später stürmt er gemeinsam mit Reynolds herein.

»Ana sagt, sie hätte jemanden gesehen. Eine Frau. Sie ist zu mir ins Arbeitszimmer gekommen, hat es mir aber erst jetzt erzählt.« Ich werfe ihr einen scharfen Blick zu. »Als wir hereingekommen sind, stand die Balkontür offen. Ich erinnere mich aber, dass ich sie zugemacht und abgeschlossen habe, nachdem ich vorhin hier war. Es ist Leila. Ich weiß es einfach.«

»Wie lange ist das her?«, fragt Taylor Ana.

»Etwa zehn Minuten«, antwortete sie.

»Sie kennt die Wohnung wie ihre Westentasche. Ich bringe Ana weg. Sie versteckt sich hier irgendwo. Finden Sie sie. Wann kommt Gail wieder?«, frage ich.

»Morgen Abend, Sir.«

»Sie darf keinen Fuß in die Wohnung setzen, bevor diese nicht gründlich überprüft ist. Verstanden?«

»Ja, Sir. Wollen Sie nach Bellevue?«, fragt Taylor.

»Ich werde meine Eltern nicht in die Sache hineinziehen. Reservieren Sie irgendwo was für mich.«

»Ja. Ich gebe Ihnen telefonisch Bescheid.«

»Reagieren wir nicht alle ein bisschen über?«, schaltet Ana sich ein.

»Sie könnte eine Waffe haben«, gebe ich barsch zurück.

»Christian, sie stand am Fußende des Betts und hätte mich ganz leicht erschießen können, wenn sie das gewollt hätte.«

Ich hole tief Luft. Jetzt heißt es Nerven bewahren. »Ich bin nicht bereit, das Risiko einzugehen. Taylor, Anastasia braucht Schuhe.«

Taylor verlässt den Raum, während Reynolds bei uns bleibt.

Ich trete in den begehbaren Kleiderschrank, schlüpfe aus meiner Hose und in eine Jeans, ziehe ein Jackett an. Dann hole ich die Kondome aus meiner Anzughose hervor und lasse sie in meiner Jeanstasche verschwinden, ehe ich eilig ein paar Sachen zusammenpacke. In letzter Sekunde ziehe ich meine Jeansjacke vom Bügel.

Ana steht immer noch wie angewurzelt da. Meine Jogginghosen sind ihr viel zu weit, aber es bleibt keine Zeit für sie zum Umziehen. Ich lege ihr die Jeansjacke um die Schultern und nehme sie bei der Hand.

»Komm.«

Wir gehen ins Wohnzimmer, um auf Taylor zu warten.

»Ich kann mir nicht vorstellen, dass sie sich hier irgendwo versteckt hält«, sagt Ana.

»Es ist eine große Wohnung. Du weißt nicht, wie groß.«

»Wieso rufst du sie nicht einfach an und sagst ihr, dass du mit ihr reden möchtest?«

»Anastasia, sie ist psychisch labil und hat möglicherweise eine Waffe.«

»Das heißt, wir laufen einfach weg?«

»Erst einmal – ja.«

»Angenommen, sie versucht, Taylor zu erschießen?«

Großer Gott, ich kann nur hoffen, dass das nicht passiert.

»Taylor kennt sich mit Waffen aus. Er ist allemal schneller als sie.«

»Ray war beim Militär und hat mir das Schießen beigebracht.«

»Du mit einer Waffe?«, frage ich entsetzt. Ich hasse Waffen.

»Ja.« Sie klingt ein wenig gekränkt. »Ich kann schießen, Mr. Grey, also nehmen Sie sich vor mir in Acht. Sie müssen sich nicht nur über verrückte Ex-Subs Gedanken machen.«

»Das werde ich im Hinterkopf behalten, Miss Steele.«

Taylor kommt die Treppe herunter, und wir gehen hinaus in die Diele. Er reicht Ana ein Köfferchen und ihre Converse Sneakers. Zu seiner Verblüffung – und meiner eigenen – schlingt sie spontan die Arme um ihn. »Seien Sie vorsichtig«, sagt sie zu ihm.

»Ja, Miss Steele«, murmelt er sichtlich verlegen, zugleich erfreut über ihr Mitgefühl und ihre spontane Zuneigungsbekundung. Er rückt seine Krawatte gerade.

»Sagen Sie mir, wo ich hinmuss«, will ich von ihm wissen.

Taylor zieht seine Brieftasche heraus und reicht mir seine Kreditkarte. »Die werden Sie dort brauchen«, sagt er.

Holla. Er nimmt das Ganze sehr ernst. »Gut mitgedacht.«

Ryan tritt zu uns. »Sawyer und Reynolds haben nichts gefunden«, sagt er.

»Begleiten Sie Mr. Grey und Miss Steele zur Garage«, weist Taylor ihn an.

Wir steigen in den Aufzug, wo Ana die Gelegenheit nutzt, sich ihre Sneakers anzuziehen. Sie sieht ein bisschen seltsam in meiner Jogginghose und der Jeansjacke aus, doch so süß ich ihr Aussehen finde, kann ich der Situation so gar nichts Komisches abgewinnen. Tatsache ist, dass ich sie in Gefahr gebracht habe.

Ana wird blass, als sie ihren Audi sieht. Er ist völlig ruiniert – die Windschutzscheibe ist zertrümmert, die Karosserie verbeult und mit weißer Farbe beschmiert. Mir stockt das Blut in den Adern, trotzdem reiße ich mich um Anas Willen zusammen. Eilig schiebe ich sie in den R8. Als ich neben ihr einsteige, blickt sie stur geradeaus – der Anblick ihres zerstörten Wagens ist eindeutig zu viel für sie.

»Am Montag wird ein neues Auto geliefert«, sage ich zu ihr, in der Hoffnung, dass sie sich ein wenig besser fühlt. Ich lasse den Motor an und schnalle mich an.

»Woher konnte sie wissen, dass das mein Wagen ist?«, fragt sie.

Ich seufze. Meine Antwort wird ihr gar nicht gefallen. »Sie hatte auch einen Audi A3. Das Modell kaufe ich allen meinen Sklavinnen – es ist eines der sichersten seiner Klasse.«

»Dann war es also doch kein richtiges Geschenk zum Abschluss«, sagt sie leise.

»Anastasia, meinen Hoffnungen zum Trotz bist du nie meine Sub gewesen, also handelt es sich faktisch um ein Abschlussgeschenk.« Ich stoße rückwärts aus der Parklücke und fahre zur Einfahrt, wo wir kurz warten müssen, bis die Schranke hochgeht.

»Machst du dir nach wie vor Hoffnungen?«, fragt sie.

Was?

Das Autotelefon summt. Ich hebe ab. »Grey.«

»Fairmont Olympic. Auf meinen Namen«, sagt Taylor.

»Danke, Taylor. Und, Taylor, seien Sie vorsichtig.«

»Ja, Sir.« Er legt auf.

Es ist ruhig auf den Straßen. Geradezu unheimlich. Das ist einer der Vorteile, um drei Uhr früh in der Stadt unterwegs zu sein. Ich mache einen Umweg über die I-5, nur für den Fall, dass Leila uns folgt. Alle paar Minuten blicke ich beklommen in den Rückspiegel.

Alles ist komplett außer Kontrolle geraten. Leila könnte sich als gefährlich erweisen. Trotzdem. Sie hatte die Gelegenheit, Ana zu verletzen, hat es aber nicht getan. Während unserer gemeinsamen Zeit habe ich sie als sanftmütige Frau kennengelernt, kreativ, klug und verschmitzt. Und die Trennung von mir war lediglich eine Maßnahme, um sich selbst zu schützen, wofür ich sie bewundert habe. Sie war niemals destruktiv, nicht einmal sich selbst gegenüber, bis sie im Escala aufgetaucht ist und sich vor den Augen von Mrs. Jones Augen die Pulsadern aufgeschnitten hat. Und jetzt.

Sie ist nicht sie selbst.

Deshalb will ich lieber nicht darauf wetten, dass sie Ana nichts tun würde.

Wie könnte ich jemals mit dieser Schuld weiterleben?

Ana ertrinkt fast in meinen Kleidern. Sie wirkt so klein und so unglücklich. Sie hat mir eine Frage gestellt, die ich jedoch nicht beantwortet habe, weil wir unterbrochen wurden. Sie will wissen, ob ich immer noch darauf hoffe, dass sie meine Sklavin wird.

Wie kann sie so etwas fragen?

Du musst sie beruhigen, Grey.

»Nein. Darauf mache ich mir keine Hoffnungen mehr. Ich dachte, das wäre klar.«

Sie wendet sich mir zu und zieht die Jacke enger um sich, was sie noch kleiner wirken lässt. »Ich habe Angst, dass ich dir nicht genüge.«

Wie kommt sie jetzt darauf? »Du bist mehr als genug. Ana, wie soll ich dir das noch beweisen?«

Sie fummelt an einem Knopf an der Jeansjacke herum. »Warum hast du befürchtet, dass ich dich verlasse, als ich dir vorgeflunkert habe, Dr. Flynn hätte mir alles über dich erzählt?«, fragt sie.

Darüber denkt sie also die ganze Zeit nach?

Bleib vage, Grey.

»Du hast keine Ahnung, wie verdorben ich bin, Anastasia. Und du sollst es auch nicht erfahren.«

»Meinst du wirklich, ich würde dich verlassen, wenn ich es wüsste? Hast du so wenig Vertrauen zu mir?«

»Ich weiß, dass du gehen würdest.« Die Vorstellung ist unerträglich.

»Christian, das glaube ich nicht. Ich kann mir ein Leben ohne dich nicht vorstellen.«

»Du hast mich schon einmal verlassen – das möchte ich nicht wieder erleben.«

Sie wird blass und fummelt am Zugband meiner Jogginghose herum.

Ja genau. Du hast mir wehgetan.

Und ich dir…

»Elena hat gesagt, sie hätte sich letzten Samstag mit dir getroffen.«

Nein. Das ist Blödsinn. »Das stimmt nicht.«

»Du bist also, nachdem ich dich verlassen habe, nicht zu ihr gegangen?«

»Nein. Das habe ich dir doch schon gesagt. Ich mag es nicht, wenn jemand meine Aussagen anzweifelt.« Mir wird bewusst, dass ich meine Wut gerade an ihr auslasse, deshalb schlage ich einen etwas sanfteren Tonfall an. »Ich habe letztes Wochenende den Segelflieger von dir zusammengebaut und ziemlich lange dafür gebraucht.«

Ana blickt auf ihre Hände. Sie zerrt immer noch am Gummizug herum.

»Elena denkt, ich würde mit all meinen Problemen zu ihr laufen, aber das stimmt nicht, Anastasia. Ich laufe zu niemandem. Dir dürfte aufgefallen sein, dass ich mich nicht jedem öffne.«

»Carrick hat mir erzählt, dass du zwei Jahre lang nicht gesprochen hast.«

»Hat er das?« Wieso kann meine Familie nicht einfach den Mund halten?

»Ich hab ihn ausgefragt«, gesteht sie.

»Und was hat Daddy noch gesagt?«

»Dass deine Mom Dienst hatte und dich untersuchte, als man dich damals ins Krankenhaus gebracht hat. Und dass das Klavierspielen und Mia dir geholfen haben.«

Mia als Baby mit ihrem dichten schwarzen Haarschopf und ihrem blubbernden Lächeln kommt mir in den Sinn. Mia war jemand, den ich beschützen, um den ich mich kümmern konnte. »Sie war ungefähr sechs Monate alt, als sie zu uns gekommen ist. Ich war begeistert, Elliot weniger. Der hatte sich ja schon mit mir auseinandersetzen müssen. Sie war einfach perfekt. Jetzt ist sie das natürlich nicht mehr.«

Zu meiner Verblüffung bricht Ana in belustigtes Kichern aus. Es besänftigt mich augenblicklich.

»Sie finden das amüsant, Miss Steele?«

»Bei dem Fest wollte sie uns unbedingt auseinanderbringen.«

»Ja, das kann sie ziemlich gut.« Sie kann eine echte Nervensäge sein. Sie ist einfach… Mia. Meine kleine Schwester. Ich drücke Anas Knie. »Aber am Ende haben wir es doch geschafft.« Ich lächle kurz, dann blicke ich erneut in den Rückspiegel. »Ich glaube nicht, dass uns jemand folgt.« Ich nehme die nächste Ausfahrt und fahre zurück ins Zentrum.

»Darf ich dir eine Frage über Elena stellen?«, sagt Ana, als ich an einer roten Ampel halte.

»Wenn es sein muss«, erwidere ich, obwohl es mir lieber wäre, sie würde es nicht tun.

»Du hast mir ganz am Anfang gesagt, dass sie dich auf eine Weise liebt, die du annehmen kannst. Wie hast du das gemeint?«

»Liegt das denn nicht auf der Hand?«

»Für mich nicht.«

»Ich konnte damals keinerlei Berührung ertragen. Letztlich kann ich es immer noch nicht. Für einen vierzehn-, fünfzehnjährigen Jungen, den die Hormone plagen, ist das ziemlich schwierig. Sie hat mir eine Möglichkeit gezeigt, Dampf abzulassen.«

»Mia sagt, du hättest dich ständig geprügelt.«

»Herrgott, ist diese Familie geschwätzig. Nein, du bist schuld.« Wieder muss ich an einer roten Ampel halten. »Du entlockst den Menschen Informationen.«

»Mia hat mir das von sich aus gesagt, weil sie Angst hatte, dass du einen Streit anfängst, wenn du es nicht schaffst, mich zu ersteigern«, gibt sie zurück.

»Die Gefahr bestand gar nicht. Ich hätte niemals zugelassen, dass ein anderer mit dir tanzt.«

»Und Dr. Flynn?«

»Bei dem mache ich immer eine Ausnahme.«

Ich biege in die Zufahrt zum Fairmont Olympic Hotel. Ein Hoteldiener eilt herbei.

»Komm«, sage ich, nehme unser Gepäck aus dem Kofferraum und werfe dem eifrigen jungen Mann die Schlüssel zu. »Auf den Namen Taylor«, sage ich zu ihm.

Bis auf eine Frau mit ihrem Hund ist die Lobby leer. Um diese Uhrzeit? Seltsam.

Wir treten an die Rezeption. »Brauchen Sie... Hilfe... mit dem Gepäck, Mr. Taylor?«, erkundigt sich die Rezeptionistin und checkt uns ein.

»Nein, Mrs. Taylor und ich kommen allein zurecht.«

»Wir haben die Cascade Suite im zehnten Stock für Sie reserviert, Mr. Taylor. Unser Page hilft Ihnen mit dem Gepäck.«

»Danke, wir kommen allein zurecht«, wiederhole ich. »Wo sind die Aufzüge?«

Sie erklärt uns den Weg, und wir fahren nach oben.

Taylor hat die größte Suite des Hotels für uns vorbereiten lassen. Zu meinem Erstaunen verfügt sie über zwei Schlafzimmer. Ich überlege, ob Taylor davon ausgeht, dass wir getrennt schlafen, so wie ich es mit meinen Subs in der Vergangenheit stets gehalten habe. Vielleicht sollte ich ihm ja sagen, dass es mit Ana anders ist.

»Ich weiß ja nicht, wie es Ihnen geht, Mrs. Taylor, aber ich könnte einen Drink vertragen«, sage ich, als Ana mir ins Hauptschlafzimmer folgt, wo ich unsere Sachen abstelle, ehe wir ins Wohnzimmer zurückkehren. Hier prasselt ein Kaminfeuer.

Ana wärmt sich die Hände daran, während ich die Drinks einschenke. Sie wirkt blutjung und ist bildschön mit ihrem langen Haar, das im Schein der Flammen rötlich schimmert.

»Armagnac?«

»Ja, bitte.«

Ich reiche ihr ein Brandyglas. »Was für ein Tag.« Ich mustere sie prüfend. Es erstaunt mich, dass sie nach dem ganzen Drama nicht längst in Tränen aufgelöst ist.

»Alles okay«, sagt sie. »Und du?«

Ich bin hellwach.

Besorgt.

Wütend.

Und ich weiß, dass es nur eines gibt, was mich zur Ruhe kommen lässt.

Sie, Miss Steele.
Mein Allheilmittel.
»Ich würde gern das Glas leeren und mich dann, wenn du nicht zu müde dazu bist, im Bett in dir verlieren.«
»Ich denke, das lässt sich machen, Mr. Taylor.« Sie belohnt mich mit einem zurückhaltenden Lächeln.
O Ana, du bist meine Heldin!
Ich ziehe meine Schuhe und Socken aus. »Mrs. Taylor, kauen Sie bitte nicht auf Ihrer Lippe herum«, murmle ich. Sie nippt an ihrem Armagnac und gibt mit geschlossenen Augen ein genüssliches Summen von sich, sanft und sinnlich.
Augenblicklich spüre ich ein Ziehen in den Lenden.
Sie ist unglaublich.
»Du überraschst mich immer wieder, Anastasia. Selbst nach einem Tag wie heute läufst du nicht jammernd oder schreiend davon. Alle Achtung. Du bist eine sehr starke Frau.«
»Und du bist ein guter Grund zu bleiben«, flüstert sie. Das eigentümliche Gefühl in meiner Brust wird stärker, und es jagt mir größere Angst ein als die Dunkelheit. Weil es viel größer ist. Mächtiger. Mit dem Potenzial, mich ernsthaft zu verletzen.
»Ich habe dir doch erklärt, dass ich dich nicht verlasse, Christian«, fährt sie fort. »Du weißt, was ich für dich empfinde.«
O Baby. Würdest du die Wahrheit kennen, wärst du längst fort.
»Wo willst du Josés Porträts von mir aufhängen?«, fragt sie unvermittelt.
»Kommt drauf an«, antworte ich, amüsiert über ihren abrupten Themenwechsel.
»Worauf?«
»Auf die Umstände.« Ich glaube nicht, dass ich den Anblick der Bilder ertragen könnte, wenn sie nicht mehr bei mir ist.
Wenn.
»Die Ausstellung läuft noch, also muss ich mich nicht sofort entscheiden.« Ich habe zwar angefragt, aber noch keine Antwort bekommen, wann die Galerie sie liefert.

Sie mustert mich mit zusammengekniffenen Augen, als würde sie vermuten, dass ich etwas verheimliche.

Ja. Meine Ängste. Die verheimliche ich vor ihr.

»Sie können so streng schauen, wie Sie wollen, Mrs. Taylor. Aus mir bekommen Sie nichts heraus.«

»Vielleicht muss ich die Wahrheit aus Ihnen herausprügeln?«

»Anastasia, keine Versprechungen, die du nicht halten kannst.«

Wieder verengen sich ihre Augen zu Schlitzen, doch diesmal sehe ich ihr an, dass sie belustigt ist. Sie stellt ihr Glas auf den Kaminsims, nimmt mir meines aus der Hand und stellt es daneben. »Das werden wir gleich sehen.« Sie umfasst meine Hand und zerrt mich ins Schlafzimmer.

Ana ergreift die Initiative.

Seit diesem einen Mal in meinem Arbeitszimmer hat sie das nicht mehr getan.

Los, Grey, mach mit.

Am Bettfußende bleibt sie stehen.

»Was hast du mit mir vor, Anastasia?«

Ich sehe die Liebe in ihren leuchtenden Augen und muss schlucken. »Ich werde dich ausziehen und das zu Ende führen, was ich vorhin angefangen habe.«

Es ist, als wäre auf einen Schlag sämtliche Luft aus meiner Lunge gepresst worden.

Sie packt mich beim Kragen und streift mir behutsam das Jackett über die Schultern. Ein Hauch ihres Parfums steigt mir in die Nase, als sie es über die Polstertruhe hängt.

Ana.

»Jetzt das T-Shirt«, sagt sie. Die Gewissheit, dass sie mich nicht berühren wird, verleiht mir Mut. Ihre Idee, eine Art Tabukarte auf meiner Haut aufzuzeichnen, war hervorragend. Ich kann die Lippenstiftspuren selbst jetzt noch erkennen. Ich hebe die Arme und trete einen Schritt zurück, während sie mir das T-Shirt über den Kopf zieht.

Ihre Lippen teilen sich leicht, als sie den Blick über meinen

Oberkörper wandern lässt. Ich sehne mich danach, sie zu berühren, doch ihre langsame, süße Verführung ist zu kostbar, um sie zu unterbrechen.

Wir tun es auf ihre Art.

»Und jetzt?«, murmle ich.

»Ich will dich da küssen.« Sie streicht mit dem Fingernagel quer über meinen Bauch, über den einen Hüftknochen hinweg zum anderen.

Heilige Scheiße!

Es fühlt sich an, als würde all mein Blut südwärts rauschen. »Mach.« Mehr bringe ich nicht heraus.

Sie packt meine Hand. »Leg dich hin.«

Ohne die Hose auszuziehen?

Okay.

Ich zerre die Tagesdecke zur Seite und setze mich, ohne Ana aus den Augen zu lassen. Sie streift sich meine Jeansjacke von den Schultern und lässt sie zu Boden fallen, als Nächstes folgt meine Jogginghose. Nur unter Aufbietung all meiner Willenskraft gelingt es mir, sie nicht zu packen und aufs Bett zu werfen.

Sie steht vor mir, ganz aufrecht, den Blick fest auf mich geheftet, packt den Saum meines T-Shirts und zieht es sich über den Kopf.

Sie ist nackt. Wunderschön. »Meine Aphrodite.«

Sie legt beide Hände um mein Gesicht und beugt sich vor, um mich zu küssen. Mein letzter Rest Widerstand schmilzt dahin. Kaum berühren ihre Lippen die meinen, umfasse ich ihre Hüften und ziehe sie zu mir hinunter, so dass sie unter mir liegt. Ich schiebe ihre Beine auseinander, lege meine Hand auf jene Stelle, wo sich ihre Schenkel teilen, meine Lieblingsstelle. Sie erwidert meinen Kuss mit einer Wildheit, die meine Lust weiter befeuert. Ihre Zunge schlingt sich um meine. Ihr Mund schmeckt nach Armagnac und nach Ana. Eine Hand lege ich um ihren Hinterkopf, mit der anderen streichle ich sie, knete, massiere, liebkose. Meine Finger finden ihre Brust. Ich kneife ihre Brustwarze zusammen, die sich augenblicklich unter meiner Berührung aufrichtet.

Ich brauche sie, brauche diese Nähe.

Stöhnend reckt sie sich mir entgegen, geradewegs gegen meinen betonharten Schwanz.

Fuck.

Mit einem scharfen Atemzug löse ich mich von ihr.

Was machst du nur mit mir?

Ihr Atem kommt stoßweise, in ihren Augen flackert ein fast flehender Ausdruck.

Sie will mehr.

Ich schiebe die Hüften vor, presse meinen Schwanz gegen sie, während ich zusehe, wie sie darauf reagiert. Sie schließt die Augen, packt mich mit einem lustvollen Stöhnen bei den Haaren. Wieder dränge ich mich ihr entgegen, und diesmal erwidert sie den Druck.

Wahnsinn.

Das Gefühl ist unbeschreiblich.

Sie küsst meinen Kiefer, knabbert an meinem Kinn, ehe sie meine Lippen sucht und wir in einem leidenschaftlichen Kuss versinken, während sich unsere Körper aneinander reiben, vereint in einem perfekten Rhythmus, süß und qualvoll zugleich. Zwischen uns scheint es förmlich zu glühen. Ihre Finger schließen sich fest um meine Arme, als sich ihre Atemzüge beschleunigen. Sie lässt ihre Hand über meinen Rücken wandern und schiebt sie in den Bund meiner Jeans, um sie auf meine Pobacke zu legen und mich noch enger an sich zu zerren.

Ich bin drauf und dran zu kommen.

Nein!

»Du entmannst mich noch, Ana.« Stöhnend ziehe ich meine Hose herunter, um meinen Schwanz zu befreien, und hole ein Kondompäckchen aus der Tasche, das ich ihr reiche.

»Du weißt, was du tun musst.«

Eilig reißt sie die Folie auf und streift das Kondom über mein pralles Glied.

Sie kann es kaum erwarten. Grinsend sehe ich zu, wie sie sich nach hinten sinken lässt.

Ana, unersättlich.

Ich lege mich auf sie, reibe meine Nase an der ihren und lasse mich ganz, ganz langsam in sie sinken, nehme sie.

Sie ist mein.

Sie packt meine Arme und hebt das Kinn. Ihr Mund ist weit geöffnet vor Lust. Behutsam ziehe ich mich zurück, nur um mich ein weiteres Mal in ihr zu versenken.

»Mit dir vergesse ich die Welt. Du bist die beste Therapie für mich«, raune ich und setze, auf beide Unterarme gestützt, zum nächsten langsamen Stoß an.

»Bitte, Christian – schneller.«

»Nein, Baby. Ich will es langsam.«

Bitte, lass es uns langsam angehen.

Ich küsse sie, beiße sanft in ihre Unterlippe. Wieder vergräbt sie die Finger in meinem Haar und lässt mich in meinem langsamen, zärtlichen Rhythmus fortfahren. Weiter und weiter. Ich spüre, wie ihre Lust anschwillt, dem Höhepunkt entgegen. Wie ihre Beine steif werden. Sie wirft den Kopf in den Nacken, als sie kommt und mich mit sich reißt.

»Ana«, rufe ich, und ihr Name ist wie ein Gebet auf meinen Lippen. Ich spüre es wieder, dieses eigentümliche Schwellen in meiner Brust, als dränge etwas in meinem Innern danach, ans Licht zu kommen. Ich weiß, was es ist. Schon die ganze Zeit. Ich will ihr sagen, dass ich sie liebe.

Aber ich kann es nicht.

Die Worte verbrennen und zerfallen zu Asche in meinem Mund.

Stumm lasse ich mich auf sie sinken, die Arme immer noch um sie geschlungen. Sie streichelt mein Haar. »Ich werde nie genug von dir bekommen. Verlass mich nicht«, sage ich leise und küsse ihren Bauch.

»Keine Sorge, Christian, ich bleibe bei dir. Und ich glaube mich zu erinnern, dass ich deinen Bauch küssen wollte«, sagt sie leise, und ich glaube einen Anflug von Verärgerung in ihrer Stimme zu hören.

»Niemand hindert dich daran, Baby.«

»Ich glaube, ich schaffe es nicht mehr, mich zu rühren ... Ich bin hundemüde.«

Ich strecke mich neben ihr aus und ziehe die Decke über uns. Sie wirkt völlig erschöpft, auch wenn sie von innen heraus zu strahlen scheint.

Lass sie schlafen, Grey.

»Schlaf, Ana«, sage ich, nehme sie in meine Arme und küsse sie aufs Haar.

Ich will nicht, dass sie geht. Niemals.

Ich werde von gleißendem Sonnenlicht geweckt, das durch die Vorhänge hereinströmt. Ana liegt tief und fest schlafend neben mir. Obwohl es gestern spät geworden ist, bin ich hellwach. Wenn ich bei ihr bin, schlafe ich immer gut.

Ich stehe auf, greife nach Jeans und T-Shirt und schlüpfe hinein. Bleibe ich im Bett, würde ich sie ganz sicher aufwecken. Sie ist einfach zu verführerisch, um die Finger von ihr zu lassen, doch ich weiß, dass sie ihren Schlaf braucht.

Im Wohnzimmer setze ich mich an den Sekretär und hole meinen Laptop heraus. Meine erste Aktion ist, Dr. Greene eine E-Mail zu schicken und sie zu fragen, ob sie ins Hotel kommen und sich um Ana kümmern kann. Sie antwortet, sie habe nur um viertel nach zehn Zeit.

Perfekt.

Ich bestätige den Termin und rufe dann Mac an, den ersten Maat meiner Jacht.

»Mr. Grey.«

»Mac, ich würde heute Nachmittag gern mit der *Grace* rausfahren.«

»Sie werden hervorragendes Wetter haben.«

»Ja. Ich möchte nach Bainbridge Island.«
»Ich bereite alles vor, Sir.«
»Ausgezeichnet. Wir kommen um die Mittagszeit.«
»Wir?«
»Ja. Ich bringe meine Freundin mit. Anastasia Steele.«
»Ich freue mich schon darauf«, erwidert Mac nach kurzem Zögern.
»Ich auch.«

Als ich auflege, bin ich aufgeregt, weil ich Ana die *Grace* zeigen werde. Bestimmt wird sie beim Segeln großen Spaß haben. Vom Segelfliegen und *Charlie Tango* war sie ganz begeistert gewesen.

Ich rufe Taylor wegen der neuesten Infos an, doch bei seinem Telefon schaltet sich sofort die Mailbox ein. Ich hoffe, dass er seinen sauer verdienten Schlaf nachholt oder, wie versprochen, das Wrack von Anas Audi aus der Garage abtransportieren lässt. Dabei fällt mir ein, dass ich ihr ein neues Auto kaufen muss. Ob Taylor schon beim Audi-Händler war? Da es Sonntag ist, vermutlich nicht.

Mein Telefon summt. Eine SMS von meiner Mutter.

GRACE
Schatz, es war so schön, dich und Anastasia gestern Abend zu sehen.
Wie immer danke ich dir und Ana für eure Großzügigkeit.
Mom X

Ich habe ihre Bemerkungen, Ana könnte nur auf mein Geld aus sein, noch immer nicht ganz verdaut. Sie kennt Ana eben nicht sehr gut. Allerdings ist sie ihr erst dreimal begegnet. Schließlich war es Elliot, der immer Mädchen mitgebracht hat, nicht ich. Grace konnte kaum den Überblick behalten.

»Elliot, Schatz, erst schließen wir sie ins Herz, und im nächsten Moment sind sie Geschichte. Das tut weh.«

»*Dann schließ sie eben nicht ins Herz.*« *Er zuckt die Achseln und kaut mit offenem Mund.* »*Ich tue es jedenfalls nicht*«, *fügt er flüsternd hinzu, damit nur ich ihn hören kann.*

»*Eines Tages wird dir jemand das Herz brechen, Elliot*«, *entgegnet Grace, während sie Mia einen Teller mit Makkaroni in Käsesoße reicht.*

»*Wie dem auch sei, Mom. Wenigstens bringe ich Mädchen nach Hause.*« *Er wirft mir einen herablassenden Blick zu.*

»*Viele meiner Freundinnen wollen Christian heiraten. Frag sie doch*«, *springt Mia für mich in die Bresche.*

Ächz. Diese ätzenden kleinen Achtklässlerinnen. Eine scheußliche Vorstellung.

»*Musst du denn nicht für irgendwelche Prüfungen lernen, Blödmann?*« *Ich zeige Elliot den Stinkefinger.*

»*Lernen. Ich doch nicht, du Schlappschwanz. Ich gehe heute Nacht auf die Rolle*«, *prahlt er.*

»*Es reicht jetzt, Jungs! Ihr seid heute erst aus dem College nach Hause gekommen und habt euch eine Ewigkeit nicht gesehen. Also, hört auf zu streiten und esst.*«

Ich esse eine Gabel Nudeln. Heute Nacht treffe ich mich mit Mrs. Lincoln...

Um 9:40 Uhr bestelle ich Frühstück für Ana und mich, weil es erst frühestens in zwanzig Minuten gebracht werden wird. Dann widme ich mich wieder meinen Mails und beschließe, die SMS meiner Mutter fürs Erste zu ignorieren.

Der Zimmerservice kommt kurz nach zehn. Ich bitte den jungen Mann, alles im Warmhaltefach des Servierwagens zu lassen, und nachdem er den Tisch gedeckt hat, schicke ich ihn weg.

Zeit, Ana zu wecken.

Sie schläft noch immer tief und fest. Ihr zerzauster rotbrauner Haarschopf breitet sich auf dem Kissen aus. Ihre Haut schimmert im Licht, und ihr hübsches Gesicht ist entspannt. Ich lege mich neben sie, betrachte sie und sauge jede Einzelheit in mich auf. Sie blinzelt und öffnet die Augen.

»Hi.«

»Hi.« Sie zieht die Decke hoch bis ans Kinn und wird rot. »Wie lange beobachtest du mich schon?«

»Ich könnte dir stundenlang beim Schlafen zuschauen. Aber ich bin erst seit etwa fünf Minuten hier.« Ich küsse sie auf die Schläfe. »Dr. Greene kommt bald.«

»Ach ... okay.«

»Hast du gut geschlafen?«, erkundige ich mich. »Hat sich jedenfalls so angehört, du hast ganz schön geschnarcht.«

»Ich schnarche nicht.«

Grinsend erlöse ich sie von ihren Leiden. »Nein, tust du nicht.«

»Hast du schon geduscht?«, fragt sie.

»Nein. Ich habe auf dich gewartet.«

»Ach ... okay.«

»Wie spät ist es?«

»Viertel nach zehn. Ich hab's nicht übers Herz gebracht, dich früher zu wecken.«

»Du hast doch mal behauptet, du hättest kein Herz.«

»Wir frühstücken im Zimmer – Pfannkuchen und Speck für dich. Komm, steh auf. Ich fühle mich einsam ohne dich.«

Ich versetze ihr einen Klaps auf den Po, klettere aus dem Bett und lasse sie in Ruhe aufstehen.

Im Esszimmer hole ich die Gerichte aus dem Servierwagen und decke den Tisch. Dann setze ich mich, und schon kurz darauf sind Toast und Rührei Vergangenheit. Während ich mir Kaffee einschenke, überlege ich, ob ich Ana auffordern soll, sich zu beeilen, entscheide mich jedoch dagegen und schlage die *Seattle Times* auf.

In einem viel zu großen Bademantel kommt sie herein und setzt sich neben mich.

»Iss. Heute wirst du Kraft brauchen«, sage ich.

»Wieso? Willst du mich im Schlafzimmer einsperren?«, neckt sie mich.

»So verführerisch das wäre – ich dachte, heute gehen wir raus an die frische Luft.« Ich freue mich schon auf die *Grace*.

»Hast du keine Bedenken wegen der Sicherheit?«, entgegnet sie mit Unschuldsmiene.

»Da, wo wir hinwollen, ist es sicher«, entgegne ich streng. »Und mit so etwas scherzt man nicht«, füge ich hinzu.

Ich will dich beschützen, Baby.

Wie so häufig verzieht sie trotzig den Mund und starrt auf ihren Teller.

Iss, Ana.

Sie greift zur Gabel, als könne sie meine Gedanken lesen, und fängt an, in ihrem Frühstück herumzustochern. Ich werde ein wenig lockerer.

Einige Minuten später klopft es an der Tür. Ich schaue auf die Uhr.

»Das wird Dr. Greene sein«, sage ich, schlendere zur Tür und mache auf.

»Guten Morgen, Dr. Greene. Kommen Sie herein. Danke, dass Sie so kurzfristig Zeit hatten.«

»Und ich muss mich wieder einmal für Ihr großzügiges Honorar bedanken, Mr. Grey. Wo ist die Patientin?« Dr. Greene ist die Sachlichkeit in Person.

»Sie frühstückt noch. Aber in einer Minute ist sie fertig. Möchten Sie im Schlafzimmer warten?«

Ich zeige ihr den Weg. Kurz darauf erscheint Ana und wirft mir einen tadelnden Blick zu. Ich entscheide, nicht darauf zu achten, schließe die Tür und lasse sie mit Dr. Greene allein. Und wenn sie sich noch so ärgert, sie hat aufgehört, die Pille zu nehmen. Und sie weiß, wie sehr ich Kondome hasse.

Mein Telefon summt.

Endlich.

»Guten Morgen, Taylor.«

»Guten Morgen, Mr. Grey. Sie haben angerufen?«

»Was gibt es Neues?«

»Sawyer hat die Überwachungsbänder aus der Garage gesichtet. Ich kann Ihnen bestätigen, dass Leila das Auto demoliert hat.«

»Mist.«

»Ganz recht, Sir. Ich habe Welch über den Stand der Dinge informiert. Der Audi wurde abtransportiert.«

»Gut. Haben Sie die Überwachungsbänder aus der Wohnung überprüft?«

»Wir sind gerade dabei, haben jedoch noch nichts entdeckt.«

»Wir müssen ermitteln, wie sie reingekommen ist.«

»Ja, Sir. Sie ist im Augenblick nicht hier. Wir haben alles gründlich durchsucht. Aber ich finde, dass Sie sich fernhalten sollten, bis wir sicher sind, dass sie nicht mehr einbrechen kann. Ich lasse sämtliche Schlösser austauschen. Selbst an der Feuertreppe.«

»Die Feuertreppe. Die vergesse ich immer.«

»Kein Problem, Sir.«

»Ich gehe mit Ana auf die *Grace*. Wenn nötig, bleiben wir an Bord.«

»Ich würde die Jacht zuvor gern überprüfen«, erwidert Taylor.

»Okay. Ich glaube nicht, dass wir vor eins da sind.«

»Danach könnten wir Ihr Gepäck aus dem Hotel abholen.«

»Großartige Idee.«

»Außerdem habe ich Audi eine Mail wegen eines Ersatzfahrzeugs geschickt.«

»Okay. Geben Sie mir Bescheid, ob es klappt.«

»Wird gemacht, Sir.«

»Oh, und Taylor, in Zukunft brauchen wir nur noch eine Suite mit einem Schlafzimmer.«

Taylor zögert. »Verstanden, Sir«, antwortet er. »Wäre das für den Moment alles?«

»Nein, noch etwas. Wenn Gail kommt, könnten Sie sie bitten, Miss Steeles Kleider und alle anderen Sachen in mein Zimmer zu räumen?«

»Natürlich, Sir.«

»Danke.«

Ich lege auf und setze mich wieder an den Esstisch, um die Zeitung zu Ende zu lesen. Dabei bemerke ich missbilligend, dass Ana ihr Frühstück kaum angerührt hat.

Plus ça change, Grey. Plus ça change.

Eine halbe Stunde später kommen Ana und Dr. Greene aus dem Schlafzimmer. Ana wirkt bedrückt. Wir verabschieden uns von der Ärztin, und ich schließe hinter ihr die Tür.

»Alles in Ordnung?«, frage ich Ana, die mit niedergeschlagener Miene im Flur steht. Sie nickt, sieht mich aber nicht an. »Anastasia, was ist los? Was hat Dr. Greene gesagt?«

Sie schüttelt den Kopf. »In sieben Tagen wird das Leben für dich leichter.«

»In sieben Tagen?«

»Ja.«

»Ana, was ist?«

»Mach dir keine Sorgen. Bitte, Christian, lass mich einfach in Ruhe.«

Normalerweise habe ich keine Ahnung, was in ihr vorgeht. Doch eindeutig belastet sie etwas, und was sie belastet, belastet auch mich. Vielleicht hat Dr. Greene sie ja vor mir gewarnt. Ich umfasse ihr Kinn und blicke ihr in die Augen. »Sag's mir«, beharre ich.

»Es gibt nichts zu sagen. Ich würde mich jetzt gern anziehen.« Sie entwindet mir ihr Kinn.

Scheiße. Was wird da gespielt?

Ich fahre mir mit der Hand durchs Haar und bemühe mich um Ruhe.

Ob es am Schock wegen Leila liegt?

Oder hatte die Ärztin eine Hiobsbotschaft für sie?

Sie verrät mir nichts.

»Lass uns duschen«, schlage ich irgendwann vor. Sie stimmt zu, allerdings nicht sehr begeistert. »Komm.« Ich nehme sie an der Hand und gehe ins Bad. Ana trottet widerstrebend hinter mir her. Ich schalte die Dusche an und ziehe mich aus, während sie schmollend mitten im Badezimmer steht.

Ana, was zum Teufel, ist passiert?

»Ich weiß nicht, was für eine Laus dir über die Leber gelaufen ist oder ob du nur schlechte Laune hast, weil du zu wenig geschlafen hast«, meine ich leise und öffne dabei ihren Bademantel. »Bitte sprich mit mir, sonst befürchte ich das Schlimmste.«

Sie verdreht die Augen. Doch bevor ich sie zurechtweisen kann, erwidert sie: »Dr. Greene hat mich geschimpft, weil ich die Pille vergessen habe, und gesagt, ich könnte schwanger sein.«

»Was?«

Schwanger!

Ich befinde mich im freien Fall. Scheiße.

»Zum Glück bin ich es nicht«, fügt sie hinzu. »Sie hat einen Test gemacht. Es war ein Schock, das ist alles. Wie konnte ich nur so dumm sein?«

Gott sei Dank.

»Bist du sicher?«

»Ja.«

Ich atme auf. »Gut. Ich verstehe, dass dich das aus der Fassung bringt.«

»Ich hatte eher Angst vor deiner Reaktion.«

»Vor meiner Reaktion? Na ja, natürlich bin ich erleichtert... Es wäre höchst unachtsam und obendrein schlechter Stil, dich zu schwängern.«

»Dann sollten wir vielleicht enthaltsam leben«, fährt sie mich an.

Was soll denn dieser Mist?

»Du hast ja doch ziemlich schlechte Laune heute Morgen.«

»Es war ein Schock, das ist alles«, wiederholt sie trotzig.

Als ich sie in die Arme nehme, ist sie stocksteif vor Empörung. Ich küsse ihr Haar und halte sie fest. »Ana, ich bin das nicht gewohnt«, flüstere ich. »Mein Instinkt rät mir, es aus dir herauszuprügeln, aber ich bezweifle, dass du das möchtest.«

In diesem Fall könnte sie sich ausweinen. Meiner Erfahrung nach fühlen sich Frauen nach dem Heulen meistens besser.

»Nein, möchte ich nicht«, antwortet sie. »Das hier hilft.« Sie legt die Arme um mich, drückt mich an sich und schmiegt ihre warme Wange an meine Brust. Ich stütze das Kinn auf ihren Scheitel. Eine Ewigkeit stehen wir so da, bis sie in meinen Armen lockerer wird.

»Komm, lass uns duschen.« Ich streife ihr den Bademantel ab, und sie folgt mir unter das heiße Wasser. Es ist angenehm, denn ich habe mich den ganzen Vormittag lang schmutzig gefühlt. Nachdem ich mir die Haare shampooniert habe, reiche ich Ana die Flasche. Inzwischen wirkt sie zufriedener, und ich bin froh, dass der Duschkopf groß genug für uns beide ist. Sie genießt das Wasser, reckt ihr hübsches Gesicht nach oben und fängt an, sich die Haare zu waschen.

Ich greife zum Duschgel und beginne, sie einzuschäumen. Ihre schlechte Stimmung von vorhin ist mir nahegegangen. Ich fühle mich dafür verantwortlich. Sie ist müde und hat einen anstrengenden Abend hinter sich. Während sie sich das Haar ausspült, massiere und wasche ich ihre Schultern und Arme, die Achselhöhlen, den Rücken und ihre wunderschönen Brüste. Dann drehe ich sie um und mache mit ihrem Bauch, zwischen den Beinen und ihrem Hintern weiter. Sie gibt ein kehliges, lüsternes Geräusch von sich.

Ich lächle breit.

Schon besser.

Ich wende sie zu mir herum. »Hier.« Ich reiche ihr das Duschgel. »Ich möchte, dass du mir die Lippenstiftreste abwäschst.«

Sie reißt die Augen auf. Ein feierlicher, ernster Ausdruck liegt in ihnen.

»Entferne dich nicht zu weit von der Linie, bitte«, ergänze ich.

»Okay.«

Sie drückt sich Duschgel auf die Handfläche und schäumt es zwischen den Händen auf. Dann legt sie mir die Hände auf die Schultern und entfernt die Linie mit sanften, kreisförmigen Bewegungen. Ich schließe die Augen und hole tief Luft.

Schaffe ich das?

Mein Atem wird flach, Panik steigt in mir hoch. Sie streift

zärtlich an meinem Körper hinunter und berührt mich mit geschickten Fingern. Doch es ist unerträglich. So als führen mir winzige Rasierklingen über die Haut. Jeder Muskel in meinem Körper ist angespannt. Ich stehe da wie ein Ölgötze und zähle die Sekunden, bis sie fertig ist.

Es dauert eine Ewigkeit.

Ich beiße die Zähne zusammen.

Plötzlich befinden sich ihre Hände nicht mehr auf meinem Körper, was mich noch mehr erschreckt. Als ich die Augen aufschlage, seift sie sich gerade wieder die Hände ein. Sie blickt mich an, und ich erkenne, wie mein Schmerz sich in ihren Augen und ihrem reizenden, besorgten Gesicht spiegelt. Und ich weiß, dass es kein Mitleid, sondern Anteilnahme ist. Meine Qual ist ihre Qual.

O Ana.

»Bereit?«, fragt sie mit heiserer Stimme.

»Ja«, flüstere ich, fest entschlossen, mich von der Angst nicht unterkriegen zu lassen. Ich schließe die Augen.

Sie berührt mich seitlich, und ich erstarre, als Furcht meinen Bauch, meine Brust und meine Kehle überflutet. Ein klaffender Abgrund tut sich vor mir auf, der mich mit Haut und Haaren zu verschlingen droht.

Ana schnieft, und ich öffne die Augen.

Sie weint. Ihre Tränen verlieren sich mit dem herabströmenden heißen Wasser, ihre Nase ist gerötet. Das Mitgefühl rinnt ihr übers Gesicht – Mitgefühl und Zorn, während sie meine Sünden wegwäscht.

Nein. Nicht weinen, Ana.

Ich bin nur ein kaputter Typ.

Ihre Unterlippe zittert.

»Nein. Bitte wein nicht.« Ich nehme sie in die Arme. »Bitte wein nicht um mich.«

Doch sie schluchzt umso heftiger. Ich umfasse ihren Kopf und beuge mich vor, um sie zu küssen. »Nicht weinen, Ana«, flüstere ich, meine Lippen an ihren. »Das ist lange her. Ich sehne mich nach deiner Berührung, kann sie aber nicht ertragen. Es ist zu viel. Bitte, bitte, nicht weinen.«

»Ich würde ... dich so gern ... anfassen«, stößt sie zwischen den Schluchzern hervor. »Mehr als du je ahnen wirst. Dich so zu erleben, so verletzt und voller Angst, Christian ... das tut mir unglaublich weh. Ich liebe dich so sehr.«

Ich streiche mit dem Daumen über ihre Unterlippe. »Ich weiß, ich weiß.«

Als sie mich zweifelnd betrachtet, wird mir klar, dass ich nicht sehr überzeugend klinge.

»Es ist sehr leicht, dich zu lieben, begreifst du das denn nicht?«, erwidert sie, während um uns herum Wasser prasselt.

»Nein, Baby, das begreife ich nicht.«

»Doch. Ich tue das. Deine Familie tut es ebenfalls. Und Elena und Leila, auch wenn sie eine merkwürdige Art haben, es zu zeigen. Du bist unserer Liebe würdig.«

»Hör auf.«

Ich halte das nicht aus. Ich lege ihr den Finger auf die Lippen und schüttle den Kopf. »Das ertrage ich nicht. Ich bin ein Nichts, Anastasia. Ein verlorener Junge, der da vor dir steht. Ungeliebt. Im Stich gelassen von dem einzigen Menschen, der die Pflicht gehabt hätte, mich zu beschützen, weil ich ein Ungeheuer bin.«

So bin ich, Ana.

So und nicht anders.

»Ich bin der Schatten eines Menschen. Ich habe kein Herz.«

»O doch!«, ruft sie voller Leidenschaft aus. »Und dieses Herz will ich, und zwar ganz. Du bist ein guter Mensch, Christian, ein sehr guter. Daran darfst du nicht zweifeln. Sieh doch nur, was du erreicht hast«, schluchzt sie. »Was du für mich getan, worauf du für mich verzichtet hast. Ich weiß, was du für mich empfindest.« Ihre strahlend blauen Augen fließen über vor Liebe und Mitgefühl, und ich fühle mich so nackt und schutzlos wie bei unserer ersten Begegnung.

Sie sieht mich, und sie glaubt, mich zu kennen.

»Du liebst mich«, flüstert sie.

Sämtlicher Sauerstoff entweicht meiner Lunge.

Die Zeit bleibt stehen, und ich höre nichts als das Rauschen meines Bluts in meinen Ohren und das des Wassers, das die Dunkelheit wegspült.

Antworte ihr, Grey. Sag ihr die Wahrheit.

»Ja«, wispere ich leise. »Das tue ich.«

Es ist ein Geständnis, entrissen den Tiefen meiner Seele. Und dennoch wird mir alles klar, als ich die Worte laut ausspreche. Natürlich liebe ich sie. Natürlich weiß sie es. Ich liebe sie seit dem ersten Tag. Seit ich sie im Schlaf beobachtet habe. Seit sie sich mir geschenkt hat. Nur mir. Ich bin süchtig nach ihr und kann nicht genug kriegen. Deshalb dulde ich ihre Aufmüpfigkeit.

Ich bin verliebt. So fühlt sich das also an.

Im nächsten Moment bringt ein strahlendes Lächeln ihr Gesicht zum Leuchten. Sie ist atemberaubend. Sie umfasst meinen Kopf und zieht meinen Mund an ihren. Als sie mich küsst, gießt sie all ihre Liebe und Zuneigung in mich hinein.

Es macht bescheiden.

Es überwältigt.

Es ist scharf.

Und mein Körper reagiert. Auf die einzige Weise, die er kennt.

Die Lippen an ihre gepresst, stöhne ich auf. »Ana, ich will dich, aber nicht hier.«

»Ja«, erwidert sie leidenschaftlich.

Ich schalte die Dusche aus, wickle sie in ihren Bademantel und schlinge mir ein Handtuch um die Taille. Mit einem kleineren rubble ich ihr die Haare trocken.

Das ist es, was ich liebe. Sie zu umsorgen.

Und noch besser ist, dass sie es ausnahmsweise zulässt.

Geduldig steht sie da, während ich ihr das Wasser aus dem Haar drücke und ihr den Kopf massiere. Als ich aufblicke, betrachtet sie mich im Spiegel. Unsere Blicke treffen sich, und ich versinke in ihren liebevollen Augen.

»Darf ich mich revanchieren?«, fragt sie.

Was hat sie vor?

Ich nicke, und Ana greift nach einem anderen Handtuch. Sie stellt sich auf die Zehenspitzen, wickelt es mir um den Kopf und fängt an zu rubbeln. Ich senke den Kopf, damit sie besser rankommt.

Hmmm. Das fühlt sich gut an.

Sie setzt die Fingernägel ein und reibt kräftig.

O Mann.

Ich muss grinsen, sicher wie ein Idiot – ich bedeute ihr wirklich etwas. Als ich den Kopf hebe, um sie anzusehen, späht sie, ebenfalls grinsend, durch das Handtuch. »Es ist lange her, dass das jemand für mich getan hat. Sehr lange«, gestehe ich ihr. »Ich glaube, mir hat noch nie jemand die Haare getrocknet.«

»Grace hat das doch sicher gemacht, als du klein warst, oder?«

Ich schüttle den Kopf. »Nein, sie hat meine Grenzen vom ersten Tag an respektiert, obwohl es ihr schwergefallen ist. Ich war ein sehr selbstständiges Kind.«

Ana verharrt einen Moment, und ich frage mich, was sie denkt. »Ich fühle mich geehrt«, sagt sie.

»Völlig zu Recht, Miss Steele. Ich fühle mich ebenfalls geehrt.«

»Das sollten Sie mal lieber auch, Mr. Grey.«

Sie wirft das feuchte Handtuch in den Wäschekorb unter dem Becken und nimmt ein neues. Als sie sich hinter mich stellt, treffen sich unsere Blicke wieder in dem großen Spiegel.

»Darf ich etwas ausprobieren?«, fragt sie.

Was immer du willst, Baby.

Ich gebe ihr mit einem Nicken die Erlaubnis, worauf sie mit dem Handtuch über meinen linken Arm fährt und die Wassertropfen entfernt, die an meiner Haut schillern. Sie beobachtet mich eindringlich, beugt sich vor und küsst meinen Bizeps.

Mir stockt der Atem.

Sie trocknet meinen anderen Arm ab und haucht dabei federleichte Küsse auf meinen rechten Bizeps. Dabei duckt sie sich hinter mich, so dass ich sie nicht mehr sehen kann. Sie tupft meinen Rücken ab und achtet dabei auf die Lippenstiftlinien.

»Den ganzen Rücken«, biete ich ihr an und komme mir sehr tapfer vor. »Mit dem Handtuch.« Ich hole tief Luft und schließe die Augen.

Ana tut, was ich ihr sage, und trocknet mir mit schnellen Bewegungen den Rücken ab. Als sie fertig ist, küsst sie mich rasch auf die Schulter.

Ich atme auf. So schlimm war es ja gar nicht.

Sie legt die Arme um mich und frottiert meinen Bauch.

»Halt mal«, sagt sie und reicht mir ein Handtuch fürs Gesicht. »Weißt du noch in Georgia? Du hast meine Hände geführt.« Sie schlingt die Arme um mich und starrt mich im Spiegel an. Mit dem Handtuch um den Kopf sieht sie aus wie eine Gestalt aus der Bibel.

Die Jungfrau.

Sie ist zwar weich und liebevoll, aber keine Jungfrau mehr.

Sie nimmt meine Hand, die das Gesichtshandtuch hält, fährt damit über meine Brust und trocknet eine Stelle ab. Sobald das Handtuch mich berührt, verkrampfe ich mich. Mein Kopf wird ganz leer, und ich zwinge mich, diese Berührung zu ertragen. Stocksteif stehe ich vor ihr. Wir machen es auf ihre Art und Weise. Ergriffen von einer seltsamen Mischung aus Furcht, Liebe und Faszination, beginne ich zu keuchen. Mein Blick folgt ihren Fingern, während sie mir sanft die Hand führt und mir die Brust abtrocknet.

»Ich glaube, du bist trocken«, verkündet sie und lässt die Hand sinken.

Im Spiegel blicken wir uns in die Augen.

Ich will sie. Ich brauche sie. Ich sage es ihr.

»Ich brauche dich auch«, sagt sie, und ihre Augen werden dunkler.

»Lass mich dich lieben.«

»Ja«, erwidert sie. Ich nehme sie in die Arme, presse die Lippen auf ihre und trage sie ins Schlafzimmer. Dort lege ich sie aufs Bett und zeige ihr unbeschreiblich achtsam und zärtlich, wie sehr ich sie ehre, anbete und respektiere.

Und sie liebe.

Ich bin ein neuer Mensch. Ein neuer Christian Grey. Ich bin in Anastasia Steele verliebt, und was noch wichtiger ist: Sie liebt mich auch. Natürlich sollte sich das Mädchen auf seinen Geisteszustand untersuchen lassen, doch im Moment bin ich dankbar, wohlig erschöpft und glücklich.

Ich liege neben ihr und male mir unzählige Möglichkeiten aus. Anas Haut ist warm und weich. Ich muss sie immer wieder anfassen, während wir uns ansehen.

»Du kannst also auch zärtlich sein.« Ihre Augen funkeln belustigt.

Nur zu dir.

»Hm ... Scheint fast so, Miss Steele.«

Beim Lächeln zeigt sie makellos weiße Zähne. »Beim ersten Mal warst du es nicht.«

»Nein?« Ich wickle mir eine ihrer Haarsträhnen um den Zeigefinger. »Als ich dir deine Unschuld geraubt habe?«

»Du hast sie mir nicht geraubt«, widerspricht sie. »Ich habe sie dir bereitwillig und aus freien Stücken geschenkt. Wenn ich mich richtig erinnere, hatte ich großen Spaß daran.« Ihr Lächeln ist schüchtern, aber warm.

»Ich auch, Miss Steele. Ich tue mein Bestes. Und nun gehörst du mir, ganz mir.«

»Ja. Darf ich dich etwas fragen?«

»Nur zu.«

»Dein leiblicher Vater, weißt du, wer er war?«

Die Frage kommt völlig unerwartet. Ich schüttle den Kopf. Wieder hat sie mich überrascht. Ich weiß nie, was in ihrem klugen Kopf vorgeht. »Keine Ahnung. Zum Glück nicht dieses Tier, ihr Zuhälter.«

»Warum bist du dir da so sicher?«

»Mein Dad ... Carrick hat etwas in dieser Richtung gesagt.«

Ihr Blick ist auffordernd. Ich soll weitersprechen. »Wie immer neugierig, die gute Anastasia.« Seufzend schüttle ich den Kopf. Ich denke nicht gern an diese Phase meines Lebens zurück, denn es ist schwierig, die Erinnerungen von den Albträumen zu trennen. Aber sie bleibt beharrlich. »Der Zuhälter hat die Leiche der Crackhure nach vier Tagen entdeckt und die Polizei informiert. Beim Gehen hat er die Tür zugemacht und mich allein mit ihr zurückgelassen ... mit der Leiche.«

> *Mommy schläft auf dem Fußboden.*
> *Sie schläft schon sehr lang.*
> *Sie wacht nicht auf.*
> *Ich rufe und schüttle sie.*
> *Sie wacht einfach nicht auf.*

Ich erschaudere und fahre fort. »Bei der Polizei hat er später bestritten, etwas mit mir zu tun zu haben, und Carrick behauptet, er hätte keinerlei Ähnlichkeit mit mir.«

Gott sei Dank.

»Erinnerst du dich noch, wie er aussah?«

»Anastasia, das ist ein Teil meines Lebens, an den ich nicht allzu oft denke. Ja, ich erinnere mich an ihn. Ich werde ihn nie vergessen.« Galle steigt mir die Kehle hoch. »Können wir von etwas anderem reden?«

»Tut mir leid, ich wollte dich nicht aus der Fassung bringen.«

»Das ist Schnee von gestern, Ana. Damit möchte ich mich nicht belasten.«

Sie macht ein schuldbewusstes Gesicht, denn sie weiß, dass sie mit diesen Fragen zu weit gegangen ist. Sofort wechselt sie das Thema. »Du hast vorher was von einer Überraschung gesagt.«

Ah, sie erinnert sich noch. Damit komme ich klar. »Könntest du dir vorstellen, an die frische Luft zu gehen? Ich möchte dir etwas zeigen.«

»Gern.«

»Zieh dich an. Jeans. Hoffentlich hat Taylor die für dich eingepackt.«

Ich springe aus dem Bett, voller Vorfreude darauf, mit Ana segeln zu gehen. Sie beobachtet, wie ich in meine Boxershorts schlüpfe. »Auf«, befehle ich, worauf sie grinst.

»Ich bewundere gerade deinen Anblick«, meint sie.

»Trockne dir die Haare«, weise ich sie an.

»Alter Tyrann«, stellt sie fest. Ich beuge mich herunter, um sie zu küssen.

»Daran wird sich nie was ändern, Baby. Ich möchte nicht, dass du krank wirst.«

Sie verdreht die Augen.

»Miss Steele, meine Handflächen jucken immer noch.«

»Freut mich zu hören, Mr. Grey. Ich hatte schon befürchtet, dass Sie den Biss verlieren.«

Oh. Gemischte Signale von Miss Steele.

Führe mich nicht in Versuchung, Ana. »Ich könnte Ihnen ganz leicht beweisen, dass das nicht der Fall ist.« Ich hole einen Pulli aus meiner Reisetasche, schnappe mir mein Handy und packe meine restlichen Klamotten.

Als ich fertig bin, ist Ana angezogen und föhnt sich die Haare.

»Pack deine Sachen. Wenn die Luft rein ist, können wir heute Abend wieder nach Hause. Wenn nicht, bleiben wir eben noch eine Nacht hier.«

Ana und ich treten in den Aufzug. Ein älteres Ehepaar macht uns Platz. Ana schaut mich grinsend an. Ich grinse zurück, drücke ihre Hand und denke an den Kuss.

Ach, scheiße, der Papierkram.

»Ich werde nie zulassen, dass du ihn vergisst«, flüstert sie so leise, dass nur ich es hören kann. »Unseren ersten Kuss.«

Ich bin kurz davor, die Angelegenheit zu wiederholen und das ältere Ehepaar zu schockieren. Doch ich begnüge mich mit einem züchtigen Küsschen auf die Wange, was sie zum Kichern bringt.

Wir checken an der Rezeption aus und schlendern Hand in Hand durchs Foyer zum Hoteldiener.

»Wohin soll's denn gehen?«, fragt Ana, während wir auf meinen Wagen warten.

Ich tippe mir auf den Nasenflügel, zwinkere und versuche, mir nicht anmerken zu lassen, wie aufgeregt ich bin. Auf ihrem Gesicht malt sich ein Lächeln, das genauso breit ist wie meines. Ich beuge mich vor und küsse sie. »Weißt du, wie glücklich du mich machst?«

»Ja, das weiß ich. Und umgekehrt ist es genauso.«

Der Hoteldiener erscheint mit meinem R8.

»Toller Wagen, Sir«, sagt er, als er mir die Schlüssel reicht. Ich gebe ihm ein Trinkgeld, er hält Ana die Tür auf.

Als ich in die Fourth Avenue einbiege, scheint die Sonne. Neben mir sitzt mein Mädchen, und im Autoradio läuft gute Musik.

Als ich einen Audi A3 überhole, fällt mir plötzlich Anas demoliertes Auto ein. Mir wird klar, dass ich in den letzten Stunden überhaupt nicht an Leila und ihr durchgeknalltes Verhalten gedacht habe. Ana ist eine gute Ablenkung.

Sie ist mehr als eine Ablenkung, Grey.

Vielleicht sollte ich ihr eine andere Marke kaufen.

Ja. Nicht wieder derselbe Hersteller. Kein Audi.

Einen Volvo.

Nein. Mein Dad fährt so einen.

Einen BMW.

Nein, so einen hat meine Mom.

»Wir machen einen kleinen Umweg. Dauert nicht lange«, teile ich ihr mit.

»Kein Problem.«

Wir biegen in den Parkplatz eines Saab-Händlers ein. Ana sieht mich perplex an. »Wir besorgen dir ein neues Auto«, erkläre ich.

»Keinen Audi?«

Nein, ich schenke dir nicht das gleiche Auto wie meinen übrigen Subs. »Ich dachte, du hättest Lust auf Abwechslung.«

»Ein Saab?« Sie wirkt amüsiert.

»Ja. Ein 9-3. Komm.«

»Warum bist du so versessen auf ausländische Autos?«

»Die Deutschen und die Schweden bauen die sichersten Autos der Welt, Anastasia.«

»Hast du nicht schon einen neuen Audi A3 bestellt?«

»Den kann ich auch wieder abbestellen. Komm.« Ich steige aus, umrunde den Wagen und halte ihr die Tür auf. »Ich schulde dir noch ein Geschenk zum Uni-Abschluss.«

»Christian, das ist wirklich nicht nötig.«

Ich mache ihr klar, dass es das ist, und wir marschieren in den Ausstellungsraum, wo uns ein Verkäufer mit einem gut eingeübten Lächeln empfängt. »Mein Name ist Troy Turniansky. Ein Saab, Sir? Gebraucht?« Er reibt sich die Hände und wittert einen Deal.

»Neu«, teile ich ihm mit.

»Hatten Sie an ein bestimmtes Modell gedacht, Sir?«

»Ja, an einen 9-3 T Sportwagen.«

Ana wirft mir einen zweifelnden Blick zu.

Ja, so einen wollte ich schon immer Probe fahren.

»Ausgezeichnete Wahl, Sir.«

»Welche Farbe, Anastasia?«, wende ich mich an sie.

»Hm... schwarz?«, erwidert sie achselzuckend. »Das ist wirklich nicht nötig.«

»Schwarz ist nachts schwer zu sehen.«

»Du hast doch auch einen schwarzen Wagen.«

Hier geht es nicht um mich. Ich sehe sie missbilligend an.

»Na schön, dann eben kanariengelb«, entgegnet sie und schleudert ihr Haar zurück. Vermutlich ist sie verärgert.

Ich verziehe das Gesicht.

»Welche Farbe möchtest du denn?« Sie verschränkt die Arme.

»Silber oder weiß.«

»Okay, silber«, seufzt sie und wiederholt, dass sie auch mit dem Audi zufrieden wäre.

Troy, der seine Felle davonschwimmen sieht, meldet sich zu Wort. »Vielleicht ein Cabrio, Ma'am?«

Anas Augen leuchten auf. Turniansky klatscht in die Hände.

»Cabrio?«, frage ich und ziehe eine Augenbraue hoch. Ihre Wangen röten sich verlegen.

Miss Steele wünscht sich ein Cabrio. Ich bin überglücklich, weil ich endlich etwas gefunden habe, das ihr gefällt. »Wie sieht's beim Cabrio mit der Sicherheit aus?«, erkundige ich mich beim Verkäufer, der sofort ein ganzes Handbuch voller Statistiken und weiterer Informationen herunterbetet. Als ich Ana anblicke, lächelt sie breit. Turniansky hastet zu seinem Schreibtisch, um im Computer nachzuschauen, ob ein nagelneues Cabrio 9-3 verfügbar ist.

»Was immer Sie beglückt, Miss Steele, geben Sie mir doch bitte etwas von dem Rauschmittel ab.« Ich ziehe sie an mich.

»Ich bin berauscht von Ihnen, Mr. Grey.«

»Ach nein. Du wirkst tatsächlich ein bisschen high.« Ich küsse sie. »Danke, dass du den Wagen annimmst und dich nicht so sträubst wie beim letzten Mal.«

»Na ja, es ist kein Audi A3.«

»Das ist nicht das richtige Auto für dich.«

»Mir hat er gefallen.«

»Sir, wir haben bei unserer Niederlassung in Beverly Hills einen 9-3 für Sie aufgetrieben. Sie können ihn in ein paar Tagen hier bei uns abholen.« Troy platzt vor Stolz auf seine Leistung.

»Mit Luxusausstattung?«, frage ich.

»Ja, Sir.« Ich reiche ihm meine Kreditkarte.

»Wenn Sie bitte mitkommen würden, Mr. ...« Troy wirft einen Blick auf die Kreditkarte. »Grey.«

Ich folge ihm zur Theke.

»Könnte ich den Wagen schon morgen abholen?«

»Ich versuche mein Bestes, Mr. Grey.« Er nickt, und wir machen uns ans Ausfüllen der Formulare.

»Danke«, sagt Ana, als wir losfahren.

»Gern geschehen, Anastasia.«

Die seelenvolle und traurige Stimme von Eva Cassidy erfüllt den R8, als ich den Motor anlasse.

»Wer ist das?«, erkundigt sich Ana. Ich erkläre es ihr.

»Tolle Stimme.«

»Ja, hatte sie.«

»Oh.«

»Sie ist jung gestorben.« Zu jung.

»Schade.« Ana sieht mich wehmütig an.

Mir fällt ein, dass sie fast nichts zum Frühstück gegessen hat, und ich frage sie, ob sie Hunger hat.

Ich behalte das im Auge, Ana.

»Ja.«

»Dann also zuerst Lunch.«

Ich brause die Elliott Avenue hinunter zur Elliott Bay Marina. Flynn hatte recht. Es macht mir Spaß, die Dinge versuchsweise so anzugehen wie sie. Ich werfe einen Blick auf Ana, die in die Musik versunken ist und die vorbeigleitende Landschaft betrachtet. Ich fühle mich zufrieden und freue mich schon auf den Nachmittag.

Obwohl der Parkplatz am Jachthafen ziemlich gut belegt ist, finde ich noch eine freie Lücke. »Wir essen hier. Ich mache dir die Tür auf«, verkünde ich, als Ana aussteigen will. Arm in Arm schlendern wir zum Ufer.

»So viele Boote«, staunt sie.

Und eines davon gehört mir.

Wir stehen auf der Promenade und betrachten die Boote auf dem Puget Sound. Ana zieht sich die Jacke enger um den Leib.

»Frierst du?« Ich drücke sie fester an mich.

»Nein, ich bewundere nur den Ausblick.«

»Ich könnte den ganzen Tag aufs Meer schauen. Komm, hier lang.«

Wir gehen ins SP's, ein Restaurant mit Bar direkt am Wasser. Drinnen halte ich Ausschau nach Dante, Claude Bastilles Bruder.

»Mr. Grey!« Er entdeckt mich zuerst. »Was kann ich heute für Sie tun?«

»Hallo, Dante.« Ich bugsiere Ana auf einen der Barhocker. »Diese hübsche Dame hier ist Anastasia Steele.«

»Willkommen in SP's Place.« Dante lächelt Ana an, und seine dunklen Augen mustern sie interessiert. »Was möchten Sie trinken, Anastasia?«

»Bitte sagen Sie doch Ana zu mir«, erwidert sie, sieht mich an und fügt hinzu: »Ich nehme das Gleiche wie Christian.«

Ana ordnet sich mir unter wie auf dem Ball. Das gefällt mir.

»Ich nehme ein Bier. Dies ist das einzige Lokal in Seattle, wo es Adnams Explorer gibt.«

»Ein Bier?«

»Ja. Bitte zwei Explorer, Dante.«

Dante nickt und stellt die Gläser auf den Tresen. Ich teile Ana mit, dass die Fischsuppe hier klasse ist. Dante notiert sich unsere Bestellung und zwinkert mir zu.

Ja, ich bin mit einer Frau hier, mit der ich nicht verwandt bin. Eine Premiere, ich weiß.

Ich wende mich wieder Ana zu. »Wie hast du deine Firma gegründet?«, fragt sie und trinkt einen Schluck Bier.

Ich erzähle ihr die Unternehmensgeschichte. Mit Elenas Geld und einigen geschickten, aber riskanten Investitionen ist es mir gelungen, einen Finanzstock aufzubauen. Die erste Firma, die ich erworben habe, stand kurz vor der Pleite. Sie hatte sich auf Akkus für Mobiltelefone auf der Basis von Kohlenstofffasern spezialisiert, doch Forschung und Entwicklung hatten das Unternehmenskapital aufgezehrt. Die Patente, die die Firma hielt, waren eine Menge wert. Außerdem habe ich ihre beiden Spitzenkräfte, Fred und Barney, behalten, die heute meine Chefingenieure sind.

Ich schildere Ana unsere Aktivitäten auf dem Gebiet der Solar- und Windenergienutzung für den heimischen Markt und den von Entwicklungsländern und unsere innovativen Technologien in Sachen Stromspeicherkapazität, alles ein wichtiger Beitrag, da fossile Brennstoffe schließlich immer knapper werden.

»Kannst du mir noch folgen?«, erkundige ich mich, als unsere Fischsuppe serviert wird. Es freut mich, dass sie sich für meinen Beruf interessiert. Selbst meine Eltern haben Mühe, nicht verständnislos ins Leere zu starren, wenn ich ihnen davon erzähle.

»Ich bin fasziniert«, antwortet sie. »Alles an dir fasziniert mich, Christian.«

So ermutigt berichte ich weiter davon, wie ich sonstige Unternehmen aufgekauft und verkauft habe. Die Firmen, die meine ethischen Grundsätze teilten, habe ich behalten, die anderen zerschlagen und veräußert.

»Fusionen und Übernahmen«, meint sie nachdenklich.

»Genau. Vor zwei Jahren habe ich mich aufs Transportwesen verlegt und danach auf die Verbesserung der Lebensmittelproduktion. Unsere Versuchsfarmen in Afrika experimentieren mit neuen landwirtschaftlichen Verfahren zur Steigerung der Ernteerträge.«

»Nieder mit dem Hunger auf der Welt«, frotzelt Ana.

»Ja, so ähnlich.«

»Du bist ja ein richtiger Menschenfreund.«

»Ich kann es mir leisten.«

»Hmm, lecker«, sagt Ana beim zweiten Löffel Suppe.

»Eines meiner Lieblingsgerichte«, erwidere ich.

»Du hast mir erzählt, dass du gerne segelst.« Ana weist auf die Boote draußen.

»Ja. Ich komme schon seit meiner Kindheit her. Elliot und ich hatten Unterricht in der Segelschule hier. Kannst du segeln?«

»Nein.«

»Womit verbringt eine junge Frau aus Montesano dann ihre Zeit?« Ich trinke einen Schluck Bier.

»Sie liest.«

»Bei dir dreht sich immer alles um Bücher, richtig?«

»Ja.«

»Was ist zwischen Ray und deiner Mom passiert?«

»Ich glaube, sie haben sich auseinandergelebt. Meine Mom ist eine schreckliche Romantikerin, und Ray, tja, der ist eben eher praktisch veranlagt. Sie war ihr ganzes Leben in Washington. Sie hat das Abenteuer gesucht.«

»Hat sie es gefunden?«

»Sie hat Steve gefunden.« Ihre Miene verfinstert sich, als hinterließe es einen schlechten Nachgeschmack, seinen Namen auszusprechen. »Aber sie redet nie über ihn.«

»Oh.«

»Ja. Ich denke, es war keine glückliche Zeit für sie. Ich frage mich, ob sie die Trennung von Ray damals bereut hat.«

»Und du bist bei ihm geblieben?«

»Ja. Er hat mich mehr gebraucht als meine Mom.«

Wir sprechen frei und ungezwungen miteinander. Anna ist eine gute Zuhörerin und verrät diesmal viel mehr über sich. Vielleicht, weil sie jetzt weiß, dass ich sie liebe.

Ich liebe Ana.

Na, siehst du, so weh tut es doch nicht, Grey.

Sie erklärt mir, dass es ihr in Texas und Vegas wegen der Hitze gar nicht gefallen habe. Das kühlere Klima in Washington sei ihr lieber.

Ich hoffe, dass sie in Washington bleibt.

Ja. Bei mir.

Dass sie zum Beispiel zu mir zieht?

Grey, jetzt übertreibst du es aber wirklich.

Geh mit ihr segeln.

Ich schaue auf die Uhr und leere mein Glas. »Wollen wir?«

Wir bezahlen das Mittagessen und treten hinaus in die milde Sommersonne. »Jetzt möchte ich dir etwas zeigen.«

Hand in Hand schlendern wir an den kleineren Booten vorbei, die im Jachthafen ankern. Wir nähern uns dem Liegeplatz der *Grace*, deren Mast alle anderen überragt. Meine Aufregung steigert sich. Ich war schon seit einer Weile nicht mehr beim Segeln, und jetzt ist auch noch mein Mädchen dabei. Von der Promenade spazieren wir aufs Dock und dann einen schmalen Steg entlang. Bei der *Grace* bleibe ich stehen. »Ich hab mir gedacht, wir gehen heute Nachmittag segeln. Das ist mein Boot.«

Mein Katamaran. Mein Stolz und meine Freude.

Ana ist beeindruckt.

»Von meinem Unternehmen entwickelt. Von den besten Bootskonstrukteuren der Welt entworfen und hier in Seattle in meiner Werft gebaut. Es hat Hybridantrieb, Square-Top-Großsegel asymmetrische Steckschwerter...«

Ana breitet die Hände aus. »Das sagt mir alles nichts, Christian.«

Übertreib es nicht, Grey.

»Na, es ist eben ein tolles Boot.« Ich kann meine Begeisterung nicht verhehlen.

»Sieht ganz so aus, Mr. Grey.«

»Allerdings, Miss Steele.«

»Wie heißt es?«

Ich nehme sie an der Hand und zeige es ihr. *Grace* steht in kunstvoll verschnörkelten Buchstaben auf dem Rumpf. »Du hast es nach deiner Mutter benannt?« Ana klingt erstaunt.

»Ja. Warum wundert dich das?«

Sie zuckt die Achseln, weil ihr keine Antwort einfällt.

»Ich liebe meine Mutter abgöttisch, Anastasia. Warum sollte ich mein Boot nicht nach ihr benennen?«

»Es ist nur...«

»Anastasia, Grace Trevelyan-Grey hat mir das Leben gerettet. Ihr verdanke ich alles.«

Ihr Lächeln ist zweifelnd. Ich frage mich, was ihr durch den Kopf geht und wie ich ihr den Eindruck vermittelt haben könnte, dass ich meine Mutter nicht liebe.

Gut, ich habe Ana einmal gesagt, ich hätte kein Herz. Doch in dem, was davon übrig ist, war immer Platz für meine Familie. Sogar für Elliot.

Ich wusste nicht, dass da noch Platz für jemand anderen sein könnte.

Aber da gibt es einen Ana-Platz.

Den sie bis zum Überfließen ausfüllt.

Ich schlucke, um die Tiefe der Gefühle zu beherrschen, die ich für sie empfinde. Sie hat mein Herz, ja, sie hat mich selbst wieder lebendig gemacht.

»Möchtest du an Bord kommen?«, frage ich, bevor mir noch etwas Kitschiges herausrutscht.

»Ja, gern.«

Sie nimmt meine Hand und folgt mir, als ich die Gangway hinauf zum Deck marschiere. Mac erscheint und erschreckt Ana, indem er die Schiebetür zur Kabine öffnet.

»Mr. Grey! Willkommen an Bord.« Wir schütteln uns die Hand.

»Anastasia, das ist Liam McConnell. Liam, meine Freundin Anastasia Steele.«

»Nennen Sie mich Mac. Willkommen an Bord, Miss Steele.«

»Ana, bitte.«

»Alles in Ordnung mit dem Boot, Mac?«, erkundige ich mich.

»Ja«, antwortet er mit einem breiten Grinsen.

»Prima.«

»Wollen Sie heute damit raus?«, fragt er.

»Ja«, antworte ich. »Lust auf eine kleine Spritztour, Ana?«

Wir treten durch die Schiebetür. Ana schaut sich um, und ich merke ihr an, dass sie beeindruckt ist. Die Innenausstattung wurde von einem in Seattle lebenden schwedischen Designer entworfen. Klare Linien und helles Eichenholz verleihen der Kabine eine luftige und schwebende Atmosphäre. Diesen Stil habe ich auf der gesamten *Grace* verwirklicht. »Das ist die Hauptkabine. Gleich daneben ist die Kombüse. Die Toiletten sind links und rechts.« Ich deute darauf und bringe sie dann durch eine kleine Tür in meine Kabine. Beim Anblick des Betts schnappt Ana nach Luft. »Das ist das Schlafzimmer. Du bist die erste Frau hier drin, die nicht zu meiner Familie gehört.« Ich umarme und küsse sie. »Die zählen nicht. Wir sollten das Bett einweihen«, flüstere ich, meine Lippen an ihren. »Aber nicht jetzt. Komm, Mac wartet.« Ich bringe Ana zurück in den Salon. »Da drin ist das Büro, und an der Vorderseite befinden sich zwei weitere Kabinen.«

»Wie viele Leute können an Bord schlafen?«

»Der Katamaran hat insgesamt sechs Kojen. Aber wie gesagt, bis jetzt war nur meine Familie an Bord. Ich segle lieber allein. Allerdings nicht, wenn du hier bist. Ich muss dich im Auge behalten.« Aus einer Truhe neben der Schiebetür hole ich eine grellrote Schwimmweste.

»Hier.« Ich streife sie ihr über den Kopf und ziehe die Gurte fest.

»Das machst du gern, was?«

»Ja, ich liebe Geschirre.« Ich zwinkere ihr zu.

»Perversling.«

»Wie wahr, wie wahr.«

»Mein ganz persönlicher Perversling«, neckt sie mich.

»Ja, dein ganz persönlicher.«

Nachdem ich die Schließen eingeklinkt habe, packe ich die Seite der Schwimmweste und gebe Ana einen raschen Kuss. »Auf ewig«, flüstere ich und löse mich von ihr, bevor sie antworten kann. »Komm.« Wir gehen hinauf an Deck und zum Cockpit.

Unten am Kai löst Mac die Bugleine und springt wieder an Bord.

»Hast du hier den Umgang mit Seilen gelernt?«, spielt Ana die Unschuldige.

»Der Webeleinstek hat sich in der Tat als sehr nützlich erwiesen. Miss Steele, Sie klingen neugierig. Das gefällt mir. Ich würde Ihnen nur zu gern meine Fertigkeiten mit dem Seil demonstrieren.«

Ana verstummt, und ich befürchte schon, sie schockiert zu haben.

Mist.

»Reingelegt.« Sie kichert und ist offenbar zufrieden mit sich.

Das ist unfair. Ich blicke sie finster an. »Ich denke, darauf werde ich später noch zurückkommen. Jetzt muss ich erst mal dieses Boot lenken.« Ich setze mich auf den Platz für den Kapitän und werfe den fünfundfünfzig PS starken Zwillingsmotor an. Ich schalte das Gebläse ab, während Mac übers Oberdeck hastet, das Schutzgeländer einrastet und dann nach unten zum Achterdeck läuft, um die Achterleinen zu lösen. Als er mir zuwinkt, funke ich die Küstenwache wegen der Starterlaubnis an.

Die *Grace* ist nun im Leerlauf, und nach einigen Sekunden starte ich langsam den Motor. Schon gleitet mein wunderschönes Boot aus dem Liegeplatz.

Ana winkt der kleinen Menschenmenge zu, die sich auf dem Kai versammelt hat, um unseren Aufbruch zu beobachten.

Ich ziehe sie zwischen meine Beine.

»Schau.« Ich zeige auf den FM-Transmitter. »Das ist unser Funkgerät. Das hier sind das GPS, das automatische Identifikationssystem, AIS genannt, und das Radar.«

»Was ist ein automatisches Identifikationssystem?«

»Es identifiziert uns gegenüber anderen Schiffen. Und das ist der Tiefenmesser. Nimm das Steuer.«

»Aye, aye, Captain!« Sie salutiert.

Langsam steuere ich das Boot aus dem Jachthafen. Wir fahren auf das offene Meer hinaus, beschreiben einen weiten Bogen auf dem Puget Sound und steuern auf die Olympic Peninsula und Bainbridge Island im Nordwesten zu. Der Wind weht zwar nur mit sanften fünfzehn Knoten, aber ich weiß, dass die *Grace* fliegen wird, sobald wir die Segel hissen. Ich liebe es. Mich in einem Boot, an dessen Konstruktion ich beteiligt war, und mithilfe von Fähigkeiten, an denen ich ein Leben lang gearbeitet habe, den Elementen zu stellen, ist berauschend.

»Jetzt werden die Segel gesetzt«, sage ich zu Ana und kann meine Aufregung nicht verbergen. »Übernimm du das Steuer. Halt das Boot auf Kurs.«

Die Angst steht Ana ins Gesicht geschrieben.

»Baby, es ist ganz einfach. Halt das Steuer und richte den Blick über den Bug auf den Horizont. Du schaffst das, du schaffst alles. Wenn die Segel gesetzt worden sind, spürst du einen Ruck. Du musst das Boot nur ruhig halten. Wenn ich dir dieses Zeichen gebe...«, ich fahre mir mit der Hand über die Kehle, »... schaltest du den Motor aus. Mit dem Knopf hier.« Ich zeige darauf. »Verstanden?«

»Ja.« Aber sie wirkt verunsichert. Ich weiß, dass sie es kapiert hat. Das tut sie immer. Nach einem raschen Kuss haste ich hinauf zum Oberdeck, um das Großsegel vorzubereiten und zu hissen. Weil Mac und ich gemeinsam kurbeln, ist das nicht weiter schwierig. Als der Wind sich im Segel fängt, stolpern wir, und ich werfe einen Blick auf Ana. Doch sie hält das Boot ruhig. Mac und ich beschäftigen uns mit dem Vorsegel. Es saust den Mast hinauf, heißt den Wind willkommen und fängt seine Kraft sein.

»Halt das Boot ruhig, Baby, und schalte den Motor ab!«, überbrülle ich das Brausen von Wind und Wellen und gebe ihr das Zeichen. Ana drückt auf den Knopf, und das Dröhnen des Motors verstummt. Wir schießen über das Wasser und fliegen nach Nordwesten.

Ich stelle mich neben Ana ans Steuer. Der Wind peitscht ihr das Haar ums Gesicht. Sie ist ekstatisch, und ihre Wangen sind vor Freude gerötet. »Na, wie gefällt's dir?«, übertöne ich das Tosen von Meer und Wind.

»Christian, es ist fantastisch.«

»Warte, bis erst mal der Spinnaker oben ist.« Mit dem Kinn weise ich auf Mac, der den Spinnaker entrollt.

»Interessante Farbe«, ruft Ana.

Ich zwinkere ihr wissend zu. Ja, die Farbe meines Spielzimmers.

Der Wind bläht den Spinnaker, und die *Grace* rast mit geballter Kraft los. Eine berauschende Fahrt. Ana schaut zwischen dem Spinnaker und mir hin und her. »Asymmetrisches Segel. Das bringt höhere Geschwindigkeit«, verkünde ich. Ich habe die *Grace* auch schon auf zwanzig Knoten hochgetrieben, aber dazu muss der Wind passen.

»Erstaunlich!«, jubelt sie. »Wie schnell sind wir?«
»Wir machen fünfzehn Knoten.«
»Keine Ahnung, was das bedeutet.«
»Knapp dreißig Stundenkilometer.«
»Es fühlt sich viel schneller an.«

Ana strahlt. Ihre Begeisterung ist ansteckend. Ich drücke ihre Hände auf dem Steuer. »Du bist wunderschön, Anastasia. Ich freue mich, ein wenig Farbe auf deinen Wangen zu sehen ... ausnahmsweise nicht, weil du rot wirst. Jetzt machst du ein Gesicht wie auf den Fotos von José.«

Sie dreht sich in meinen Armen um und küsst mich. »Sie verstehen es, einer jungen Frau Vergnügen zu bereiten, Mr. Grey.«

»Stets zu Diensten, Miss Steele.« Als sie sich wieder zum Bug umwendet, streiche ich ihr das Haar aus dem Nacken und küsse sie. »Es macht mir Spaß, dich glücklich zu sehen«, raune ich ihr ins Ohr, während wir über den Puget Sound segeln.

Wir ankern in einer Bucht in der Nähe von Hedley Spit auf Bainbridge Island. Gemeinsam lassen Mac und ich das Beiboot zu Wasser, damit er an Land gehen und einen Freund in Point Monroe besuchen kann. »Ich bin in etwa einer Stunde zurück, Mr. Grey.« Er klettert in das Dingi, winkt Ana zu und braust davon.

Ich stürme hinauf zu Ana und nehme sie an der Hand. Es interessiert mich nicht zuzuschauen, wie Mac auf die Lagune zufährt. Ich habe nämlich Wichtigeres zu tun.

»Was machen wir jetzt?«, fragt Ana, als ich sie in die Kabine ziehe.

»Ich habe etwas mit Ihnen vor, Miss Steele.« Mit fast unanständiger Hast schleppe ich sie in meine Schlafkabine. Sie lächelt, als ich sie blitzschnell aus ihrer Schwimmweste schäle und das Ding zu Boden werfe. Sobald sie die Rettungsweste los ist, mustert sie mich wortlos. Allerdings zupft sie mit den Zähnen an ihrer Unterlippe. Ich weiß nicht, ob das Absicht oder eine unbewusste Verführungstaktik ist.

Ich will sie lieben.
Auf meinem Boot.
Wieder eine Premiere.

Ich liebkose ihr Gesicht mit den Fingerspitzen und lasse diese langsam über ihr Kinn, ihren Hals und ihr Brustbein bis zum ersten geschlossenen Knopf ihrer Bluse hinunterwandern. Ihr Blick ruht fest auf mir. Sie rührt sich nicht, doch ihr Atem wird schneller.

Ich weiß, dass sie mir gehört und dass ich mit ihr tun kann, was ich will. Mein Mädchen.

Ich weiche zurück, um ihr mehr Raum zu geben. »Stripp für mich«, flüstere ich. Ihre Lippen öffnen sich, und Lust funkelt in ihren Augen. Langsam hebt sie die Finger zum nächsten geschlossenen Knopf und öffnet ihn im Schneckentempo. Dann ist in quälender Zeitlupe der nächste dran.

Mist.

Die Kleine will mich herausfordern.

Als der letzte Knopf offen ist, zieht sie die Bluse auseinander, schlüpft hinaus und lässt sie auf den Boden fallen.

Sie trägt einen weißen Spitzen-BH. Ihre steifen Brustwarzen zeichnen sich unter dem Stoff ab. Sie ist ein traumhafter Anblick. Ihre Finger streichen an ihrem Nabel vorbei und spielen mit dem Knopf ihrer Jeans.

Süße, du musst die Schuhe ausziehen.

»Stopp. Setz dich.« Als ich auf die Bettkante weise, gehorcht sie.

Ich falle auf die Knie, schnüre erst den einen, dann den anderen Turnschuh auf, und streife sie ihr, gefolgt von den Socken, von den Füßen.

Dann nehme ich ihren Fuß, küsse den weichen Ballen ihres großen Zehs und gleite mit den Zähnen daran entlang.

»Ah«, stöhnt sie. Das Geräusch ist Musik für meinen Schwanz.

Lass sie nur machen, Grey.

Ich erhebe mich, strecke die Hand aus und ziehe sie vom Bett hoch. »Weiter.« Ich überlasse ihr die Bühne und weiche zurück, um die Show zu genießen.

Mit einem sehnsüchtigen Blick auf mich, öffnet sie den Knopf und zieht genauso langsam wie vorhin den Reißverschluss hinunter. Sie schiebt die Daumen in den Bund und schlüpft mit wippenden Hüften aus der Jeans, bis sie ihr die Beine hinunterrutscht. Sie trägt einen Tanga.
Einen Tanga.
Wow.
Sie löst die Haken ihres BHs und lässt die Träger über die Schultern gleiten. Der BH landet ebenfalls auf dem Boden.
Ich will sie berühren.
Und ich balle die Fäuste, um mich zu beherrschen.
Sie streift den Tanga ab und steigt hinaus. Dann steht sie vor mir.
Ein Vollweib.
Und ich will sie.
Ganz und gar.
Ihren Körper, ihr Herz und ihre Seele.
Du hast ihr Herz, Grey. Sie liebt dich.
Ich ziehe mir den Pullover über den Kopf. Anschließend das T-Shirt. Danach schlüpfe ich aus Schuhen und Socken. Sie beobachtet mich aufmerksam. Ihr Blick ist lodernd.
Als ich meine Jeans öffnen will, legt sie die Hand auf meine. »Lass mich das machen«, flüstert sie.
Obwohl ich es kaum erwarten kann, die Jeans loszuwerden, lächle ich sie breit an. »Gern.«
Sie tritt vor, schiebt eine Hand in den Bund meiner Jeans und zieht mit einem Ruck daran, so dass ich gezwungen bin, mich ihr zu nähern. Sie öffnet den Knopf, allerdings nicht den Reißverschluss. Stattdessen gleiten ihre Finger, ohne zu zögern, über meinen Schwanz. Instinktiv schiebe ich die Hüften vor und drücke meine Erektion gegen ihre Handfläche. »Du wirst immer draufgängerischer, Ana.« Ich umfasse ihr Gesicht mit den Händen, küsse sie und dringe mit der Zunge in ihren Mund ein. Sie legt mir die Hände auf die Hüften. Ihre Daumen kreisen über meine Haut dicht oberhalb meines Hosenbunds.

»Du auch«, murmelt sie, ihre Lippen an meinen.

»Jeden Tag ein bisschen mehr«, antworte ich.

Sie zieht meinen Reißverschluss herunter, steckt die Hand in meine Hose und greift nach meinem Schwanz. Ich stöhne vor Vorfreude. Meine Lippen pressen sich auf ihre. Ich nehme sie in die Arme und spüre ihre weiche Haut.

Die Dunkelheit ist fort.

Sie weiß, wo sie mich berühren muss.

Und wie.

Ihre Hand schließt sich um mich, drückt fest zu, bewegt sich auf und ab und befriedigt mich. Ich halte ein paar Wiederholungen aus. »Ich will dich so sehr, Baby.« Rasch befreie ich mich von Jeans und Unterhose und stehe nackt und bereit vor ihr.

Ihr Blick schweift über meinen Körper. Doch dabei entsteht die v-förmige Falte zwischen ihren Brauen.

»Was ist los, Ana?«, frage ich und streichle sanft ihre Wange. Ist das ihre Reaktion auf meine Narben?

»Nichts. Schlaf mit mir, jetzt.«

Ich ziehe sie an mich und küsse sie leidenschaftlich. Meine Finger verschlingen sich in ihr Haar. Ihre Lippen. Ihre Zunge. Rückwärts schiebe ich sie zum Bett und lasse uns beide vorsichtig darauf sinken. Als ich neben ihr liege, wandert meine Nase über ihre Kieferpartie. Ich schnuppere genüsslich.

Apfelhaine. Sommer und ein milder Herbst.

All das ist sie.

»Hast du eine Ahnung, wie gut du riechst, Ana? Du bist einfach unwiderstehlich.«

Ich male mit den Lippen eine Linie ihre Kehle entlang und über ihre Brüste, küsse sie dabei. Während ich ihren Körper hinuntergleite, atme ich ihren Duft ein.

»Du bist so schön.« Zart sauge ich an ihrer Brustwarze.

Sie stöhnt auf und streckt mir ihre Hüften entgegen.

Das Geräusch sorgt dafür, dass mein Schwanz noch härter wird. »Ich will dich hören, Baby.« Ich umfasse ihre Brust, arbeite mich zur Taille vor und genieße das Gefühl ihrer weichen Haut unter meinen Fingern. Dann bewege ich mich an ihrer Hüfte und ihrem Po weiter bis zu ihrem Knie, während ich ihre Brüste küsse und daran sauge. Ich packe ihr Knie, hebe ihr Bein an und lege es mir über die Hüften.

Als sie aufstöhnt, erfreue ich mich daran.

Ich rolle uns beide herum, bis sie auf mir liegt, und reiche ihr ein Kondompäckchen vom Nachttisch.

Ihre Begeisterung ist unverkennbar, als sie an mir herunterrutscht und sich auf meine Schenkel setzt. Sie umfasst mein Glied, beugt sich vor und küsst meine Eichel. Ihr Haar fällt nach vorn und bildet einen Vorhang um meinen Schwanz, als sie ihn in den Mund nimmt.

Verdammt. Das ist ja so erotisch.

Sie nimmt mich in sich auf, saugt heftig und scharrt mit ihren Zähnen an mir.

Stöhnend bäume ich die Hüften auf, um tiefer in ihren Mund einzudringen.

Sie lässt mich los, reißt das Folienpäckchen auf und streift das Kondom über meinen harten Schwanz. Ich strecke die Hände aus und stütze sie. Und dann senkt sie sich quälend langsam auf mich herab.

O Gott.

Es ist fantastisch.

Ich schließe die Augen, lehne den Kopf in den Nacken und lasse mich von ihr nehmen. Ich gebe mich ihr hin.

Sie keucht, als ich die Hände an ihre Hüften lege, sie auf und nieder bewege, nach oben stoße und sie ganz erfülle. »O Baby«, flüstere ich. Ich will mehr. So viel mehr.

Ich setze mich auf, dass unsere Nasen sich berühren, und umschließe ihren Hintern mit meinen Schenkeln. Ich bin ganz tief in ihr drin. Sie schnappt nach Luft und packt mich an den Armen, während ich ihren Kopf umfasse und in ihre wunderschönen Augen blicke, in denen sich Liebe und Begierde zeigen.

»O Ana, was für Gefühle du in mir weckst«, sage ich und küsse sie mit ungezügelter Leidenschaft.

»Ich liebe dich«, erwidert sie. Ich schließe die Augen.

Ana liebt mich.

Ich drehe mich mit ihr herum. Sie schlingt die Beine um meine Hüften. Ich betrachte sie voller Staunen.

Ich liebe dich auch. Mehr als du je erfahren wirst.

Langsam, sanft und zärtlich fange ich an, mich zu bewegen, und genieße jeden kostbaren Zentimeter von ihr.

Das bin ich, Ana.

Alles, was ich bin.

Und ich liebe dich.

Ich hülle sie in meine Umarmung ein, während sie meine Arme, mein Haar und meinen Hintern mit den Fingern liebkost. Während ich ihren Mund, ihr Kinn und ihren Kiefer mit Küssen überhäufe, trage ich sie immer höher empor, bis sie kurz vor dem Orgasmus ist. Sie zittert am ganzen Körper. Sie keucht. Sie ist bereit.

»Ja, Baby ... lass los für mich ... Ana.«

»Christian!«, schreit sie auf und kommt gemeinsam mit mir.

Durch die Bullaugen strömt die Nachmittagssonne herein und zeichnet wässrige Formen an die Decke der Kabine. Hier draußen auf dem Wasser ist es so friedlich. Vielleicht könnten wir ja um die Welt segeln. Nur Ana und ich.

Sie döst neben mir.

Mein wunderschönes, leidenschaftliches Mädchen.

Ana.

Bislang hatte ich gedacht, diese drei Buchstaben besäßen die Macht, Wunden zu schlagen. Inzwischen habe ich erfahren, dass sie auch heilen können.

Sie weiß nicht, wie du wirklich bist.

Finster starre ich an die Decke. Dieser Gedanke plagt mich die ganze Zeit. Warum?

Weil ich ehrlich mit ihr sein will. Flynn findet, ich sollte ihr vertrauen und es ihr sagen. Aber ich wage es nicht.

Dann wird sie gehen.

Nein. Ich schiebe die Vorstellung beiseite und genieße es, noch ein paar Minuten lang neben ihr zu liegen. »Mac wird bald zurück sein.« Ich bedaure es, unser friedliches Schweigen gestört zu haben.

»Hm«, murmelt sie, öffnet jedoch die Augen und lächelt.

»Ich würde so gern den ganzen Nachmittag hier bei dir liegen, aber ich werde ihm mit dem Schlauchboot helfen müssen.« Ich küsse sie auf die Lippen. »Ana, du bist wunderschön, so zerzaust und sexy. Jetzt will ich dich sogar noch mehr.«

Sie streichelt mein Gesicht.

Sie sieht mich.

Nein. Ana, du kennst mich nicht.

Widerstrebend wuchte ich mich aus dem Bett. Sie dreht sich auf den Bauch.

»Sie sind auch nicht von schlechten Eltern, Captain«, erwidert sie anerkennend, während ich mich anziehe.

Ich setze mich neben sie und schlüpfe in meine Schuhe.

»Captain, soso«, frotzle ich. »Nun, ich bin Herr und Meister dieses Boots.«

»Sie sind Herr und Meister meines Herzens, Mr. Grey.«

Obwohl ich auch in anderer Hinsicht ihr Herr und Meister sein will, ist das schon mal ein guter Anfang. Ich glaube, ich schaffe das. Ich küsse sie. »Ich gehe an Deck. Du kannst im Bad duschen, wenn du möchtest. Brauchst du irgendetwas. Einen Drink vielleicht?«

Sie amüsiert sich. Offenbar auf meine Kosten.

»Was ist?«, frage ich.

»Du.«

»Was ist mit mir?«

»Wer bist du, und was hast du mit Christian angestellt?«

»Er ist nicht weit weg, Baby. Aber du wirst ihn bald wiedersehen, wenn du nicht gleich aufstehst.« Als ich ihr einen Klaps auf den Po verpasse, lacht und kreischt sie gleichzeitig.

»Ich hatte mir schon Sorgen um ihn gemacht«, entgegnet sie in gespielter Furcht.

»Tatsächlich? Du sendest widersprüchliche Signale aus, Anastasia. Wie soll man sich da auskennen?« Ich küsse sie rasch. »Ciao, ciao, Baby.« Ich gehe, damit sie sich anziehen kann.

Fünf Minuten später kehrt Mac zurück, und wir vertäuen gemeinsam das Beiboot an seinem Platz am Heck.

»Wie geht es Ihrem Freund?«, erkundige ich mich.

»Er ist in bester Stimmung.«

»Sie hätten länger bleiben können«, meine ich.

»Und die Rückfahrt verpassen?«

»Ja.«

»Nein. Ohne diese Dame hier halte ich es nicht lange aus«, erwidert Mac und tätschelt den Rumpf der *Grace*.

Ich grinse. »Schon kapiert.«

Mein Telefon summt.

»Taylor«, begrüße ich den Anrufer. Ana öffnet die Schiebetür der Kabine. Sie hat ihre Schwimmweste dabei.

»Guten Tag, Mr. Grey. Die Wohnung ist sauber«, berichtet Taylor.

Ich ziehe Ana an mich und küsse ihr Haar. »Wunderbar.«

»Wir haben alle Räume durchsucht.«

»Sehr gut.«

»Außerdem haben wir sämtliche Überwachungsbänder der letzten drei Tage gesichtet.«

»Und?«

»Es war sehr aufschlussreich.«

»Wirklich?«

»Miss Williams hat die Feuertreppe benutzt.«

»Die Feuertreppe?«

»Ja, sie hatte einen Schlüssel und ist die ganzen Stockwerke zu Fuß gegangen.«

»Verstehe.« Wow, ganz schön sportlich, die Gute.

»Die Schlösser wurden ausgetauscht. Also besteht keine Gefahr mehr. Wir haben Ihr Gepäck. Kommen Sie heute Abend nach Hause?«

»Ja.«

»Wann können wir mit Ihnen rechnen?«

»Heute Nacht.«

»In Ordnung, Sir.«

Ich lege auf. Mac wirft den Motor an.

»Es ist Zeit zurückzufahren.« Ich küsse Ana rasch und schnalle ihr die Schwimmweste um.

Ana ist ein fleißiger und dienstbefriger Schiffsjunge. Gemeinsam holen wir Großsegel, Vorsegel und Spinnaker ein, während Mac das Boot steuert. Ich bringe ihr drei verschiedene Knoten bei. Sie ist nicht sehr begabt, und ich habe Mühe, ernst zu bleiben.

»Vielleicht werde ich dich eines Tages fesseln«, droht sie mir.

»Dazu müssen Sie mich erst erwischen, Miss Steele.« Es ist lange her, seit ich zum letzten Mal gefesselt worden bin, und ich bin nicht sicher, ob mir das noch gefallen würde. Als ich mir vorstelle, wie wehrlos ich gegen ihre Berührungen wäre, erschaudere ich. »Möchtest du die *Grace* noch einmal gründlicher besichtigen.«

»Gerne. Sie ist so ein schönes Boot.«

Ana steht, in meine Arme geschmiegt, am Steuer, als wir in den Jachthafen einbiegen. Sie wirkt so glücklich.

Und das macht mich glücklich.

Die *Grace* und alles, was ich ihr gezeigt habe, hat sie fasziniert. Sogar der Maschinenraum.

Es war ein wundervoller Tag. Ich hole tief Luft. Die salzige Luft reinigt meine Seele. Und ich erinnere mich an ein Zitat aus einem meiner Lieblingsbücher, Memoiren mit dem Titel *Wind, Sand und Sterne*. »Die Poesie des Segelns, so alt wie die Welt«, flüstere ich ihr ins Ohr.

»Hat nicht jemand mal etwas Ähnliches gesagt?«

»Ja, Antoine de Saint-Exupéry.«

»Ich liebe den *Kleinen Prinzen*.«

Ich auch.

Ich biege in den Jachthafen ein und manövriere die *Grace* rückwärts, bis ich den Liegeplatz angesteuert habe. Die Schaulustigen haben sich zerstreut, als Mac auf den Kai springt und die Achterleinen an zwei Poller befestigt.

»Wieder da«, sage ich zu Ana. Wie immer widerstrebt es mir ein wenig, von Bord der *Grace* zu gehen.

»Danke. Was für ein wunderbarer Nachmittag.«

»Finde ich auch. Vielleicht machst du einen Segelkurs, dann könnten wir ein paar Tage hinausfahren, nur wir beide.«

Oder wir könnten um die Welt segeln, Ana, nur du und ich.

»Gern. Und wir könnten die Kabine mit dem Bett wieder und wieder einweihen.«

Ich küsse sie hinters Ohr. »Darauf freue ich mich schon, Anastasia.« Sie erschaudert wohlig. »In der Wohnung droht keine Gefahr mehr. Wir können zurück.«

»Und unsere Sachen im Hotel?«

»Die hat Taylor geholt.«

»Schläft der arme Mann eigentlich nie?«

»Doch. Er macht nur seinen Job, Anastasia, und das ziemlich gut. Jason ist ein absoluter Glücksfall.«

»Jason?«

»Jason Taylor. Du magst Taylor«, stelle ich fest.

»Ja, ich denke schon. Taylor kümmert sich prima um dich. Deswegen mag ich ihn. Er ist freundlich, zuverlässig und loyal. Ich sehe in ihm so etwas wie einen Onkel.«

»Einen Onkel?«

»Ja.«

»Okay, einen Onkel.«

Ana lacht. »Ach, Christian, werd endlich erwachsen.«

Was?

Sie weist mich zurecht.

Warum?

Weil ich besitzergreifend bin? Vielleicht ist das ja kindisch.

Vielleicht. »Ich gebe mir Mühe«, erwidere ich.

»Stimmt. Sogar große«, sagt sie und verdreht die Augen.

»Es weckt Erinnerungen, wenn du die Augen verdrehst, Anastasia.«

»Wenn du artig bist, können wir manche dieser Erinnerungen vielleicht zu neuem Leben erwecken.«

»Wenn ich artig bin? Also wirklich, Miss Steele – wie kommen Sie auf die Idee, dass ich sie überhaupt zu neuem Leben erwecken möchte?

»Ich sehe das Strahlen in deinen Augen, wenn ich das sage.«

»Du kennst mich schon ziemlich gut«, merke ich an.

»Und ich würde dich gern noch besser kennenlernen.«

»Genau wie ich dich, Anastasia. Komm, wir gehen.« Mac hat die Gangway heruntergelassen, damit ich Ana zum Kai führen kann. »Danke, Mac.« Ich schüttle ihm die Hand.

»Es war mir wie immer ein Vergnügen, Mr. Grey. Auf Wiedersehen, Ana, schön, Sie kennengelernt zu haben.«

»Auf Wiedersehen, Mac, und danke.«

Ana und ich schlendern die Promenade entlang und lassen Mac auf der *Grace* zurück.

»Wo kommt Mac her?«, erkundigt sich Ana.

»Aus Irland ... Nordirland.«

»Bist du mit ihm befreundet?«

»Mit Mac? Er arbeitet für mich und hat mitgeholfen, die *Grace* zu bauen.«

»Hast du viele Freunde?«

Wozu brauche ich denn Freunde?

»Nein. In meinem Metier kultiviert man keine Freundschaften. Da ist nur ...« Mist. Ich verstumme schlagartig, denn ich will Elena nicht erwähnen. »Hunger?«, frage ich, denn Essen ist ein unverfängliches Thema.

Ana nickt.

»Wir essen, wo ich den Wagen abgestellt habe. Komm.«

Ana und ich sitzen an einem Tisch im Bee's, einem italienischen Bistro neben dem SP's. Während sie die Speisekarte studiert, trinke ich einen Schluck köstlichen, gekühlten Frascati.

»Was?«, fragt Ana, als sie aufblickt.

»Du bist so schön, Anastasia. Die frische Luft tut dir gut.«

»Ich glaube, ich habe einen Sonnenbrand. Aber es war ein wunderbarer Nachmittag. Ein perfekter Nachmittag. Danke.«

»Gern geschehen.«

»Darf ich dich etwas fragen?«

»Jederzeit, Anastasia. Das weißt du doch.«

»Du scheinst nicht viele Freunde zu haben. Woran liegt das?«

»Das habe ich dir doch schon erklärt. Mir fehlt die Zeit. Natürlich habe ich Geschäftsfreunde, aber die sind vermutlich etwas anderes als richtige Freunde. Ich habe meine Familie.« Ich zucke die Achseln. »Und Elena.«

Zum Glück geht sie nicht auf das Thema Elena ein. »Keine gleichaltrigen Kumpels, mit denen du um die Häuser ziehst und Dampf ablassen kannst?«

Nein. Nur Elliot.

»Du weißt, wie ich Dampf ablasse, Ana.« Ich spreche sehr leise. »Außerdem war ich immer damit beschäftigt, das Unternehmen aufzubauen. In meiner Freizeit gehe ich segeln und fliegen.« *Und natürlich ficken.*

»Und am College?«

»Auch nicht anders.«

»Also war Elena die einzige Ablenkung?«

Ich nicke. *Worauf will sie hinaus?*

»Muss ganz schön einsam sein.«

Mir fallen Leilas Worte ein. »*Aber du bist einsam, das merke ich.*« Ich verziehe das Gesicht. Einsam habe ich mich nur gefühlt, als Ana mich verlassen hat.

Es hat mich fast zerstört. Nie wieder will ich so etwas erleben.

»Was möchtest du essen?«, frage ich, in der Hoffnung, das Thema zu wechseln.

»Das Risotto.«

»Gute Wahl.« Ich winke den Kellner heran.

Wir bestellen. Risotto für Ana, Penne für mich.

Der Kellner eilt davon. Ich bemerke, dass Ana auf ihren Schoß starrt und die Finger ineinanderflicht. Etwas beschäftigt sie. »Ana, was ist los? Sag's mir.«

Sie sieht mich an und rutscht weiter auf ihrem Stuhl herum. Ich weiß, dass sie etwas belastet. »Sag's mir«, wiederhole ich mit mehr Nachdruck. Ich hasse es, wenn sie bedrückt ist.

Sie richtet sich auf und strafft den Rücken. Offenbar ist es ernst.

Mist. Was ist denn jetzt schon wieder?

»Ich habe Angst, dass dir das nicht reicht. Du weißt, was ich meine: zum Dampfablassen.«

Was? Nicht noch einmal dieses Thema. »Vermittle ich dir den Eindruck, dass mir das nicht genug ist?«, hake ich nach.

»Nein.«

»Warum glaubst du das dann?«

»Ich kenne dich. Und deine ... Bedürfnisse.« Sie spricht stockend, lässt die Schultern hängen und verschränkt die Arme, als zöge sie sich in sich selbst zurück. Ich schließe die Augen und kratze mich an der Stirn. Was soll ich darauf antworten? Ich habe gedacht, dass wir gut miteinander klarkommen.

»Was muss ich denn noch tun?«, flüstere ich.

Ich gebe mir Mühe, Ana, wirklich Mühe.

»Nein, du verstehst mich falsch«, meint sie mit plötzlicher Leidenschaft. »Du warst einfach wundervoll. Ich weiß, dass es erst wenige Tage sind, aber ich hoffe, dass ich dich nicht zwinge, dich zu verbiegen.«

Ihre Antwort ist zwar beruhigend, doch meiner Ansicht nach liegt da ein Missverständnis vor. »Ich bin nach wie vor ich, Anastasia, in meiner ganzen Abgefucktheit. Ja, ich muss meinen

Drang, alles zu kontrollieren, tatsächlich unterdrücken, aber so bin ich nun mal. So bewältige ich das Leben. Ich erwarte von dir gewisse Verhaltensweisen, und wenn du diese Erwartungen nicht erfüllst, empfinde ich das als erfrischende Herausforderung. Wir tun doch immer noch, was ich gern mache. Du hast dich nach dem haarsträubenden Gebot gestern von mir versohlen lassen.«

Die Erinnerung an die erregende Begegnung von letzter Nacht lenkt mich kurz ab.

Grey!

Mit leiser Stimme versuche ich, meine Gefühle zu erläutern. »Es macht mir Spaß, dich zu züchtigen. Wahrscheinlich wird sich das nie ändern, aber ich gebe mir Mühe, und es fällt mir nicht so schwer, wie ich dachte.«

»So ganz dagegen bin ich ja gar nicht.« Ana spielt auf unser Tête-à-Tête in meinem Jugendzimmer an.

»Ich weiß. Ich auch nicht.«

Ich hole tief Luft und gestehe ihr die Wahrheit. »Lass dir sagen, dass das alles sehr neu für mich ist. Und die letzten Tage waren die schönsten in meinem Leben. Ich möchte nichts ändern.«

»Für mich waren sie auch unglaublich.«

Gewiss spiegelt sich meine Erleichterung in meinem Lächeln wider.

»Dann willst du also nicht mehr mit mir ins Spielzimmer?«, beharrt sie.

Scheiße. Ich schlucke. »Nein.«

»Warum nicht?«, fragt sie.

Jetzt fühle ich mich wirklich wie im Beichtstuhl. »Nachdem wir in meinem Spielzimmer waren, hast du mich verlassen. Das möchte ich nicht noch einmal erleben. Ich war völlig durch den Wind. Du weißt, was ich für dich empfinde.«

»Es ist nicht fair, wenn du dir ständig Gedanken darüber machen musst, wie ich mich fühle. Du hast so vieles für mich aufgegeben... Ich muss mich irgendwie revanchieren. Vielleicht sollten wir es mit... Rollenspielen versuchen.« Sie errötet.

»Ana, du gibst mir mehr, als du ahnst. Bitte zerbrich dir darüber nicht den Kopf. Baby, bis jetzt haben wir nur das eine Wochenende miteinander verbracht. Lass uns etwas Zeit. Ich habe viel über uns nachgedacht in den Tagen nach der Trennung. Wir brauchen Zeit und gegenseitiges Vertrauen. Vielleicht können wir später andere Sachen ausprobieren, aber mir gefällt es, wie du jetzt bist, so glücklich, entspannt und unbekümmert, und ich weiß, dass das mit mir zu tun hat. Ich habe nie …« Ich verstumme.

Gib mich nicht auf, Ana.

Ich höre Dr. Flynns fordernde Stimme. »Vor dem Laufen müssen wir das Gehen lernen«, sage ich mit einem Lächeln.

»Was ist so komisch?«, fragt sie.

»Flynn. Das ist sein Spruch. Ich hätte nie gedacht, dass ich ihn mal zitieren würde.«

»Ein Flynnismus sozusagen.«

Ich lache auf. »Genau.«

Als der Kellner die Vorspeisen bringt, endet unser bedeutungsschweres Gespräch und wir wenden uns dem nicht vorbelasteten Thema Reisen zu. Wir reden über alle Länder, die Ana gern kennenlernen würde, und über die, in denen ich schon gewesen bin. Mich mit Ana zu unterhalten erinnert mich daran, welches Glück ich gehabt habe. Meine Eltern haben mit uns Kindern die ganze Welt bereist: Europa, Asien und Südamerika. Insbesondere mein Vater hielt das Reisen für einen unverzichtbaren Teil unserer Erziehung. Ana hat die Vereinigten Staaten nie verlassen, zieht es aber nach Europa. Ich möchte ihr all diese Orte zeigen. Wie würde sie es wohl finden, mit mir die Welt zu umsegeln?

Nichts überstürzen, Grey.

Auf der Fahrt zum Escala herrscht kaum Verkehr. Ana bewundert die vorbeigleitenden Sehenswürdigkeiten und klopft den Takt der Musik mit, die das Wageninnere erfüllt.

Ich kann nicht anders, als unser ernstes Gespräch von vorhin Revue passieren zu lassen. Die Wahrheit lautet, dass ich nicht sicher bin, ob ich es schaffe, auf Dauer eine Blümchensexbeziehung zu leben. Aber ich will es versuchen. Ich möchte sie nicht zu etwas drängen, das ihr widerstrebt.

Aber sie ist bereit, Grey.

Das hat sie selbst gesagt.

Sie will das rote Zimmer, wie sie es nennt.

Ich schüttle den Kopf und denke, dass ich ausnahmsweise auf Dr. Flynns Rat hören werde.

Vor dem Laufen müssen wir das Gehen lernen, Ana.

Als ich aus dem Fenster blicke, bemerke ich eine junge Frau mit langem braunem Haar, die mich an Leila erinnert. Sie ist es nicht, doch je mehr wir uns dem Escala nähern, desto aufmerksamer beobachte ich die Straße.

Wo zum Teufel ist sie?

Als ich den Wagen in die Garage des Escala lenke, umklammern meine Hände das Lenkrad; jeder Muskel in meinem Körper ist angespannt. Ich frage mich, ob es eine gute Idee war, in die Wohnung zurückzukehren, solange Leila noch auf freiem Fuß ist.

Sawyer ist in der Garage und umschleicht meine Parklücken wie ein Löwe im Käfig. Klar, er übertreibt es, doch ich bin erleichtert, dass der Audi A3 weg ist. Während ich den Motor abschalte, hält er Ana die Tür auf.

»Hallo, Sawyer«, begrüßt sie ihn.

»Miss Steele. Mr. Grey«, erwidert er.

»Keine Spur von ihr?«, erkundige ich mich.

»Nein, Sir«, antwortet er. Obwohl ich das vorausgesehen habe, ist es ärgerlich. Ich nehme Anas Hand, und wir treten in den Aufzug.

»Du darfst das Haus nicht allein verlassen. Ist das klar?«, warne ich Ana.

»Okay«, meint sie, als sich die Türen schließen. Ein Schmunzeln zuckt um ihre Lippen.

»Was ist so komisch?« Es plättet mich, dass sie so einfach zustimmt.

»Du.«

»Ich?« Meine Anspannung löst sich. Sie lacht mich aus? »Miss Steele, warum bin ich so komisch?« Ich schürze die Lippen, um ein Lächeln zu unterdrücken.

»Nicht schmollen«, sagt sie.

Ich schmolle?

»Wieso?«

»Weil das die gleiche Wirkung auf mich hat wie das auf dich.« Sie kaut auf ihrer Unterlippe.

»Tatsächlich?« Ich wiederhole die Aktion und beuge mich vor, um sie rasch zu küssen. Als meine Lippen ihre berühren, flammt ein Funke auf. Ich höre, wie sie nach Luft schnappt. Dann greifen ihre Finger mir ins Haar. Ich presse weiter die Lippen auf ihre, packe sie und drücke sie gegen die Wand des Aufzugs. Meine Hände umfassen ihr Gesicht, während unsere Zungen einander suchen. Sie nimmt sich, was sie will, und ich gebe ihr alles, was ich habe.

Es ist explosiv.

Ich will sie ficken. Sofort.

Ich gieße all meine Angst in sie hinein, und sie nimmt sie auf.

Ana...

Die Aufzugtüren öffnen sich mit einem vertrauten Ping. Ich weiche zwar mit dem Gesicht zurück, drücke sie aber weiter mit meinen Hüften und meiner wachsenden Erektion an die Wand.

»Wow«, keuche ich.

»Wow«, erwidert sie, ebenfalls keuchend.

»Was stellst du nur mit mir an, Ana?« Ich streiche mit dem Daumen über ihre Oberlippe. Anas Blick wandert durch die Vorhalle. Ich spüre Taylors Gegenwart eher, als dass ich ihn sehe.

Sie küsst meinen Mundwinkel. »Was stellst du nur mit mir an, Christian?«, antwortet sie. Ich nehme ihre Hand. Seit dem Tag im Heathman habe ich sie nicht mehr in einem Aufzug genommen.

Reiß dich zusammen, Grey.

»Komm«, fordere ich sie auf.

Als wir den Aufzug verlassen, erwartet uns Taylor.

»Guten Abend, Taylor.«

»Mr. Grey. Miss Steele.«

»Gestern war ich Mrs. Taylor«, meint Ana und lächelt Taylor reizend an.

»Klingt gut, Miss Steele«, entgegnet Taylor.

»Finde ich auch.«

Was, zum Teufel, wird hier gespielt?

Ich bedenke die beiden mit einem finsteren Blick. »Wenn ihr zwei mit dem Turteln fertig seid, hätte ich gern einen Lagebericht.« Ana und Taylor sehen einander an. »Ich bin gleich bei Ihnen. Ich muss nur noch kurz etwas mit Miss Steele besprechen«, teile ich Taylor mit.

Er nickt.

Ich gehe mit ihr ins Schlafzimmer und schließe die Tür. »Mit dem Personal flirtet man nicht, Anastasia.«

»Das war kein Flirt. Ich war freundlich – das ist etwas anderes.«

»Dann verkneif dir in Zukunft die Freundlichkeiten und Flirts mit dem Personal. Das mag ich nicht.«

Sie seufzt auf. »Tut mir leid.« Sie schleudert ihr Haar über die Schultern und mustert ihre Fingernägel. Ich fasse sie am Kinn und hebe ihren Kopf an, damit ich ihr in die Augen schauen kann. »Du weißt, wie eifersüchtig ich bin.«

»Es gibt keinen Grund zur Eifersucht, Christian. Ich gehöre dir mit Leib und Seele.« Sie betrachtet mich, als hätte ich den Verstand verloren, und ich komme mir plötzlich vor wie ein Idiot.

Sie hat recht.

Ich habe total überreagiert.

Ich hauche ihr einen keuschen Kuss auf den Mund. »Bin gleich wieder da. Mach dir's bequem.« Ich gehe in Taylors Büro. Als ich hereinkomme, steht er auf.

»Mr. Grey, wegen vorhin ...«

Ich hebe die Hand. »Nicht. Ich bin es, der sich entschuldigen sollte.«

Taylor starrt mich erstaunt an.

»Was tut sich?«, erkundige ich mich.

»Gail wird später hier sein.«

»Gut.«

»Ich habe die Hausverwaltung darüber informiert, dass Miss Williams einen Schlüssel hatte. Ich fand, sie sollte das wissen.«

»Und wie hat am darauf reagiert?«

»Nun, ich konnte so verhindern, dass man die Polizei verständigt.«

»Ausgezeichnet.«

»Sämtliche Schlösser wurden ausgewechselt, und ein Handwerker wird sich den Notausgang zur Feuertreppe anschauen. Miss Williams hätte selbst mit einem Schlüssel nicht in der Lage sein dürfen, von außen einzudringen.«

»Und Sie haben bei Ihrer Durchsuchung nichts entdeckt?«

»Nichts, Sir. Ich habe keine Ahnung, wo sie sich versteckt hat. Aber sie ist nicht mehr hier.«

»Haben Sie mit Welch gesprochen?«

»Ich habe ihn gebrieft.«

»Danke. Ana wird heute Nacht hierbleiben. Ich halte das für sicherer.«

»Richtig, Sir.«

»Bestellen Sie den Audi ab. Ich habe beschlossen, für Ana einen Saab zu kaufen. Er sollte bald hier sein. Ich habe eine Expresslieferung vereinbart.«

»Wird erledigt, Sir.«

Als ich in mein Schlafzimmer zurückkehre, steht Ana an der Schwelle zu meinem begehbaren Kleiderschrank. Sie wirkt ein wenig irritiert. Als ich in den Schrank spähe, hängen dort all ihre Kleider.

»Ah, sie haben schon alles heruntergebracht.« Ich war davon ausgegangen, dass Gail sich um Anas Kleider kümmern würde. Nicht weiter wichtig.

»Was ist los?«, fragt sie.

Ich erläutere ihr rasch, was Taylor mir gerade über die Wohnung und Leila berichtet hat. »Ich wünschte, ich wüsste, wo sie sich herumtreibt. Sie bräuchte so dringend Hilfe.«

Ana legt die Arme um mich, hält mich fest und beruhigt mich. Ich erwidere die Umarmung und küsse sie auf den Scheitel.

»Was willst du tun, wenn du sie findest?«, erkundigt sie sich.

»Dr. Flynn hätte einen Platz für sie.«

»Was ist mit ihrem Mann?«

»Der will nichts mehr mit ihr zu tun haben.« *Arschloch.* »Ihre Familie ist in Connecticut. Ich glaube, sie fühlt sich sehr einsam hier draußen.«

»Wie traurig.«

Anas Mitgefühl kennt keine Grenzen. Ich drücke sie enger an mich. »Ist es okay, dass deine Sachen jetzt hier sind? Ich möchte, dass du das Zimmer mit mir teilst.«

»Ja.«

»Und ich möchte, dass du bei mir schläfst. Ich habe keine Albträume, wenn du bei mir bist.«

»Du hast Albträume?«

»Ja.« Sie umarmt mich fester. Eng umschlungen stehen wir in meinem begehbaren Kleiderschrank.

»Ich wollte gerade meine Kleidung für morgen, fürs Büro zurechtlegen«, meint sie im nächsten Moment.

»Büro?« Ich lasse sie los.

»Ja, Büro«, erwidert sie verwundert.

»Aber Leila ist da draußen.« Kapiert sie nicht, wie gefährlich das ist? »Ich will nicht, dass du ins Büro gehst.«

»Das ist lächerlich, Christian. Ich muss in die Arbeit.«

»Nein, musst du nicht.«

»Ich habe einen neuen Job, der mir Spaß macht. Natürlich muss ich ins Büro.«

»Nein, musst du nicht.« *Ich kann für dich sorgen.*

»Meinst du denn, ich sitze hier rum und drehe Däumchen, während du die Welt rettest?«

»Offen gestanden, ja.«

Ana schließt die Augen und reibt sich die Stirn, als ränge sie um Fassung. Sie begreift es nicht. »Christian, ich muss ins Büro«, beharrt sie.

»Nein, musst du nicht.«

»Doch. Muss. Ich. Schon.« Ihr Tonfall ist nachdrücklich und entschlossen.

»Es ist gefährlich.« *Was, wenn dir etwas zustößt?*

»Christian, ich muss mir meinen Lebensunterhalt verdienen. Ich komme schon zurecht.«

»Nein, du brauchst dir deinen Lebensunterhalt nicht zu verdienen. Und woher willst du wissen, dass du zurechtkommst?«

Scheiße. Genau deshalb bevorzuge ich Subs. Dieser Streit würde nicht stattfinden, wenn sie den Mistvertrag unterschrieben hätte.

»Herrgott, Christian. Ja, Leila war am Fußende deines Betts, aber sie hat mir nichts getan, und ich muss arbeiten. Ich möchte nicht von dir abhängig sein, und ich möchte mein Studiendarlehen zurückzahlen.« Sie stemmt die Hände in die Hüften.

»Ich will aber nicht, dass du in die Arbeit gehst.«

»Das hast nicht du zu entscheiden, Christian.«

Scheiße.

Sie ist fest entschlossen.

Und natürlich hat sie recht.

Ich fahre mir mit der Hand durchs Haar und versuche, mich zu beruhigen. Plötzlich habe ich eine Idee. »Sawyer begleitet dich.«

»Christian, das ist nicht nötig. Du steigerst dich da in was rein.«

»Ich steigere mich in was rein?«, herrsche ich sie an. »Entweder er kommt mit, oder ich steigere mich echt in was rein und sperre dich hier ein.«

»Und wie würdest du das anstellen?«

»Ach, ich würde schon eine Möglichkeit finden, Anastasia. Treib es nicht zu weit.«

»Na schön!«, ruft sie und hebt die Hände. »Sawyer kann mitkommen, wenn dich das beruhigt.«

Am liebsten würde ich sie küssen, versohlen oder ficken. Als ich einen Schritt auf sie zumache, weicht sie sofort argwöhnisch zurück.

Grey, du erschreckst das arme Mädchen.

Nach einem tiefen Atemzug schlage ich Ana vor, sie durch meine Wohnung zu führen. Wenn sie hier wohnen wird, sollte sie sie gut kennenlernen.

Sie schaut mich verblüfft an, so als hätte ich sie aus dem Konzept gebracht. Doch sie stimmt zu und greift nach meiner ausgestreckten Hand. Ich drücke sanft die ihre.

»Ich wollte dir keine Angst einjagen«, entschuldige ich mich.

»Hast du auch nicht. Ich wollte mich gerade vom Acker machen.«

»Vom Acker machen?«

Du bist wieder einmal zu weit gegangen, Grey.

»Das war ein Scherz!«, ruft sie.

So etwas ist nicht witzig, Ana.

Seufzend führe ich sie durch die Wohnung. Ich zeige ihr das Gästezimmer neben meinem Schlafzimmer, die übrigen Räume oben, den Fitnessraum und die Personalunterkünfte.

»Bist du sicher, dass du da nicht reinwillst?«, fragt sie grinsend, als wir an der Tür zum Spielzimmer vorbeikommen.

»Ich habe den Schlüssel nicht dabei.« Ich bin immer noch sauer wegen unseres Streits. Ich hasse es, mich mit ihr zu streiten. Aber wie immer durchschaut sie mich, wenn ich Mist baue.

Aber was, wenn ihr etwas passiert?

Dann ist es meine Schuld.

Ich kann nur hoffen, dass Sawyer auf sie aufpasst.

Unten zeige ich ihr das Fernsehzimmer.

»Du hast also doch eine Xbox.« Sie lacht. Ich liebe ihr Lachen. Es sorgt dafür, dass ich mich auf der Stelle besser fühle.

»Ja, aber ich kann nicht gut damit umgehen. Elliot schlägt mich jedes Mal. Das war lustig, als du gedacht hast, das hier wäre mein Spielzimmer.«

»Freut mich, wenn ich Sie amüsiere, Mr. Grey«, kontert sie.

»Ja, Sie amüsieren mich, Miss Steele – wenn Sie mich nicht gerade an den Rand der Verzweiflung bringen.«

»Das tue ich nur, wenn Sie Unsinn reden.«

»Ich? Unsinn?«

»Ja, Mr. Grey. Unsinn könnte ihr zweiter Vorname sein.«

»Ich habe keinen zweiten Vornamen.«

»Unsinn würde sehr gut passen.«

»Das ist Geschmackssache, Miss Steele.«

»Zu dem Thema würde mich Dr. Flynns Expertenmeinung interessieren.«

Herrje, das Geplänkel mit ihr macht mir solchen Spaß.

»Ich dachte, Trevelyan ist dein zweiter Vorname.«

»Nein, mein Familienname. Trevelyan-Grey.«

»Aber du verwendest ihn nicht.«

»Er ist zu lang. Komm.«

Als Nächstes führe ich sie in Taylors Büro. Als wir eintreten, steht er auf. »Hallo, Taylor. Ich zeige Anastasia gerade alles.« Er nickt uns beiden zu. Ana schaut sich um. Offenbar überrascht es sie, wie groß der Raum ist und wie viele Überwachungsbildschirme es hier gibt. Wir gehen weiter. »Hier drin warst du ja schon.« Ich öffne die Tür zur Bibliothek, wo Ana den Billardtisch im Blick hat.

»Wollen wir spielen?«, fordert sie mich heraus.

Miss Steele ist in Spiellaune. »Ja. Hast du schon mal gespielt?«

»Ein paar Mal«, erwidert sie und weicht meinem Blick aus.

Sie flunkert.

»Du bist eine ziemlich schlechte Lügnerin, Anastasia. Entweder du hast wirklich noch nie gespielt, oder…«

»Hast du Angst?«, unterbricht sie mich.

»Angst vor einem kleinen Mädchen wie dir?«, spotte ich.

»Lust auf eine Wette, Mr. Grey?«

»Sind Sie sich Ihrer Sache so sicher, Miss Steele?« Von dieser Seite kenne ich Ana noch gar nicht.

Das Spiel läuft, Ana.

»Um was?«

»Wenn ich gewinne, gehe ich mit dir ins Spielzimmer.«

Mist. Sie meint es ernst.

»Und wenn ich gewinne?«

»Dann darfst du dir was ausdenken.« Obwohl sie lässig die Achseln zuckt, funkeln ihre Augen.

»Okay, abgemacht.« Wie schwierig kann das denn sein? »Pool, Snooker oder Karambolage?«

»Pool, bitte. Die anderen Arten kann ich nicht.«

Ich hole die Billardkugeln unter einem Bücherregal hervor und ordne sie auf dem grünen Filz an. Dann suche ich für Ana einen für ihre Größe passenden Queue aus. »Möchtest du anfangen?«, frage ich, als ich ihr die Kreide reiche.

Sie hat keine Chance.

Hm. Vielleicht ist das ja mein Preis.

Mir steht das Bild vor Augen, wie sie mit gefesselten Händen vor mir kniet und mir den Schwanz lutscht. *Ja, das wäre eine Möglichkeit.*

»Gern«, antwortet sie mit rauchiger Stimme, während sie Kreide auf die Spitze ihres Queues aufträgt. Sie schürzt die Lippen, betrachtet mich durch halb geschlossene Wimpern und pustet langsam und genüsslich die überschüssige Kreide weg.

Ich spüre es in meinem Schwanz.

Verdammt.

Sie bringt die weiße Kugel in Position und versetzt ihr einen so kräftigen und geschickten Stoß, dass die anderen Kugeln auseinanderstieben. Die mittlere Kugel des Dreiecks, gelb gestreift mit der Nummer neun, verschwindet in der oberen rechten Tasche.

O Anastasia Steele, du steckst voller Überraschungen.

»Dann nehme ich die Zweifarbigen«, verkündet sie und besitzt die Frechheit, mich hämisch anzugrinsen.

»Selbstverständlich.« Das wird sicher ein Spaß.

Auf der Suche nach ihrem nächsten Opfer umschleicht sie den

Tisch. Ich mag diese neue Ana. Raubtierartig. Ehrgeizig. Selbstbewusst. Teuflisch sexy. Als sie sich über den Tisch beugt und den Arm ausstreckt, rutscht ihr die Bluse hoch und gibt einen schmalen Streifen Haut zwischen Saum und Hosenbund frei. Sie trifft die weiße Kugel, und die rotbraun gestreifte ist Schnee von gestern. Dann umkreist sie wieder den Tisch und wirft mir einen raschen Blick zu, bevor sie die violette Kugel versenkt.

Hmmm. Vielleicht muss ich meine Pläne ändern.

Sie ist gut.

Auch mit der blauen Kugel macht sie kurzen Prozess, verfehlt jedoch die grüne.

»Anastasia, ich könnte dir den ganzen Tag dabei zusehen, wie du dich über diesen Billardtisch beugst«, sage ich zu ihr.

Sie errötet.

Ja!

Das ist die Ana, die ich kenne.

Ich ziehe den Pullover aus und begutachte, was noch auf dem Tisch liegt.

Showtime, Grey.

Ich versenke so viele einfarbige Kugeln, wie ich kann. Schließlich muss ich eine Menge aufholen. Dann richte ich die weiße Kugel aus, um die orangefarbene zu erwischen. Als ich die weiße Kugel stoße, verschwindet sie nach der orangefarbenen in der unteren linken Ecktasche.

Mist.

»Ein Anfängerfehler, Mr. Grey.«

»Nun, Miss Steele, ich bin eben nur ein dummer Sterblicher. Ich glaube, Sie sind dran.« Ich weise auf den Tisch.

»Du versuchst doch nicht etwa, absichtlich zu verlieren?« Sie neigt den Kopf zur Seite.

»O nein. Ich habe einen Preis im Sinn, für den es sich zu gewinnen lohnt, Anastasia. Außerdem will ich immer gewinnen.«

Ein Blowjob auf den Knien oder...

Ich könnte verhindern, dass sie zur Arbeit geht. Hmmm... eine

Wette, die sie ihren Job kosten könnte. Ich glaube nicht, dass ich mich damit sehr beliebt machen würde.

Sie betrachtet mich argwöhnisch. Ich würde viel Geld dafür geben zu wissen, was sie jetzt denkt. Sie beugt sich vor, um sich die Position der Kugeln einzuprägen. Als ihre Bluse auseinanderklafft, erhasche ich einen Blick auf ihre Brüste.

Mit einem leisen Lächeln auf den Lippen richtet sie sich auf, stellt sich neben mich, beugt sich vor und bewegt ihren Hintern erst nach links und dann nach rechts. Dann kehrt sie zum anderen Ende des Tischs zurück, neigt sich erneut vor und zeigt mir alles, was sie zu bieten hat. Dabei sieht sie mich an.

»Mir ist klar, was du tust«, flüstere ich.

Mein Schwanz ist einverstanden, Ana.

Und zwar sehr.

Ich verändere die Körperhaltung, um Platz für meine wachsende Erektion zu machen.

Sie richtet sich auf, legt den Kopf zur Seite und gleitet mit der Hand langsam den Queue rauf und runter. »Ich will mir nur darüber klar werden, von wo aus ich am besten ansetze.«

O Mann, sie ist eine Verführerin.

Sie beugt sich vor und tippt die orange gestreifte Kugel mit der weißen an, bis sie in der richtigen Position zur Tasche liegt. Dann holt sie die übrigen unter dem Tisch hervor und arrangiert sie. Als sie auf die weiße Kugel zielt, sehe ich ihren Brustansatz unter der Bluse. Ich schnappe laut nach Luft.

Sie trifft daneben.

Sehr gut.

Ich schlendere zu ihr und stelle mich hinter sie, während sie sich noch über den Tisch beugt. Dann lege ich ihr die Hand auf den Po. »Wackeln Sie mit Ihrem Hinterteil, um mich zu provozieren, Miss Steele?« Ich versetze ihr einen kräftigen Schlag.

Weil sie es verdient hat.

»Ja«, flüstert sie.

O Ana. »Sei vorsichtig mit deinen Wünschen, Baby.«

Ich ziele auf die rote Kugel, die in der linken Seitentasche verschwindet. Dann versuche ich es mit der gelben rechts oben. Die weiße Kugel streift sie leicht, doch sie stoppt kurz vor dem Ziel.
Mist. Daneben.
Ana grinst. »Kammer der Qualen, wir kommen«, jubelt sie.
Ich stehe darauf, dass du so geil und verdorben bist.
Das ist sie wirklich.

Mich verwirrt das. Ich gebe ihr ein Zeichen weiterzumachen, wohl wissend, dass ich nicht mit ihr ins Spielzimmer will. Nach dem letzten Mal hat sie mich verlassen.

Sie versenkt die grüne Kugel, lächelt mir triumphierend zu, und beseitigt auch die orangefarbene.

»In welche Tasche soll die schwarze Kugel?«, murmle ich.

»In die oben links«, erwidert sie und wackelt mit ihrem Hintern vor mir herum. Sie stößt zu und verfehlt die Tasche deutlich.

Wunderbar!

Rasch lasse ich die beiden letzten einfarbigen Kugeln verschwinden. Jetzt ist nur noch die schwarze übrig. Ich reibe meinen Queue mit Kreide ein und schaue Ana an. »Wenn ich gewinne, versohle ich dich und ficke dich dann auf diesem Tisch.«

Ihre Lippen öffnen sich.

Ja. Das macht sie an. Sie wollte es schon den ganzen Tag. Glaubt sie, ich hätte meinen Biss verloren?

Nun, wir werden sehen.

»Oben rechts«, verkünde ich und stoße zu. Mein Queue berührt die weiße Kugel, die über den Tisch saust und die schwarze trifft. Diese rollt auf die obere rechte Tasche zu. Einen Moment lang balanciert sie auf der Kante. Ich halte den Atem an, bis sie mit einem satten Poltern im Ziel landet.

Ja!

Anastasia Steele, jetzt gehörst du mir.

Ich schlendere zu ihr hinüber. Ihr Mund steht offen, und sie wirkt ein wenig enttäuscht. »Du bist hoffentlich keine schlechte Verliererin?«, frage ich.

»Kommt darauf an, wie hart du mich versohlst«, flüstert sie. Ich nehme ihr den Queue ab und ziehe sie an mich.

»Nun zu Ihren Missetaten, Miss Steele.« Ich zähle sie an den Fingern auf. »Erstens, Sie haben mich auf mein Personal eifersüchtig gemacht. Zweitens, Sie haben mit mir über die Arbeit gestritten. Und drittens, Sie wackeln seit zwanzig Minuten mit Ihrem appetitlichen Hinterteil vor mir herum.«

Ich beuge mich vor und reibe die Nase an ihrer. »Zieh die Jeans und diese entzückende Bluse aus. Auf der Stelle.« Ich küsse sie sanft auf die Lippen und schließe die Tür zur Bibliothek ab.

Als ich mich umdrehe, hat sie sich nicht gerührt. »Zieh dich aus, Anastasia, sonst erledige ich das für dich.«

»Mach du das«, haucht sie. Ihre Stimme ist so sanft wie eine Sommerbrise.

»Miss Steele, Miss Steele. Eine schwierige Aufgabe, aber ich glaube, ich nehme die Herausforderung an.«

»Sie nehmen jede Herausforderung an, Mr. Grey.« Sie beißt sich auf die Lippe.

Anzügliches von Ana.

»Miss Steele, was könnten Sie damit nur meinen?« Auf dem Schreibtisch, der in einem Bücherregal integriert ist, bemerke ich ein dreißig Zentimeter langes Lineal.

Optimal.

Den ganzen Tag schon lässt sie ziemlich eindeutige Bemerkungen fallen, dass sie diese Seite an mir vermisst. Wollen wir mal schauen, wie ihr das schmeckt. Ich halte das Lineal hoch, damit sie es sehen kann, und biege es kurz durch. Dann stecke ich es in die Gesäßtasche und nähere mich ihr.

Schuhe aus, denke ich.

Ich falle auf die Knie, schnüre ihre Chucks auf und ziehe ihr Schuhe und Socken aus. Dann öffne ich den Knopf ihrer Jeans und den Reißverschluss. Ich schaue zu ihr hinauf, während ich ihr die Hose abstreife. Sie lässt mich nicht aus den Augen. Sie steigt aus der Hose, und sie hat den weißen Tanga an.

Dieser Tanga!

Ich bin ein großer Fan von ihm.

Mein Schwanz auch...

Ich umfasse die Rückseiten ihrer Schenkel und reibe die Nase vorn an ihrem Höschen. »Jetzt wird es ziemlich grob, Ana. Bitte sag mir, wenn es dir zu viel ist«, flüstere ich in die Spitze und küsse ihre Klitoris.

Sie stöhnt auf.

»Safeword?«, fragt sie.

»Nein, ohne Safeword. Sag mir einfach, wann ich aufhören soll. Verstanden?« Ich küsse sie wieder und umkreise mit der Nase den empfindlichen Punkt zwischen ihren Beinen. Bevor ich die Beherrschung verliere, stehe ich auf. »Antworte mir.«

»Ja, ich habe verstanden.«

»Du hast den ganzen Tag über Andeutungen fallen lassen und gemischte Signale ausgesandt, Anastasia. Du hast gesagt, du fürchtest, ich könnte den Biss verloren haben. Ich weiß nicht so genau, was du damit meinst, ob dir das ernst war, aber das werden wir jetzt herausfinden. Ich will noch nicht wieder ins Spielzimmer zurück, sondern es lieber hier mit dir ausprobieren. Bitte versprich mir, es mir zu sagen, wenn es dir nicht gefällt.«

»Ja, ich sage es dir. Ohne Safeword«, erwidert sie, vermutlich, um mich zu beruhigen.

»Wir sind ein Paar, Anastasia. Und ein Paar braucht keine Safewords.« Ich runzle die Stirn. »Oder?« Mit so etwas habe ich keine Erfahrung.

»Ich glaube nicht. Ich versprech's.«

Ich muss wissen, ob sie sich mir mitteilen wird, wenn ich zu weit gehe. Ihr Gesichtsausdruck ist ernst und voller Begierde. Ich knöpfe ihr die Bluse auf, ziehe sie ihr aber nicht aus. Der Anblick ihrer Brüste ist erregend. Sogar sehr. Sie sieht so hinreißend aus. Ich stehe hinter ihr und greife nach dem Queue.

»Sie spielen überraschend gut, Miss Steele. Versenken Sie doch auch noch die schwarze Kugel.«

Mit einem trotzigen Gesichtsausdruck schürzt sie die Lippen, nimmt die weiße Kugel, beugt sich über den Tisch und rückt sie zurecht. Unterdessen stelle ich mich hinter sie und lege die Hand auf ihren rechten Oberschenkel. Als ich mit dem Finger über ihren Hintern und dann wieder zurück zum Oberschenkel fahre, um sie ein wenig scharf zu machen, verspannt sie sich.

»Wenn du nicht damit aufhörst, treffe ich nicht«, beschwert sie sich mit rauchiger Stimme.

»Es ist mir egal, ob du triffst oder nicht, Baby. Ich wollte dich nur so sehen – halb ausgezogen über meinem Billardtisch. Hast du eine Ahnung, wie sexy das ist?«

Sie wird rot und spielt mit der weißen Kugel. Während sie versucht, sie auszurichten, liebkose ich ihren Po. Ihren wunderschönen Po, sichtbar, weil sie einen Tanga trägt.

»Oben links«, murmelt sie und stößt mit der Spitze des Queues gegen die weiße Kugel. Als ich fest zuschlage, schreit sie auf. Die weiße Kugel streift die schwarze, die jedoch weit entfernt von der Seitentasche zurückprallt.

Wieder liebkose ich ihren Hintern. »Probier's noch mal. Mit ein bisschen mehr Konzentration, Anastasia.«

Ihr Po wippt unter meiner Hand, so als würde sie um mehr flehen.

Sie genießt das viel zu sehr. Deshalb gehe ich zum Ende des Tischs, platziere die schwarze Kugel neu und nehme die weiße an mich. Ich rollte sie über den Tisch hinweg auf sie zu.

Sie stoppt die Kugel und legt sie sich wieder zurecht.

»Moment noch«, warne ich sie. »Warte.«

Nicht so schnell, Miss Steele.

Ich schlendere zurück und stelle mich hinter sie. Doch diesmal streiche ich mit der Hand über ihren linken Oberschenkel und ihren Po.

Ich liebe ihren Hintern.

»Jetzt«, raune ich.

Mit einem Aufstöhnen legt sie den Kopf auf den Tisch.

Noch nicht aufgeben, Ana.

Sie holt tief Luft, hebt den Kopf und bewegt sich nach rechts. Ich folge ihr. Sie beugt sich vor, lehnt sich über den Tisch und trifft die weiße Kugel. Als sie über den Filz saust, schlage ich sie wieder. Fest. Die Kugel geht daneben.

»Nein!«, seufzt sie.

»Noch einmal, Baby. Wenn du's dann nicht schaffst, kriegst du's wirklich zu spüren.« Ich lege die schwarze Kugel wieder zurecht, kehre zu ihr zurück und streichle ihren wunderschönen Hintern. »Du schaffst das«, keuche ich.

Sie schmiegt sich mit dem Po an meine Hand. Ich versetze ihr einen spielerischen Klaps.

»Bereit, Miss Steele?«, murmle ich.

Anstelle einer Antwort stöhnt sie.

»Tja, dann wollen wir den mal loswerden.« Ich streife ihr den Tanga die Beine hinunter und werfe ihn auf die Jeans, die am Boden liegt. Dann knie ich mich hinter sie und küsse ihre Hinterbacken. »Los, Baby.«

Sie ist erregt. Mit allen Fingern tastet sie nach der weißen Kugel, legt sie zurecht und stößt zu. Doch in ihrer Ungeduld verfehlt sie sie. Mit zugekniffenen Augen wartet sie darauf, dass ich sie schlage. Aber stattdessen beuge ich mich über sie und drücke sie auf den Tisch. Ich nehme ihr den Queue ab und lege ihn beiseite.

Jetzt geht der Spaß richtig los.

»Daneben«, flüstere ich ihr ins Ohr. »Leg die Hände flach auf den Tisch.«

Mein Schwanz sprengt fast den Reißverschluss.

»Gut, Ich werde dich jetzt versohlen, damit du nächstes Mal besser triffst.« Ich stelle mich neben sie, um exakter treffen zu können. Stöhnend schließt sie die Augen. Ihr Atem geht stoßweise. Mit einer Hand liebkose ich ihren Hintern. Mit der anderen halte ich sie fest und packe ihr Haar.

»Spreiz die Beine«, befehle ich und hole das Lineal aus meiner Hosentasche. Da sie zögert, schlage ich mit dem Lineal zu. Das klatschende Geräusch auf ihrem Hintern ist Musik in meinen Ohren. Sie schnappt nach Luft, sagt jedoch nichts. Deshalb schlage ich noch einmal zu.

»Beine«, weise ich sie an. Sie gehorcht, worauf der nächste Schlag erfolgt. Sie schließt die Augen und nimmt die Schmerzen an. Doch sie bittet mich nicht aufzuhören.

O Baby.

Wieder und wieder schlage ich zu. Sie stöhnt. Ihre Haut verfärbt sich unter dem Lineal rosig. Meine Jeans wird immer enger und schnürt meinen Schwanz ein. Ich schlage sie weiter. Und ich versinke. In ihr. Ihr gehöre ich. Sie tut das für mich. Und ich liebe es. Ich liebe sie.

»Stopp!«, ruft sie.

Sofort lasse ich das Lineal fallen und gebe sie frei.

»Genug?«, frage ich.

»Ja.«

»Jetzt will ich dich ficken«, keuche ich mit belegter Stimme.

»Ja«, fleht sie.

Sie will es auch.

Ihr Hintern ist rosig, und sie atmet schwer.

Ich reiße mir die Hose auf, damit mein Schwanz mehr Platz hat. Dann schiebe ich zwei Finger in sie hinein, lasse sie kreisen und genieße, wie bereit sie ist.

Rasch stülpe ich mir ein Kondom über, stelle mich hinter sie und dringe langsam in sie ein. O ja. Das ist eindeutig mein Lieblingsplatz.

Ich ziehe mich aus ihr zurück, packe sie an den Hüften und stoße so hart in sie hinein, dass sie aufschreit.

»Noch mal?«, frage ich.

»Ja«, haucht sie. »Alles in Ordnung. Lass dich gehen... und nimm mich mit.«

O Ana, mit Vergnügen.

Noch einmal stoße ich in sie hinein und nehme sie in einem

langsamen, aber quälenden Rhythmus wieder und wieder. Sie stöhnt und schreit, während ich Besitz von ihr ergreife. Jeder Zentimeter von ihr gehört mir.

Sie keucht immer schneller. Fast ist sie so weit. Ich steigere das Tempo, bis sie kommt und kommt, aufschreit und mich mitnimmt. Ich rufe ihren Namen und ergieße meine Seele in sie.

Nach Luft schnappend sacke ich auf ihr zusammen. Ich bin so dankbar und fühle mich geläutert. Ich liebe sie. Ich will sie. Für immer.

Ich nehme sie in die Arme, und gemeinsam sinken wir zu Boden, wo ich sie an meine Brust schmiege. Ich will sie nie wieder loslassen. »Danke, Baby«, raune ich und übersäe ihr Gesicht mit zärtlichen Küssen. Sie öffnet die Augen und schenkt mir ein träges, wohliges Lächeln. Ich drücke sie fester an mich und streichle ihre Wange. »Deine Wange ist rot von dem Filz.«

Passt zu deinem Hintern, Baby.

Als ich sie weiter liebkose, wird ihr Lächeln breiter. »Na, wie war das?«, frage ich.

»Der Wahnsinn«, antwortet sie. »Ich mag's hart und zärtlich, Christian. Ich mag's mit dir.«

Ich schließe die Augen und staune über die schöne junge Frau in meinen Armen. »Ana, du bist schön, intelligent, provozierend, sexy, und es macht Spaß, mit dir zusammen zu sein. Ich danke der Vorsehung jeden Tag aufs Neue, dass du mich interviewt hast und nicht Katherine Kavanagh.« Ich küsse ihr Haar. Als sie gähnt, muss ich schmunzeln. »Ich hab dich wohl erschöpft. Komm mit ins Bad, und dann ab ins Bett.«

Ich stehe auf und ziehe sie hoch. »Soll ich dich tragen?«

Sie schüttelt den Kopf.

»Tut mir leid, aber du solltest dir besser was anziehen. Wer weiß, wem wir im Flur alles begegnen.«

Im Bad stelle ich das Wasser an und gieße reichlich Badeöl in die Wanne.

Ich helfe Ana aus den Kleidern und halte ihre Hand, als sie hineinsteigt. Rasch folge ich ihr, und wir sitzen uns gegenüber, während die Wanne sich mit heißem Wasser und duftendem Schaum füllt.

Mit einem Tropfen Duschgel massiere ich Anas linken Fuß und streiche mit den Daumen über ihren Rist.

»Oh, das fühlt sich toll an.« Sie schließt die Augen und legt den Kopf in den Nacken.

»Wunderbar.« Es freut mich, dass sie es genießt. Sie hat ihr Haar zu einem Pferdeschwanz zusammengebunden, der als absturzgefährdeter Knoten oben auf ihrem Kopf sitzt. Einige Strähnchen sind herausgerutscht. Ihre Haut sieht zart und nach unserem Nachmittag auf der *Grace* ein wenig sonnengebräunt aus.

Sie ist hinreißend.

Die letzten Tage waren verwirrend. Leilas durchgeknalltes Verhalten. Elenas Einmischung. Und Ana hat die ganze Zeit über Haltung bewahrt. Ich habe Respekt vor ihr. Und vor allem war es ein Traum, ihr Glück zu teilen. Ich will, dass sie glücklich ist. Ihre Freude ist auch meine Freude.

»Darf ich dich um etwas bitten?«, flüstert sie und öffnet ein Auge.

»Natürlich. Um alles in der Welt, Ana, das weißt du doch.«

Sie setzt sich auf und strafft die Schultern.

O nein.

»Morgen, wenn ich in die Arbeit gehe ... Kann Sawyer mich nur bis zur Tür bringen und mich am Ende des Tages wieder dort abholen? Bitte, Christian«, sprudelt sie hervor.

Ich höre auf zu massieren. »Ich dachte, wir hätten uns geeinigt.«

»Bitte.«

Warum ist ihr das so furchtbar wichtig?

»Was ist mit der Mittagspause?« Wieder habe ich Angst um ihre Sicherheit.

»Ich mach mir hier was und nehme es mit, damit ich nicht raus muss. Bitte.«

»Es fällt mir sehr schwer, dir eine Bitte abzuschlagen«, räume ich ein und küsse ihren Rist. Ich will, dass sie bis zu Leilas Ergreifung bewacht wird, auch wenn diese vielleicht niemals stattfindet.

Ana sieht mich aus großen blauen Augen an.

»Du versprichst mir, im Gebäude zu bleiben?«

»Ja.«

»Okay.«

Sie lächelt dankbar und richtet sich so stürmisch auf, dass Wasser aus der Wanne schwappt. Dann umfasst sie meine Oberarme und küsst mich.

»Gern geschehen, Miss Steele. Wie geht's Ihrem Hinterteil?«

»Fühlt sich wund an. Aber das Wasser wirkt lindernd.«

»Ich bin froh, dass du mir gesagt hast, wann ich aufhören soll.«

»Mein Hinterteil auch.«

Ich grinse.

Ich putze mir die Zähne und kehre ins Schlafzimmer zurück, wo Ana im Bett liegt.

»Hat Miss Acton denn kein Nachthemd für dich ausgesucht?«, frage ich. Ich bin sicher, dass sie einige Nachthemden aus Seide und Satin besitzt.

»Keine Ahnung. Ich trage gern deine T-Shirts«, erwidert sie, während ihr fast die Augen zufallen.

Junge, ist die erledigt. Ich beuge mich vor und küsse sie auf die Stirn.

Eigentlich müsste ich noch arbeiten, aber ich will bei Ana bleiben. Den ganzen Tag war ich mit ihr zusammen, und es war wundervoll.

Ich möchte, dass dieser Tag niemals aufhört.

»Ich muss arbeiten, will dich aber nicht allein lassen. Kann ich mich über deinen Laptop im Büro einloggen? Störe ich dich, wenn ich hier arbeite?«

»Ist nicht mein Laptop«, murmelt sie und schließt die Augen.

»Ist er doch«, flüstere ich, setze mich neben sie und klappe ihr

MacBook Pro auf. Ich klicke Safari an, rufe meine Mails auf und lese sie.

Anschließend schicke ich Taylor eine Mail und teile ihm mit, dass Sawyer morgen Ana begleiten soll. Die einzig offene Frage lautet, wo Sawyer sich aufhalten wird, während Ana arbeitet.

Das werden wir morgen klären.

Ich checke meinen Terminkalender. Um halb neun habe ich ein Meeting mit Ros und Vanessa, um das problematische Thema Mineralien zu erörtern.

Ich bin müde.

Ana schläft tief und fest, als ich mich neben sie lege. Ich beobachte, wie sich ihre Brust bei jedem Atemzug hebt und senkt. In so kurzer Zeit habe ich sie unglaublich ins Herz geschlossen.

»Ana, ich liebe dich«, flüstere ich. »Danke für den heutigen Tag. Bitte bleib.« Dann fallen auch mir die Augen zu.

MONTAG, 13. JUNI 2011

Seattles Morgennachrichten wecken mich mit einem Bericht über das anstehende Spiel der Angels gegen die Mariners. Als ich mich umdrehe, ist Ana schon wach und beobachtet mich.

»Guten Morgen«, sagt sie mit einem fröhlichen Lächeln, streichelt meine stoppelige Wange und küsst mich.

»Guten Morgen, Baby.« Es wundert mich, dass ich so lange geschlafen habe. »Sonst wache ich auf, bevor der Wecker losgeht.«

»Er ist so früh gestellt«, beschwert sich Ana.

»Stimmt, Miss Steele. Ich muss aufstehen.« Ich küsse sie und springe aus dem Bett.

In meinem begehbaren Kleiderschrank schlüpfe ich in einen Jogginganzug und schnappe mir mein iPod. Bevor ich gehe, schaue ich noch einmal nach Ana. Sie ist wieder eingeschlafen.

Sehr gut. Sie hat ein anstrengendes Wochenende hinter sich. So wie ich.

Gott, was für ein Wochenende.

Ich widerstehe der Versuchung, sie zum Abschied zu küssen, und lasse sie weiterschlafen. Ein Blick aus dem Fenster verrät mir, dass es zwar bewölkt ist, aber offenbar nicht regnet. Da werde ich wohl eine Joggingrunde riskieren, anstatt den Fitnessraum zu benutzen.

»Mr. Grey?« Ryan fängt mich in der Vorhalle ab.

»Guten Morgen, Ryan.«

»Sir, wollen Sie raus?« Wahrscheinlich glaubt er, mitkommen zu müssen.

»Es wird schon nichts passieren, Ryan. Danke.«

»Mr. Taylor...«

»Kein Problem.« Ich trete in den Aufzug. Ryan bleibt in der Vorhalle zurück und zweifelt vermutlich an seiner Entscheidung. Leila war nie ein Morgenmensch... genau wie Ana. Ich bin sicher, dass mir keine Gefahr droht.

Draußen nieselt es. Doch das kümmert mich nicht. *Bitter Sweet Symphony* dröhnt mir in den Ohren, als ich die Fourth Avenue entlangtrotte.

Irritierende Bilder von den Ereignissen der letzten Tage wirbeln in meinem Kopf herum: Ana beim Ball. Ana auf meinem Boot. Ana im Hotel.

Ana. Ana. Ana.

Mein Leben wurde derart auf den Kopf gestellt, dass ich mich selbst kaum noch wiedererkenne.

Ich muss an Elenas Worte denken: »*Verleugnest du, wer du bist?*« *Tue ich das?*

»*I can't change...*« Der Text des Songs hallt mir in den Ohren.

Die Wahrheit lautet, dass ich ihre Gesellschaft genieße. Ich bin froh, wenn sie in meiner Wohnung ist. Ich möchte, dass sie bleibt. Für immer. Sie hat Humor, erholsamen Schlaf, Lebenslust und Liebe in mein eintöniges Dasein gebracht. Bevor ich sie kennengelernt habe, habe ich gar nicht gewusst, dass ich einsam bin.

Aber sie wird nicht bei mir einziehen wollen, oder? Solange Leila noch frei herumläuft, ist es für sie das Vernünftigste, bei mir zu wohnen. Doch wenn man sie fasst, wird Ana gehen. Ich kann sie nicht gewaltsam festhalten, obwohl ein Teil von mir das gerne möchte. Doch falls sie je die Wahrheit über mich herausfindet, wird sie so oder so verschwinden und mich nie wiedersehen wollen.

Niemand kann ein Ungeheuer lieben.

Und wenn sie geht...

Verdammt.

Ich renne immer schneller, um die Verwirrung abzuschütteln, bis ich nur noch meine brennende Lunge und die Nikes auf dem Asphalt spüre.

Als ich vom Joggen nach Hause komme, ist Mrs. Jones in der Küche. »Guten Morgen, Gail.«

»Guten Morgen, Mr. Grey.«

»Hat Taylor Ihnen von Leila erzählt?«

»Ja, Sir. Hoffentlich finden Sie sie. Sie braucht Hilfe.« Gail gibt sich sehr besorgt.

»Richtig.«

»Soweit ich informiert bin, ist Miss Steele noch hier.« Sie lächelt wie immer schief, wenn wir über Ana sprechen.

»Ich glaube, sie bleibt, solange Leila eine Bedrohung darstellt. Sie braucht heute ein Lunchpaket.«

»Okay. Was hätten Sie gern zum Frühstück?«

»Rührei und Toast.«

»Das sollen Sie haben, Sir.«

Sobald ich geduscht und angezogen bin, beschließe ich, Ana zu wecken. Sie schläft noch immer wie ein Stein. »Komm, Schlafmütze, aufstehen.« Sie öffnet die Augen, dann macht sie sie wieder zu. Holt tief Luft.

»Was?«, frage ich.

»Ich wünschte, du würdest noch mal ins Bett kommen.«

Führ mich nicht in Versuchung, Baby.

»Sie sind wirklich unersättlich, Miss Steele. So sehr mir der Gedanke gefallen würde, aber um halb neun habe ich eine Besprechung. Ich muss los.«

Verdattert schaut Ana auf die Uhr, schiebt mich weg, springt aus dem Bett und sprintet ins Bad. Ich schüttle über ihren plötzlichen Anfall von Tatendrang den Kopf, stecke ein paar Kondome in die Hosentasche und gehe in die Küche, um zu frühstücken.

Man weiß ja nie, Grey. Inzwischen habe ich gelernt, dass man bei Anastasia Steele auf alles vorbereitet sein muss.

»Ihr Rührei ist gleich fertig, Mr. Grey.«

»Sehr gut. Ana kommt auch gleich.«

»Soll ich ihr auch Rührei machen?«

»Ich glaube, sie bevorzugt Pfannkuchen mit Speck.«

Gail stellt Kaffee und mein Frühstück auf einen der Plätze, die sie für uns am Tresen gedeckt hat.

Ana erscheint etwa zehn Minuten später in einigen der Sachen, die ich für sie gekauft habe.

Seidenbluse und grauer Rock. Sie sieht verändert aus.

Kultiviert.

Elegant.

Sie ist eine Schönheit. Keine linkische Studentin, sondern eine selbstbewusste berufstätige junge Frau.

Mir gefällt das. Ich nehme sie in den Arm. »Du bist wunderschön«, sage ich und küsse sie hinters Ohr. Das Einzige, was mich an ihrer Aufmachung stört, ist, dass sie so Zeit mit ihrem Chef verbringen wird.

Hör auf zu grübeln, Grey. *Es ist ihre Entscheidung. Sie will berufstätig sein.*

Ich lasse sie los, als Gail ihr Pfannkuchen mit Speck serviert.

»Guten Morgen, Miss Steele«, sagt sie.

»Danke, Ihnen auch einen guten Morgen«, erwidert Ana.

»Mr. Grey sagt, Sie hätten gern ein Lunchpaket für die Arbeit. Was möchten Sie?«

Ana wirft mir einen Blick zu.

Ja, Baby, das war mein Ernst. Du verlässt das Gebäude nicht.

»Ein Sandwich ... und Salat. Letztlich ist es mir egal.«

»Dann richte ich Ihnen einfach etwas her, Ma'am.«

»Bitte nennen Sie mich doch Ana, Mrs. Jones.«

»Ana«, wiederholt Gail.

»Ich muss los, Baby. Wenn Taylor mich ins Büro gebracht hat, fährt er dich mit Sawyer in die Arbeit.«

»Nur bis zur Tür«, beharrt sie.

»Ja, nur bis zur Tür.« Darauf haben wir uns geeinigt. »Aber bitte sei vorsichtig«, füge ich leise hinzu. Ich stehe auf, umfasse ihr Kinn und küsse sie rasch. »Ciao, ciao, Baby.«

»Viel Spaß im Büro, Schatz«, ruft sie mir nach. Obwohl das schrecklich kitschig klingt, freue ich mich.

Es fühlt sich so *normal* an.

Im Aufzug empfängt Taylor mich mit den neuesten Informationen. »Sir, gegenüber von SIP gibt es ein Café. Ich denke, Sawyer kann dort tagsüber warten.«

»Und falls er Unterstützung braucht? Zum Beispiel, wenn er aufs Klo muss?«

»Dann schicke ich Reynolds oder Ryan.«

»Okay.«

Im ersten Moment habe ich ganz vergessen, dass Andrea wegen ihrer Hochzeit freihat. Allerdings wird sie nicht viel von ihrem Honeymoon haben, wenn sie schon morgen wieder arbeitet. Ihre Vertretung – ihren Namen kann ich mir einfach nicht merken – besucht gerade die Facebook-Seite der *Vogue*, als ich hereinkomme.

»Keine sozialen Medien während der Bürozeiten«, tadle ich.

Eigentlich ein Anfängerfehler. Doch sie sollte das wissen. Schließlich ist sie hier beschäftigt.

Sie zuckt zusammen. »Entschuldigen Sie, Mr. Grey. Ich habe Sie gar nicht gehört. Darf ich Ihnen einen Kaffee bringen?«

»Ja, dürfen Sie. Einen Macchiato.«

Ich schließe die Bürotür, setze mich an den Schreibtisch und schalte den Computer ein. Der Saab-Händler hat gemailt: Anas Auto wird heute geliefert. Ich leite die Mail an Taylor weiter, damit er alles organisieren kann. Sicher wird Ana sich heute Abend über die Überraschung freuen. Als Nächstes schicke ich Ana eine Mail.

Von: Christian Grey
Betreff: Chef
Datum: 13. Juni 2011, 08:24 Uhr
An: Anastasia Steele

Guten Morgen, Miss Steele,
ich wollte mich nur für das wunderbare Wochenende bedanken,
mal abgesehen von den dramatischen Umständen.
Und ich hoffe, dass Sie mich niemals verlassen.
Außerdem wollte ich Sie daran erinnern, dass die Neuigkeiten
über SIP vier Wochen lang unter Verschluss bleiben.
Löschen Sie diese Mail, sobald Sie sie gelesen haben.

Ihr

CHRISTIAN GREY
CEO, Grey Enterprises Holdings, Inc. & Chef vom Chef Ihres Chefs

Ich lese Andreas Notizen. Ihre Vertretung heißt Montana Brooks. Gerade klopft sie an und bringt mir meinen Kaffee.

»Ros Bailey verspätet sich ein wenig, aber Vanessa Conway ist schon hier.«

»Sie soll auf Ros warten.«

»Ja, Mr. Grey.«

»Ich brauche ein paar Vorschläge für Hochzeitsgeschenke.«

Ms. Brooks wirkt ein wenig überrascht. »Tja, das hängt davon ab, wie gut Sie die Person kennen, wie viel sie ausgeben wollen und …«

Ich habe sie nicht um einen Vortrag gebeten. Also hebe ich die Hand. »Schreiben Sie eine Liste. Es ist für meine Assistentin.«

»Hat sie eine Hochzeitsliste?«

»Eine was?«

»Einen Hochzeitsliste in einem Laden?«

»Keine Ahnung. Finden Sie es heraus.«

»Ja, Mr. Grey.«

»Das wäre alles.«

Sie verschwindet. Gott sei Dank, dass Andrea morgen wiederkommt.

Welchs Bericht liegt in meinem Posteingang. Während ich auf Ros warte, nutze ich die Zeit, um ihn zu studieren.

Das Meeting mit Ros und Vanessa dauert nicht lang. Vanessa und ihr Team überprüfen all unsere Lieferwege und schlagen vor, dass wir Kassiterit und Wolfram direkt aus Bolivien beziehen, ebenso das Tantal aus Australien, um uns einen Konflikt wegen der Mineralien zu ersparen. Das wird zwar teurer, aber so legen wir uns wenigstens nicht mit der Zollbehörde an, was sich für ein Unternehmen wie unseres auch gehört.

Nachdem sie fort sind, rufe ich meine Mails ab. Es ist eine von Ana eingetroffen.

Von: Anastasia Steele
Betreff: Chefsache
Datum: 13. Juni 2011, 09:03 Uhr
An: Christian Grey

Sehr geehrter Mr. Grey,
bitten Sie mich, zu Ihnen zu ziehen? Natürlich erinnere ich mich, dass die Belege für Ihre enormen Stalker-Fähigkeiten noch vier Wochen unter Verschluss bleiben. Soll ich einen Scheck für Coping Together ausstellen und an deinen Vater schicken?
Bitte lösch diese Mail nicht und antworte darauf.
Ich liebe dich xxx

ANASTASIA STEELE
Assistentin des Cheflektors, SIP

Habe ich sie wirklich gefragt, ob sie zu mir ziehen will?
Mist.
Grey, das war waghalsig und überstürzt.
Ich könnte sie rund um die Uhr beschützen.
Sie würde dann mir gehören. Nur mir allein.
Und tief in meinem Innersten weiß ich, dass es darauf nur eine Antwort gibt.
Ein donnerndes Ja.
Ich antworte, ohne auf ihre übrigen Fragen einzugehen.

Von: Christian Grey
Betreff: Soso, Chefsache
Datum: 13. Juni 2011, 09:07 Uhr
An: Anastasia Steele

Ja. Bitte.

CHRISTIAN GREY
CEO, Grey Enterprises Holdings, Inc.

Während ich auf ihre Antwort warte, lese ich den restlichen Bericht in Sachen Jack Hyde. Auf den ersten Blick hat er eine weiße Weste. Er ist erfolgreich und verdient gut. Außerdem stammt er aus bescheidenen Verhältnissen und macht einen intelligenten und ehrgeizigen Eindruck. Allerdings lässt mich seine berufliche Laufbahn aufmerken. Wer in der Verlagsbranche fängt erst in New York an, arbeitet bei verschiedenen Verlagen überall in den USA und landet zu guter Letzt in Seattle?

Mir kommt das komisch vor.

Er scheint nie eine feste Beziehung geführt zu haben, und keine seiner Assistentinnen ist länger als drei Monate bei ihm geblieben.

Das heißt, dass Anas Zeit bei ihm begrenzt ist.

Von: Anastasia Steele
Betreff: Flynnismen
Datum: 13. Juni 2011, 09:20 Uhr
An: Christian Grey

Christian,
was ist aus deinem Rat, vor dem Laufen Gehen zu lernen, geworden?
Können wir uns darüber bitte heute Abend unterhalten?
Ich soll am Donnerstag an einer Konferenz in New York teilnehmen.
Das bedeutet, dass ich von Mittwoch auf Donnerstag dort übernachten muss.
Ich dachte, das solltest du wissen.
A x

ANASTASIA STEELE
Assistentin des Cheflektors, SIP

Sie will nicht mit mir zusammenziehen. Das ist nicht die gewünschte Antwort.

Was hast du denn erwartet, Grey?

Wenigstens will sie heute Abend darüber reden. Also besteht noch Hoffnung. Andererseits will sie sich auch nach New York verpissen.

Was für ein Riesenmist.

Ich frage mich, ob sie allein zu dieser Konferenz fährt.

Oder mit Hyde?

Von: Christian Grey
Betreff: WIE BITTE?
Datum: 13. Juni 2011, 09:21 Uhr
An: Anastasia Steele

Ja, lass uns heute Abend darüber reden.
Fährst du allein?

CHRISTIAN GREY
CEO, Grey Enterprises Holdings, Inc.

Jack Hyde muss als Vorgesetzter ein Arschloch sein, wenn es keine Assistentin länger als drei Monate bei ihm aushält. Obwohl: Ich bin auch ein Arschloch, und Andrea arbeitet jetzt seit fast anderthalb Jahren für mich.

Ich habe gar nicht gewusst, dass sie heiratet.

Ja. Das hat mich geärgert. Aber ihre Vorgängerin war Helena. Sie war zwei Jahre lang bei mir. Inzwischen ist sie in der Personalabteilung und wirbt unsere Ingenieure an.

Während ich auf Anas Antwort warte, lese ich die letzte Seite des Berichts.

Und da haben wir's schon: drei unter den Teppich gekehrte Vorwürfe wegen sexueller Belästigung bei seinen früheren Arbeitgebern, plus zwei Abmahnungen bei SIP.

Drei?

Der Typ ist ein perverser Widerling. Hab ich's doch gewusst. Warum stand das nicht in seiner Personalakte?

In der Bar hat er Ana regelrecht belagert und sich an sie rangeschmissen. Wie der Fotograf.

Von: Anastasia Steele
Betreff: Keine aggressiven Großbuchstaben am Montagmorgen!
Datum: 13. Juni 2011, 09:30 Uhr
An: Christian Grey

Können wir das heute Abend besprechen?
A x

ANASTASIA STEELE
Assistentin des Cheflektors, SIP

Miss Steele weicht mir aus.
Sie verreist mit ihm.
Das weiß ich genau.
Heute Morgen sah sie sensationell aus.
Ich wette, der Kerl hat das alles geplant.

Von: Christian Grey
Betreff: Du kennst mich noch nicht aggressiv
Datum: 13. Juni 2011, 09:35 Uhr
An: Anastasia Steele

Raus mit der Sprache.
Falls du mit diesem Widerling fahren solltest, mit dem du zusammenarbeitest, lautet die Antwort: Nein, nur über meine Leiche.

CHRISTIAN GREY
CEO, Grey Enterprises Holdings, Inc.

Ich schicke die Mail ab und rufe Ros an.

»Christian«, meldet sie sich sofort.

»Bei SIP produzieren sie eine Menge überflüssiger Kosten. Die werfen das Geld zum Fenster raus, und wir müssen das stoppen. Ich will, dass sämtliche unnötigen Ausgaben sofort gestrichen werden. Reisen. Hotels. Bewirtung. Der ganze Spesenkram eben. Insbesondere für neue Mitarbeiter. Sie wissen ja, wie das läuft.«

»Wirklich? Ich glaube nicht, dass wir dadurch viel einsparen würden.«

»Rufen Sie Roach an und leiten Sie es in die Wege. Sofort.«

»Was ist der Grund dafür?«

»Tun Sie es einfach, Ros.«

Sie seufzt. »Wenn Sie darauf bestehen. Soll ich es auch in den Vertrag aufnehmen?«

»Ja.«

»Okay.«

»Danke.« Ich lege auf.

So. Das sollte dem Thema Ana und New York einen Riegel vorschieben. Außerdem würde ich gern selbst mit ihr hinfliegen. Gestern hat sie mir erzählt, dass sie noch nie dort war.

Ein Ping. Ana hat geantwortet.

Von: Anastasia Steele
Betreff: Nein, DU hast MICH noch nicht richtig aggressiv erlebt
Datum: 13. Juni 2011, 09:46 Uhr
An: Christian Grey

Ja. Ich fahre mit Jack.
Und ich will zu dem Symposium. Das ist eine Chance für mich.
Außerdem bin ich noch nie in New York gewesen.
Nun mach dir mal nicht ins Hemd.

ANASTASIA STEELE
Assistentin des Cheflektors, SIP

Gerade will ich antworten, als es klopft. »Was ist?«, rufe ich barsch.

Montana steckt den Kopf zur Tür herein und verharrt in dieser Position, was mich ziemlich nervt. Entweder soll sie reinkommen oder draußen bleiben. »Mr. Grey, die Hochzeitsliste für Andrea...«

Im ersten Moment verstehe ich kein Wort.

»Die gewünschten Geschenke werden im Crate und Barrel gezeigt«, flötet sie.

»Okay.« Und was soll ich jetzt mit dieser Information?

»Ich habe eine Aufstellung der noch verfügbaren Geschenke und ihrer Preise gemacht.«

»Mailen Sie sie mir«, erwidere ich mit zusammengebissenen Zähnen. »Und bringen Sie mir noch einen Kaffee.«

»Ja, Mr. Grey.« Sie lächelt, als hätten wir über das verdammte Wetter geplaudert, und schließt die Tür.

Jetzt kann ich Miss Steele antworten.

Von: Christian Grey
Betreff: Nein, DU hast MICH noch nicht richtig aggressiv erlebt
Datum: 13. Juni 2011, 09:50 Uhr
An: Anastasia Grey

Anastasia,
um mein Scheißhemd mach ich mir keine Sorgen.
Die Antwort lautet NEIN.

CHRISTIAN GREY
CEO, Grey Enterprises Holdings, Inc.

Montana stellt einen neuen Macchiato auf meinen Schreibtisch. »Um zehn haben Sie einen Termin mit Barney und Fred im Labor«, teilt sie mir mit.

»Danke. Ich nehme den Kaffee mit.« Ich weiß, dass ich unfreundlich klinge. Doch im Moment geht mir eine gewisse Frau mit blauen Augen mächtig auf den Wecker. Ich trinke einen Schluck Kaffee.

Verdammte Scheiße.

Er ist siedend heiß. Ich lasse die Kaffeetasse fallen.

Mist, elender.

Zum Glück kriegen weder ich noch meine Tastatur etwas ab, aber auf dem Fußboden ist jetzt eine Riesenpfütze.

»Ms. Brooks!«, rufe ich. Herrje, ein Jammer, dass Andrea nicht hier ist.

Montana steckt den Kopf zur Tür herein. Weder drinnen noch draußen. Und immer noch zu viel frisch aufgetragener Lippenstift.

»Mir ist gerade der Kaffee runtergefallen, weil ich mich fast daran verbrüht habe. Bitte sorgen Sie dafür, dass das aufgewischt wird.«

»O Mr. Grey. Das tut mir sehr leid.«

Sie huscht herein, um das Durcheinander in Augenschein zu nehmen. Ich überlasse es ihr, sich darum zu kümmern. Kurz frage ich mich, ob es vielleicht Absicht von ihr war.

Grey, du bist paranoid.

Ich schnappe mir mein Telefon und beschließe, die Treppe zu nehmen.

Barney und Fred sitzen im Labor am Tisch.

»Guten Morgen, die Herren.«

»Mr. Grey«, erwidert Fred. »Barney hat das Rätsel gelöst.«

»Wirklich?«

»Ja. Die Hülle.«

»Wir haben sie durch den 3D-Drucker gejagt. Voilà.«

Er reicht mir eine kompakte Plastikhülle mit Scharnieren, die am Tablet befestigt ist. »Das ist ja großartig«, sage ich. »Wahrscheinlich hat es Sie das ganze Wochenende gekostet.« Ich sehe Barney an.

Er zuckt die Achseln. »Hatte nichts Besseres zu tun.«

»Sie sollten öfter mal was unternehmen, Barney. Aber das ist eine tolle Leistung. Wollten Sie mir sonst noch etwas zeigen?«

»Wir könnten die Beschichtung problemlos adaptieren und auch auf der Hülle eines Mobiltelefons anbringen.«

»Das würde ich gerne sehen.«

»Ich mache mich an die Arbeit.«

»Super. Sonst noch etwas?«

»Das wäre es für den Moment, Mr. Grey.«

»Vielleicht sollte man den 3D-Drucker dem Bürgermeister vorführen, wenn er uns einen Besuch abstattet.«

»Wir haben schon eine Spitzenshow für ihn geplant«, meint Fred.
»Ohne etwas zu verraten«, fügt Barney hinzu.
»Klingt prima. Danke für die Info. Ich gehe wieder nach oben.«
Während ich auf den Aufzug warte, checke ich meine Mails. Ana hat geantwortet.

Von: Anastasia Steele
Betreff: Facetten
Datum: 13. Juni 2011, 09:55 Uhr
An: Christian Grey

Christian,
reiß dich am Riemen.
Ich werde NICHT mit Jack schlafen – für kein Geld der Welt.
Ich LIEBE dich.
So ist das, wenn Menschen einander lieben: Sie VERTRAUEN einander.
Ich habe keine Angst, dass du mit einer anderen SCHLÄFST, sie VERSOHLST, FICKST oder AUSPEITSCHST. Ich VERTRAUE dir.
Bitte bring mir das gleiche Vertrauen entgegen.
Ana

ANASTASIA STEELE
Assistentin des Cheflektors, SIP

Was zum Teufel tut sie da? Ich habe ihr doch erklärt, dass die E-Mails bei SIP überwacht werden.

Wir halten in einigen Etagen an, und ich ringe um Beherrschung. Im Aufzug herrscht ein irritiertes und erwartungsvolles Schweigen, als meine Mitarbeiter ein- und aussteigen, und zwar, weil ich hier bin.

»Guten Morgen, Mr. Grey.«
»Guten Morgen, Mr. Grey.«
Ich nicke als Antwort.
Aber ich bin nicht in der Stimmung, irgendwen zu grüßen.

Das höfliche Lächeln ist nur vorgetäuscht, innerlich koche ich.

Sobald ich zurück in meinem Büro bin, suche ich ihre Nummer heraus und rufe sie an.

»Büro von Jack Hyde, Ana Steele am Apparat«, meldet sie sich.

»Würdest du bitte deine letzte Mail an mich löschen und versuchen, in deinen Mails aus dem Büro deine Worte mit mehr Bedacht zu wählen? Ich habe dir doch gesagt, dass das System überwacht wird. Ich bemühe mich von hier aus um Schadensbegrenzung«, zische ich und lege auf.

Ich rufe Barney an.

»Mr. Grey.«

»Könnten Sie bitte Miss Anastasia Steeles Mail an mich um 9:55 Uhr vom SIP-Server löschen? Außerdem alle, die ich ihr geschrieben habe?«

Am anderen Ende der Leitung Schweigen.

»Barney?«

»Äh, klar, Mr. Grey. Ich habe nur überlegt, wie. Aber ich habe schon eine Idee.«

»Sehr gut. Geben Sie mir Bescheid, wenn es erledigt ist.«

»Ja, Sir.«

Mein Telefon leuchtet auf. *Anastasia.*

»Was ist?«, melde ich mich. Sicher merkt sie, wie stinksauer ich bin.

»Ich fahre nach New York, egal ob dir das passt.«

»Glaub ja nicht...«

Stille.

»Ana?«

Sie hat aufgelegt.

Scheiße. Schon wieder.

Wer tut denn so was?

Okay, ich habe gerade das Gleiche bei ihr gemacht, aber darum geht es hier nicht.

Und ich erinnere mich, dass es genauso war, als sie mich betrunken angerufen hat.

Ich stütze den Kopf in die Hände.
Ana. Ana. Ana.
Mein Bürotelefon läutet.
»Grey.«
»Mr. Grey, Barney hier. Es war viel einfacher, als ich dachte. Die Mails befinden sich nicht mehr auf dem Server von SIP.«
»Danke, Barney.«
»Kein Problem, Mr. Grey.«
Wenigstens etwas, das klappt.
Es klopft an der Tür.
Was ist denn jetzt schon wieder?
Montana ist mit einer Dose Teppichschaum und einer Küchenrolle bewaffnet.
»Später«, pampe ich sie an. Ich habe genug von ihr. Sie hastet hinaus. Ich hole tief Luft. Der Tag verspricht, absolut nervig zu werden, und dabei haben wir noch nicht einmal Mittag. Eine neue Mail von Ana trifft ein.

Von: Anastasia Steele
Betreff: Was hast du getan?
Datum: 13. Juni 2011, 10:43 Uhr
An: Christian Grey

Bitte versprich mir, dich nicht in meine Arbeit einzumischen.
Ich will wirklich zu diesem Symposium.
Eigentlich sollte ich dich nicht um Erlaubnis bitten müssen.
Ich habe die anstößige Mail gelöscht.

ANASTASIA STEELE
Assistentin des Cheflektors, SIP

Ich antworte sofort.

Von: Christian Grey
Betreff: Was hast du getan?
Datum: 13. Juni 2011, 10:46 Uhr
An: Anastasia Steele

Ich schütze nur, was mir gehört.
Die Mail, die du mir unbedachterweise geschickt hast, ist inzwischen vom SIP-Server gelöscht. Das Gleiche gilt für meine Mails an dich.
Übrigens vertraue ich dir voll und ganz. Ihm allerdings nicht.

CHRISTIAN GREY
CEO, Grey Enterprises Holdings, Inc.

Ihre Antwort erfolgt eine Minute später.

Von: Anastasia Steele
Betreff: Erwachsen
Datum: 13. Juni 2011, 10:48 Uhr
An: Christian Grey

Christian,
ich muss nicht vor meinem Chef beschützt werden.
Möglicherweise baggert er mich an, aber dann lehne ich dankend ab.
Du darfst dich nicht einmischen. Das geht einfach nicht.

ANASTASIA STEELE
Assistentin des Cheflektors, SIP

»Kontrollfreak« ist mein zweiter Vorname, Ana. Das habe ich dir ja schon erzählt. »Unvernünftig« und »schräg« würden auch passen.

Von: Christian Grey
Betreff: Die Antwort lautet NEIN
Datum: 13. Juni 2011, 10:50 Uhr
An: Anastasia Steele

Ana,
ich habe mit eigenen Augen gesehen, wie effektiv du in der Abwehr unerwünschter Avancen bist. Soweit ich mich erinnere, bin ich so in den Genuss meiner ersten Nacht mit dir gekommen. Der Fotograf hat ja wenigstens noch Gefühle für dich. Anders als der Widerling. Er ist ein Weiberheld und wird versuchen, dich flachzulegen. Frag ihn, was aus deiner Vorgängerin und deiner Vorvorgängerin geworden ist.
Darüber will ich nicht mit dir streiten.
Wenn du unbedingt nach New York möchtest, fahre ich mit dir hin. Meinetwegen gleich dieses Wochenende. Ich habe eine Wohnung dort.

CHRISTIAN GREY
CEO, Grey Enterprises Holdings, Inc.

Sie meldet sich nicht sofort. Ich lenke mich mit Telefonaten ab.

Welch hat keine neuen Infos über Leila. Wir erörtern, ob wir in diesem Stadium die Polizei einschalten sollten. Ich zögere noch.

»Sie ist ganz in der Nähe, Mr. Grey«, sagt Welch.

»Sie ist schlau. Bis jetzt hat sie es geschafft, sich uns zu entziehen.«

»Wir überwachen Ihr Haus, SIP und Grey House. Noch mal entwischt sie uns nicht.«

»Wollen wir's hoffen. Und danke für den Bericht über Hyde.«

»Gern geschehen. Wenn Sie möchten, kann ich weitere Nachforschungen anstellen.«

»Für den Moment genügt es. Aber vielleicht komme ich darauf zurück.«

»Okay, Sir.«

»Bis bald.« Ich lege auf.

Mein Telefon läutet, als ich den Hörer noch in der Hand habe. »Ich habe Ihre Mutter in der Leitung«, flötet Montana mit ihrem Singsang.

Mist. Das hat mir gerade noch gefehlt. Ich bin wegen ihrer Bemerkung, Ana sei nur auf mein Geld aus, noch immer ein wenig wütend auf meine Mom.

»Stellen Sie sie durch«, brumme ich.

»Christian, mein Schatz«, begrüßt mich Grace.

»Hallo, Mutter.«

»Liebes, ich wollte mich nur für das entschuldigen, was ich am Samstag gesagt habe. Du weißt, wie gern ich Ana habe. Es war nur ... ein bisschen plötzlich.«

»Alles ist gut.« Nichts ist gut.

Sie schweigt einen Moment. Vermutlich zweifelt sie am Wahrheitsgehalt meiner Worte.

Allerdings habe ich schon mit einer Frau in meinem Leben Streit. Ich brauche keine zweite Baustelle. »Grace?«

»Entschuldige, Schatz. Am Samstag hast du doch Geburtstag. Wir wollten eine Party veranstalten.«

Auf meinem Computerbildschirm erscheint eine Mail von Ana.

»Mom, ich kann jetzt nicht reden. Ich muss Schluss machen.«

»Okay, ruf mich an.« Sie klingt bedrückt, aber ich habe gerade keine Zeit für sie.

»Ja klar.«

»Bis später, Christian.«

»Ja, bis später.« Ich lege auf.

Von: Anastasia Steele
Betreff: FW Lunchtreffen oder lästiger Ballast
Datum: 13. Juni 2011, 11:15 Uhr
An: Christian Grey

Christian,
während du damit beschäftigt warst, dich in meine Arbeit einzumischen und dich vor meinen unbedachten Botschaften zu retten, habe ich eine Mail von Mrs. Lincoln bekommen. Ich will mich nicht mit ihr treffen – außerdem darf ich ja dieses Gebäude nicht verlassen. Wie sie meine E-Mail-Adresse rausgekriegt hat, weiß ich nicht. Was rätst du mir?
Hier ist ihre Mail:

> Liebe Anastasia,
> ich würde mich wirklich gern mit Ihnen zum Lunch treffen. Leider ist unsere erste Begegnung ziemlich unerfreulich verlaufen, und ich möchte einen neuen Anfang machen.
> Hätten Sie irgendwann diese Woche Zeit?
> Elena Lincoln

ANASTASIA STEELE
Assistentin des Cheflektors, SIP

Herrje, das wird ja immer besser. Was, zum Teufel, führt Elena jetzt im Schilde? Und wie immer sagt es mir Ana auf den Kopf zu, wenn ich Mist baue.

Ich wusste gar nicht, dass Streiten so anstrengend sein kann. Und entmutigend. Und besorgniserregend. Sie ist böse auf mich.

Von: Christian Grey
Betreff: Lästiger Ballast
Datum: 13. Juni 2011, 11:23 Uhr
An: Anastasia Steele

Nicht böse sein. Ich will nur dein Bestes.
Ich könnte es mir nie verzeihen, wenn dir etwas passieren würde.
Ich kümmere mich um Mrs. Lincoln

CHRISTIAN GREY
CEO, Grey Enterprises Holdings, Inc.

Lästiger Ballast? Ich schmunzle zum ersten Mal, seit ich mich heute Morgen von Ana verabschiedet habe. Sie kann wirklich mit Sprache umgehen.

Ich rufe Elena an.

»Christian«, meldet sie sich nach dem fünften Läuten.

»Muss ich wirklich ein Spruchband besorgen, es an einem Flugzeug befestigen und damit über deinem Büro herumkurven?«

Sie lacht auf. »Meine E-Mail?«

»Ja. Ana hat sie an mich weitergeleitet. Bitte. Lass sie in Ruhe. Sie will dich nicht sehen. Und ich verstehe und respektiere das. Du machst mir wirklich das Leben schwer.«

»Du verstehst sie?«

»Ja.«

»Ich finde, sie sollte erfahren, wie ungnädig du mit dir selbst bist.«

»Nein, sie braucht überhaupt nichts zu erfahren.«

»Du klingst müde.«

»Ich bin es nur leid, dass du hinter meinem Rücken meiner Freundin zusetzt.«

»Freundin?«

»Ja, Freundin. Gewöhn dich dran.«

Sie seufzt, lang und tief.

»Elena. Bitte.«

»Okay, Christian. Es ist deine Beerdigung.«
Was zum Teufel war das?
»Ich muss los«, erwidere ich.
»Auf Wiedersehen«, entgegnet sie ärgerlich.
»Auf Wiedersehen.« Ich lege auf.

Die Frauen in meinem Leben sind Nervensägen. Ich drehe mich mit meinem Bürostuhl und schaue aus dem Fenster. Der Regen lässt nicht nach, und der dunkle, trübe Himmel passt zu meiner Stimmung. Das Leben ist kompliziert geworden. Alles war so viel einfacher, als jeder in der Schublade blieb, in die ich ihn hineingesteckt habe. Mit Ana hat sich das geändert. Es ist so neu, und bis jetzt sind offenbar alle, einschließlich meiner Mutter, sauer auf mich oder fallen mir auf den Wecker.

Als ich mich wieder meinem Computer zuwende, ist eine weitere Mail von Ana eingetroffen.

Von: Anastasia Steele
Betreff: Später
Datum: 13. Juni 2011, 11:32 Uhr
An: Christian Grey

Können wir das bitte heute Abend besprechen?
Ich versuche, hier zu arbeiten, und du lenkst mich ab.

ANASTASIA STEELE
Assistentin des Cheflektors, SIP

Okay, ich lasse dich in Ruhe.
Obwohl ich am liebsten zu ihr ins Büro fahren und sie in ein schickes Lokal zum Mittagessen einladen würde. Allerdings wüsste sie das vermutlich nicht zu schätzen.

Mit einem frustrierten Seufzer öffne ich die Mail mit Andreas Hochzeitsliste. Töpfe, Pfannen, Geschirr – nichts davon haut mich vom Hocker. Und wieder frage ich mich, warum sie mir nichts von ihrer Heirat erzählt hat.

Weil ich mich niedergeschlagen fühle, rufe ich in Flynns Praxis an und vereinbare für diesen Nachmittag einen Termin, der längst überfällig ist. Danach zitiere ich Montana zu mir und beauftrage sie damit, mir eine Hochzeitskarte und etwas Essbares zu besorgen. Das wird sie doch hoffentlich hinkriegen.

Als ich gerade mein Mittagessen verspeise, ruft Taylor an.
»Taylor.«
»Mr. Grey, es ist alles in Ordnung.«
Mein Herz pocht wie wild, das Adrenalin pulst durch meine Adern.
Ana.
»Was ist los? Ist etwas mit Ana?«
»Es geht ihr gut, Sir.«
»Wissen Sie Neues über Leila?«
»Nein, Sir.«
»Was gibt es sonst?«
»Ich möchte Ihnen nur mitteilen, dass Ana im Deli am Union Square war. Inzwischen ist sie wieder im Büro. Unversehrt.«
»Danke, dass Sie mir Bescheid gegeben haben. Noch etwas?«
»Der Saab wird am Nachmittag geliefert.«
»Wunderbar.« Ich lege auf und gebe mir wirklich Mühe, nicht zornig zu werden. Vergeblich. Sie hat mir versprochen, im Gebäude zu bleiben.

Leila könnte sie abknallen.
Kapiert sie das denn nicht?
Ich rufe sie an.
»Büro Jack Hyde ...«
»Du hattest mir versprochen, das Gebäude nicht zu verlassen.«
»Jack hat mich rausgeschickt, Essen für ihn zu holen. Ich konnte nicht Nein sagen. Lässt du mich etwa observieren?« Sie klingt fassungslos.
Ich gehe nicht auf ihre Frage ein. »Deswegen wollte ich nicht, dass du arbeitest.«

»Christian, bitte. Du nimmst mir die Luft zum Atmen.«
»Ich nehme dir die Luft zum Atmen?«
»Ja. Das muss aufhören. Wir reden heute Abend weiter Leider muss ich länger im Büro bleiben, weil ich nicht nach New York mitdarf.«
»Anastasia, ich will dir nicht die Luft zum Atmen nehmen.«
»Tust du aber. Ich habe zu tun. Wir reden später.« Sie klingt genauso elend, wie ich mich fühle, und legt auf.
Ich nehme ihr die Luft zum Atmen?
Vielleicht stimmt das...
Ich will sie doch nur beschützen. Schließlich habe ich gesehen, was Leila mit ihrem Auto angestellt hat.
Setz sie nicht unter Druck, Grey.
Sonst geht sie.

In Flynns Praxis brennt ein Kaminfeuer. Im Juni. Es knistert und knackt, während wir reden.
»Sie haben das Unternehmen gekauft, wo sie beschäftigt ist?«, fragt Flynn und zieht die Augenbrauen hoch.
»Ja.«
»Meiner Ansicht nach hat Anas Einwand etwas für sich. Es wundert mich nicht, dass sie sich von Ihnen unter Druck gesetzt fühlt.«
Ich werde in meinem Sessel unruhig. Das ist nicht das, was ich hören wollte. »Ich hatte Lust, in die Verlagsbranche einzusteigen.«
Flynn lässt sich nichts anmerken und wartet darauf, dass ich weiterspreche.
»Das war ein bisschen übertrieben, oder?«, räume ich ein.
»Ja.«
»Sie war nicht sehr beeindruckt.«
»Hatten Sie vor, sie zu beeindrucken?«
»Nein, das war nicht meine Absicht. Jedenfalls gehört SIP jetzt mir.«
»Ich kann nachvollziehen, dass Sie sie beschützen wollen, und

ich weiß auch, was der Grund dafür ist. Allerdings handelt es sich um eine übersteigerte Reaktion. Sie können es sich zwar finanziell leisten, aber wenn sie so weitermachen, vergraulen Sie sie.«

»Davor habe ich Angst.«

»Christian, Sie stehen momentan unter einer großen Belastung. Leila Williams – und ja, ich werde Ihnen helfen, wenn Sie sie finden. Dazu Anastasias feindselige Haltung gegenüber Elena... Ich denke, Sie können verstehen, warum Ana so empfindet.« Er wirft mir einen forschenden Blick zu.

Ich zucke die Achseln, weil ich ihm nicht zustimmen will.

»Aber da gibt es etwas viel Wichtigeres, das Sie mir nicht sagen wollen. Seit Sie hier sind, warte ich darauf, dass Sie es mir erzählen. Ich habe es schon am Samstag bemerkt.«

Ich starre ihn an. Wovon redet er? Er sitzt geduldig da und hat alle Zeit der Welt.

Er hat es am Samstag bemerkt?
Die Versteigerung?
Der Tanz?
Scheiße.
»Ich liebe Ana.«
»Danke. Das weiß ich.«
»Oh.«

»Das hätte ich Ihnen schon sagen können, als Sie bei mir waren, nachdem sie Sie verlassen hatte. Ich bin froh, dass Sie von selbst dahintergekommen sind.«

»Ich hatte keine Ahnung, dass ich überhaupt zu solchen Gefühlen fähig bin.«

»Natürlich sind Sie dazu fähig.« Er seufzt. »Deshalb habe ich mich ja so für Ihre Reaktion interessiert, als sie Ihnen gesagt hat, dass sie Sie liebt.«

»Es fällt mir immer leichter, es zu hören.«

Er lächelt. »Gut. Das freut mich.«

»Bis jetzt habe ich es immer geschafft, die verschiedenen Bereiche meines Lebens voneinander zu trennen. Meinen Beruf. Meine

Familie. Meine Sexualität. Ich wusste, was jeder dieser Aspekte für mich bedeutet. Doch seit ich Ana kenne, ist es nicht mehr so leicht. Die Situation ist absolut neu für mich. Ich bin völlig durcheinander und verliere die Kontrolle.«

»Willkommen in der Liebe.« Flynn lächelt. »Und seien Sie nicht so streng mit sich. Sie haben eine Ex mit Pistole am Start, die bereits versucht hat, Ihre Aufmerksamkeit zu erzwingen, indem sie sich vor den Augen Ihrer Haushälterin das Leben nehmen wollte. Außerdem hat sie Anas Auto demoliert. Sie haben Maßnahmen ergriffen, um für Anas und Ihre Sicherheit zu sorgen. Sie haben alles getan, was Sie konnten. Doch Sie können nicht überall gleichzeitig sein. Und Sie dürfen Ana nicht einsperren.«

»Das will ich aber.«

»Ich weiß. Doch das geht nicht. Punktum.«

Ich schüttle den Kopf, weiß allerdings in meinem Innersten, dass John recht hat.

»Christian, ich vertrete schon lange die Auffassung, dass Sie nie eine richtige Jugend hatten. Im emotionalen Sinne. Die erleben Sie offenbar jetzt. Ich erkenne, wie aufgewühlt Sie sind«, fährt er fort, »und da Sie sich von mir kein Beruhigungsmittel verschreiben lassen, möchte ich gerne, dass Sie es mit den Entspannungstechniken versuchen, die wir besprochen haben.«

O nein, nicht dieser Mist. Ich verdrehe die Augen, obwohl ich weiß, dass ich mich wie ein trotziger Teenager aufführe. Das hat er ja gerade gesagt.

»Christian, es ist Ihr Blutdruck, nicht meiner.«

»Okay.« Schicksalsergeben breite ich die Hände aus. »Ich probiere es mit meinem Glücksort.« Ich klinge zwar sarkastisch, will jedoch John beschwichtigen, der auf die Uhr schaut.

Wo ist mein Glücksort?

Meine Kindheit im Obsthain.

Segeln oder Segelfliegen. Immer.

Früher mit Elena.

Doch jetzt ist mein Glücksort bei Ana.

In Ana.

Flynn unterdrückt ein Lächeln. »Die Zeit ist um«, sagt er.

Vom Rücksitz meines Audi aus rufe ich Ana an.

»Hi«, haucht sie mit leiser Stimme.

»Hi, wann bist du fertig?«

»So gegen halb acht, denke ich.«

»Ich warte vor dem Gebäude auf dich.«

»Okay.«

Gott sei Dank. Ich hatte schon befürchtet, sie könnte zurück in ihre Wohnung wollen.

»Ich bin immer noch sauer«, flüstert sie. »Wir müssen uns über vieles unterhalten.«

»Ich weiß. Bis halb acht.«

»Ich muss aufhören. Bis später.« Sie legt auf.

»Wir bleiben hier und warten auf sie«, meine ich zu Taylor und behalte den Eingang von SIP im Auge.

»Okay, Sir.«

Ich lausche dem Regen, der einen unregelmäßigen Takt aufs Wagendach trommelt und meine Gedanken übertönt. Meinen Glücksort.

Eine Stunde später öffnet sich die Tür von SIP, und da ist sie. Taylor steigt aus und hält die Tür auf, während Ana, wegen des Regens mit gesenktem Kopf, auf uns zuhastet.

Ich habe keine Ahnung, was sie tun oder sagen wird, als sie neben mir sitzt und sich schüttelt, so dass sich Wassertropfen auf mir und dem Rücksitz verteilen.

Ich will sie in den Arm nehmen.

»Hi«, begrüßt sie mich und sieht mich verunsichert an.

»Hi«, erwidere ich, nehme ihre Hand und drücke sie.

»Bist du mir immer noch böse?«, frage ich.

»Ich weiß es nicht«, antwortet sie.

Ich führe ihre Hand an meine Lippen und küsse nacheinander jeden Fingerknöchel. »Was für ein Scheißtag.«

»Ja.« Ihre Schultern lockern sich, und sie scheint sich ein wenig zu entspannen, als sie sich aufatmend zurücklehnt.

»Jetzt, da du da bist, ist es besser.« Ich streiche mit dem Daumen über ihre Finger und sehne mich nach Körperkontakt. Taylor fährt uns nach Hause, und die Probleme des Tages scheinen in den Hintergrund zu treten. Endlich legt sich meine Anspannung.

Sie ist hier. Sie ist in Sicherheit.

Sie ist bei mir.

Ich weiß nicht, warum Taylor vor dem Escala stoppt. Aber Ana öffnet schon die Tür. Also springe ich auch aus dem Wagen, und gemeinsam flüchten wir vor dem Regen ins Gebäude. Während wir auf den Aufzug warten, halte ich ihre Hand und betrachte durch die Glasfront die Straße.

»Du hast Leila noch nicht aufgespürt?«, fragt Ana.

»Nein. Welch sucht nach wie vor nach ihr.«

Wir treten in den Aufzug. Die Türen schließen sich. Ana sieht mich an: ein Elfengesicht mit großen Augen. Ich kann den Blick nicht abwenden. Wir fixieren einander. Meine Sehnsucht, ihre Begierde. Sie leckt sich über die Lippen. Eine Aufforderung.

Und plötzlich knistert die Luft um uns herum, als sei sie elektrisch aufgeladen.

»Spürst du es auch?«, flüstere ich.

»Ja.«

»O Ana.« Ich kann den Abstand zwischen uns nicht mehr ertragen. Deshalb ziehe ich sie, eine Hand in ihrem Nacken, in meine Arme. Meine Lippen finden ihre. Sie stöhnt und fährt mir mit den Fingern ins Haar, während ich sie gegen die Aufzugwand drücke. »Ich hasse solche Auseinandersetzungen mit dir.« Ich will jeden Zentimeter von ihr. Hier. Jetzt. Um mich zu vergewissern, dass zwischen uns wieder alles in Ordnung ist.

Ana reagiert sofort. Gier und Leidenschaft werden in unserem Kuss entfesselt. Ihre Zunge fordert und drängt. Ihr Körper bäumt sich auf und sucht Erlösung, als ich ihr den Rock hochziehe, mit dem Finger über ihren Oberschenkel streiche und Spitze und warme Haut ertaste. »Wow, du trägst Strümpfe.« Meine Stimme ist belegt, als ich mit dem Daumen über ihren Strumpfsaum fahre. »Das möchte ich genauer sehen.« Ich schiebe ihren Rock höher, um den Ansatz ihrer Schenkel zu betrachten.

Ich weiche zurück und genieße den Anblick. Dabei drücke ich auf den Nothalteknopf des Aufzugs. Ich keuche, und ich will sie – sie, die wie eine Sexgöttin dasteht, die sie auch ist. Sie starrt mich an. Ihre Augen sind dunkel und lüstern. Ihr Atem geht schwer, und ihre Brüste heben und senken sich.

»Lös dein Haar.«

Als Ana an ihrem Haarband zupft, fallen ihr die Haare über die Schultern und wellen sich an ihren Brüsten. »Mach die obersten zwei Knöpfe deiner Bluse auf«, raune ich. Mein Schwanz wird härter und härter. Ihre Lippen öffnen sich leicht, als sie quälend langsam den ersten Knopf öffnet. Nach einem kurzen Innehalten tasten ihre Finger nach dem zweiten. In aller Seelenruhe foltert sie mich, bis endlich die weiche Wölbung ihrer Brüste zum Vorschein kommt.

»Hast du eine Ahnung, wie verführerisch du aussiehst?« Ich höre die Begierde in meiner eigenen Stimme.

Sie beißt sich auf die Unterlippe und schüttelt den Kopf.

Ich explodiere gleich. Deshalb schließe ich die Augen und versuche, meinen Körper zur Ordnung zu rufen. Dann trete ich vor und stütze die Hände rechts und links von ihrem Gesicht an die Wand. Als sie den Kopf hebt, treffen sich unsere Blicke.

Ich beuge mich vor. »Das wissen Sie sehr wohl, Miss Steele. Ich glaube, Sie haben Spaß daran, mich wild zu machen.«

»Mache ich dich denn wild?«

»Ja, permanent, Anastasia. Du bist eine Sirene, eine Göttin.« Ich packe ihr Bein über dem Knie und schlinge es um meine Taille. Langsam lehne ich mich vor und presse mich an sie. Mein Schwanz drückt sich an die wundervolle Stelle zwischen ihren

Schenkeln. Ich küsse ihren Hals. Meine Zunge erkundet sie, schmeckt sie. Sie legt mir die Arme um den Nacken, biegt den Rücken durch und kommt mir entgegen.

»Ich werde dich jetzt nehmen«, stöhne ich und hebe sie höher. Nachdem ich ein Kondom aus der Tasche gekramt habe, öffne ich den Reißverschluss meiner Hose. »Halt dich an mir fest, Baby.«

Sie umklammert meinen Hals. Ich halte ihr das Kondom hin, worauf sie in eine Ecke des Päckchens beißt. Ich ziehe, und gemeinsam reißen wir die Folie auf.

»Braves Mädchen.«

Ich weiche ein Stück zurück, und es gelingt mir, das dämliche Kondom über meinen Penis zu rollen. »Gott, bin ich froh, wenn die nächsten sechs Tage vorbei sind.«

Keine Kondome mehr.

Ich streiche mit dem Daumen über ihren Slip.

Spitze. Sehr gut.

»Hoffentlich ist das nicht dein Lieblingsteil.« Ihre einzige Antwort ist ein gepresstes Keuchen an meinem Ohr. Ich schiebe die Daumen unter die rückseitige Naht, so dass sie zerreißt. Jetzt habe ich Zugang zu meinem Glücksort.

Ich nehme sie langsam, ohne den Blick von ihr abzuwenden.

Verdammt, sie fühlt sich so herrlich an.

Sie biegt den Rücken durch und schließt stöhnend die Augen.

Ich ziehe mich zurück und versinke dann noch einmal langsam in ihr.

Das will ich.

Das habe ich gebraucht.

Nach diesem Scheißtag.

Sie ist nicht abgehauen.

Sie ist hier.

Für mich.

Bei mir.

»Du gehörst mir, Anastasia.« Die Worte wehen gegen ihre Kehle.

»Ja. Dir. Wann begreifst du das endlich?«, keucht sie. Und genau das wollte ich hören. Beinahe unerbittlich dringe ich in sie ein. Ich brauche sie. Jeder leise Aufschrei, jedes Stöhnen und jedes Zerren an meinem Haar verrät mir, dass sie mich auch braucht. Ich verliere mich ihn ihr und spüre, wie sie sich in mir verliert. »O Baby«, stöhne ich. Sie kommt mit einem Schrei. Ich folge ihr und flüstere ihren Namen.

Ich küsse und umarme sie, bis ich mich wieder gefasst habe. Unsere Stirnen berühren sich, unsere Augen sind geschlossen. »O Ana, ich brauche dich so sehr.« Dankbar dafür, dass ich ihr begegnet bin, küsse ich ihre Stirn.

»Und ich dich, Christian.«

Ich löse mich von ihr, streiche ihren Rock glatt und schließe die beiden obersten Knöpfe ihrer Bluse. Dann gebe ich den Code für den Lift ins Tastenfeld ein, und er setzt sich ruckartig in Bewegung. »Taylor fragt sich sicher schon, wo wir bleiben.« Ich grinse sie verschwörerisch an, worauf sie versucht, ihr Haar zu ordnen. Nach einigen vergeblichen Anläufen lässt sie es sein und entscheidet sich für einen Pferdeschwanz.

»Schon okay«, versichere ich ihr, schließe meine Hose und stecke das Kondom und ihren zerrissenen Slip ein, um beides später zu entsorgen.

Als sich die Türen öffnen, wartet Taylor schon.

»Problem mit dem Lift«, erkläre ich beim Aussteigen, weiche jedoch seinem Blick aus. Ana hastet ins Schlafzimmer, vermutlich will sie sich frisch machen, während ich in die Küche gehe, wo Mrs. Jones gerade mit dem Abendessen beschäftigt ist.

»Der Saab ist da, Mr. Grey«, meldet Taylor, der mir gefolgt ist.

»Wunderbar. Ich gebe Ana Bescheid.«

»Sir.« Er lächelt und sieht Gail kurz an, bevor er den Raum verlässt.

»Guten Abend, Gail«, begrüße ich sie, ohne auf ihren Augenausdruck zu achten, ziehe mein Sakko aus, hänge es über einen Barhocker und setze mich an die Theke.

»Guten Abend, Mr. Grey. Das Essen ist gleich fertig.«
»Riecht lecker.«
Mann, habe ich einen Hunger.
»Coq au Vin für zwei.« Sie bedenkt mich mit einem freundlichen Seitenblick und nimmt zwei Teller aus dem Warmhaltefach.
»Ich wollte nur fragen, ob Miss Steele morgen bei uns sein wird.«
»Ja.«
»Dann mache ich ihr wieder ein Lunchpaket.«
»Ausgezeichnet.«
Als Ana sich zu mir an den Küchentresen setzt, serviert Mrs. Jones uns das Essen.
»Guten Appetit, Mr. Grey, Ana«, sagt sie und geht hinaus.
Ich hole eine Flasche Chablis aus dem Kühlschrank und schenke uns zwei Gläser ein. Ana stürzt sich auf ihr Essen. Offenbar hat sie einen Bärenhunger.
»Ich schaue dir gern beim Essen zu.«
»Ich weiß.« Sie schiebt sich ein Stück Huhn in den Mund. Grinsend trinke ich einen Schluck Wein. »Erzähl mir etwas Positives von deinem Tag«, meint sie, nachdem sie heruntergeschluckt hat.
»Wir hatten heute einen Durchbruch bei der Entwicklung unseres solarbetriebenen Tablets. Es verfügt über jede Menge Apps. Bald werden wir auch solarbetriebene Mobiltelefone herstellen können.«
»Das begeistert dich offenbar?«
»Sehr. Außerdem sind Produktion und Vertrieb in den Entwicklungsländern ziemlich kostengünstig.«
»Vorsicht, sonst outest du dich noch als Menschenfreund«, hänselt sie mich, doch sie lächelt mich dabei liebevoll an. »Also besitzt du nur Immobilien in New York und Aspen?«
»Ja.«
»Wo in New York?«
»TriBeCa.«
»Erzähl mir davon.«

»Es ist eine Wohnung. Ich benutze sie kaum. Eigentlich ist meine Familie öfter dort als ich. Ich fliege mit dir hin, wann immer du möchtest.«

Als Ana aufsteht, die Teller einsammelt und zur Spüle bringt, glaube ich schon, dass sie abwaschen will. »Lass. Gail macht das schon.« Sie sieht glücklicher aus als beim Einsteigen ins Auto.

»Sollen wir jetzt, da Sie sich ein wenig beruhigt haben, Miss Steele, über heute reden?«

»Ich glaube, du bist derjenige, der jetzt ruhiger ist. Es gelingt mir ziemlich gut, dich zu zähmen.«

»Mich zu zähmen?«, schnaube ich belustigt, weil sie denkt, dass ich gezähmt werden muss.

Sie nickt. Sie meint es ernst.

Mich zähmen?

Nun, seit unserem Tête-à-Tête im Aufzug bin ich eindeutig ruhiger. Und sie hat voller Begeisterung mitgemacht. Hat sie das gemeint?

»Ja. Vielleicht hast du recht, Anastasia.«

»Im Hinblick auf Jack hattest übrigens du Recht«, sagt sie, beugt sich über den Küchentresen und mustert mich besorgt.

Mir gefriert das Blut in den Adern. »Hat er dich belästigt?«

Sie schüttelt den Kopf. »Nein, und das wird er auch nicht, Christian. Ich habe ihm heute gesagt, dass ich deine Freundin bin, und da hat er den Schwanz eingezogen.«

»Bist du sicher? Ich könnte das Schwein feuern.«

Der Typ hat abgewirtschaftet. Ich will, dass er verschwindet.

Ana seufzt. »Lass mich meine Schlachten allein schlagen. Du kannst nicht die ganze Zeit für mich mitdenken und mich beschützen. Das nimmt mir die Luft zum Atmen, Christian. Wenn du dich ständig einmischst, kann sich mein Potenzial nie entfalten. Ich brauche meine Freiheiten. Ich würde doch auch nicht im Traum daran denken, dir irgendetwas vorzuschreiben.«

»Ich möchte nur sicher sein, dass dir nichts passiert. Wenn dir etwas zustoßen würde...«

»Ich verstehe, warum es dir so wichtig ist, mich zu beschützen«, erwidert sie. »Einem Teil von mir gefällt das sehr. Ich weiß, dass du für mich da bist, wenn ich dich brauche. Umgekehrt gilt das genauso. Aber wenn es eine Hoffnung auf eine gemeinsame Zukunft geben soll, musst du mir und meinem Urteilsvermögen vertrauen lernen. Natürlich werde ich mich manchmal täuschen und Fehler machen, doch ich muss lernen.« Es ist eine verzweifelte Bitte, und ich weiß, dass sie richtigliegt.

»Es ist nur ... es ist nur ...«

Ich erinnere mich an Flynns Worte. *Wenn Sie so weitermachen, vergraulen Sie sie.*

Ruhig und entschlossen kommt sie auf mich zu, nimmt meine Hände, legt sie um ihre Taille und berührt sanft meine Arme. »Du darfst dich nicht in meine Arbeit einmischen und musst mich nicht immerzu retten. Ich weiß, dass du alles unter Kontrolle haben möchtest, und ich begreife auch, warum, aber das kannst du nicht. Es ist unrealistisch. Du musst lernen loszulassen.« Sie streichelt mein Gesicht. »Wenn du das schaffst, ziehe ich zu dir.«

»Wirklich?«

»Ja«, antwortet sie.

»Du kennst mich doch gar nicht«, platze ich, plötzlich in Panik, heraus. Ich muss ihr die Wahrheit sagen.

»Ich kenne dich gut genug, Christian. Nichts, was du mir über dich selbst sagen könntest, wird mich abschrecken.«

Das bezweifle ich. Sie weiß nicht, warum ich mich so verhalte. Sie ahnt nichts von dem Ungeheuer.

Wieder berührt sie beschwichtigend meine Wange. »Bitte, lass mir meine Freiräume.«

»Ich werde mir Mühe geben, Anastasia. Aber ich konnte nicht untätig zusehen, wie du mit diesem Widerling nach New York fliegst. Er hat einen miserablen Ruf. Keine seiner Assistentinnen hat es länger als drei Monate bei ihm ausgehalten. Ich will nicht, dass dir das auch passiert. Der Gedanke, dass jemand dir wehtun könnte, erfüllt mich mit Angst. Dass ich mich nicht mehr einmischen werde, kann ich dir nicht versprechen, jedenfalls nicht, wenn ich das Gefühl habe, du könntest in Gefahr sein.« Ich hole tief Luft. »Ich liebe dich, Anastasia, und würde alles in meiner Macht Stehende tun, um dich zu beschützen. Ich kann mir ein Leben ohne dich nicht vorstellen.«

Eine tolle Ansprache, Grey.

»Ich liebe dich auch, Christian.« Sie schlingt mir die Arme um den Hals und küsst mich. Ihre Zunge liebkost meine Lippen.

Als Taylor im Hintergrund hüstelt, stehen Ana und ich auf.

»Ja?«, frage ich ihn in etwas schärferem Ton als beabsichtigt.

»Mrs. Lincoln ist auf dem Weg herauf, Sir.

»Wie bitte?«

Er zuckt entschuldigend die Achseln.

Ich schüttle den Kopf.

»Das dürfte interessant werden«, murmle ich und lächle Ana zerknirscht an. Ana schaut zwischen mir und Taylor hin und her. Ich habe den Eindruck, dass sie ihm nicht ganz glaubt. Er nickt ihr zu und geht.

»Hast du heute mit ihr geredet?«, fragt sie mich.

»Ja.«

»Und was hast du gesagt?«

»Dass du sie nicht sehen willst und ich das gut verstehen kann. Und dass ich sauer bin, weil sie mir in den Rücken gefallen ist.«

»Und was hat sie gesagt?«

»Sie hat es in einer Art und Weise vom Tisch gefegt, wie nur sie es fertigbringt.«

»Und wieso kommt sie dann her?«

»Keine Ahnung.«

Taylor kehrt zurück. »Mrs. Lincoln«, verkündet er. Elena steht da und starrt uns an. Ich ziehe Ana enger an mich.

»Elena«, begrüße ich sie und frage mich, was zum Teufel sie hier will.

Sie blickt erst mich und dann Ana an. »Tut mir leid. Ich wusste nicht, dass du nicht allein bist, Christian. Heute ist Montag«, bemerkt sie.

»Meine Freundin«, stelle ich klar.

Subs nur am Wochenende, Mrs. Lincoln. Das weißt du.

»Natürlich. Hallo, Anastasia. Mir war nicht bewusst, dass Sie hier sein würden. Ich weiß, dass Sie nicht mit mir reden wollen, und akzeptiere das natürlich.«

»Tatsächlich?« Anas Tonfall ist schneidend.

Mist.

Elena kommt näher. »Ja, die Botschaft ist durchaus angekommen. Ich bin auch nicht Ihretwegen hier. Wie gesagt, Christian ist während der Woche meistens allein.« Sie hält inne und wendet sich direkt an Ana. »Ich habe ein Problem, das ich gerne mit Christian besprechen würde.«

»Tatsächlich? Möchtest du etwas trinken?«, erkundige ich mich.

»Ja, bitte«, erwidert sie.

Ich hole ein Glas. Als ich mich umdrehe, sitzen die beiden Frauen schweigend am Küchentresen.

Scheiße.

Was für ein gottverdammter Tag. Und er wird immer schlimmer.

Ich schenke Wein ein und setze mich zwischen sie.

»Also, was ist los?«, frage ich Elena.

Elenas Blick huscht zu Ana.

»Anastasia wohnt jetzt hier.« Ich drücke Ana beruhigend die Hand und hoffe, dass sie den Mund hält. Je schneller Elena ihr Problem loswird, desto früher ist sie wieder weg.

Elena wirkt nervös und so ganz anders als sonst. Sie fummelt an ihrem Ring herum, ein sicheres Zeichen dafür, dass sie etwas bedrückt. »Ich werde erpresst.«

»Wie denn das?«, erkundige ich mich entsetzt. Sie kramt einen Brief aus ihrer Handtasche. Ich möchte ihn nicht anfassen. »Leg ihn hin und falte ihn auseinander.« Ich weise mit dem Kinn auf die Marmorplatte und drücke Anas Hand noch fester.

»Willst du ihn nicht anfassen?«, sagt Elena.

»Nein. Wegen der Fingerabdrücke.«

»Christian, du weißt genau, dass ich damit nicht zur Polizei gehen kann.« Der Brief ist in Blockbuchstaben geschrieben.

MRS LINCOLN
FÜNFTAUSEND
ODER ICH ERZÄHLE ALLES.

»Sie verlangen nur fünftausend Dollar?« Das kommt mir komisch vor. »Hast du irgendeine Idee, wer dahinterstecken könnte? Jemand aus der Community?«

»Nein«, antwortet sie.

»Linc?«

»Nach all den Jahren? Das kann ich mir nicht vorstellen.«

»Weiß Isaac Bescheid?«

»Bis jetzt noch nicht.«

»Ich finde, er sollte Bescheid wissen.«

Ana versucht, ihre Hand zu befreien. Sie will raus.

»Was ist?«, frage ich sie.

»Ich bin müde. Ich glaube, ich gehe ins Bett«, erwidert sie.

Ich mustere ihr Gesicht, um herauszufinden, was sie wirklich denkt. Wie immer ohne Ergebnis.

»Okay«, sage ich. »Es dauert nicht mehr lange.« Ich lasse ihre Hand los. Sie steht auf.

»Gute Nacht, Anastasia«, sagt Elena.

Ana antwortet mit eisiger Stimme und marschiert hinaus. Ich wende mich wieder Elena zu.

»Ich glaube nicht, dass ich viel für dich tun kann, Elena. Wenn es um Geld geht ...« Ich halte inne. Sie weiß, dass ich ihr das Geld geben würde. »Ich könnte Welch bitten, ein bisschen zu recherchieren.«

»Nein, Christian, ich wollte nur mit jemandem darüber reden. Du scheinst sehr glücklich zu sein«, wechselt sie das Thema.

»Das bin ich.« Ana hat sich gerade bereit erklärt, mit mir zusammenzuziehen.

»Du verdienst es.«

»Ich wünschte, es wäre so.«

»Christian«, tadelt mich Elena. »Weiß sie, was für eine schlechte Meinung du von dir hast? Weiß sie über deine Probleme Bescheid?«

»Sie kennt mich besser als jeder andere Mensch.«

»Autsch. Das tut weh.«

»Es ist die Wahrheit, Elena. Bei ihr brauche ich mich nicht zu verstellen. Lass sie zufrieden, Elena. Ich mein's ernst.«

»Und was ist ihr Problem?«

»Du bist ihr Problem. Das, was wir einmal waren. Was wir getan haben. Sie versteht es nicht.«

»Dann sorg dafür, dass sie es tut.«

»All das ist längst Vergangenheit, Elena. Weshalb sollte ich sie mit unserer abgefuckten Beziehung belasten? Sie ist anständig, süß und unschuldig. Und aus irgendeinem Grund liebt sie mich, was ein echtes Wunder ist.«

»Das ist kein Wunder, Christian. Hab ein bisschen Selbstvertrauen. Du bist ein ziemlich guter Fang, das habe ich dir oft genug gesagt. Und sie scheint ein reizendes Mädchen zu sein. Stark. Ein Mädchen, das es mit dir aufnehmen kann.«

»Sie ist stärker als wir beide.«

Elena betrachtet mich kühl und nachdenklich. »Vermisst du es?«

»Was meinst du?«

»Dein Spielzimmer.«

»Das geht dich verdammt noch mal nichts an.«

»Tut mir leid.« Ihr Sarkasmus nervt. Es tut ihr überhaupt nicht leid.

»Du solltest jetzt besser gehen. Und ruf bitte nächstes Mal vorher an.«

»Es tut mir leid, Christian.« Diesmal klingt sie aufrichtig. »Seit wann bist du denn so empfindlich?«

»Elena, wir haben eine Geschäftsbeziehung, von der wir beide enorm profitieren. Belassen wir es doch dabei. Was zwischen uns war, ist längst Vergangenheit. Anastasia ist meine Zukunft, die ich auf keinen Fall aufs Spiel setzen werde, also hör mit dem verdammten Unsinn auf.«

»Verstehe.« Elena durchbohrt mich mit einem Blick, als wolle sie mir unter die Haut kriechen. Es ist mir unangenehm.

»Es tut mir leid, dass du Ärger am Hals hast. Vielleicht solltest du ja das Risiko eingehen und die Erpresser zwingen, Farbe zu bekennen.«

»Ich will dich nicht verlieren, Christian.«

»Ich gehöre nicht dir, also kannst du mich gar nicht verlieren, Elena.«

»Das habe ich nicht gemeint.«

»Was dann?«, herrsche ich sie an.

»Ich will mich nicht mit dir streiten. Deine Freundschaft bedeutet mir sehr viel. Ich werde Anastasia künftig in Ruhe lassen. Aber wenn du mich brauchst, werde ich da sein. Immer.«

»Anastasia glaubt, du wärst vorletzten Samstag hier in der Wohnung gewesen. Du hast mich angerufen, das ist alles. Wieso hast du ihr etwas anderes erzählt?«

»Ich wollte, dass ihr bewusst ist, wie durcheinander du warst, nachdem sie dich im Stich gelassen hat. Ich will nicht, dass sie dir wehtut.«

»Das weiß sie. Ich habe es ihr selbst gesagt. Hör auf, dich einzumischen. Ganz ehrlich, du benimmst dich wie die reinste Glucke.«

Elena lacht auf, doch es klingt blechern. Ich will, dass sie endlich verschwindet. »Ich weiß. Es tut mir leid. Du weißt doch, wie sehr du mir am Herzen liegst. Ich hätte nicht gedacht, dass du dich eines Tages ernsthaft verlieben würdest, Christian. Es ist sehr schön, das zu beobachten, aber ich würde es nicht ertragen, wenn sie dich verletzten würde.«

»Dieses Risiko gehe ich ein«, kontere ich trocken. »Also, bist du sicher, dass Welch nicht ein bisschen für dich herumschnüffeln soll?«

»Schaden kann es wohl nicht.«

»Okay. Ich rufe ihn gleich morgen früh an.«

»Danke, Christian. Und noch einmal – es tut mir leid. Ich wollte mich nicht einmischen. Ich werde jetzt gehen, und nächstes Mal rufe ich vorher an.«

»Gut.«

Als ich aufstehe, versteht sie den Wink und erhebt sich ebenfalls. Im Flur haucht sie mir noch einen Kuss auf die Wange. »Ich passe nur auf dich auf«, sagt sie.

»Ich weiß. Und noch etwas. Könntest du es dir verkneifen, mit meiner Mutter über meine Beziehung mit Ana zu plaudern?«

»Okay«, antwortet sie, presst jedoch die Lippen zusammen. Jetzt ist sie sauer.

Die Aufzugtüren gleiten auf, und sie tritt in die Kabine.

»Gute Nacht.«

»Gute Nacht, Christian.«

Die Aufzugtüren schließen sich. Mir fällt der Betreff von Anas heutiger E-Mail ein.

Lästiger Ballast.

Wider Willen lache ich in mich hinein. *Ja. Ana. Du hast so recht.*

Ana sitzt auf meinem Bett. Ihre Miene ist undurchdringlich. »Sie ist weg«, verkünde ich. Ich fürchte mich vor Anas Reaktion. Ich habe keine Ahnung, was sie denkt.

»Möchtest du mir endlich alles über sie erzählen? Ich versuche zu verstehen, weshalb du glaubst, sie hätte dir so sehr geholfen.« Sie betrachtet erst ihre Fingernägel und dann mein Gesicht. In ihren Augen ein entschlossener Ausdruck. »Ich hasse sie, Christian. Meiner Meinung nach hat sie dir unfassbare Dinge angetan. Du hast keinerlei Freunde. Hat sie dich daran gehindert, welche zu finden?«

Herrje, allmählich habe ich genug davon. Das hat mir jetzt gerade noch gefehlt. »Wieso willst du unbedingt über sie reden, verdammt noch mal? Wir hatten eine jahrelange Affäre, sie hat mir oft die Seele aus dem Leib geprügelt, und ich habe sie auf jede erdenkliche Art und Weise gefickt. Ende der Geschichte.«

Sie ist schockiert. Sie schleudert ihr Haar zurück, ihre Augen blitzen. »Wieso bist du denn so wütend?«

»Weil diese ganze Scheiße längst vorbei ist!« Inzwischen schreie ich.

Ana wendet den Blick ab. Ihr Mund ist eine schmale Linie.

Mist.

Warum gehe ich bei ihr so leicht in die Luft?

Schalt einen Gang runter, Grey.

Ich setze mich neben sie. »Was genau willst du wissen?

»Du brauchst es mir nicht zu erzählen. Ich wollte dich nicht in Bedrängnis bringen.«

»Darum geht es nicht, Anastasia. Ich rede nur nicht gern darüber. Ich habe die letzten Jahre in meiner eigenen Welt gelebt, in der ich auf niemanden Rücksicht zu nehmen oder mich zu rechtfertigen brauchte. Und sie war immer Teil meines Lebens, meine Vertraute. Aber jetzt prallen meine Vergangenheit und meine Zukunft auf eine Weise aufeinander, die ich nie für möglich gehalten hätte. Ich hätte nicht gedacht, dass es jemals so etwas wie eine Zukunft mit einer Frau für mich geben könnte, Anastasia. Aber du hast diese Hoffnung in mir geweckt. Dank dir ist plötzlich nichts mehr unmöglich.«

Du hast gesagt, dass du bei mir einziehst.

»Ich habe gelauscht«, flüstert sie. Offenbar ist es ihr peinlich.

»Unserer Unterhaltung?« *Mein Gott, was habe ich dahergeredet?*

»Ja.«

»Und?«

»Du bedeutest ihr sehr viel.«

»Das stimmt. Und sie mir in gewisser Weise auch, aber meine Gefühle für sie lassen sich nicht einmal annähernd mit dem vergleichen, was ich für dich empfinde. Falls es das ist, worum es hier gerade geht.«

»Ich bin nicht eifersüchtig«, erwidert sie rasch und schleudert wieder ihr Haar zurück.

Ich bin nicht sicher, ob ich ihr das abnehme.

»Du liebst sie nicht?«

Ich seufze auf. »Vor langer Zeit dachte ich, dass ich sie liebe.«

»Aber in Georgia hast du doch gesagt, dass du sie nicht geliebt hast.«

»Das stimmt.«

Sie ist verdattert.

O Baby, muss ich es dir vorbuchstabieren?

»Zu dieser Zeit habe ich bereits dich geliebt, Anastasia. Du bist der einzige Mensch, für den ich dreitausend Meilen weit fliegen würde, nur weil ich ihn sehen will. Ich habe nie auch nur annähernd so für Elena empfunden, wie ich es für dich tue.« Ana fragt mich, woran ich das erkannt habe. »Ironischerweise hat mich ausgerechnet Elena darauf gebracht. Sie war diejenige, die mir zugeredet hat, nach Georgia zu fliegen.«

Anas Gesichtsausdruck verändert sich. Er wirkt ängstlich. »Also hast du sie begehrt? Als du noch jünger warst?«

»Ja. Sie hat mir eine Menge beigebracht. Unter anderem, an mich selbst zu glauben.«

»Andererseits hat sie dir die Seele aus dem Leib geprügelt.«

»Ja, das hat sie.«

»Und das hat dir gefallen?«

»Damals schon.«

»So gut, dass du mit anderen dasselbe tun wolltest?«

»Ja.«

»Hat sie dir in dieser Hinsicht auch geholfen?«

»Ja.«

»War sie deine Sub?«

»Ja.«

Ana erschrickt sichtlich. *Frag nicht weiter, wenn du es nicht wissen willst.*

»Erwartest du von mir, dass ich sie mag?«

»Nein. Obwohl es mein Leben verdammt viel einfacher machen würde. Aber ich verstehe deine Zurückhaltung.«

»Zurückhaltung? Mein Gott, Christian, wie würde es dir gehen, wenn genau dasselbe mit deinem Sohn passiert wäre?«

Was für eine blöde Frage.
Ich. Einen Sohn?
Niemals.

»Niemand hat mich gezwungen, mit ihr zusammenzubleiben. Es war meine freie Entscheidung, Anastasia.«

»Wer ist Linc?«

»Ihr Exmann.«

»Lincoln Timber, das Bauunternehmen?«

»Genau.«

»Und wer ist Isaac?«

»Ihr derzeitiger Sub. Er ist Mitte zwanzig, Anastasia. Ein Erwachsener, der einvernehmlich... du weißt schon.«

»Also in deinem Alter«, stellt sie fest.

Es reicht!

»Anastasia, wie ich vorhin zu ihr gesagt habe, ist sie Teil meiner Vergangenheit. Du bist meine Zukunft. Lass nicht zu, dass sie zwischen uns steht. Bitte. Und offen gestanden hängt mir dieses Thema allmählich zum Hals heraus. So, ich werde jetzt noch eine Weile arbeiten.« Ich stehe auf und sehe sie an. »Lass es gut sein. Bitte.«

Wie so oft reckt sie trotzig das Kinn. Ich beschließe, nicht darauf zu achten.

»Ach ja, eines hätte ich fast vergessen«, füge ich hinzu. »Dein Wagen ist heute schon geliefert worden. Er steht in der Garage. Taylor hat die Schlüssel.«

Ihre Augen leuchten auf. »Kann ich gleich morgen damit fahren?«

»Nein.«

»Wieso nicht?«

»Du weißt genau, warum.«

Leila. Schon vergessen?

»Und noch etwas«, spreche ich weiter. »Sag künftig Bescheid, wenn du das Büro verlässt. Sawyer war dort, um ein Auge auf dich zu haben. Offenbar kann ich dir doch nicht vertrauen, dass du auch wirklich gut auf dich aufpasst.«

»Ich dir genauso wenig«, murmelt sie. »Du hättest mir sagen können, dass Sawyer mich observiert.«

»Willst du dich darüber etwa auch noch streiten?«, schnauze ich sie an.

»Mir war nicht bewusst, dass wir uns streiten. Ich dachte, wir kommunizieren bloß«, entgegnet sie mit finsterer Miene.

Ich schließe die Augen und ringe um Beherrschung. Wir bewegen uns im Kreis. »Ich muss jetzt an den Schreibtisch«, verkünde ich und lasse sie auf dem Bett sitzen, bevor mir noch etwas herausrutscht, das ich später bereuen werde.

Die vielen Fragen. Warum stellt sie sie, wenn ihr die Antworten nicht gefallen? Und Elena ist auch sauer.

Als ich mich an den Schreibtisch setze, ist bereits eine Mail von ihr eingetroffen.

Von: Elena Lincoln
Betreff: Heute Abend
Datum: 13. Juni 2011, 21:16 Uhr
An: Christian Grey

Christian,
es tut mir leid. Keine Ahnung, welcher Teufel mich geritten hat, bei dir vorbeizukommen.
Ich habe das Gefühl, dich als Freund zu verlieren. Das ist alles.
Ich schätze deine Freundschaft und deinen Rat so sehr.
Ohne dich hätte ich es nie so weit gebracht.
Das solltest du wissen.
Ex

ELENA LINCOLN
ESCLAVA
For The Beauty That Is You™

Ich glaube, sie will mir auch mitteilen, dass ich es ohne sie ebenfalls nicht so weit gebracht hätte. Und das stimmt.

> *Sie packt mich am Haar und zerrt meinen Kopf in den Nacken.*
> *»Was hast du mir zu sagen?«, schnurrt sie und durchbohrt mich mit einem Blick aus eisblauen Augen.*
> *Ich bin am Ende. Meine Knie tun höllisch weh. Mein Rücken ist mit Striemen übersät. Meine Oberschenkel schmerzen. Ich kann nicht mehr. Und sie schaut mir direkt in die Augen und wartet ab.*
> *»Ich will weg aus Harvard, Ma'am«, erwidere ich. Das Geständnis fällt mir schwer. Harvard war immer ein Ziel. Für mich. Für meine Familie. Nur um zu beweisen, dass ich es schaffe und dass ich nicht der Loser bin, für den mich alle hielten.*
> *»Weg? Von der Uni?«*
> *»Ja, Ma'am.«*
> *Sie gibt mein Haar frei und lässt den Flogger hin und her schwingen.*
> *»Was hast du vor?«*
> *»Meine eigene Firma gründen.«*
> *Sie fährt mir mit einem scharlachroten Fingernagel die Wange hinunter bis zum Mund. »Ich wusste, dass dich etwas bedrückt. Aber ich muss es immer aus dir rausprügeln, richtig?«*
> *»Ja, Ma'am.«*
> *»Zieh dich an. Dann reden wir darüber.«*

Ich schüttle den Kopf. Jetzt ist nicht der richtige Zeitpunkt, um an Elena zu denken. Ich widme mich meinen übrigen Mails.

Als ich aufblicke, ist es halb elf.
Ana.
Ich war in den endgültigen Vertrag in Sachen SIP vertieft. Ob ich es zur Bedingung für die Übernahme machen soll, dass Hyde fliegt? Allerdings könnte er vors Arbeitsgericht ziehen.
Ich stehe auf, strecke mich und gehe ins Schlafzimmer.

Keine Ana.

Auch nicht im Wohnzimmer.

Ich haste nach oben in das Zimmer für die Subs. Leer. *Mist.*

Wo könnte sie sein? In der Bibliothek?

Ich stürme die Treppe wieder hinunter.

Sie schläft, in rosafarbenen Satin gehüllt, zusammengerollt in einem der Ohrensessel. Das Haar fällt ihr über die Brust. Auf ihrem Schoß liegt ein aufgeschlagenes Buch.

Rebecca von Daphne du Maurier.

Ich lächle. Die Familie meines Großvaters Theodore stammt aus Cornwall. Deshalb meine Daphne-du-Maurier-Sammlung.

Ich nehme Ana in die Arme. »Hey, du bist eingeschlafen. Ich habe dich überall gesucht.« Als ich ihr Haar küsse, schlingt sie mir die Arme um den Hals und murmelt etwas, das ich nicht verstehe. Ich trage sie ins Schlafzimmer und lege sie ins Bett.

»Schlaf, Baby.« Sanft küsse ich sie auf die Stirn und gehe duschen.

Ich muss mir diesen Tag vom Körper schrubben.

DIENSTAG, 14. JUNI 2011

Ich bin plötzlich wach; mein Herz rast, und ein dumpfes Unbehagen schnürt mir die Brust zu. Ich liege nackt neben Ana, die tief und fest schläft. Gott, ich beneide sie um diese Fähigkeit. Meine Nachttischlampe brennt noch, der Wecker zeigt 1:45 Uhr, und ich kann meine Unruhe nicht abschütteln.

Leila?

Ich haste in mein Ankleidezimmer und streife mir eine Hose und ein T-Shirt über. Zurück im Schlafzimmer werfe ich einen Blick unters Bett. Die Balkontür ist verschlossen. Ich eile den Gang hinunter zu Taylors Büro. Die Tür steht offen. Ich klopfe an und stecke meinen Kopf rein. Ryan erhebt sich, offensichtlich erstaunt, mich zu sehen. »Guten Abend, Sir.«

»Hi, Ryan. Alles in Ordnung?«

»Ja, Sir. Alles ruhig.«

»Nichts auf den...« Ich deute auf die Monitore des Überwachungssystems.

»Nichts, Sir. Die Wohnung ist sicher. Reynolds hat soeben einen Rundgang gemacht.«

»Gut. Danke.«

»Nichts zu danken, Mr. Grey.«

Ich ziehe die Tür zu und gehe in die Küche, um mir ein Glas Wasser zu holen. Während ich einen Schluck trinke, lasse ich den Blick durchs Wohnzimmer schweifen und schaue durch die Fenster in die Dunkelheit hinaus.

Wo bist du, Leila?

Ich sehe sie vor meinem geistigen Auge. Mit gesenktem Kopf, willig wartend. Auf den Knien in meinem Spielzimmer, schlafend in ihrem Zimmer, in meinem Büro neben mir kniend, während ich arbeite. Und jetzt streift sie in Seattle durch die Straßen, soviel ich weiß, frierend und einsam. Und durchgeknallt.

Vielleicht bin ich so unruhig, weil Ana sich einverstanden erklärt hat, bei mir einzuziehen.

Ich kann sie beschützen. Aber das will sie nicht.

Ich schüttle den Kopf. Ana ist schwierig.

Eine große Herausforderung.

Willkommen in der Welt der Verliebten. Flynns Worte verfolgen mich. So ist das also. Verwirrend, berauschend, anstrengend.

Ich gehe zu meinem Flügel hinüber und klappe den Deckel herunter, um die Saiten so leise wie möglich anschlagen zu können; ich will sie nicht wecken. Ich setze mich und starre eine Weile auf die Tasten. Es ist schon ein paar Tage her, dass ich gespielt habe. Schließlich lege ich die Finger auf die Tasten und fange an, Chopins Nocturne in b-Moll zu spielen. Ich bin ganz allein mit den leisen, melancholischen Klängen, die den Raum erfüllen und meine Seele beruhigen.

Plötzlich nehme ich aus dem Augenwinkel eine Bewegung wahr. Ana steht im Schatten. Ihre Augen glitzern in dem Lichtstrahl, der aus dem Flur hereinfällt. Ich spiele weiter, während sie auf mich zukommt. Sie trägt den blassrosa Morgenmantel aus Satin und sieht atemberaubend aus – wie eine Diva, wie ein Filmstar.

Als sie vor mir steht, nehme ich die Hände von den Tasten. Ich will sie berühren.

»Wieso hast du aufgehört? Das war schön«, sagt sie.

»Hast du eine Ahnung, wie verführerisch du in diesem Augenblick aussiehst?«

»Komm ins Bett«, flüstert sie.

Ich strecke die Hand nach ihr aus, und als sie nach ihr greift, ziehe ich sie auf meinen Schoß, schlinge die Arme um sie, liebkose ihren Hals und lasse meine Lippen zu ihrer pochenden Kehle wandern. In meinen Armen überläuft sie ein Schauder.

»Wieso streiten wir uns eigentlich?«, raune ich und knabbere an ihrem Ohrläppchen.

»Weil wir uns allmählich kennenlernen, und du sturköpfig und übellaunig und launisch und schwierig bist.« Sie neigt den Kopf ein wenig zur Seite, um mir einen leichteren Zugang zu ihrem Hals zu gewähren. Ich lächle, während ich mit der Nase an ihrem Hals entlangstreiche.

Eine Herausforderung.

»Das stimmt, all das bin ich, Miss Steele. Es ist das reinste Wunder, dass Sie sich überhaupt mit mir eingelassen haben.« Ich nehme ihr Ohrläppchen zart zwischen die Zähne.

»Mmm ...« Offensichtlich gefällt ihr das.

»Ist es immer so?«, flüstere ich mit den Lippen an ihrer Haut. Ich kann nicht genug von ihr bekommen.

»Ich habe keine Ahnung«, seufzt sie kaum hörbar.

»Ich auch nicht.« Ich ziehe an dem Gürtel ihres Morgenmantels, so dass er auseinanderfällt und den Blick auf das Nachthemd darunter freigibt. Es liegt eng an und zeigt jede Kurve ihres Körpers, jede Erhebung, jede Vertiefung. Ich lasse die Hände von ihrem Gesicht zu ihrer Brust gleiten und spüre, wie sich ihre Brustwarzen aufrichten. Sie sind durch den Seidenstoff deutlich zu sehen. Ich umkreise sie mit meinen Fingern und streiche dann mit den Händen über ihre Taille hinunter zu ihren Hüften.

»Deine Haut fühlt sich so herrlich an, und ich kann alles sehen – auch das hier.« Ich zupfe behutsam an dem schmalen Streifen Schamhaar, der sich unter dem Stoff abzeichnet.

Sie schnappt nach Luft, und ich greife ihr ins Haar und ziehe ihren Kopf zurück. Ich küsse sie auf die Lippen, bis sie ihren Mund öffnet und ich mit meiner Zunge ihre berühren kann.

Sie stöhnt auf und legt die Hände um mein Gesicht. Dann fährt sie mit den Fingern über meine Bartstoppeln und schmiegt sich an mich.

Behutsam hebe ich ihr Nachthemd hoch und genieße das Gefühl des zarten, weichen Satins und den Anblick ihres wunderschönen Körpers und ihrer fantastischen langen Beine. Ich lege meine Hände um ihren Po. Sie ist nackt. Mit einem Daumennagel streiche ich langsam über die Innenseite ihres Schenkels.

Ich will sie. Hier. Auf meinem Flügel.

Ana ist verblüfft, als ich unvermittelt aufstehe und sie auf den Flügel hebe, so dass sie auf dem Deckel sitzt und ihre Füße die Tasten berühren. Zwei disharmonische Akkorde schallen durch den Raum, während sie mich ansieht. Ich stelle mich zwischen ihre Beine und ergreife ihre Hände. »Leg dich hin.« Ich lasse sie nach hinten auf den Flügel sinken. Der Seidenstoff fällt fließend über die glänzende schwarze Holzkante auf die Tasten.

Als sie auf dem Rücken liegt, lasse ich ihre Hände los, ziehe mein T-Shirt aus und spreize ihre Beine. Anas Füße tanzen über die Tasten und spielen eine abgehackte Melodie aus hohen und tiefen Tönen. Ich küsse ihre rechte Kniekehle und bahne mir mit den Lippen und der Zunge einen Weg ihr Bein hinauf zu ihrem Oberschenkel. Ihr Nachthemd rutscht nach oben und zeigt mehr und mehr von meinem wunderschönen Mädchen. Sie stöhnt auf, denn sie weiß genau, was ich vorhabe. Als sie ihre Beinmuskeln anspannt, erklingt noch einmal eine Reihe dissonanter Töne, eine schiefe Begleitmusik zu ihrem beschleunigten Atem.

Ich erreiche mein Ziel – ihre Klitoris. Ich drücke einen Kuss darauf und genieße den Ruck, der durch ihren Körper geht. Dann puste ich auf ihr Schamhaar, um Platz für meine Zunge zu schaffen. Ich schiebe ihre Knie noch weiter auseinander und halte sie fest. Sie gehört mir. Sie ist entblößt. Mir ausgeliefert. Das gefällt mir. Langsam umkreise ich mit der Zunge diesen empfindsamen, süßen Punkt. Sie stöhnt laut auf, und ich mache weiter und weiter, während sie sich unter mir windet und mir begierig ihr Becken entgegenreckt.

Ich höre nicht auf.

Ich lecke immer weiter.

Bis mein Gesicht tropfnass ist.

Von mir.

Von ihr.

Ihre Beine beginnen zu zittern.

»Oh, Christian, bitte.«

»O nein, Baby, noch nicht.« Ich halte inne und atme tief durch. Sie liegt vor mir auf dem Seidenstoff, und ihr Haar breitet sich auf dem polierten Ebenholz aus. Im sanften Licht der Leselampe ist sie unglaublich schön.

»Nein«, wimmert sie. Sie will nicht, dass ich aufhöre.

»Das ist meine Rache, Ana. Wenn du dich mit mir anlegst, muss dein Körper dafür bezahlen.« Ich küsse ihren Bauch und spüre, wie sich ihre Muskeln unter meinen Lippen zusammenziehen.

O Baby, du bist fast so weit.

Ich lasse meine Hände über ihre Schenkel wandern, streichle, knete und liebkose sie.

Mit meiner Zunge umkreise ich ihren Nabel, während meine Daumen sich dem empfindlichen Punkt zwischen ihren Beinen nähern.

»Ah!«, schreit sie erstickt auf, als ich einen Daumen in sie hineinschiebe und mit dem anderen unaufhörlich ihre Klitoris umkreise und liebkose.

Sie hebt ihren Po an und reckt sich mir entgegen.

»Christian!«, stöhnt sie.

Genug, Grey.

Ich hebe ihre Füße von den Tasten und schiebe sie zurück; sie gleitet mühelos über den Flügeldeckel. Ich ziehe ein Kondom aus meiner Tasche, öffne meine Hose und lasse sie auf den Boden fallen. Dann klettere ich hinauf und streife mir, vor ihr kniend, das Kondom über. Sie sieht mich voller Lust und Begierde an. Ich lege mich auf sie, so dass wir auf Augenhöhe sind. Meine Liebe und meine Leidenschaft spiegeln sich in ihren dunklen Augen wider.

»Ich will dich so sehr«, flüstere ich und dringe ganz langsam in sie ein.

Und ziehe mich wieder zurück.

Und gleite wieder hinein.

Sie umklammert meine Oberarme, legt den Kopf in den Nacken und öffnet den Mund.

Sie ist so nah bei mir.

Ich stoße schneller zu, und sie spannt ihre Beinmuskeln an. Als sie mit einem erstickten Schrei kommt, lasse auch ich los und verliere mich in der Frau, die ich liebe.

Sie legt den Kopf an meine Brust, und ich streiche ihr übers Haar.

»Trinkst du abends eigentlich Tee oder Kaffee?«, fragt Ana.

»Was für eine merkwürdige Frage.«

»Vorhin fiel mir ein, dass ich dir einen Tee ins Arbeitszimmer bringen könnte, aber dann dämmerte mir, dass ich keine Ahnung habe, was du gern trinkst.«

»Oh, verstehe. Abends trinke ich Wasser oder Wein, Ana. Aber vielleicht sollte ich es ja mal mit Tee probieren.« Ich nehme die Hand von ihrem Haar und streiche ihr zärtlich über den Rücken. Berühre sie, liebkose sie.

»Wir wissen sehr wenig voneinander«, flüstert sie.

»Das stimmt.« Sie kennt mich nicht. Und wenn sie mehr über mich erfährt, dann ...

Sie setzt sich auf und sieht mich stirnrunzelnd an. »Was ist los?«

Ich wünschte, ich könnte es dir sagen. Aber wenn ich es tue, dann wirst du mich verlassen.

Ich umfasse ihr wunderschönes süßes Gesicht mit den Händen. »Ich liebe dich, Ana Steele.«

»Und ich liebe dich, Christian Grey. Nichts, was ich vielleicht noch über dich erfahren werde, wird das ändern.«

Wir werden sehen, Ana. Wir werden sehen.

Ich schiebe sie ein Stück zur Seite, springe vom Flügel und hebe sie herunter.

»Ab ins Bett«, flüstere ich.

Großvater Trev-yan und ich pflücken Äpfel.
»*Siehst du die roten Äpfel an diesem grünen Apfelbaum?*«
Ich nicke.
»*Das haben wir geschafft. Du und ich. Erinnerst du dich?*
Wir haben diesen alten Apfelbaum ausgetrickst.
Er hat geglaubt, dass er nur bittere grüne Äpfel hervorbringen würde.
Aber nun trägt er diese süßen roten Äpfel.
Vergiss das nicht.«
Ich nicke.
Er hebt den Apfel an seine Nase und riecht daran.
»*Riech mal.*«
Er riecht gut. Stark.
Großvater reibt den Apfel an seinem Hemd ab und gibt ihn mir.
»*Probier mal.*«
Ich beiße ein Stück ab.
Er ist knackig und lecker und schmeckt wie Apfelkuchen.
Ich lächle. Mein Bauch freut sich.
Diese Äpfel heißen Fu-Gee.
»*Hier, willst du einen grünen probieren?*«
»*Ich weiß nicht.*«
Großvater beißt ein Stück ab und schüttelt sich.
Er verzieht das Gesicht. »*Schmeckt scheußlich.*«
Er hält mir den Apfel hin und lächelt. Ich lächle auch und beiße hinein.
Ein Schauder überläuft mich vom Kopf bis zu den Zehen.
SCHEUSSLICH!
Ich verziehe das Gesicht. Er lacht. Ich lache.
Wir pflücken die roten Äpfel und legen sie in den Eimer.
Wir haben den Baum ausgetrickst.
Sie sind nicht scheußlich. Sie sind süß.
Nicht scheußlich. Süß.

Der Duft weckt mich auf. Die Erinnerung an den Obstgarten meines Großvaters. Ich schlage die Augen auf. Wie ein Tuch habe ich mich um Ana gewickelt. Sie hat ihre Finger in meinem Haar vergraben und lächelt mich schüchtern an.

»Guten Morgen, meine Schöne«, murmle ich.

»Guten Morgen, mein Schöner.«

Mein Körper verlangt nach einer anderen Begrüßung. Ich drücke ihr einen Kuss auf die Lippen, bevor ich meine Beine von ihren löse und mich auf den Ellbogen stütze. »Gut geschlafen?«

»Ja. Trotz der Unterbrechung heute Nacht.

»Hm. Damit darfst du mich jederzeit unterbrechen.« Ich küsse sie noch einmal.

»Und du? Hast du auch gut geschlafen?«

»Neben dir schlafe ich immer gut, Anastasia.«

»Keine Albträume mehr?«

»Nein.«

Nur Träume. Angenehme Träume.

»Worum geht es denn in deinen Albträumen?«

Ihre Frage trifft mich völlig unvorbereitet, und plötzlich denke ich daran, wie ich mich als Vierjähriger gefühlt habe – hilflos, verloren, einsam, verletzt und sehr wütend. »Meistens sind es Flashbacks aus meiner frühen Kindheit. Sagt zumindest Dr. Flynn. Manche sind sehr lebhaft, andere weniger.«

Ich war ein vernachlässigtes, missbrauchtes Kind.

Meine Mutter hat mich nicht geliebt.

Sie hat mich nicht beschützt.

Sie hat sich umgebracht und mich verlassen.

Die Crackhure tot auf dem Boden.

Die Brandwunden.

Nicht die Brandwunden. Nein. *Denk nicht daran, Grey.*

»Wachst du manchmal schreiend und weinend auf?« Anas Frage holt mich in die Gegenwart zurück. Ich fahre mit dem Finger die Linie ihres Schlüsselbeins nach, um Körperkontakt zu ihr zu halten. Mein Traumfänger.

»Nein, Anastasia. Ich habe noch nie geweint. Zumindest nicht, soweit ich mich erinnern kann.«
Selbst dieser miese, beschissene Mistkerl konnte mich nicht zum Weinen bringen.
»Hast du irgendwelche glücklichen Erinnerungen an deine Kindheit?«
»Ich weiß noch, wie die Crackhure etwas gebacken hat. An den Geruch kann ich mich noch genau erinnern. Ich glaube, es war ein Geburtstagskuchen. Für mich.«

Mommy ist in der Küche.
   Es riecht gut.
   Gut und warm und nach Schokolade.
   Sie singt.
   Mommys lustiges Lied.
   Sie lächelt. »Das ist für dich, Kleiner.«
   Für mich!

»Und ich erinnere mich an den Tag, als Mia zu Mom und Dad kam. Meine Mom hatte Angst, wie ich reagieren würde, aber ich habe Mia auf Anhieb geliebt. Ihr Name war sogar das erste Wort, das ich gesagt habe. *Mia*. Und ich erinnere mich an meine erste Klavierstunde. Miss Kathie, meine Lehrerin, war großartig. Sie hat auch noch Pferde gehalten.«
»Du hast gesagt, deine Mom hätte dich gerettet. Inwiefern?«
Grace? Ist das nicht offensichtlich?
»Sie hat mich adoptiert. Als ich sie das erste Mal gesehen habe, hielt ich sie für einen Engel. Sie war ganz weiß angezogen und so sanft und ruhig bei der Untersuchung. Das werde ich nie vergessen. Wenn sie oder Carrick sich nicht für die Adoption entschieden hätten …«
Verdammt, dann wäre ich jetzt nicht mehr am Leben.
Ich werfe einen Blick auf den Wecker. 6:15 Uhr. »Ziemlich tiefschürfende Gespräche für eine so frühe Uhrzeit.«

»Ich habe mir fest vorgenommen, dich besser kennenzulernen.«
Anas Blick ist ernst, aber gleichzeitig auch ein wenig verschmitzt.

»Ach, tatsächlich, Miss Steele? Und ich habe gedacht, du wolltest nur herausfinden, ob ich lieber Kaffee oder Tee trinke. Wie auch immer, mir fällt da eine hervorragende Methode ein, wie du mich noch besser kennenlernen kannst.« Ich schmiege mich an sie, so dass sie meinen Schwanz spüren kann.

»Ich glaube, was das angeht, kenne ich dich inzwischen ziemlich gut.«

Ich grinse. »Ich bezweifle, dass ich dich in dieser Hinsicht jemals gut genug kennenlernen werde. Aber es hat eindeutig seine Vorteile, morgens neben dir aufzuwachen.« Ich knabbere an ihrem Ohrläppchen.

»Musst du nicht aufstehen?«

»Heute nicht. Im Moment gibt es nur einen Ort, an dem ich gern wäre, Miss Steele.«

»Christian!«

Ich rolle mich auf sie, packe ihre Hände und drücke sie nach oben über ihren Kopf, bevor ich ihren Hals küsse. »Oh, Miss Steele.« Ich umschlinge ihre beiden Handgelenke mit den Fingern einer Hand und schiebe mit der anderen langsam ihr Seidennachthemd nach oben, bis ich mein hartes Glied gegen ihre Scham drücken kann. »Ich weiß genau, was ich mit dir anstellen will«, raune ich.

Sie lächelt und reckt mir ihr Becken entgegen.

Ungezogenes Mädchen.

Aber zuerst brauchen wir ein Kondom.

Ich strecke meinen Arm zum Nachttisch aus.

Ana kommt zu mir an die Frühstückstheke. Sie trägt ein hellblaues Kleid und hochhackige Pumps. Sie sieht umwerfend aus. Ich sehe ihr zu, wie sie ihr Frühstück verschlingt. Ich bin entspannt. Sogar glücklich. Sie hat gesagt, dass sie bei mir einziehen will, und mein Tag hat mit Sex begonnen. Ich grinse süffisant und frage mich, ob

Ana das auch gefallen hat. Sie wendet sich mir zu. »Wann lerne ich deinen Trainer Claude kennen, damit ich sehen kann, was er so draufhat?«

»Das kommt darauf an, ob du dieses Wochenende nach New York fliegen willst oder nicht. Es sei denn, du willst diese Woche noch eine Trainingseinheit gleich in aller Frühe mit ihm haben. Ich werde Andrea bitten, seinen Terminkalender zu überprüfen und dir Bescheid zu geben.«

»Andrea?«

»Meine Assistentin.«

Sie kommt heute zurück. Was für eine Erleichterung.

»Eine deiner vielen Blondinen?«

»Sie gehört nicht mir, sondern arbeitet für mich. Du gehörst mir.«

»Ich arbeite auch für dich.«

Oh, ja! »Stimmt.«

»Vielleicht kann Claude mir Kickboxen beibringen.« Ana grinst über beide Ohren.

Offensichtlich erhofft sie sich davon, dann bessere Chancen gegen mich zu haben. Das könnte interessant werden. »Nur zu, Miss Steele.«

Ana schiebt sich einen Bissen Omelett in den Mund und wirft einen Blick über die Schulter. »Du hast den Flügel wieder aufgeklappt.«

»Ich habe ihn gestern Abend geschlossen, um dich nicht zu stören. Hat wohl nicht funktioniert, und ich bin froh darüber.«

Ana errötet.

Ja, Sex auf einem Flügel hat schon etwas. Und dann gleich noch einmal am frühen Morgen. Das hebt meine Stimmung ganz gewaltig.

Mrs. Jones unterbricht diesen Moment. Sie beugt sich vor und stellt Ana ein Lunchpaket hin. »Für später, Ana. Mögen Sie Thunfisch?«

»Sehr sogar. Vielen Dank, Mrs. Jones.« Ana lächelt sie strahlend an, und Gail erwidert ihr Lächeln, bevor sie das Zimmer verlässt, um uns nicht weiter zu stören. Für Gail ist das auch eine neue Situation. Normalerweise ist unter der Woche niemand bei mir. Das einzige andere Mal war ebenfalls mit Ana gewesen.

»Kann ich dich etwas fragen?« Ana unterbricht meine Gedanken.

»Natürlich.«

»Und du wirst nicht gleich wieder böse?«

»Geht es um Elena?«

»Nein.«

»Dann werde ich auch nicht sauer.«

»Aber ich habe noch eine weitere Frage.«

»Ja?«

»Die sich um sie dreht.«

Meine gute Laune verfliegt. »Was denn?«

»Wieso wirst du immer so sauer, wenn ich dich nach ihr frage?«

»Ganz ehrlich?«

»Ich habe gedacht, du bist mir gegenüber immer ehrlich.«

»Ich versuche es zumindest.«

»Das klingt ziemlich ausweichend.«

»Ich bin dir gegenüber immer ehrlich, Ana. Ich habe keine Lust auf Spielchen. Zumindest nicht auf diese Art von Spielchen«, füge ich hinzu.

»Auf welche Spielchen hast du denn Lust?« Ana zwinkert und gibt sich völlig ahnungslos.

»Miss Steele, Sie lassen sich ziemlich leicht vom Thema ablenken.«

Sie kichert, und beim Klang ihrer Stimme kommt meine gute Laune sofort zurück. »Mr. Grey, Sie haben so viele Seiten, die einen leicht vom Thema abbringen können.«

»Dein Kichern ist das schönste Geräusch auf der ganzen Welt, Anastasia. Also, was wolltest du wissen?«

»Ach ja. Du hast deine Subs immer nur an den Wochenenden gesehen, richtig?«

»Ja, das ist richtig.« *Worauf will sie hinaus?*

»Also kein Sex während der Woche.« Sie wirft einen Blick zur Wohnzimmertür hinüber, um sich zu vergewissern, dass uns niemand belauscht.

Ich lache. »Oh, darauf willst du also hinaus. Was glaubst du, warum ich jeden Tag während der Woche trainiere?«

Heute ist alles anders. Sex an einem Arbeitstag. Vor dem Frühstück. Das letzte Mal hat das auf meinem Schreibtisch in meinem Arbeitszimmer stattgefunden. Mit dir, Anastasia.

»Sie scheinen außerordentlich zufrieden mit sich zu sein, Miss Steele.«

»Das bin ich, Mr. Grey.«

»Das solltest du auch. Und jetzt iss dein Frühstück.«

Wir fahren mit Taylor und Sawyer im Aufzug nach unten, und selbst im Auto hält unsere gute Laune noch an. Taylor und Sawyer sitzen vorne, und wir machen uns auf den Weg zu SIP.

Ja, daran könnte ich mich gewöhnen.

Ana ist fröhlich und aufgekratzt. Sie wirft mir verstohlene Blicke zu. Oder werfe ich ihr verstohlene Blicke zu?

»Hast du nicht gesagt, der Bruder deiner Mitbewohnerin komme heute zurück?«, frage ich sie.

»Ach ja, Ethan!«, ruft sie aus. »Den habe ich ja völlig vergessen. Danke, dass du mich erinnerst, Christian. Ich muss zurück in meine Wohnung.«

»Wann?«

»Ich habe keine Ahnung, um wie viel Uhr er ankommt.«

»Ich will nicht, dass du allein irgendwo hingehst.«

Sie wirft mir einen gequälten Blick zu. »Ich weiß«, sagt sie. »Wird Sawyer mich heute ausspionieren, äh, ich meine, im Auge behalten?«

»Ja«, erwidere ich mit Nachdruck.

Leila ist immer noch irgendwo dort draußen unterwegs.

»Das Ganze wäre viel einfacher, wenn ich den Saab hätte«, murmelt sie trotzig.

»Sawyer hat einen Wagen und kann dich zu deiner Wohnung bringen, wann immer du ihn brauchst.« Ich werfe Taylor im Rückspiegel einen Blick zu, und er nickt.

Ana seufzt. »Okay. Vermutlich ruft mich Ethan irgendwann im Lauf des Tages an. Ich lasse dich wissen, wie es dann weitergeht.«

Bei dieser Vereinbarung bleibt einiges dem Zufall überlassen. Aber ich will mich nicht mit ihr streiten.

Der heutige Tag ist viel zu schön dafür.

»Also gut. Aber du gehst nirgendwo allein hin. Hast du das verstanden?« Ich drohe ihr mit dem Finger.

»Ja, Schatz.« Der Sarkasmus in ihrer Stimme ist nicht zu überhören.

Was gäbe ich nicht dafür, sie jetzt übers Knie legen und ihr den Hintern versohlen zu können.

»Außerdem solltest du ausschließlich deinen BlackBerry benutzen. Ich schicke dir meine E-Mails dorthin. Damit sollte gewährleistet sein, dass mein IT-Mann sich keinen vergnüglichen Vormittag macht, okay?«

»Ja, Christian.« Sie verdreht die Augen.

»Oh, Miss Steele, ich glaube, meine Hand fängt an zu jucken.«

»Oh, Mr. Grey, Sie und Ihre ewig juckende Hand. Was machen wir bloß damit?«

Ich lache. Sie ist wirklich witzig.

Mein Telefon vibriert.

Scheiße. Es ist Elena.

»Was gibt's?«

»Christian. Hi, ich bin's. Tut mir leid, dich zu stören. Ich wollte nur sichergehen, dass du niemanden losschickst. Der Brief war von Isaac.«

»Du machst Witze.«

»Das ist mir sehr peinlich. Es war für eine Szene.«

»Für eine Szene.«

»Ja. Und er meinte damit nicht fünftausend Dollar in bar.«

Ich lache. »Wann hat er dir das gesagt?«

»Heute Morgen. Ich habe ganz früh angerufen und ihm gesagt, dass ich bei dir war. Oh, Christian, es tut mir so leid.«

»Nein, kein Problem. Du brauchst dich nicht zu entschuldigen. Ich bin froh, dass es eine logische Erklärung dafür gibt. Mir kam der Betrag sowieso lächerlich gering vor.«

»Ich schäme mich so sehr.«

»Ich bin sicher, du hast dir eine richtig schöne Gemeinheit überlegt, um dich an ihm zu rächen. Armer Isaac.«

»Tatsächlich ist er total wütend auf mich. Also werde ich das irgendwie wiedergutmachen müssen.«

»Gut.«

»Wie auch immer. Vielen Dank fürs Zuhören gestern. Bis bald.«

»Bis dann.« Ich lege auf und wende mich Ana zu, die mich aufmerksam mustert.

»Wer war das?«, fragt sie.

»Willst du das wirklich wissen?«

Sie schüttelt den Kopf, zieht die Mundwinkel nach unten und starrt aus dem Fenster. »Hey.« Ich greife nach ihrer Hand und küsse jeden einzelnen Fingerknöchel, nehme ihren kleinen Finger in den Mund und sauge daran. Fest. Dann beiße ich sanft hinein.

Sie rutscht auf dem Sitz hin und her und schaut nervös nach vorne zu Taylor und Sawyer. Jetzt habe ich ihre Aufmerksamkeit wieder ganz auf mich gezogen.

»Reg dich nicht auf, Anastasia. Sie ist Vergangenheit.« Ich drücke einen Kuss auf ihre Handfläche, bevor ich ihre Hand loslasse. Sie öffnet die Wagentür, und ich schaue ihr nach, wie sie das Bürogebäude betritt.

»Mr. Grey, ich würde mich gern in Miss Steeles Wohnung umschauen, bevor sie sie heute betritt«, sagt Taylor. Das halte ich für eine gute Idee.

Andrea schenkt mir ein strahlendes Lächeln, als ich im Grey House aus dem Aufzug steige. Eine verschüchtert wirkende junge Frau steht neben ihr.

»Guten Morgen, Mr. Grey. Das ist Sarah Hunter. Sie macht ein Praktikum bei uns.«

Sarah schaut mir direkt in die Augen und streckt mir die Hand entgegen. »Guten Morgen, Mr. Grey. Es freut mich, Sie kennenzulernen.«

»Hallo, Sarah. Willkommen.« Wir schütteln uns die Hand. Sie hat einen erstaunlich festen Händedruck.

Also doch keine kleine graue Maus.

Ich ziehe meine Hand zurück.

»Kann ich Sie in meinem Büro sprechen, Andrea?«

»Natürlich. Soll Sarah Ihnen einen Kaffee machen?«

»Ja. Schwarz, bitte.«

Sarah tänzelt in Richtung Küche und legt dabei einen so großen Enthusiasmus an den Tag, dass ich hoffe, sie wird mir nicht schon bald auf die Nerven fallen. Ich halte Andrea die Tür zu meinem Büro auf und schließe sie hinter ihr.

»Andrea...«

»Mr. Grey...«

Wir halten beide inne.

»Sie zuerst«, sage ich.

»Mr. Grey, ich wollte mich bei Ihnen für die Suite bedanken. Es war wunderschön. Sie hätten wirklich nicht...«

»Warum haben Sie mir nicht gesagt, dass Sie heiraten werden?«

Ich setze mich an meinen Schreibtisch.

Andrea errötet. Das sehe ich nicht oft bei ihr. Anscheinend ist sie auch um Worte verlegen.

»Andrea?«

»Na ja, ähm... In meinem Arbeitsvertrag gibt es eine Beziehungsverbotsklausel.«

»Sie haben jemanden geheiratet, der hier arbeitet?«

Verdammt, wie ist es ihr gelungen, das geheim zu halten?

»Ja, Sir.«

»Wer ist der Glückliche?«

»Damon Parker. Er arbeitet in der Technikabteilung.«

»Der Australier.«

»Er braucht eine Green Card; im Moment hat er nur ein H-1B-Visum.«

»Verstehe.« Eine Zweckehe also. Aus irgendeinem unerfindlichen Grund tut mir das leid für sie, und ich bin auch ein wenig enttäuscht von ihr. Sie sieht meine missbilligende Miene und spricht rasch weiter.

»Das ist nicht der Grund, warum ich ihn geheiratet habe. Ich liebe ihn«, sprudelt sie auf eine für sie untypische Art hervor und wird erneut rot. Die hektischen Flecken auf ihren Wangen stellen mein Vertrauen in sie wieder her.

»Mein Glückwunsch. Das ist für Sie.« Ich reiche ihr das Kuvert mit der Glückwunschkarte, die ich am Tag zuvor unterschrieben habe, und hoffe, dass sie es nicht in meiner Gegenwart öffnet. »Wie gefällt Ihnen das Eheleben bisher?«, frage ich, um sie davon abzuhalten.

»Ich kann es nur empfehlen, Sir.« Sie strahlt mich an. Diesen Gesichtsausdruck kenne ich. Ich fühle mich genauso. Und nun fehlen *mir* die Worte.

Andrea wechselt in den Arbeitsmodus. »Sollen wir Ihren Terminkalender durchgehen?«, fragt sie.

»Ja, bitte.«

Die Ehe. Als Andrea gegangen ist, denke ich über diese Institution nach. Ihr scheint sie offensichtlich zu bekommen. Und die meisten Frauen wünschen sich eine Heirat. Oder nicht? Ich frage mich, was Ana tun würde, wenn ich ihr einen Heiratsantrag machte. Rasch schüttle ich den Kopf; der Gedanke überfordert mich.

Mach dich nicht lächerlich, Grey.

In Gedanken spiele ich diesen Morgen noch einmal durch. Ich könnte jeden Tag neben Anastasia Steele aufwachen und jeden Abend neben ihr meine Augen schließen.

Du bist verknallt, Grey.

Dich hat es schlimm erwischt.
Genieße es, solange es geht.
Ich schreibe ihr eine E-Mail.

Von: Christian Grey
Betreff: Sonnenaufgang
Datum: 14. Juni 2011, 09:23 Uhr
An: Anastasia Steele

Ich liebe es, morgens neben dir aufzuwachen.
CHRISTIAN GREY
Total und unglaublich verknallter CEO, Grey Enterprises Holdings, Inc.

Grinsend schicke ich sie ab.
Ich hoffe, sie liest meine Nachricht auf ihrem BlackBerry.
Sarah bringt mir meinen Kaffee, und ich öffne den letzten Entwurf des Vertrags mit SIP und beginne zu lesen.
Mein Telefon summt. Eine SMS von Elena.

ELENA
Vielen Dank für dein Verständnis.

Ich ignoriere ihre Nachricht und konzentriere mich wieder auf den Vertrag. Als ich aufschaue, sehe ich eine Antwort von Ana. Ich trinke einen Schluck Kaffee.

Von: Anastasia Steele
Betreff: Sonnenuntergang
Datum: 14. Juni 2011, 09:34 Uhr
An: Christian Grey

Lieber total und unglaublich Verknallter,
ich liebe es auch, neben dir aufzuwachen. Aber ich liebe es auch, mit dir im Bett zu sein, in Aufzügen, auf Klavieren, auf Billard-

tischen, auf Booten und Schreibtischen, in Duschen und Badewannen und an seltsamen Holzkreuzen mit Handfesseln dran und in mit roter Satinbettwäsche bezogenen Himmelbetten, in Bootshäusern und in Kinderzimmern.

IN LIEBE
DIE SEXBESESSENE UND UNERSÄTTLICHE XX

Scheiße. Ich verschlucke mich vor Lachen und spucke Kaffee auf meine Tastatur, als ich ihre Unterschrift »die Sexbesessene und Unersättliche« lese. Ich kann es kaum fassen, dass sie das in einer Mail geschrieben hat. Glücklicherweise habe ich noch Papiertaschentücher von dem gestrigen Kaffee-Fiasko übrig.

Von: Christian Grey
Betreff: Nasse Hardware
Datum: 14. Juni 2011, 09:37 Uhr
An: Anastasia Steele

Liebe Sexbesessene und Unersättliche,
ich habe gerade den gesamten Inhalt meiner Kaffeetasse über die Tastatur geschüttet.
Ich kann mich nicht erinnern, dass mir das schon einmal passiert wäre.
Ich bewundere Frauen, die nie aus den Augen verlieren, wo sie sich gerade aufhalten.
Muss ich daraus folgern, dass du mich nur wegen meines Körpers willst?
CHRISTIAN GREY
Total und unglaublich schockierter CEO, Grey Enterprises Holdings, Inc.

Ich widme mich wieder dem SIP-Vertrag, komme aber nicht viel weiter, denn Ana schickt mir wieder eine E-Mail.

Von: Anastasia Steele
Betreff: Kichernd – und ebenfalls nass
Datum: 14. Juni 2011, 09:42 Uhr
An: Christian Grey

Lieber total und unglaublich Schockierter,
immer.
Ich muss jetzt arbeiten.
Also, hör auf, mich zu stören.
SB & U XX

Von: Christian Grey
Betreff: Muss ich?
Datum: 14. Juni 2011, 09:50 Uhr
An: Anastasia Steele

Liebe SB & U,
dein Wunsch ist mir Befehl. Wie immer.
Es gefällt mir, dass du nass bist und kichern musst.
Ciao, ciao, Baby.
x

CHRISTIAN GREY
Total und unglaublich verknallter, verzückter und schockierter CEO,
Grey Enterprises Holdings, Inc.

Kurz darauf sitze ich in meinem monatlichen Meeting mit Ros und Marco, meinem Fachmann für Transaktionen, und seinem Team. Wir gehen eine Liste mit Unternehmen durch, die Marcos Leute als mögliche Übernahmeprojekte vorgeschlagen haben.

Er spricht über die letzte Firma auf der Liste. »Sie sind ein wenig ins Schwimmen geraten, aber sie haben vier Patente ausstehen, die wir für unsere faseroptischen Systeme gut gebrauchen könnten.«

»Hat Fred sie überprüft?«, will ich wissen.

»Er ist begeistert«, erwidert Marco mit einem süffisanten Grinsen.

»Dann kaufen wir sie.«

Mein Telefon klingelt, und Anas Name erscheint auf dem Display.

»Entschuldigen Sie mich einen Moment.« Ich nehme das Telefon und melde mich. »Anastasia.«

»Christian, Jack will, dass ich ihm etwas zum Mittagessen hole.«

»Fauler Mistkerl.«

»Ich mache mich jetzt auf den Weg. Es wäre vielleicht ganz gut, wenn du mir Sawyers Nummer geben würdest, damit ich dich nicht immer stören muss.«

»Du störst mich nicht, Baby.«

»Bist du allein?«

Ich werfe einen Blick auf den Konferenztisch. »Nein. Sechs Leute starren mich an und fragen sich, mit wem ich gerade rede.« Alle schauen rasch zur Seite.

»Ehrlich?«, quietscht sie.

»Ja, ehrlich.« Ich mache eine Pause. »Meine Freundin«, verkünde ich dann den anderen im Raum. Ros schüttelt den Kopf.

»Wahrscheinlich dachten sie die ganze Zeit, du bist schwul.«

Ich lache, während Ros und Marco einen Blick tauschen. »Wahrscheinlich.«

»Äh ... ich sollte jetzt Schluss machen.«

»Ich sage Sawyer Bescheid.« Ich lache wieder, als ich die Reaktionen am Tisch sehe. »Hat sich dein Freund schon bei dir gemeldet?«

»Noch nicht. Aber Sie werden der Erste sein, der es erfährt, Mr. Grey.«

»Gut. Ciao, ciao, Baby.«

»Bye, Christian.«

Ich stehe auf. »Ich muss rasch einen Anruf erledigen.«

Vor dem Konferenzraum wähle ich Sawyers Nummer.

»Mr. Grey.«

»Ana besorgt etwas zum Mittagessen. Bitte lassen Sie sie nicht aus den Augen.«

»In Ordnung, Sir.«

Ich gehe zurück und beende das Meeting. Ros kommt auf mich zu.

»Eine private Fusionierung?«, fragt sie.

»So ist es.«

»Kein Wunder, dass Sie so gut drauf sind. Ich freue mich für Sie«, sagt sie.

Ich grinse selbstzufrieden.

Bastille ist in bester Verfassung. Er hat mich schon dreimal auf den Boden geworfen. »Dante hat mir erzählt, dass Sie ein hübsches Mädchen in die Bar gebracht haben. Sind Sie deshalb heute so schwach auf der Brust, Grey?«

»Kann sein.« Ich grinse. »Und sie braucht einen Trainer.«

»Ihre Assistentin hat mich heute Morgen deswegen schon angerufen. Ich kann es kaum erwarten, sie kennenzulernen.«

»Sie möchte Kickboxen lernen.«

»Um Sie in Schach halten zu können?«

»Ja, so in etwa.« Ich stürze mich auf ihn, aber er täuscht mit der Linken an, und seine Dreadlocks fliegen durch die Luft, während er mich mit einem geschickten Roundhouse-Kick außer Gefecht setzt.

Scheiße. Ich lande schon wieder auf dem Boden.

Bastille baut sich vor mir auf. »Sie wird Ihnen mühelos den Arsch aufreißen, wenn Sie so kämpfen wie jetzt, Grey«, sagt er hämisch.

Jetzt reicht's. Dafür muss er büßen.

Nach meiner Trainingsrunde mit Bastille dusche ich und kehre ins Büro zurück. Andrea wartet bereits auf mich.

»Mr. Grey, vielen Dank. Sie sind wirklich zu großzügig.«

Ich wehre ihre Dankesbezeigung mit einer Handbewegung ab

und eile in mein Büro. »Nichts zu danken, Andrea. Wenn Sie den Betrag für eine Hochzeitsreise verwenden, dann kümmern Sie sich darum, dass ich zu dieser Zeit auch nicht hier bin.« Sie lächelt verhalten, und ich schließe die Tür zu meinem Büro hinter mir.

Als ich mich an meinen Schreibtisch setze, sehe ich, dass Ana mir wieder geschrieben hat.

Von: Anastasia Steele
Betreff: Besuch aus sonnigen Gefilden
Datum: 14. Juni 2011, 14:55 Uhr
An: Christian Grey

Liebster total und unglaublich Verknallter, Verzückter und Schockierter,
Ethan ist zurück und kommt gleich vorbei, um sich die Wohnungsschlüssel abzuholen.
Ich würde mich gern vergewissern, dass er alles hat, was er braucht.
Wieso holst du mich nicht einfach nach der Arbeit ab? Wir könnten in meine Wohnung fahren und dann ALLE ZUSAMMEN essen gehen.
Und die Rechnung geht auf mich.
Deine
Ana x
Immer noch SB & U

ANASTASIA STEELE
Assistentin des Cheflektors, SIP

Sie benutzt immer noch ihren Firmencomputer.
Verdammt, Ana.

Von: Christian Grey
Betreff: Abendessen
Datum: 14. Juni 2011, 15:05 Uhr
An: Anastasia Steele

Guter Plan. Bis auf den Vorschlag mit dem Zahlen.
Das Essen geht auf meine Rechnung.
Ich hole dich um sechs Uhr ab.
X
PS: Wieso benutzt du nicht deinen BlackBerry?
CHRISTIAN GREY
Total und unglaublich wütender CEO, Grey Enterprises Holdings Inc.

Von: Anastasia Steele
Betreff: Zwanghaftes Herumkommandieren anderer Leute
Datum: 14. Juni 2011, 15:11 Uhr
An: Christian Grey

Meine Güte, sei doch nicht so mürrisch und miesepetrig.
Ist doch alles codiert.
Wir sehen uns um sechs.
Ana x
ANASTASIA STEELE
Assistentin des Cheflektors, SIP

Von: Christian Grey
Betreff: Unmögliches Weibsstück
Datum: 14. Juni 2011, 15:18 Uhr
An: Anastasia Steele

Mürrisch und miesepetrig!
Ich gebe dir gleich mürrisch und miesepetrig!
Und ich freue mich drauf!
CHRISTIAN GREY
Total und unglaublich wütender, aber aus irgendeinem Grund trotzdem lächelnder CEO, Grey Enterprises Holdings, Inc.

Von: Anastasia Steele
Betreff: Versprechungen, Versprechungen
Datum: 14. Juni 2011, 15:23 Uhr
An: Christian Grey

Tja, versuch's doch mal, Mr. Grey.
Und ich freue mich auch drauf. ☺
Ana x

ANASTASIA STEELE
Assistentin des Cheflektors, SIP

Andrea meldet sich über die Sprechanlage. »Professor Choudury von der WSU ist in der Leitung.« Der Professor ist der Vorsitzende der Umweltentwicklungsabteilung. Er ruft nur sehr selten an. »Stellen Sie ihn durch.«

»Ich habe gute Nachrichten, Mr. Grey.«

»Tatsächlich?«

»Professor Gravett und ihr Team haben einen Durchbruch bei den für die Stickstofffixierung verantwortlichen Mikroorganismen erzielt. Ich wollte Ihnen nur eine kurze Vorabinformation geben; sie wird Ihnen am Freitag ihre Forschungsergebnisse präsentieren.«

»Das klingt sehr beeindruckend.«

»Wie Sie wissen, zielt unsere Forschung darauf ab, Böden produktiver zu machen. Und das ist wirklich bahnbrechend.«

»Wie schön, das zu hören.«

»Das haben wir Ihnen und den Mitteln von GEH zu verdanken, Mr. Grey.«

»Ich freue mich darauf, am Freitag mehr darüber zu erfahren.«

»Guten Tag, Sir.«

Um 17:55 Uhr steht der Audi vor dem SIP-Gebäude; ich freue mich auf dem Rücksitz darauf, Ana wiederzusehen.

Ich rufe sie an.

»Mürrisch und Miesepetrig hier.«

»Und hier ist Sexbesessen und Unersättlich. Stehst du vor dem Haus?«, fragt sie.

»So ist es, Miss Steele. Und ich freue mich darauf, Sie zu sehen.«

»Gleichfalls, Mr. Grey. Ich bin sofort da.«

Während ich warte, lese ich einen Bericht über die Patente im Bereich Faseroptik, über die Marco am Vormittag gesprochen hat.

Ein paar Minuten später taucht Ana auf. Ihr Haar fällt ihr in dichten Wellen über die Schultern und glänzt in der Nachmittagssonne, als sie auf mich zukommt. Meine Stimmung hebt sich; ich bin ihr rettungslos verfallen.

Sie bedeutet alles für mich.

Ich steige aus, um ihr die Tür zu öffnen. »Sie sehen genauso hinreißend aus wie heute Morgen, Miss Steele.« Ich umarme sie und drücke ihr einen Kuss auf die Lippen.

»Sie auch, Mr. Grey.«

»Los, gehen wir deinen Freund abholen.«

Ich halte ihr die Tür auf, und sie steigt in den Wagen. Rasch werfe ich Sawyer einen Blick zu, der sich, unbemerkt von Ana, vor dem SIP-Gebäude postiert hat. Er nickt mir zu und verschwindet in Richtung Parkplatz.

Taylor hält vor dem Haus, in dem Ana wohnt. Gerade als ich die Tür des Q7 aufdrücken will, klingelt mein Telefon.

»Grey«, melde ich mich, während Ana die Hand nach dem Türgriff ausstreckt.

»Christian.«

»Ros, was ist los?«

»Wir haben ein Problem.«

»Ich hole Ethan. Bin in zwei Minuten wieder da«, formt Ana lautlos mit den Lippen und springt aus dem Wagen.

»Einen Moment, Ros.« Ich beobachte, wie Ana an der Tür läutet und etwas in die Sprechanlage ruft. Der Türsummer ertönt, und sie betritt das Haus.

»Worum geht es, Ros?«

»Es geht um Woods.«

»Woods?«

»Lucas Woods.«

»Ach ja. Der Idiot, der seine Faseroptikfirma in den Sand gesetzt hat und dann die Schuld dafür anderen in die Schuhe schieben wollte.«

»Genau der. Er hat sich in der Presse sehr negativ über uns geäußert.«

»Und?«

»Sam macht sich Sorgen über mögliche ungünstige Konsequenzen. Woods hat über die Firmenübernahme berichtet. Dass wir uns in alles eingemischt und ihn das Unternehmen nicht mehr so hätten leiten lassen, wie er wollte.«

Ich schnaube verächtlich. »Aus gutem Grund. Er wäre jetzt bankrott, wenn er so weitergemacht hätte.«

»Das stimmt.«

»Ich weiß, dass Woods sich überzeugend anhören mag, wenn man mit seiner Geschichte nicht vertraut ist. Aber alle, die ihn besser kennen, wissen, dass er an die Grenzen seiner Fähigkeiten gestoßen ist und einige sehr schlechte Entscheidungen getroffen hat. Dafür ist niemand außer ihm selbst verantwortlich.«

»Dann machen Sie sich also keine Sorgen?«

»Wegen ihm? Nein. Er ist ein aufgeblasenes Arschloch. Das ist allgemein bekannt.«

»Wir könnten ihn wegen Rufschädigung belangen. Außerdem hat er gegen die Verschwiegenheitsvereinbarung verstoßen.«

»Warum sollten wir das tun? Er gehört zu den Leuten, die Publicity brauchen wie die Luft zum Atmen. Er hat seine Chance gehabt, und nun sollte er etwas Rückgrat beweisen und endlich loslassen.«

»Ich habe mir schon gedacht, dass Sie das sagen. Aber Sam ist sehr aufgeregt.«

»Sam muss sich eine andere Einstellung zulegen. Bei schlechten Pressemeldungen neigt er immer zu Überreaktionen.«

Ich schaue aus dem Fenster und sehe einen jungen Mann mit einer Reisetasche zielstrebig auf die Haustür zugehen.

Ros spricht weiter, aber ich höre ihr nicht mehr zu. Der Mann kommt mir bekannt vor. Er hat langes blondes Haar und ist sonnengebräunt – ein typischer Strandgammler. Als ich ihn erkenne, überfällt mich sofort eine dunkle Vorahnung.

Das ist Ethan Kavanagh.

Scheiße. *Wer hat Ana in die Wohnung gelassen?*

»Ros, ich muss auflegen«, belle ich ins Telefon. Angst schnürt mir den Brustkorb zu.

Ana.

Ich springe aus dem Wagen. »Taylor, mir nach«, brülle ich, und wir rennen zu Ethan Kavanagh hinüber, der gerade den Schlüssel in das Schloss steckt. Er dreht sich erschrocken um, als er uns auf sich zulaufen sieht.

»Ich bin Christian Grey, Kavanagh. Ana ist dort oben mit jemandem, der bewaffnet sein könnte. Warten Sie hier.« Über sein Gesicht huscht ein Ausdruck des Erkennens, und wortlos – wahrscheinlich verwirrt, wie ich glaube – reicht er mir den Schlüssel. Ich stürme ins Haus und haste, mit jedem Schritt zwei Stufen auf einmal nehmend, die Treppe hinauf.

Ich stoße die Tür zu Anas Wohnung auf und sehe sie vor mir.

Sie stehen sich direkt gegenüber.

Ana und Leila.

Und Leila hat eine Waffe in der Hand.

Nein. Nein. Nein. Eine verdammte Waffe.

Und Ana steht vor ihr. Allein. Verletzlich. In mir bricht Panik aus. Und Wut.

Ich will mich auf Leila stürzen. Ihr die Waffe entreißen. Sie auf den Boden werfen. Aber ich erstarre und schaue Ana an. Ihre Augen sind vor Furcht geweitet. Und noch ein anderer Ausdruck, den ich nicht deuten kann, liegt darin. Mitleid vielleicht? Aber zu meiner Erleichterung ist sie unverletzt.

Leilas Anblick schockiert mich. Nicht nur weil sie eine Waffe in der Hand hält. Sie hat sehr viel Gewicht verloren. Sie ist schmutzig. Ihre Kleidung hängt in Fetzen an ihr herunter, und ihre verschleierten braunen Augen wirken ausdruckslos. In meiner Kehle bildet sich ein Kloß, und ich weiß nicht, ob aus Angst oder Mitgefühl.

Aber meine größte Sorge ist, dass sie immer noch eine Waffe in der Hand hält, und dass Ana vor ihr steht.

Will sie ihr etwas antun?

Will sie mir etwas antun?

Leila sieht mich unverwandt an. Ihr Blick ist nicht mehr leblos, sondern wird intensiver. Sie saugt jedes Detail in sich auf, als könnte sie kaum fassen, dass ich echt bin. Es ist nervenaufreibend. Aber ich rühre mich nicht vom Fleck und erwidere ihren Blick.

Ihre Augenlider flattern, und sie versucht, sich zu sammeln. Aber ihr Griff um die Waffe verstärkt sich.

Scheiße.

Ich warte. Bereit zum Angriff. Mein Herz pocht, und in meinem Mund breitet sich vor Angst ein metallischer Geschmack aus.

Was hast du vor, Leila?

Was willst du mit dieser Waffe tun?

Sie beruhigt sich und senkt leicht den Kopf, aber sie schaut mich durch ihre langen Wimpern immer noch starr an.

Ich spüre eine Bewegung hinter mir.

Taylor.

Ich hebe die Hand und bedeute ihm, nicht einzugreifen.

Er ist sehr aufgeregt. Wütend. Das kann ich fühlen. Aber er bleibt still stehen.

Ich wende den Blick nicht von Leila ab.

Sie sieht aus wie ein Gespenst; unter ihren Augen zeichnen sich dunkle Ringe ab, ihre Haut ist so durchscheinend wie Pergament, und ihre Lippen sind aufgesprungen und rissig.

Meine Güte, Leila, was hast du dir angetan?

Die Zeit vergeht. Sekunden. Minuten. Und wir starren uns immer noch an.

Langsam verändert sich das Licht in ihren Augen; sie werden heller, und das dumpfe Braun geht in einen Haselnusston über. Und ich sehe ein kurzes Aufflackern der Leila, die ich kenne. Ein Funke springt zwischen uns über. Wir sind zwei verwandte Seelen, die einiges miteinander geteilt und genossen haben. Das alte Band zwischen uns ist wieder da. Ich kann es spüren.

Sie reicht es mir.

Ihr Atem beschleunigt sich, und sie fährt sich mit der Zunge über die trockenen Lippen, ohne sie zu befeuchten.

Aber das reicht aus.

Ich weiß jetzt, was sie braucht. Was sie will.

Sie will mich.

Ich soll das tun, was ich am besten kann.

Sie öffnet die Lippen, ihre Brust hebt und senkt sich, und auf ihren Wangen zeichnet sich eine sanfte Röte ab.

Ihre Augen beginnen zu glänzen, und ihre Pupillen weiten sich.

Ja. Das ist es, was sie will.

Sie will die Kontrolle abgeben.

Sie sucht einen Ausweg.

Sie hat genug von allem.

Sie ist erschöpft. Sie gehört mir.

»Auf die Knie«, befehle ich ihr so leise, dass nur sie es hören kann.

Sie lässt sich auf die Knie fallen, so unterwürfig, wie sie von Natur aus schon immer war. Sofort. Bedingungslos. Sie senkt den Kopf. Die Waffe fällt ihr aus der Hand, rutscht polternd über den Holzboden und zerreißt die Stille im Raum.

Hinter mir höre ich Taylor erleichtert aufseufzen.

Und ich schließe mich ihm an.

Gott sei Dank.

Langsam gehe ich auf sie zu, hebe die Waffe auf und schiebe sie in meine Jackentasche.

Jetzt stellt sie keine unmittelbare Bedrohung mehr dar, aber ich muss Ana weg von ihr und aus der Wohnung schaffen. Tief in meinem Inneren weiß ich, dass ich das Leila niemals verzeihen werde. Es geht ihr nicht gut, das sehe ich. Sie wirkt wie eine gebrochene Frau, aber wie hat sie Ana nur bedrohen können?

Unverzeihlich.

Ich richte mich vor Leila auf, stelle mich zwischen sie und Ana. Und ich lasse Leila nicht aus den Augen, während sie in stiller Anmut vor mir kniet.

»Anastasia, geh mit Taylor«, befehle ich.

»Ethan?«, flüstert sie mit leicht zitternder Stimme.

»Unten«, erwidere ich knapp.

Taylor wartet auf Ana, aber sie rührt sich nicht von der Stelle.

Bitte. Ana. Geh.

»Anastasia«, wiederhole ich.

Sie bleibt wie angewurzelt stehen.

Geh.

Ich trete neben Leila, aber Ana bewegt sich immer noch nicht. »Um Himmels willen, Anastasia, kannst du ein einziges Mal in deinem Leben tun, was ich dir sage, und einfach gehen?« Unsere Blicke treffen sich, und ich flehe sie stumm an, die Wohnung zu verlassen. Ich kann das nicht tun, solange sie hier ist. Ich weiß nicht, wie stabil Leila ist; sie braucht Hilfe, und außerdem könnte sie Ana verletzen.

Ich versuche, Ana das mit meinem bittenden Blick zu vermitteln.

Aber sie ist aschfahl. Sie hat einen Schock.

Scheiße. Sie ist vor Angst wie gelähmt, Grey. Sie kann sich nicht bewegen.

»Taylor, bringen Sie Miss Steele nach unten. Sofort.«

Taylor nickt und geht auf Ana zu.

»Warum?«, flüstert Ana.

»Geh. Zurück in meine Wohnung. Ich muss mit Leila allein sein.«

Bitte. Ich möchte nicht, dass dir etwas geschieht.

Sie schaut von mir zu Leila.

Ana. Geh. Bitte. Ich muss mich jetzt um dieses Problem kümmern.
»Miss Steele, Ana.« Taylor streckt die Hand nach ihr aus.
»Taylor«, dränge ich ihn. Ohne zu zögern hebt er Ana hoch und trägt sie aus der Wohnung.
Danke.
Ich atme tief aus und streiche Leila sanft über das schmutzige, verfilzte Haar, bis die Tür ins Schloss fällt.
Jetzt sind wir allein.
Ich trete einen Schritt zurück. »Steh auf.«
Leila rappelt sich mühsam hoch, hält den Blick aber gesenkt.
»Schau mich an«, flüstere ich.
Langsam hebt sie den Kopf, und ich sehe den Schmerz auf ihrem Gesicht. Tränen springen ihr in die Augen und rollen ihr über die Wangen.
»Oh, Leila«, sage ich leise und nehme sie in die Arme.
Verdammt.
Der Geruch.
Sie stinkt nach Armut, Verwahrlosung und Obdachlosigkeit.
Und plötzlich bin ich wieder in dem kleinen, schwach beleuchteten Apartment über einem billigen Schnapsladen in Detroit.
Sie riecht nach ihm.
Nach seinen Stiefeln.
Nach seinem ungewaschenen Körper.
Nach seinem Dreck.
In meinem Mund bildet sich Speichel, und ich würge. Einmal. Es ist kaum zu ertragen.
Verdammt.
Aber sie bemerkt es nicht. Ich halte sie fest, während sie weint und weint und mein Jackett mit Tränen und Rotz durchnässt.
Ich halte sie in meinen Armen.
Und versuche, meinen Würgereflex zu unterdrücken.
Versuche, den üblen Gestank zu ignorieren.
Ein Gestank, der mir so schmerzhaft vertraut ist. Und so verhasst.

»Ruhig«, flüstere ich. »Ganz ruhig.«

Schließlich schnappt sie nach Luft und wird von trockenen Schluchzern geschüttelt. Ich lasse sie los. »Du brauchst ein Bad.«

Ich nehme sie an der Hand und führe sie durch Kates Schlafzimmer in das angrenzende Badezimmer. Wie Ana gesagt hat, ist es sehr geräumig. Es gibt eine Dusche, eine Badewanne und eine Menge teurer Toilettenartikel. Ich schließe die Tür und fühle mich kurz versucht, sie abzuschließen. Ich will nicht, dass sie mir davonläuft. Aber Leila steht ganz still und demütig da, und ihre Schultern zucken immer noch. »Schon gut«, murmle ich. »Ich bin ja hier.«

Ich drehe den Hahn auf und lasse heißes Wasser in die große Wanne laufen. Ich gieße Badeöl in den Wasserstrahl, und schon bald verdrängt der Duft nach Lilien Leilas Gestank.

Sie fängt zu zittern an.

»Möchtest du baden?«, frage ich sie.

Sie richtet den Blick auf den Schaum in der Wanne, sieht dann mich an und nickt.

»Kann ich dir den Mantel abnehmen?«

Sie nickt wieder. Mit den Fingerspitzen ziehe ich ihr den Mantel aus. Er ist nicht mehr zu retten – man kann ihn nur noch verbrennen.

Ihre Klamotten hängen ihr lose am Körper. Sie trägt eine schmutzige pinkfarbene Bluse und eine schäbige Hose von undefinierbarer Farbe. Auch das gehört in den Müll. An ihrem Handgelenk befindet sich ein zerrissener, verschmutzter Verband.

»Du musst diese Sachen ausziehen, okay?«

Sie nickt.

»Arme hoch.«

Sie folgt gehorsam meiner Anweisung, und ich ziehe ihr die Bluse über den Kopf. Mühsam versuche ich zu verbergen, wie sehr mich ihr Aussehen schockiert. Sie ist ausgemergelt und besteht nur noch aus hervorstehenden Knochen und spitzen Gelenken, ein starker Kontrast zu der Leila von früher. Ein schrecklicher Anblick.

Es ist meine Schuld; ich hätte sie eher suchen müssen.

Ich ziehe ihre Hose nach unten.
»Steig raus.« Ich halte sie an der Hand fest.
Sie gehorcht, und ich werfe die Hose zu den anderen Lumpen.
Sie zittert.
»Hey. Alles ist gut. Wir werden Hilfe für dich besorgen. Okay?«
Sie nickt wieder, bleibt aber teilnahmslos.
Ich nehme ihre Hand und löse den Verband. Er hätte schon längst gewechselt werden müssen; er verströmt einen fauligen Gestank. Ich würge, aber schaffe es, mich nicht zu übergeben. Die Wunde an ihrem Handgelenk leuchtet rot, ist aber wie durch ein Wunder sauber. Ich werfe den Verband weg.
»Das musst du auch ausziehen.« Ich deute auf ihre schmutzige Unterwäsche. Sie schaut mich an. »Nein. Das machst du selbst«, sage ich und wende mich ab, um ihr ein wenig Privatsphäre zu geben. Ich höre, wie sie sich bewegt und ihre flachen Schuhe über den Badezimmerboden scharren. Als sie fertig ist, drehe ich mich um. Nun ist sie nackt.
Ihre üppigen Kurven sind verschwunden.
Sie hat sicher seit Wochen nichts mehr gegessen.
Es ist schrecklich.
»Hier.« Ich reiche ihr eine Hand und überprüfe mit der anderen die Wassertemperatur. Das Wasser ist sehr warm, aber nicht zu heiß.
»Steig hinein.«
Leila klettert in die Wanne und lässt sich langsam in den duftenden Schaum gleiten. Ich ziehe mein Jackett aus, rolle die Ärmel meines Hemds hoch und setze mich neben die Wanne auf den Boden. Sie wendet mir ihr schmales, trauriges Gesicht zu, sagt aber kein Wort.
Ich greife nach der Waschlotion und einem Nylonschwamm, der wahrscheinlich Kavanagh gehört. Nun, er wird ihr sicher nicht fehlen – ich sehe noch einen weiteren auf dem Regal.
»Deine Hand«, sage ich. Leila reicht mir ihre Hand, und ich fange an, sie systematisch und behutsam zu waschen.

Sie ist total verdreckt. Anscheinend hat sie sich seit Wochen nicht gewaschen. Schmutz überall.

Wie kann man nur so schmutzig werden?

»Heb dein Kinn.«

Ich schrubbe ihren Hals und dann den anderen Arm, bis die Haut sauber und rosig aussieht. Dann widme ich mich ihrem Bauch und ihrem Rücken.

»Leg dich hin.«

Sie streckt sich in der Wanne aus, und ich wasche ihre Füße und Beine.

»Soll ich deine Haare auch waschen?«

Sie nickt, und ich greife nach dem Shampoo.

Ich habe sie auch früher schon gebadet. Mehrere Male. Üblicherweise als Belohnung für ihr Verhalten im Spielzimmer. Es war immer ein Vergnügen gewesen.

Jetzt ist es das nicht.

Ich schäume rasch ihre Haare ein und spüle dann mit der Brause das Shampoo ab.

Als ich damit fertig bin, sieht sie ein wenig besser aus.

Ich setze mich auf meine Fersen.

»Es ist schon lange her, dass du das getan hast«, sagt sie. Ihre leise Stimme ist rau und völlig frei von Emotionen.

»Ich weiß.« Ich strecke den Arm aus und ziehe den Stöpsel aus der Wanne, um das trübe Wasser abzulassen. Dann stehe ich auf und greife nach einem großen Handtuch. »Hoch mit dir.«

Leila erhebt sich, und ich reiche ihr die Hand und helfe ihr aus der Wanne. Nachdem ich sie in das Badetuch eingewickelt habe, hole ich ein kleineres Handtuch und trockne damit ihre Haare.

Sie riecht jetzt besser, aber trotz des parfümierten Badeöls hängt immer noch der üble Gestank ihrer Klamotten in der Luft.

»Komm.« Ich führe sie zum Sofa im Wohnzimmer. »Bleib hier.«

Zurück im Badezimmer hebe ich mein Jackett auf und ziehe mein Telefon aus der Tasche. Ich wähle Flynns Handynummer. Er meldet sich sofort.

»Christian.«

»Ich habe Leila Williams gefunden.«

»Ist sie bei Ihnen?«

»Ja. Es geht ihr sehr schlecht.«

»Sind Sie in Seattle?«

»Ja. In Anas Wohnung.«

»Ich komme sofort.«

Ich gebe ihm Anas Adresse und lege auf. Nachdem ich ihre Klamotten aufgeklaubt habe, gehe ich wieder ins Wohnzimmer. Leila sitzt dort, wo ich sie zurückgelassen habe, und starrt an die Wand.

Ich durchsuche die Küchenschublade, bis ich eine Mülltüte gefunden habe. In den Taschen von Leilas Mantel und ihrer Hose entdecke ich nur ein paar gebrauchte Papiertaschentücher. Ich stopfe die Sachen in den Müllbeutel und stelle ihn an die Wohnungstür.

»Jetzt besorgen wir dir saubere Kleidung.«

»Ihre Kleidung?«, fragt Leila.

»Saubere Kleidung.«

In Anas Zimmer finde ich eine Jogginghose und ein einfaches T-Shirt. Ich hoffe, dass es Ana nichts ausmacht, aber Leila braucht die Sachen im Moment dringender.

Sie sitzt immer noch auf dem Sofa, als ich zurückkomme.

»Hier. Zieh das an.« Ich lege ihr die Sachen hin, gehe in die Küche zum Spülbecken und lasse Wasser in ein Glas laufen. Als sie sich angezogen hat, reiche ich ihr das Glas.

Sie schüttelt den Kopf.

»Trink das, Leila.«

»Er ist gegangen«, sagt sie, und ihr Gesicht verzerrt sich vor Schmerz und Kummer.

»Ich weiß. Es tut mir leid.«

»Er war wie du.«

»Tatsächlich?«

»Ja.«

»Ich verstehe.«

Nun, das erklärt, warum sie zu mir gekommen ist.

»Warum hast du mich nicht angerufen?« Ich setze mich neben sie.

Ihre Augen füllen sich wieder mit Tränen, aber sie gibt mir keine Antwort, sondern schüttelt nur erneut den Kopf.

»Ich habe einen Freund angerufen. Einen Arzt; er kann dir helfen.«

Sie ist erschöpft und reagiert nicht darauf. Tränen strömen ihr übers Gesicht, und ich fühle mich hilflos.

»Ich habe nach dir gesucht«, erkläre ich ihr.

Sie sagt nichts, fängt aber heftig zu zittern an.

Scheiße.

Auf dem Sessel liegt eine Decke. Ich lege sie ihr über die Schultern.

»Ist dir kalt?«

Sie nickt. »Sehr kalt.« Sie kuschelt sich in die Decke, und ich gehe zurück in Anas Zimmer und suche nach einem Fön.

Ich stecke ihn neben dem Sofa ein und setze mich. Dann lege ich ein Kissen zwischen meine Füße auf den Boden.

»Setz dich hierhin.«

Leila steht langsam auf, zieht die Decke um ihren Körper und lässt sich mit dem Gesicht von mir abgewandt auf das Kissen zwischen meinen Füßen sinken.

Das hohe Sirren des Haartrockners durchbricht die Stille.

Sie sitzt ganz ruhig da, während ich ihr die Haare föhne. Ohne mich zu berühren.

Sie weiß, dass sie das nicht tun kann. Weil sie es nicht darf.

Wie oft habe ich ihr die Haare geföhnt? Zehnmal? Zwölfmal?

Ich kann mich nicht auf die genaue Zahl besinnen und konzentriere mich wieder auf meine Aufgabe.

Als ihr Haar trocken ist, stelle ich den Föhn ab, und nun herrscht wieder Stille in Anas Wohnung. Leila lehnt den Kopf gegen meinen Oberschenkel, und ich lasse sie gewähren.

»Weiß deine Familie, dass du hier bist?«, frage ich sie.
Sie schüttelt den Kopf.
»Hast du Kontakt zu ihnen?«
»Nein«, flüstert sie.
Sie hatte immer ein enges Verhältnis zu ihren Eltern.
»Sie machen sich bestimmt Sorgen um dich.«
Sie zuckt die Schultern. »Sie reden nicht mehr mit mir.«
»Was? Warum nicht?«
Sie gibt mir keine Antwort.
»Es tut mir leid, dass es mit deinem Mann nicht geklappt hat.«
Sie bleibt stumm. Es klopft an der Tür.
»Das ist sicher der Arzt.« Ich stehe auf und öffne die Tür. Flynn kommt herein, gefolgt von einer Frau in einem Krankenschwesternkittel.
»Danke, dass Sie gekommen sind, John.« Ich bin erleichtert, ihn zu sehen.
»Laura Flanagan, Christian Grey. Laura ist unsere Oberschwester.«
Als ich mich umdrehe, sehe ich, dass Leila sich wieder auf das Sofa gesetzt hat. Sie hüllt sich immer noch in die Decke ein.
»Das ist Leila Williams«, stelle ich sie vor.
Flynn geht neben ihr in die Hocke. Leila starrt ihn ausdruckslos an.
»Hallo, Leila«, sagt er. »Ich bin hier, um Ihnen zu helfen.«
Die Krankenschwester bleibt hinter ihm stehen.
»Das ist ihre Kleidung.« Ich deute auf den Müllbeutel an der Wohnungstür. »Sie muss verbrannt werden.«
Die Schwester nickt und hebt die Tüte auf.
»Möchten Sie mich an einen Ort begleiten, wo wir Ihnen helfen können?«, fragt Flynn. Leila gibt ihm keine Antwort, sondern wirft mir aus ihren glanzlosen braunen Augen einen Blick zu.
»Du solltest mit dem Doktor gehen. Ich komme mit.«
Flynn runzelt die Stirn, verkneift sich aber eine Bemerkung.
Leila schaut von mir zu ihm und nickt.

Gut.

»Ich werde sie tragen«, erkläre ich Flynn, bücke mich und hebe Leila hoch. Sie ist leicht wie eine Feder. Sie schließt die Augen und legt den Kopf an meine Schulter, als ich sie die Treppe hinuntertrage. Taylor wartet unten auf uns.

»Ana ist nach Hause gefahren, Mr. Grey...«

»Darüber reden wir später. Ich habe mein Jackett oben gelassen.«

»Ich hole es.«

»Können Sie die Wohnung absperren? Die Schlüssel sind in meiner Jacke.«

»Ja, Sir.«

Ich setze Leila in Flynns Wagen und steige zu ihr ein. Während Flynn und seine Mitarbeiterin vorne Platz nehmen, lege ich ihr den Sicherheitsgurt an. Flynn lässt den Motor an und fädelt den Wagen in den Berufsverkehr ein.

Ich starre aus dem Fenster und hoffe, dass Ana bereits wieder im Escala ist. Mrs. Jones wird ihr etwas zu essen machen, und wenn ich nach Hause komme, wird Ana auf mich warten. Das ist ein tröstlicher Gedanke.

Flynns Sprechzimmer in der privaten psychiatrischen Klinik am Rand von Fremont ist im Vergleich zu seiner Praxis in der Innenstadt sehr spartanisch eingerichtet: zwei Sofas, ein Sessel. Kein Kamin. Das ist alles. Ich gehe in dem kleinen Raum auf und ab und warte auf ihn. Ich kann es kaum erwarten, zu Ana zu fahren. Sie muss große Angst gehabt haben. Mein Telefon hat keinen Saft mehr, deshalb konnte ich sie nicht anrufen oder mich bei Mrs. Jones nach Anas Befinden erkundigen. Ein Blick auf meine Armbanduhr sagt mir, dass es schon fast acht ist. Ich schaue aus dem Fenster. Taylor wartet im SUV auf mich. Ich will jetzt nach Hause.

Zurück zu Ana.

Die Tür geht auf, und Flynn kommt herein. »Ich habe gedacht, Sie seien schon gegangen«, meint er.

»Ich wollte mich vergewissern, dass es ihr gut geht.«

»Leila ist eine sehr kranke Frau, aber sie ist ruhig und kooperativ. Sie will Hilfe, und das ist immer ein gutes Zeichen. Bitte setzen Sie sich. Ich brauche ein paar Einzelheiten von Ihnen.«

Ich setze mich auf den Sessel, und er lässt sich auf einem der Sofas nieder.

»Was ist heute geschehen?«

Ich erzähle ihm alles, was sich vor seiner Ankunft in Anas Wohnung ereignet hat.

»Sie haben sie gebadet?«, fragt er überrascht.

»Sie war schmutzig. Der Gestank war ...« Ich halte inne und schüttle mich.

»Okay. Wir können ein anderes Mal darüber sprechen.«

»Wird sie wieder gesund?«

»Ich denke schon, doch gegen Kummer gibt es kein Medikament. Das ist ein natürlicher Prozess. Aber ich werde ein wenig tiefer graben, um herauszufinden, womit genau wir es hier zu tun haben.«

»Sie soll alles bekommen, was sie braucht«, erkläre ich.

»Das ist sehr großzügig von Ihnen, wenn man bedenkt, dass sie eigentlich nicht Ihr Problem ist.«

»Sie ist zu mir gekommen.«

»Das ist richtig«, stimmt er mir zu.

»Ich fühle mich verantwortlich.«

»Das sollten Sie nicht tun. Ich werde Sie informieren, sobald ich mehr weiß.«

»Sehr gut. Und nochmals vielen Dank.«

»Ich mache nur meinen Job, Christian.«

Taylor ist auf dem Heimweg in tiefes Grübeln versunken. Ich weiß, dass er wütend ist, weil Leila uns trotz aller Sicherheitsmaßnahmen noch einmal durchs Netz geschlüpft ist. Anas Wohnung ist erst am Morgen gründlich durchsucht worden. Ich schweige; ich bin müde und kann es kaum erwarten, ins Escala zurückzukommen. Anas Tasche und ihr Handy liegen noch im Wagen. Taylor hat mir gesagt, dass sie mit Ethan weggefahren ist. Ein unangenehmer Gedanke. Rasch stelle ich mir vor, dass sie es sich in der Bibliothek auf einem Sessel bequem gemacht hat und dort, ein Buch auf dem Schoß, schläft. Allein.

Ich bin ungeduldig. Ich will endlich nach Hause zu meinem Mädchen.

Als wir in die Garage fahren, meldet Taylor sich zu Wort. »Wir sollten unsere Sicherheitsvorkehrungen überprüfen, jetzt, wo wir Miss Williams gefunden haben.«

»Ja. Ich glaube, wir werden die zusätzlichen Männer nicht mehr brauchen.«

»Ich werde mit Welch reden.«

»Danke.« Er parkt, und ich springe blitzschnell aus dem Wagen und haste zum Aufzug, ohne auf ihn zu warten.

Als ich mein Apartment betrete, spüre ich sofort, dass Ana nicht zu Hause ist. Die Wohnung fühlt sich erschreckend leer an.

Wo zum Teufel ist sie?

Ryan sitzt vor den Monitoren der Videoüberwachung. Er schaut auf, als ich Taylors Büro betrete.

»Mr. Grey?«

»Ist Miss Steele nach Hause gekommen?«

»Nein, Sir.«

»Verdammt.« Ich habe gedacht, dass sie vielleicht schon hier war und noch einmal ausgegangen ist. Ich drehe mich um und gehe zurück in mein Arbeitszimmer. Sie hat ihre Handtasche und ihr Telefon nicht bei sich. Warum ist sie nicht nach Hause gekommen? Am liebsten würde ich das gesamte Team losschicken und die Stadt nach ihr absuchen lassen. Aber wo sollte ich da anfangen?

Ich könnte Kavanagh anrufen. Taylor hat gesagt, sie sei mit ihm weggefahren.

Scheiße. Ethan und Ana.

Diese Vorstellung gefällt mir ganz und gar nicht.

Ich habe seine Nummer nicht. Einen Moment lang spiele ich mit dem Gedanken, Elliot anzurufen, damit er sich von Kate die Nummer ihres Bruders geben lässt, aber in Barbados ist es schon nach Mitternacht. Ich seufze frustriert und starre auf die Skyline der Stadt hinaus. Die Sonne versinkt vor der Olympic Peninsula ins Meer und wirft ihre letzten Strahlen in mein Apartment. Welch Ironie, dass ich die ganze Woche dieses Schauspiel beobachtet und dabei überlegt habe, wo Leila sein könnte. Und nun mache ich mir Sorgen um Ana. Es wird allmählich dunkel. Wo ist sie?

Sie hat dich verlassen, Grey.

Nein. Das will ich nicht glauben.

Mrs. Jones klopft an die Tür.

»Mr. Grey?«

»Gail.«

»Sie haben Sie gefunden.«

Ich runzle die Stirn. Ana?

»Miss Williams«, fügt sie erklärend hinzu.

»In gewisser Weise. Sie ist jetzt im Krankenhaus, wo sie hingehört.«

»Gut. Möchten Sie etwas essen?«

»Nein, danke. Ich warte auf Ana.«

Sie mustert mich kurz. »Ich habe Makkaroni mit Käse gemacht. Ich stelle sie in den Kühlschrank.«

Makkaroni mit Käse. Mein Lieblingsgericht.

»Okay. Danke.«

»Ich ziehe mich dann jetzt in mein Zimmer zurück.«

»Gute Nacht, Gail.«

Sie schenkt mir ein mitfühlendes Lächeln und geht.

Ich schaue auf die Uhr: 21:15.

Verdammt, Ana. Komm nach Hause.

Wo ist sie bloß?

Weg.

Nein.

Ich verdränge diesen Gedanken, setze mich an meinen Schreibtisch und schalte den Computer an. Ich habe ein paar neue E-Mails, aber sosehr ich mich auch bemühe, ich kann mich einfach nicht darauf konzentrieren. Meine Unruhe wächst. Wo ist Ana?

Sicher kommt sie bald.

Bestimmt.

Sie muss einfach zurückkommen.

Ich rufe Welch an und hinterlasse eine Nachricht, dass wir Leila gefunden haben und sie nun die Hilfe erhält, die sie braucht. Nach dem Anruf stehe ich auf – ich kann einfach nicht sitzen bleiben. Was für ein schrecklicher Abend.

Vielleicht sollte ich ein bisschen lesen.

Ich hole das Buch, das ich gerade lese, aus dem Schlafzimmer und gehe damit zurück ins Wohnzimmer. Und warte. Und warte.

Zehn Minuten später werfe ich das Buch neben mich auf das Sofa.

Ich bin ruhelos und kann es kaum mehr ertragen, nicht zu wissen, wo Ana steckt.

Ich gehe in Taylors Büro. Ryan ist bei ihm.

»Mr. Grey.«

»Können Sie einen der Jungs zu Anas Wohnung schicken? Ich möchte wissen, ob sie dorthin zurückgekehrt ist.«

»Natürlich.«

»Danke.«

Zurück im Wohnzimmer nehme ich mein Buch wieder in die Hand. Immer wieder werfe ich einen Blick auf den Aufzug, aber alles bleibt ruhig.

Leer.

Wie ich.

Leer, außer meinem wachsenden Unbehagen.

Sie ist fort.

Sie hat dich verlassen.

Leila hat sie verscheucht.

Nein, das glaube ich nicht. Das passt nicht zu ihr.

Es geht um mich. Sie hat genug von mir.

Sie hat zwar gesagt, dass sie bei mir einzieht, es sich aber nun doch anders überlegt.

Verdammt.

Ich stehe auf und laufe im Zimmer auf und ab. Mein Telefon klingelt. Taylor. Nicht Ana. Ich unterdrücke meine Enttäuschung und nehme den Anruf entgegen. »Taylor.«

»Das Apartment ist leer, Sir. Niemand hier.«

Ich höre ein Ping. Der Aufzug. Als ich mich umdrehe, sehe ich Ana leicht schwankend ins Wohnzimmer kommen.

»Sie ist da«, blaffe ich Taylor an und hänge auf. Erleichterung. Zorn. Kränkung. Die Kombination dieser Gefühle droht mich zu überwältigen. »Wo zum Teufel hast du gesteckt?«, herrsche ich sie an. Sie blinzelt und tritt einen Schritt zurück. Ihr Gesicht ist gerötet.

»Hast du getrunken?«, frage ich.

»Ein bisschen.«

»Ich habe dir doch gesagt, du sollst hierherfahren. Es ist Viertel nach zehn. Ich habe mir Sorgen um dich gemacht.«

»Ich habe mir mit Ethan ein, zwei oder drei Drinks genehmigt, während du dich um deine Ex gekümmert hast.« Sie spuckt das Wort »Ex« aus wie Gift.

Verdammt, sie ist richtig wütend.

»Ich habe ja nicht gewusst, wie lange du bei ihr bleiben würdest«, fügt sie hinzu und reckt trotzig das Kinn in die Höhe.

Was?

»Wieso drückst du das so aus?« Ihre Reaktion verblüfft mich. Hat sie etwa geglaubt, ich *wollte* mit Leila zusammen sein?

Ana starrt auf den Fußboden und vermeidet Blickkontakt.

Sie hat das Wohnzimmer immer noch nicht richtig betreten.

Was geht hier vor?

Mein Zorn legt sich, und Angst breitet sich in meiner Brust aus.

»Was ist los, Ana?«

»Wo ist Leila?« Sie schaut sich mit eisiger Miene im Wohnzimmer um.

»In einer psychiatrischen Klinik in Fremont.« Wo hat sie Leila denn vermutet? »Was ist los, Ana?« Ich gehe vorsichtig ein paar Schritte auf sie zu, aber sie bleibt stehen, distanziert und reserviert, und macht keine Anstalten, mich zu berühren.

»Was ist los?«, wiederhole ich eindringlich.

Sie schüttelt den Kopf. »Ich tue dir nicht gut«, sagt sie.

Vor Furcht beginnt meine Kopfhaut zu prickeln. »Wie bitte? Wie kommst du denn darauf? Wie kannst du so etwas denken?«

»Ich kann nicht alles sein, was du brauchst.«

»Du *bist* alles, was ich brauche.«

»Aber als ich dich mit ihr gesehen habe...«

Verdammt. »Wieso tust du mir das an? Hier geht es nicht um dich, Ana. Sondern um sie. Im Augenblick ist sie schwer krank.«

»Aber ich habe es doch gespürt. Was zwischen euch einmal war.«

»Was? Nein!« Ich strecke die Hand nach ihr aus, aber sie weicht vor mir zurück und mustert mich aus kalten Augen. Sie taxiert mich, und ich glaube nicht, dass ihr gefällt, was sie sieht...

»Du läufst also weg?«

Angst steigt in mir auf und schnürt mir die Kehle zu.

Sie wendet den Blick ab und runzelt die Stirn, gibt mir aber keine Antwort.

»Das kannst du nicht machen«, flüstere ich.

»Christian, ich...« Sie hält inne. Wahrscheinlich sucht sie nach ein paar Abschiedsworten. Sie verlässt mich. Ich habe gewusst, dass das geschehen wird. Aber so schnell?

»Nein. Nein!« Wieder einmal stehe ich am Rande eines Abgrunds.

Ich bekomme keine Luft mehr.

Das ist es, was ich von Anfang an vorhergesehen habe.

»Ich...«, murmelt Ana.

Wie kann ich sie nur aufhalten? Ich schaue mich Hilfe suchend im Zimmer um. Was kann ich tun?

»Du kannst nicht gehen, Ana. Ich liebe dich!« Das ist meine letzte Chance, um diese Vereinbarung zu retten – um uns zu retten.

»Ich liebe dich auch, Christian. Es ist nur …«

Der Strudel verschlingt mich.

Sie hat genug von mir.

Ich habe sie vertrieben.

Noch einmal.

Mir ist schwindlig. Ich presse die Hände an den Kopf und versuche, den Schmerz einzudämmen, der mir durch den Körper schießt. Meine Verzweiflung gräbt ein Loch in meine Brust, das immer größer und größer wird. Es wird mich verschlingen. »Nein, nein.«

Geh an den Ort, an dem du dich wohlfühlst.

Mein Glücksort.

Wann war alles einfacher?

Einfacher, meinen Schmerz nach außen zu tragen.

Elena steht über mir. Sie hält einen dünnen Rohrstock in der Hand. Die Striemen auf meinem Rücken brennen. Jede einzelne pocht vor Schmerz, während das Blut durch meinen Körper rauscht.

Ich knie vor ihren Füßen.

»Mehr, Herrin.«

Bring das Monster zum Schweigen.

Mehr, Herrin.

Mehr.

Geh an deinen Glücksort, Grey.

Mach deinen Frieden.

Frieden. Ja.

Nein.

Eine Flutwelle baut sich in meinem Körper auf und bricht sich donnernd in mir, aber als sie sich zurückzieht, nimmt sie die Angst mit sich.

Du schaffst das.

Ich lasse mich auf die Knie fallen.

Ich atme tief ein und lege die Hände auf meine Oberschenkel. Ja. Frieden.

Ich befinde mich in einer Landschaft der Stille.

Ich gebe mich dir hin. Ganz und gar. Du kannst mit mir machen, was du willst.

Was wird sie jetzt tun?

Ich starre nach vorne und bin mir bewusst, dass sie mich beobachtet. In weiter Ferne. Ich höre ihre Stimme.

»Was tust du da, Christian?«

Ich atme langsam ein und fülle meine Lunge. Herbst liegt in der Luft. *Ana.*

»Christian! Was tust du da?« Die Stimme kommt näher und klingt lauter und höher.

»Christian, sieh mich an!«

Ich hebe den Kopf. Und warte.

Sie ist wunderschön. Blass. Besorgt.

»Christian, bitte tu das nicht. Ich will das nicht.«

Du musst mir sagen, was du willst. Ich warte.

»Wieso tust du das? Rede mit mir«, bittet sie flehentlich.

»Was soll ich dir denn sagen?«

Sie schnappt nach Luft. Ganz leise. Das Geräusch ruft Erinnerungen an schönere Zeiten mit ihr in mir wach. Ich verdränge sie. Nur das Jetzt zählt. Ihre Wangen sind nass. Tränen. Sie ringt die Hände.

Und plötzlich lässt sie sich mit dem Gesicht mir zugewandt auf die Knie fallen.

Sie sieht mir direkt in die Augen. Die äußeren Ringe ihrer Iris sind indigoblau. In der Mitte nehmen sie die Farbe eines wolkenlosen Sommerhimmels an. Aber ihre Pupillen weiten sich und werden immer dunkler. Tiefschwarz im Zentrum.

»Du brauchst das nicht zu tun, Christian. Ich werde dich nicht verlassen. Ich habe es dir wieder und wieder gesagt. Und ich sage es dir noch mal – ich werde dich nicht verlassen. Alles, was passiert ist... Es ist zu viel für mich. Ich brauche nur etwas Zeit, um

in Ruhe nachzudenken. Ein bisschen Zeit für mich. Wieso musst du immer automatisch vom Schlimmsten ausgehen?«
Weil das Schlimmste passiert.
Immer.
»Ich wollte vorschlagen, dass ich in meine Wohnung zurückgehe und heute Nacht dort bleibe. Du gibst mir nie Zeit, um in Ruhe über alles nachzudenken.«
Sie will allein sein.
Weg von mir.
»Ich will nur ein bisschen Zeit zum Nachdenken«, fährt sie fort. »Wir kennen uns kaum, und all der Ballast, den du mit dir herumschleppst. Ich ... ich brauche etwas Zeit, um mir Gedanken darüber zu machen. Und jetzt, da Leila ... Was auch immer sie für dich ist, jedenfalls treibt sie sich nicht mehr auf der Straße herum und ist keine Bedrohung mehr. Ich dachte ... ich dachte ...«
Was hast du gedacht, Ana?
»Dich mit Leila zu sehen ...« Sie schließt ihre Augen, als würde sie Schmerz empfinden. »Es war so ein Schock. Es hat mir einen Einblick in dein früheres Leben gegeben ... und ...« Sie löst den Blick von mir und schaut auf ihre Knie. »Ich habe begriffen, dass ich nicht gut genug für dich bin. Ich habe gesehen, wie du früher gelebt hast, und ich habe solche Angst, dass du dich irgendwann mit mir langweilen wirst und mich verlässt, und dann werde ich so wie Leila enden ... als Schatten. Denn ich liebe dich, Christian, und wenn du mich verlässt, werde ich in einer Welt ohne Licht leben. Ich werde in der Dunkelheit leben. Ich will dich nicht verlassen. Aber ich habe solche Angst, dass du mich verlässt ...«
Sie hat auch Angst vor der Dunkelheit.
Sie will mich nicht verlassen.
Sie liebt mich.
»Ich verstehe einfach nicht, warum du ausgerechnet mich attraktiv findest«, flüstert Ana. »Du bist ... na ja ... und ich bin ...« Sie sieht mich bekümmert an. »Ich kapiere es einfach nicht. Du bist wunderschön und sexy und erfolgreich und gut und nett

und liebevoll – all das – und ich nicht. Von den Dingen, die du gern machst, verstehe ich nichts. Ich kann dir nicht geben, was du brauchst. Wie könntest du jemals glücklich mit mir sein? Wie soll ich dich halten können? Ich habe noch nie verstanden, was du überhaupt an mir findest. Und als ich dich vorhin mit ihr gesehen habe, ist mir das erst so richtig bewusst geworden.«

Sie hebt die Hand und wischt sich damit über die Nase, die vom Weinen fleckig und gerötet ist.

»Willst du die ganze Nacht hier knien? Denn falls ja, werde ich es auch tun.«

Sie ist wütend auf mich.
Sie ist immer wütend auf mich.

»Christian, bitte, bitte ... rede mit mir.«

Ihre Lippen sind sicher weich. Sie sind immer weich, wenn sie geweint hat. Ihr Haar umrahmt ihr Gesicht, und mir geht das Herz auf.

Könnte ich sie noch mehr lieben?

Sie besitzt all die Eigenschaften, die sie nicht zu haben glaubt. Aber am meisten liebe ich ihr Mitgefühl.

Ihr Mitgefühl mit mir.

Ana.

»Bitte«, wiederholt sie.

»Ich hatte solche Angst«, flüstere ich. *Und ich habe auch jetzt Angst.* »Als ich Ethan draußen vor der Tür gesehen habe, war mir sofort klar, dass dich jemand in die Wohnung gelassen haben musste. Taylor und ich sind aus dem Wagen gesprungen. Wir wussten auf der Stelle, wer es gewesen sein musste, und sie dort stehen zu sehen – mit der Waffe, die sich auf dich richtete. In diesem Moment bin ich tausend Tode gestorben, Ana. Sehen zu müssen, wie jemand dich bedroht ... Es war, als hätten sich all meine schlimmsten Befürchtungen bewahrheitet. Ich war so wütend. Auf sie, auf dich, auf Taylor. Und auf mich.« Der Anblick von Leila mit der Waffe in der Hand verfolgt mich immer noch. »Ich wusste ja nicht, wie aggressiv sie sich verhalten würde. Ich wusste nicht, was ich tun soll, wie sie reagieren würde.« Ich halte inne und denke daran, wie Leila kapituliert hat. »Aber dann hat sie mir selbst den entscheidenden Hinweis gegeben. Sie sah so zerknirscht aus. Damit war klar, wie ich mich verhalten musste.«

»Sprich weiter«, fordert Ana mich auf.

»Sie in diesem Zustand zu sehen und zu wissen, dass ich für ihren Geisteszustand mitverantwortlich sein könnte...«

Unwillkürlich denke ich an einen Moment aus der Vergangenheit und sehe Leila vor mir, wie sie mir mit einem süffisanten Lächeln absichtlich den Rücken zukehrte und die Konsequenzen damit herausforderte. »Dabei war sie immer so quirlig, so verschmitzt. Sie hätte dir etwas antun können. Und ich wäre schuld gewesen.«

Wenn Ana etwas geschehen würde ...

»Aber sie hat es nicht getan«, stellt Ana fest. »Und du bist schließlich nicht dafür verantwortlich, dass sie sich jetzt in diesem Zustand befindet, Christian.«

»Ich wollte dich nur aus dem Weg haben. Aus der Schusslinie... Aber du... Wolltest. Einfach. Nicht. Gehen.« Wieder steigt Ärger in mir auf, und ich starre sie wütend an. »Anastasia Steele, du bist die sturköpfigste Frau, der ich je begegnet bin.« Ich schließe die Augen und schüttle den Kopf. Was soll ich nur mit ihr machen?

Falls sie bei mir bleibt.

Sie kniet immer noch vor mir, als ich die Augen wieder öffne.

»Du wolltest also nicht weglaufen?«, frage ich sie.

»Nein!« Nun klingt sie verärgert.

Sie verlässt mich nicht. Ich atme tief durch. »Ich dachte...« Ich unterbreche mich. »Das bin ich, Ana. So, wie ich wirklich bin, mit allem Drum und Dran... und ich gehöre nur dir. Was muss ich tun, damit du das endlich begreifst? Damit du weißt, dass ich dich will, in jeder erdenklichen Hinsicht. Dass ich dich liebe?«

»Ich liebe dich auch, Christian, und dich so zu sehen, ist ...« Sie kämpft mit den Tränen. »Ich dachte, ich hätte dich zerstört.«

»Zerstört? Mich? Aber nein, Ana, genau das Gegenteil ist der Fall.«

Du machst mich wieder ganz.

Ich nehme ihre Hand in meine. »Du bist mein Rettungsanker.« Ich küsse ihre Fingerknöchel, bevor ich meine Handfläche gegen ihre drücke.

Wie kann ich ihr zeigen, was sie mir bedeutet?
Indem ich es zulasse, dass sie mich berührt.
Berühr mich, Ana.

Ja. Und bevor ich noch weiter darüber nachdenke, nehme ich ihre Hand und lege sie auf meine Brust. Direkt über mein Herz.

Ich gehöre dir, Ana.

Die Dunkelheit in meinem Brustkorb breitet sich weiter aus, und meine Atemzüge beschleunigen sich. Aber ich unterdrücke meine Angst. Ana brauche ich mehr. Ich lasse meine Hand sinken, und ihre bleibt auf meiner Brust liegen. Ich konzentriere mich auf ihr wunderschönes Gesicht und auf das Mitgefühl, das sich in ihren Augen spiegelt.

Ich sehe es.

Sie krümmt leicht ihre Finger, so dass ich für einen Moment ihre Fingernägel durch mein Hemd spüre. Dann zieht sie ihre Hand zurück.

»Nein.« Ich reagiere instinktiv und drücke ihre Hand wieder auf meine Brust. »Nicht.«

Sie wirkt verblüfft, doch dann rückt sie ein Stück näher, so dass sich unsere Knie berühren, und hebt die andere Hand.

Scheiße. Sie will mich ausziehen.

Panik überkommt mich. Ich kann nicht atmen. Mit einer Hand öffnet sie ein wenig ungeschickt den ersten Knopf. Sie bewegt ihre Finger unter meiner Hand, und ich lasse sie los. Mit beiden Händen knöpft sie rasch mein Hemd ganz auf und schiebt den Stoff zur Seite. Ich schnappe nach Luft und atme stoßweise.

Ihre Hand schwebt über meiner Brust. Sie will mich berühren. Haut an Haut. Fleisch an Fleisch. Ich gehe in mich, baue auf die vielen Jahre Übung in Selbstkontrolle und wappne mich für ihre Berührung.

Ana zögert.

»Ja«, flüstere ich ermutigend und neige den Kopf leicht zur Seite.

Ihre Fingerspitzen auf meinem Brustbein fühlen sich federleicht an. Sie gleiten über mein Brusthaar, und in meiner Kehle bildet sich ein Kloß, den ich nicht hinunterschlucken kann. Ana zieht ihre Hand zurück, aber ich greife danach und drücke sie wieder auf meine Haut. »Nein, ich muss es schaffen.« Meine leise Stimme klingt angespannt.

Ich muss das tun.

Ich tue es für sie.

Sie legt ihre Handfläche auf meine Brust und lässt dann ihre Fingerspitzen sanft zu meinem Herz wandern. Ihre Finger sind weich und warm, aber sie versengen meine Haut. Zeichnen mich. Ich gehöre ihr. Ich will ihr all meine Liebe schenken. Und mein Vertrauen.

Ich gehöre dir, Ana.

Was immer du willst.

Mir ist bewusst, dass ich keuchend Luft in meine Lunge sauge.

Ana richtet sich auf und sieht mich aus dunklen Augen an. Noch einmal fährt sie mit den Fingerspitzen über meine Brust, dann legt sie ihre Hände auf meine Knie und beugt sich vor.

Verdammt. Ich schließe die Augen. Das wird schwer zu ertragen sein. Ich hebe den Kopf und warte. Und ich spüre ihre Lippen, die sich ganz zärtlich auf die Stelle über meinem Herzen senken.

Ich stöhne auf.

Es ist qualvoll. Es ist die Hölle. Aber es ist Ana. Und sie liebt mich.

»Noch einmal«, flüstere ich. Sie beugt sich wieder über mich und küsst mich ein weiteres Mal. Ich weiß, was sie tut. Ich weiß, an welchen Stellen sie mich küsst. Sie tut es wieder und wieder. Ihre Lippen berühren sanft meine Narben. Ich weiß genau, wo sie sich befinden. Seit dem Tag, an dem sie mir in die Haut gebrannt wurden. Und nun tut sie, was noch nie jemand vor ihr getan hat. Sie küsst mich. Akzeptiert mich. Akzeptiert diese dunkle Seite von mir.

Sie tötet meine Dämonen.

Mein tapferes Mädchen.

Mein wunderschönes tapferes Mädchen.

Mein Gesicht ist feucht. Ich sehe nur verschwommen. Aber ich strecke die Arme nach ihr aus, vergrabe meine Hände in ihrem Haar und ziehe sie an mich. Ich drehe ihr Gesicht zu mir und drücke meine Lippen auf ihre. Ich will sie spüren, sie besitzen. Ich brauche sie. »O Ana«, flüstere ich voll Bewunderung und küsse sie noch einmal. Als ich sie auf den Boden ziehe, umfasst sie mein Gesicht mit beiden Händen. Ich weiß nicht, ob es ihre oder meine Tränen sind, die ich auf meinem Gesicht spüre.

»Christian, bitte nicht weinen! Ich habe doch gesagt, dass ich dich niemals verlassen werde. Das war ernst gemeint. Wenn ich dir das Gefühl gegeben habe, dass es nicht so ist, tut es mir leid… Bitte, bitte, verzeih mir. Ich liebe dich und werde dich immer lieben.«

Ich schaue sie an und versuche zu akzeptieren, was sie gerade gesagt hat.

Sie sagt, dass sie mich liebt. Dass sie mich immer lieben wird.

Aber sie kennt mich nicht.

Sie kennt das Monster nicht.

Dieses Monster hat ihre Liebe nicht verdient.

»Was ist?«, fragt sie. »Was hast du für ein Geheimnis, dass du glaubst, ich würde schreiend davonlaufen, wenn du es mir verrätst? Dass du so sicher bist, ich würde dich auf der Stelle verlassen? Sag es mir, Christian. Bitte…«

Sie hat ein Recht darauf, es zu erfahren. Solange wir zusammen sind, wird das immer ein Hindernis zwischen uns sein. Sie verdient es, die Wahrheit zu wissen. Ich muss es ihr sagen, auch wenn mir nicht wohl dabei ist.

Ich setze mich auf und kreuze die Beine. Sie tut es mir nach und schaut mich aus großen Augen in ängstlicher Erwartung an. Sie scheint sich genauso zu fühlen wie ich.

»Ana.« Ich halte inne und atme tief durch.

Sag es ihr, Grey.

Raus damit. Dann wirst du es wissen.

»Ich bin Sadist, Ana. Ich stehe darauf, kleine, zierliche Brünette auszupeitschen. Weil ihr alle genauso aussieht wie die Crackhure – meine leibliche Mutter. Ich bin sicher, du kannst dir denken, wieso.« Die Worte sprudeln aus mir heraus, als hätte ich sie schon seit Tagen vorbereitet und im Kopf gehabt.

Sie reagiert nicht. Bleibt ganz still. Und ruhig.

Bitte, Ana.

»Aber du hast doch gesagt, du wärst kein Sadist«, flüstert sie schließlich kaum hörbar.

»Nein, ich habe gesagt, ich sei dominant. Ich habe dir nur die halbe Wahrheit erzählt. Es tut mir leid.« Ich kann ihr nicht in die Augen schauen; beschämt starre ich auf meine Finger. Ebenso wie sie. Aber sie sagt nichts mehr, also bin ich gezwungen, sie wieder anzusehen. »Als du mir diese Frage gestellt hast, hatte ich noch eine völlig andere Beziehung zwischen uns im Sinn«, füge ich hinzu.

Das ist die Wahrheit.

Anas Augen weiten sich, und plötzlich schlägt sie die Hände vors Gesicht. Sie kann es nicht ertragen, mich anzuschauen.

»Also stimmt es doch«, wispert sie. Sie lässt die Hände sinken, und ihr Gesicht ist weiß wie Alabaster. »Ich kann dir nicht geben, was du brauchst.«

Was? »Nein, nein, nein, Ana. Nein. Natürlich kannst du das. Du gibst mir, was ich brauche. Bitte, glaub mir.«

»Ich weiß nicht, was ich glauben soll, Christian. Das ist alles so verdammt abgefuckt.« Ihre Stimme klingt erstickt.

»Ana, glaub mir doch. Nachdem ich dich bestraft hatte und du mich verlassen hast, hat sich mein gesamtes Weltbild verschoben. Ich habe dir versprochen, dass du nicht noch einmal so leiden musst, und das war ernst gemeint. Es war eine Offenbarung für mich zu hören, dass du mich liebst. Niemand hat das jemals zu mir gesagt. Es war, als hätte ich erst dadurch mit etwas abschließen können. Vielleicht warst auch du diejenige, die diesen endgültigen Abschluss herbeigeführt hat, ich weiß es nicht. Darüber reden Dr. Flynn und ich uns im Moment die Köpfe heiß.«

»Was bedeutet das alles?«

»Es bedeutet, dass ich diese Dinge nicht unbedingt brauche. Zumindest jetzt nicht.«

»Aber woher weißt du das? Wie kannst du dir da so sicher sein?«

»Ich weiß es einfach. Die Vorstellung, dir wehzutun ... auf welche Weise auch immer ... ist abscheulich.«

»Aber ich verstehe das nicht. Was ist mit den Linealen, dem Versohlen und all der anderen perversen Scheiße?«

»Ich rede von den richtig heftigen Sachen, Anastasia. Du solltest mal sehen, was ich mit einem Rohrstock oder einer Katze so alles anstellen kann.«

»Lieber nicht.«

»Ich weiß. Wenn du es auch gewollt hättest, wunderbar ... Aber du willst es nicht, und das kann ich verstehen. Ich kann all diese abartigen Dinge nicht mit dir machen, wenn du es nicht willst. Das habe ich dir schon einmal gesagt. Du hältst die Fäden in der Hand. Und jetzt, da du zu mir zurückgekommen bist, verspüre ich diesen Drang plötzlich nicht mehr.«

»Aber als wir uns kennengelernt haben, hast du dir genau das gewünscht, richtig?«

»Ja. Zweifellos.«

»Wie kann dieser Drang auf einmal verschwinden, Christian? Als wäre ich ein Wundermittel, und du wärst – in Ermangelung einer anderen Bezeichnung – plötzlich *geheilt*? Das verstehe ich nicht.«

»Na ja, als geheilt würde ich es nicht bezeichnen. Du glaubst mir kein Wort, stimmt's?«

»Ich finde es nur… unglaublich. Das ist ein gewaltiger Unterschied.«

»Hättest du mich nicht verlassen, würde ich wahrscheinlich auch nicht so empfinden. Mich zu verlassen, war das Beste, was du tun konntest… für uns. Erst dadurch ist mir klar geworden, wie sehr ich dich will. Nur dich allein. Und wenn ich sage, dass ich dich in jeder Hinsicht will, ist das mein voller Ernst.«

Sie starrt mich an. Teilnahmslos? Verwirrt? Ich weiß es nicht.

»Du bist immer noch da. Ich war mir sicher, dass du inzwischen längst schreiend zur Tür hinausgelaufen wärst.«

»Wieso? Weil ich dich für einen kranken Perversen halten könnte, der darauf steht, Frauen, die genauso aussehen wie seine Mutter, auszupeitschen und sie danach zu ficken? Wie kommst du bloß darauf?«, faucht sie.

Scheiße.

Ana hat ihre Krallen ausgefahren und bohrt sie mir ins Fleisch.

Aber das habe ich verdient. »Ich hätte es vielleicht nicht ganz so derb ausgedrückt, aber im Grunde genommen hast du recht.«

Ist sie jetzt wütend? Vielleicht verletzt? Nun kennt sie mein Geheimnis. Mein dunkles, düsteres Geheimnis. Und ich warte auf ihr Urteil.

Lieb mich.

Oder verlass mich.

Sie schließt die Augen. »Ich bin hundemüde, Christian. Können wir morgen darüber reden? Ich will jetzt ins Bett.«

»Du gehst also doch nicht?« Ich kann es kaum glauben.

»Willst du denn, dass ich gehe?«

»Nein! Ich dachte nur, du würdest auf der Stelle davonlaufen, wenn ich es dir sage.«

Ihr Gesichtsausdruck ist jetzt sanfter, aber sie ist immer noch bestürzt.

Bitte geh nicht, Ana.

Wenn du gehst, wird mein Leben unerträglich.

»Verlass mich nicht«, flüstere ich.

»Herrgott, ich sage es noch einmal – nein! Ich werde nicht gehen!«

»Wirklich?« Unglaublich. Sie versetzt mich immer wieder in Erstaunen. Selbst jetzt.

»Was muss ich tun, damit du begreifst, dass ich nicht davonlaufe? Was soll ich sagen?« Sie ist außer sich.

Zu meiner Überraschung schießt mir plötzlich eine Idee durch den Kopf. Eine total verrückte Idee, so weit entfernt von meiner Wohlfühlzone, dass ich mich frage, woher sie kommt. Ich schlucke. »Es gibt da durchaus etwas.«

»Was?«, faucht sie.

»Heirate mich.«

Sie starrt mich mit offenem Mund an.

Heirat, Grey? Hast du den Verstand verloren?

Warum sollte sie dich heiraten wollen?

Sie ist fassungslos, doch dann öffnet sie leicht den Mund und kichert. Und beißt sich auf die Lippen, wahrscheinlich, um sich zusammenzureißen. Vergeblich. Sie lässt sich auf den Boden fallen, und ihr Kichern geht in ein schallendes Gelächter über, das durch mein Wohnzimmer hallt.

Mit dieser Reaktion habe ich nicht gerechnet

Ihr Lachen wird hysterisch. Sie legt sich die Hand aufs Gesicht, und ich bin mir nicht sicher, ob sie weint.

Ich weiß nicht, was ich tun soll.

Behutsam hebe ich ihren Arm an und wische ihr mit dem Fingerknöchel die Tränen vom Gesicht. Ich bemühe mich um einen leichten Ton. »Sie finden meinen Antrag also lustig, Miss Steele?«

Sie schnieft, hebt die Hand und streicht mir zärtlich über die Wange.

Auch das habe ich nicht erwartet.

»Mr. Grey«, flüstert sie. »Christian. Dein Timing ist zweifellos...« Sie hält inne und sieht mir in die Augen, als wäre ich komplett verrückt. Und vielleicht bin ich das. Aber ich will eine Antwort haben.

»Deine Reaktion hat mich tief getroffen, Ana. Willst du mich heiraten?«

Sie setzt sich langsam auf und legt ihre Hände auf meine Knie. »Christian, ich wurde heute Abend von deiner durchgeknallten Ex mit einer Waffe bedroht. Ich wurde aus meiner eigenen Wohnung geworfen und musste zusehen, wie du mir gegenüber komplett ausgeflippt bist...«

Ausgeflippt?

Ich öffne den Mund, um mich zu verteidigen, aber sie bringt mich mit einer Handbewegung zum Schweigen.

»Du hast mir etwas zugegebenermaßen ziemlich Schockierendes über dich verraten, und jetzt fragst du mich, ob ich dich heiraten will.«

»Ja, ich denke, das ist eine ziemlich treffende und akkurate Zusammenfassung der Situation.«

»Was ist aus deiner Schwäche fürs Hinauszögern geworden?«, fragt sie und verblüfft mich damit wieder einmal.

»Ich habe meine Meinung geändert und bin jetzt überzeugter Verfechter der sofortigen Belohnung. Carpe diem, Ana.«

»Okay, Christian, ich kenne dich seit gefühlten drei Minuten, und es gibt noch so viele Dinge, die ich wissen muss. Ich habe zu viel getrunken, bin hungrig und müde und will ins Bett. Ich muss über deinen Antrag genauso nachdenken, wie ich über diesen Vertrag zwischen uns nachgedacht habe. Außerdem...« Sie hält kurz inne und spitzt die Lippen. »Außerdem war der Heiratsantrag nicht gerade romantisch.«

Hoffnung regt sich in mir. »Ein berechtigtes Argument, wie immer, Miss Steele. Also ist es kein Nein?«

Sie seufzt. »Nein, Mr. Grey, es ist aber auch kein Ja. Du fragst mich nur, weil du Angst hast und mir nicht vertraust.«

»Nein, ich frage dich, weil ich endlich jemanden gefunden habe, mit dem ich den Rest meines Lebens verbringen will.«

Und das ist die Wahrheit, Ana.

Ich liebe dich.

»Darf ich in Ruhe darüber nachdenken, bitte? Und über alles andere, was heute passiert ist? Was du mir gerade gesagt hast? Du hast mich darum gebeten, geduldig zu sein und Vertrauen zu haben. Genau das brauche ich jetzt von dir, Grey.«

Vertrauen und Geduld.

Ich beuge mich vor und schiebe ihr eine lose Haarsträhne hinters Ohr. Wenn ihre Antwort bedeutet, dass sie mich nicht verlassen will, dann kann ich darauf auch eine Ewigkeit warten.

»Damit kann ich leben.« Ich lehne mich noch weiter vor und drücke ihr einen flüchtigen Kuss auf den Mund.

Sie weicht nicht zurück.

Und ich spüre kurz Erleichterung. »Nicht besonders romantisch, ja?«

Sie schüttelt den Kopf und sieht mich ernst an.

»Herzchen und Blümchen?«, frage ich.

Sie nickt, und ich lächle.

»Du hast Hunger?«

»Ja.«

»Du hast also wieder mal nichts gegessen.«

»Ja, ich habe nichts gegessen«, erwidert sie ohne Groll und setzt sich auf die Fersen zurück. »Aus meiner Wohnung geworfen zu werden, nachdem ich zusehen musste, wie mein Freund seiner Exsub zärtlich das Köpfchen streichelt, hat mir zugegebenermaßen den Appetit verdorben.« Sie stemmt die Hände in die Hüften.

Ich stehe auf, immer noch verblüfft, dass sie noch hier ist, und strecke die Hand aus. »Ich mache dir etwas zu essen.«

»Kann ich nicht einfach ins Bett gehen?« Sie legt ihre Hand in meine, und ich helfe ihr auf die Füße.

»Nein, du musst etwas essen. Komm.«

Ich führe sie die paar Meter zu einem der Barhocker, und nachdem sie sich gesetzt hat, öffne ich den Kühlschrank.

»Christian, so hungrig bin ich nicht.«

Ohne darauf einzugehen, durchsuche ich den Kühlschrank. »Käse?«, biete ich ihr an.

»Nicht um diese Uhrzeit.«

»Brezeln?«

»Aus dem Kühlschrank? Nein«, blafft sie.

»Magst du etwa keine Brezeln?«

»Nicht um halb zwölf Uhr abends, Christian. Ich gehe jetzt ins Bett. Du kannst gern die ganze Nacht lang im Kühlschrank herumstöbern, wenn du Lust hast. Ich bin müde, außerdem habe ich einen Tag hinter mir, der eindeutig zu aufschlussreich für meinen Geschmack war. Wenn ich könnte, würde ich ihn am liebsten auf der Stelle vergessen.« Sie rutscht von dem Hocker, und in diesem Moment entdecke ich das Gericht, das Mrs. Jones am Abend vorbereitet hat.

»Makkaroni mit Käse?« Ich halte die Schüssel hoch.

Ana wirft mir von der Seite einen Blick zu. »Du magst Makkaroni mit Käse?«

Mögen? Ich liebe Makkaroni mit Käse! »Willst du etwas davon?« Ich versuche, sie zu verführen.

Ihr Lächeln spricht Bände.

Ich stelle die Schüssel in die Mikrowelle und drücke auf den Knopf.

»Du weißt also, wie man die Mikrowelle bedient?«, neckt Ana mich und setzt sich wieder auf den Hocker.

»Mit allem, was verpackt ist, komme ich normalerweise gut klar. Nur die richtigen Lebensmittel bereiten mir ein bisschen Probleme.«

Ich hole zwei Tischsets, Teller und Besteck.

»Es ist schon sehr spät«, stellt Ana fest.

»Dann geh morgen eben nicht ins Büro.«

»Ich *muss* morgen ins Büro. Mein Boss fliegt nach New York.«

»Willst du am Wochenende auch nach New York fliegen?«

»Ich habe mir die Wettervorhersage angesehen. Es soll regnen.«

»Aha. Was willst du dann machen?«

Das Ping der Mikrowelle verkündet, dass unser Essen fertig ist.

»Im Moment wäre es mir am liebsten, nur von einem Tag zum

nächsten zu denken. Diese ganze Aufregung ist so… anstrengend.«

Mit einem Geschirrtuch hole ich die dampfende Schüssel aus der Mikrowelle und stelle sie auf die Frühstückstheke. Es riecht köstlich, und ich freue mich, dass mein Appetit zurückgekehrt ist. Ana gibt jedem etwas auf den Teller, während ich mich setze.

Es ist erstaunlich, dass sie immer noch hier ist, trotz allem, was ich ihr gesagt habe. Sie ist so… stark. Und sie enttäuscht mich nie. Selbst als sie Leila gegenüberstand, hat sie die Ruhe bewahrt.

Sie schiebt sich eine Gabel voll Makkaroni in den Mund, und ich tue es ihr nach. Sie schmecken genau so, wie ich sie mag.

»Das mit Leila tut mir leid«, murmle ich.

»Weshalb?«

»Es muss ein entsetzlicher Schock für dich gewesen sein, sie mitten in deinem Apartment stehen zu sehen. Taylor hat heute noch alles überprüft. Er ist am Boden zerstört.«

»Ich mache Taylor keinen Vorwurf.«

»Ich auch nicht. Er hat dich überall gesucht.«

»Ach ja? Wieso?«

»Ich wusste nicht, wo du bist. Du hast deine Handtasche und deine Schlüssel im Wagen gelassen. Ich konnte dich also nicht mal orten. Wo warst du?«

»Ethan und ich sind in eine Bar auf der anderen Straßenseite gegangen. Damit ich sehen konnte, was weiter passiert.«

»Ich verstehe.«

»Und was hast du mit Leila in meiner Wohnung gemacht?«

»Willst du das wirklich wissen?«

»Ja«, erwidert sie, aber am Ton ihrer Stimme höre ich, dass sie sich da nicht so sicher ist. Ich zögere, aber sie sieht mich unverwandt an, und ich muss ihr die Wahrheit sagen. »Wir haben geredet, und dann habe ich sie in die Badewanne gesteckt. Ich habe ihr etwas von deinen Sachen zum Anziehen gegeben. Ich hoffe, du hast nichts dagegen. Aber sie war völlig verdreckt.«

Ana schweigt und wendet sich von mir ab. Ich habe plötzlich keinen Appetit mehr.

Scheiße. Ich hätte es ihr nicht erzählen sollen.

»Mehr konnte ich nicht für sie tun, Ana«, erkläre ich.

»Empfindest du immer noch etwas für sie?«

»Nein!« Ich schließe die Augen, als ich Leila wieder vor mir sehe, so traurig und abgemagert. »Sie so zu sehen – so am Boden zerstört, wie ich sie sonst nicht kenne … Sie bedeutet mir etwas, aber nur in dem Sinne, wie einem als normalem Menschen das Wohlergehen eines anderen am Herzen liegt.« Ich verdränge das Bild vor meinem geistigen Auge und wende mich Ana zu.

»Ana, sieh mich an.«

Sie starrt auf ihr unberührtes Essen.

»Ana.«

»Was?«, flüstert sie.

»Tu's nicht. Es hat nichts zu bedeuten. Es war, als hätte ich mich um ein völlig verstörtes Kind gekümmert, das nicht mehr aus noch ein weiß.«

Sie schließt die Augen, und einen schrecklichen Moment befürchte ich, dass sie gleich in Tränen ausbricht. »Ana?«

Sie steht auf, trägt ihren Teller zur Spüle und wirft die Reste in den Mülleimer.

»Ana, bitte.«

»Hör auf, Christian! Hör endlich auf mit diesem verdammten ›Ana, bitte‹«, schreit sie frustriert und fängt zu weinen an. »Ich habe mir genug von diesem Mist angehört. Ich gehe jetzt ins Bett und kann nicht mehr klar denken. Und jetzt lass mich in Ruhe.« Sie stürmt aus der Küche in Richtung Schlafzimmer und lässt mich vor den inzwischen kalt und hart gewordenen Makkaroni mit Käse sitzen.

Scheiße.

MITTWOCH, 15. JUNI 2011

Ich vergrabe den Kopf in meinen Händen und fahre mir übers Gesicht. Ich kann es nicht fassen, dass ich Ana einen Heiratsantrag gemacht habe. Und dass sie nicht Nein gesagt hat. Aber sie hat auch nicht Ja gesagt. Vielleicht sagt sie niemals Ja.

Morgen früh wird sie aufwachen und zur Vernunft kommen.

Der Tag hat so gut angefangen, aber seit dem Abend, seit Leila, ist er eine einzige Katastrophe.

Zumindest ist Leila in Sicherheit und bekommt nun die Hilfe, die sie braucht.

Aber um welchen Preis? *Ana?*

Jetzt weiß sie alles.

Sie weiß, dass ich ein Monster bin.

Aber sie ist immer noch hier.

Konzentrier dich auf das Positive, Grey.

Mir geht es wie Ana – mein Appetit ist verschwunden, und ich bin erschöpft. Es war ein sehr emotionaler Abend. Ich stehe von der Frühstückstheke auf. In der letzten halben Stunde ist mehr geschehen, als ich jemals für möglich gehalten habe.

Genau das tut sie mit dir, Grey. Sie sorgt dafür, dass deine Gefühle hervorkommen.

Wenn du bei ihr bist, spürst du, dass du lebst.

Ich darf sie nicht verlieren. Ich habe sie doch gerade erst gefunden.

Vollkommen durcheinander und von meinen Gefühlen überwältigt, stelle ich meinen Teller in die Spüle und gehe zu meinem Schlafzimmer.

Wenn sie Ja sagt, wird es bald *unser* Schlafzimmer sein.

Vor dem Badezimmer höre ich erstickte Laute. Sie weint. Ich öffne die Tür und sehe sie schluchzend auf dem Boden liegen, zusammengekrümmt wie ein Fötus. Sie trägt eines meiner T-Shirts. Sie so verzweifelt zu sehen, versetzt mir einen Schlag in die Magengrube und raubt mir den Atem. Es ist unerträglich.

Ich setze mich zu ihr auf den Boden. »Hey«, sage ich leise und ziehe sie auf meinen Schoß. »Bitte, wein nicht, Ana, bitte.« Sie schlingt die Arme um mich und klammert sich an mich, schluchzt aber unaufhörlich weiter.

O Baby.

Sanft streiche ich ihr über den Rücken und denke darüber nach, warum mich ihre Tränen viel mehr berühren, als es bei Leila der Fall war.

Weil ich sie liebe.

Sie ist tapfer und stark. Und zum Dank dafür bringe ich sie zum Weinen.

»Es tut mir leid, Baby«, flüstere ich, halte sie fest in meinen Armen und schaukle vor und zurück, während sie sich ausweint. Ich drücke ihr einen Kuss aufs Haar. Schließlich versiegen ihre Tränen, aber ihr Körper wird noch von Schluchzern geschüttelt. Ohne sie loszulassen, stehe ich auf, trage sie in mein Schlafzimmer und lege sie aufs Bett. Sie gähnt und schließt die Augen, während ich mein Hemd und meine Hose ausziehe. Ich lasse meine Boxershorts an, nehme mir ein T-Shirt und lösche das Licht. Im Bett ziehe ich sie an mich. Wenige Sekunden später werden ihre Atemzüge tiefer. Sie ist erschöpft eingeschlafen. Ich wage es nicht, mich zu bewegen, weil ich sie nicht wecken will. Sie braucht jetzt Schlaf.

Im Dunkeln versuche ich, mir zu erklären, was an diesem Abend alles geschehen ist. Es war so viel. Viel zu viel ...

Leila steht vor mir. Sie ist verwahrlost, und der Geruch treibt mich einen Schritt zurück.

Der Gestank. Nein.

Dieser Gestank.

Er stinkt. Er stinkt scheußlich. Nach Dreck. Davon wird mir ganz schlecht.

Er ist wütend. Ich verstecke mich unter dem Tisch. *Da bist du ja, du kleiner Scheißer.*

Er hat Zigaretten.

Nein. Ich rufe nach meiner Mommy. Aber sie hört mich nicht. Sie liegt auf dem Boden.

Aus seinem Mund kommt Rauch.

Er lacht.

Und er packt mich an den Haaren.

Es brennt. Ich schreie.

Das Brennen mag ich nicht.

Mommy liegt auf dem Boden. Ich schlafe neben ihr. Sie ist kalt. Ich decke sie mit meiner Kuscheldecke zu.

Er ist wieder da. Er ist wütend.

Bekloppte. Blöde. Schlampe.

Geh mir aus dem Weg, du beschissener dummer Zwerg. Er schlägt mich, und ich falle hin.

Er geht. Er schließt die Tür ab. Und ich bin mit Mommy allein.

Und dann ist sie weg. Wo ist Mommy? Wo ist Mommy?

Er hält mir die Zigarette vor die Nase.

Nein.

Er drückte sie auf meine Haut.

Nein.

Der Schmerz. Der Gestank.

Nein.

»Christian.«

Ich reiße die Augen auf. Es ist hell. *Wo bin ich?* In meinem Schlafzimmer.

Ana steht neben dem Bett, packt meine Schultern und schüttelt mich.

»Du warst weg… du warst weg… du bist einfach weggegangen«, stammle ich zusammenhanglos. Sie setzt sich neben mich. »Ich bin hier«, beruhigt sie mich und legt ihre Hand an meine Wange.

»Du warst weg.«

Ich habe nur Albträume, wenn sie nicht bei mir ist.

»Ich habe mir nur etwas zu trinken geholt. Ich hatte Durst.«

Ich schließe die Augen, fahre mir mit der Hand übers Gesicht und versuche, den Traum von der Wirklichkeit zu unterscheiden. Sie hat mich nicht verlassen. Sie sieht mich an, meine liebe Ana. Mein Mädchen. »Du bist hier. Gott sei Dank.« Ich ziehe sie neben mich aufs Bett.

»Ich habe mir doch nur etwas zu trinken geholt«, wiederholt sie, als ich sie in die Arme nehme. Sie streicht mir übers Haar und über die Wange. »Bitte, Christian, ich bin doch hier. Ich gehe nirgendwohin.«

»O Ana.« Ich küsse sie. Sie schmeckt nach Orangensaft... so süß und vertraut.

Mein Körper reagiert sofort, als ich mit meinen Lippen über ihr Ohr und ihren Hals streiche. Sanft nehme ich ihre Unterlippe zwischen die Zähne und liebkose mit den Händen ihren Körper. Ich schiebe ihr T-Shirt nach oben und umfasse ihre Brust. Als meine Finger ihre Brustwarze finden, durchläuft sie ein Schauder, und sie stöhnt leise auf. »Ich will dich«, raune ich.

Ich brauche dich.

»Ich bin hier. Für dich. Nur für dich, Christian.«

Ihre Worte fachen meine Leidenschaft weiter an. Ich küsse sie wieder.

Bitte, verlass mich nie.

Sie zerrt an meinem T-Shirt, und ich drehe mich so, dass sie es mir über den Kopf ziehen kann. Ich schiebe sie nach oben, knie mich zwischen ihre Beine und zerre ihr das T-Shirt vom Leib. Sie schaut mich an, und in ihren Augen sehe ich Begierde und Verlangen. Ich nehme ihr Gesicht in meine Hände und küsse sie. Wir sinken auf die Matratze. Ihre Finger fahren durch mein Haar, während sie meinen Kuss leidenschaftlich erwidert und mich dabei mit ihrer Zunge verwöhnt.

O Ana.

Plötzlich weicht sie zurück und stößt mich von sich weg.

»Christian... hör auf. Ich kann nicht.«

»Was? Was ist los?«, murmle ich, die Lippen gegen ihren Hals gepresst.

»Nein, bitte. Ich kann das nicht. Nicht jetzt. Ich brauche ein bisschen Zeit. Bitte.«

»Ana, bitte versuch, nicht alles zu Tode zu analysieren«, flüstere ich und spüre, wie meine Angst wieder zurückkommt. Ich bin jetzt hellwach. Sie weist mich zurück. *Nein.* Ich bin verzweifelt. Ich knabbere an ihrem Ohrläppchen, und sie wölbt mir bei meiner Berührung leise stöhnend ihren Körper entgegen. »Ich bin noch genau derselbe wie vorher, Ana. Ich liebe dich, und ich brauche dich. Fass mich an. Bitte.« Ich reibe meine Nase gegen ihre, schaue ihr in die Augen und halte sie in meinem Armen, während ich auf ihre Reaktion warte.

Unsere Beziehung hängt von diesem Moment ab.

Wenn sie das nicht tun kann...

Wenn sie mich nicht berühren kann.

Wenn ich sie nicht haben kann.

Ich warte.

Bitte, Ana.

Vorsichtig streckt sie die Hand aus und legt sie auf meine Brust.

Hitze und Schmerz schießen durch meinen Brustkorb, und die Dunkelheit streckt ihre Klauen nach mir aus. Ich schnappe nach Luft und kneife die Augen zusammen.

Ich schaffe das.

Ich schaffe es, weil ich es für sie tue.

Für mein Mädchen.

Ana.

Sie lässt ihre Hand zu meiner Schulter hinaufwandern, ihre

Fingerspitzen verbrennen meine Haut, und ich stöhne auf. Ich will das so sehr, aber ich habe auch große Angst davor.

Ich fürchte mich vor der Berührung meiner Geliebten. *Was für ein Freak bin ich eigentlich?*

Sie zieht mich zu sich herunter und streicht mit den Händen über meinen Rücken, hält mich fest. Ihre Handflächen liegen auf meiner Haut. Brennen sich dort ein. Mein erstickter Aufschrei ist ein Stöhnen und Schluchzen zugleich. Ich berge das Gesicht an ihrem Hals, verstecke mich und suche Trost vor dem Schmerz. Dann küsse und liebkose ich sie, während ihre Finger über zwei Narben auf meinem Rücken gleiten.

Es ist kaum zu ertragen.

Ich küsse sie fieberhaft, schiebe meine Zunge in ihre Mundhöhle und bekämpfe meine Dämonen nur mit meinen Lippen und meinen Händen. Sanft legt sie ihre Hände auf meine, während ich sie streichle.

Die Dunkelheit bildet einen Strudel und versucht, sie von mir wegzuziehen, aber Anas Finger bleiben auf meiner Haut. Streicheln mich. Berühren mich. Sanft. Liebevoll. Und ich wappne mich gegen meine Angst und den Schmerz.

Langsam lasse ich meine Lippen zu ihren Brüsten wandern und schließe sie um eine ihrer Brustwarzen, die sich sofort aufrichtet. Ich ziehe sanft daran, und sie stöhnt, reckt sich mir entgegen und fährt mit den Fingernägeln über meine Rückenmuskeln. Das ist zu viel für mich. Panik steigt in mir auf, und mein Herz beginnt zu rasen. »Herrgott, Ana«, presse ich hervor und starre sie an. Sie atmet schwer, und in ihren glänzenden Augen sehe ich Verlangen.

Das macht sie an.

Verdammt.

Denk nicht zu viel darüber nach, Grey.

Reiß dich zusammen. Lass dich darauf ein.

Ich atme tief durch, um meinen Herzschlag zu beruhigen, und fahre mit der Hand über ihren Bauch zu ihrer Scham. Ihre Erregung befeuchtet meine Finger. Ich schiebe sie langsam hinein und beginne mit kreisförmigen Bewegungen, auf die sie prompt reagiert. Sie reckt mir ihr Becken entgegen.

»Ana.« Ihr Name klingt wie eine Beschwörung. Ich lasse sie los und setze mich auf. Ihre Hände fallen nach unten, so dass sie mich nicht länger berührt. Ich fühle mich erleichtert und gleichzeitig beraubt. Rasch streife ich meine Boxershorts ab, befreie meinen Schwanz und beuge mich zum Nachttisch vor, wo ein ungeöffnetes Kondompäckchen liegt. Ich reiche es ihr. »Willst du es wirklich? Du kannst immer noch Nein sagen. Das kannst du immer.«

»Gib mir gar nicht erst Gelegenheit zum Nachdenken, Christian. Ich will dich auch.« Sie reißt die Folie mit den Zähnen auf und streift mir langsam und mit zitternden Fingern das Kondom über.

Ihre Finger auf meinem Schwanz sind die reinste Qual. »Ruhig. Du bringst mich ja um, Ana.«

Sie schenkt mir ein kurzes, besitzergreifendes Lächeln, und ich lege mich auf sie. Doch ich muss wissen, ob sie das jetzt tatsächlich will. Also drehe ich uns beide so, dass sie auf mir liegt.

»Du nimmst mich«, flüstere ich und schaue ihr in die Augen.

Sie fährt sich mit der Zunge über die Lippen, lässt sich langsam auf mich sinken und nimmt mich Zentimeter für Zentimeter in sich auf.

»Ah.« Ich lege den Kopf zurück und schließe die Augen.

Ich gehöre dir, Ana.

Sie greift nach meinen Händen und bewegt sich auf und ab.

O Baby.

Sie beugt sich vor, küsst mein Kinn und lässt dann ihre Zähne darüber gleiten.

Ich komme gleich.

Verdammt.

Ich halte ihre Hüften mit meinen Händen fest.

Langsam, Baby. Bitte lass uns das ganz langsam machen.

Ihre Augen schimmern vor Leidenschaft und Erregung.

Und ich wappne mich noch einmal. »Ana, fass mich an ... bitte.«

In ihren Augen blitzt reine Lust auf, und sie stützt sich mit beiden Händen auf meiner Brust ab. Sie scheinen zu glühen. Ich schreie laut auf und dringe tief in sie ein.

»Ah«, stöhnt sie und fährt mit ihren Fingernägeln über mein Brusthaar. Quält mich. Reizt mich. Aber bei jeder ihrer Berührungen taucht die Dunkelheit auf und droht, meine Haut zu sprengen. Es ist so schmerzhaft und so intensiv, dass mir Tränen in die Augen treten und ich Anas Gesicht nur noch schemenhaft vor mir sehe.

Ich drehe mich, so dass sie wieder unter mir liegt. »Genug. Nicht mehr... bitte.«

Sie legt ihre Hände um mein Gesicht, wischt mir die Tränen ab und zieht mich dann zu sich herunter, um mich zu küssen. Ich dringe tief in sie ein und versuche, mein Gleichgewicht wiederzuerlangen. Vergeblich. Ich bin dieser Frau verfallen. Ich spüre ihren Atem an meinem Ohr. Stoßweise. Keuchend. Sie ist kurz davor, aber sie hält sich zurück.

»Lass los, Ana«, flüstere ich.

»Nein.«

»Doch«, flehe ich und kreise mit den Hüften.

Sie stöhnt laut auf und spannt ihre Beinmuskeln an.

»Los, Baby, ich brauche es. Gib es mir!«

Wir brauchen es.

Sie lässt los und schlingt mit aller Kraft Arme und Beine um mich. Als sie laut aufschreit, komme auch ich zum Höhepunkt.

Ihre Finger gleiten durch mein Haar, während mein Kopf auf ihrer Brust liegt. Sie ist hier. Sie hat mich nicht verlassen, aber ich werde das Gefühl nicht los, dass ich sie beinahe noch einmal verloren hätte. »Verlass mich nicht. Niemals«, flüstere ich. Ich spüre, dass sie ihren Kopf bewegt und ihr Kinn mit dieser für sie typischen trotzigen Bewegung nach oben reckt. »Ich weiß, dass du gerade die Augen verdrehst«, füge ich hinzu und freue mich, dass sie das tut.

»Du kennst mich ziemlich gut«, erwidert sie belustigt.

Gott sei Dank.
»Ich würde dich gern noch viel besser kennen.«
»Zurück zu dir, Grey«, sagt sie und will wissen, was mich im Schlaf so sehr quält.
»Das Übliche.«
Sie besteht darauf, dass ich ihr mehr darüber erzähle.
O Ana, willst du das wirklich wissen?
Sie schweigt. Und wartet.
Ich seufze.
»Ich bin etwa drei Jahre alt. Der Zuhälter der Crackhure ist wieder mal stinksauer auf mich. Er raucht eine Zigarette nach der anderen, und er findet keinen Aschenbecher.«
Will sie diesen Mist wirklich hören? Die Verbrennung. Der Geruch. Das Schreien.
Sie versteift sich unter mir.
»Es hat sehr wehgetan«, murmle ich. »Und genau an diesen Schmerz kann ich mich erinnern. Er verschafft mir diese Albträume. Und die Tatsache, dass sie nichts dagegen unternommen hat.«
Ana schlingt ihre Arme noch enger um mich.
Ich hebe den Kopf und schaue ihr in die Augen. »Du bist nicht wie sie. Komm bloß nicht auf diese Idee. Bitte.«
Sie blinzelt ein paarmal, und ich lege den Kopf wieder auf ihre Brust.
Die Crackhure war schwach. *Nein, du kleiner Scheißer, nicht jetzt.* Sie hat sich umgebracht. Und mich verlassen.
»Manchmal liegt sie in meinem Traum nur auf dem Boden. In diesen Momenten glaube ich, dass sie schläft. Aber sie bewegt sich nicht. Überhaupt nicht mehr. Und ich habe Hunger. Schrecklichen Hunger. Dann höre ich ein lautes Poltern, und er ist wieder da. Er schlägt auf mich ein und flucht fürchterlich wegen der Crackhure. Die Fäuste oder der Gürtel – die kamen bei ihm immer als Allererstes zum Einsatz.«
»Ist das der Grund, weshalb du nicht angefasst werden willst?«

Ich schließe die Augen und ziehe sie an mich. »Es ist ziemlich kompliziert.« Ich vergrabe mein Gesicht zwischen ihren Brüsten und sauge tief den Geruch ihrer Haut ein.

»Sag es mir«, fordert sie mich auf.

»Sie hat mich nicht geliebt.« Sie kann mich nicht geliebt haben. Sie hat mich nicht beschützt. Und sie hat mich verlassen. Allein gelassen. »Und ich habe mich selbst nicht geliebt. Die einzigen Berührungen, die ich kannte, waren... Schläge. Hier liegt die Ursache von allem.«

Meine Mutter hat mich nie liebevoll berührt, Ana.

Nie.

Grace hat meine Grenzen respektiert.

Ich weiß immer noch nicht, warum.

»Dr. Flynn kann das besser erklären als ich.«

»Hättest du etwas dagegen, wenn ich zu Dr. Flynn gehe?«

»Du bedeutest mir alles, Ana. Mein Antrag war vollkommen ernst gemeint. Wir können uns genauso gut besser kennenlernen, wenn wir verheiratet sind. Ich kann mich um dich kümmern. Und du dich um mich. Wir könnten auch Kinder bekommen, wenn du willst. Ich werde dir meine Welt zu Füßen legen, Anastasia. Ich will dich, mit Haut und Haaren, für immer. Bitte denk über meinen Vorschlag nach.«

»Das werde ich, Christian. Ganz bestimmt. Allerdings würde ich tatsächlich gern mit Dr. Flynn reden, wenn du nichts dagegen hast.«

»Alles, was du willst. Alles. Wann?«

»Am besten so schnell wie möglich.«

»Okay. Ich mache gleich morgen früh einen Termin bei ihm aus.« Ich werfe einen Blick auf die Uhr: 3:44. »Es ist schon sehr spät. Wir sollten ein bisschen schlafen.« Ich knipse die Lampe aus und ziehe sie so an mich, dass wir in der Löffelchenstellung liegen. Das tue ich nur mit Ana. Ich küsse ihren Nacken. »Ich liebe dich, Ana Steele, und ich will dich an meiner Seite haben. Für immer. Und jetzt schlaf.«

Eine Bewegung neben mir weckt mich. Ana springt über mich hinweg aus dem Bett und läuft ins Badezimmer.

Sie will weg?

Nein.

Ich werfe einen Blick auf die Uhr.

Scheiße. Es ist schon spät. So lange habe ich noch nie geschlafen. Sie muss zur Arbeit. Ich schüttle den Kopf und rufe Taylor über die Haustelefonanlage an.

»Guten Morgen, Mr. Grey.«

»Guten Morgen, Taylor. Könnten Sie Miss Steele zur Arbeit fahren?«

»Mit Vergnügen, Sir.«

»Sie ist schon ziemlich spät dran.«

»Ich warte vor der Haustür auf sie.«

»Sehr gut. Und anschließend holen Sie mich ab.«

»Wird gemacht, Sir.«

Ich setze mich auf. Ana hastet aus dem Badezimmer herein und sammelt ihre Klamotten auf, während sie sich abtrocknet. Sie bietet mir eine richtig gute Show, vor allem als sie sich ein schwarzes Spitzenhöschen und den dazu passenden BH überstreift.

Ja, das könnte ich mir den ganzen Tag anschauen.

»Du siehst gut aus. Du könntest dich ja krankmelden«, schlage ich vor.

»Nein, Christian, das geht nicht. Ich bin kein größenwahnsinniger CEO mit einem hinreißenden Lächeln, der kommen und gehen kann, wie es ihm gerade passt.«

Hinreißendes Lächeln? Größenwahnsinnig? Ich grinse. »Ich würde gern kommen, wenn es mir gerade passt.«

»Christian!« Sie wirft mir das Handtuch an den Kopf.

Ich lache. Sie ist immer noch hier, und ich glaube nicht, dass sie mich jetzt hasst. »Hinreißendes Lächeln, ja?«

»Ja. Du weißt genau, welche Wirkung du auf mich hast.« Sie legt ihre Armbanduhr an.

»Ach so?«

»Ja. Dieselbe Wirkung wie auf alle anderen Frauen. Es wird allmählich langweilig, zusehen zu müssen, wie sie reihenweise vor dir in die Knie gehen.«

»Tatsächlich?« Ich kann meine Belustigung kaum verbergen.

»Spiel gefälligst nicht das Unschuldslamm, Grey, das passt nicht zu dir.« Sie bindet sich das Haar zu einem Pferdeschwanz zusammen und schlüpft in schwarze High Heels.

Mein Baby ganz in Schwarz. Sie sieht sensationell aus.

Sie beugt sich vor, um mir einen Abschiedskuss zu geben, und ich kann nicht widerstehen und ziehe sie zu mir aufs Bett.

Danke, dass du immer noch hier bist, Ana.

»Was kann ich tun, um dich zum Bleiben zu überreden?«, flüstere ich.

»Gar nichts«, murrt sie und unternimmt einen schwachen Versuch, mich abzuwehren. »Lass mich gehen.«

Ich schmolle, und sie fährt grinsend mit einem Finger die Konturen meiner Lippen nach. Dann beugt sie sich vor und küsst mich. Ich schließe die Augen und genieße das Gefühl, ihre Lippen auf meinen zu spüren.

Ich lasse sie los. Sie muss gehen. »Taylor kann dich in den Verlag fahren. Das geht schneller, als wenn du erst einen Parkplatz suchen musst. Er wartet vor dem Haus.«

»Okay, danke, Genießen Sie Ihren faulen Vormittag, Mr. Grey. Ich wünschte, ich könnte hierbleiben, aber der Mann, dem der Verlag gehört, in dem ich arbeite, würde es nicht gutheißen, wenn seine Mitarbeiter blaumachen, nur weil sie heißen Sex haben könnten.« Sie greift nach ihrer Handtasche.

»Ich persönlich habe keinerlei Zweifel, dass er es gutheißen würde, Miss Steele. Er könnte sogar darauf bestehen.«

»Wieso bleibst du eigentlich im Bett? Das sieht dir gar nicht ähnlich.«

Ich verschränke die Hände hinter dem Kopf, lehne mich zurück und lächle breit. »Weil ich es kann, Miss Steele.«

Sie schüttelt in gespielter Empörung den Kopf. »Ciao, ciao, Baby.« Sie wirft mir eine Kusshand zu und eilt hinaus. Ich höre ihre Schritte im Gang, und dann ist alles ruhig.

Ana ist zur Arbeit gegangen.

Und ich vermisse sie jetzt schon.

Ich greife nach meinem Telefon, um ihr eine Mail zu schicken. Aber was soll ich ihr schreiben? Ich habe ihr am Abend zuvor so viel erzählt – ich will sie nicht mit weiteren… Enthüllungen verschrecken.

Fasse dich kurz, Grey.

Von: Christian Grey
Betreff: Du fehlst mir
Datum: 15. Juni 2011, 09:05 Uhr
An: Anastasia Steele

Bitte benutz deinen BlackBerry.

x

CHRISTIAN GREY
CEO, Grey Enterprises Holdings, Inc.

Ich schaue mich in meinem Schlafzimmer um und denke darüber nach, wie leer es ohne sie wirkt. Ich schicke eine Mail an ihre private Adresse. Ich muss mich vergewissern, dass sie ihr Telefon benutzt, denn ich will nicht, dass irgendjemand bei SIP unsere E-Mails liest.

Von: Christian Grey
Betreff: Du fehlst mir
Datum: 15. Juni 2011, 09:06 Uhr
An: Anastasia Steele

Mein Bett ist viel zu groß ohne dich.
Sieht so aus, als müsste ich wohl doch zur Arbeit.
Selbst größenwahnsinnige CEOs müssen sich ab und zu mal beschäftigen.
x

CHRISTIAN GREY
Däumchendrehender CEO, Grey Enterprises Holdings, Inc.

Ich hoffe, das wird ihr ein Lächeln entlocken. Ich schicke die Mail ab, wähle dann Flynns Nummer und hinterlasse eine Nachricht. Wenn Ana Flynn sehen will, dann soll sie das auch. Ich steige aus dem Bett und gehe ins Bad. Schließlich steht heute noch ein Treffen mit dem Bürgermeister an.

Nach den gestrigen Ereignissen bin ich ausgehungert. Ich hatte kein Abendessen. Mrs. Jones hat ein reichliches Frühstück für mich vorbereitet – Eier, Speck, Schinken, Bratkartoffeln, Waffeln und Toast. Gail hat sich richtig ins Zeug gelegt – da ist sie ganz in ihrem Element. Während ich esse, kommt eine Mail von Ana. Von ihrer Büroadresse!

Von: Anastasia Steele
Betreff: Der eine kann, der andere nicht
Datum: 15. Juni 2011, 09:27 Uhr
An: Christian Grey

Mein Boss ist stocksauer.
Und du bist schuld daran, weil du mich mit deinem …
Schabernack am Schlafen gehindert hast.
Du solltest dich schämen.

ANASTASIA STEELE
Assistentin des Cheflektors, SIP

Oh, Ana, ich schäme mich mehr, als du jemals wissen wirst.

Von: Christian Grey
Betreff: Schaber-was?
Datum: 15. Juni 2011, 09:32 Uhr
An: Anastasia Steele

Du brauchst nicht zu arbeiten, Anastasia.
Du hast ja keine Ahnung, wie entsetzt ich über meinen Schabernack bin.
Aber ich stehe drauf, dich nachts vom Schlafen abzuhalten.☺
Bitte benutz deinen BlackBerry.
Oh, und bitte heirate mich.

CHRISTIAN GREY
CEO, Grey Enterprises Holdings, Inc.

Mrs. Jones hält sich im Hintergrund auf, während ich mir mein Frühstück schmecken lasse.
»Noch Kaffee, Mr. Grey?«
»Ja, bitte.«
Wieder kommt eine Nachricht von Ana.

Von: Anastasia Steele
Betreff: Lebensunterhalt
Datum: 15. Juni 2011, 09:35 Uhr
An: Christian Grey

Mir ist deine Neigung, andere unter Druck zu setzen, durchaus bekannt, aber hör jetzt auf damit.
Ich muss mit deinem Therapeuten reden.
Erst dann bekommst du meine Antwort.
Außerdem habe ich nichts gegen eine wilde Ehe einzuwenden.

ANASTASIA STEELE
Assistentin des Cheflektors, SIP

Verdammt noch mal, Ana!

Von: Christian Grey
Betreff: BLACKBERRY
Datum: 15. Juni 2011, 09:40 Uhr
An: Anastasia Steele

Wenn du anfängst, über Dr. Flynn zu reden, dann nimm gefälligst den BlackBerry.
Das ist keine Bitte.

CHRISTIAN GREY
CEO, Grey Enterprises Holdings, Inc.

Mein Telefon klingelt. Es ist Dr. Flynns Assistentin. Er hat morgen um neunzehn Uhr einen Termin für mich frei. Ich bitte um einen Rückruf von Dr. Flynn; ich möchte ihn fragen, ob ich Ana zu dieser Sitzung mitbringen kann.

»Ich werde versuchen, das später zu ermöglichen.«
»Danke, Janet.«
Ich möchte mich auch erkundigen, wie es Leila heute geht.
Ich schicke noch eine mildere Mail an Anas Privatadresse.

Von: Christian Grey
Betreff: Vorsicht …
Datum: 15. Juni 2011, 09:50 Uhr
An: Anastasia Steele

… ist die Mutter der Porzellankiste.
Bitte achte darauf … deine Mails in der Arbeit werden überwacht.
WIE OFT MUSS ICH DIR DAS NOCH SAGEN?
Ja. Genau. Befehle in Großbuchstaben, wie du es so gern nennst.
BENUTZ DEN BLACKBERRY!
Dr. Flynn hat für morgen Abend einen Termin für uns.
x
CHRISTIAN GREY
Immer noch wütender CEO, Grey Enterprises Holdings, Inc.

Ich hoffe, das wird ihr gefallen.
»Abendessen für zwei?«, fragt Gail.
»Ja, Mrs. Jones. Danke.«
Ich trinke meinen Kaffee aus und stelle die Tasse hin. So ein Wortgeplänkel mit Ana beim Frühstück macht mir Spaß. Wenn sie mich heiratet, wäre sie jeden Tag hier bei mir.
Heirat. Eine Ehefrau.
Grey, was hast du dir dabei gedacht?
Was werde ich alles verändern müssen, falls sie mich wirklich heiratet? Ich stehe auf und schlendere zum Badezimmer. Am Treppenaufgang zum oberen Stockwerk bleibe ich stehen. Einem Impuls folgend gehe ich nach oben zum Spielzimmer. Ich sperre die Tür auf und trete ein.
Die letzte Erinnerung, die ich an diesen Raum habe, ist nicht gerade schön.
Du bist verdammt abgefuckt!
Anas Worte klingen mir in den Ohren. Ich sehe ihr tränenüberströmtes, schmerzverzerrtes Gesicht vor mir und schließe rasch die Augen. Plötzlich fühle ich mich leer und wund. Heftige Ge-

wissensbisse quälen mich. So unglücklich will ich sie nie wieder sehen. Gestern Abend hat sie geschluchzt und sich die Augen ausgeweint, aber dieses Mal hat sie sich von mir trösten lassen. Ein großer Unterschied zum letzten Mal.

Oder etwa nicht?

Ich lasse den Blick durch das Zimmer schweifen. Was wird wohl daraus werden?

Hier drin hatte ich viel Spaß ...

Ana am Kreuz. Ana ans Bett gefesselt. Ana auf den Knien.

Deine perversen Nummern gefallen mir.

Ich seufze, und mein Telefon summt. Eine SMS von Taylor. Er steht draußen und wartet auf mich. Nach einem letzten zögernden Blick auf meinen früheren Zufluchtsort schließe ich die Tür.

Der Vormittag verläuft ereignislos, aber dann macht sich Aufregung im Haus breit. Ich empfange nicht oft Delegationen in der Firma, und der Besuch des Bürgermeisters hat sich herumgesprochen. Ich bringe ein paar Meetings hinter mich; alles scheint so weit in Ordnung zu sein.

Um 11:30 Uhr, als ich wieder in meinem Büro bin, stellt Andrea mir Dr. Flynns Anruf durch.

»John, danke für Ihren Rückruf.«

»Ich nehme an, Sie wollten mit mir über Leila Williams sprechen, aber wie ich in meinem Terminkalender sehe, haben Sie morgen Abend ohnehin einen Termin bei mir.«

»Ich habe Ana gefragt, ob sie mich heiraten will.«

John schweigt.

»Sind Sie überrascht?«, frage ich.

»Ehrlich gesagt nicht.«

Diese Antwort habe ich nicht erwartet, aber ich äußere mich nicht dazu.

»Christian, Sie sind sehr impulsiv. Und Sie sind verliebt«, fährt er fort. »Was hat sie gesagt?«

»Sie möchte mit Ihnen sprechen.«

»Sie ist nicht meine Patientin, Christian.«

»Aber ich bin Ihr Patient, und ich bitte Sie darum.«

Er schweigt wieder einen Moment lang. »Okay«, sagt er schließlich.

»Sagen Sie ihr alles, was sie wissen will.«

»Wenn Sie das wünschen.«

»Ja, das tue ich. Wie geht es Leila?«

»Sie hatte eine ruhige Nacht, und heute Morgen war sie sehr mitteilsam. Ich glaube, ich kann ihr helfen.«

»Gut.«

»Christian.« Er hält kurz inne. »Mit einer Ehe geht man eine ernsthafte Verpflichtung ein.«

»Das weiß ich.«

»Sind Sie sich sicher, dass Sie das wollen?«

Jetzt schweige *ich* einen Moment lang. Den Rest meines Lebens mit Ana verbringen ... »Ja.«

»Da hängt der Himmel nicht immer voller Geigen«, meint John. »Das ist harte Arbeit.«

Himmel? Geigen? Was zum Teufel ...?

»Ich habe mich noch nie vor harter Arbeit gescheut, John.«

Er lacht. »Das stimmt. Ich sehe Sie beide dann morgen.«

»Danke.«

Mein Telefon summt. Eine weitere SMS von Elena.

ELENA
Wie wäre es mit Abendessen?

Nicht jetzt, Elena. Ich kann mich im Augenblick einfach nicht mit ihr befassen; ich lösche die SMS. Es ist bereits nach Mittag, und ich habe nichts mehr von Ana gehört. Rasch tippe ich eine Mail.

Von: Christian Grey
Betreff: Hallo
Datum: 15. Juni 2011, 12:15 Uhr
An: Anastasia Steele

Ich habe nichts von dir gehört.
Bitte sag mir, dass alles in Ordnung ist.
Du weißt, dass ich mir Sorgen mache.
Ich werde Taylor vorbeischicken, damit er nach dem Rechten sieht!
x

CHRISTIAN GREY
Überbesorgter CEO, Grey Enterprises Holdings, Inc.

Mein nächster Termin ist das Mittagessen mit dem Bürgermeister und seiner Delegation. Sie wünschen sich eine Tour durch das Gebäude, und mein PR-Beauftragter ist ganz aus dem Häuschen. Sam liegt sehr viel daran, das Profil der Firma zu schärfen, obwohl ich mich manchmal frage, ob es ihm nicht eher um sein eigenes Profil geht.

Andrea klopft an und öffnet die Tür. »Sam ist hier, Mr. Grey.«

»Schicken Sie ihn rein. Oh, könnten Sie bitte die Kontaktdaten auf meinem Telefon auf den neuesten Stand bringen?«

»Natürlich.« Ich reiche ihr mein Telefon, und sie tritt einen Schritt zur Seite, um Sam hereinzulassen. Er lächelt mich arrogant an und zeigt mir seine Auswahl von den Orten, die er für Fotos während der Tour für geeignet hält. Sam ist ein Angeber, und allmählich bereue ich es, dass ich ihn vor Kurzem eingestellt habe.

Es klopft an der Tür, und Andrea steckt den Kopf rein. »Anastasia Steele ruft auf Ihrem Telefon an. Ich kann es Ihnen leider nicht bringen, weil ich gerade einen Download von Ihren Kontaktdaten mache und mich nicht traue, den Vorgang mittendrin abzubrechen.«

Ich springe auf, ignoriere Sam und folge ihr an ihren Schreibtisch. Sie reicht mir mein Telefon, das an einem so kurzen Kabel hängt, dass ich mich über ihren Computer beugen muss.

»Geht es dir gut?«, frage ich.

»Ja, mir geht's gut«, erwidert Ana. *Gott sei Dank.*

»Christian, wieso sollte es mir nicht gut gehen?«

»Normalerweise antwortest du immer sofort auf meine Mails. Nach allem, was ich dir gestern erzählt habe, war ich eben besorgt«, antworte ich leise. Schließlich will ich nicht, dass Andrea oder das neue Mädchen alles mithören.

»Mr. Grey.« Andrea drückt ihr Telefon an ihren Hals und versucht, meine Aufmerksamkeit zu erregen. »Der Bürgermeister und seine Delegation sind jetzt am Empfang. Soll ich sie heraufbitten?«

»Nein, Andrea. Sagen Sie ihnen, sie sollen warten.«

Sie sieht mich bekümmert an. »Ich glaube, es ist zu spät. Sie sind schon auf dem Weg nach oben.«

»Nein. Ich sagte, sie sollen warten.«

Scheiße.

»Christian, du bist offensichtlich beschäftigt. Ich habe nur angerufen, um dir zu sagen, dass es mir gut geht. Ganz ehrlich, heute geht es ziemlich turbulent zu. Jack lässt ordentlich die Peitsche knallen ... Ah, ich meine ...« Sie hält inne.

Interessante Wortwahl.

»Er lässt die Peitsche knallen, ja? Es gab eine Zeit, in der ich ihn als Glückspilz bezeichnet hätte. Lass dich nicht von ihm niedermachen. Immer schön oben bleiben, Baby.«

»Christian!«, sagt sie tadelnd.

Ich grinse. Sie ein wenig zu schockieren macht Spaß. »Behalt ihn einfach im Auge, mehr nicht. Ich bin wirklich froh, dass alles in Ordnung ist. Um wie viel Uhr soll ich dich abholen?«

»Ich schicke dir eine Mail.«

»Von deinem BlackBerry«, sage ich streng.

»Ja, Sir.«

»Ciao, ciao, Baby.«

»Bis dann.«

Ich hebe den Blick und sehe, dass der Aufzug auf den Weg in die Chefetage ist. Der Bürgermeister wird gleich hier sein.

»Leg auf«, sagt sie, und ich höre an ihrer Stimme, dass sie lächelt.

»Ich wünschte, du wärst heute Morgen gar nicht erst zur Arbeit gegangen.«

»Ich auch. Aber jetzt muss ich los. Los, leg auf.«

»Leg du auf.« Ich grinse.

»Das hatten wir doch schon mal.«

»Du knabberst schon wieder an deiner Lippe.«

Sie atmet hörbar ein.

»Du glaubst, ich würde dich nicht kennen, Anastasia. Dabei kenne ich dich besser, als du glaubst.«

»Wir reden später, Christian. Fest steht, dass ich mir im Moment genauso wünsche, ich wäre heute Morgen nicht ins Büro gegangen.«

»Ich erwarte freudig Ihre Mail, Miss Steele.«

»Schönen Tag noch, Mr. Grey.«

Sie legt auf, und schon öffnen sich die Aufzugtüren.

Um 15:45 Uhr bin ich wieder zurück in meinem Büro. Der Besuch des Bürgermeisters war ein voller Erfolg und ein Glücksfall für die PR-Arbeit von GEH. Andrea meldet sich über die Gegensprechanlage.

»Ja?«

»Ein Anruf von Mia Grey für Sie.«

»Stellen Sie sie durch.«

»Christian?«

»Hi.«

»Wir geben am Samstag eine Geburtstagsparty für dich, und ich möchte Ana dazu einladen.«

»Ich bin am Samstag beschäftigt.«

»Sag alles ab. Du musst kommen.«

»Mia!«

»Kein Wenn und Aber. Gib mir Anas Telefonnummer.«

Ich seufze und schweige.

»Christian!«, brüllt sie ins Telefon.

Meine Güte. »Ich schicke dir eine SMS.«

»Versuch ja nicht, dich zu drücken. Du würdest Mom und Dad und mich und Elliot sehr enttäuschen!«

Ich stoße noch einen Seufzer aus. »Schon gut, Mia.«

»Großartig! Wir sehen uns. Bis dann.« Sie legt auf, und ich starre frustriert, aber auch ein wenig belustigt auf mein Telefon. Meine Schwester ist eine Nervensäge. Ich hasse Geburtstage. Zumindest meinen eigenen. Widerstrebend schicke ich Mia Anas Telefonnummer; ich weiß, dass ich damit einen Wirbelwind auf ein argloses Opfer loslasse.

Ich widme mich wieder einem Bericht.

Als ich damit fertig bin, überprüfe ich meinen E-Mail-Eingang und entdecke eine Nachricht von Ana.

Von: Anastasia Steele
Betreff: Vorsintflutlich
Datum: 15. Juni 2011, 16:11 Uhr
An: Christian Grey

Sehr geehrter Mr. Grey,
wann genau wollten Sie es mir verraten?
Was soll ich dem alten Mann an meiner Seite zum Geburtstag schenken?
Vielleicht einen Satz frischer Batterien für sein Hörgerät?
A x

ANASTASIA STEELE
Assistentin des Cheflektors, SIP

Auf Mia ist wirklich Verlass – sie hat keine Zeit verloren. Amüsiert schreibe ich zurück.

Von: Christian Grey
Betreff: Prähistorisch
Datum: 15. Juni 2011, 16:20 Uhr
An: Anastasia Steele

Machen Sie sich gefälligst nicht über ältere Mitmenschen lustig.
Schön zu hören, dass Sie in gewohnter Hochform sind.
Mia hat sich also bereits gemeldet.
Batterien sind immer eine gute Idee.
Ich feiere meinen Geburtstag nicht gern.
x

CHRISTIAN GREY
Stocktauber CEO, Grey Enterprises Holdings, Inc.

Von: Anastasia Steele
Betreff: Hm
Datum: 15. Juni 2011, 16:24 Uhr
An: Christian Grey

Sehr geehrter Mr. Grey,
Ich sehe Sie förmlich schmollen, als Sie den letzten Satz geschrieben haben.
Das bleibt nicht ohne Wirkung.
A xox

ANASTASIA STEELE
Assistentin des Cheflektors, SIP

Beim Lesen ihrer Antwort muss ich laut lachen, aber was soll ich nur tun, damit sie ihren BlackBerry benutzt?

Von: Christian Grey
Betreff: Verdrehte Augen
Datum: 15. Juni 2011, 16:29 Uhr
An: Anastasia Steele

Miss Steele,
BENUTZEN SIE JETZT ENDLICH IHREN BLACKBERRY!!!
x
CHRISTIAN GREY
CEO (den die Hand schon wieder juckt), Grey Enterprises Holdings, Inc.

Ich muss nicht lange auf ihre Antwort warten, und sie enttäuscht mich nicht.

Von: Anastasia Steele
Betreff: Inspiration
Datum: 15. Juni 2011, 16:33 Uhr
An: Christian Grey

Sehr geehrter Mr. Grey,
ah, das Jucken in den Händen lässt wohl nie für längere Zeit nach, was?
Was Dr. Flynn wohl dazu sagen würde?
Aber jetzt weiß ich endlich, was ich Ihnen zum Geburtstag schenken werde – und ich hoffe, ich werde wund davon…
;)
A x

Endlich schreibt sie auf ihrem Telefon. Und sie möchte wund werden. Meine Gedanken überschlagen sich, als ich mir vorstelle, welche Möglichkeiten das eröffnet.

Ich rutsche auf meinem Stuhl hin und her, während ich meine Antwort tippe.

Von: Christian Grey
Betreff: Angina Pectoris
Datum: 15. Juni 2011, 16:38 Uhr
An: Anastasia Steele

Miss Steele,
Ich fürchte, mein Herz hält der Belastung einer weiteren Mail dieser Art nicht stand. Und meine Hose wahrscheinlich auch nicht.
Benehmen Sie sich gefälligst.
x
CHRISTIAN GREY
CEO, Grey Enterprises Holdings, Inc.

Von: Anastasia Steele
Betreff: Anstrengungen
Datum: 15. Juni 2011, 16:42 Uhr
An: Christian Grey

Christian,
ich versuche, hier meine Arbeit zu erledigen, damit mein nerviger Boss mit mir zufrieden ist.
Bitte hör auf, mich zu belästigen. Als ich deine letzte Mail gelesen habe, wäre ich beinahe explodiert.
x
PS: Kannst du mich um 18:30 Uhr abholen?

Von: Christian Grey
Betreff: Natürlich hole ich dich ab
Datum: 15. Juni 2011, 16:47 Uhr
An: Anastasia Steele

Nichts würde mir größere Freude bereiten.
Na ja, ich kann mir durchaus einiges vorstellen, was mir eine noch größere Freude bereiten könnte, und in sämtlichen Szenarien spielst du die Hauptrolle.
x

CHRISTIAN GREY
CEO, Grey Enterprises Holdings, Inc.

Taylor und ich stehen mit dem Wagen kurz vor halb sieben vor dem Bürogebäude. Wir werden wohl nur ein paar Minuten warten müssen.

Ich frage mich, ob sie sich inzwischen Gedanken über meinen Heiratsantrag gemacht hat. Natürlich muss sie zuerst mit Flynn reden. Vielleicht rät er ihr davon ab, sich darauf einzulassen. Der Gedanke deprimiert mich. Möglicherweise sind unsere Tage gezählt. Aber sie weiß nun bereits das Schlimmste über mich und ist immer noch bei mir. Ich glaube, ich kann noch hoffen. Rasch werfe ich einen Blick auf meine Armbanduhr – 18:38 – und starre auf die Eingangstür des Gebäudes.

Wo ist sie?

Plötzlich taucht sie auf, und die Tür schwingt hinter ihr zu. Aber sie kommt nicht auf den Wagen zu.

Was ist da los?

Sie bleibt stehen, schaut sich um und sinkt langsam zu Boden.

Verdammt.

Ich reiße die Wagentür auf und sehe aus dem Augenwinkel, dass Taylor meinem Beispiel folgt.

Wir laufen zu Ana hinüber, die auf dem Gehsteig sitzt und aussieht, als würde sie gleich in Ohnmacht fallen. Ich lasse mich neben sie auf die Knie fallen. »Ana, Ana! Was ist los?« Ich ziehe sie auf meinen Schoß, nehme ihren Kopf in meine Hände und versuche herauszufinden, was ihr fehlt. Sie schließt die Augen und lässt sich, offensichtlich erleichtert, gegen mich sinken. »Ana.« Ich packe ihre Arme und schüttle sie. »Was ist los? Ist dir schlecht?«

»Jack«, flüstert sie.

»Fuck.« Adrenalin rauscht durch meine Adern und erweckt eine mörderische Wut in mir. Ich werfe Taylor einen Blick zu. Er nickt und verschwindet im Verlagsgebäude. »Was hat dieser verdammte Drecksack mit dir gemacht?«

Ana kichert. »Das Problem ist wohl eher, was ich mit ihm gemacht habe.« Sie kann nicht mehr aufhören zu lachen. Offensichtlich ist sie hysterisch. Ich bringe den Kerl um.

»Ana!« Wieder schüttle ich sie. »Hat er dich angefasst?«

»Nur ein einziges Mal«, erwidert sie leise, und ihr Gelächter erstirbt.

Die Wut gibt mir Kraft. Ich nehme sie in die Arme und stehe auf. »Wo ist dieses Arschloch?« Aus dem Gebäude dringen gedämpfte Schreie. Ich stelle Ana auf die Füße. »Kannst du stehen?«

Sie nickt. »Geh nicht rein. Nicht, Christian.«

»Steig in den Wagen.«

»Christian, nein.« Sie greift nach meinem Arm.

»Steig in den verdammten Wagen, Ana.«

Ich bringe den Kerl um.

»Nein! Bitte!«, fleht sie. »Bleib bei mir. Lass mich nicht allein.«

Ich fahre mir mit der Hand durchs Haar und versuche vergeblich, mich zu beherrschen, während die Schreie im Haus immer lauter werden und dann unvermittelt verstummen.

Ich ziehe mein Telefon heraus.

»Christian, er hat meine Mails gelesen«, flüstert Ana.

»Was?«

»Meine Mails an dich. Er wollte wissen, wo deine Mails an mich abgeblieben sind. Er hat versucht, mich zu erpressen.«

Ich glaube, ich bekomme einen Herzinfarkt.

Dieses verdammte Arschloch!

»Scheiße«, knurre ich, während ich Barneys Nummer wähle.

»Hallo?«

»Barney, hier Grey. Sie müssen auf den SIP-Hauptserver zugreifen und sämtliche Mails löschen, die Anastasia Steele an mich geschickt hat. Dann checken Sie sämtliche File-Ordner von Jack Hyde, ob sie dort irgendwo gespeichert sind. Wenn ja, löschen Sie sie ebenfalls.«

»Hyde? H.Y.D.E.«

»Ja.«

»Alle Ordner?«

»Ja, alle. Jetzt gleich. Rufen Sie mich an, wenn Sie fertig sind.«

»Wird gemacht.«

Ich lege auf und rufe Roach an.

»Jerry Roach.«

»Roach, Grey hier.«

»Guten Abend...«

»Hyde. Ich will ihn weghaben. Sofort.«

»Aber...«, wendet Roach ein.

»Auf der Stelle. Rufen Sie den Sicherheitsdienst. Sorgen Sie dafür, dass er seinen Schreibtisch räumt, sonst ist diese Firma hier morgen früh Geschichte.«

»Gibt es einen Grund...«, versucht Roach es noch einmal.

»Sie haben alles, was Sie brauchen, um ihn vor die Tür zu setzen.«

»Sie haben seine vertrauliche Akte gelesen?«

Ich ignoriere seine Frage. »Habe ich mich klar ausgedrückt?«

»Ich habe verstanden, Mr. Grey. Unser Personalchef nimmt ihn immer in Schutz. Ich werde mich sofort darum kümmern. Guten Abend.«

Etwas besänftigt lege ich auf und wende mich Ana zu. »BlackBerry!«

»Bitte sei nicht sauer auf mich.«

»Ich bin stinksauer auf dich«, schnauze ich sie an. »Steig jetzt in den Wagen.«

»Christian, bitte ...«

»Steig endlich in diesen verdammten Wagen, Anastasia, sonst sorge ich persönlich dafür, dass du es tust.«

»Bitte mach keine Dummheiten.«

»Dummheiten!« Jetzt sehe ich rot. »Ich habe dir gesagt, du sollst diesen beschissenen BlackBerry benutzen. Erzähl du mir nichts von wegen Dummheiten. Und steig endlich in diesen verfickten Wagen, Anastasia – jetzt!«

»Okay.« Sie hebt beschwichtigend die Hand. »Aber bitte sei vorsichtig.«

Hör auf, sie anzuschreien, Grey.

Ich deute auf den Wagen.

»Bitte sei vorsichtig«, wiederholt sie leise. »Ich will nicht, dass dir etwas passiert. Das würde ich nicht überleben.«

Sie macht sich tatsächlich Sorgen um mich. Ihre Zuneigung zu mir zeigt sich deutlich in ihrer Stimme und an ihrer besorgten Miene.

Beruhig dich, Grey. Ich atme tief durch.

»Ich werde vorsichtig sein«, verspreche ich ihr und sehe ihr nach, wie sie zum Audi geht und einsteigt. Sobald sie im Wagen sitzt, drehe ich mich auf dem Absatz um und marschiere in das Verlagsgebäude.

Ich habe keine Ahnung, in welche Richtung ich gehen muss, also folge ich einfach Hydes Stimme.

Seiner nervigen, weinerlichen Stimme.

Taylor steht vor einem der Chefbüros neben einem Schreibtisch, an dem wohl Ana arbeitet. Hyde telefoniert, und vor ihm steht einer der Sicherheitsmänner mit verschränkten Armen.

»Das ist mir scheißegal, Jerry«, protestiert Hyde am Telefon. »Diese Frau hat es doch darauf angelegt, mich aufzugeilen.«

Ich habe genug gehört und stürme in sein Büro.

»Was zum ...« Hyde starrt mich fassungslos an. Über sein linkes Auge zieht sich eine Platzwunde, und seine Wange verfärbt sich violett. Ich nehme an, Taylor hat ihm auf seine Weise gezeigt, was er von seinem Benehmen hält. Ich drücke auf die Gabel und beende sein Telefonat.

»Sieh mal einer an, was die Katze hereingeschleppt hat.« Hyde grinst höhnisch. »Den verdammten Wunderknaben.«

»Packen Sie Ihre Sachen und verschwinden Sie. Dann wird sie Sie vielleicht nicht anzeigen.«

»Sie können mich mal, Grey. *Ich* werde diese kleine Schlampe anzeigen. Sie hat mich grundlos angegriffen und mir in die Eier getreten. Und Ihren Schläger werde ich wegen Körperverletzung belangen. Hallo, mein Hübscher.« Er wirft Taylor einen Handkuss zu.

Taylor bleibt ungerührt stehen.

»Ich sage es nicht noch einmal.« Ich starre den Dreckskerl wütend an.

»Verpissen Sie sich. Sie glauben wohl, Sie könnten hier einfach hereinmarschieren und den starken Mann markieren.«

»Diese Firma gehört mir. Sie werden hier nicht mehr gebraucht. Verschwinden Sie, solange Sie noch laufen können.« Ich senke die Stimme.

Hyde wird blass.

Ja. Sie gehört mir. Leck mich, Hyde.

»Ich wusste es. Mir war klar, dass da irgendwas läuft. Diese kleine Schlampe ist also Ihre Spionin?«

»Wenn Sie Anastasias Namen noch einmal in den Mund nehmen, wenn Sie nur an sie denken oder das selbst nur in Erwägung ziehen, mache ich Sie fertig.«

Er kneift die Augen zusammen. »Gefällt es Ihnen etwa, wenn sie Sie in die Eier tritt?«

Ich verpasse ihm einen Faustschlag auf die Nase, und er taumelt nach hinten, knallt mit dem Kopf gegen ein Regal und sackt auf den Boden.

»Sie haben sie wieder erwähnt. Stehen Sie auf. Räumen Sie Ihren Schreibtisch und verschwinden Sie. Sie sind gefeuert.«

Aus seiner Nase tropft Blut.

Taylor stellt Hyde eine Schachtel mit Papiertaschentüchern auf den Schreibtisch.

»Sie haben gesehen, was er getan hat«, wendet Hyde sich mit weinerlicher Stimme an den Sicherheitsmann.

»Ich habe gesehen, dass Sie gestürzt sind«, erwidert der Wachmann. Auf seinem Namensschild steht M. Mathur. *Gut gemacht.*

Hyde rappelt sich hoch und greift nach den Papiertaschentüchern, um sein Nasenbluten zu stillen. »Ich werde sie anzeigen. Sie hat mich angegriffen.« Hyde schnieft, aber er fängt an, seine Sachen in einen Karton zu legen.

»Drei vertuschte Fälle von Belästigung in New York und zwei Abmahnungen hier. Damit werden Sie nicht weit kommen.«

Er wirft mir einen finsteren Blick zu. In seinen Augen blitzt purer Hass auf.

»Packen Sie Ihre Sachen zusammen. Ich bin fertig mit Ihnen«, zische ich.

Ich drehe mich um und verlasse das Büro, um draußen mit Taylor zu warten, bis er seine Habseligkeiten gepackt hat. Ich brauche räumliche Distanz von ihm.

Ich würde ihn am liebsten umbringen.

Er benötigt eine Ewigkeit, aber zumindest hält er den Mund. Er ist wütend. Sehr wütend. Ich kann beinahe riechen, wie sein Blut kocht. Hin und wieder wirft er mir einen giftigen Blick zu, aber ich zeige keine Reaktion darauf. Der Anblick seines übel zugerichteten Gesichts verschafft mir ein wenig Genugtuung.

Endlich hat er alles verstaut und hebt den Pappkarton auf. Mathur folgt ihm aus dem Gebäude.

»Sind wir hier fertig, Mr. Grey?«, fragt Taylor.

»Fürs Erste.«

»Als ich hereinkam, hat er sich auf dem Boden gekrümmt, Sir.«

»Tatsächlich?«

»Miss Steele scheint sich gut verteidigen zu können.«

»Sie steckt voller Überraschungen. Gehen wir.«

Wir folgen Hyde aus dem Verlagsgebäude und gehen zum Audi.

Ana hat sich vorne auf dem Beifahrersitz niedergelassen, also gibt Taylor mir die Schlüssel, und ich setze mich hinters Steuer. Taylor steigt hinten ein.

Ana sagt kein Wort, während ich mich in den Verkehr einfädle. Ich weiß nicht, was ich ihr jetzt sagen soll.

Das Autotelefon läutet.

»Grey«, melde ich mich.

»Mr. Grey, Barney hier.«

»Barney, ich habe den Lautsprecher an und bin nicht allein.«

»Es ist alles erledigt, Sir. Aber ich habe noch etwas anderes auf Mr. Hydes Computer gefunden, worüber ich mit Ihnen reden muss.«

»Ich rufe Sie an, sobald ich zu Hause bin. Danke, Barney.«

»Kein Problem, Mr. Grey.« Er legt auf, und ich halte an einer roten Ampel.

»Redest du mit mir?«, fragt Ana.

Ich werfe ihr von der Seite einen Blick zu. »Nein«, brumme ich. Ich bin immer noch stinksauer. Ich habe ihr gesagt, dass es mit dem Kerl Ärger geben wird. Und ich habe sie mehrmals gebeten, für ihre E-Mails den BlackBerry zu benutzen. Ich habe in allem recht behalten und fühle mich bestätigt.

Grey, werd erwachsen. Du benimmst dich wie ein Kind.

Flynns Worte gehen mir durch den Kopf. *Ich glaube, dass Sie keine richtige Jugend hatten – zumindest in emotionaler Hinsicht. Wahrscheinlich erleben Sie sie erst jetzt.*

Ich schaue sie an in der Hoffnung, sie irgendwie aufmuntern zu können, aber sie starrt aus dem Fenster. Ich werde damit warten, bis wir zu Hause sind.

Vor dem Escala öffne ich Ana die Wagentür, während Taylor sich hinters Steuer setzt.

»Komm.« Sie nimmt meine ausgestreckte Hand.

»Christian, warum bist du denn so wütend auf mich?«, flüstert sie, während wir auf den Aufzug warten.

»Das weißt du ganz genau.«

Wir steigen ein, und ich tippe den Code auf dem Tastenfeld ein. »Wenn dir etwas zugestoßen wäre, hätte ich den Typen kaltgemacht. Aber so werde ich mich damit begnügen, seine Karriere zu zerstören, damit dieser elende Jammerlappen keine Gelegenheit mehr bekommt, junge Frauen auszunützen.« Wenn ihr irgendetwas passiert wäre... *Gestern Leila, heute Hyde. Verdammt.*

Sie starrt mich an und beißt sich zögerlich auf die Unterlippe.

»Großer Gott, Ana!« Ich drücke sie in eine Ecke der Aufzugskabine. Mit einem Ruck an ihren Haaren ziehe ich ihr Gesicht nach oben und küsse sie mit all meiner Angst und verzweifelten Leidenschaft auf den Mund. Sie klammert sich an meinen Oberarmen fest, erwidert meinen Kuss und sucht mit ihrer Zunge meine. Als ich mich von ihr löse, sind wir beide außer Atem. »Wenn dir etwas zugestoßen wäre... Wenn er dir etwas angetan hätte...« Ein Schauder überläuft mich. »BlackBerry. Ab sofort. Verstanden?«

Sie nickt mit ernster Miene, und ich richte mich auf und lasse sie los. »Er hat gesagt, du hättest ihm in die Eier getreten.«

»Das stimmt.«

»Gut.«

»Ray war früher bei der Army. Er hat mir das beigebracht.«

»Ein Glück. Das muss ich mir für den Notfall merken.« Ich führe sie an der Hand aus dem Aufzug und durch das Foyer ins Wohnzimmer. Mrs. Jones steht in der Küche und kocht. Es riecht fantastisch.

»Ich muss Barney zurückrufen, aber es wird nicht lange dauern.«

Ich setze mich an meinen Schreibtisch und greife nach dem Telefon.

»Mr. Grey.«

»Barney, was haben Sie auf Hydes Computer noch gefunden?«

»Nun, Sir, das war ein wenig beunruhigend. Er hat einen Ordner angelegt, in dem sich Artikel und Fotos über Sie, Ihre Mom,

Ihren Dad, Ihren Bruder und Ihre Schwester befinden. Alles unter dem Titel ›Greys‹.«

»Wie eigenartig.«

»Das habe ich mir auch gedacht.«

»Könnten Sie mir das alles schicken?«

»Ja, Sir.«

»Und vorläufig bleibt das unter uns.«

»Natürlich, Sir.«

»Danke, Barney. Machen Sie Feierabend.«

»In Ordnung, Sir.«

Barneys E-Mails kommen kurz darauf bei mir an, und ich öffne den Ordner »Greys». Darin befinden sich Online-Artikel über meine Eltern und ihre Wohltätigkeitsarbeit; Artikel über mich, meine Firma, *Charlie Tango* und die Gulfstream sowie Fotos von Elliot, meinen Eltern und mir, die, wie ich annehme, von Mias Facebook-Seite stammen. Und zum Schluss zwei Fotos von Ana und mir – eines von ihrer Abschlussfeier und eines von der Vernissage.

Was zum Teufel wollte Hyde damit? Es ergibt keinen Sinn. Ich weiß, dass er scharf auf Ana ist – das passt zu seinem bisherigen Verhalten. Aber meine Familie? Und ich? Er scheint beinahe besessen von uns zu sein. Oder dreht sich alles nur um Ana? Das ist merkwürdig. Und ziemlich beunruhigend. Ich beschließe, Welch gleich am Morgen anzurufen. Er soll entsprechende Nachforschungen anstellen und mir Bescheid geben.

Ich schließe die Mail und sehe, dass Marco mir ein paar letzte Vereinbarungen zum Kaufvertrag geschickt hat. Die muss ich mir heute noch in Ruhe durchlesen, aber zuerst gibt es Abendessen.

»Guten Abend, Gail«, rufe ich ihr zu, als ich das Wohnzimmer betrete.

»Guten Abend, Mr. Grey. Das Essen ist in zehn Minuten fertig, wenn es Ihnen recht ist.«

Ana sitzt mit einem Glas Wein in der Hand an der Frühstückstheke. Nach dem Vorfall mit diesem Arschloch hat sie sich das verdient. Ich setze mich zu ihr und schenke mir aus der offenen Flasche Sancerre ebenfalls ein Glas ein.

»Klingt gut«, erwidere ich und proste Ana zu. »Auf Exsoldaten, die ihren Töchter beibringen, was im Leben wirklich wichtig ist.«

»Prost.« Ana hebt ihr Glas, aber sie wirkt niedergeschlagen.

»Was ist los?«

»Ich weiß nicht, ob ich morgen noch einen Job habe.«

»Willst du denn weiterhin einen?«

»Natürlich.«

»Dann hast du auch noch einen.«

Sie verdreht die Augen, und ich lächle und trinke einen Schluck Wein.

»Hast du mit Barney gesprochen?«, fragt sie.

»Ja.«

»Und?«

»Und was?«

»Was hat Jack auf seinem Computer?«

»Nichts Wichtiges.«

Mrs. Jones serviert uns das Essen. Hähnchenpastete. Eines meiner Lieblingsgerichte.

»Danke, Gail.«

»Guten Appetit. Mr. Grey, Ana«, sagt sie freundlich und zieht sich zurück.

»Du willst es mir nicht sagen, richtig?«, hakt Ana nach.

»Was meinst du?«

Sie seufzt, spitzt die Lippen und schiebt sich dann einen Bissen Pastete in den Mund.

Ich möchte nicht, dass Ana sich wegen Jacks Ordner Sorgen macht.

»José hat angerufen«, sagt sie schließlich und wechselt das Thema.

»Ach ja?«

»Er will am Freitag herkommen und die Fotos vorbeibringen, die du gekauft hast.«

»Persönlicher Lieferservice. Warum erledigt das der Künstler selbst und überlässt das nicht der Galerie?« Wie nett von ihm.

»Er will etwas trinken gehen. Mit mir.«

»Verstehe.«

»Kate und Elliot sollten bis dahin auch wieder im Lande sein.«

Ich lege meine Gabel auf den Teller. »Worum genau versuchst du mich zu bitten?«

»Ich bitte dich um überhaupt nichts. Ich informiere dich darüber, dass ich am Freitag etwas vorhabe. Ich möchte mich mit José treffen, und er will über Nacht in der Stadt bleiben. Entweder übernachtet er hier oder aber in meiner Wohnung. Wenn er bei mir schläft, sollte ich ihn nicht allein dort lassen.«

»Er hat versucht, dich anzumachen.«

»Das ist Wochen her, Christian. Er war betrunken, ich war betrunken, du hast die Situation gerettet – und es wird nie wieder vorkommen. José ist nicht Jack, Himmel noch mal!«

»Ethan schläft doch auch dort. Er kann ihm Gesellschaft leisten.«

»Er will aber mich sehen und nicht Ethan.«

Ich mustere sie finster.

»Wir sind nur Freunde«, fügt sie hinzu.

Sie hat sich bereits gegen Hyde zur Wehr setzen müssen. Wenn Rodriguez sich nun einen antrinkt und es noch einmal bei Ana versucht? »Mir gefällt das Ganze nicht.«

Ana atmet tief ein, offensichtlich, um ruhig zu bleiben. »Er ist ein alter Freund von mir, Christian. Ich habe ihn seit der Vernissage nicht mehr gesehen. Und auch an diesem Abend gab es so gut wie keine Gelegenheit, um sich zu unterhalten. Ich weiß, dass du, abgesehen von dieser grässlichen Frau, keine Freunde hast, aber ich maule ja auch nicht, wenn du dich mit ihr triffst.«

Was hat Elena damit zu tun? Dabei fällt mir ein, dass ich ihre Nachrichten nicht beantwortet habe.

»Ich will ihn sehen«, fährt sie fort. »Ich war ihm eine lausige Freundin.«

»So denkst du also darüber, ja?«, frage ich.
»Worüber?«
»Über Elena. Es wäre dir lieber, wenn ich sie nicht mehr sehen würde?«
»Ganz genau. Es wäre mir lieber, wenn du sie nicht mehr sehen würdest.«
»Aber wieso sagst du es dann nicht einfach?«
»Weil mir so etwas nicht zusteht. Du bist doch der festen Überzeugung, dass sie deine einzige Freundin ist.« Sie ist außer sich.
»Genauso wenig, wie es dir zusteht, mir zu sagen, ob ich mich mit José treffen darf oder nicht. Verstehst du das denn nicht?«
Da hat sie nicht ganz unrecht. Wenn er hier übernachtet, dann kann er sie nicht anmachen. Oder?
»Er kann hier übernachten. Hier kann ich ihn wenigstens im Auge behalten.«
»Danke. Denn wenn ich hier endgültig wohne ...« Ihre Stimme verklingt.

Ja, natürlich. Dann muss sie ihre Freunde hierher einladen. Meine Güte, daran habe ich noch gar nicht gedacht.

»Außerdem herrscht hier ja nicht gerade Platzmangel.« Sie fährt mit der Hand durch die Luft.
»Was soll dieses freche Grinsen, Miss Steele?«
»Sagen Sie es mir doch, Mr. Grey.« Sie steht auf und räumt unsere Teller ab.
»Das kann Gail übernehmen«, sage ich, als sie damit zur Spülmaschine geht. Zu spät.
»Schon erledigt.«
»Ich muss noch eine Weile arbeiten.«
»Prima. Ich finde schon eine Beschäftigung.«
»Komm her.«
Sie stellt sich zwischen meine Beine und schlingt ihre Arme um meinen Nacken. Ich ziehe sie an mich und halte sie fest
»Ist alles in Ordnung mit dir?«, frage ich leise.
»In Ordnung?«

»Nach allem, was mit diesem Arschloch vorhin passiert ist. Und nach allem, was gestern war.« Ich lehne mich zurück und mustere sie aufmerksam.

»Ja«, erwidert sie ernst und mit Nachdruck.

Versucht sie nur, mich zu beruhigen?

Ich schlinge meine Arme um sie. Wir haben ein paar merkwürdige Tage hinter uns. Wahrscheinlich ist einfach zu viel zu schnell passiert. Und mein altes Leben kollidiert mit meinem neuen. Sie hat mir immer noch keine Antwort auf meinen Heiratsantrag gegeben, aber im Moment sollte ich sie vielleicht lieber nicht drängen.

Sie schmiegt sich in meine Arme, und zum ersten Mal seit diesem Morgen fühle ich mich ruhig und ausgeglichen. »Lass uns nicht streiten.« Ich küsse ihr Haar. »Du riechst wie immer göttlich, Ana.«

»Du auch.« Sie küsst meinen Hals.

Zögernd lasse ich sie los und stehe auf. Ich muss diese Vertragsvereinbarungen lesen. »Es wird nicht lange dauern. Zwei Stunden oder so.«

Meine Augen sind müde. Ich fahre mir mit den Händen übers Gesicht, kneife mich in den Nasenrücken und schaue aus dem Fenster. Es wird allmählich dunkel, aber ich habe beide Dokumente gründlich gelesen, mir Notizen gemacht und sie an Marco geschickt.

Jetzt werde ich Ana suchen gehen.

Vielleicht möchte sie ein wenig mit mir fernsehen. Ich kann fernsehen zwar nicht ausstehen, aber mit ihr würde ich mir schon einen Film anschauen.

Eigentlich habe ich damit gerechnet, sie in der Bibliothek zu finden, aber dort ist sie nicht.

Vielleicht hat sie ein Bad genommen?

Nein. Sie ist weder im Schlafzimmer noch im angrenzenden Badezimmer.

Ich beschließe, im Sub-Zimmer nachzusehen, aber auf meinem Weg dorthin bemerke ich, dass die Tür zum Spielzimmer offen steht. Ich werfe einen Blick hinein und entdeckte Ana. Sie sitzt auf dem Bett und starrt voll Abscheu auf mein Sortiment an Rohrstöcken. Dann verzieht sie das Gesicht und wendet sich davon ab.
Ich sollte sie wegräumen.
Ich lehne mich schweigend gegen den Türrahmen und beobachte sie. Sie geht zur Couch, setzt sich darauf und lässt ihre Hände über das weiche Leder gleiten. Ihr Blick fällt auf die Kommode. Sie erhebt sich, geht hinüber und zieht die oberste Schublade auf.
Das hätte ich nicht erwartet.
Sie zieht einen großen Analstöpsel heraus, betrachtet ihn fasziniert und wiegt ihn in der Hand. Er ist ein bisschen zu groß für einen Anfänger analer Vergnügungen, aber ihre interessierte Miene fesselt mich. Ihr Haar ist ein wenig feucht, und sie trägt eine Jogginghose und ein T-Shirt.
Keinen BH.
Wie hübsch.
Sie schaut auf und sieht mich an der Tür stehen. »Hi.« Ihre Stimme klingt belegt und nervös.
»Was tust du da?«
Sie wird rot. »Äh ... mir war langweilig, und ich war neugierig.«
»Das ist eine sehr gefährliche Kombination.« Langsam betrete ich das Zimmer und stelle mich neben sie. Ich werfe einen Blick auf die anderen Gegenstände in der offenen Schublade. »Und was hat Ihre Neugier im Speziellen geweckt, Miss Steele? Vielleicht kann ich Sie ja aufklären.«
»Die Tür war nicht abgeschlossen«, sagt sie hastig. »Ich...« Sie schaut mich schuldbewusst an.
Erlöse sie aus ihrer Not, Grey.
»Ich war heute hier drin und habe mich gefragt, was ich mit all den Sachen anstellen soll. Ich muss vergessen haben, wieder abzuschließen.«

»Ach ja?«

»Aber jetzt bist du hier. Und wie gewohnt neugierig.«

»Du bist nicht sauer auf mich?«

»Weshalb sollte ich sauer sein?«

»Ich hatte das Gefühl, ich dürfte diesen Raum nicht betreten. Außerdem bist du ständig sauer auf mich.«

Tatsächlich? »Das stimmt, du bist unerlaubt hier hereingekommen, aber ich bin trotzdem nicht sauer. Ich hoffe, dass du eines Tages hier mit mir leben wirst, und dann ist all das hier…«, ich mache eine vage Geste durch den Raum, »auch deines. Deshalb war ich heute hier. Um zu entscheiden, was damit geschehen soll.«

Ich mustere sie aufmerksam und denke darüber nach, was sie soeben gesagt hat. Ich bin nicht wütend auf sie, sondern eher auf mich. »Bin ich wirklich die ganze Zeit sauer auf dich? Heute Morgen war ich es jedenfalls nicht.«

Sie lächelt. »Du warst richtiggehend ausgelassen. Und ich mag den ausgelassenen Christian.«

»Wirklich?« Ich hebe die Brauen und erwidere ihr Lächeln. Ich liebe ihre Komplimente.

»Was ist das hier eigentlich?« Sie hält das Spielzeug in die Höhe, das sie vorher untersucht hat.

»Immer wild auf Informationen, Miss Steele. Das ist ein Analstöpsel.«

»Oh…« Sie wirkt überrascht.

»Den habe ich für dich gekauft.«

»Für mich?«

Ich nicke.

»Du kaufst also für jede deiner Subs… neue… äh… Toys?«

»Ein paar Kleinigkeiten. Ja.«

»Analstöpsel?«

Auf jeden Fall. »Ja.«

Sie beäugt ihn misstrauisch und legt ihn in die Schublade zurück.

»Und das hier?« Sie zieht eine Kette mit Analkugeln hervor.

»Das sind Analkugeln.«

Sie lässt die Kette durch ihre Finger gleiten – offensichtlich fasziniert.

»Ihre Wirkung ist ziemlich eindrucksvoll, wenn man sie mitten während des Orgasmus herauszieht.«

»Die sind also auch für mich?«, fragt sie mit einem Blick auf die Kugeln und senkt dabei die Stimme, als wollte sie nicht belauscht werden.

»Ja. Für dich.«

»Das hier ist offenbar die Analschublade.«

Ich unterdrücke ein Lachen. »Wenn du so willst.«

Ihre Wangen nehmen eine zauberhafte sanfte Röte an, während sie die Schublade rasch schließt.

»Gefällt dir die Analschublade etwa nicht?«, necke ich sie.

»An oberster Stelle meiner Weihnachtswunschliste stehen die Sachen jedenfalls nicht.«

Frech wie immer. Sie zieht die zweite Schublade auf. Ah, das wird lustig. »In der nächsten Schublade findest du eine Auswahl an Vibratoren.«

Hastig schiebt sie sie wieder zu. »Und in der nächsten?«

»Jetzt wird es noch interessanter.«

Zögernd öffnet sie sie, holt ein Toy heraus und zeigt es mir.

»Das ist eine Genitalklemme.« Sie legt sie schnell wieder zurück und nimmt etwas anderes in die Hand. Ich erinnere mich daran, dass das für sie zu den Hard Limits gehörte. »Einige von denen sind dafür gedacht, Schmerzen zu verursachen, die meisten aber sollen nur Lust schenken«, versichere ich ihr.

»Und was ist das hier?«

»Brustwarzenklemmen – die sind für beides.«

»Für beides? Für beide Brustwarzen?«

»Na ja, da es zwei sind, werden sie logischerweise an beiden Brustwarzen befestigt, aber das habe ich nicht gemeint. Sie sind sowohl für Schmerzen als auch als Lustspender gedacht.« Ich nehme ihr die Klemmen aus der Hand. »Gib mir deinen kleinen Finger.«

Sie hält mir ihre Hand hin, und ich befestige eine der Klemmen an ihrer Fingerspitze. Sie hält den Atem an. »Das Gefühl an sich ist schon sehr intensiv, aber erst wenn man sie wieder löst, sind sie am schmerzhaftesten und lustvollsten.« Sie nimmt die Klemme wieder ab. »Die sehen hübsch aus«, sagt sie heiser und bringt mich damit zum Lächeln.

»Soso, Miss Steele. Ich glaube, ich sehe es Ihnen an.«

Sie nickt und legt die Klemmen in die Schublade zurück. Ich beuge mich vor und nehme zwei weitere heraus, um sie ihr zu zeigen.

»Die hier kann man anpassen.« Ich halte sie in die Höhe, so dass sie sie gut sehen kann.

»Anpassen?«

»Man kann sie sehr straff stellen ... oder auch ganz locker. Je nachdem, in was für einer Stimmung man gerade ist.«

Ihr Blick wandert von den Klemmen zu meinem Gesicht, und sie fährt sich mit der Zunge über die Unterlippe. Sie zieht ein weiteres Toy hervor. »Und das hier?«, fragt sie interessiert.

»Das ist ein Wartenbergrad.« Ich lasse die verstellbaren Klemmen wieder in die Schublade fallen.

»Und wofür wird es verwendet?«

Ich nehme es ihr aus der Hand. »Streck die Hand mit der Handfläche nach oben aus.« Vorsichtig fahre ich mit dem mit spitzen Zacken versehenen Rad über ihre Handfläche.

»Ah!« Sie zieht hastig ihre Hand zurück, aber ihre Brust hebt und senkt sich heftig und verrät ihre Erregung.

Das macht sie an.

»Der Grat zwischen Lust und Schmerz ist sehr schmal, Anastasia.« Ich lege das Rad wieder in die Schublade zurück.

Sie wirft einen Blick auf die anderen Sachen. »Wäscheklammern?«

»Mit Wäscheklammern kann man wunderbare Sachen anstellen.«

Aber ich glaube nicht, dass dir das gefallen würde, Ana.

Sie schiebt die Schublade mit der Hüfte zu.

»War's das?« Mich macht das auch an. Ich sollte sie nach unten bringen.

»Nein.« Sie schüttelt den Kopf, öffnet die vierte Schublade und zieht eines meiner Lieblingsspielzeuge heraus. »Das ist ein Ballknebel. Um dafür zu sorgen, dass du still bleibst«, erkläre ich ihr.

»Soft Limit.«

»Ich weiß. Aber du kannst trotzdem atmen. Der Gummiball liegt hinter den Zähnen.« Ich nehme in ihr aus der Hand und zeige ihr, wie er im Mund liegen soll.

»Hast du so was auch schon mal getragen?«, fragt sie, neugierig wie immer.

»Ja.«

»Damit man deine Schreie nicht hört?«

»Nein, darum geht es dabei nicht.«

Sie legt verwirrt den Kopf zur Seite.

»Es geht um Kontrolle, Anastasia. Darum, wie hilflos du wärst, wenn ich dich fesseln und knebeln würde. Du müsstest mir voll und ganz vertrauen, während ich grenzenlose Macht über dich habe. Und es geht darum, dass ich die Signale deines Körpers richtig deuten muss, statt darauf zu hören, was du sagst. Deine Abhängigkeit von mir verstärkt sich durch einen Knebel und gibt mir die ultimative Kontrolle über dich.«

»Das klingt fast so, als würdest du es vermissen«, sagt sie kaum hörbar.

»Das war bis vor Kurzem eben meine Welt.«

»Du hast große Macht über mich. Das weißt du doch.«

»Habe ich das? Du gibst mir das Gefühl, so ... hilflos zu sein.«

»Nein!« Sie wirkt schockiert. »Aber warum denn?«

»Weil du der einzige Mensch bist, der mir wirklich wehtun könnte.«

Du hast mir wehgetan, als du mich verlassen hast.

Ich streiche ihr eine Haarsträhne hinters Ohr.

»O Christian, das ist umgekehrt doch ganz genauso ... Wenn

du mich nicht wolltest...« Ein Schauer überläuft sie, und sie starrt auf ihre Hände. »Dir wehzutun, ist das Letzte, was ich will. Ich liebe dich.«

Ich genieße ihre Berührung, als sie mit beiden Händen mein Gesicht streichelt. Das ist tröstlich und gleichzeitig erregend. Ich lege den Knebel in die Schublade zurück und ziehe sie an mich. »Sind wir mit unserer Lehrstunde fertig?«

»Wieso? Was hattest du denn vor?« Ihre Stimme klingt anzüglich.

Ich küsse sie zärtlich, und sie schmiegt sich an mich und zeigt mir ganz deutlich, was sie will. Sie will mich. »Der Kerl hätte dir heute beinahe etwas angetan, Ana.«

»Na und?«, haucht sie.

»Was meinst du damit?« In mir steigt Ärger auf.

»Es geht mir gut, Christian.«

Tatsächlich, Ana?

Ich ziehe sie noch näher an mich heran und halte sie fest in meinen Armen. »Wenn ich nur daran denke, was alles hätte passieren können...« Ich vergrabe das Gesicht in ihrem Haar und atme tief durch.

»Wann begreifst du endlich, dass ich viel stärker bin, als du denkst?«

»Ich weiß, dass du eine starke Frau bist.« *Du erträgst auch mich.* Ich küsse sie und lasse sie los.

Sie zieht einen Schmollmund und fischt zu meiner Überraschung ein weiteres Toy aus der Schublade. *Ich dachte, das hätten wir erledigt?* »Das ist eine Spreizstange mit Hand- und Fußfesseln«, erkläre ich ihr.

»Und wie funktioniert sie?« Sie wirft mir durch ihre Wimpern einen Blick zu.

O Baby, diesen Blick kenne ich.

»Soll ich es dir zeigen?« Ich schließe für einen Moment die Augen und stelle sie mir vor – gefesselt und mir ausgeliefert. Der Gedanke macht mich an.

Sehr sogar.

»Ja, ich hätte gern eine Demonstration. Ich lasse mich gern fesseln.«

»O Ana«, flüstere ich. *Ich will es. Aber hier drin kann ich das nicht tun.*

»Was denn?«

»Nicht hier.«

»Was meinst du damit?«

»Ich will dich in meinem Bett haben, nicht hier drinnen. Komm.« Ich nehme die Spreizstange und führe sie an der Hand aus dem Zimmer.

»Wieso nicht hier?«

Ich bleibe auf der Treppe stehen. »Ana, du magst bereit sein, dieses Zimmer wieder zu betreten, aber ich nicht. Als wir letztes Mal dort drin waren, hast du mich verlassen. Genau davon rede ich doch die ganze Zeit. Wann begreifst du es endlich? Dieser Vorfall hat meine Einstellung von Grund auf verändert. Seitdem ist meine Sicht auf das Leben eine völlig andere. Das habe ich dir ja bereits gesagt. Allerdings habe ich dir verschwiegen…« Ich halte inne und suche nach den richtigen Worten. »Ich bin wie ein trockener Alkoholiker, okay? Das ist der einzig passende Vergleich, der mir einfällt. Der Drang ist verschwunden, aber ich will lieber gar nicht erst in Versuchung geraten. Ich will dir nicht noch einmal wehtun.«

Und ich kann mich nicht darauf verlassen, dass du mir sagst, was du tun willst und was du nicht tun willst.

Sie runzelt die Stirn. »Ich könnte es nicht ertragen, dir wehzutun, weil ich dich liebe«, füge ich hinzu. Der Ausdruck in ihren Augen wird weicher, und bevor ich sie davon abhalten kann, wirft sie sich auf mich, so dass ich die Stange fallen lassen muss, um zu verhindern, dass wir beide die Treppe hinunterstürzen. Sie drückt mich gegen die Wand, und da sie eine Stufe über mir steht, befinden sich unsere Lippen auf gleicher Höhe. Sie nimmt mein Gesicht in beide Hände, küsst mich und schiebt ihre Zunge in meinen Mund. Ihre Finger fahren durch mein Haar, und sie presst sich an mich. Ihr Kuss ist leidenschaftlich, nachsichtig und hemmungslos.

Stöhnend schiebe ich sie sanft von mir. »Willst du etwa, dass ich dich gleich hier auf der Treppe vögle?«, raune ich. »Denn genau das würde ich am liebsten tun.«

»Ja«, flüstert sie.

Ihre Augen sind vor Lust verschleiert. Sie will es, und ich fühle mich versucht, ihrem Wunsch nachzugeben. Auf der Treppe habe ich es noch nie getan, aber ich stelle es mir nicht sehr bequem vor.

»Nein. Ich will dich in meinem Bett.« Ich hebe sie hoch und schwinge sie über meine Schulter, und sie belohnt mich mit einem entzückten Quieken dafür. Als ich ihr einen kräftigen Schlag auf den Hintern verpasse, kreischt sie wieder und lacht. Ich bücke mich, um die Spreizstange aufzuheben, und trage sie und Ana durch das Apartment ins Schlafzimmer. Dort stelle ich Ana ab und lasse die Stange aufs Bett fallen.

»Ich glaube nicht, dass du mir wehtun wirst«, sagt sie.

»Ich auch nicht.« Ich nehme ihr Gesicht in meine Hände, küsse sie leidenschaftlich und erkunde mit der Zunge ihren Mund. »Ich will dich so sehr. Bist du sicher, dass du das willst? Nach allem, was heute…?«

»Ja, ich will dich genauso sehr. Ich will dich ausziehen.«

Scheiße. Sie will dich anfassen, Grey.

Lass es zu.

»Okay.« Schließlich habe ich es gestern auch ausgehalten.

Sie greift nach den Knöpfen an meinem Hemd, und ich halte den Atem an und versuche, meine Angst zu unterdrücken.

»Wenn du es nicht willst, fasse ich dich nicht an.«

»Nein. Mach weiter. Es ist alles in Ordnung. Mir geht es gut.«

Ich wappne mich und bereite mich auf die Verwirrung und die Furcht vor, die mit der Dunkelheit kommt. Während sie den ersten Knopf öffnet und ihre Finger langsam zum nächsten gleiten lässt, betrachte ich ihr konzentriertes, wunderschönes Gesicht.

»Ich möchte dich dort gern küssen«, sagt sie leise.

»Mich küssen?« Auf die Brust?

»Ja.«

Ich atme scharf ein, als sie den nächsten Knopf öffnet. Sie schaut mich an und beugt sich ganz langsam nach vorne.

Sie wird mich jetzt küssen.

Ich halte den Atem an und beobachte sie, angstvoll und fasziniert zugleich, wie sie ganz sanft meine Brust küsst.

Die Dunkelheit verhält sich ruhig.

Sie öffnet den letzten Knopf und zieht den Stoff auseinander.

»Es wird leichter, stimmt's?«

Ich nicke. Es ist tatsächlich so. Viel leichter. Sie streift mir das Hemd über die Schultern, so dass es zu Boden fällt. »Was hast du mit mir gemacht, Ana? Was auch immer es ist, hör nicht auf damit.« Ich nehme sie in die Arme, packe sie an den Haaren und ziehe ihren Kopf nach hinten, um ihren Hals küssen zu können.

Stöhnend macht sie sich an meiner Hose zu schaffen, öffnet die Knöpfe und zieht den Reißverschluss herunter.

»O Baby«, flüstere ich und drücke meine Lippen auf die Stelle hinter ihrem Ohr, wo ich an ihrem kräftigen, schnellen Puls ihre Erregung spüren kann. Sie berührt mit den Fingern meinen Schwanz und lässt sich abrupt auf die Knie fallen.

»Wow!«

Bevor ich Luft holen kann, hat sie bereits meine Hose heruntergezogen und mein steifes Glied in den Mund genommen.

Verdammt.

Sie legt ihre Lippen darum und beginnt zu saugen. Kräftig.

Ich kann meinen Blick nicht von ihrem Mund abwenden.

Er schließt sich um mich.

Zieht mich in sich hinein.

Gibt mich wieder frei.

Sie umschließt mich noch fester.

»Verdammt.« Ich schließe die Augen, lege die Hände um ihren

Kopf und schiebe meine Hüften vor, um noch tiefer in ihren Mund dringen zu können.

Sie umkreist mich aufreizend mit ihrer Zunge.

Und bewegt ihren Mund auf und ab.

Immer wieder.

Ich verstärke den Griff an ihrem Kopf.

»Ana«, warne ich sie und versuche, einen Schritt zurückzuweichen.

Sie legt sich noch mehr ins Zeug und packt meine Hüften.

Sie lässt mich nicht los.

»Bitte.« Ich weiß nicht, ob ich möchte, dass sie aufhört oder weitermacht. »Ich komme gleich, Ana.«

Sie ist gnadenlos. Ihr Mund und ihre Zunge machen geschickt weiter. Sie hört nicht auf.

Oh! Fuck!

Ich komme in ihrem Mund zum Höhepunkt und halte mich an ihrem Kopf fest.

Als ich die Augen aufschlage, sieht sie mich triumphierend an. Sie lächelt und fährt sich mit der Zunge über die Lippen.

»Oh, so spielen wir also, Miss Steele?« Ich beuge mich vor, ziehe sie zu mir hoch und presse meine Lippen auf ihre. Mit meiner Zunge in ihrem Mund schmecke ich ihre Süße und meine Salzigkeit. Es ist berauschend. »Ich kann mich selbst schmecken«, stöhne ich. »Aber du schmeckst eindeutig besser.« Ich ziehe ihr das T-Shirt über den Kopf und werfe sie aufs Bett. Mit einem Ruck reiße ich ihre Jogginghose nach unten, so dass sie nackt vor mir liegt. Ohne den Blick von ihr abzuwenden, ziehe ich mich ganz aus. Ihre Augen werden dunkel und immer größer, bis ich ebenfalls nackt bin. Ich stelle mich vor sie. Sie liegt ausgestreckt wie eine Nymphe auf dem Bett, ihr kastanienbraunes Haar umgibt ihren Kopf wie ein Heiligenschein, ihre Augen schimmern warm und einladend.

Mein Schwanz reckt sich wieder empor und wird immer härter, während ich jeden Zentimeter meines Mädchens bewundere.

O ja. Sie ist einfach großartig.

»Du bist eine sehr schöne Frau, Anastasia.«

»Und du bist ein sehr schöner Mann, Christian. Und du schmeckst sehr gut.« Ihr Lächeln ist sexy und kokett.

Ich grinse lüstern.

Jetzt werde ich mich an Miss Steele rächen.

Ich greife nach ihrem linken Fußgelenk und lege die Manschette darum, ohne sie dabei nicht eine Sekunde aus den Augen zu lassen. »Dann wollen wir doch mal sehen, wie Sie schmecken, Miss Steele. Wenn ich mich recht entsinne, ist Ihr Geschmack von erlesener Köstlichkeit.«

Ich fessle auch ihren rechten Fußknöchel, nehme die Stange in die Hand und trete einen Schritt zurück, um mein Werk zu bewundern. Sie kann ihre Beine nicht mehr bewegen, aber die Fesseln sitzen nicht zu fest. »Das Gute an der Spreizstange ist, dass sie sich verbreitern lässt«, erkläre ich ihr. Ich drücke die Klemme nach unten und ziehe die Stange ein Stück auseinander, so dass ihre Beine noch weiter gespreizt werden.

Ana atmet scharf ein.

»Oh, wir werden eine Menge Spaß damit haben, Ana.« Ich packe die Stange und drehe sie so, dass Ana sich auf den Bauch rollt. »Siehst du, was ich alles machen kann?« Ich drehe die Stange erneut herum und zwinge sie auf den Rücken.

Sie keucht, und ihre Brust hebt und senkt sich.

»Die anderen Fesseln sind für die Handgelenke. Ich überlege noch, ob ich sie dir anlegen soll. Das kommt darauf an, ob du dich benimmst oder nicht.«

»Wann benehme ich mich denn nicht?« Ihre Stimme ist heiser vor Verlangen.

»Da gibt es so einige Verfehlungen.« Ich streiche mit den Fingern über ihre Fußsohlen, und sie windet sich. »Zum Beispiel, was deinen BlackBerry angeht.«

»Was hast du vor?«

»Oh, ich gebe meine Pläne niemals preis.«

Sie hat keine Ahnung, wie heiß sie im Augenblick aussieht. Langsam schiebe ich mich auf dem Bett zwischen ihre Beine.

»Hm. So nackt und so ausgeliefert, Miss Steele«, flüstere ich und schaue ihr in die Augen, während ich mit kreisenden Bewegungen meine Finger an ihrem Bein nach oben wandern lasse. »Die Vorfreude ist das A und O, Ana. Was werde ich wohl mit dir machen?«

Sie zappelt unter mir, aber sie ist gefangen.

Ich schiebe meine Finger weiter nach oben zu der Innenseite ihrer Schenkel. »Denk daran, wenn dir etwas nicht gefällt, sag mir einfach, dass ich aufhören soll.« Ich beuge mich vor, küsse ihren Bauch und liebkose mit der Nase ihren Nabel.

»O bitte, Christian.«

»Oh, Miss Steele. Ich musste soeben feststellen, wie gnadenlos Sie in Ihren amourösen Attacken sein können. Ich finde, ich sollte mich für diesen Gefallen revanchieren.« Ich küsse noch einmal ihren Bauch und lasse meine Lippen südwärts und meine Finger nach Norden wandern.

Langsam schiebe ich meine Finger in sie hinein. Sie hebt das Becken an, um sie willkommen zu heißen.

Ich stöhne. »Du erstaunst mich immer wieder, Ana. Du bist so feucht...« Ihr Schamhaar kitzelt mich an den Lippen, aber schon bald habe ich mit der Zunge ihre empfindsamste Stelle gefunden, die sich mir begierig entgegenreckt.

»Ah!«, ruft sie laut und wirft sich gegen die Fesseln.

Baby, du gehörst mir.

Ich umkreise ihre Klitoris mit der Zunge und bewege meine Finger rhythmisch auf und ab. Sie wölbt sich mir entgegen, und aus dem Augenwinkel sehe ich, dass sie das Bettlaken umklammert.

Genieße es, Ana.

»O Christian«, stöhnt sie.

»Ich weiß, Baby.« Sanft puste ich auf ihre Scham.

»Ah! Bitte!«, fleht sie.

»Sag meinen Namen.«

»Christian«, ruft sie.

»Noch mal.«

»Christian, Christian, Christian Grey!«, schreit sie.

Sie ist kurz davor.

»Du gehörst mir«, flüstere ich. Ich sauge und lasse meine Zunge spielen.

Sie schreit noch einmal auf, als sie kommt, und während die Wellen der Lust über sie hinwegschwappen, schiebe ich mich ein Stück zurück, drehe sie auf den Bauch und ziehe sie auf meinen Schoß.

»Wir werden es versuchen, Baby, und wenn es dir nicht gefällt oder es zu unbequem für dich ist, sag es mir, und ich höre sofort auf.«

Sie ringt nach Luft und ist wie benommen.

»Lehn dich zurück, Baby. Kopf und Brust aufs Bett.«

Sie gehorcht sofort, und ich ziehe ihr die Hände auf den Rücken und befestige sie an der Spreizstange neben ihren Fußgelenken.

O Mann. Sie streckt schwer atmend ihren Po in die Luft. Und wartet. Auf mich.

»Du bist so wunderschön, Ana.«

Ich greife nach einem Kondom, reiße rasch die Packung auf und streife es mir über.

Dann lasse ich die Finger über ihren Rücken gleiten und verharre kurz über ihrem Hinterteil. »Wenn du dazu bereit bist, dann will ich das auch.« Ich fahre mit dem Daumen vorsichtig über ihren Anus, und sie spannt sich an und schnappt nach Luft. »Nicht heute, süße Ana«, versichere ich ihr rasch. »Aber eines Tages. Ich will dich in jeder Hinsicht. Ich will dich besitzen, jeden einzelnen Zentimeter von dir. Du gehörst mir.«

Wieder schiebe ich meine Finger in sie. Sie ist immer noch feucht, und ich knie mich hinter sie und bohre mich in sie.

»Aaaahhh! Vorsichtig!«, schreit sie auf.

Ich halte sofort inne. *Scheiße*. Ich umfasse ihre Hüften. »Alles in Ordnung?«

»Vorsichtig«, wiederholt sie. »Ich muss mich erst daran gewöhnen.«

Vorsichtig. Das kann ich. Ganz vorsichtig.

Ich ziehe mich ein Stück zurück und schiebe mich langsam wieder nach vorne, bis ich sie ganz ausfülle. Sie stöhnt, und ich wiederhole meine Bewegungen.

Noch mal.

Und immer wieder.

Mach langsam.

»Ja, gut. So geht es«, murmelt sie.

Stöhnend bewege ich mich ein wenig schneller. Bei jedem meiner Stöße wimmert sie leise. Und ich erhöhe mein Tempo. Sie kneift die Augen zusammen, öffnet den Mund und atmet bei jeder Bewegung heftig aus.

Verdammt. Das ist unfassbar schön.

Ich schließe die Augen, verstärke den Griff um ihre Hüften und lasse mich gehen.

Weiter und weiter.

Bis ich spüre, wie sie sich anspannt.

Sie schreit auf, und als sie kommt, nimmt sie mich mit. Ich ergieße mich in sie und rufe dabei ihren Namen. »Ana, Baby.«

Völlig erschöpft sacke ich neben ihr zusammen, bleibe einen Moment liegen und genieße es, ganz losgelöst zu sein. Aber ich darf Ana nicht an der Stange gefesselt lassen, also setze ich mich auf und löse die Manschetten. Sie schmiegt sich an mich, während ich ihre Fußknöchel und Handgelenke massiere. Sie wackelt mit den Zehen und lockert ihre Finger, und ich lege mich zurück und ziehe sie an mich. Sie murmelt etwas Unverständliches, und ich sehe, dass sie bereits eingeschlafen ist.

Ich drücke ihr einen Kuss auf die Stirn, decke sie zu und setze mich noch einmal auf, um sie zu betrachten. Ich nehme eine ihrer Haarsträhnen und reibe sie sanft zwischen den Fingern.

So weich.
Ich drehe die Strähne um meinen Zeigefinger.
Siehst du, ich bin an dich gebunden, Ana.
Ich küsse ihre Haarspitzen, lehne mich zurück und schaue aus dem Fenster auf den sich verdüsternden Himmel. Unten ist es sicher schon ganz dunkel, aber hier oben taucht das letzte Tageslicht den Himmel in pink- und orangefarbene und opalgrüne Töne. Wir haben noch Licht.
Genau das hat sie getan.
Sie hat Licht in mein Leben gebracht.
Licht und Liebe.
Aber sie hat mir immer noch keine Antwort gegeben.
Sag ja, Ana.
Werde meine Frau.
Bitte.
Sie bewegt sich und schlägt die Augen auf. »Ich könnte dir für den Rest meines Lebens beim Schlafen zusehen.« Ich drücke ihr noch einen Kuss auf die Stirn.
Sie lächelt mich schläfrig an und schließt die Augen wieder.
»Ich will nicht, dass du fortgehst. Niemals.«
»Ich will gar nicht fortgehen«, flüstert sie. »Niemals.«
»Ich brauche dich«, sage ich leise, und ihre Mundwinkel verziehen sich zu einem zärtlichen Lächeln, während ihre Atemzüge langsamer und gleichmäßig werden.
Sie schläft.

DONNERSTAG, 16. JUNI, 2011

Grandpa lacht. Mia ist auf den Po gefallen. Sie ist ein Baby. Mia. Mommy und Daddy sitzen auf einer Decke. Wir sind im Obstgarten.
Meinem Lieblingsort.
Elliot läuft zwischen den Bäumen herum.
Ich hebe Mia auf, und sie geht weiter. Wackelige Schritte.
Aber ich bin hinter ihr. Beobachte sie. Gehe mit ihr.
Ich sorge dafür, dass sie sicher ist.
Wir machen ein Picknick.
Ich mag Picknicks.
Mommy backt Apfelkuchen.
Mia geht zur Decke. Und alle jubeln.
Danke, Christian.
Du kümmerst dich so schön um sie, sagt Mommy.
Mia ist ein Baby. Jemand muss sich um sie kümmern, sage ich Mommy.
Grandpa schaut mich an.
Spricht er jetzt?
Ja.
Na, das ist ja toll. Grandpa sieht Mommy an.
Er hat Tränen in den Augen. Aber er ist glücklich. Freudentränen.
Elliot rennt an uns vorbei. Er hat einen Fußball.
Lass uns spielen.
Passt auf die Äpfel auf.
Ich schaue hoch, und hinter einem Baum beobachtet Jack Hyde uns.

Ich wache auf. Abrupt. Mein Herz rast. Nicht vor Angst, sondern weil mich etwas in meinem Traum erschreckt hat.

Was war es?

Ich erinnere mich nicht. Draußen ist es hell, und neben mir schläft Ana fest. Ich schaue auf die Uhr. Es ist fast 6:30. Ich bin vor dem Wecker aufgewacht. Das ist mir schon länger nicht mehr passiert – nicht mit meinem Traumfänger neben mir. Das Radio schaltet sich ein, aber ich mache es aus und kuschle mich an Ana, schnüffle an ihrem Nacken.

Sie bewegt sich.

»Guten Morgen, Baby«, flüstere ich und knabbere an ihrem Ohrläppchen. Ich lege meine Hand an ihre Brust und streichle sie zärtlich, spüre, wie ihre Brustwarze unter meiner Hand hart wird. Sie streckt sich neben mir aus, und ich streiche über ihre Haut bis zur Hüfte und halte sie fest. Mein Schwanz liegt zwischen ihren Pobacken.

»Du freust dich, mich zu sehen, ja?«, sagt sie und windet sich, umfasst mein Glied.

»Sogar sehr.« Meine Finger eilen über ihren Bauch, zwischen ihre Beine, und ich streichle sie dort und überall, während ich sie daran erinnere, dass es Vorteile hat, zusammen aufzuwachen. Sie ist warm, willig und bereit, als ich zum Nachttisch greife, ein Kondom nehme und mich, auf meinen Ellbogen gestützt, über sie lege. Ich öffne ihre Beine, dann knie ich mich hin und reiße das Päckchen auf. »Ich kann es kaum erwarten, bis endlich Samstag ist.«

Sie schaut mich lustvoll an. »Deine Party?«

»Nein. Ich kann diese verfickten Dinger nicht mehr sehen.« Ich rolle das Kondom auf.

»Was für eine treffende Bezeichnung.« Sie kichert.

»Kichern Sie etwa, Miss Steele?«

»Nein.« Vergeblich bemüht sie sich um eine ernste Miene.

»Jetzt ist nicht der richtige Zeitpunkt zum Kichern.« Ich starre sie undurchdringlich an, damit sie es nicht mehr wagt, weiter zu kichern.

»Ich dachte, du magst es, wenn ich kichere.«,

»Nicht jetzt. Dafür gibt es den richtigen Zeitpunkt und den richtigen Ort. Aber jetzt ist weder das eine noch das andere der Fall. Ich muss dafür sorgen, dass du damit aufhörst, und ich glaube, ich weiß auch schon, wie.«

Langsam dringe ich ihn sie ein.

»Ah«, sagt sie in mein Ohr.

Und wir lieben uns süß und ohne Eile.

Kein Kichern mehr.

Angezogen und mit einem Kaffee und einer großen Mülltüte von Mrs. Jones bewaffnet, gehe ich in mein Spielzimmer. Ich habe etwas zu erledigen, während Ana duscht.

Ich öffne die Tür, trete ein und stelle meinen Kaffee ab. Es hat Monate gedauert, dieses Zimmer zu entwerfen und alles dafür aufzutreiben. Und jetzt weiß ich nicht, wann ich es wieder nutzen werde oder ob überhaupt.

Nicht grübeln, Grey.

Mein Blick fällt auf meine Rohrstöcke in der Ecke – sie sind der Grund, warum ich hier bin. Ich habe mehrere, aus der ganzen Welt. Ich streiche mit den Fingern über meinen Lieblingsstock, aus Rosenholz und feinstem Leder. Ich habe ihn in London gekauft. Die anderen sind aus Bambus, Plastik, Carbon, Glasfaser, Holz und Wildleder. Sorgfältig stecke ich sie in die Mülltüte.

Es tut mir leid, sie nicht mehr zu sehen.

Immerhin, ich habe es mir eingestanden.

Ana wird sie nie genießen, sie sind einfach nicht ihr Ding.

Was ist dein Ding, Anastasia?

Bücher.

Rohrstöcke werden es nie sein.

Ich schließe das Zimmer ab und gehe in mein Büro. Dort stopfe ich die Stöcke in einen Schrank, um mich später darum zu kümmern. Aber in diesem Moment sind sie jedenfalls aus meinem Blickfeld verschwunden.

An meinem Schreibtisch trinke ich meinen Kaffee, gleich wird Ana frühstücken wollen. Aber bevor ich zu ihr in die Küche gehe, rufe ich Welch an.

»Mr. Grey?«

»Guten Morgen. Ich möchte mit Ihnen über Jack Hyde sprechen.«

Ana ist wunderschön, als sie die Küche zum Frühstück betritt. Das Grau steht ihr, sehr elegant. Sie sollte öfter Röcke tragen, sie hat tolle Beine. Mein Herz schwillt an. Vor Liebe. Vor Stolz. Und Demut. Es ist ein neues und aufregendes Gefühl, und ich hoffe, dass ich es nie für selbstverständlich halten werde.

»Was hätten Sie gern zum Frühstück, Ana?«, fragt Gail.

»Ich nehme nur ein kleines Müsli. Danke, Mrs. Jones.« Sie setzt sich neben mich auf einen Barhocker, ihre Wangen sind gerötet.

Ich frage mich, woran sie denkt? Heute Morgen? Gestern Nacht? Die Bar?

»Du siehst sehr hübsch aus«, sage ich ihr.

»Du auch.« Sie lächelt schüchtern. Ana verbirgt ihren inneren Freak sehr gut.

»Wir sollten dir unbedingt noch ein paar Röcke kaufen. Ich würde gern mit dir shoppen gehen.«

Diese Idee scheint ihr nicht sonderlich zu gefallen. »Ich bin gespannt, was heute im Büro passiert«, sagt sie, und ich weiß, dass sie über SIP redet, um das Thema zu wechseln.

»Sie werden einen Ersatz für dieses elende Schwein finden müssen«, murmle ich, aber wann, weiß ich nicht. Ich habe alle Neueinstellungen bis nach der Belegschaftsüberprüfung verschoben.

»Hoffentlich ist mein nächster Boss eine Frau.«

»Wieso?«

»Na ja, wenn ich mit ihr nach der Arbeit etwas trinken gehe, stört es dich nicht so sehr«, sagt sie.

O Baby, auch Frauen finden dich attraktiv.

Mrs. Jones stellt mir mein Omelett hin, was mich von meiner

kurzen, doch äußerst vergnüglichen Fantasie von Ana mit einer anderen Frau ablenkt.

»Was ist daran so lustig?«, fragt Ana

»Du. Iss dein Müsli, und zwar alles, wenn das dein einziges Frühstück ist.«

Sie verzieht den Mund, nimmt aber einen Löffel, verschlingt ihr Frühstück.

»Kann ich heute mit dem Saab fahren?«, fragt sie, als sie den letzten Löffel aufgegessen hat.

»Taylor und ich können dich absetzen.«

»Christian, steht der Saab nur zur Dekoration in der Garage?«

»Nein.« Natürlich nicht.

»Dann lass mich damit zur Arbeit fahren. Leila ist keine Bedrohung mehr.«

Warum ist alles ein Kampf?

Es ist ihr Wagen, Grey.

»Wenn du möchtest«, gebe ich nach.

»Natürlich möchte ich.«

»Ich begleite dich.«

»Was? Ich komme schon alleine klar.«

Ich versuche es auf eine andere Art. »Ich würde gern mitfahren.«

»Na, wenn du es so formulierst.« Ana stimmt kopfnickend zu.

Ana strahlt. Sie ist so begeistert von dem Wagen, dass ich mir nicht sicher bin, ob sie sich auf das konzentriert, was ich ihr sage. Ich zeige ihr die Zündeinstellung am Armaturenbrett.

»Sehr seltsam«, sagt sie und hüpft vor Freude auf ihrem Sitz herum. Sie berührt alles.

»Du kannst es kaum erwarten, was?«

»Allein dieser Geruch nach neuem Wagen. Der hier riecht noch besser als die Sub-Schleuder ... äh, der A3«, sagt sie schnell.

»Die Sub-Schleuder?« Ich bemühe mich, nicht zu lachen. »Miss Steele, unsere kleine Wortkünstlerin.« Ich lehne mich zurück.

»Also, lass uns fahren.« Ich mache eine Geste in Richtung Garagenausfahrt.

Ana klatscht in die Hände, lässt den Motor an und legt einen Gang ein. Hätte ich gewusst, wie sehr sie dieser Wagen begeistert, hätte ich vielleicht nachgegeben und sie ihn bereits früher fahren lassen.

Ich liebe es, sie so glücklich zu sehen

Der Saab gleitet zur Ausfahrt. Taylor folgt uns im Q7 bis zur Virginia Street.

Es ist das erste Mal, dass Ana uns fährt, das erste Mal, dass sie mich fährt. Sie ist eine selbstbewusste Fahrerin, offensichtlich äußerst fähig, aber ich bin kein einfacher Beifahrer. Das weiß ich. Es gefällt mir überhaupt nicht, gefahren zu werden, außer von Taylor. Ich ziehe den Fahrersitz vor.

»Können wir das Radio einschalten?«, fragt sie, als wir an einer roten Ampel halten.

»Ich will, dass du dich aufs Fahren konzentrierst.«,

Sie zischt zurück. »Christian, bitte. Ich kann ohne Weiteres bei Musik Auto fahren.«

Ich ignoriere ihre kleine Laune und schalte das Radio an. »Darauf kannst du sowohl deinen iPod und MP3s als auch gewöhnliche CDs abspielen«, informiere ich sie.

Die Musik von The Police erfüllt den Wagen: ein Golden Oldie, *King Of Pain*. Ich stelle ihn leiser – es ist zu laut.

»Deine Hymne«, bemerkt Ana mit einem schelmischen Grinsen.

Sie veräppelt mich. Schon wieder.

»Ich habe sogar das Album. Irgendwo«, sagt sie.

Und dann erinnere ich mich, dass sie *Every Breath You Take* in einer E-Mail erwähnt hatte, die Hymne der Stalker hat sie es genannt. Sie ist witzig – auf meine Kosten. Ich schüttle den Kopf, weil sie recht hat. Nachdem sie mich verlassen hatte, habe ich tatsächlich bei meinem Morgenlauf vor ihrer Wohnung gestanden.

Sie kaut auf ihrer Unterlippe. Macht sie sich Sorgen, wegen

meiner Reaktion? Wegen Flynn? Was er sagen könnte? »Hallo? Erde an Miss Freche-Klappe?« Sie hält abrupt an der roten Ampel an. »Konzentrier dich auf die Straße, Ana. So passieren die meisten Unfälle.«

»Ich habe nur gerade an die Arbeit gedacht.«

»Ana, es wird alles gut. Glaub mir.«

»Ich will aber nicht, dass du dich einmischst. Ich will es allein schaffen. Bitte. Es ist wichtig für mich«, sagt sie.

Ich? Mich einmischen? Nur, um dich zu beschützen, Ana.

»Bitte lass uns nicht streiten, Christian. Der Morgen hat so schön angefangen. Und gestern Nacht war…«, ihre Wangen werden rot, »… absolut himmlisch.«

Letzte Nacht. Ich schließe meine Augen und sehe ihren Hintern hoch oben in der Luft. Ich bewege mich leicht auf meinem Sitz, da mein Körper reagiert. »Ja. Himmlisch.« Mir wird bewusst, dass ich es laut gesagt habe. »Und alles, was ich gesagt habe, war auch so gemeint.«

»Wie meinst du das?«

»Ich will dich nicht gehen lassen.«

»Und ich will nicht gehen«, sagt sie.

»Gut.« Ich entspanne mich etwas. *Sie ist immer noch hier, Grey.*

Ana biegt auf den SIP-Parkplatz ein und stellt den Saab ab.

Die Tortur ist beendet.

Sie ist keine schlechte Fahrerin.

»Ich begleite dich den restlichen Weg. Taylor kann mich vor dem Verlag abholen«, biete ich an, als wir aus dem Wagen steigen. »Vergiss nicht, dass wir heute Abend einen Termin bei Dr. Flynn haben.« Ich halte ihr die Hand hin. Sie drückt die Fernbedienung, schließt den Wagen ab und schaut den Saab zärtlich an, bevor sie meine Hand nimmt.

»Das werde ich nicht. Ich will eine Liste mit Fragen zusammenstellen, die ich an ihn habe.«

»Fragen? Über mich? Aber die kann ich dir doch beantworten.«

Sie lächelt nachsichtig. »Das stimmt, aber ich will lieber eine neutrale, teure Quacksalbermeinung hören.«

Ich umarme sie, lege meine Hände auf ihre und halte sie hinter ihrem Rücken. »Hältst du das für eine gute Idee?« Ich schaue in ihre erschrockenen Augen. Sie werden weicher, und sie bietet an, Flynn nicht zu treffen. Sie schüttelt eine ihrer Hände frei und streichelt mir zärtlich übers Gesicht. »Worüber machst du dir solche Sorgen?«

»Dass du mich verlassen wirst.«

»Christian, wie oft soll ich es dir noch sagen? Ich gehe nirgendwohin. Das Schlimmste hast du mir längst erzählt, und wie du siehst, bin ich immer noch hier.«

»Wieso hast du mir dann nach wie vor keine Antwort gegeben?«
»Antwort?«

»Du weißt genau, was ich meine, Ana.«

Sie seufzt, und ihr Gesichtsausdruck verdüstert sich. »Ich will doch nur wissen, ob ich dir genüge, Christian. Das ist alles.«

»Und mein Wort darauf reicht dir nicht?« Ich lasse ihre Hand los.

Wann wird sie begreifen, dass ich nur sie will?

»Es geht alles so unglaublich schnell, Christian«, sagt sie. »Und du sagst doch selbst von dir, du seist komplett abgefuckt. Ich kann dir nicht geben, was du brauchst. All das ist nun einmal nicht meine Welt. Und deswegen fühle ich mich unzulänglich, vor allem nachdem ich dich mit Leila gesehen habe. Was ist, wenn du eines Tages eine Frau kennenlernst, die auch Gefallen an all diesen Dingen findet? Und wie kann ich sicher sein, dass du dich nicht in sie verliebst? In jemanden, der deine Bedürfnisse viel besser befriedigen kann als ich.« Sie schaut weg.

»Ich kannte mehrere Frauen, denen all die Dinge gefallen haben, die ich mache. Zu keiner habe ich mich so hingezogen gefühlt wie zu dir. Und zu keiner von ihnen habe ich jemals eine emotionale Bindung aufgebaut. Du bist die Einzige, Ana. Und wirst es immer sein.«

»Weil du ihnen nie eine Chance gegeben hast. Du hast dich viel zu lange in deiner Festung verbarrikadiert, Christian. Aber lass uns später darüber reden. Jetzt muss ich zur Arbeit. Vielleicht kann Dr. Flynn uns ja weiterhelfen.«

Sie hat recht. Wir sollten dieses Gespräch nicht auf einem Parkplatz führen. »Komm.« Ich strecke ihr erneut die Hand entgegen. Zusammen schlendern wir zu ihrem Büro.

Taylor holt mich im Audi ab, und auf unserem Weg zum Grey House, denke ich über mein Gespräch mit Ana nach.

Habe ich mich in einer Festung verbarrikadiert?

Vielleicht.

Ich schaue aus dem Fenster. Pendler eilen zur Arbeit, ganz in ihrem Alltagsleben versunken. Hier, auf dem Rücksitz meines Wagens, bin ich weit von allem weg. So war es immer. Weit weg. Als Kind isoliert und als Erwachsener habe ich die Isolation gesucht, mich in einer Festung verbarrikadiert.

Ich hatte Angst, etwas zu fühlen.

Etwas anderes als meine Wut zu fühlen.

Meine stetige Begleiterin.

Ist es das, was sie meint? Falls ja, dann hat Ana mir den Schlüssel zur Flucht gegeben. Und alles, was sie noch hält, ist Flynns Meinung.

Vielleicht wird sie Ja sagen, wenn sie hört, was er zu sagen hat.

Es gibt Hoffnung.

Ich erlaube mir einen kurzen Augenblick, um zu erfahren, wie sich wahrer Optimismus anfühlt...

Es ist erschreckend.

Es könnte schlimm enden. Noch einmal.

Mein Telefon summt. Es ist Ana. »Anastasia. Ist alles in Ordnung?«

»Sie haben mir gerade Jacks Job gegeben – na ja, vorübergehend«, sagt sie ohne Vorwarnung.

»Du machst Witze.«

»Hast du die Finger da drin?« Ihre Stimme klingt vorwurfsvoll.

»Nein, absolut nicht, nein. Ich meine, bei allem Respekt, Anastasia, aber du bist erst seit einer Woche dort. Ich meine es wirklich nicht böse, aber ...«

»Das weiß ich auch«, sagt sie und klingt entmutigt. »Offenbar hatte Jack eine hohe Meinung von mir.«

»Ach, tatsächlich?« Ich bin so froh, dass dieses Arschloch aus ihrem Leben raus ist. »Wenn sie der Meinung sind, dass du es hinkriegst, Baby, bin ich es auch. Glückwunsch. Vielleicht sollten wir deine Beförderung ja feiern, nachdem wir bei Dr. Flynn waren.«

»Ja, wieso nicht. Und du bist ganz sicher, dass du nichts damit zu tun hast?«

Glaubt sie wirklich, ich würde sie anlügen? Vielleicht wegen meines Geständnisses gestern Nacht?

Oder vielleicht haben sie ihr die Stelle angeboten, weil ich keine Neueinstellungen erlaube.

Verdammt.

»Zweifelst du etwa an mir? Das macht mich stinksauer.«

»Tut mir leid«, sagt sie schnell.

»Wenn du etwas brauchst, sag Bescheid. Ich bin hier. Und – Anastasia?«

»Was?«

»Benutz deinen BlackBerry.«

»Ja, Christian.«

Ich ignoriere ihren sarkastischen Tonfall, schüttle den Kopf und atme tief ein. »Ich meine es ernst. Wenn du mich brauchst – ich bin hier.«

»Okay«, sage sie, »aber ich sollte jetzt Schluss machen. Ich muss mein neues Büro beziehen.«

»Wenn du mich brauchst ... ich meine es ernst.«

»Ich weiß. Danke, Christian. Ich liebe dich.«

Diese drei kleinen Worte.

Sie haben mir solche Panik eingejagt, und jetzt kann ich es kaum erwarten, sie diese sagen zu hören.

»Ich liebe dich auch, Ana.«
»Wir hören uns später.«
»Ciao, ciao, Baby.«
Taylor hält vor Grey House an.

»José Rodriquez wird morgen ein paar Porträts ins Escala liefern«, informiere ich ihn.
»Ich sage Gail Bescheid.«
»Er bleibt über Nacht.«
Taylor blickt mich im Rückspiegel an, überrascht, denke ich.
»Sagen Sie das Gail bitte auch«, füge ich hinzu.
»Ja, Sir.«

Während der Aufzug auf meine Etage fährt, erlaube ich mir eine kleine Fantasie über das Eheleben. Sie ist merkwürdig, diese *Hoffnung*. Etwas, das ich nicht gewöhnt bin. Ich stelle mir vor, Ana nach Europa mitzunehmen, nach Asien; ich könnte ihr die Welt zeigen. Wir könnten überallhin. Ich könnte mir ihr nach England reisen, das würde ihr gefallen.

Und wir kämen nach Hause ins Escala.

Escala? Vielleicht gibt es in meinem Apartment zu viele Erinnerungen an andere Frauen. Vielleicht sollte ich ein Haus kaufen, das nur uns gehört, wo wir unsere eigenen Erinnerungen haben könnten.

Aber das Escala behalten. Es ist praktisch, wenn man im Stadtzentrum ist.

Die Aufzugtüren öffnen sich.
»Guten Morgen, Mr. Grey«, sagt das neue Mädchen.
»Guten Morgen...« Ich habe ihren Namen vergessen.
»Kaffee?«
»Ja, bitte. Schwarz. Wo ist Andrea?«
»Nicht weit weg.« Das neue Mädchen lächelt und verschwindet, um meinen Kaffee zu kochen.

Am Schreibtisch schaue ich mir im Internet Häuser an. Nach ein paar Minuten klopft Andrea und tritt mit einem Kaffee ein.

»Guten Morgen, Mr. Grey.«

»Andrea, guten Morgen. Ich möchte, dass sie Anastasia Steele ein paar Blumen schicken.«

»Welche möchten Sie gern schicken?«

»Sie wurde befördert. Vielleicht Rosen. Rosa und weiß.«

»Okay.«

»Und könnten Sie Welch anrufen?«

»Ja, Sir. Denken Sie bitte daran, dass Sie Mr. Bastille heute im Escala treffen, nicht hier.«

»Ja. Danke. Wer hat den Fitnessraum hier bei uns gebucht?«

»Der Yoga-Club, Sir.«

Ich verziehe das Gesicht.

Sie unterdrückt ein Lächeln. »Ros würde auch gern mit Ihnen sprechen.«

»Danke.«

Nach meinen Anrufen suche ich weiter im Internet nach Häusern. Als ich meine Wohnung im Escala erwarb – und zwar, bevor sie fertiggestellt war –, hat ein Makler alles für mich erledigt. Es schien eine tolle Investition zu sein, also habe ich nicht mehr weitergesucht.

Ich vertiefe mich in Immobilienwebsites, schaue mir ein Haus nach dem anderen an. Es macht süchtig.

Seitdem ich segle, bewundere ich die großen Häuser am Ufer des Puget Sounds. Ein Haus mit Meerblick würde mir gefallen. Ich bin in einem solchen Haus aufgewachsen; meine Eltern leben am Ufer des Lake Washington.

Ein Zuhause.

Familie.

Kinder.

Ich schüttle den Kopf. Noch lange nicht. Ana ist jung. Sie ist erst einundzwanzig. Wir haben noch Jahre Zeit, bevor wir über Kinder nachdenken können.

Was für ein Vater wäre ich?

Grey, nicht grübeln.

Ich würde gern ein Grundstück finden und ein Haus errichten. Ein nachhaltiges. Elliot könnte es für mich bauen. Ein paar der Häuser entsprechen meinen Kriterien, eines hat einen Blick über den Puget Sound. Das Haus ist alt, von 1924, und erst seit ein paar Tagen auf dem Markt. Die Fotos sind spektakulär. Besonders in der Abenddämmerung. Für mich geht es ganz allein um den Blick. Wir könnten das Haus abreißen und auf dem Grundstück ein neues erstellen.

Ich schaue nach, wann heute Abend die Sonne untergeht, 21:09.

Vielleicht könnte ich einen Besichtigungstermin bekommen, um mir das Haus diese Woche bei Sonnenuntergang anzusehen.

Andrea klopft an und tritt ein.

»Mr. Grey, ich habe hier eine Auswahl an Blumen.« Sie legt ein paar Ausdrucke auf meinen Schreibtisch.

»Dies hier.« Es ist ein riesiger Korb mit weißen und zartrosa Rosen. Ana wird es lieben. »Und können Sie einen Besichtigungstermin für dieses Haus abmachen? Ich werde Ihnen den Link mailen. Ich würde es gern abends bei Sonnenuntergang sehen, und zwar so schnell wie möglich.«

»Natürlich. Was soll auf der Karte stehen?«

»Stellen Sie die Floristin zu mir durch, wenn Sie die Blumen bestellt haben, dann sage ich es ihr selbst.«

»In Ordnung, Mr. Grey.« Andrea geht hinaus.

Drei Minuten später stellt sie die Floristin zu mir durch, die mich gut gelaunt bittet, die Nachricht für die Karte zu diktieren.

»Herzlichen Glückwunsch, Miss Steele, und alles ganz allein geschafft! Ohne jede Hilfe von deinem überfreundlichen, größenwahnsinnigen CEO. Ich liebe dich, Christian.«

»Ist notiert. Danke, Sir.«

»Danke Ihnen.«

Ich suche weiter im Internet nach Häusern, und ich weiß, dass ich mich von der Angst ablenke, die ich wegen Anas Termin mit

Flynn empfinde. *Verdrängen*. So würde Flynn das nennen. Aber mein Glück steht auf dem Spiel.

Und Häuser sind eine gute Ablenkung.

Was wird Flynn sagen?

Nachdem ich mir eine halbe Stunde lang Häuser angesehen und überhaupt nicht gearbeitet habe, gebe ich auf und rufe Flynn an.

»Sie erwischen mich gerade zwischen zwei Patienten. Ist es dringend?«, sagt er.

»Ich wollte mich über Leila informieren.«

»Sie hatte eine ruhige Nacht. Ich hoffe, dass ich sie heute Nachmittag noch zu Gesicht bekomme. Und Sie sehe ich auch noch, nicht wahr?«

»Ja. Mit Ana.«

Zwischen uns herrscht einen Augenblick lang Stille. Ich weiß, dass das einer von Johns Tricks ist. Er sagt nichts, damit ich die Stille fülle.

»Christian, was ist los?«

»Heute Abend. Ana.«

»Ja.«

»Was werden Sie sagen?«

»Ana? Ich weiß nicht, was sie mich fragen wird. Aber was auch immer sie wissen will, ich werde ihr die Wahrheit sagen.«

»Deswegen mache ich mir Sorgen.«

Er seufzt. »Ich sehe Sie anders, als Sie sich selbst sehen, Christian.«

»Ich bin nicht sicher, ob mich das beruhigt.«

»Bis heute Abend«, antwortet er.

Später am Nachmittag, ich bin zurück von meinem Treffen mit Fred und Barney und will gerade eine weitere Immobilienwebsite anklicken, fällt mir eine E-Mail von Ana auf. Ich habe den ganzen Tag nichts von ihr gehört. Sie muss viel zu tun haben.

Von: Anastasia Steele
Betreff: Größenwahn…
Datum: 16. Juni 2011, 15:43 Uhr
An: Christian Grey

… ist mein Lieblingswahn. Danke für die herrlichen Blumen. Sie wurden in einem riesigen Weidenkorb geliefert, der mich an Picknicks und Decken denken lässt.
x

Sie benutzt ihr Handy. Endlich!

Von: Christian Grey
Betreff: Frischluft
Datum: 16. Juni 2011, 15:55 Uhr
An: Anastasia Steele

Wahnsinn, hm? Dazu fällt Dr. Flynn garantiert etwas ein.
Willst du picknicken?
Wir könnten uns ein bisschen unter freiem Himmel amüsieren, Anastasia…
Wie läuft dein Tag, Baby?

CHRISTIAN GREY
CEO, Grey Enterprises Holdings, Inc.

Von: Anastasia Steele
Betreff: Hektisch
Datum: 16. Juni 2011, 16:00 Uhr
An: Christian Grey

Der Tag ist wie im Flug vergangen, so dass ich kaum Zeit hatte, an irgendetwas anderes als an meine Arbeit zu denken. Ich glaube, ich kriege das mit dem Job ganz gut hin! Ich erzähle dir heute Abend alles.
Frischluft, das klingt ... interessant.
Ich liebe dich.
A x
PS: Mach dir wegen Dr. Flynn keine Sorgen.

Woher weiß sie, dass ich mir wegen ihm Sorgen mache?

Von: Christian Grey
Betreff: Ich werde versuchen ...
Datum: 16. Juni 2011, 16:09 Uhr
An: Anastasia Steele

... mir keine Sorgen zu machen.
Ciao, ciao, Baby. x
CHRISTIAN GREY
CEO, Grey Enterprises Holdings, Inc.

Im Fitnessraum im Escala hat Bastille einen Lauf, aber ich kann auch ein paar Treffer landen und ihn auf seinen Hintern befördern.

»Dich nervt was, Grey. Dasselbe Mädchen?«, grinst er, als er vom Boden aufspringt.

»Das geht dich einen Scheiß an, Bastille.«

Wir umkreisen einander, suchen nach einer Chance, den anderen zu Boden zu werfen.

»Ah! Ich finde es großartig, dass die Frau in deinem Leben es dir schwermacht. Wann kann ich sie treffen?«

»Ich bin mir nicht sicher, ob jemals.«

»Die Linke hoch, Grey. Deine Deckung.«

Er tritt nach mir, aber ich täusche an und springe nach links, aus seiner Reichweite.

»Guter Move, Grey.«

Nachdem ich geduscht habe, bekomme ich eine SMS von Andrea.

ANDREA PARKER
Immobilienmaklerin kann Sie heute Abend treffen.
20:30 Uhr.
Ist das okay?
Ihr Name ist Olga Kelly.

Großartig!
Danke.
Bitte schicken Sie mir die Adresse.

Ich frage mich, wie Ana das Haus gefallen wird. Andrea schickt mir die Adresse und den Zugangscode für das Tor. Ich präge mir den Code ein und finde das Haus auf Google Maps. Während ich eine Route aussuche, wie ich von Flynn zum Haus komme, klingelt mein Telefon. Es ist Ros. Ich sehe aus dem Balkonfenster, während sie mir gute Nachrichten bringt.

»Fred hat sich bei mir gemeldet. Es klappt mit Kavanagh«, sagt sie.

»Ros, das ist wunderbar.«

»Es gibt da ein paar technische Probleme, und er will, dass seine Leute das mit unseren besprechen. Er hätte gern morgen früh ein Meeting. Ich habe Andrea Bescheid gesagt.«

»Sagen Sie es auch Barney, wir können dann gleich weitermachen«, antworte ich und wende Seattle und der Bucht den Rücken zu. Beim Umdrehen entdecke ich Ana, die mich betrachtet.

»Mache ich. Bis morgen.«

»Bis dann.« Ich lege auf und gehe zu meinem Mädchen, das süß und schüchtern wirkt, wie es da auf der Schwelle zum Wohnzimmer steht. »Guten Abend, Miss Steele.« Ich küsse sie und ziehe sie an mich. »Noch einmal Glückwunsch zur Beförderung.«

»Du hast geduscht.«

»Ich hatte mit Claude trainiert.«

»Oh.«

»Ich habe es sogar geschafft, ihn zweimal auf die Matte zu befördern.« Ich schwelge in der Erinnerung daran.

»Und das kommt nicht allzu häufig vor?«

»Nein. Umso schöner ist es, wenn ich es dann doch mal schaffe. Hunger?«

Sie schüttelt den Kopf und wirkt besorgt.

»Was ist?«, frage ich.

»Ich bin nervös. Wegen Dr. Flynn.«

»Ich auch. Wie war dein Tag?« Ich lasse sie los.

»Toll. Stressig. Ich konnte es kaum glauben, als Elizabeth, unsere Personalchefin, mich gebeten hat, sie zu vertreten. Ich musste zudem zu einem Meeting mit den Verlagsleitern, und ich habe es geschafft, dass sie sich zwei der Manuskripte ansehen, die mir am Herzen liegen.«

Sie hört gar nicht mehr auf. Sie ist aufgeregt. Ihre Augen glänzen; was sie tut, tut sie mit Leidenschaft. Es ist wunderbar anzusehen.

»Oh, eines wollte ich dir noch sagen. Eigentlich war ich heute mit Mia zum Mittagessen verabredet.«

»Das hast du gar nicht erzählt.«

»Ich weiß. Ich hatte es völlig vergessen. Wegen des Meetings mit den Verlagsleitern musste ich das Treffen allerdings absagen. Ethan hat sie stattdessen eingeladen.«

Der Strandgammler mit meiner Schwester. Ich weiß nicht, wie ich das finde. »Aha. Hör auf, auf deiner Lippe herumzukauen.«

»Ich muss mich frisch machen«, sagt sie schnell, bevor ich wegen Kavanagh und meiner kleinen Schwester nachfragen kann.

Ich habe eigentlich nie daran gedacht, dass meine Schwester sich mit Männern trifft. Da war dieser Kerl auf dem Ball, aber sie schien nicht sehr an ihm interessiert gewesen zu sein.

»Normalerweise jogge ich hierher«, bemerke ich, während ich den Saab parke. »Der Wagen ist wirklich toll.«

»Finde ich auch. Christian ... Ich ...«

»Was ist, Ana?«

»Hier.« Sie reicht mir eine kleine, in Geschenkpapier eingewickelte Schachtel, die sie aus ihrer Tasche geholt hat. »Das ist für dich. Zum Geburtstag. Ich möchte es dir schon heute geben – aber nur wenn du mir versprichst, dass du sie erst am Samstag aufmachst, okay?«

Ich schlucke, um meine Erleichterung nicht zu zeigen. »Okay.«

Sie ist nervös, holt tief Luft. Warum ist sie deswegen angespannt? Ich schüttle die Schachtel. Der Inhalt klingt klein und wie aus Plastik. Was zur Hölle ist das?

Ich schaue zu ihr hinüber.

Was auch immer es ist, ich bin mir sicher, dass ich es lieben werde. Ich lächle sie an.

Mein Geburtstag ist am Samstag. Sie wird an diesem Tag an meiner Seite sein – zumindest scheint dieses Geschenk das zu sagen. Oder?

»Du darfst es aber erst am Samstag aufmachen«, wiederholt sie und wedelt warnend mit dem Zeigefinger.

»Ja, das habe ich verstanden. Aber wieso schenkst du es mir jetzt schon?« Ich stecke die Schachtel in meine Innentasche.

»Weil ich es kann, Mr. Grey.«

»Das ist mein Spruch, Miss Steele.«

»Das stimmt. Bringen wir's hinter uns.«

Flynn steht auf, als wir sein Sprechzimmer betreten. »Christian.«

»John.« Wir geben uns die Hand. »Sie erinnern sich bestimmt an Anastasia?«

»Wie könnte ich sie vergessen? Anastasia, willkommen.«

»Ana, bitte«, sagt sie, während sie Hände schütteln. Er führt uns zu seinen Sofas mit dem Tisch.

Ich warte, bis Ana Platz genommen hat, bewundere den Schnitt ihres marineblauen Kleids und wähle das zweite Sofa. Doch ich setze mich so, dass ich ihr nahe bin. Flynn lässt sich auf seinen üblichen Stuhl nieder. Ich lege meine Hand auf Anas und drücke sie.

»Christian wollte, dass Sie an einer Therapiesitzung teilnehmen«, beginnt Dr. Flynn. »Der Korrektheit halber möchte ich Ihnen sagen, dass wir diese Sitzungen mit absoluter Vertraulichkeit…«

Er bricht mitten im Satz ab, als sie ihn unterbricht. »Oh – äh… ich habe eine Verschwiegenheitsvereinbarung unterschrieben«, sagt sie rasch.

Scheiße.

Ich lasse ihre Hand los.

»Eine Verschwiegenheitsvereinbarung?« Flynn wirft mir einen fragenden Blick zu.

Ich zucke mit den Achseln, sage aber nichts.

»Lassen Sie zu Beginn jeder Ihrer Beziehungen eine Verschwiegenheitsvereinbarung unterschreiben, Christian?«, erkundigt er sich.

»Nur bei denen, die auf einer vertraglichen Ebene beruhen.«

Dr. Flynns Mund zuckt amüsiert. »Haben Sie jemals auch andere Beziehungen mit Frauen gepflegt?«

Scheiße.

»Nein«, erwidere ich, nun belustigt über seine Reaktion. Er weiß es.

»Das habe ich mir fast gedacht.« Dr. Flynn wendet sich wieder Ana zu. »Tja, wenn das so ist, können wir wegen der Vertraulichkeit also ganz beruhigt sein, aber dürfte ich trotzdem vorschlagen, dass Sie beide diesen Punkt bei Gelegenheit besprechen? Soweit ich verstanden habe, besteht die ursprüngliche Form der vertraglichen Beziehung ja nicht länger zwischen Ihnen.«

»Dafür bald eine andere Art von Vertrag, hoffe ich«, sage ich und blicke Ana an.

Sie wird rot.

»Ana. Bitte verzeihen Sie mir, aber ich weiß wahrscheinlich sehr viel mehr über Sie, als Ihnen bewusst ist. Christian hat sehr offen über Sie gesprochen.«

Sie sieht mich an.

»Eine Verschwiegenheitsvereinbarung«, nimmt Flynn den Faden wieder auf. »Das muss doch ein ziemlicher Schock für Sie gewesen sein.«

»Na ja, nach Christians jüngsten Enthüllungen ist mein Entsetzen darüber zur Bedeutungslosigkeit verblasst, würde ich sagen«, erwidert sie, ihre Stimme klingt leise und rau.

Ich rutsche auf dem Sofa hin und her.

»Das kann ich mir vorstellen. Also, Christian, worüber wollen wir heute reden?«

Ich zucke mit den Achseln. »Anastasia war diejenige, die unbedingt herkommen wollte. Vielleicht sollten Sie ja sie fragen.«

Aber Ana starrt auf die Kleenex-Schachtel vor ihr.

»Wäre es Ihnen lieber, wenn Christian uns für eine Weile allein lässt, Ana?«, fragt Flynn sie.

Was?

Ana wirft mir einen schnellen Blick zu. »Ja«, sagt sie.

Scheiße.

Aber?

Scheiße.

Ich stehe auf. »Ich bin dann im Wartezimmer.«

»Danke, Christian«, sagt Dr. Flynn. Ich sehe Ana lange an, versuche, ihr so zu sagen, dass ich bereit für die Verpflichtung bin, die ich ihr gegenüber eingehen will. Dann verlasse ich das Zimmer und schließe hinter mir die Tür.

Flynns Assistentin Janet schaut auf, aber ich ignoriere sie und gehe ins Wartezimmer, wo ich mich auf einen der Ledersessel fallen lasse.

Worüber werden sie sprechen?
Über dich, Grey. Über dich.

Mit geschlossenen Augen lehne ich mich zurück und versuche, mich zu entspannen.

Es dröhnt in meinen Ohren, poch, poch, poch, ich kann das unmöglich ignorieren.

Finde deinen Glücksort, Grey.

Ich bin im Obstgarten, mit Elliot. Wir sind Kinder. Wir laufen zwischen den Bäumen herum. Lachen. Sammeln Äpfel. Essen Äpfel. Grandpa sieht uns zu. Er lacht auch.

Wir sind in einem Kajak mit Mom. Dad und Mia sind vor uns. Wir versuchen, Dad einzuholen.

Elliot und ich paddeln mit unseren zwölf Jahren, was das Zeug hält. Mom lacht. Mia spritzt uns mit ihrem Paddel nass.

»Scheiße! Elliot!« Wir sind auf einem Hobie Cat. Er ist an der Pinne, und wir fliegen mit dem Wind über den Lake Washington. Elliot jauchzt vor Freude, als wir über dem Schiffsrumpf hängen. Wir sind nass. Enthusiastisch. Und kämpfen gegen den Wind.

Ich habe Sex mit Ana. Atme ihren Duft ein. Küsse ihren Hals, ihre Brüste.

Mein Körper reagiert.

Scheiße. Nein. Ich schlage die Augen auf und starre den schlichten Messingkronleuchter an der weißen Decke an. Ich bin unruhig, nervös.

Worüber reden sie?

Ich stehe auf fange an, hin und her zu tigern. Nach einer Weile setze ich mich wieder und blättere ein Magazin von *National Geographic* durch, die einzige Zeitschrift, die Flynn in seinem Wartezimmer anbietet.

Ich kann mich auf keinen Artikel konzentrieren.

Aber klasse Fotos.

Ich ertrage das nicht. Ich laufe nochmals in dem Raum hin und her. Lasse mich wieder in den Sessel fallen, überprüfe die Adresse des Hauses, das wir besichtigen werden. Was, wenn Ana nicht gefällt, was sie von Flynn hört, und sie mich nicht mehr will? Dann muss Andrea für uns absagen.

Ich stehe auf, und noch bevor ich weiß, was ich tue, bin ich draußen, entferne mich von dem Gespräch. Dem Gespräch über mich.

Ich gehe dreimal um den Block und kehre zurück zu Flynns Sprechzimmer. Janet sagt nichts, als ich an ihr vorbeimarschiere, an die Tür klopfe und eintrete.

Flynn lächelt mich freundlich an. »Willkommen zurück, Christian.«

»Ich glaube, die Zeit ist um, John.«

»Beinahe, Christian. Setzen Sie sich doch wieder zu uns.«

Ich setze mich neben Ana und lege meine Hand auf ihr Knie. Sie verrät nichts, und das ist frustrierend, aber sie zieht ihr Knie auch nicht weg.

»Haben Sie noch weitere Fragen, Ana?«

Sie schüttelt den Kopf.

»Christian?«

»Nein, heute nicht, John.«

»Es wäre vielleicht nützlich, wenn Sie beide noch einmal wiederkämen. Ich bin sicher, Ana hat noch weitere Fragen.«

Wenn sie das möchte. Wenn das nötig ist. Ich nehme ihre Hand, und sie sieht mir in die Augen.

»Okay?«, frage ich sanft.

Sie nickt und lächelt mich beruhigend an. Ich hoffe, dass sie am Druck meiner Hand gemerkt hat, wie erleichtert ich bin. Ich wende mich wieder Dr. Flynn zu.

»Wie geht es ihr?«, frage ich ihn, und er weiß, dass ich Leila meine.

»Sie wird es schon schaffen«, sagt er.

»Gut. Halten Sie mich über ihre Fortschritte auf dem Laufenden.«

»Das werde ich.«

Ich wende mich an Ana.

»Hast du Lust, deine Beförderung zu feiern?«

Ihr schüchternes Nicken ist eine Erleichterung.

Mit der Hand auf ihrem unteren Rücken, führe ich Ana aus dem Sprechzimmer. Ich will dringend erfahren, was sie besprochen haben. Ich muss wissen, ob er sie abgeschreckt hat.

»Und? Wie war's?«, frage ich so nonchalant wie möglich, während wir die Straße betreten.

»Gut.«

Und? Ich sterbe vor Neugier, Ana.

Sie sieht mich an, und ich habe keine Ahnung, was sie denkt. Es ist nervenaufreibend und ärgerlich. Ich runzle die Stirn.

»Mr. Grey. Sehen Sie mich nicht so an. Auf ärztliche Anweisung bin ich bereit, Ihnen einen Vertrauensbonus zu gewähren.«

»Was bedeutet das?«

»Das wirst du schon sehen.«

Wird sie mich heiraten oder nicht? Ihr anziehendes Lächeln verrät nichts.

Verdammt. Sie wird es mir nicht sagen. Sie lässt mich hängen.

»Steig in den Wagen«, herrsche ich sie an und öffne die Tür.

Ihr Handy klingelt, und sie wirft mir einen zögerlichen Blick zu, bevor sie das Gespräch annimmt. »Hi«, sagt sie, ihre Stimme klingt auf einmal enthusiastisch.

Wer ist es?

»José«, beantwortet sie lautlos meine Frage, die ich nicht gestellt habe. »Entschuldige, dass ich mich nicht gemeldet habe. Geht es um morgen?«, fragt sie, ohne den Blick von mir zu wenden. »Na ja, ich wohne inzwischen bei Christian, und wenn du willst, kannst du auch dort übernachten.«

O ja. Er liefert die umwerfenden Fotos von Ana, seine Liebesbriefe an sie.

Akzeptiere ihre Freunde, Grey.

Sie runzelt die Stirn und dreht sich weg, tritt auf die andere Seite des Bürgersteigs und lehnt sich an ein Gebäude.
Ist sie in Ordnung? Ich betrachte sie aufmerksam. Warte.
»Ja. Ernst«, antwortet sie mit einem strengen Gesichtsausdruck. *Was ist ernst?*
»Ja«, erwidert sie spöttisch. »Natürlich... Du könntest mich vom Büro abholen... Ich schicke dir eine SMS mit der Adresse... Um sechs?« Sie grinst. »Super. Bis dann.« Sie beendet das Gespräch und geht zurück zum Auto.
»Und wie geht es deinem Freund?«, erkundige ich mich.
»Bestens. Er holt mich morgen vom Büro ab und geht mit mir etwas trinken. Willst du mitkommen?«
»Und du bist sicher, dass er nicht wieder versucht, dich anzumachen?«
»Nein!«
»Okay.« Ich hebe meine Hände. »Geh du mit deinem Freund weg. Wir sehen uns dann danach. Siehst du? Ich kann auch ganz vernünftig sein.«
Ihre Lippen zucken – amüsiert, vermute ich. »Darf ich fahren?«
»Lieber nicht.«
»Wieso nicht?«
»Weil ich mich nicht gern chauffieren lasse.«
»Aber heute Morgen ging es doch auch, außerdem scheinst du ja nichts dagegen zu haben, wenn Taylor hinterm Steuer sitzt.«
»Ich habe vollstes Vertrauen in Taylors Fahrkünste.«
»Und in meine nicht?«, ruft sie aus und stemmt die Hände in die Hüften. »Ganz ehrlich, dein Kontrollzwang sprengt jede Dimension. Ich fahre seit meinem fünfzehnten Lebensjahr Auto.«
Ich zucke mit den Achseln. Ich will fahren.
»Ist das mein Auto oder nicht?«
»Natürlich ist es dein Auto.«
»Dann gib mir bitte die Schlüssel. Ich bin schon zweimal damit gefahren, aber nur zur Arbeit und wieder nach Hause. Ich sehe

nicht ein, wieso du den ganzen Spaß haben sollst.« Sie verschränkt die Arme, bleibt stehen, stur wie immer.

»Aber du weißt ja gar nicht, wo wir hinfahren.«

»Was das angeht, können Sie mich bestimmt aufklären, Mr. Grey. Bislang ist dir das ja sehr gut gelungen.« Und damit nimmt sie alle Spannung aus dem Augenblick. Keine Person, der ich je begegnet bin, ist entwaffnender als sie. Sie gibt mir keine Antwort. Sie lässt mich hängen, und ich will mein restliches Leben mit ihr verbringen.

»Sehr gut gelungen, ja?«, frage ich lächelnd.

Sie wird rot. »Meistens jedenfalls.« Und ihre Augen glitzern vor Vergnügen.

»Tja, wenn das so ist.« Ich reiche ihr die Schlüssel und öffne die Fahrertür für sie.

Ich schnappe nach Luft, als sie sich in den Verkehr einfädelt. »Wohin fahren wir?«, fragt sie, und mir fällt wieder ein, dass sie noch nicht lange genug in Seattle wohnt, um sich auszukennen.

»Folge der Straße.«

»Genauer geht's nicht?«, fragt sie.

Ich lächle sie leicht an.

Wie du mir, so ich dir, Baby.

Sie kneift die Augen zusammen.

»An der Ampel nach rechts«, sage ich.

Sie bremst ziemlich abrupt, so dass wir beide nach vorne fallen, dann blinkt sie und fährt weiter.

»Langsam, Ana!«

Ihr Mund ist eine dünne Linie.

»Hier links.« Sie gibt Gas, und wir rasen die Straße entlang. »Meine Güte, nicht so schnell – Ana.« Ich klammere mich am Armaturenbrett fest. »Fahr langsamer!« Sie fährt sechzig in einer Ortschaft.

»Das tue ich doch schon!«, ruft sie, während sie bremst.

Ich seufze und spreche direkt das an, worüber ich reden will, ich versuche vergeblich, locker zu klingen. »Und? Was hat Flynn gesagt?«

»Das habe ich dir doch schon erzählt. Er sagt, ich soll dir einen Vertrauensbonus gewähren.« Ana setzt den Blinker, um rechts ranzufahren.

»Was tust du da?«

»Ich lasse dich fahren.«

»Wieso?«

»Damit ich dich in Ruhe ansehen kann.«

Ich lache. »O nein, du wolltest unbedingt fahren, also fährst du auch, und ich sehe dich währenddessen an.«

Sie dreht sich zu mir um, um etwas zu sagen.

»Augen auf die Straße!«, rufe ich.

Kurz vor einer Ampel hält sie unvermittelt an, löst den Gurt und stürmt türknallend aus dem Auto.

Was zur Hölle soll das?

Sie steht mit verschränkten Armen auf dem Bürgersteig in einer sowohl defensiven als auch kämpferischen Haltung und sieht mich düster an. Ich folge ihr. »Was tust du da?«, frage ich völlig durcheinander.

»Nein. Was tust *du* da?«

»Du kannst hier nicht parken.« Ich zeige auf den verlassenen Saab.

»Das weiß ich auch.«

»Wieso tust du es dann?«

»Weil ich die Nase voll davon habe, mich ständig von dir herumkommandieren zu lassen. Entweder du fährst selbst, oder du hörst auf, ständig an meinem Fahrstil herumzukritisieren.«

»Anastasia! Steig sofort in den Wagen, bevor wir einen Strafzettel kriegen.«

»Nein.«

Ich fahre mit den Händen durch meine Haare. Was ist mit ihr los?

Ich schaue sie an. Ich habe keine Ahnung. Ihr Gesichtsausdruck ändert sich, wird weicher. Verdammt, lacht sie über mich? »Was ist so lustig?«, frage ich.

»Du.«

»Anastasia, du bist die nervenaufreibendste Frau auf dem gesamten Planeten.« Ich hebe geschlagen die Hände. »Gut. Dann fahre ich eben.«

Sie packt mich am Revers und zieht mich an sich. »Nein, du bist der nervenaufreibendste Mann auf dem gesamten Planeten, Mr. Grey.«

Sie schaut mich mit ihren unschuldigen blauen Augen an, die mich hinabziehen, und ich ertrinke, bin verloren. Auf andere Art verloren. Ich lege meine Arme um sie, halte sie fest. »Wenn das so ist, sind wir ja vielleicht füreinander geschaffen.« Sie riecht umwerfend gut. Ich sollte ihren Duft in Flaschen abfüllen.

Beruhigend. Sexy. Ana.

Sie umarmt mich und legt ihre Wange an meine Brust.

»Oh. Ana, Ana, Ana.« Ich küsse ihr Haar und halte sie fest.

Es ist merkwürdig, sich auf der Straße zu umarmen.

Noch ein erstes Mal. Nein. Ein zweites Mal. Ich habe sie schon mal auf der Straße nahe vom Esclava umarmt.

Ich lasse sie los, und ohne ein Wort zu verlieren, öffne ich die Beifahrertür; sie steigt in den Wagen.

Ich starte den Motor und fädele mich in den Verkehr ein. Über das Soundsystem im Auto läuft ein Song von Van Morrison, und ich summe mit, während wir die Zufahrt zur I-5 hinauffahren. »Wenn wir einen Strafzettel bekommen hätten, wäre er auf dich gelaufen, weil dein Name im Fahrzeugschein steht«, sage ich ihr.

»Nur gut, dass ich befördert worden bin und es mir jetzt leisten kann.«

Ich verberge, dass mich ihre Bemerkung amüsiert. Inzwischen befinden wir uns auf der I-5 nach Norden.

»Wohin fahren wir?«, fragt sie.

»Das ist eine Überraschung. Was hat Flynn sonst noch gesagt?«

»Irgendetwas über eine blablabla-orientierte Therapieform.«

»Lösungsfokussierte Kurzzeittherapie.«

»Hast du auch schon andere ausprobiert?«

»So ziemlich jede, die es gibt, Baby. Kognitive Therapie, Freud, Funktionalismus, Gestalttherapie, Verhaltensforschung… Nenn mir irgendeine Therapieform, ich kann dir alles darüber erzählen, was du wissen musst.«

»Und glaubst du, dieser neue Ansatz wird dir helfen?«

»Was hat Flynn dazu gesagt?«

»Dass du dich nicht mit der Vergangenheit aufhalten, sondern stattdessen auf die Zukunft konzentrieren sollst – darauf, wo du sein willst.«

Ich nicke, aber ich verstehe nicht, warum sie meinen Heiratsantrag nicht angenommen hat.

Da will ich sein.

Verheiratet.

Vielleicht hat er etwas geäußert, was sie abgeschreckt hat. »Was noch?«, frage ich, um eine Ahnung zu bekommen, was er vielleicht gesagt hat, um sie von mir abzubringen.

»Er hat von deiner Berührungsangst gesprochen, allerdings hat er einen anderen Begriff dafür verwendet. Und über deine Albträume und deine Selbstverachtung.« Ich schaue zu ihr hinüber.

»Augen auf die Straße, Mr. Grey«, tadelt sie.

»Ihr habt eine halbe Ewigkeit geredet, Anastasia. Was hat er sonst noch gesagt?«

»Dass du seiner Meinung nach kein Sadist bist.«

»Wirklich?« Flynn und ich haben, was das angeht, unterschiedliche Meinungen. Er kann sich nicht in mich hineinversetzen. Er versteht es nicht richtig.

Ana fährt fort. »Der Begriff sei in der Psychiatrie nicht anerkannt, meint er. Schon seit den Neunzigern nicht mehr.«

»Flynn und ich sind in diesem Punkt unterschiedlicher Meinung.«

»Er sagt auch, dass du grundsätzlich immer das Schlechteste von dir glaubst. Und das stimmt auch. Er hat auch von sexuellem Sadismus gesprochen, allerdings ist es seiner Meinung nach ein selbst gewählter Lebensstil und keine psychische Erkrankung, wie du es betrachtest.«

Ana, du hast keine Ahnung.

Du wirst das Ausmaß meiner Verderbtheit niemals kennen.

»Soso, ein einziges Gespräch mit dem Therapeuten, und schon bist du Expertin auf dem Gebiet, ja?«

Sie seufzt. »Wenn du nicht hören willst, was er gesagt hat, dann frag mich gar nicht erst.«

Punkt für dich, Miss Steele.

Grey. Hör auf, das Mädchen zu nerven.

Sie konzentriert sich auf die vorbeifahrenden Autos.

Verdammt.

»Ich will wissen, worüber ihr geredet habt«, sage ich in einem Ton, der hoffentlich versöhnlich klingt. Ich verlasse die I-5 an der Ausfahrt 172. In westlicher Richtung geht es weiter auf der Northwest Eighty-fifth Street.

»Er hat mich als deine Lebenspartnerin bezeichnet.«

»Ach, tatsächlich? Tja, der Mann ist sehr penibel in seiner Wortwahl. Ich finde, das ist eine sehr treffende Bezeichnung. Du nicht?«

»Hast du deine Subs auch als Lebenspartnerinnen betrachtet?«

Lebenspartnerinnen? Leila? Susannah? Madison? Alle meine Subs fallen mir ein.

»Nein. Sie waren Sexgespielinnen. Meine einzige Partnerin bist du. Und ich will, dass du noch mehr als das wirst.«

»Ich weiß. Ich brauche nur noch etwas Zeit, Christian. Um zu verarbeiten, was in den letzten Tagen passiert ist.«

Ich schaue sie an.

Warum hat sie das nicht vorher gesagt?

Damit kann ich leben.

Natürlich kann ich ihr etwas Zeit geben.

Für sie würde ich warten, bis die Zeit stehen bleibt.

Ich entspanne mich und genieße die Fahrt. Wir befinden uns im Speckgürtel von Seattle, fahren aber nach Westen in Richtung Bucht. Die Uhrzeit ist perfekt, wir werden den Sonnenuntergang über dem Puget Sound sehen.

»Wohin fahren wir eigentlich?«, fragt sie.

»Überraschung.«

Sie lächelt mich neugierig an und wendet sich ab, um durchs Fenster die Landschaft zu betrachten.

Zehn Minuten später entdecke ich das rostige weiße Metalltor, das ich dank der Fotos im Internet wiedererkenne. Die Auffahrt ist beeindruckend, und ich gebe den Sicherheitscode ein. Ächzend und knirschend schwingen die schweren Tore auf.

Ich schaue Ana an.

Wird es ihr gefallen?

»Wo sind wir hier?«, fragt sie.

»Ist nur so eine Idee.« Ich steuere den Saab durch das Tor.

Die Zufahrt ist länger als erwartet. Auf einer Seite befindet sich eine Wiese. Sie ist groß genug für einen Tennis- oder Basketballplatz – oder beides.

»*Hey Bruder, lass uns ein paar Körbe werfen.*«
    »*Elliot, ich lese.*«
    »*Mit Lesen wirst du keine flachlegen.*«
    »*Verpiss dich.*«
    »*Körbe. Komm schon, Mann*«, *jammert er.*
    Widerwillig lege ich meinen abgenutzten Oliver Twist *beiseite und folge ihm in den Garten.*

Ana ist verblüfft, als wir am feudalen, von Säulen umrahmtem Eingang neben einem BMW parken. Das Haus ist riesig und schon von außen ziemlich eindrucksvoll.

Ich stelle den Motor ab, und Ana fehlen die Worte.

»Versprichst du mir, offen für alles zu sein und erst einmal auf dich wirken zu lassen, was du gleich sehen wirst?«

Sie zieht eine Augenbraue hoch. »Christian, seit ich dich kenne, muss ich jeden Tag offen für alles sein.«

Dem kann ich nicht widersprechen. Sie hat recht. Wie immer.

Die Maklerin wartet im weiträumigen Entree. »Mr. Grey.« Sie begrüßt mich freundlich, und wir schütteln die Hände.

»Miss Kelly.«

»Olga Kelly«, stellt sie sich Ana vor.

»Ana Steele«, antwortet sie.

Die Maklerin tritt zur Seite. Das Haus riecht ein bisschen muffig, weil es wohl seit Monaten nicht mehr bewohnt ist. Aber ich bin nicht hier, um mir das Innere anzusehen. »Komm«, sage ich zu Ana und nehme ihre Hand. Ich habe mir den Grundriss gut eingeprägt und weiß, wohin ich will und wie ich dorthin gelange. Ich führe sie vom Entree zu einem bogenförmigen Durchgang, dann zu einem weiteren Vorraum und vorbei an einer herrschaftlichen Freitreppe ins frühere Wohnzimmer.

Am anderen Ende des Zimmers befinden sich mehrere Glastüren, was perfekt ist, weil hier dringend gelüftet werden müsste. Ich halte Anas Hand fester und führe sie durch die nächste Tür, nach draußen auf die Terrasse.

Der Blick ist so atemberaubend und dramatisch wie die Fotos versprochen haben: Die Bucht liegt in all ihrer Schönheit in der Abenddämmerung vor uns. Lichter funkeln an den Ufern von Bainbridge Island, an dieser Insel sind wir letztes Wochenende vorbeigesegelt, dahinter die Olympic Peninsula.

Der Himmel ist so gigantisch, der Sonnenuntergang umwerfend.

Ana und ich stehen Hand in Hand da und genießen den spektakulären Blick. Sie strahlt. Sie liebt es.

Sie dreht sich zu mir um. »Du hast mich also hergebracht, um mir die Aussicht zu zeigen?«

Ich nicke.

»Sie ist atemberaubend, Christian. Danke«, sagt sie und schaut in den opalfarbenen Himmel.

»Wie fändest du es, wenn du sie jeden Tag genießen könntest? Für den Rest deines Lebens?« Mein Herz beginnt zu pochen.
Das ist die Hölle auf Erden, Grey.
Sie reißt den Kopf zu mir herum. Sie ist erschrocken.
»Ich wollte immer schon an der Küste leben«, erkläre ich. »Seit Jahren segle ich den Sound auf und ab. Dieses Haus hier steht noch nicht lange zum Verkauf. Ich möchte es gern kaufen, abreißen und ein neues hinstellen – für uns«,
Ihre Augen werden unfassbar groß.
»Es ist nur so eine Idee«, flüstere ich.
Sie schaut über ihre Schulter in das alte Wohnzimmer. »Wieso willst du es denn abreißen?«, fragt sie.
»Ich hätte gern ein nachhaltigeres Haus, ein Projekt nach den neuesten ökologischen Erkenntnissen. Elliot könnte es bauen.«
»Könnten wir uns ein bisschen umsehen?«
»Klar.« Ich zucke mit den Schultern. Warum will sie sich umsehen?
Ich folge Ana und der Maklerin bei ihrer Führung. Olga Kelly ist ganz in ihrem Element, während sie uns durch die zahlreichen Zimmer führt und die Vorteile jedes einzelnen hervorhebt. Warum Ana das gesamte Haus sehen will, ist mir ein Rätsel.
Als wir die prachtvolle Treppe hinaufsteigen, dreht sie sich zu mir um. »Könntest du das Haus, wie es ist, nicht nach neuesten ökologischen Standards umbauen?«
Dieses Haus?
»Ich müsste Elliot fragen, ob so etwas gehen würde. Er ist der Experte.«
Ana mag *dieses* Haus.
Das Haus so zu behalten, gehört nicht zu meinem Plan.
Die Maklerin führt uns ins Schlafzimmer. Es hat Glastüren, die zu einem Balkon führen, von dem man ebenfalls diesen spektakulären Blick hat. Wir bleiben beide stehen und schauen den dunkler werdenden Himmel an, betrachten die letzten Spuren der Sonne. Es ist fantastisch.

Wir spazieren durch die restlichen Schlafzimmer; es gibt viele. Die Maklerin erwähnt, dass die Wiese ein perfekter Ort für eine Koppel und Ställe wäre.

»Und die Koppel wäre dann dort, wo sich jetzt die Wiese befindet?«, fragt Ana skeptisch.

»Ganz genau«, antwortet die Maklerin.

Wieder unten begeben wir uns noch einmal auf die Terrasse; ich überdenke meine Pläne. Ich hatte mir nicht vorgestellt, in so einem Haus zu wohnen, aber es scheint gut gebaut und robust zu sein. Und würde man es umfassend renovieren, könnte es unseren Bedürfnissen entsprechen. Ich blicke zu Ana.

Wer bin ich denn, dass …?

Wo Ana ist, ist mein Zuhause.

Wenn es das ist, was sie möchte …

Ich umarme sie. »Viel zu verdauen?«, frage ich.

Sie nickt.

»Ich wollte nur sicher sein, dass es dir auch gefällt, bevor ich es kaufe.«

»Die Aussicht?«

Ich nicke.

»Ich liebe die Aussicht und das Haus auch.«

»Wirklich?«

»Christian, du hattest mich schon bei der Wiese an der Angel«, sagt sie mit einem schüchternen Lächeln.

Das bedeutet, dass sie nicht geht.

Sicher.

Ich umfasse ihr Gesicht, meine Finger in ihren Haaren, und gebe all meine Dankbarkeit in einen Kuss.

»Vielen Dank, dass wir uns umsehen durften«, sage ich zu Miss Kelly. »Ich melde mich bei Ihnen.«

»Vielen Dank, Mr. Grey. Ana«, sagt sie und schüttelt uns eifrig die Hand.

Ana gefällt es!

Meine Erleichterung ist greifbar, als wir in den Saab einsteigen. Olga hat die Außenlichter angeschaltet, und an der Zufahrt reihen sich wie Sterne blinzelnde Lampen. Das Haus gefällt mir immer besser. Es hat etwas Prachtvolles. Ich bin mir sicher, Elliot kann hier etwas zaubern und das Haus ökologisch nachhaltiger machen.

»Also wirst du es kaufen?«, fragt Ana, als wir auf dem Weg zurück nach Seattle sind.

»Ja.«

»Und verkaufst dafür die Wohnung im Escala?«

»Weshalb sollte ich?«

»Um das Haus zu be...« Sie hält inne.

»Vertrau mir, ich kann es mir leisten.«

»Bist du eigentlich gern reich?«

Ich möchte lachen. »Ja. Zeig mir jemanden, der das nicht ist.«

Sie kaut an ihrem Finger.

»Anastasia, wenn du Ja sagst, wirst du lernen müssen, reich zu sein.«

»Reichtum ist etwas, was ich bisher nie angestrebt habe, Christian.«

»Das weiß ich. Und genau das liebe ich auch so an dir. Andererseits musstest du auch nie Hunger leiden.«

Aus dem Augenwinkel sehe ich, dass sie sich zu mir umdreht, aber ich kann ihren Gesichtsausdruck in der Dunkelheit nicht erkennen.

»Wohin fahren wir?«, fragt sie, und ich weiß, dass sie das Thema wechseln will.

»Wir feiern.«

»Was feiern wir denn? Das Haus?«

»Hast du es etwa schon vergessen? Deine Beförderung zur Cheflektorin.«

»Ach ja.«

»Wo?«

»In meinem Club.« Um diese Uhrzeit ist deren Küche noch geöffnet, und ich habe Hunger.

»In deinem Club?«

»Ja, in einem von mehreren.«

»In wie vielen bist du Mitglied?«

»In drei.«

Bitte frag mich nicht danach.

»Private Clubs für Gentlemen? Wo Frauen nicht erlaubt sind?«, spottet sie, und ich weiß, dass sie über mich lacht.

»Frauen sind erlaubt. Bei allen.« Besonders einem. Einem Domhimmel. Ich war allerdings schon länger nicht mehr dort.

Sie sieht mich fragend an.

»Was?«, frage ich.

»Nichts«, sagt sie.

Ich übergebe den Wagen dem Parkservice, und wir fahren mit dem Aufzug hoch zum The Mile High Club im Columbia Tower. Unser Tisch ist noch nicht neu eingedeckt, daher setzen wir uns vorerst an die Bar.

»Champagner für Sie, Ma'am?« Ich reiche Ana ein eisgekühltes Glas Champagner.

»Oh, vielen Dank, Sir« Sie betont das letzte Wort und schließt kurz ihre Lider. Sie bewegt ihre Beine, um meine Aufmerksamkeit zu erregen. Ihr Kleid rutscht hoch und enthüllt etwas mehr von ihrem Oberschenkel.

»Flirten Sie etwa mit mir, Miss Steele?«

»Ja, Mr. Grey, das tue ich. Was wollen Sie dagegen unternehmen?«

Oh, Ana. Ich liebe es, wenn du mir den Fehdehandschuh hinwirfst.

»Ich bin sicher, da fällt mir etwas ein«, wispere ich. Carmine, der Oberkellner, gibt mir ein Zeichen. »Komm, unser Tisch ist bereit.«

Ich stehe auf und reiche ihr meine Hand, während sie elegant vom Barhocker steigt. Ich gehe ihr nach, ihr Hintern sieht in diesem Kleid umwerfend aus.

Ah. Mir fällt etwas Verwegenes ein.

Bevor sie sich an unseren Tisch setzt, berühre ich ihren Ellbogen. »Geh und zieh dein Höschen aus«, flüstere ich ihr ins Ohr. »Los, geh.« Sofort.

Sie schnappt nach Luft, und ich erinnere mich an das letzte Mal, als sie ohne Slip unterwegs war und wie sie damals den Spieß umgedreht hat; vielleicht tut sie das wieder. Sie schaut mich stolz an, ohne ein Wort reicht sie mir ihr Glas Champagner und spaziert zur Damentoilette.

Während ich am Tisch warte, lese ich die Speisekarte. Erinnerungen an unser Abendessen im Separee des Heathman steigen in mir hoch. Ich rufe den Kellner und hoffe, dass Ana es mir nicht übel nimmt, wenn ich ihr Essen mitbestelle.

»Kann ich Ihnen helfen, Mr. Grey?«

»Ja, bitte. Für den Anfang ein Dutzend Kumamotos-Austern. Dann zweimal den Wolfsbarsch mit sautierten Kartoffeln und Sauce Hollandaise. Und Spargel bitte als Beilage.«

»Sehr gern, Sir. Haben Sie etwas von der Weinkarte ausgewählt?«

»Bislang nicht. Wir bleiben beim Champagner.«

Der Kellner verschwindet, und bald darauf taucht Ana auf, ein geheimnisvolles Lächeln auf ihren Lippen.

O Ana. Sie will spielen… Aber ich werde sie nicht berühren. Noch nicht.

Ich will sie verrückt machen.

Ich stehe auf und deute auf den Stuhl. »Setz dich neben mich.« Sie nimmt Platz, ich ebenfalls. Dabei achte ich darauf, ihr nicht zu nah zu kommen. »Ich habe schon für dich bestellt. Hoffentlich hast du nichts dagegen.« Ich reiche ihr das Glas Champagner und passe auf, ihre Finger nicht zu streifen.

Sie ist etwas zappelig, nippt aber am Champagner.

Der Kellner kommt mit den Austern auf Eis. »Ich glaube, beim letzten Mal mochtest du Austern recht gern.«

»Ich habe sie nur einmal probiert.« Ihr Atem stockt. Sie ist… gierig.

»Oh, Miss Steele, wann werden Sie es endlich lernen?«, necke ich sie und greife zu einer Auster. Ich nehme meine Hand von meinem Oberschenkel, und sie lehnt sich in Erwartung meiner Berührung zurück, aber ich fasse nach der Zitrone.

»Was lernen?«, flüstert sie, während ich Zitronensaft auf die Muscheln presse.

»Iss.« Ich führe die Austernschale zu ihrem Mund. Sie öffnet die Lippen, und ich lege die Schale auf ihre Unterlippe. »Und jetzt ganz langsam den Kopf nach hinten.«

Mit glühendem Blick folgt sie meinem Befehl, und ich lasse die Auster in ihren Mund gleiten. Sie schließt genießerisch die Augen, und ich esse selbst eine Kumamoto.

»Noch eine?«, frage ich.

Sie nickt, und dieses Mal gebe ich ein bisschen Mignonette-Soße dazu, berühre sie jedoch immer noch nicht. Sie schluckt und leckt ihre Lippen.

»Gut?«

Sie nickt.

Ich verspeise ebenfalls eine Auster, dann füttere ich sie wieder.

»Hmm...«, macht sie, und der Ton lässt meinen Schwanz vibrieren.

»Und magst du sie immer noch?«, frage ich, als sie die letzte Auster hinuntergeschluckt hat.

Sie nickt abermals.

»Gut.«

Ich lege meine Hände auf meine Oberschenkel und spreize meine Finger. Es gefällt mir, dass sie neben mir unruhig hin und her rutscht. Aber so sehr ich auch möchte, ich berühre sie nicht. Der Kellner füllt Champagner nach und trägt die Teller ab. Ana presst ihre Oberschenkel zusammen, reibt mit ihren Händen über sie. Ich höre ein frustriertes Seufzen.

O Baby. Sehnst du dich nach meiner Berührung?

Der Kellner kehrt mit unserer Hauptspeise zurück.

Ana betrachtet mich skeptisch, als sie den Teller betrachtet. »Eines Ihrer Lieblingsgerichte, Mr. Grey?«

»Definitiv, Miss Steele. Wobei ich glaube, dass wir im Heathman Kohlenfisch gegessen haben.«

»Ich erinnere mich, dass wir an diesem Tag in einem privaten Speiseraum gesessen und den Vertrag besprochen haben.«

»Glückliche Tage. Diesmal bekomme ich hoffentlich danach Gelegenheit, dich zu vögeln.« Ich greife nach meinem Messer; Ana neben mir ist noch zappeliger geworden. Ich nehme einen Bissen Wolfsbarsch.

»Verlass dich lieber nicht darauf«, murmelt sie, und ohne aufzublicken weiß ich, dass sie schmollt.

O, zieren Sie sich, Miss Steele?

»Wo wir gerade beim Thema Verträge sind«, fährt sie fort. »Die Verschwiegenheitsvereinbarung.«

»Zerreiß sie einfach.«

»Ist das dein Ernst?«

»Ja.«

»Du vertraust mir also, dass ich nicht mit einem Exposé meines Enthüllungsromans zur *Seattle Times* laufe?«

Ich lache, ich weiß ja, wie schüchtern sie ist. »Nein. Ich vertraue dir. Ich gewähre dir einen Vertrauensbonus.«

»Gleichfalls«, sagt sie.

»Ich bin sehr froh, dass du heute ein Kleid trägst.«

»Wieso hast du mich dann noch nicht angefasst?«

»Vermisst du es?«, necke ich.

»Ja«, zischt sie.

»Iss.«

»Du hast gar nicht vor, mich anzufassen, stimmt's?«

»Nein.« Ich verberge meine Belustigung.

Sie sieht empört aus.

»Stell dir einfach vor, wie es sein wird, wenn wir nach Hause kommen«, ergänze ich. »Ich kann es jedenfalls kaum noch erwarten.«

»Aber du bist schuld, wenn ich hier, im sechsundsiebzigsten Stock, in Flammen aufgehe.« Sie klingt genervt.

»O Anastasia, wir finden schon eine Möglichkeit, das Feuer zu löschen.«

Sie kneift die Augen zusammen und isst etwas. Der Wolfsbarsch ist ausgezeichnet, und ich habe Hunger. Sie windet sich auf ihrem Stuhl, und ihr Kleid rutscht etwas hoch, so dass noch mehr Haut enthüllt wird. Sie nimmt einen weiteren Bissen, dann legt sie ihr Messer beiseite und fährt mit ihrer Hand innen an ihrem Oberschenkel hoch, ihre Fingerspitzen trommeln dabei.

Sie spielt mit mir. »Ich weiß genau, was du da treibst.«

»Das weiß ich, Mr. Grey. Genau darum geht es ja.« Sie nimmt eine Spargelstange zwischen die Finger und schaut mit gesenkten Lidern zu mir hoch, während sie sie in die Soße taucht und sie genussvoll herumwirbelt.

»Sie werden hier nicht den Spieß umdrehen, Miss Steele.« Ich nehme ihr den Spargel weg. »Mach den Mund auf«

Sie öffnet ihren Mund und fährt mit der Zunge über ihre Unterlippe.

Verführerisch, Miss Steele. Sehr verführerisch.

»Weiter«, befehle ich. Sie beißt in ihre Unterlippe, gehorcht aber, und ich stecke die Stange in ihren Mund. Sie saugt daran.

Scheiße.

Das könnte genauso gut mein Schwanz sein.

Sie stöhnt leise, beißt ab und greift nach mir.

Ich halte sie mit meiner anderen Hand auf. »O nein, Miss Steele.« Ich streiche mit den Lippen über ihre Fingerknöchel. »Nicht anfassen«, tadle ich sie und lege ihre Hand auf ihr Knie zurück.

»Du spielst nicht fair.«

»Ich weiß.« Ich erhebe mein Glas. »Herzlichen Glückwunsch zur Beförderung, Miss Steele.« Wir stoßen an.

»Ja, das Ganze kam ziemlich unerwartet«, sagt sie und sieht etwas entmutigt aus. Zweifelt sie an sich? Ich hoffe nicht.

»Iss.« Ich wechsle das Thema. »Wir gehen erst nach Hause, wenn der Teller leer ist. Und dann fängt die Feier richtig an.«

»Ich bin aber nicht hungrig. Jedenfalls nicht auf etwas zu essen.«
Ana. Ana. So schnell abgelenkt.

»Iss, sonst lege ich dich übers Knie. Gleich hier. Die anderen Gäste haben bestimmt ihren Spaß daran.«

Sie rutscht auf ihrem Stuhl hin und her, fast glaube ich, ein bisschen Hinternversohlen würde ihr gefallen, aber ihre geschürzten Lippen sagen etwas anderes. Ich spieße eine Spargelstange auf und tunke den Kopf in die Hollandaise. »Iss«, locke ich sie.

Gehorsam befolgt sie meine Aufforderung, dabei lässt sie mich nicht aus den Augen.

»Du isst nicht genug. Seit wir uns kennengelernt haben, hast du abgenommen.«

»Ich will nur nach Hause und mit dir schlafen.«

Ich grinse. »Ich auch. Genau das werden wir auch bald tun. Und jetzt iss.«

Sie seufzt, als hätte sie eingesehen, dass sie den Kampf verloren hat. Sie beginnt zu essen. Ich folge ihr. »Hast du etwas von deinem Freund gehört?«, frage ich.

»Von welchem?«

»Dem Typ in deiner Wohnung.«

»Ach, Ethan. Nicht seit er mit Mia essen war.«

»Ich arbeite mit seinem und Kates Vater zusammen.«

»Tatsächlich?«

»Ja. Kavanagh scheint ein klasse Typ zu sein.«

»Er war immer gut zu mir«, antwortet sie, und meine früheren Überlegungen einer feindlichen Übernahme von Kavanaghs Unternehmen schwinden dahin.

Sie hat aufgegessen und legt Messer und Gabel auf ihren Teller.
»Braves Mädchen.«

»Und was jetzt?«, fragt sie, ihre Stimme klingt scharf.

»Jetzt? Wir gehen. Ich glaube, Sie haben gewisse Erwartungen, Miss Steele. Die ich unter Aufbietung all meines Könnens zu erfüllen versuchen werde.«

»Unter Aufbietung … all … deines Könnens …«, stammelt sie.

Ich stehe grinsend auf.

»Müssen wir denn nicht zahlen?«

»Ich bin hier Mitglied. Sie schicken mir die Rechnung zu. Komm, Anastasia. Nach dir.« Ich trete zur Seite, Ana erhebt sich und bleibt neben mir stehen, um ihr Kleid über ihre Oberschenkel zu ziehen.

»Ich kann es kaum erwarten, dich nach Hause zu bringen.« Ich folge ihr aus dem Restaurant und bleibe kurz beim Oberkellner stehen.

»Danke, Carmine. Exzellent wie immer.«

»Sehr gern, Mr. Grey.«

»Und können Sie meinen Wagen vorfahren lassen?«

»Kein Problem. Einen schönen Abend.«

Als wir den Aufzug betreten, fasse ich Ana am Ellbogen an und führe sie in eine Ecke. Ich stelle mich hinter sie, als andere Paare den Fahrstuhl betreten.

Zur Hölle mit ihnen.

Linc, Elenas Ex, ist darunter, er trägt einen Anzug in einem beschissenen Braun.

Was für ein Arschloch.

»Grey«, grüßt er mich. Ich nicke und bin erleichtert, als er sich umdreht. Die Tatsache, dass er hier ist, nur Zentimeter entfernt, macht das, was ich jetzt tun werde, nur noch erregender.

Die Türen schließen sich, und ich knie mich rasch hin, tue so, als würde ich meine Schnürsenkel binden. Ich lege meine Hand um Anas Fußgelenk, und als ich aufstehe, streiche ich ihre Waden hoch, an ihrem Knie und ihrem Oberschenkel vorbei bis zu ihrem Hintern. Ihrem nackten Hintern.

Ich fühle, wie es sie erregt. Ich lege einen Arm um ihre Taille und ziehe sie an mich, während meine Finger zu ihrer Vagina gleiten. Der Aufzug hält auf einer Zwischenetage, und wir treten etwas zurück, um noch mehr Leute hineinzulassen. Aber ich beachte sie nicht weiter. Langsam umkreise ich ihre Klitoris, einmal, zweimal, dreimal, dann wollen meine Finger weiter auf Wanderschaft gehen. »Allzeit bereit, Miss Steele«, flüstere ich, während ich meinen Mittelfinger in sie hineinstecke. Ich höre ihr leises Keuchen. »Halt still«, warne ich, so leise, dass nur sie mich hören kann. Langsam bewege ich meinen Finger rein und raus, weiter und immer weiter. Meine Erregung wächst, und sie packt meinen Arm und drückt ihn. Hält sich fest. Sie atmet flacher, und ich weiß, dass sie ruhig zu bleiben versucht, während ich sie mit meinen Fingern quäle.

Der Schwung des Aufzugs, wenn er anhält, um weitere Passagiere aufzunehmen, verstärkt meinen Rhythmus. Sie lässt sich gegen mich sinken, drückt ihren Hintern an meine Hand, will mehr. Schneller.

O, mein gieriges, gieriges Mädchen.

»Still«, hauche ich und vergrabe meine Nase in ihrem Haar. Ich stecke einen zweiten Finger in sie, sie bewegen sich raus und rein. Sie lässt ihren Kopf an meine Brust sinken, legt ihren Hals bloß. Ich möchte sie küssen, aber das würde nur zu viel Aufmerksamkeit auf uns ziehen. Ihr Griff wird fester.

Verdammt. Ich explodiere. Meine Jeans sind scheißeng. Ich will sie, aber ganz sicher nicht hier.

Sie bohrt ihre Finger in mich.

»Nicht kommen, erst später«, flüstere ich und lege meine Hand auf ihren Bauch, drücke leicht zu. Alles, was sie empfindet, intensiviert sich dadurch. Ihr Kopf sinkt an meine Brust, und sie beißt auf ihre Unterlippe.

Der Aufzug hat sein Ziel erreicht.

Mit einem lauten Ping öffnen sich die Türen zum Erdgeschoss.

Langsam ziehe ich meine Hand zurück, während alle aussteigen. Ich küsse ihren Hinterkopf.

Gut gemacht, Ana.

Sie hat uns nicht verraten.

Ich halte sie noch einen Augenblick.

Linc dreht sich um und nickt, als er mit einer Frau davoneilt, von der ich annehme, dass es seine aktuelle Ehefrau ist. Als ich mir sicher bin, dass Ana nicht zu Boden sinken wird, lasse ich sie los. Sie schaut zu mir hoch, ihre Augen dunkel und verhangen vor Lust.

»Bereit?«, frage ich und stecke kurz beide Finger in meinen Mund. »Sehr köstlich, Miss Steele.« Ich grinse sie frech an.

»Ich fasse es nicht, dass du das gerade getan hast«, flüstert sie atemlos.

»Sie würden staunen, was ich alles kann, Miss Steele.« Ich strecke die Hand aus und streiche eine Haarsträhne hinter ihr Ohr.

»Eigentlich will ich dich endlich nach Hause bringen, aber vielleicht schaffen wir es ja auch nur bis zum Wagen.« Ich lächle sie kurz an, sorge dafür, dass mein Jackett vorn über meine Jeans reicht, dann nehme ich ihre Hand und führe sie aus dem Aufzug. »Komm«, bitte ich sie.

»Ja, genau das will ich jetzt am liebsten tun.«

»Miss Steele!«

»Ich hatte noch nie Sex im Wagen«, sagt sie, während ihre Absätze auf dem Marmorboden klackern. Ich bleibe stehen und hebe ihren Kopf, so dass wir uns in die Augen sehen.

»Es freut mich über alle Maßen, das zu hören. Ich muss zugeben, ich wäre ziemlich erstaunt, um nicht zu sagen stocksauer, wenn es nicht so wäre.«

»Das habe ich nicht damit gemeint«, schnaubt sie.

»Was denn dann?«

»Es war doch nur so eine Redensart, Christian.«

»Ach ja, die berühmte Redensart ›Ich hatte noch nie Sex im Wagen‹, die einem ständig auf der Zunge liegt.« Ich necke sie, sie ist so leicht zu provozieren.

»Christian, ich habe es nur so dahingesagt, ohne nachzudenken. Verdammt noch mal, du hast gerade in einem vollen Aufzug ... das da mit mir gemacht. Entschuldige, wenn ich einen Moment lang nicht so schlagfertig bin wie sonst.«

»Was habe ich denn mit dir gemacht?«

Sie spitzt ihre Lippen. »Du hast mich angemacht. Und zwar unglaublich. Und jetzt bring mich endlich nach Hause und fick mich.«

Ich lache, überrumpelt. Ich hatte keine Ahnung, dass sie so direkt sein kann. »Sie sind ja die geborene Romantikerin, Miss Steele.« Ich nehme ihre Hand, und wir gehen zum Parkservice, der den Saab für uns vorgefahren hat. Ich gebe ein großes Trinkgeld und öffne die Beifahrertür für Ana.

»Du willst also Sex im Wagen?«, frage ich, während ich den Motor anlasse.

»Offen gestanden, wäre ich mit dem Boden in der Eingangshalle auch einverstanden gewesen.«

»Ich auch, Ana, glaub mir. Aber ich bin nicht scharf darauf, mich um diese Uhrzeit verhaften zu lassen, und auf der Toilette will ich dich auch nicht vögeln. Na ja, zumindest heute nicht.«

»Du meinst, dass die Möglichkeit bestanden hätte?«

»O ja.«

»Dann lass uns wieder nach oben fahren.«

Ich drehe mich zu ihr und sehe ihr ernstes Gesicht. Sie ist manchmal so überraschend. Ich beginne zu lachen, und bald lachen wir beide. Es ist nach all der angestauten sexuellen Spannung befreiend. Ich lege eine Hand auf ihre Knie und streichle sie, und sie hört auf zu lachen und schaut mich mit großen, dunklen Augen an.

Ich könnte in sie eintauchen und nie wieder zurückkommen. Sie ist so schön.

»Geduld, Anastasia«, flüstere ich, und wir fahren los, die Fifth Avenue entlang.

Sie schweigt, ist aber ruhelos, während wir zurückfahren. Ab und zu schaut sie mich auffordernd unter ihren dunklen Wimpern an.

Ich kenne diesen Blick.

Ja. Ana. Ich will dich auch.

Auf jede Art ... Bitte sag Ja.

Der Saab gleitet in die Garage des Escala. Auf dem Stellplatz schalte ich den Motor aus, denke über ihren Wunsch nach, Sex im Auto zu haben. Ich muss zugeben, dass ich auch noch nie im

Wagen gefickt habe. Sie beißt sich auf die Lippe, ihr Gesichtsausdruck ist… lüstern.

So lüstern, dass sich alles zwischen meinen Beinen anspannt.

Sanft ziehe ich mit den Fingern an ihrer Lippe. Ich liebe es, dass sie mich so sehr will wie ich sie. »Wir werden im Wagen vögeln. Irgendwann, zu einem Zeitpunkt und an einem Ort meiner Wahl«, flüstere ich, »jetzt will ich dich auf jeder freien Oberfläche meines Apartments haben.«

»Ja«, sagt sie, obwohl es keine Frage war. Ich lehne mich zu ihr vor, und sie schließt die Augen und schürzt ihre Lippen, bietet mir einen Kuss an. Ihre Wangen sind leicht gerötet.

Ich schaue mich kurz um.

Wir könnten.

Nein.

Sie schlägt die Augen auf, wartet ungeduldig.

»Wenn ich dich jetzt küsse, schaffen wir es nicht, in die Wohnung zu kommen. Lass uns gehen.« Ich widerstehe dem Drang, mich auf sie zu stürzen, steige aus dem Wagen. Zusammen warten wir auf den Aufzug.

Ich halte ihre Hand, streiche ihre Fingerknöchel mit meinem Daumen, in einem Rhythmus, den ich hoffentlich in ein paar Minuten mit meinem Schwanz wiederholen kann.

»Und was ist aus deinem Prinzip geworden, die Belohnung nicht hinauszuzögern?«, fragt sie.

»Das ist nicht in jeder Situation angemessen, Anastasia.«

»Seit wann das denn?«

»Seit heute Abend.«

»Wieso quälst du mich so?«

»Wie du mir, so ich dir, Anastasia.«

»Inwiefern quäle ich dich denn?«

»Ich glaube, das weißt du ganz genau.«

Und während ich sie ansehe, zeigt ihr Gesichtsausdruck, dass es ihr klar wird.

Ja, Baby.

Ich liebe dich. Und ich will, dass du meine Frau wirst.
Aber du gibst mir keine Antwort.
»Ich bin auch fürs Hinauszögern«, sagt sie leise und lächelt mich schüchtern an.
Sie quält mich tatsächlich!
Ich packe ihre Hand und ziehe sie an mich. Ich lege meine Finger um ihren Nacken, hebe ihren Kopf an, so dass ich ihr in die Augen sehe. »Was kann ich tun, damit du Ja sagst?«, frage ich bettelnd.
»Gib mir ein bisschen Zeit... bitte...«, sagt sie. Ich stöhne, und meine Lippen sind auf ihren, meine Zunge sucht ihre. Die Aufzugtüren öffnen sich, und wir stolpern hinein, immer noch eng umschlungen. Sie leuchtet von innen. Ihre Hände sind auf mir. Überall. In meinen Haaren. Auf meinem Gesicht. Auf meinem Hintern. Und sie küsst mich so leidenschaftlich.
Ich brenne für sie.
Ich drücke sie an die Wand, genieße ihren heftigen Kuss, presse meine Hüften und meinen Schwanz gegen sie. Eine Hand habe ich in ihren Haaren, eine an ihrem Kinn.
»Ich gehöre dir, Ana«, flüstere ich nah an ihrem Mund. »Mein Schicksal liegt in deinen Händen.«
Sie schiebt mein Jackett über meine Schultern. Der Aufzug hält an, die Türen öffnen sich, und wir sind im Foyer. Mir fällt auf, dass die üblichen Blumen nicht auf dem Tisch stehen.
Scheiß A.
Der Tisch im Foyer, Oberfläche Nummer eins!
Ich presse Ana an die Wand, und sie lässt mein Jackett auf den Boden fallen. Meine Hand rutscht ihren Oberschenkel hoch und nimmt den Saum ihres Kleids mit, während wir uns küssen. Ich schiebe den Stoff noch höher.
»Erste Oberfläche«, raune ich und hebe sie abrupt hoch. »Schling die Beine um mich.«
Sie gehorcht, und ich lege sie auf den Foyertisch. Aus meiner Jeanstasche fische ich ein Kondom und reiche es Ana, während ich meinen Reißverschluss öffne.

Voller Ungeduld öffnet sie die Verpackung.
Ihre Leidenschaft ist erregend.
»Weißt du eigentlich, wie sehr du mich anmachst?«
»Was? Nein... ich...« Sie ist atemlos.
»Es ist aber so. Ununterbrochen.« Ich nehme ihr die Packung aus den Händen und rolle das Kondom auf, während ich sie ansehe. Ihre Haare fallen über den Rand des Tischs, und sie schaut zu mir auf, ihre Augen voller Lust.

Ich stelle mich zwischen ihre Beine, hebe ihren Hintern vom Tisch und spreize dabei ihre Beine weiter. »Lass die Augen auf. Ich will dir dabei in die Augen sehen.«

Ich nehme ihre Hände und dringe langsam in sie ein.

Ich brauche meine ganze Willenskraft, meine Augen offen und auf ihre geheftet zu lassen. Sie ist umwerfend.

Jeder verdammte Zentimeter von ihr.

Sie schließt ihre Augen, und ich stoße fest in sie. »Aufmachen«, dränge ich sie und halte ihre Hände fester.

Sie schreit auf, öffnet aber ihre Augen. Sie sind wild und blau und wunderschön. Langsam ziehe ich mich aus ihr zurück, dringe dann jedoch wieder in sie ein. Sie beobachtet mich.

Ihr Blick auf mir.

Mein Gott, ich liebe sie.

Ich bewege mich schneller. Liebe sie. Auf die einzige Art, die ich kenne.

Ihr Mund ist weit, schön. Ihre Beine umschlingen mich.

Das hier geht ziemlich schnell.

Sie kommt, nimmt mich mit.

Sie schreit beim Höhepunkt.

»Ja, Ana!«, rufe ich. Und komme und komme und komme.

Ich breche auf ihr zusammen, lasse ihre Hände los, lege meinen Kopf auf ihre Brust. Ich schließe die Augen. Sie umfasst mein Gesicht, fährt mit den Fingern durch mein Haar, während ich nach Luft schnappe. Ich schaue zu ihr. »Ich bin noch nicht fertig mit dir«, flüstere ich, küsse sie und löse mich.

Rasch schließe ich meine Hose und hebe sie vom Tisch.

Wir stehen im Foyer, umarmen einander, unter den wachsamen Blicken der Frauen auf meinen Gemälden, die an den Wänden hängen, lauter Madonnen mit Kind.

Ich glaube, sie mögen mein Mädchen.

»Bett«, flüstere ich.

»Bitte«, sagt sie. Und ich trage sie ins Bett und liebe sie noch einmal.

Sie kommt, als sie mich heftig reitet, und ich halte sie, während ich beobachte, wie sie die Kontrolle verliert.

Fuck! Ist das erotisch.

Sie ist nackt, ihre Brüste hüpfen, und ich lasse mich gehen, ergieße mich in ihr, den Kopf nach hinten, meine Finger graben sich in ihre Hüften. Sie lässt sich keuchend auf meine Brust sinken.

Als ich wieder zu Atem gekommen bin, fahre ich mit den Fingern über ihren Rücken, der feucht vor Schweiß ist.

»Zufrieden, Miss Steele?«

Sie murmelt zustimmend. Dann sieht sie zu mir; ihr Blick ist etwas verschwommen, aber sie legt ihren Kopf schief.

Scheiße. Sie wird meine Brust küssen.

Ich hole tief Luft, und sie haucht einen weichen, warmen Kuss auf meine Brust.

Es ist okay. Die Dunkelheit ist ruhig. Oder weg. Ich weiß nicht.

Ich entspanne mich und rolle uns beide auf die Seite.

»Ist Sex eigentlich für jeden so? Ich kann nur staunen, dass die Leute überhaupt noch einen Fuß vor die Tür setzen«, sagt sie mit einem glückseligen Lächeln.

Durch sie fühle ich mich riesig. »Ich kann nicht für alle sprechen, aber mit dir ist es jedenfalls etwas verdammt Besonderes, Anastasia.« Ich küsse sie.

»Das liegt nur daran, dass Sie etwas verdammt Besonderes sind, Mr. Grey.« Sie streichelt mein Gesicht.

»Es ist schon spät. Schlaf.« Ich küsse sie und ziehe sie an mich, so dass wir in Löffelstellung liegen, ihr Rücken an meiner Vorderseite, und ich ziehe die Decke hoch.

»Du bekommst nicht gern Komplimente.« Ihre Stimme ist schwach. Sie ist müde.

Nein. Ich bin nicht daran gewöhnt.

»Schlaf jetzt, Anastasia.«

»Ich finde das Haus wunderbar«, murmelt sie.

Das könnte bedeuten, dass sie vielleicht Ja sagt. Ich grinse und verberge meine Nase in ihre Nase. »Und ich finde dich wunderbar. Schlaf jetzt.«

Ich schließe die Augen, während ich ihren Duft noch in meiner Nase habe.

Ein Haus. Eine Frau. Was brauche ich mehr? Bitte sag Ja, Ana.

FREITAG, 17. JUNI, 2011

Anas Schreie dringen im Schlaf in mein Ohr. Ich schlage die Augen auf und bin sofort wach. Sie liegt neben mir, und ich glaube, sie schläft noch. »Fliegt zu nah«, wimmert sie. Das Licht der Morgendämmerung fällt rosafarben und strahlend durch die Jalousien auf ihre Haare. »Ikarus«, sagt sie.

Ich stütze mich auf meinen Ellbogen und will wissen, ob sie tatsächlich träumt. Ich habe sie schon länger nicht mehr im Schlaf reden gehört. Sie dreht sich um, so dass sie mich ansieht. »Vertrauensvorschuss«, sagt sie, und ihr Gesicht entspannt sich.

Vertrauensvorschuss?

Geht es hier um mich?

Sie hat es gestern gesagt. Sie hat gesagt, sie würde mir einen Vertrauensvorschuss geben.

Es ist mehr, als ich verdiene.

Wesentlich mehr, als du verdienst, Grey.

Ich küsse sie keusch auf die Stirn, schalte den Wecker aus, bevor er sie aufweckt, und stehe auf. Ich habe ein frühes Meeting, um Kavanaghs Forderungen zwecks Glasfaserkommunikation zu besprechen.

Unter der Dusche denke ich über meine heutigen Termine nach. Da ist Kavanagh. Dann fliege ich mit Ros über Portland zur WSU. Drinks am Abend mit Ana und ihrem Fotografenfreund.

Und ich werde ein Angebot für das Haus abgeben. Ana hat gesagt, sie findet es wunderbar. Ich grinse, während ich mir das Shampoo aus den Haaren spüle.

Gibt ihr einfach Zeit, Grey.

Ich ziehe meine Hose an, dabei fällt mir mein Jackett von gestern auf, das über dem Stuhl hängt. Ich wühle durch die Taschen und nehme Anas Geschenk heraus. Es rappelt immer noch verlockend. Ich stecke es in meine Innentasche, es gefällt mir, dass es nah an einem Herzen ist.

Du wirst auf deine alten Tage noch sentimental, Grey.

Sie schläft noch immer, ganz zusammengerollt, als ich nach ihr sehe. »Ich muss los, Baby.« Ich küsse ihren Hals. Sie schlägt die Augen auf, verschlafen lächelt sie mich an, dann ändert sich ihr Gesichtsausdruck.

»Wie spät ist es?«

»Keine Panik. Ich habe einen Frühstückstermin.«

»Du riechst so gut«, flüstert sie. Sie streckt sich und schlingt ihre Hände um meinen Nacken. Ihre Finger spielen mit meinen Haaren. »Geh nicht.«

»Miss Steele, versuchen Sie etwa, einen Mann von seiner ehrlichen Arbeit abzuhalten?«

Sie nickt verschlafen, ihre Augen ein bisschen verschwommen. Begehren erwacht in meinem Körper; sie sieht so verdammt sexy aus. Ihr Lächeln ist hinreißend, und ich muss meine ganze Selbstbeherrschung aufbieten, um mir nicht die Kleider vom Leib zu reißen und zurück ins Bett zu gehen. »So verführerisch du auch sein magst, aber ich muss los.« Ich küsse sie und stehe auf. »Ciao, ciao, Baby.« Ich gehe, bevor ich meine Meinung ändere und das Meeting absage.

Taylor sieht besorgt aus, als ich in der Garage auf ihn zugehe.

»Mr. Grey. Ich habe ein Problem.«

»Worum geht's?«

»Meine Exfrau hat angerufen. Meine Tochter hat womöglich eine Blinddarmentzündung.«

»Ist sie im Krankenhaus?«

»Sie wird gerade eingeliefert.«

»Sie sollten zu ihr.«

»Danke Ihnen. Ich bringe Sie zuerst zur Arbeit.«
»Danke auch. Das weiß ich zu schätzen.«

Taylor ist völlig in Gedanken versunken, als wir vor Grey House anhalten.
»Sagen Sie mir Bescheid, wie es ihr geht.«
»Ich komme vielleicht erst morgen früh wieder.«
»Das ist in Ordnung. Ich hoffe, Sophie hat nichts Schlimmes.«
»Danke, Sir.«
Ich sehe ihm nach, als er wegfährt. Er ist selten besorgt ... Aber hier geht es um die Familie. Ja. Die Familie steht an erster Stelle. Immer.
Andrea wartet auf mich, als ich aus dem Aufzug steige.
»Guten Morgen, Mr. Grey. Taylor hat angerufen. Ich besorge Ihnen einen Chauffeur für Seattle und Portland.«
»Gut. Sind alle da?«
»Ja. In Ihrem Konferenzraum.«
»Wunderbar. Danke, Andrea.«

Das Meeting läuft gut. Kavanagh sieht erholt aus, zweifellos hat das mit dem Urlaub auf Barbados zu tun, wo er meinen Bruder zum ersten Mal getroffen hat. Er sagt, er mag ihn. Angesichts der Tatsache, dass Elliot seine Tochter vögelt, ist das beruhigend.
Kavanagh und seine Leute sind beim Weggehen zufrieden mit dem Verlauf unseres Gesprächs. Jetzt bleibt nur noch das Feilschen um den Preis. Ros wird mit Kostenschätzungen beginnen müssen, die ihnen Freds Abteilung liefern wird.
Andrea hat das übliche Frühstücksbüfett angerichtet. Ich schnappe mir ein Croissant und kehre gemeinsam mit Ros zurück in mein Büro. »Um wie viel Uhr wollen Sie losfahren?«, fragt Ros.
»Unser Fahrer holt uns um zehn ab.«
»Ich sehe Sie dann unten im Foyer«, erwidert Ros. »Ich bin schon ziemlich aufgeregt, ich saß noch nie in einem Hubschrauber.«

Ihr Grinsen ist ansteckend.
»Ich habe gestern ein Haus gefunden und will es kaufen. Kümmern Sie sich um die Details?«
»Als Ihre Anwältin – selbstverständlich.«
»Danke. Ich schulde Ihnen was.«
»Zweifellos.« Sie lacht. »Wir sehen uns unten.«
Ich bin allein in meinem Büro und in Hochstimmung. Der Vertrag mit Kavanagh wird das Unternehmen weiter nach vorn bringen. Und ich hatte einen wundervollen Abend mit meinem Mädchen. An meinem Schreibtisch verfasse ich ihre eine Mail.

Von: Christian Grey
Betreff: Oberflächen
Datum: 17. Juni 2011, 08:59 Uhr
An: Anastasia Steele

Meiner Berechnung nach bleiben noch mindestens dreißig Oberflächen, die es zu benutzen gilt. Ich freue mich schon auf jede einzelne davon. Dann ist da noch der Fußboden, die Wände – und nicht zu vergessen der Balkon.
Und danach bleibt noch mein Büro ...
Du fehlst mir. x

CHRISTIAN GREY
Unzüchtiger CEO, Grey Enterprises Holdings, Inc.

Ich schaue mich in meinem Büro um. Ja, es hat viel Potenzial: das Sofa, der Schreibtisch. Andrea klopft an und kommt mit meinem Kaffee herein. Ich verweise meine wilden Gedanken und meinen Körper in ihre Schranken.

Sie stellt den Kaffee auf meinen Schreibtisch. »Noch einen Kaffee.«

»Danke Ihnen. Können Sie mich mit der Maklerin von gestern verbinden?«

»Natürlich, Sir.«

Mein Gespräch mit Olga Kelly ist kurz. Wir einigen uns auf einen Preis, der dem Verkäufer angeboten wird, und ich gebe ihr Ros' Kontaktdaten, damit wir schnell mit einem Gutachten weitermachen können, sollte das Angebot angenommen werden.

Ich schaue in meinen E-Mail-Eingang und freue mich, eine Antwort von Ana erhalten zu haben.

Von: Anastasia Steele
Betreff: Romantik?
Datum: 17. Juni 2011, 09:03 Uhr
An: Christian Grey

Mr. Grey,
Sie können wohl auch nur an das Eine denken.
Ich habe Sie vorhin beim Frühstück vermisst.
Aber Mrs. Jones war sehr entgegenkommend.
A x

Entgegenkommend?

Von: Christian Grey
Betreff: Erwachte Neugier
Datum: 17. Juni 2011, 09:07 Uhr
An: Anastasia Steele

Inwiefern war Mrs. Jones entgegenkommend?
Was führen Sie im Schilde, Miss Steele?
CHRISTIAN GREY
Neugieriger CEO, Grey Enterprises Holdings, Inc.

Von: Anastasia Steele
Betreff: Großes Geheimnis
Datum: 17. Juni 2011, 09:10 Uhr
An: Christian Grey

Wart's ab – es ist eine Überraschung!
Ich muss jetzt arbeiten, also lass mich zufrieden.
Ich liebe dich
A x

Von: Christian Grey
Betreff: Frust
Datum: 17. Juni 2011, 09:12 Uhr
An: Anastasia Steele

Ich hasse es, wenn du mir etwas verheimlichst.

CHRISTIAN GREY
CEO, Grey Enterprises Holdings, Inc.

Von: Anastasia Steele
Betreff: Ich übe Nachsicht
Datum: 17. Juni 2011, 09:14 Uhr
An: Christian Grey

Es geht um deinen Geburtstag.
Noch eine Überraschung.
Sei nicht so mies gelaunt.
A x

Noch eine Überraschung? Als ich auf meine Innentasche klopfe, bin ich beruhigt, dass die Schachtel, die Ana mir gegeben hat, noch da ist.

Sie verwöhnt mich.

Ros und ich sitzen im Auto, auf dem Weg zum Flughafen Boeing Field. Mein Handy blinkt auf. Es ist eine SMS von Elliot.

ELLIOT
Hey, Arschloch. Bar. Heute Abend.
Kate meldet sich bei Ana.
Du solltest lieber kommen.

> Wo bist du?

ELLIOT
Zwischenstopp in Atlanta.
Hast du mich vermisst?

> Nein.

ELLIOT
Doch, hast du. Also, ich bin wieder da, und heute Abend trinken wir ein Bier zusammen, Bruderherz.

Es ist schon eine Weile her, seit ich mit Elliott in einer Bar war. Wenigstens werde ich dann nicht mit Ana und ihrem Fotografenfreund allein sein.

> Wenn's sein muss.

> Gute Reise.

ELLIOT
Bis später, Dude.

Unser Flug nach Portland ist ruhig, allerdings bin ich erstaunt, wie aufgedreht Ros sein kann. Sie ist wie ein Kind im Süßigkeitenladen. Hibbelig. Zeigt und kommentiert ständig alles, was sie sieht. Das ist eine Seite an ihr, die mir bisher unbekannt war. Wo ist die kühle, gefasste Anwältin, die ich kenne? Ich erinnere mich daran, wie still und aufmerksam Ana war, als ich sie das erste Mal in *Charlie Tango* mitgenommen habe.

Als wir landen, höre ich eine Nachricht der Maklerin ab. Der Verkäufer hat mein Angebot angenommen. Sie scheinen schnell verkaufen zu wollen.

»Was ist?«, fragt Ros.

»Ich habe gerade dieses Haus gekauft.«

»Herzlichen Glückwunsch.«

Nach einem längeren Meeting mit dem Vorsitzenden der Umweltentwicklungsabteilung der WSU in Vancouver und seinem Vize sprechen Ros und ich mit Professor Gravett und ihrem Doktorandenteam. Die Wissenschaftlerin ist ganz in ihrem Element.

»Wir haben die DNA der Mikroorganismen isolieren können, die für die Stickstofffixierung verantwortlich sind.«

»Was heißt das genau?«, frage ich.

»Einfach gesagt, Mr. Grey, die Stickstofffixierung ist entscheidend für die Bodendiversität, und Böden, die vielfältiger Natur sind, erholen sich viel schneller von Katastrophen wie einer Dürre. Wir haben nun erforscht, wie man die DNA in den Mikroorganismen aktivieren kann, die in der Erde der Subsahara leben. Kurz: Wir können die Erde dazu bringen, die Nährstoffe viel länger zu behalten und dadurch pro Hektar mehr zu produzieren.«

»Unsere Ergebnisse werden in ein paar Monaten im Journal der *Soil Science Society of America* veröffentlicht. Wir sind uns sicher, dass unsere Finanzierung sich verdoppeln wird, wenn der Artikel einmal erschienen ist«, fügt Professor Choudury hinzu. »Wir werden aber Ihre Hilfe bei der Suche nach potenziellen Förderern benötigen, die zu unseren philanthropischen Zielen passen.«

»Natürlich«, sage ich und biete meine Unterstützung an. »Ich bin der Meinung, dass Ihre Arbeit unbedingt verbreitet werden

sollte, so viele Menschen wie möglich sollten von Ihren Ergebnissen profitieren.«
»Bei all unseren Aktivitäten steht das im Mittelpunkt.«
»Schön zu hören.«
Der Vorsitzende der Umweltentwicklungsabteilung nickt zustimmend. »Wir sind über diese Entdeckung sehr begeistert.«
»Es ist eine große Leistung. Herzlichen Glückwunsch, Professor Gravett, und auch Ihrem Team.«
Sie strahlt bei dem Kompliment. »Das haben wir nur Ihnen zu verdanken.«
Verlegen sehe ich zu Ros, und als könnte sie meine Gedanken lesen, sagt sie: »Wir müssen jetzt los.« Fast gleichzeitig schieben alle die Stühle zurück.
Professor Choudury schüttelt mir die Hand. »Vielen Dank für Ihre stetige Unterstützung, Mr. Grey. Wie Sie gesehen haben, können wir durch Ihre Beteiligung im Bereich der Umwelt große Fortschritte machen.«
»Führen Sie die gute Arbeit fort«, erkläre ich. Ich bin ungeduldig und will zurück nach Seattle. Der Fotograf wird seine Werke ins Escala bringen und dann Ana treffen. Ich bekämpfe meine Eifersucht, bis jetzt habe ich unter Kontrolle. Aber ich werde glücklicher sein, wenn wir wieder auf dem Boeing Field landen und ich in der Bar zu ihnen stoße. Aber vorher habe ich noch eine Überraschung für Ros.

Wir heben problemlos ab. Ich betätige das Höhensteuer, und *Charlie Tango* steigt wie ein eleganter Vogel über dem Heliport von Portland in den Himmel. Ros hat ein kindliches Vergnügen daran. Ich schüttle den Kopf; ich hatte keine Ahnung, dass sie so begeisterungsfähig ist. Aber auch ich bin beim Start immer voller Enthusiasmus. Nachdem wir uns beim Tower abgemeldet haben, höre ich Ros' Stimme in meinem Kopfhörer: »Wie läuft es mit Ihrer privaten Fusion?«
»Gut, Danke.«

»Deswegen das Haus?«
»Ja. Irgendwie schon.«
Sie nickt, und wir fliegen schweigend über Vancouver und die WSU, fliegen nach Hause zu meinem Ziel.
»Wussten Sie, dass Andrea geheiratet hat?«, frage ich. Das ärgert mich, seit ich es erfahren habe.
»Nein. Wann?«
»Letztes Wochenende.«
»Das hat sie aber gut geheim gehalten.« Ros klingt überrascht.
»Sie sagt, dass sie wegen unseres Beziehungsverbots nichts gesagt hat. Ich wusste nicht, dass wir eins haben.«
»Das ist eine Standardklausel in unseren Arbeitsverträgen.«
»Erscheint mir etwas hart.«
»Sie hat jemanden aus der Firma geheiratet?«
»Damon Parker.«
»Der Ingenieur?«
»Ja. Können wir ihm helfen, eine Greencard zu bekommen? Im Moment hat er ein H-1B-Visum für Leute mit einem qualifizierten Abschluss.«
»Ich schaue es mir an. Aber ich glaube, da gibt es keine Abkürzung.«
»Danke für Ihren Einsatz. Und dann habe ich noch eine Überraschung für Sie.« Ich fliege für ungefähr zehn Minuten ein paar Grad nach Nordwesten. »Dort!« Ich zeige auf einen Hügel am Horizont. Beim Näherkommen ist der Mount Saint Helens zu erkennen.

Ros quietscht tatsächlich vor Freude. »Sie haben den Flugplan geändert?«
»Nur für Sie.«
Als wir näher heranfliegen, beherrscht der Berg die Landschaft. Er sieht aus wie die Kinderzeichnung eines Vulkans mit rissigem Schnee auf der Spitze, er steht im üppig grünen Wald des Gifford Nationalparks.
»Wow! Er ist viel größer, als ich dachte«, jubelt Ros, als wir ihn klar vor Augen haben.

Es ist ein beeindruckender Anblick.

Langsam kreisen wir über dem Krater, der nicht mehr komplett ist. Die nördliche Wand ist bei dem Vulkanausbruch von 1980 verschwunden. Er sieht von hier oben verlassen aus, wie aus einer anderen Welt. Die Narben der letzten Eruption sind noch deutlich zu erkennen, laufen den Berg hinab, verdrängen den Wald und verunstalten die Landschaft.

»Das ist umwerfend. Gwen und ich wollten schon seit Langem mit den Kindern hierherfahren. Ob er noch einmal ausbrechen wird?«, spekuliert Ros, während sie mit ihrem Handy Fotos macht.

»Ich habe keine Ahnung, aber jetzt, da Sie ihn gesehen haben, fliegen wir nach Hause.«

»Gute Idee und vielen, vielen Dank.« Ros lächelt mich mit strahlenden Augen an.

Ich drehe nach Westen ab, folge dem South Fork Toutle River. Wir müssten in fünfundvierzig Minuten auf dem Boeing Field sein, was mir genügend Zeit gibt, um Ana, den Fotografen und Elliot zu treffen.

Aus dem Augenwinkel sehe ich das Hauptwarnlicht blinken.

Was zur Hölle soll das?

Der Feuermelder am Hebel für den Motor leuchtet auf, und *Charlie Tango* sinkt.

Scheiße. Motor eins brennt. Ich atme tief ein, rieche aber nichts. Schnell fliege ich eine S-Kurve, um zu überprüfen, ob ich Rauch sehen kann. Hinter uns liegt ein leichter grauer Nebel.

»Ist etwas nicht in Ordnung? Was ist los?«, fragt Ros.

»Ich will Sie nicht in Panik versetzen. Einer der Motoren brennt.«

»Das ist schrecklich!« Sie greift nach ihrer Tasche, klammert sich an ihren Sitz. Ich schalte Motor Nummer eins ab und löse den ersten Feuerlöscher aus. Ich überlege, ob ich landen oder mit einem Motor weiterfliegen soll. *Charlie Tango* ist mit einem Motor flugtauglich …

Ich will nach Hause.

Ich lasse meinen Blick rasch über die Landschaft schweifen, auf der Suche nach einem sicheren Landeplatz, sollten wir einen brauchen. Wir sind recht tief, aber in der Ferne sehe ich einen See, ich nehme an, dass es der Silver Lake ist. Im Südosten stehen keine Bäume.

Gerade will ich ein Notsignal funken, als der Feueralarm des zweiten Motors aufleuchtet.

Verfluchter Mist!

Panik steigt in mir auf, und ich umklammere das Höhensteuer.

Scheiße. Konzentrier dich, Grey.

Rauch dringt in die Kabine, ich öffne meine Fenster und überprüfe rasch die Instrumentenanzeigen. Das Armaturenbrett leuchtet auf wie ein Weihnachtsbaum. Womöglich fällt die Elektronik aus. Ich habe keine Wahl. Wir müssen landen. Ich muss mich in weniger als einer Sekunde entscheiden, ob ich den Motor ausschalten oder weiterlaufen lassen soll, um uns runterzubringen.

Ich hoffe bei Gott, dass ich es schaffe. Schweißperlen stehen auf meiner Stirn, und ich wische sie mit einer Hand weg. »Halt dich fest, Ros. Jetzt wird's etwas ungemütlich.«

Ros schreit auf, aber ich ignoriere sie.

Wir sind tief. Zu tief.

Aber vielleicht haben wir Zeit. Mehr brauche ich nicht. Ein bisschen Zeit. Bevor *Charlie Tango* explodiert.

Ich schalte in den Leerlauf. Wir fliegen jetzt mit Autorotation, und ich versuche, die Geschwindigkeit aufrechtzuerhalten, damit die Rotorblätter sich weiter drehen. Wir rasen auf den Boden zu.

Ana. Ana? Werde ich sie wiedersehen?

Scheiße. Scheiße. Scheiße.

Wir sind nah am See. Da ist eine Lichtung. Meine Muskeln schmerzen, während ich darum kämpfe, das Höhensteuer festzuhalten.

Fuck.

Ich sehe Ana wie in einem Kaleidoskop. Bilder tauchen vor mir von ihr auf, ähnlich wie die Porträts des Fotografen: lachend, schmollend, nachdenklich, umwerfend, wunderschön. Sie ist die meine.

Ich kann sie nicht verlieren.

Jetzt! Los, Grey.

Ich kippe die Maschine, so dass die Nase von *Charlie Tango* aufsteigt. Ich will dadurch die Geschwindigkeit drosseln. Der Heckausleger rasiert ein paar Baumwipfel. Wie durch ein Wunder hält der Heli den Kurs, während ich Gas gebe. Wir machen eine Bruchlandung, das Heck voraus, am Rand der Lichtung. Der EC135 rutscht und hüpft über den Boden, bevor er mitten auf der Lichtung stehen bleibt, die Rotorblätter reißen ein paar Äste von nahen Bäumen ab. Ich aktiviere den zweiten Feuerlöscher, schalte den Motor und die Spritzufuhr aus und bremse den Rotor. Ich lehne mich vor und drücke auf Ros' Gurt, so dass er sich löst. Ich lehne mich noch weiter vor und öffne die Tür. »Raus! Unten bleiben!«, brülle ich und stoße sie, so dass sie zu Boden stürzt. Ich greife den Feuerlöscher neben mir, klettere aus dem Hubschrauber heraus und renne nach hinten, um CO_2 auf die rauchenden Motoren zu sprühen. Das Feuer ist schnell gelöscht, und ich trete einen Schritt zurück.

Ros, schmutzig und schwer angeschlagen, stolpert zu mir. Entsetzt blicke ich *Charlie Tango* an, mein Stolz und meine Freude. Ros schlingt – ganz untypisch für sie – ihre Arme um mich, und ich erstarre. Erst da bemerke ich, dass sie weint.

»Hey. Hey. Schsch. Wir sind unten. Wir sind in Sicherheit. Es tut mir leid. Es tut mir leid.« Ich umarme sie kurz, um sie zu beruhigen.

»Sie haben es geschafft«, sagt sie mit erstickter Stimme. »Sie haben es geschafft. Fuck. Christian. Sie haben uns runtergebracht.«

»Ich weiß.« Kaum kann ich glauben, dass wir beide noch am Leben sind. Ich löse mich von ihr und reiche ihr ein Taschentuch.

»Was zum Teufel ist passiert?«, fragt sie, während sie ihre Tränen abwischt.

»Ich weiß nicht.« Ich bin ratlos. Was, verdammt noch mal,

ist geschehen? Wieso fingen beide Triebwerke Feuer? Aber dafür habe ich jetzt keine Zeit. Sie könnten explodieren. »Lassen Sie uns weggehen. Ich habe für alle Systeme die Notabschaltung aktiviert, aber es ist noch genügend Treibstoff an Bord, um Mount Saint Helens neidisch zu machen, sollte *Charlie Tango* explodieren.«

»Aber meine Sachen...«

»Lassen Sie sie da.«

Wir stehen auf einer kleinen Lichtung, die Spitzen der Kiefern sind abgeschnitten. Der Geruch von frischem Kiefernholz, Treibstoff und beißendem Rauch liegt in der Luft. Wir suchen Schutz unter Bäumen, in sicherer Entfernung vom Heli, und ich kratze mich am Kopf.

Beide Triebwerke?

Es ist selten, dass gleich beide ausfallen. Da *Charlie Tango* noch intakt ist und ich das Feuer gelöscht habe, kann ich später noch herausfinden, was schiefgelaufen ist.

Die Analyse des Absturzes muss warten, die FAA, die Luftfahrtbehörde, wird sich damit beschäftigen müssen. Aber auch das später. Jetzt müssen Ros und ich überlegen, was zu tun ist.

Ich wische mit dem Ärmel meines Jacketts über die Stirn. Ich merke erst in diesem Moment, dass ich schwitze wie ein Schwein.

»Wenigstens habe ich meine Handtasche und mein Handy dabei«, murmelt Ros. »Mist. Kein Netz.« Sie hebt ihr Handy hoch, sucht nach einem Signal. »Haben Sie ein Telefon bei sich? Wird jemand kommen und uns retten?«

»Ich hatte keine Zeit für einen Notruf.«

»Das heißt also: nein.« Sie ist enttäuscht.

Ich nehme mein Handy aus der Innentasche und freue mich, als ich Anas Geschenk rappeln höre, aber ich kann im Augenblick nicht weiter darüber nachdenken. Ich weiß nur, dass ich zu ihr muss.

»Wenn ich mich nicht melde, werden sie uns vermissen. Die FAA hat unseren Flugplan.« Mein Mobiltelefon hat auch kein

Netz, aber ich schaue auf das GPS, für den unwahrscheinlichen Fall, dass es funktioniert und unsere aktuelle Position anzeigt.

»Wollen Sie bleiben oder gehen?«

Ros schaut sich nervös in der Wildnis um. »Ich bin ein Stadtmensch, Christian. Hier draußen gibt's alle möglichen wilden Tiere. Lassen Sie uns gehen.«

»Wir sind südlich vom Silber Lake, einige Meilen von der Straße entfernt. Vielleicht finden wir dort Hilfe.«

Ros trippelt auf Absätzen los, ist aber barfuß, als wir die Straße erreichen. Zum Glück ist der Boden weich, die Straße allerdings nicht.

»Da vorne ist ein Besucherzentrum«, sage ich. »Wir können dort bestimmt Hilfe bekommen.«

»Das ist wahrscheinlich geschlossen. Es ist nach fünf«, sagt Ros mit schwacher Stimme. Wir schwitzen beide und sollten etwas trinken. Sie hat genug vom Laufen, und langsam denke ich, es wäre besser gewesen, wir wären bei *Charlie Tango* geblieben. Aber wer weiß, wie lange es gedauert hätte, bis man uns gefunden hätte...

Meine Uhr zeigt 17:25.

»Wollen Sie hierbleiben und warten?«, frage ich Ros.

»Auf keinen Fall.« Sie reicht mir ihre Schuhe. »Können Sie...?« Sie macht eine Geste, als zerbreche sie einen Ast.

»Ich soll die Absätze abbrechen? Das sind Manolos.«

»Bitte tun Sie's einfach.«

»Okay.« Ich habe das Gefühl, dass meine Männlichkeit auf der Probe steht. Mit ganzer Kraft gehe ich ans Werk. Schon bald gibt der erste Absatz nach, genau wie der zweite. »Bitte«, sage ich zu Ros und überreiche ihr die Schuhe. Ich kaufe Ihnen ein neues Paar, wenn wir zu Hause sind.«

»Daran erinnere ich Sie.«

Sie zieht ihre Schuhe wieder an, und wir gehen die Straße entlang

»Wie viel Geld haben Sie bei sich?«, frage ich.

»Ungefähr zweihundert Dollar.«

»Ich vierhundert. Mal sehen, ob wir eine Mitfahrgelegenheit bekommen.«

Wir machen häufiger Pausen, weil Ros' Füße schmerzen. Ich biete ihr irgendwann an, sie zu tragen, aber sie lehnt ab. Sie ist still, doch unverwüstlich. Ich bin dankbar, dass sie die Fassung gewahrt hat und nicht in Panik verfallen ist. Doch ich weiß nicht, wie lange das anhalten wird.

Wir machen gerade halt, als wir das Dröhnen eines Sattelzugs hören. Ich strecke meinen Daumen aus in der Hoffnung, dass der Wagen anhält. Tatsächlich bleibt der glänzende Laster ein paar Meter weiter stehen, der Motor läuft, der Fahrer wartet auf uns.

Es scheint, wir haben eine Mitfahrgelegenheit.« Ich grinse Ros an, ich will ihre Stimmung heben. Ihr Lächeln ist dünn, aber es ist ein Lächeln. Ein bärtiger junger Typ mit einer Seahawks-Kappe öffnet von innen die Beifahrertür. »Bei euch alles in Ordnung?«, fragt er.

»Es ging uns schon besser. Wohin fahren Sie?«

»Ich bringe den leeren Container zurück nach Seattle.«

»Da wollen wir auch hin. Würden Sie uns mitnehmen?«

»Klar. Steigt ein.«

Ros runzelt die Stirn und flüstert: »Wäre ich allein, würde ich das niemals tun.« Ich helfe ihr beim Hochklettern und folge ihr in die Fahrerkabine. Sie ist sauber, es riecht nach neuem Auto und Kiefernwald, was vermutlich am Lufterfrischer liegt, der an einem Haken am Armaturenbrett hängt.

»Was macht ihr denn hier draußen?«, fragt der Kerl, während Ros sich auf die bequem aussehende Rückbank setzt. Sie sieht brandneu aus.

Ich schaue zu Ros, sie schüttelt leicht den Kopf.

»Wir haben uns verlaufen.« Ich halte meine Antwort vage.

»Okay«, sagt er, und ich weiß, dass er uns nicht glaubt, aber er legt einen Gang ein, fährt weiter in Richtung Seattle.

»Ich bin Seb«, sagt er.
»Ros.«
»Christian.«
Seb lehnt sich vor und schüttelt unsere Hände. »Habt ihr Durst?«, fragt er.
»Ja«, sagen wir beide gleichzeitig.
»Hinten im Fahrerhaus ist ein kleiner Kühlschrank. Da drin gibt's noch San Pellegrino.«
San Pellegrino? Hier?
Ros holt zwei Flaschen, und wir trinken dankbar. Ich wusste nicht, dass Wasser mit Kohlensäure so gut schmecken kann.
Mir fällt ein Mikrofon auf, das an der Decke hängt.
»CB-Funk?«, frage ich.
»Ja. Funktioniert aber nicht, obwohl alles neu ist. Verdammtes Ding.« Er klopft frustriert darauf. »Die ganze Maschine ist neu. Das ist ihre Jungfernfahrt.«
Deswegen fährt er so langsam.
Ich schaue auf die Uhr: 19:35. Mein Handy-Akku ist leer. Der von Ros ebenfalls. *Verdammt.*
»Haben Sie ein Handy?«, frage ich Seb.
»Auf keinen Fall. Meine Exfrau soll mich bloß in Ruhe lassen. Wenn ich hier im Fahrerhaus bin, dann geht es nur um mich und die Straße.«
Ich nicke.
Scheiße. Ana macht sich vielleicht Sorgen. Aber sie wird sich noch mehr Sorgen machen, wenn ich ihr erzähle, was passiert ist. Und sie ist wahrscheinlich in der Bar. Mit José Rodriguez. Ich hoffe, Elliot und Katherine behalten ihn im Auge.
Da ich mich ein wenig niedergeschlagen und hilflos fühle, schaue ich mir die Landschaft an. Wir sind bald auf der I-5, auf dem Weg nach Hause.
»Seid ihr hungrig? Ich habe noch ein paar Wraps mit Kohl und Quinoa vom Mittagessen im Kühlschrank.«
»Das ist sehr nett. Danke, Seb.«

»Ist es okay, wenn ich ein bisschen Musik anmache?«, fragt er, als wir mit dem Essen fertig sind.
Heilige Scheiße.
»Klar«, sagt Ros, doch sie klingt unsicher.
Seb hat ein Satellitenradio und schaltet einen Jazzsender ein. Die weichen Töne von Charlie Parkers Saxofon, das *All The Things You Are* spielt, erklingen im Wagen.
Ana. Vermisst sie mich?
Ich bin auf der Straße mit einem Trucker, der Kohl und Quinoa isst und Cool Jazz hört. So hatte ich mir meinen Tag nicht vorgestellt. Ich schaue kurz zu Ros. Sie ist auf die Rückbank gerutscht und schläft tief. Ich atme erleichtert auf und schließe die Augen.
Wenn ich nicht hätte landen können ...
Mein Gott. Ros' Familie wäre am Boden zerstört.
Beide Triebwerke?
Wie wahrscheinlich ist das?
Und *Charlie Tango* ist gerade erst gecheckt worden.
Da stimmt was nicht.
Der Motor vom Sattelschlepper brummt und brummt. Billie Holiday singt. Ihre Stimme ist beruhigend, wie ein Schlaflied. *You're My Thrill.*

Charlie Tango stürzt ab.
Ich lasse das Höhensteuer los.
Nein. Nein. Nein.
Eine Frau schreit.
Schreit.
Ana. Schreit.
Nein.
Da ist Rauch. Erstickender Rauch.
Und wir stürzen ab.
Ich kann es nicht aufhalten.
Ana schreit.
Nein. Nein. Nein.

Und *Charlie Tango* kommt am Boden auf.
Nichts.
Schwarz.
Stille.
Nichts.

Ich wache abrupt auf, schnappe nach Luft. Es ist dunkel, von den wenigen Lichtern auf dem Freeway abgesehen. Ich bin im Führerhaus eines Trucks.

»Hey.« Seb.

»Entschuldigung. Ich bin wohl eingeschlafen.«

»Kein Problem. Ihr beide müsst kaputt sein. Ihre Freundin schläft immer noch.« Ros liegt hinter uns auf der Rückbank.

»Wo sind wir?«

»Allentown.«

»Was? Großartig.« Ich spähe hinaus. Wir sind immer noch auf der I-5, aber die Lichter Seattles sind in der Ferne zu sehen. Autos sausen an uns vorbei. Das ist bestimmt das langsamste Transportmittel, in dem ich je gereist bin. »Wohin müssen Sie in Seattle?«

»An den Hafen. Pier 46.«

»Könnten Sie uns in der Stadt absetzen? Wir nehmen dann ein Taxi.«

»Kein Problem.«

»Haben Sie das schon immer gemacht?«

»Nein. Eher ein bisschen von allem. Aber dieser Truck ist meiner, und ich arbeite, so wie ich es will.«

»Aha. Ein Unternehmer.«

»Genau.«

»Ich selbst bin auch so was.«

»Eines Tages hätte ich gern eine Flotte von diesen Dingern.« Er schlägt mit der Hand aufs Lenkrad.

»Das hoffe ich für Sie.«

Seb setzt uns an der Union Station ab.

»Danke, danke, danke«, sagt Ros, als wir aus seinem Truck aussteigen.

Ich gebe ihm vierhundert Dollar.

»Ich kann Ihr Geld nicht nehmen, Christian«, sagt Seb.

»In diesem Fall, hier meine Karte.« Ich drücke ihm eine Visitenkarte in die Hand. »Rufen Sie mich an. Und wir können über die Flotte sprechen, die Sie gern hätten.«

»Klar«, sagt Seb, ohne sich meine Karte anzusehen. »War nett, euch kennenzulernen.«

»Danke. Sie sind ein Lebensretter.« Und damit schließe ich die Tür und winke ihm hinterher.

»Unglaublicher Typ, oder?«, fragt Ros.

»Gott sei Dank, dass er aufgetaucht ist. Lassen Sie uns ein Taxi nehmen.«

Es dauert zwanzig Minuten bis wir bei Ros sind, sie wohnt glücklicherweise nahe beim Escala.

»Wenn wir das nächste Mal nach Portland müssen, können wir dann den Zug nehmen?«

»Klar.«

»Das haben Sie klasse gemacht, Christian.«

»Sie auch.«

»Ich rufe Andrea an und sage ihr Bescheid, dass es uns gut geht.«

»Andrea?«

»Sie kann Ihre Familie anrufen. Ich bin mir sicher, sie macht sich Sorgen. Ich sehe Sie dann morgen bei Ihrer Geburtstagsfeier.«

Meine Familie? Die macht sich keine Sorgen um mich. »Bis dann.«

Sie lehnt sich vor und küsst meine Wange. »Gute Nacht.« Ich bin bewegt. Es ist das erste Mal, dass sie so etwas getan hat.

Ich sehe ihr nach, wie sie über den Hof zu ihrem Apartmenthaus geht.

»Ros!« Ich höre Gwen aufschreien, als sie aus der Eingangstür stürzt und Ros umarmt.

Ich winke und lasse mich von Taxi um die nächste Ecke fahren.

Vor meinem Haus stehen Fotografen. Irgendetwas muss los sein. Ich bezahle das Taxi, steige aus und halte meinen Kopf gesenkt, während ich durch die Haustür eintrete.

»Da ist er!«

»Christian Grey.«

»Er ist hier!«

Die Blitze blenden mich, aber ich schaffe es, relativ unbehelligt ins Haus zu gelangen. Sie sind doch nicht etwa wegen mir hier? Vielleicht doch, oder gibt es noch jemanden im Escala, der heute Abend so viel Aufmerksamkeit verdient hätte? Zum Glück ist der Aufzug leer. Ich steige ein und ziehe Schuhe und Socken aus. Meine Füße sind wund; es ist eine Erleichterung, barfuß zu sein. Ich schaue meine Schuhe an. Ich werde sie wahrscheinlich nicht mehr tragen.

Arme Ros. Sie wird morgen schmerzende Blasen haben.

Ich glaube nicht, dass Ana zu Hause ist. Sie ist wahrscheinlich immer noch in der Bar. Sobald ich meinen Akku ausgetauscht, ein frisches Hemd angezogen und vielleicht auch geduscht habe, werde ich zu ihr gehen. Ich ziehe mein Jackett aus, in diesem Moment öffnen sich die Aufzugstüren. Ich betrete das Foyer.

Aus dem Fernsehzimmer dringen laut Nachrichten.

Merkwürdig.

Ich gehe ins Wohnzimmer.

Meine gesamte Familie ist dort versammelt.

»Christian!«, kreischt Grace und rast wie ein Tropensturm auf mich zu: Ich lasse mein Jackett und meine Schuhe fallen, um sie aufzufangen. Sie schlingt ihre Arme um meinen Hals und küsst mich heftig auf die Wange.

Was zur Hölle?

»Mom?«

»Ich dachte, ich sehe dich nie wieder«, keucht Grace.

»Mom, ich bin hier«, versichere ich ihr amüsiert. Sieht sie denn nicht, dass es mir gut geht?

»Ich bin heute tausend Tode gestorben.« Ihre Stimme bricht beim letzten Wort, und sie beginnt zu weinen. Ich halte sie. Ich habe sie noch nie so gesehen. Meine Mom. Umarmt mich. Es fühlt sich gut an. »O, Christian«, schluchzt sie und hält mich so fest, als wolle sie mich nie wieder gehen lassen, dabei heult sie. Ich schließe die Augen und wiege sie sanft.

»Er lebt! Du bist hier, verdammt!« Mein Dad kommt aus Taylors Büro, gefolgt von Taylor. Carrick stürmt auf Mom und mich zu und umarmt uns beide.

»Dad?«

Dann kommt Mia. Sie umarmt uns alle.

Herrgott!

Eine Familienumarmung.

Wann gab es das schon mal?

Nie!

Carrick löst sich als Erster, er wischt sich die Augen.

Weint er etwa auch?

Mia und Grace machen einen Schritt zurück. »Tut mir leid«, sagt Grace.

»Hey, Mom, ist schon okay«, sage ich, verlegen wegen all dieser unangebrachten Aufmerksamkeit.

»Wo bist du gewesen? Was ist passiert?«, fragt sie und schlägt die Hände vors Gesicht; sie weint immer noch.

»Mom.« Ich nehme sie in die Arme, küsse sie auf den Kopf und drücke sie noch einmal. »Ich bin doch da. Es geht mir gut. Es hat nur verdammt lang gedauert, aus Portland zurückzukommen. Was ist denn das für ein Empfangskomitee hier?« Ich blicke auf, und da ist sie. Mit großen Augen und wunderschön. Meine Ana.

»Mom, es geht mir gut«, sage ich zu Grace. »Was ist denn nur los?«

Sie hält mein Gesicht und spricht mit mir, als wäre ich noch ein

Kind. »Christian, du wurdest als vermisst gemeldet. Laut Flugplan bist du nie in Seattle angekommen. Wieso hast du dich nicht gemeldet?«

»Ich hätte nicht gedacht, dass es so lange dauern würde.«

»Wieso hast du denn nicht angerufen?«

»Der Akku in meinem Handy war leer.«

»Aber es gibt doch so etwas wie ein R-Gespräch.«

»Mom, das ist eine lange Geschichte.«

»Christian! Mach das nie wieder! Hast du mich verstanden?«

»Ja, Mom.« Ich wische eine Träne von ihrer Wange und ziehe sie erneut an mich. Es fühlt sich gut an, die Frau zu umarmen, die mich gerettet hat.

Sie tritt zurück, und Mia umarmt mich. Fest. Und dann schlägt sie mich heftig auf die Brust.

Aua.

»Wir hatten solche Angst um dich!«, platzt sie heraus und bricht ebenfalls in Tränen aus. Ich tröste und beruhige sie, indem ich ihr sage, dass ich jetzt hier bin.

Elliot, der nach seinem Urlaub unverschämt braun und gesund aussieht, umarmt mich.

Meine Güte. Auch du, Brutus? Er klopft mir fest auf den Rücken.

»Gut, dass du wieder bei uns bist«, sagt er laut und schroff. Seine Stimme ist belegt.

Ich habe einen Kloß im Hals.

Das ist meine Familie.

Ich bin ihnen wichtig. Ich bin ihnen verdammt wichtig.

Sie alle haben sich Sorgen um mich gemacht.

Zuerst die Familie.

Ich mache einen Schritt zurück und sehe zu Ana. Katherine steht hinter ihr, streichelt ihre Haare. Ich verstehe nicht, was sie sagt. »Und jetzt muss ich mein Mädchen begrüßen«, erkläre ich meinen Eltern, bevor ich verrückt werde. Meine Mutter lächelt mich voller Tränen an, sie und Carrick treten zur Seite. Ich gehe auf Ana zu, und sie erhebt sich von der Couch. Sie schwankt ein bisschen. Ich glaube, sie will sichergehen, dass ich real bin. Sie weint immer noch, aber plötzlich wirft sie sich in meine Arme.

»Christian!«, schluchzt sie.

»Sch«, flüstere ich. Ich halte sie fest und bin erleichtert, ihren zierlichen Körper an mich drücken zu können. Ich bin dankbar für alles, das sie für mich ist.

Ana. Meine Liebe.

Ich vergrabe mein Gesicht in ihrem Haar und atme ihren süßen, süßen Duft ein. Sie hebt ihr tränenüberströmtes Gesicht, und ich küsse ihre weichen Lippen. »Hi«, flüstere ich.

»Hi«, sagt sie, rau und heiser.

»Hast du mich vermisst?«

»Ein bisschen.« Sie schnieft.

»Das sehe ich.« Ich wische ihre Tränen fort.

»Ich dachte... ich dachte...«. Sie schluchzt.

»Ich weiß. Sch... ich bin doch hier... ich bin doch hier.« Ich halte sie und küsse sie ein weiteres Mal. Ihre Lippen sind immer so zart, wenn sie geweint hat.

»Geht es dir gut?«, fragt sie, und ihre Hände wandern über mich. Überallhin, so fühlt es sich an. Aber es ist mir egal, ich mag ihre Berührung. Die Dunkelheit ist schon lange fort.

»Es geht mir gut. Und ich gehe auch nirgendwohin.«

»O Gott sei Dank.« Sie schlingt wieder ihre Arme um mich, drückt mich.

Verdammt. Ich muss duschen. Aber das scheint ihr egal zu sein.

»Hast du Hunger? Willst du etwas zu trinken?«, fragt sie.

»Ja.«

Sie will einen Schritt zurücktreten, aber ich bin noch nicht bereit, sie loszulassen. Ich halte sie und strecke dem Fotografen, der in der Nähe steht, eine Hand hin.

»Mr. Grey«, sagt José.

»Christian, bitte.«

»Willkommen zurück, Christian. Ich bin froh, dass es Ihnen gut geht... und danke, dass ich hier übernachten darf.«

»Kein Problem.« Lass nur die Finger von meinen Mädchen.

Gail unterbricht uns. Sie sieht furchtbar aus. Auch sie hat geweint.

Scheiße. Mrs. Jones? Es trifft mich bis ins Mark.

»Darf ich Ihnen etwas bringen, Mr. Grey?« Sie tupft sich die Augen mit einem Papiertaschentuch trocken.

»Ein Bier, bitte, Gail. Ein Budweiser und einen Happen zu essen.«

»Ich hole dir eines«, sagt Ana.

»Nein, du bleibst hier.« Ich halte sie fest.

Als Nächstes sind die Kavanagh-Kinder dran: Ethan und Katherine. Ich schüttle Ethans Hand und küsse Katherine auf die Wange. Sie sieht gut aus. Barbados und Elliot tun ihr offensichtlich gut. Mrs. Jones kommt zurück und reicht mir ein Bier. Ich lehne das Glas ab und nehme einen großen Schluck Budweiser.

Es schmeckt so gut.

All diese Leute sind wegen mir hier. Ich fühle mich wie der verlorene Sohn.

Vielleicht bin ich das…

»Es wundert mich, dass du nichts Stärkeres willst«, brummt Elliot. »Also, erzähl schon. Was zum Teufel ist passiert? Bisher weiß ich nur, dass Dad mich angerufen hat, weil dein Hubschrapschrap als vermisst gemeldet wurde.«

»Elliot«, tadelt Grace.

»Hubschrauber!« Verdammte Scheiße, Elliot. Ich hasse das Wort »Hubschrapschrap«, und er weiß es. Er grinst, und ich grinse zurück.

»Setzen wir uns doch hin, dann erzähle ich euch alles.« Ich lasse mich aufs Sofa fallen, Ana neben mir, der ganze Clan um zu uns herum. Ich nehme noch einen großen Schluck Bier und entdecke Taylor im Hintergrund. Ich nicke ihm zu, und er nickt zurück.

Zum Glück weint er nicht. Ich glaube, damit käme ich nicht klar.

»Wie geht es Ihrer Tochter?«, frage ich.

»Gut. Falscher Alarm, Sir.«

»Das ist beruhigend zu hören.«

»Ich bin froh, dass Sie wieder hier sind, Sir.«

»Der Hubschrauber muss abgeholt werden.«

»Jetzt sofort? Oder reicht es morgen früh noch?«

»Morgen früh reicht völlig, Taylor.«

»Sehr gut, Mr. Grey. Sonst noch etwas, Sir?«

Ich schüttle den Kopf und proste ihm zu. Ich kann ihm morgen alles erläutern. Er lächelt mich an und verlässt uns.

»Also, was ist passiert, Christian?«, fragt Carrick.

Ich sitze auf der Couch und beginne mit einer ausführlichen Zusammenfassung meiner Bruchlandung.

»Ein Brand? An beiden Triebwerken?« Carrick ist schockiert.

»Ja.«

»Verdammt! Aber ich dachte...«, fährt Dad fort.

»Ich weiß«, unterbreche ich ihn. »Es war pures Glück, dass ich so tief geflogen bin.«

Ana schaudert es, und ich lege den Arm um sie. »Ist dir kalt?«, frage ich. Sie drückt meine Hand und schüttelt den Kopf.

»Und wie hast du den Brand gelöscht?«, fragt Katherine.

»Mit dem Feuerlöscher. Laut Gesetz muss stets einer an Bord sein«, antworte ich. Ich sage ihr nicht, dass ich die Feuerlöscher an den Triebwerken benutzt habe. Sie kann in ihrer Reaktion so brüsk sein.

»Und wieso hast du nicht angerufen oder über Funk Bescheid gegeben?«, fragt Mom.

Ich erkläre, dass ich wegen des Feuers alles ausgeschaltet habe. Ohne Elektronik sei eine Funkverbindung nicht möglich gewesen, außerdem hätten wir uns in einem Funkloch befunden. Ana spannt sich an. Ich ziehe sie auf meinen Schoß.

»Und wie seid ihr dann nach Seattle zurückgekommen?«, fragt Mom, und ich erzähle ihnen von Seb.

»Es hat eine halbe Ewigkeit gedauert. Er hatte kein Handy, so unglaublich sich das auch anhören mag. Mir war schlicht und einfach nicht bewusst...« Ich schaue in die besorgten Gesichter meiner Familie und bleibe bei Mom hängen.

»Dass wir uns Sorgen machen? Oh, Christian! Wir alle haben beinahe den Verstand verloren.« Grace ist sauer, und zum ersten Mal bekomme ich ein schlechtes Gewissen. Flynns Predigt über starke Familienbande bei adoptierten Kindern fällt mir ein.

»Du warst sogar in den Nachrichten, Bruderherz.«

»Ja. Das habe ich mir beinahe gedacht, als ich vorhin in die Lobby gekommen bin und die Horde Fotografen vor der Tür gesehen habe. Tut mir leid, Mom. Ich hätte dem Trucker sagen sollen, dass er irgendwo anhält, damit ich telefonieren kann. Aber ich wollte so schnell wie möglich nach Hause.«

Grace schüttelt den Kopf. »Ich bin bloß froh, dass du heil wieder zu Hause bist, Schatz.«

Ana lehnt sich an mich. Sie muss müde sein.

»Beide Triebwerke, sagst du?« Carrick hakt noch einmal ungläubig nach.

»Sieh selber nach.« Ich zucke mit den Schultern und streiche mit der Hand über Anas Rücken. Sie schnieft schon wieder.

»Hey«, flüstere ich und hebe ihr Kinn. »Hör auf zu weinen.«

Sie wischt sich mit dem Handrücken die Nase ab. »Hör du auf, einfach spurlos zu verschwinden«, sagt sie.

»Ein Kurzschluss. Ziemlich seltsam, findest du nicht auch?«, sinniert Carrick.

»Ja, genau das habe ich auch schon gedacht, Dad. Aber jetzt würde ich gern ins Bett gehen und mir morgen in Ruhe über alles Gedanken machen.«

»Also, die Medien wissen inzwischen, dass Christian Grey sicher und wohlbehalten nach Hause zurückgekehrt ist«, kommentiert Kate nach einem Blick auf ihr Handy.

Na, sie haben mich ja erwischt, als ich nach Hause kam. »Ja. Andrea und meine PR-Leute kümmern sich um die Journalisten. Ros hat sie gleich angerufen, nachdem wir sie zu Hause abgesetzt hatten.«

Bei all dieser Aufmerksamkeit ist Sam ganz in seinem Element.

»Ja, Andrea hat sich sofort bei mir gemeldet und gesagt, dass du lebst.« Carrick grinst.

»Ich muss ihr unbedingt eine Gehaltserhöhung geben«, murmle ich. »Besser spät als nie.«

»Tja, ich glaube, das ist ein Wink mit dem Zaunpfahl, Leute, dass mein reizendes Bruderherz seinen Schönheitsschlaf braucht«, bemerkt Elliot spöttisch.

Verpiss dich, Bruderherz.

»Cary, mein Sohn ist in Sicherheit«, verkündet Mom. »Du kannst mich jetzt nach Hause bringen.«

»Das werde ich. Ich glaube, uns allen tut eine Mütze voll Schlaf jetzt gut«, erwidert Carrick lächelnd.

»Bleibt doch«, schlage ich vor. Platz ist genug.

»Nein, Schatz, ich will nach Hause. Jetzt, da ich weiß, dass du gesund und munter bist.«

Ich lasse Ana aufs Sofa rutschen und stehe auf, da alle gehen wollen. Mom umarmt mich noch einmal, ich drücke sie.

»Ich hatte solche Angst um dich, Schatz«, flüstert sie.

»Mir geht's gut, Mom.«

»Ja. Ich glaube, du hast recht«, sagt sie und schaut Ana lächelnd an.

Nach einer längeren Verabschiedung bringen wir meine Familie, Katherine und Ethan zum Aufzug. Die Türen schließen sich, und im Foyer sind nur noch Ana und ich.

Scheiße. Und José. Er hängt in der Diele rum.

»Okay. Ich mache Schluss für heute. Ihr habt euch bestimmt eine Menge zu erzählen«, erklärt er.

»Sie wissen, wo Ihr Zimmer ist?«, frage ich.

Er nickt. »Ja, die Haushälterin...«

»Mrs. Jones«, sagt Ana.

»Genau. Mrs. Jones hat es mir vorhin gezeigt. Ziemlich beeindruckende Wohnung, Christian.«

»Danke«, erwidere ich, lege meinen Arm um Ana und küsse

sie auf den Kopf. »Ich brauche jetzt erst einmal etwas zu essen. Mal sehen, was Mrs. Jones hergerichtet hat. Gute Nacht, José.« Ich drehe mich um und lasse ihn bei meinem Mädchen.

Er wäre ein Idiot, wenn er jetzt irgendwas versuchen würde. Und ich habe Hunger.

Mrs. Jones reicht mir ein Schinkenkäsesandwich mit Salat und Mayonnaise.

»Danke schön«, sage ich zu ihr. »Gehen Sie schlafen.«

»Ja, Sir«, sagt sie mit einem Lächeln. »Ich bin froh, dass Sie wieder da sind.« Sie verlässt den Raum, und ich betrete das Wohnzimmer und beobachte Rodriguez und Ana.

Ich esse mein Sandwich. Er umarmt sie. Mit geschlossenen Augen.

Er betet sie an.

Merkt sie das nicht?

Sie winkt ihm zum Abschied, dann sieht sie, dass ich sie beobachte. Sie kommt auf mich zu, bleibt plötzlich stehen und schaut mich an.

Ich betrachte sie. Sie ist zerzaust und tränenverschmiert, noch nie hat sie schöner ausgesehen. Es ist ein sehr, sehr erfreulicher Anblick.

Sie ist zu Hause.

Mein Zuhause.

Mein Hals brennt.

»Ihn hat's immer noch schwer erwischt«, bemerke ich leise, um mich von meinen intensiven Gefühlen abzulenken.

»Woher wollen Sie denn das wissen, Mr. Grey?«

»Ich erkenne die Symptome, Miss Steele. Ich glaube, ich leide unter derselben Krankheit.«

Ich liebe dich.

Ihre Augen werden größer, ernst. »Ich dachte, ich sehe dich nie wieder«, flüstert sie.

O Baby. Der Kloß in meinem Hals wird größer. »Es war gar nicht so schlimm, wie es sich anhört.« Ich versuche, sie zu beruhigen. Sie hebt mein Jackett vom Boden auf und tritt auf mich zu.

»Ich nehme es schon«, sage ich und greife nach dem Kleidungsstück.

Und dann stehen wir da, schauen einander an.

Sie ist wirklich hier.

Sie hat auf mich gewartet.

Auf dich, Grey. Dabei habe ich gedacht, niemand würde je auf mich warten.

Ich ziehe sie an mich.

»Christian«, sagt sie erstickt und beginnt erneut zu weinen.

»Sch.« Ich küsse sie aufs Haar. »In den kurzen Sekunden vor der Landung, als mich die blanke Angst gepackt hatte, konnte ich nur an dich denken. Du bist mein Glücksbringer, Ana.«

»Ich dachte, ich hätte dich für immer verloren«, sagt sie. Wir stehen weiter da. Schweigend. Halten einander. Ich erinnere mich daran, wie ich mit ihr in genau diesem Zimmer getanzt habe.

Hexerei.

Das war ein Augenblick für die Ewigkeit. *Genau wie dieser.* Und ich will sie nie wieder loslassen.

Sie lässt meine Schuhe fallen, ich erschrecke mich, als sie auf dem Boden aufkommen.

»Komm mit mir unter die Dusche.« Ich bin ganz dreckig von meinem Marathonlauf.

»Okay.« Sie sieht mich an, lässt mich aber nicht los. Ich hebe ihr Kinn.

»Sogar tränenüberströmt bist du wunderschön, Ana Steele.« Ich küsse sie zärtlich. »Und deine Lippen sind so weich.« Noch einmal küsse ich sie, nehme alles, was sie geben kann. Sie fährt mit ihren Fingern durch meine Haare.

»Ich muss mein Jackett ablegen«, sage ich leise.

»Lass es einfach fallen«, befiehlt sie, ohne ihre Lippen von meinem Mund zu lösen.

»Ich kann nicht.«

Sie lehnt sich zurück und legt verwundert den Kopf schief. Ich lasse sie los. »Deshalb.« Aus der Innentasche hole ich ihr Geschenk.

SAMSTAG, 18. JUNI, 2011

Ana wirft einen Blick auf ihre Uhr und tritt einen Schritt zurück, während ich mein Jackett über die Couch werfe und die Schachtel darauflege.
Was geht hier vor?
»Mach es auf«, haucht sie.
»Ich hatte gehofft, dass du das sagst. Diese Schachtel bringt mich schon den ganzen Tag um den Verstand.«
Sie lächelt breit und beißt sich auf die Lippe. Wenn ich mich nicht irre, ist sie ein bisschen nervös.
Warum?
Ich lächle sie beruhigend an, wickle die Schachtel aus und öffne sie.
Darin liegt ein Schlüsselanhänger, der ein verpixeltes Bild von Seattle zeigt, das ständig blinkt. Ich nehme ihn aus der Schachtel und frage mich, was das wohl zu bedeuten hat, aber ich weiß es nicht. Habe keinen blassen Schimmer.
Ich schaue Ana an, suche nach einem Hinweis.
»Dreh ihn um«, sagt sie.
Das tue ich. Das Wort »Ja« blinkt rhythmisch.
Ja.
Ja.
JA.
Ein einfaches Wort. Eine tiefe Bedeutung.
Eine Lebensveränderung.
Hier. Jetzt.
Mein Herz rast, und ich starre sie an, hoffe, dass es bedeutet, was ich denke.

»Alles Gute zum Geburtstag«, flüstert sie.
»Du willst mich also heiraten?«
Ich kann es nicht glauben.
Sie nickt.
Ich kann es immer noch nicht glauben. »Sag es.« Ich muss es von ihr hören.
»Ja, ich werde dich heiraten.«
Freude explodiert in meinem Herzen – meinem Kopf, meinem Körper, meiner Seele. Es ist berauschend. Es ist überwältigend. Voller Enthusiasmus packe ich sie und wirble sie herum. Sie packt meine Bizepse mit strahlenden Augen; wir beide lachen.
Ich stelle sie wieder auf die Füße, umfasse ihr Gesicht und küsse sie. Meine Lippen necken ihre, und sie öffnet sich für mich wie eine Blume: meine süße Anastasia.
»O Ana«, flüstere ich voller Bewunderung, meine Lippen streifen ihre Mundwinkel.
»Ich dachte, ich hätte dich verloren«, sagt sie.
»O Ana, es ist schon etwas mehr nötig als ein kaputter 135er, um mich daran zu hindern, zu dir zurückzukehren.«
»Ein 135er?«
»*Charlie Tango*. Er ist ein Eurocopter EC 135, der sicherste Hubschrauber dieser Klasse.«
Aber heute nicht.
»Moment mal.« Ich hebe den Schlüsselanhänger hoch. »Du hast mir das Geschenk doch gegeben, bevor wir bei Dr. Flynn waren.«
Sie nickt, lächelt etwas süffisant.
Was?
Anastasia Steele!
»Du solltest wissen, dass sich für mich nichts ändert, egal, was Dr. Flynn sagt.«
»Also hatte ich die Antwort in Wahrheit die ganze Zeit schon, als ich dich gestern Abend um eine Antwort angebettelt habe?«
Ich fühle mich atemlos – sogar aufgedreht –, auch ein bisschen sauer.

Was sollte das?
Ich weiß nicht, ob ich böse oder begeistert sein soll. Sie verwirrt mich, sogar jetzt.
Na, Grey, was willst du dagegen tun?
»Meine Sorge war also völlig umsonst«, grummele ich düster. Sie grinst mich frech an und zuckt mit den Schultern. »Werden Sie nicht auch noch frech, Miss Steele. Ich werde jetzt…«
Ich hatte die ganze Zeit über die Antwort.
Ich will sie.
Hier.
Jetzt.
Nein. Moment.
»Ich fasse es nicht, dass du mich so in der Luft hängen gelassen hast.«
Sie beobachtet mich, während ich etwas plane. Etwas, das solcher Unverschämtheit wert ist. »Ich denke, dafür haben Sie eine Strafe verdient, Miss Steele.« Meine Stimme ist tief. Unheilvoll.
Ana tritt vorsichtig einen Schritt zurück. Wird sie weglaufen?
»So läuft das Spielchen also, ja? Denn ich werde dich fangen.« Ihr Lächeln ist spielerisch und ansteckend. »Und du kaust schon wieder auf deiner Lippe«, füge ich hinzu.
Sie tritt noch einen Schritt zurück und dreht sich dann um, um loszulaufen. Aber ich stürze mich auf sie. Sie kreischt, ich werfe sie über meine Schulter und gehe in mein – nein, *unser* – Badezimmer.
»Christian!« Sie schlägt mir auf den Hintern.
Ich schlage ihren. Fest.
»Aua!«, jault sie.
»Duschzeit«, verkünde ich, während ich sie die Diele entlangtrage.
»Lass mich sofort runter!« Sie windet sich, aber mein Arm liegt fest über ihrem Schenkel. Was mich wirklich zum Lächeln bringt, ist ihr Gekicher. Sie genießt es.
Genau wie ich.
Als ich die Badezimmertür öffne, ist mein Grinsen so breit wie

der Puget Sound. »Hängst du an diesen Schuhen?«, frage ich. Sie sehen teuer aus.

»Ja, und am liebsten ist es mir, wenn sie den Boden berühren.« Ihre Worte klingen erstickt. Ich glaube, sie versucht, gleichzeitig empört zu klingen und ein Lachen zu unterdrücken.

»Ihr Wunsch ist mir Befehl, Miss Steele.« Ich ziehe ihre Schuhe aus, und sie fallen klappernd auf die Fliesen. Ich leere meine Taschen auf den Waschtisch: Handy, Schlüssel, Geldbeutel; aber am wertvollsten von allem ist mein neuer Schlüsselanhänger. Ich will nicht, dass er nass wird. Mit leeren Taschen marschiere ich in die Dusche – mit Ana auf meiner Schulter.

»Christian!«, schreit sie. Ich ignoriere sie, drehe das Wasser auf. Es fällt auf uns beide, aber vor allem auf Anas Hintern. Es ist kalt. Sie kreischt und lacht gleichzeitig und windet sich auf meiner Schulter.

»Lass mich runter!«, kichert sie. Sie schlägt mich leicht, und ich erbarme mich.

Ich lasse ihren nassen, bekleideten Körper an meinem herabrutschen.

Sie ist rot. Ihre Augen strahlend und wunderschön. Sie ist atemberaubend.

O Baby.

Du hast Ja gesagt.

Ich lege meine Hände um ihr Gesicht und küsse sie, meine Lippen zart auf ihren. Ich huldige ihrem Mund, bete sie an. Sie schließt die Augen, nimmt meinen Kuss an, küsst mich mit süßem Hunger unter der strömenden Dusche.

Das Wasser ist jetzt wärmer, und ihre Hände berühren mein nasses Hemd. Sie zieht es aus meiner Hose. Ich stöhne und küsse sie weiter.

Ich kann nicht aufhören, sie zu lieben.

Ich werde nie aufhören, sie zu lieben.

Niemals.

Langsam knöpft sie mein Hemd auf, und ich greife nach dem

Reißverschluss am Rücken ihres Kleids. Ich öffne ihn, spüre ihre warme Haut unter meinen Fingern.

Oh. Sie zu spüren. Ich will mehr. Ich küsse sie wieder, meine Zunge erforscht ihren Mund.

Sie stöhnt laut und reißt plötzlich mein Hemd auf; die Knöpfe fliegen weg und prallen gegen die Duschwände.

Wow.

Ana!

Sie zieht mein Hemd über meine Schultern und drückt mich an die Fliesen. Aber sie kann es nicht ausziehen. »Manschettenknöpfe.« Ich hebe meine Handgelenke. Schnell öffnet sie sie und lässt sie zu Boden fallen. Mein Hemd folgt. Ihre fiebrigen Finger greifen nach meinem Hosenbund.

O nein.

Noch nicht.

Ich packe ihre Schultern, drehe sie, ziehe ihr Kleid hinunter, bis unter ihren Busen. Ihre Arme stecken noch in den Ärmeln, so dass sie sich nicht frei bewegen kann.

Das gefällt mir.

Ich streiche ihre nassen Haare nach hinten, schmecke mit meiner Zunge das Wasser am Hals, das von ihrer Haut rinnt.

Sie schmeckt so gut.

Ich lasse meine Lippen über ihre Schultern wandern, während ich meinen Schwanz gegen den Reißverschluss am Po presse. Sie drückt ihre Hände gegen die Fliesen und stöhnt, als ich meine Lieblingsstelle unter ihrem Ohr küsse. Sanft öffne ich ihren BH und schiebe ihn hinunter, dann nehme ich ihren Busen in die Hände. Ich keuche. Sie hat großartige Titten.

Die wunderbar reagieren.

»So schön«, flüstere ich ihr ins Ohr. Sie neigt den Kopf zur Seite, bietet mir ihren Hals an und drückt ihren Busen in meine Hände. Sie greift nach hinten, immer noch in ihrem Kleid gefangen, und findet meinen Schwanz.

Ich schnappe nach Luft und presse meinen ungeduldigen

Schwanz in ihre Hände. Ihre Finger durch den nassen Stoff zu spüren, ist erotisch.

Sanft ziehe ich an ihren Brustwarzen. Sie wimmert, laut und deutlich, während sie unter meiner Berührung steif werden.

»Ja«, flüstere ich.

Ich will dich hören, Baby.

Ich drehe sie um und fange ihre Lippen mit meinen, ziehe ihr Kleid und ihre Unterwäsche aus, bis sie nackt vor mir steht. Ihre Kleider – ein nasser Haufen zu unseren Füßen.

Sie nimmt das Duschgel und spritzt ein bisschen in ihre Hand. Sie schaut mich an, bittet um Erlaubnis, wartet.

Okay. Wir machen es.

Ich atme tief ein und nicke.

Mit großer Zärtlichkeit legt sie ihre Hand auf meine Brust. Ich erstarre. Langsam und in kleinen Kreisen verteilt sie das Gel auf meiner Haut. Die Dunkelheit schweigt.

Aber ich bin angespannt.

Überall.

Verdammt.

Entspann dich, Grey.

Sie will dir nichts Böses.

Nach einer Weile umfasse ich ihre Hüften und betrachte ihr Gesicht. Sehe Konzentration. Mitgefühl. Es ist alles da. Ich atme schneller. Aber es ist in Ordnung. Ich komme damit klar.

»Ist es okay?«, fragt sie.

»Ja.« Ich presse das Wort hervor.

Ihre Hände streichen über meinen Körper, über meine Achseln, meine Rippen, meinen Bauch und weiter nach unten, bis zu meinem Hosenbund.

Ich atme aus. »Jetzt ich.« Ich schiebe uns vom Wasserstrahl weg und greife nach dem Shampoo. Ich spritze ein bisschen auf ihren Kopf und massiere es ein. Sie schließt die Augen, ein genießerischer, kehliger Laut kommt über ihre Lippen.

Ich kichere, es ist erlösend. »Schön?«

»Hmm…«

»Finde ich auch.« Ich küsse ihre Stirn und massiere weiter ihre Kopfhaut. »Dreh dich um.« Sie gehorcht sofort, und ich wasche ihre Haare. Als ich fertig bin, ist ihr Kopf voller Schaum. Ich schiebe sie noch einmal unter die Dusche. »Lass den Kopf nach hinten fallen«

Ana gehorcht, und ich spüle allen Schaum aus ihren Haaren.

Nichts liebe ich mehr, als mich um mein Mädchen zu kümmern.

Auf jede Art.

Sie dreht sich um und packt mich an meinem Hosenbund. »Ich will dich überall waschen«, sagt sie. Ich gebe mich geschlagen und hebe meine Hände.

Ich gehöre dir, Ana. Nimm mich.

Sie zieht mich aus, befreit meinen Schwanz. Meine Hose und meine Boxershorts fallen zu den restlichen Kleidern auf dem Boden der Dusche.

»Sieht so aus, als würdest du dich freuen, mich zu sehen«, sagt sie.

»Wie immer, Miss Steele.«

Wir strahlen einander an, während sie einen Schwamm einseift. Es überrascht mich etwas, als sie an meiner Brust beginnt und sich nach unten zu meinem erwartungsvollen Schwanz vorarbeitet.

O ja.

Sie lässt den Schwamm fallen und legt ihre Hände auf mich.

Fuck.

Ich schließe meine Augen, während sie ihre Finger um meinen Schwanz schließt. Ich schiebe meine Hüfte vor und stöhne. Genau so sollte man die frühen Morgenstunden eines Samstags nach einem fast tödlich ausgegangenen Erlebnis verbringen.

Moment mal.

Ich schlage meine Augen auf und schaue sie fest an. »Es ist Samstag.« Ich umfasse ihre Taille, ziehe sie an mich und küsse sie.

Keine Kondome mehr.

Meine Hand, nass und glitschig vom Duschgel, wandert über ihre Brüste, ihren Bauch, dann nach unten zu ihrer Vagina. Ich kitzle sie mit meinen Fingern, während ich ihren Mund und ihre Zunge verschlinge. Mit meiner anderen Hand halte ich ihren Kopf.

Ich stecke meine Finger in sie, und sie stöhnt.

»Ja«, keuche ich. Sie ist bereit. Ich hebe sie hoch, meine Hände auf ihrem Hintern.

»Schling die Beine um mich, Baby.« Sie wickelt sich wie warme, nasse Seide um mich. Ich drücke sie gegen die Wand.

Haut auf Haut.

»Augen auf. Ich will dich sehen.« Sie schaut mich an, ihre Pupillen groß und gierig. Langsam versinke ich in ihr, blicke ihr dabei in die Augen. Ich mache eine Pause. Halte sie. Halte sie hoch. Spüre sie.

»Du gehörst mir, Anastasia.«

»Für immer.«

Ihre Antwort macht mich stolz.

»Und jetzt dürfen es auch alle wissen, weil du Ja gesagt hast.«

Ich küsse sie leidenschaftlich, ziehe mich aus ihr zurück, lasse mir Zeit. Genieße sie. Sie schließt die Augen und legt ihren Kopf in den Nacken, während wir uns rhythmisch bewegen.

Wir.

Gemeinsam.

Eine Einheit.

Ich werde schneller. Brauche mehr. Brauche sie. Genieße sie. Liebe sie. Ihre kleinen Schreie treiben mich an, sagen mir, dass sie höher und höher zum Gipfel fliegt. Mit mir. Mich mitnimmt.

Sie schreit auf, als sie kommt, den Kopf an der Wand, und ich tue es ihr gleich, finde meine Erlösung und vergrabe mein Gesicht in ihrem Hals.

Vorsichtig sinke ich zu Boden, während das Wasser auf uns regnet. Ich halte ihr Gesicht in meinen Händen, und sehe, dass sie weint.

Baby.

Ich küsse jede Träne weg.

Sie dreht sich um, so dass ihr Rücken an meiner Brust liegt. Keiner von uns sagt ein Wort. Unser Schweigen ist Gold. Große Stille. Nach all der Angst des vergangenen Tages, nach meiner Bruchlandung, dem Marathon, der unendlich langen Fahrt, habe ich Frieden gefunden. Ich lege mein Kinn auf ihren Kopf, meine Beine habe ich um sie geschlungen, während ich sie in meinen Armen halte. Ich liebe diese Frau – diese schöne, mutige, junge Frau, die bald meine Frau sein wird.

Mrs. Grey.

Ich grinse und stecke meine Nase in ihre nassen Haare, bringe uns beide wieder unter den Duschstrahl.

»Meine Finger sind schon ganz schrumpelig«, bemerkt sie und schaut auf ihre Hände. Ich nehme ihre Finger in meine und küsse jeden einzelnen.

»Wir sollten allmählich hier raus.«

»Mir gefällt's hier«, sagt sie.

Mir auch, Baby. Mir auch.

Sie lässt sich gegen mich sinken, und ich glaube, sie schaut auf meine Zehen, dann kichert sie.

»Was amüsiert Sie denn, Miss Steele?«

»Es war eine ziemlich ereignisreiche Woche.«

»Allerdings.«

»Ich danke Gott, dass Sie heil nach Hause zurückgekehrt sind, Mr. Grey.« Sie ist plötzlich ganz ernst.

Ich hätte nicht mehr zurückkehren können.

Scheiße.

Wenn...

Ich schlucke, und mein Hals zieht sich zusammen, als ich wieder vor mir sehe, wie Ros und ich im Cockpit von *Charlie Tango* sitzen und der Boden auf uns zukommt. Ich schaudere. »Ich hatte wirklich Angst.«

»Also hast du nur so getan, als wäre alles in bester Ordnung, um deine Familie zu beruhigen?«

»Ja. Eigentlich waren wir viel zu tief für eine sanfte Landung. Aber irgendwie habe ich es trotzdem hingekriegt.«

Sie schaut mich an, Furcht in ihrem Blick. »Wie knapp war es wirklich?«

»Ziemlich knapp. Einige schreckliche Sekunden lang war ich sicher, dass ich dich nie wiedersehe.« Es fühlt sich wie ein sehr dunkles Geständnis an.

Sie schlingt ihre Arme um mich. »Ich kann mir ein Leben ohne dich nicht vorstellen, Christian. Ich liebe dich so sehr, dass es mir Angst macht.«

Wow.

Aber ich empfinde nicht anders. »Geht mir genauso. Ohne dich wäre mein Leben leer. Ich liebe dich sehr.« Ich halte sie fester und küsse sie auf den Kopf. »Ich werde dich nie wieder gehen lassen.«

»Ich will auch gar nicht gehen.« Sie küsst meinen Hals, und ich beuge mich herab und küsse sie.

Meine Füße schlafen ein. »Komm, wir trocknen dich ab und bringen dich ins Bett. Ich bin völlig geschafft, und du siehst auch ziemlich fertig aus.«

Sie zieht eine Augenbraue hoch.

»Haben Sie noch etwas zu sagen, Miss Steele?«

Sie schüttelt den Kopf, steht auf und wartet auf mich.

Wir holen unsere Kleider und ich meine Manschettenknöpfe. Ana lässt unsere klatschnassen Sachen in das Waschbecken fallen. »Ich kümmere mich später darum«, sagt sie.

»Gute Idee.« Ich wickle sie in ein Handtuch und ein weiteres um meine Hüfte. Während wir uns an meinem Waschbecken die Zähne putzen, grinst sie mich mit Schaum um dem Mund an. Wir versuchen beide, nicht zu lachen. Als ich es ihr nachmachen will, verschlucke ich mich an der Zahnpasta.

Ich bin wieder vierzehn.

Auf positive Art.

Ich föhne ihre Haare trocken, und sie steigt ins Bett. Sie sieht so aus, wie ich mich fühle, erschöpft. Ich schaue noch einmal auf den Schlüsselanhänger und mein absolutes Lieblingswort.

Ein Wort voller Hoffnung und Möglichkeiten.

Sie hat Ja gesagt.

Ich grinse und lege mich neben sie. »Das ist das schönste Geschenk, das ich je bekommen habe. Besser als mein handsigniertes Poster von Giuseppe DeNatale.«

»Ich hätte es dir schon vorher gesagt, aber da du ja Geburtstag hast…« Ana zuckt mit der Schulter. »Was schenkt man einem Mann, der schon alles hat? Deshalb bin ich auf die Idee gekommen, dir… mich zu schenken.«

Ich lege den Schüsselanhänger auf meinen Nachttisch, kuschele mich an Ana und ziehe sie an mich. »Es ist perfekt. So wie du.«

»Ich bin weit davon entfernt, perfekt zu sein, Christian.«

»Verdrehen Sie etwa schon wieder die Augen, Miss Steele?«

»Vielleicht.« Sie kichert.

Ich weiß es, Ana. Deine Körpersprache verrät dich.

»Darf ich dich etwas fragen?«

»Natürlich.«

»Du hast auf dem Rückweg von Portland nicht angerufen. War es tatsächlich wegen José? Hast du dir allen Ernstes Sorgen gemacht, was passieren könnte, wenn ich ganz allein mit ihm in der Wohnung bin?«

Vielleicht…

Ich fühle mich wie ein Idiot. Ich dachte, sie ist in der Bar und amüsiert sich. Ich hatte keine Ahnung…

»Ist dir eigentlich klar, wie lächerlich das ist?« Sie dreht sich zu mir um und sieht mich vorwurfsvoll an. »Was du deiner Familie und mir damit zugemutet hast? Wir alle lieben dich so sehr.«

»Ich hätte nicht gedacht, dass ihr euch solche Sorgen um mich macht.«

»Wann geht es endlich in deinen Dickschädel, dass du geliebt wirst?«

»Dickschädel?«

»Ja. Dickschädel.«

»Ich glaube nicht, dass die Knochendichte meines Kopfs wesentlich größer ist als die anderer Teile meines Körpers.«

»Ich meine es ernst! Hör auf, mich zum Lachen zu bringen. Ich bin immer noch ein bisschen sauer auf dich, auch wenn meine Wut langsam verraucht, weil ich dich wohlbehalten wiederhabe, obwohl ich schon dachte…« Sie hält inne und schluckt, dann spricht sie leiser weiter. »Na ja, du weißt schon…«

Ich streichle ihre Wange. »Es tut mir leid. Okay?«

»Und deine arme Mom. Es war so rührend, euch beide zu sehen«, sagt sie leise.

»So habe ich sie noch nie erlebt.«

Grace, die weint.

Mom.

Mom, die weint.

»Du hast völlig recht. Sonst ist sie immer so beherrscht. Es war ein echter Schock, sie so zu erleben.«

»Siehst du? Wir alle lieben dich. Vielleicht glaubst du es ja jetzt.« Sie küsst mich. »Happy Birthday, Christian. Ich freue mich, dass ich diesen Tag mit dir gemeinsam erleben darf. Außerdem hast du noch nicht gesehen, was du morgen noch bekommst, besser gesagt, heute.«

»Es gibt noch mehr Geschenke?« Ich bin erstaunt. Was könnte ich mir denn sonst noch wünschen?

»Allerdings, Mr. Grey, aber darauf wirst du wohl oder übel noch eine Weile warten müssen.«

Sie kuschelt sich an mich und schließt die Augen, in wenigen Augenblicken ist sie eingeschlafen. Ich bin überrascht, wie schnell sie einschlafen kann.

»Mein liebes Mädchen. Es tut mir leid. Es tut mir leid, dir Sorgen zu machen«, flüstere ich und küsse ihre Stirn. Ich bin glücklicher als je zuvor in meinem Leben und mache die Augen zu.

Ana, glänzendes Haar und strahlendes Lächeln, sitzt neben mir in *Charlie Tango.*
Lass uns die Morgendämmerung jagen.
Sie lacht. Sorglos. Jung. Mein Mädchen.
Das Licht um uns herum ist golden.
Sie ist golden.
Ich bin golden.
Ich huste. Da ist Rauch. Überall Rauch.
Ich sehe Ana nicht mehr. Sie ist im Rauch verschwunden.
Und wir stürzen ab. Hinunter.
Fallen schnell. In *Charlie Tango.*
Der Boden kommt näher.
Ich schließe die Augen, warte auf den Aufprall.
Er kommt nie.
Wir sind im Obstgarten.
Die Bäume hängen voller Äpfel.
Ana lächelt, ihre offenen Haare wehen im Wind.
Sie hält zwei Äpfel in der Hand. Einen roten Apfel. Einen grünen Apfel.
Deine Wahl.
Wähle.
Rot. Grün.
Ich lächle. Und nehme den roten Apfel.
Den süßeren Apfel.
Ana nimmt meine Hand, und wir spazieren herum.
Hand in Hand.
Vorbei an den Alkoholikern und Junkies vor einem Schnapsladen in Detroit.
Sie winken und heben ihre braunen Papiertüten zum Gruß.
Vorbei am Esclava. Elena lächelt und winkt.
Vorbei an Leila. Leila lächelt und winkt.
Ana nimmt meinen Apfel. Sie beißt hinein.
Mmm... herrlich. Sie leckt sich die Lippen.
Köstlich. Ich liebe ihn.

Marke Eigenbau. Mit Grandpa.
Wow. Du kannst so viel.
Sie lächelt und dreht sich, ihre Haare fliegen.
Ich liebe dich, ruft sie. *Ich liebe dich, Christian Grey.*

Ich wache auf, erschrocken über meinen Traum. Aber er hinterlässt ein gutes Gefühl, dabei habe ich normalerweise doch Angst vor meinen Träumen.
Der Anastasia-Steele-Effekt.
Ich grinse und sehe mich um. Sie liegt nicht im Bett. Bevor ich aufstehe, schaue ich auf mein neu aufgeladenes Handy. Ich habe unendlich viele Nachrichten, vor allem von Sam, aber ich will mich noch nicht darum kümmern. Ich schalte mein Handy aus und nehme meinen Schlüsselanhänger, um ihn genauer zu betrachten.
Sie hat Ja gesagt.
Es war nicht gerade der romantischste Hochzeitsantrag.
Da hat sie recht. Sie hat Besseres verdient. Wenn sie den Herzen- und Blumenkram will, muss ich mich anstrengen. Ich habe eine Idee und google nach einem Floristen in der Nähe meines Elternhauses. Er hat noch nicht geöffnet, also hinterlasse ich eine Nachricht.
Scheiße. Ich brauche einen Ring. Heute.
Später. Das muss noch etwas warten.
In der Zwischenzeit suche ich nach Ana. Sie ist nicht im Bad. Ich gehe in Richtung Wohnzimmer und höre ihre Stimme. Sie spricht mit ihrem Freund. Ich bleibe stehen und lausche.
»Du magst ihn wirklich, was?«, sagt José.
»Ich liebe ihn, José.«
Das ist mein Mädchen.
»Tja, wie könnte man das hier nicht lieben?«, bemerkt José, ich vermute, er meint meine Wohnung.
»Na, herzlichen Dank«, ruft Ana aus. Sie klingt verletzt.
Was für ein Arschloch.
»Hey, ich habe doch bloß Spaß gemacht«, versucht José sie zu

besänftigen. »Ganz im Ernst. Es war nur ein Scherz. Du bist keine von denen, die so etwas tun würden.«

Nein. Ist sie nicht. Du Depp.

»Ist Omelett okay für dich?«, fragt sie.

»Klar.«

»Für mich auch«, verkünde ich, betrete die Küche und überrasche beide. »José.« Ich begrüße ihn mit einem Nicken.

»Christian.« José antwortet mit einem Nicken.

Ja. Ich habe dich gehört, du Scheißkerl, wie du meinem Mädchen keinen Respekt gezollt hast.

Sie sieht mich merkwürdig an. Sie weiß, was ich vorhabe. »Eigentlich wollte ich dir das Frühstück ans Bett bringen«, sagt sie. Ich gehe zu ihr, hebe ihr Kinn und küsse sie, lang, heftig und laut.

»Guten Morgen, Anastasia«, flüstere ich.

»Guten Morgen, Christian. Alles Gute zum Geburtstag.« Sie lächelt mich schüchtern an.

»Ich freue mich schon auf mein zweites Geschenk«, sage ich. Sie wird rot und schaut nervös zu Rodriguez.

Oh! Was hat sie geplant?

Rodriguez sieht aus, als hätte er in eine Zitrone gebissen.

Gut.

»Und was haben Sie heute so vor, José?«, erkundige ich mich höflich.

»Ich treffe mich später mit meinem Vater und Ray, Anas Dad.«

»Die beiden kennen sich?« Ich runzle die Stirn wegen dieser neuen Information.

»Ja, sie waren zusammen in der Armee, haben sich allerdings aus den Augen verloren. Erst als Ana und ich gemeinsam aufs College kamen, haben sie sich wiedergefunden. Es ist wirklich süß. Die beiden sind inzwischen dicke Freunde. Wir gehen fischen.«

»Fischen?« So sieht er gar nicht aus.

»Ja. Hier an der Küste gibt es Stahlkopfforellen, die riesig werden können.«

»Das stimmt. Mein Bruder Elliot und ich haben mal einen Fünfzehn-Kilo-Prachtburschen herausgezogen.«

»Fünfzehn Kilo?«, sagt José und scheint ehrlich beeindruckt.

»Nicht übel. Anas Vater hält allerdings den Rekord. Seine hatte neunzehn Kilo.«

»Ehrlich? Das wusste ich ja gar nicht.« Ray ist kein Angeber. Das ist einfach nicht seine Art, genau wie es nicht die seiner Tochter ist.

»Übrigens herzlichen Glückwunsch zum Geburtstag.«

»Danke. Und wo gehen Sie am liebsten fischen?«

»Überall im Nordwesten. Dads Lieblingsfluss ist der Skagit.«

»Ehrlich, das ist auch der Lieblingsfluss meines Dads.« Ich bin noch einmal überrascht.

»Er zieht die kanadische Seite vor. Ray dagegen die amerikanische.«

»Streiten sie sich deswegen?«

»Klar, nach ein, zwei Bier.« José grinst, und ich setze mich neben ihn an die Küchentheke. Vielleicht ist der Typ doch gar nicht so verkehrt.

»Ihr Dad mag also den Skagit. Was ist mit Ihnen?«, frage ich.

»Ich mag die Küste am liebsten.«

»Ach ja?«

»Meeresfischen ist schwieriger. Aufregender. Eine größere Herausforderung. Ich liebe das Meer.«

»Ich erinnere mich an die Meeresfotografien in Ihrer Ausstellung. Die waren gut. Übrigens vielen Dank, dass Sie die Porträts vorbeigebracht haben.«

Das Kompliment macht ihn ganz verlegen. »Kein Problem. Wo fischen *Sie* denn gern?«

Wir diskutieren ausgiebig über die jeweiligen Vorteile des Fischens in Flüssen, Seen oder im Meer. Er ist da sehr leidenschaftlich.

Ana macht Frühstück und beobachtet uns – ich glaube, sie ist glücklich, dass wir uns vertragen.

Sie stellt jedem von uns ein dampfendes Omelett und einen Kaffee auf den Tisch und setzt sich dann neben uns, um ihr Müsli zu essen. Wir kommen vom Fischen zu Baseball, und ich hoffe, sie langweilt sich nicht. Wir sprechen über das kommende Spiel der Mariners – er ist ein Fan von ihnen –, und mir wird klar, dass José und ich viel gemeinsam haben.

Darunter auch, dieselbe Frau zu lieben.

Die Frau, die zugestimmt hat, meine Frau zu werden.

Ich möchte es ihm unbedingt sagen, aber ich halte mich zurück.

Als ich mit dem Frühstück fertig bin, ziehe ich schnell Jeans und T-Shirt an. Als ich in die Küche zurückkehre, leert José gerade seinen Teller.

»Ana, das war köstlich.«

»Danke.« Sie wird wegen Josés Lob ganz rot.

»Ich muss los. Ich muss nach Bandera fahren, da treffe ich den alten Mann.«

»Bandera?«, frage ich.

»Ja, wir fischen Forellen im Mount Baker National Forest. In einem der Seen dort.«

»Welchem?«

»Lower Tuscohatchie.«

»Ich glaube, den kenne ich nicht. Petri Heil!«

»Danke.«

»Grüß Ray von mir«, fügt Ana hinzu.

»Mach ich.«

Arm in Arm begleiten Ana und ich José ins Foyer.

»Danke, dass ich hier übernachten durfte.« Er schüttelt mir die Hand.

»Jederzeit wieder«, sage ich und bin erstaunt, dass ich das tatsächlich ernst meine. Er wirkt recht harmlos, wie ein Welpe. Er umarmt Ana, und ich bin überrascht, dass ich ihm deswegen nicht die Arme ausreißen will.

»Pass gut auf dich auf, Ana.«

»Klar. Es war schön, dich zu sehen. Und nächstes Mal machen wir dann wirklich einen drauf«, sagt sie, als er den Aufzug betritt.

»Ich werde dich daran erinnern.« Er winkt uns zu, dann schließen sich die Türen.

»Er ist doch ganz nett, oder?«, sagt Ana.

Vielleicht.

»Trotzdem will er dir immer noch an die Wäsche, Baby. Und ich kann nicht behaupten, dass ich ihm einen Vorwurf daraus machen kann.«

»Christian, das stimmt einfach nicht!«

»Du hast keine Ahnung, nicht wahr? Der Mann will dich. Und zwar mit Haut und Haaren.«

»Er ist nur ein Freund, Christian. Ein guter Freund.«

Ich hebe beschwichtigend die Hände. »Ich will mich nicht streiten.«

»Ich auch nicht.«

»Du hast ihm nicht erzählt, dass wir heiraten werden?«

»Nein. Ich fand, Mom und Ray sollten es als Erste erfahren.«

»Du hast völlig recht. Und … äh … ich sollte bei deinem Vater wohl um deine Hand anhalten.«

Sie lacht. »Christian, wir leben doch nicht mehr im letzten Jahrhundert.«

»Trotzdem gehört es sich.«

Und ich hätte nie gedacht, dass ich jemals bei einem Vater um die Hand seiner Tochter anhalten würde. Bitte, lass mir diesen Augenblick.

»Lass uns später darüber reden«, sagt sie. »Zuerst will ich dir dein zweites Geschenk geben.«

Noch ein Geschenk?

Nichts kann besser sein als der Schlüsselanhänger.

Sie lächelt durchtrieben, ihre Zähne graben sich in ihre Unterlippe.

»Du kaust schon wieder auf deiner Lippe.« Ich ziehe sanft an ihrem Kinn. Sie schaut mich schüchtern an, aber dann richtet sie sich auf, nimmt meine Hand und führt mich ins Schlafzimmer.

Sie holt zwei verpackte Kartons unter dem Bett hervor.

»Gleich zwei Geschenke?«

»Das eine habe ich gekauft, bevor all das gestern passiert ist, und jetzt bin ich mir nicht sicher, was ich davon halten soll.«

»Bist du sicher, dass ich es aufmachen soll?«

Sie nickt.

Ich reiße das Geschenkpapier ab.

»*Charlie Tango*«, flüstert Ana.

Im Karton befindet sich ein kleiner Holzhubschrauber in Einzelteilen. Aber was mich wirklich umwirft, ist der Rotor. »Mit Solarzellen. Wow.« Was für ein wohlüberlegtes Geschenk. Und tief aus meinem Gedächtnis taucht eine Erinnerung auf. Mein erstes Weihnachten. Mein erstes richtiges Weihnachten mit Mom und Dad.

Mein Hubschrauber kann fliegen.
Mein Hubschrauber ist blau.
Er fliegt um den Weihnachtsbaum herum.
Er fliegt über das Klavier und landet inmitten der weißen Tasten.
Er fliegt über Mommy und fliegt über Daddy.
Und fliegt über Lelliot, der mit seinen Legosteinen spielt.

Während Ana zusieht, setze ich mich hin und baue ihn zusammen. Es klappt ganz leicht, und schon halte ich den kleinen blauen Hubschrauber in der Hand.

Ich liebe ihn.

Ich strahle Ana an und gehe zum Balkonfenster, wo sich die Rotorblätter unter den warmen Sonnenstrahlen zu drehen beginnen. »Sieh dir das an. Was mit moderner Technik heute alles möglich ist.« Ich halte den Hubschrauber auf Augenhöhe und schaue zu, wie schnell aus Sonnenenergie mechanische Energie wird. Die Rotorblätter drehen sich immer schneller und schneller.

Wow. All das in einem Kinderspielzeug.
Wir könnten so viel mehr aus dieser simplen Technologie machen. Die Herausforderung dabei ist, wie man die gewonnene Energie speichert. Graphen sind die Zukunft... Aber können wir Akkus bauen, die effizient genug sind? Akkus, die sich schnell aufladen und langsam entladen...

»Gefällt er dir?«, unterbricht Ana meine Gedanken.

»Ich finde ihn wunderbar, Ana. Danke.« Ich packe sie und küsse sie, dann schauen wir zu, wie sich die Rotorblätter drehen. »Ich stelle ihn zu meinem Segelflugzeug im Büro.« Ich bewege meine Hand vors Licht, die Rotorblätter werden langsamer und bleiben dann stehen.

Wir bewegen uns im Licht.

Wir werden im Schatten langsamer.

Wir halten in der Dunkelheit an.

Hmm. Philosophisch, Grey.

Das hat Ana für mich getan. Sie hat mich ins Licht geholt, und das gefällt mir.

Ich stelle *Charlie Tango Mark II* auf der Kommode ab.

»Er wird mir Gesellschaft leisten, solange *Charlie Tango* repariert wird.«

»Kann man ihn denn reparieren?«

»Keine Ahnung. Ich hoffe es zumindest. Wenn nicht, würde ich ihn jedenfalls sehr vermissen.«

Ana sieht mich nachdenklich an.

»Und was ist in der anderen Schachtel?«, frage ich.

»Ich weiß nicht recht, ob das Geschenk für dich oder vielleicht doch eher für mich ist.«

»Ach so?«

Sie überreicht mir die zweite Schachtel. Sie ist schwerer und klappert unüberhörbar. Ana schnippt ihr Haar über ihre Schulter und tritt von einem Fuß auf den anderen.

»Wieso bist du denn so nervös?«

Sie scheint gleichzeitig aufgeregt und verlegen zu sein. »Jetzt bin ich aber wirklich neugierig, Miss Steele.« Ich hebe den Deckel ab, und auf Seidenpapier liegt eine kleine Karte.

An deinem Geburtstag
Stell schlimme Dinge mit mir an
Bitte.
Deine Ana x

Ich schaue ihr in die Augen.
Was soll das heißen?
»Schlimme Dinge mit dir anstellen?«, frage ich. Sie nickt und schluckt. Sie ist nervös, und tief im Inneren weiß ich, worauf sie hinauswill. Sie meint das Spielzimmer.
Bist du bereit dafür, Grey?
Ich reiße das Seidenpapier auf, das den Inhalt der Schachtel verbirgt, und hole eine Maske heraus. Okay, sie will die Augen verbunden bekommen. Das Nächste sind ein Paar Brustwarzenklemmen. *Oh, nicht diese.* Die sind heftig. Nicht passend für Anfänger. Unter den Klemmen liegt ein Analstöpsel, aber der ist viel zu groß. Sie hat auch meinen iPod eingepackt, was mir gefällt. Sie scheint meine Musikauswahl zu mögen. Und da ist meine silbergraue Brioni-Krawatte, sie will anscheinend gefesselt werden.

Als Letztes, wie vermutet, liegt in der Schachtel der Schlüssel zu meinem Spielzimmer.

Sie schaut mich mit großen blauen Augen an. »Du willst spielen?«, frage ich, meine Stimme ist weich und heiser.

»Ja.«

»Als Geburtstagsgeschenk für mich?«

»Ja.« Ihre Zustimmung ist kaum hörbar.

Macht sie das, weil sie glaubt, dass ich das möchte? Genügt ihr das, was wir tun, nicht? Bin ich bereit dafür?

»Bist du sicher?«, frage ich nach.

»Ja. Aber keine Peitschen und solche Dinge.«

»Verstehe.«
»Ja, ansonsten bin ich sicher.«
Sie verwirrt mich. Jeden Tag. Ich schaue auf den Inhalt der Schachtel. Manchmal ist sie einfach nur verblüffend. »Sexverrückt und unersättlich«, sage ich mehr zu mir selbst. »Ich glaube, mit diesen Sachen hier können wir so einiges anstellen.«
Wenn sie das will – ihre Worte fallen mir plötzlich ein. Sie hat mich immer und immer wieder darum gebeten.
Deine perversen Nummern gefallen mir.
Wenn ich gewinne, Christian, gehe ich mit dir ins Spielzimmer.
Kammer der Qualen, wir kommen.
Ja, ich hätte gern eine Demonstration. Ich lasse mich gern fesseln.
Ich lege alles in die Schachtel zurück.
Wir könnten ein bisschen Spaß haben.
Erwartung steigt heiß in mir hoch und entzündet mein Inneres. Seit unserer letzten Szene im Spielzimmer habe ich das nicht mehr empfunden. Ich schaue sie mit schmalen Augen an und strecke meine Hand aus. »Jetzt«, verkünde ich. Ich will sehen, wie willig sie tatsächlich ist.
Sie legt ihre Hand in meine.
Okay, los geht's.
»Komm.« Durch die Bruchlandung gestern habe ich eine Million Dinge zu erledigen, aber es ist mir egal. Es ist mein Geburtstag, und ich werde mich mit meiner Verlobten ein bisschen amüsieren.
Vor dem Spielzimmer bleibe ich stehen. »Bist du sicher, dass du das wirklich willst?«, wiederhole ich.
»Ja«, sagt sie.
»Gibt es etwas, das du nicht tun willst?«
Sie denkt einen Augenblick nach. »Ich will nicht, dass du mich dabei fotografierst.«
Warum zum Teufel sagt sie das? Wieso sollte ich sie fotografieren?
Grey. Natürlich würdest du das, wenn sie es erlauben würde.

»Okay«, stimme ich zu, grüble jedoch weiter nach dem Grund für diese Frage. Weiß sie es? Das ist unmöglich.

Ich schließe die Tür auf, fühle mich besorgt und erregt zugleich – wie beim ersten Mal, als ich sie hierhergebracht habe. Ich führe sie hinein und schließe die Tür.

Zum ersten Mal seit sie mich verlassen hat, wirkt der Raum einladend.

Ich kann es tun.

Ich stelle die Geschenkschachtel auf die Kommode, nehme den iPod und schließe ihn an die Musikanlage an. Ich stelle das Bose-Soundsystem so ein, dass die Musik über die Lautsprecher abgespielt wird. Eurythmics. Ja. Dieses Lied wurde ein Jahr vor meiner Geburt veröffentlicht. Es hat einen verführerischen Beat. Ich liebe es. Ja, Ana wird es mögen. Ich drücke auf »Wiederholen« und lasse den Song laufen. Es ist ein bisschen laut, also stelle ich es etwas leiser.

Als ich mich zu ihr umdrehe, steht sie mitten im Raum. Sie beobachtet mich mit einem hungrigen, lüsternen Gesichtsausdruck. Ihre Zähne spielen mit ihrer Unterlippe, ihre Hüften bewegen sich im Takt der Musik.

O Ana, du sinnliches Wesen.

Ich schlendere zu ihr und ziehe sanft an ihrem Kinn, um ihre Lippe zu befreien.

»Was willst du tun, Anastasia?«, frage ich leise und drücke ihr einen züchtigen Kuss auf den Mundwinkel, ohne ihr Kinn loszulassen.

»Es ist dein Geburtstag. Ich will das, was du willst, was es auch immer sein mag«, haucht sie, und ihre dunklen Augen werfen mir einen Blick voller Versprechen zu.

Fuck.

Sie könnte genau so mit meinem Schwanz reden.

»Sind wir hier drin, weil du glaubst, dass ich es gern will?«

»Nein. Ich will genauso hier drin sein.«

Sie ist eine Sirene.

Meine Sirene.

In dem Fall beginnen wir mit den Grundlagen. »Es gibt unendlich viele Möglichkeiten, Miss Steele. Aber fangen wir erst mal damit an, dass wir dich auszuziehen.« Ich lockere den Gürtel ihres Morgenrocks, so dass er auseinanderfällt und den Blick auf ihr Seidennachthemd freigibt.

Ich trete zurück und setze mich auf die Armlehne des Ledersofas. »Zieh dich aus. Ganz langsam.«

Miss Steele liebt Herausforderungen.

Sie schlüpft aus ihrem Morgenmantel und lässt ihn wie eine Wolke zu Boden fallen. Dabei schaut sie mich an. Ich werde hart. Sofort rauscht Lust durch meinen Körper. Ich fahre mit meinem Finger über meine Lippen, um sie nicht anzufassen.

Sie hebt beide Träger ihres Nachthemds von den Schultern, beobachtet mich, wie ich sie beobachte, und lässt sie dann los, so dass ihr Satinnachthemd neben ihrem Morgenmantel zu Boden fällt. Sie steht nackt, in ihrer vollen Pracht, vor mir.

Es macht einen Unterschied, dass sie mich ansieht.

Es ist erregender, weil ich mich nicht mehr verbergen kann.

Ich habe eine Idee und gehe langsam zur Kommode, um die Krawatte aus ihrer Geschenkschachtel zu holen. Ich lasse sie durch meine Finger gleiten und kehre zurück zu ihr. Sie wartet geduldig. »Ich finde, Sie sind ein wenig underdressed, Miss Steele.« Ich lege die Krawatte um ihren Hals und knüpfe rasch einen Windsorknoten, aber ich lasse das breitere Ende lang hängen. Meine Finger berühren ihren Hals, und sie schnappt nach Luft. Ich lasse das lange Krawattenende fallen, es berührt knapp ihre Schamhaare. »Jetzt sehen Sie ganz hervorragend aus, Miss Steele.« Ich küsse sie flüchtig. »So, und was machen wir jetzt mit Ihnen?«, murmle ich. Ich nehme den Schlips in die Hand, ziehe fest daran, und sie fällt mir in die Arme. Ihr nackter Körper an meinem wirkt wie ein Brandbeschleuniger. Meine Finger sind in ihren Haaren. Mein Mund auf ihrem, und mit meiner Zunge erhebe ich Anspruch auf sie.

Hart. Beharrlich. Ich mache keine Gefangenen.

Sie schmeckt nach süßer Anastasia Steele. Mein Lieblingsgeschmack.

Mit der anderen Hand umfasse ich ihren Hintern, fühle ihren großartigen Arsch.

Als ich sie loslasse, keuchen wir beide. Ihre Brüste heben und senken sich mit jedem Atemzug.

O Baby. Was du mit mir anstellst.

Was ich mit dir anstellen will.

»Dreh dich um«, weise ich sie an. Sie gehorcht prompt. Ich löse ihre Haare und flechte sie. Keine offenen Haare im Spielzimmer. Ich ziehe sanft am Zopf, und ihr Kopf hebt sich. »Du hast so wunderschönes Haar, Anastasia.« Ich küsse ihre Kehle, und sie windet sich. »Du musst einfach nur Halt sagen, wenn dir etwas nicht gefällt. Das weißt du, oder?«, flüstere ich auf ihre Haut.

Sie nickt mit geschlossenen Augen.

Aber verdammt, sie sieht glücklich aus.

Ich drehe sie um und packte das Ende der Krawatte.

»Komm.« Ich führe sie zur Kommode, wo ihre Geschenkschachtel samt Inhalt steht. »Diese Sachen hier, Anastasia...« Ich halte den Analstöpsel in die Höhe. »Der hier ist viel zu groß. Als anale Jungfrau willst du wohl kaum hiermit anfangen. Wir werden mit dem hier beginnen.« Ich zeige ihr meinen kleinen Finger.

Ihre Augen werden unfassbar groß.

Und ich muss zugeben, dass es eine meiner Lieblingsbeschäftigungen ist, Ana zu schockieren.

»Ich rede von der Einzahl«, füge ich hinzu. »Und diese Klemmen hier sind auch ziemlich fies.« Ich nehme die Brustwarzenklemmen in die Hand. »Wir benutzen lieber die hier.« Ich hole ein anderes Paar aus der Kommode. »Sie lassen sich in der Weite regulieren.«

Sie untersucht sie. Fasziniert. Ich liebe ihre Neugier. »Klar?«, frage ich.

»Ja. Wirst du mir sagen, was du vorhast?«

»Nein. Das entscheide ich spontan. Das hier ist keine Sadomaso-Szene, Anastasia.«

»Und wie soll ich mich verhalten?«

Eine merkwürdige Frage. »So wie du willst.« Ich frage sie, ob sie mein Alter Ego erwartet hat.

»Ja, irgendwie schon. Ich mag dein Alter Ego«, sagt sie.

»Wirklich?« Ich streiche mit meinem Daumen über ihre Unterlippe, bin versucht, sie wieder zu küssen. »Ich bin dein Geliebter, Ana, nicht dein Dom. Ich will dich lachen hören, dein mädchenhaftes Kichern. Ich mag es, wenn du glücklich und entspannt bist, so wie auf Josés Fotos. So wie das Mädchen, das damals in mein Büro gestolpert ist. Das Mädchen, in das ich mich verliebt habe. Trotzdem stelle ich gern schlimme Dinge mit Ihnen an, Miss Steele, und mein Alter Ego kennt da ein paar ziemlich gute Tricks. So, und jetzt umdrehen.«

Sie gehorcht, ihr Gesicht glüht vor Erregung.

Ich liebe dich, Ana.

Ganz einfach.

Ich nehme aus den Schubladen, was ich brauche, dann lege ich alle Spielsachen auf die Kommode. »Komm.« Ich ziehe am Schlips und führe sie zum Tisch. »Ich will, dass du dich dort oben hinkniest.« Sanft hebe ich sie auf den Tisch; sie schlägt ihre Beine unter und kniet vor mir.

Sie schaut mich mit glänzenden Augen an.

Ich streiche mit meinen Händen über ihre Oberschenkel bis zu den Knien und drücke ihre Beine vorsichtig auseinander, so dass ich mein Ziel sehe.

»Arme auf den Rücken. Ich will dich fesseln.«

Ich zeige ihr die Ledermanschetten und lehne mich vor, um sie ihr anzulegen. Sie dreht sich um und fährt mit offenen Lippen über mein Kinn, ihre Zunge neckt meine Bartstoppeln. Ich schließe für einen Augenblick die Augen und genieße den Kontakt, unterdrücke ein Stöhnen.

Ich warne sie: »»Hör auf, sonst ist das Ganze schneller vorbei, als uns beiden lieb ist.«
»Du bist eben unwiderstehlich.«
»Jetzt plötzlich, ja?«
Sie nickt und schaut frech.
»Lenk mich nicht ab, sonst muss ich dich knebeln.«
»Ich lenke dich aber gern ab.«
»Oder dich übers Knie legen.« Sie grinst. »Benimm dich«, tadle ich sie, trete zurück und lasse die Ledermanschette auf meine Handinnenfläche schnellen.
Es könnte genauso gut dein Hintern sein, Ana.
Sie schaut scheu auf ihre Knie hinunter. »Schon besser.« Ich probiere es noch einmal, und dieses Mal schaffe ich es, ihr die Ledermanschetten anzulegen. Ich ignoriere, dass sie mit ihrer Nase über meine Schulter streift. Zum Glück haben wir heute Nacht geduscht.
Durch die Ledermanschetten biegt sie ihren Rücken leicht durch. Ihre Brüste treten hervor und betteln darum, berührt zu werden. »Okay?«, frage ich und schaue sie voller Bewunderung an.
Sie nickt.
»Gut.« Ich ziehe die Maske aus meiner Gesäßtasche. »Ich finde, du hast genug gesehen.« Ich ziehe sie über ihren Kopf und ihre Augen.
Ihre Atmung beschleunigt sich.
Ich mache einen Schritt zurück und betrachte sie ausgiebig.
Sie sieht heiß aus.
Der Kommode entnehme ich die Gegenstände, die ich brauche. Ich ziehe mein T-Shirt aus, meine Jeans behalte ich an. Es ist ein bisschen unbequem, aber ich will nicht, dass mein ungeduldiger Schwanz sie ablenkt.
Als ich wieder vor ihr stehe, öffne ich eine kleine Flasche mit meinem Lieblingsmassageöl und halte sie ihr unter die Nase. Das Öl riecht nach Zedernholz und Arganie und erinnert mich an einen frischen Herbsttag nach einem Regenguss.

»Ich will nicht, dass du mir meine Lieblingskrawatte ruinierst«, murmle ich, während ich sie löse und sanft von Ana ziehe. Sie zuckt zusammen, als der Stoff über ihren Körper gleitet und sie neckt.

Ich falte die Krawatte und lege sie neben sie. Ihre Anspannung ist fast greifbar. Ihr Körper bebt vor Ungeduld. Es ist erregend.

Ich gieße etwas Öl in meine Hände und reibe sie aneinander, um das Öl zu erwärmen. Sie horcht, will wissen, was ich tue. Ich liebe es, ihre Sinne herauszufordern. Ich streichle ihre Wange sanft mit meinen Fingerknöcheln bis hinunter zu ihrem Kinn.

Sie zuckt zusammen, als ich sie berühre, aber sie lehnt sich gegen meine Hand. Ich beginne, das Öl in ihre Haut einzumassieren – in ihren Hals, verteile es über ihre Schultern. Ich knete ihre Muskeln und lasse meine Hände in kleinen Kreisen über ihre Brust gleiten, spare ihren Busen jedoch aus. Sie biegt sich nach hinten, drückt ihre Brüste mir entgegen.

O nein, Ana. Noch nicht.

Ich bewege meine Finger seitlich nach unten, massiere das Öl langsam im Rhythmus der Musik ein. Sie stöhnt, und ich weiß nicht, ob vor Vergnügen oder Frustration. Vielleicht ein bisschen von beidem.

»Du bist so schön, Ana«, flüstere ich, meine Lippen nah an ihrem Ohr. Dann berühren sie ihr Kinn, während meine Hände weiter zaubern. Ich lasse meine Finger unterhalb ihrer Brust wandern, über ihren Bauch, nach unten, auf mein Ziel zu. Ich küsse sie flüchtig und atme an ihrem Hals ihren Duft ein, jetzt gemischt mit dem Öl.

»Und bald wirst du meine Frau sein, die ich für immer in meinen Armen halten werde.«

Sie schnappt nach Luft.

»Die ich lieben und ehren werde…« Meine Hände machen weiter. »… und der ich täglich aufs Neue mit meinem Körper huldigen werde.«

Sie wirft ihren Kopf zurück und stöhnt, während meine Finger durch ihre Schamhaare zu ihrer Klitoris streichen. Zärtlich lege ich meine Handfläche auf sie, necke sie und verteile Öl dort, wo sie bereits feucht ist.

Es ist berauschend.

Ich lehne mich vor und greife zu einem Vibrator-Ei. »Mrs. Grey.«

Sie stöhnt.

»Ja«, flüstere ich und liebkose sie weiter mit meiner Hand.

»Mach den Mund auf.« Sie keucht bereits, aber öffnet ihren Mund weiter, und ich lasse den kleinen Vibrator hineingleiten. Er hängt an einer Kette und kann auch als Schmuckstück getragen werden, falls erforderlich. »Saugen. Ich werde ihn gleich in dich hineinstecken.«

Sie erstarrt.

»Saugen«, wiederhole ich und nehme meine Hand von ihrem Körper.

Sie beugt die Knie und stöhnt frustriert. Lächelnd gieße ich mehr Öl in meine Hände und umfasse endlich ihren Busen. »Weiter saugen«, befehle ich, während ich sanft ihre festen Brustwarzen zwischen Daumen und Zeigefinger zwirble. »Du hast unglaublich schöne Brüste, Ana.«

Sie stöhnt, und ich nehme eine der Brustwarzenklemmen in die Hand. Ich streiche mit meinen Lippen von ihrem Hals bis zu ihrer Brust, halte an und befestige vorsichtig eine Klemme.

Ihr ersticktes Stöhnen belohnt mich, während ich die gefangene Brustwarze mit meinen Lippen umfange. Sie windet sich unter meiner Berührung, wälzt sich von rechts nach links, und ich klemme die zweite Brustwarze ein. Anas Stöhnen ist dieses Mal genauso laut. »»Spürst du es?«, raune ich und lehne mich zurück, um den wunderschönen Anblick zu genießen.

»Und jetzt gib es her.« Ich nehme ihr den Vibrator aus dem Mund. Meine Hand streicht über ihren Rücken, zu ihrem Hintern und zwischen ihre Pobacken. Sie spannt sich an und kommt auf die Knie. »Ganz locker«, beruhige ich sie und küsse ihren Hals, während meine Finger weiter ihre großartigen Arschbacken streicheln.

Ich lasse meine Hand vorn über ihren Körper gleiten und lege meine Handfläche erneut auf ihre Klitoris, dann schiebe ich meine Finger in sie. »Ich werde es in dich hineinstecken«, flüstere ich. »Aber nicht hier.« Und meine Finger kreisen um ihren Anus, verteilen das Öl. »Sondern hier.« Die Finger meiner anderen Hand gleiten langsam in ihre Vagina, hinein, heraus.

»Ah!«, reagiert sie.

»Still.« Ich stehe auf und schiebe den Vibrator in sie. Ich umfasse ihr Gesicht mit meinen Händen, küsse sie, dann drücke ich auf die kleine Fernbedienung.

Als der Vibrator sich einschaltet, schnappt sie nach Luft und zieht abrupt die Knie an. »Ah!«

»Nur die Ruhe«, flüstere ich nah an ihren Lippen und ersticke ihr Keuchen. Ich ziehe nacheinander sanft an beiden Brustwarzenklemmen.

Sie schreit auf. »Christian, bitte!«

»Still, Baby. Nicht bewegen.«

Du schaffst das, Ana.

Sie keucht jetzt und muss mit all der Stimulation klarkommen. Ich bin mir sicher, dass es intensiv ist. »Braves Mädchen«, beschwichtige ich sie.

»Christian«, stößt sie hervor, sie klingt ein bisschen wild.

»Still. Nur spüren, Ana. Hab keine Angst.« Ich lege meine Hände auf ihre Taille, halte sie. *Ich bin hier, Baby. Ich habe es unter Kontrolle. Du hast es unter Kontrolle.*

Ich tauche meinen kleinen Finger in das Gleitgel und streiche meine Hände langsam über ihren Rücken bis hinunter zum Hintern, beobachte ihre Reaktion, achte darauf, dass es ihr gefällt. Ich massiere ihre Haut und knete ihr Hinterteil, ihr umwerfendes Hinterteil, und schiebe eine Hand zwischen ihre Pobacken.

»So wunderschön.« Sanft dringe ich mit meinem Finger in ihren Hintern, so dass ich den Vibrator in ihrem Körper zittern fühle. Sie spannt sich an, und ich bewege meine Finger langsam, gleite hinein und hinaus, dabei knabbern meine Zähne an ihrem Kinn. »So wunderschön, Ana.«

Sie schnappt nach Luft, dann stöhnt sie und kommt etwas höher. Sie ist kurz vor dem Explodieren. Ihre Lippen bewegen sich, aber was immer sie sagt, es ist lautlos. Plötzlich schreit sie, als der Orgasmus sie überwältigt. Mit meiner freien Hand löse ich erst die eine, dann die andere Brustwarzenklemme; abermals schreit sie auf.

Ich halte sie fest, während ihr Körper auf dem Höhepunkt zuckt, lasse meinen Finger immer noch hinein- und herausgleiten.

»Nein«, ruft sie, und ich weiß, dass sie genug hat.

Ich nehme meinen Finger und den Vibrator fort, dabei halte ich sie in meinen Armen. Sie lässt sich gegen mich sinken, aber ihr Körper zuckt immer noch. Geschickt öffne ich die Manschette an einem Arm, und sie fällt nach vorn, auf mich. Ihr Kopf sinkt auf meine Schulter, während ihr Orgasmus langsam nachlässt.

Ihre Beine müssen schmerzen. Sie stöhnt, als ich sie anhebe und zum Bett trage, wo ich sie auf Satinlaken lege. Ich schalte die Musik mit der Fernbedienung aus, schlüpfe aus meinen Jeans und befreie meinen wütenden Schwanz. Ich beginne, die Rückseiten ihrer Schenkel, Knie, Waden und Schultern zu massieren, entferne die Manschette. Ich lege mich neben sie, nehme ihr die Maske ab. Ihre Augen sind fest geschlossen. Ich löse vorsichtig ihren Zopf, öffne ihre Haare, lehne mich vor, küsse ihre Lippen. »So wunderschön«, sage ich.

Sie schlägt ihre Augen auf.

»Hi.« Ich lächle sie an.

Als Antwort grummelt sie.

»War das schlimm genug für dich?«

Sie nickt und grinst müde.

Ana, du enttäuschst nie.

»Du versuchst wohl, mich umzubringen.«

»Tod durch Orgasmus. Es gibt schlimmere Arten, für immer abzutreten.«

Wie in *Charlie Tango* abzustürzen.

Sie streichelt mein Gesicht, meine düsteren Gedanken verschwinden. »Auf diese Art darfst du mich jederzeit ins Jenseits befördern«, sagt sie. Ich nehme ihre Hand, küsse ihre Knöchel. Ich bin so stolz auf sie. Sie enttäuscht mich nie. Sie umfasst mein Gesicht mit ihren Händen und küsst mich.

Ich halte inne, ziehe mich zurück. »Genau das will ich jetzt tun«, flüstere ich. Ich ziehe die Fernbedienung zwischen den Kissen hervor und wechsle zu einem anderen Song. Ich drücke auf den Knopf und lege Ana auf den Rücken. *The First Time Ever I Saw Your Face* – Roberta Flacks Klassiker erfüllt das Zimmer. »Ich will mit dir schlafen«, wispere ich. Ich presse meine Lippen auf ihre, und ihre Finger zwirbeln meine Haare.

»Bitte«, haucht Ana, und ihr überstimulierter Körper streckt sich meinem entgegen, öffnet sich für mich, als ich sanft in sie eindringe und wir uns langsam und süß lieben.

Ich beobachte, wie sie in meinen Armen kommt, und ihr Orgasmus reißt mich mit. Ich lasse los, ergieße mich in ihr, werfe meinen Kopf in den Nacken und rufe bewundernd ihren Namen.

Ich liebe dich, Ana Steele.

Ich halte sie fest an mich. Ich will sie nie loslassen.

Meine Befriedigung ist vollkommen. War ich jemals so glücklich?

Während ich ins Leben zurückkehre, streiche ich ihre Haare aus dem Gesicht und schaue auf die Frau, die ich liebe.

Sie weint.

»Hey.« Ich nehme ihren Kopf in die Hände. Habe ich sie verletzt? »Warum weinst du denn?«

»Weil ich dich so sehr liebe«, sagt sie, und ich schließe die Augen, lasse ihre Worte durch mich hindurch rauschen.

»Und ich liebe dich. Erst durch dich fühle ich mich ... vollständig.« Ich küsse sie noch einmal, während die Musik aufhört, dann wickle ich die Decke um uns beide. Sie sieht umwerfend aus: ihre Haare zerzaust und ihre Augen strahlend, trotz der Tränen. Sie ist so voller Leben.

»Was möchtest du heute tun?«, fragt sie.

»Mein Tag ist bereits perfekt, vielen Dank.«

»Meiner auch.«

Ich liebe Anas inneren Freak; er ist immer in der Nähe. Und ich denke daran, was ich für später geplant habe. Ich hoffe, dass ihr Tag dadurch noch besser wird. »Ich sollte meinen PR-Manager anrufen. Aber ganz ehrlich, ich würde lieber mit dir in dieser Blase bleiben.«

»Hat das mit dem Absturz zu tun?«

»Ich mache blau.«

»Es ist Ihr Geburtstag, Mr. Grey. Da darfst du das. Und mir gefällt es, dich ganz für mich zu haben.« Sie streckt sich und berührt mit ihren Zähnen mein Kinn. Sie sieht glücklich aus, wenn auch etwas müde. »Ich liebe deine Musikauswahl. Wo findest du die Stücke?«

»Ich bin froh, dass sie dir gefallen. Manchmal, wenn ich nicht schlafen kann, spiele ich Klavier – oder ich stöbere im iTunes Store herum.«

»Ich stelle mir nicht gern vor, dass du nicht schlafen kannst und allein bist. Es klingt so einsam«, sagt Ana mitfühlend

»Ehrlich gesagt, ich habe mich nie einsam gefühlt, bis du mich verlassen hast. Mir war vorher nicht klar, wie elend es mir ging.«

Sie umfasst mein Gesicht. »Entschuldige.«

»Entschuldige dich nicht, Ana. Was ich getan habe, war falsch.«

Sie legt ihre Finger auf meine Lippen. »Sch«, sagt sie. »Ich liebe dich genau so, wie du bist.«

»So heißt ein Lied.«

Sie lacht und wechselt das Thema, fragt nach meiner Arbeit.

»Wir sind ziemlich weit gekommen«, sagt Ana und streichelt mein Gesicht.

»Das stimmt.«
Sie sieht plötzlich ganz wehmütig aus.
»Woran denkst du?«, frage ich.
»An das Fotoshooting mit José. Kate. Wie bestimmend sie war. Und wie heiß du ausgesehen hast.«
»Heiß?« Ich?
»Ja. Heiß, und Kate die ganze Zeit: Setz dich hierhin. Tu dies. Tu das.« Ihre Parodie von Kavanagh trifft den Nagel auf den Kopf. Ich lache.
»Wenn ich mir vorstelle, sie wäre diejenige gewesen, die mich interviewt hat. Dem Himmel sei Dank für die gemeine Wald-und-Wiesen-Erkältung.« Ich küsse ihre Nasenspitze.
»Sie hatte eine richtige Grippe, Christian«, schimpft sie und spielt unbewusst mit meinem Brusthaar. Es ist komisch, aber ich glaube, sie hat die Dunkelheit verjagt. Ich zucke nicht mal zusammen. »All die Rohrstöcke sind verschwunden«, bemerkt sie, als sie sich im Spielzimmer umsieht. Ich schiebe eine widerspenstige Haarsträhne hinter ihr Ohr.
»Ich war sicher, dass du dieses Hard Limit nie außer Kraft setzen würdest.«
»Stimmt. Das werde ich wohl nicht tun.« Sie dreht sich um, und ihr Blick schweift über die Peitschen, Paddles und Flogger an den Wänden.
»Willst du, dass ich die auch wegnehme?«, frage ich.
»Die Reitgerte nicht. Die braune. Und den Wildlederflogger kannst du auch behalten.« Sie lächelt mich schüchtern an.
»Okay, die Gerte und der Flogger bleiben. Sie stecken voller Überraschungen, Miss Steele.«
»Das kann ich nur zurückgeben, Mr. Grey. Das ist eines der Dinge, die ich so an Ihnen liebe.« Sie küsst meine Mundwinkel.
Plötzlich muss ich es von ihr hören, weil ich es immer noch nicht ganz glauben kann. »Und was liebst du sonst noch an mir?«,
Ihr Blick wird ganz weich und emotional. »Die hier«, sagt sie und streicht mit dem Zeigefinger über meine Lippen, kitzelt sie.

»Ich liebe sie und das, was sie mit mir anstellen. Und alles, was hier drinnen ist.« Sie tippt gegen meine Schläfe. »Du bist so klug und geistreich. Du weißt sehr viel und hast so viele Fähigkeiten. Aber am meisten liebe ich das, was hier drin schlägt.« Sie legt ihre Hand auf meine Brust. »Du bist der mitfühlendste Mann, der mir je begegnet ist. Ich bewundere dich für all das, was du tust. Für deine Arbeit. Es ist wirklich Ehrfurcht einflößend.«

»Ehrfurcht einflößend?« Ich wiederhole ihre letzten Worte, glaube ihr nicht so richtig, liebe sie aber trotzdem. Ein leichtes Lächeln zuckt um meinen Mund, aber bevor ich etwas sagen kann, wirft sie sich auf mich.

Ana döst ein paar Minuten in meinen Armen. Ich liege da, schaue die Decke an und genieße ihr Gewicht auf mir. Könnte ich glücklicher sein? Ich glaube nicht. Sie wacht auf, als ich sie auf die Stirn küsse.

»Hunger?«, frage ich.

»Bärenhunger.«

»Ich auch.«

Sie legt ihren Arm auf meine Brust und betrachtet mich. »Heute ist Ihr Geburtstag, Mr. Grey. Deshalb werde ich für Sie kochen. Was darf's denn sein?«

»Überrasch mich doch.« Ich streiche mit meiner Hand über ihren Rücken. »Ich werde so lange all die Nachrichten auf meinem BlackBerry checken, die gestern eingegangen sind.« Seufzend setze ich mich auf. Ich könnte den ganzen Tag hier mit ihr verbringen.

»Lass uns duschen gehen«, sage ich.

Sie grinst, und gemeinsam in ein rotes Laken gewickelt betreten wir das Badezimmer.

Als Ana angezogen ist, nimmt sie die nassen Kleider von gestern Nacht aus dem Waschbecken und trägt sie zur Tür hinaus. In ihrem winzigen blauen Kleid sieht man nur Beine.

Zu viel Bein.

Na ja, wenigstens sind wir beide allein.

Abgesehen von Taylor.

Ich höre einen Augenblick mit dem Rasieren auf. »Überlass die Sachen Mrs. Jones«, rufe ich ihr nach. Sie blickt über ihre Schulter und lächelt.

In Hochstimmung setze ich mich an meinen Schreibtisch. Ana arbeitet in der Küche, und ich habe eine Tonne E-Mails und Nachrichten durchzuarbeiten. Die meisten sind von Sam, er ist genervt, dass ich ihn nicht angerufen habe. Aber da sind noch mehr... aufwühlende Nachrichten von meiner Mutter, von Mia, meinem Dad und Elliot, alle bitten mich, sie anzurufen. Es tut weh, ihre Unruhe zu spüren.

Und Elena. *Scheiße.*

Als Nächstes Anas zögerliche Stimme.

Hi... äh... ich bin's, Ana. Geht es dir gut? Ruf mich an. Ihre Sorge ist klar zu hören. Mein Herz zieht sich zusammen, als mir mit einem Schlag klar wird, dass ich sie und meine Familie durch die Hölle geschickt habe.

Grey, du bist ein Idiot.

Du hättest anrufen sollen.

Ich speichere alle Nachrichten außer Elenas. Dann kümmere ich mich um den wichtigsten Anruf, dem von der Floristin in Bellevue. Ich rufe sie zurück, erkläre meine Wünsche und bin froh, dass sie mir so kurzfristig weiterhelfen kann.

Anschließend rufe ich meinen Lieblingsjuwelier an. Okay, den einzigen, den ich kenne. Ich habe Anas Ohrringe dort gekauft. Man versichert mir, einen passenden Ring für sie zu finden.

Wäre ich abergläubisch, würde ich sagen: beides gute Omen für die Zukunft.

Als Nächstes melde ich mich bei Sam.

»Mr. Grey, wo waren Sie?« Er ist sauer. Pech.

»Hatte zu tun.«

»Die Presse hat sich auf diese Hubschraubergeschichte gestürzt. Mehrere Fernsehsender und Zeitungen wollen ein Interview...«

»Sam – schreiben Sie eine Pressemitteilung. Erklären Sie, dass es Ros und mir gut geht. Und legen Sie sie mir vorher zur Abstimmung vor. Ich will keine Interviews geben. Nicht der Presse, nicht dem Fernsehen oder sonst wem.«

»Aber, Christian, das ist eine großartige Chance...«

»Die Antwort ist Nein. Schreiben Sie diese Pressemitteilung.«

Er schweigt einen Moment. So publicitygeil wie er ist, kann ich spüren, wie er mit sich ringt.

»Ja, Mr. Grey«, sagt er knapp. Ich ignoriere seinen Widerwillen, aber es scheint mir sinnvoll, jemand Neues für die PR einzustellen. Seine Zeugnisse waren ziemlich übertrieben, als wir seine Referenzen überprüft haben.

»Danke, Sam.« Ich lege auf.

Ich rufe Taylor über die hausinterne Leitung an.

»Guten Tag, Mr. Grey.«

»Was gibt's Neues?«

»Ich komme herunter, Sir.«

Taylor informiert mich, dass *Charlie Tango* gefunden wurde und dass ein Bergungstrupp sowie ein FAA-Beamter und ein Ingenieur von Airbus, dem Hersteller, auf dem Weg zur Absturzstelle sind.

»Ich hoffe, sie werden ein paar Antworten finden.«

»Da bin ich mir sicher, Sir«, sagt Taylor. »Ich habe Ihnen eine Liste mit Personen gemailt, die Sie anrufen sollten.«

»Danke. Da ist noch etwas. Sie müssten für mich zu diesem Laden fahren.« Ich erkläre, was ich mit dem Juwelier besprochen habe. Taylor grinst mich breit an.

»Mit Vergnügen, Sir. Ist das alles?«

»Im Moment ja. Und danke.«

»Sehr gerne. Herzlichen Glückwunsch.« Er nickt und verlässt mein Arbeitszimmer.

Ich nehme mein Telefon zur Hand und fange an, mich durch Taylors Anrufliste zu arbeiten.

Als ich gerade der FAA einen Bericht durchgebe, trifft eine E-Mail von Ana ein.

Von: Anastasia Steele
Betreff: Mittagessen
Datum: 18. Juni 2011, 13:12 Uhr
An: Christian Grey

Sehr geehrter Mr. Grey,
ich maile Ihnen, um Sie darüber zu informieren, dass Ihr Mittagessen so gut wie fertig ist.
Und dass ich vorhin eine perverse Nummer geschoben habe, bei der mir Hören und Sehen verging.
Perverse Geburtstagsnummern sind definitiv zu empfehlen.
Und noch etwas – ich liebe Sie.
A x
(Ihre Verlobte)

Ich bin mir sicher, dass Mrs. Wilson von der FAA am anderen Ende der Leitung mein Lächeln mitbekommen hat. Mit einem Finger tippe ich eine Antwort.

Von: Christian Grey
Betreff: Perverse Nummern
Datum: 18. Juni 2011, 13:15 Uhr
An: Anastasia Steele

Wobei genau ist Ihnen denn Hören und Sehen vergangen?
Ich habe den Zettel schon bereitliegen, um es mir zu notieren.
CHRISTIAN GREY
Ausgehungerter und nach den morgendlichen Betätigungen schwächelnder CEO, Grey Enterprises Holdings, Inc.

PS: Ich liebe Ihre Signatur.
PPS: Was ist aus der Kunst der gepflegten Unterhaltung geworden?

Ich beende das Telefonat mit Mrs. Wilson und verlasse mein Büro, um mich zu Ana zu begeben.

Sie ist ganz konzentriert. Ich schleiche auf Zehenspitzen zur Küchentheke, während sie etwas auf ihrem Handy tippt. Sie drückt auf »Senden«, schaut auf und erschrickt, als sie mich grinsen sieht. Ich gehe um die Kücheninsel, umarme sie, küsse sie und überrasche sie noch einmal. »Das war's, Miss Steele«, sage ich, als ich sie loslasse und zurück in mein Büro spaziere. Ich bin zufrieden mit mir. Wie lächerlich.

Ihre E-Mail erwartet mich.

Von: Anastasia Steele
Betreff: Ausgehungert?
Datum: 18. Juni 2011, 13:18 Uhr
An: Christian Grey

Sehr geehrter Mr. Grey,
dürfte ich Ihre Aufmerksamkeit auf die erste Zeile meiner vorherigen Mail lenken, in der ich Sie informiere, dass Ihr Mittagessen so gut wie servierbereit ist? Also: Schluss mit dem Quatsch über Ausgehungertsein und Schwächeln.
Was die einzelnen Aspekte der perversen Nummer angeht – alles war so gut, dass mir Hören und Sehen vergangen ist. Allerdings wäre es bestimmt interessant, Ihre Notizen zu lesen. Und ich finde meine Signatur in Klammern auch ganz toll.
Ana x
(Ihre Verlobte)

PS: Seit wann sind Sie denn so redselig? Außerdem sind Sie doch derjenige, der ständig telefoniert.

Ich rufe meine Mom an, um ihr wegen der Blumen Bescheid zu sagen.

»Schatz, wie geht es dir? Hast du dich erholt? Es ist überall in den Medien.«
»Ich weiß, Mom. Mir geht's gut. Ich muss dir etwas sagen.«
»Was?«
»Ich habe Ana gebeten, mich zu heiraten. Sie hat Ja gesagt.«
Meine Mutter ist vor Erstaunen sprachlos.
»Mom?«
»Christian, entschuldige. Das sind wunderbare Nachrichten«, sagt sie, aber sie klingt ein bisschen zögerlich.
»Ich weiß, es ist ziemlich plötzlich.«
»Bist du dir sicher, Schatz? Versteh mich nicht falsch, ich liebe Ana. Aber das kommt so schnell, und sie ist das erste Mädchen...«
»Mom. Sie ist nicht das erste Mädchen. Sie ist das erste, das du getroffen hast.«
»Oh.«
»Ganz genau.«
»Nun, ich freue mich für dich. Herzlichen Glückwunsch.«
»Da ist noch etwas.«
»Was denn, mein Lieber?«
»Ich lasse Blumen fürs Bootshaus liefern.«
»Wieso?«
»Na ja, mein erster Antrag war ziemlich dürftig.«
»Aha, ich verstehe.«
»Und, Mom – erzähle es niemanden. Ich will, dass es eine Überraschung ist. Ich möchte es heute Abend verkünden.«
»Wie du willst, Schatz. Mia kümmert sich um die Lieferungen für die Party. Ich rufe sie.«
Ich warte eine halbe Ewigkeit.
Komm schon, Mia.
»Hey, großer Bruder. Gott sei Dank weilst du noch unter uns. Um was geht es?«
»Mom hat gesagt, dass du dich um die Lieferungen für meine Party kümmerst. Wie groß wird die Fete überhaupt?«

»Nachdem du dem Tod von der Schippe gehüpft bist, feiern wir so richtig.«

Heilige Scheiße.

»Also, es kommt noch eine Lieferung fürs Bootshaus.«

»Ja? Was denn?«

»Vom Blumenladen aus Bellevue.«

»Wieso? Weshalb?«

Mein Gott, sie kann wirklich nervig sein. Ich blicke auf, und da steht Ana in ihrem sehr kurzen Kleid und sieht mich an. »Lass sie einfach rein, und dann lässt du sie zufrieden. Kapiert, Mia?«

Ana legt ihren Kopf schief, hört zu.

»Okay. Jetzt reg dich nicht auf. Ich schicke sie ins Bootshaus.«

»Gut.«

Ana mimt Essensbewegungen.

Essen. Super.

»Bis später«, sage ich zu Mia und lege auf. »Ein Anruf noch?«, frage ich Ana.

»Klar.«

»Dieses Kleid ist ziemlich kurz«

»Gefällt es dir?« Ana dreht in der Tür eine Pirouette, dabei fliegt ihr Rock hoch, und ich erhasche einen verführerischen Blick auf ihre Spitzendessous.

»Das Kleid steht dir fantastisch, Ana. Ich will nur nicht, dass dich sonst jemand darin sieht.«

»Oh!« Sie sieht verärgert aus. »Wir sind doch zu Hause, Christian. Außer dem Personal sieht mich hier niemand.«

Ich will sie nicht aufregen. Ich nicke so liebenswürdig wie möglich, und sie kehrt in die Küche zurück.

Grey, reiß dich zusammen.

Mein nächster Anruf gilt Anas Vater. Ich habe keine Ahnung, was er sagen wird, wenn ich ihn um die Hand seiner Tochter bitte. Ich suche Rays Handynummer in Anas Akte. José hat gesagt, er ist fischen. Ich hoffe nur, dass er nicht in einem Funkloch steckt.

Doch. Tut er. Ich lande auf seiner Mailbox. »Ray Steele. Hinterlassen Sie eine Nachricht.«

Kurz und präzise.

»Hi, Mr. Steele, hier ist Christian Grey. Ich würde gern mit Ihnen über Ihre Tochter sprechen. Bitte rufen Sie mich zurück.« Ich nenne meine Nummer und lege auf.

Was hast du denn erwartet, Grey?

Er ist in der Wildnis, im Mount Baker Park.

Wo ich gerade Anas Personalakte auf dem Schreibtisch liegen habe, beschließe ich, ihr etwas Geld zu überweisen. Sie muss sich daran gewöhnen, Geld zu haben.

»Vierundzwanzigtausend Dollar!«

»Vierundzwanzigtausend Dollar, an die hübsche Dame in Silber, zum Ersten, zum Zweiten... und zum Dritten!«

Ich kichere, als ich mich an ihren Wagemut bei der Versteigerung erinnere. Ich frage mich, was sie davon halten wird. Ich bin mir sicher, dass es eine interessante Diskussion wird. Ich überweise ihr über meinen Computer fünfzigtausend Dollar. Die Summe sollte innerhalb einer Stunde verbucht sein.

Mein Magen knurrt. Ich habe Hunger. Aber mein Telefon klingelt. Es ist Ray. »Mr. Steele. Danke, dass Sie mich zurückrufen...«

»Ist mit Annie alles in Ordnung?«

»Es geht ihr gut. Mehr als gut. Es geht ihr fantastisch.«

»Gott sei Dank. Was kann ich für Sie tun, Christian?«

»Ich weiß, dass Sie gerade fischen.«

»Ich versuche es. Heute beißen sie nicht an.«

»Das tut mir leid.« Es ist nervenaufreibender, als ich erwartet habe. Meine Hände sind schweißnass, und Mr. Steele sagt nichts, wodurch meine Angst nur noch schlimmer wird.

Was, wenn er nicht zustimmt? Das habe ich überhaupt nicht in Erwägung gezogen.

»Mr. Steele?«

»Ich bin immer noch hier, Christian, und warte, was Sie mir zu sagen haben.«

»Ja. Natürlich. Ähm. Ich rufe an, weil, ähm, ich um Ihre Erlaubnis bitten möchte, Ihre Tochter zu heiraten.« Die Worte purzeln aus meinem Mund, als hätte ich noch nie in meinem Leben eine Verhandlung geführt oder abgeschlossen. Aber noch schlimmer ist seine Antwort: lautes Schweigen.

»Mr. Steele?«

»Geben Sie mir mal meine Tochter«, sagt er, ohne etwas zu verraten.

Scheiße.

»Einen Augenblick.« Ich laufe aus meinem Büro in die Küche zu Ana und halte ihr das Telefon hin. »Ray ist dran.«

Wie unter Schock reißt sie die Augen auf. Sie nimmt das Handy entgegen und hält das Mikrofon zu. »Du hast es ihm gesagt!«, zischt sie.

Ich nicke.

Sie holt tief Luft und nimmt die Hand vom Mikro. »Hi, Dad.«

Sie hört ihm zu.

Sie wirkt ruhig.

»Und was hast du gesagt?«, fragt sie und lauscht wieder, dabei sieht sie mich an. »Ja. Es ist schnell… bleib kurz dran.« Sie blickt mich noch einmal rätselhaft an, geht zum anderen Ende des Zimmers und raus auf den Balkon, wo sie das Gespräch fortführt.

Sie fängt an, hin und her zu laufen, bleibt aber nah am Fenster. Ich bin hilflos. Ich kann ihr nur zusehen.

Ihre Körpersprache verrät nichts. Plötzlich bleibt sie stehen und strahlt. Ihr Lächeln könnte Seattle erhellen. Er hat entweder Ja gesagt… oder Nein.

Mist.

Verdammt, Grey. Hör auf, so negativ zu sein.

Sie sagt noch etwas. Und sie sieht aus, als würde sie gleich weinen.

Scheiße. Das ist nicht gut.

Sie marschiert zurück und drückt mir das Telefon in die Hand, sie sieht ziemlich genervt aus.

Nervös halte ich es an mein Ohr. »Mr. Steele?« Ich spüre Anas Blick auf meinem Rücken und gehe zurück in mein Büro nur für den Fall, dass es schlechte Neuigkeiten sind.

»Christian, ich denke, du solltest mich Ray nennen. Klingt so, als wäre mein kleines Mädchen verrückt nach dir, und ich werde mich ihr nicht in den Weg stellen.«

Verrückt nach dir. Mein Herz pocht und klopft, überschlägt sich, hebt ab.

»Nun, danke, Sir.«

»Wenn du sie irgendwie verletzt, bringe ich dich um.«

»Ich erwarte nichts anderes.«

»Verrückte Kinder«, murmelt er. »Jetzt pass gut auf sie auf. Annie ist mein Augenstern.«

»Meiner auch, Ray.«

»Und viel Glück, es ihrer Mutter zu erzählen.« Er lacht. »Jetzt will ich wieder zurück zu den Fischen.«

»Ich hoffe, du überbietest den Neunzehn-Kilo-Rekord.«

»Davon weißt du?«

»José hat es mir erzählt.«

»Er redet viel. Einen schönen Tag, Christian.«

»Das ist er jetzt.« Ich grinse.

»Dein Vater hat mir seinen Segen gegeben, wenn auch widerstrebend«, verkünde ich Ana in der Küche. Sie lacht und schüttelt den Kopf.

»Ich glaube, Ray war geschockt«, sagt sie. »Ich muss es meiner Mom erzählen. Aber nicht auf hungrigem Magen.« Sie zeigt auf die Küchentheke, wo unser Essen steht. Lachs, Kartoffeln, Salat und ein interessanter Dip. Sie hat auch einen Wein ausgewählt. Einen Chablis. »Also, das sieht großartig aus.« Ich öffne den Wein und gieße ein wenig in unsere Gläser.

»Du bist eine verdammt gute Köchin.« Ich erhebe mein Glas, um Ana zu loben. Ihre Heiterkeit ist auf einmal verflogen, und ich erinnere mich an das Gesicht, das sie heute Morgen vor dem

Spielzimmer gemacht hat. »Ana? Wieso hast du mich vorhin gebeten, dich nicht zu fotografieren?«

Ihre Betroffenheit nimmt zu, macht mir Sorgen. »Ana, was ist los?« Mein Tonfall ist schärfer als beabsichtigt, und sie zuckt zusammen.

»Ich habe deine Fotos gefunden«, gesteht sie, als hätte sie eine schreckliche Sünde begangen.

Welche Fotos? Doch noch während ich die Worte äußere, wird mir klar, wovon sie redet. Ich habe das Gefühl, wieder im Büro meines Vaters zu stehen, in Erwartung einer hochtrabenden Gardinenpredigt, weil ich irgendwas angestellt habe.

»Du warst an meinem Safe?« *Wie zum Teufel hat sie das angestellt?*

»An deinem Safe? Nein. Ich weiß nicht einmal, dass du überhaupt einen hast.«

»Das verstehe ich nicht.«

»Sie lagen in deinem Schrank. In einer Schachtel. Ich habe nach deiner Krawatte gesucht. Die Schachtel lag unter deinen Jeans. Die, die du im Spielzimmer trägst.«

Scheiße.

Niemand sollte diese Fotos sehen. Vor allem Ana nicht. Wie sind sie dorthin gelangt?

Leila.

»Es ist nicht so, wie du denkst. Ich hatte die Fotos völlig vergessen. Diese Schachtel stand nicht immer dort, sondern jemand hat sie dort hineingelegt. Eigentlich gehören die Fotos in meinen Safe.«

»Und wer hat sie dort hineingelegt?«, fragt Ana.

»Es kommt nur eine Person infrage.«

»Ach ja? Und zwar welche? Und was meinst du mit ›Es ist nicht so, wie du denkst‹?«

Gib's zu, Grey.

Du hast doch schon angedeutet, wie tief deine Verderbtheit geht.

Das ist es, Baby. Tausend Facetten.

»Das klingt vielleicht herzlos, aber diese Fotos sind eine Art Versicherung für mich.«

»Eine Versicherung?«

»Um nicht in die Öffentlichkeit gezerrt zu werden.« Ich betrachte ihr Gesicht, während sie begreift, was ich meine. »Oh.« Sie schließt die Augen, als wolle sie verdrängen, was ich ihr gerade erzählt habe. »Ja. Du hast recht«, sagt sie leise. »Es klingt tatsächlich herzlos.« Sie steht auf und beginnt, das Geschirr abzuräumen, sie will mir damit aus dem Weg gehen.

»Ana.«

»Wissen sie davon? Die Mädchen ... die Subs?«

»Natürlich wissen sie davon.«

Bevor sie sich an die Spüle flüchten kann, ziehe ich sie an mich. »Wie gesagt, die Fotos gehören eigentlich in den Safe. Sie sind nicht zum Spaß gedacht.«

Das waren sie aber mal, Grey.

»Na ja, als ich sie aufgenommen habe, schon. Aber ... Sie haben nichts zu bedeuten.«

»Wer hat sie in deinen Kleiderschrank gelegt?«

»Das kann nur Leila gewesen sein.«

»Sie kennt die Kombination?«

Anscheinend. »Es würde mich nicht wundern. Die Kombination ist ziemlich lang, und ich benutze sie so gut wie nie. Deshalb habe ich sie einmal aufgeschrieben und seitdem nicht mehr geändert. Ich frage mich, was sie weiß und ob sie sonst noch etwas herausgenommen hat.« Das werde ich kontrollieren. »Okay, ich stecke die Fotos in den Reißwolf, wenn du willst.«

»Es sind deine Fotos, Christian. Mach damit, was du für richtig hältst.« Sie ist beleidigt und verstimmt.

Mein Gott.

Ana. Das war alles vor dir.

Ich lege meine Hände um ihr Gesicht. »Sei doch nicht so sauer. Ich will dieses Leben nicht. Ich will unser gemeinsames Leben.« Ich weiß, dass sie Angst hat, mir nicht zu genügen. Vielleicht denkt sie, dass ich diese Sachen gern auch mit ihr anstellen und sie dabei fotografieren würde.

Grey, sei ehrlich, natürlich würdest du das.

Aber ich würde das niemals ohne ihre Erlaubnis tun. Ich hatte bei all meinen Subs deren Erlaubnis, sie zu fotografieren. Anas verwunderter Gesichtsausdruck enthüllt ihre Verletzlichkeit. Ich dachte, wir wären schon weiter. Ich will sie so, wie sie ist. Sie ist mehr als genug. »Ana, ich dachte, wir hätten heute Morgen all diese Gespenster der Vergangenheit verjagt. Ich empfinde es jedenfalls so. Du nicht?«

Ihr Blick wird weicher. »Ja. Ja, ich empfinde es genauso.«

»Gut.« Ich küsse sie und umarme sie, spüre, wie sich ihr Körper entspannt. »Die Fotos kommen in den Reißwolf«, verspreche ich leise. »Und dann werde ich in mein Arbeitszimmer gehen. Tut mir leid, aber ich habe heute Nachmittag noch tonnenweise Arbeit zu erledigen.«

»Prima. Ich muss sowieso meine Mutter anrufen«, sagt sie und schneidet eine Grimasse. »Dann werde ich einkaufen gehen und dir einen Kuchen backen.«

»Einen Kuchen?«

Sie nickt.

»Einen mit Schokolade?«

»Wenn du willst.«

Ich grinse

»Ich werde sehen, was ich tun kann, Mr. Grey.«

Ich küsse sie noch einmal. Ich habe sie nicht verdient. Ich hoffe, dass ich eines Tages beweisen kann, dass ich sie doch verdiene.

Ana hatte recht, die Fotos sind in meinem Schrank. Ich werde Dr. Flynn fragen müssen, um zu erfahren, ob Leila sie dort abgelegt hat. Als ich ins Wohnzimmer zurückkehre, ist Ana nicht da. Ich vermute, sie ruft ihre Mutter an.

Es hat eine gewisse Ironie, an meinem Schreibtisch zu sitzen und diese Fotos zu schreddern: Relikte meines alten Lebens. Das erste Foto zeigt Susannah, auf den Knien auf dem Holzboden, gefesselt und geknebelt. Es ist keine schlechte Aufnahme, und ich frage mich kurz, was José aus einem solchen Sujet machen würde. Der Gedanke amüsiert mich, aber dann vernichte ich die ersten Fotos. Ich drehe den restlichen Stapel um, damit ich die Bilder nicht sehe, und zwölf Minuten später sind alle Aufnahmen nicht mehr existent.

Du hast immer noch die Negative.
Grey. Hör auf.

Ich bin erleichtert, dass sonst nichts aus meinem Safe fehlt. Ich gehe an den Computer und fange mit meinen E-Mails an. Zuerst schreibe ich Sams prahlerische Mitteilung über meine Bruchlandung um. Ich verbessere sie – sie ist weder klar noch ausreichend im Detail – und schicke sie ihm zurück.

Dann scrolle ich durch meine SMS.

ELENA
Christian. Bitte ruf mich an.
Ich muss von dir selbst hören, dass es dir gut geht.

Elenas SMS muss während des Mittagessens gekommen sein. Der Rest ist von gestern.

ROS
Meine Füße tun weh.
Aber alles ist gut.
Hoffe, bei Ihnen auch.

SAM PUBLICITY VP
Ich muss wirklich mit Ihnen sprechen.

SAM PUBLICITY VP
Mr. Grey. Rufen Sie mich an. Dringend.

SAM PUBLICITY VP
Mr. Grey. Bin froh, dass es Ihnen gut geht.
Bitte rufen Sie mich so schnell wie möglich an.

ELENA
Gott sei Dank, du bist in Sicherheit.
Ich habe gerade die Nachrichten gesehen.
Bitte ruf mich an.

ELLIOT
Heb ab, Bruderherz.
Wir machen uns hier Sorgen.

GRACE
Wo bist du?
Ruf mich an. Mache mir Sorgen.
Dein Vater auch.

MIA
CHRISTIAN. WAS IST LOS?
RUF AN. ☹

ANA
Wir sind im Bunker Club.
Bitte, komm zu uns.
Du warst sehr still, Mr. Grey.
Vermisse dich.

ELENA
Ignorierst du mich?

Fuck. Lass mich einfach in Ruhe, Elena.

TAYLOR
Sir, falscher Alarm bei meiner Tochter.
Bin auf dem Weg zurück nach Seattle.
Sollte gegen 15 Uhr da sein.

Ich lösche alle Nachrichten. Ich weiß, dass ich mich irgendwann um Elena kümmern muss, aber im Moment fühle ich mich nicht danach. Ich öffne eine Kostenkalkulation von Fred für den Vertrag mit Kavanagh.

Der Duft von Kuchen weht in mein Büro. Das Aroma lässt mir das Wasser im Mund zusammenlaufen und weckt schöne Erinnerungen an meine frühe Kindheit, von denen es nur wenige gab. Ein bittersüßes Gefühl. Die Crackhure. Sie backt einen Kuchen.

Eine Bewegung lenkt mich von meinen Gedanken und der Kostenkalkulation ab. Es ist Ana, sie steht in der Bürotür. »Ich gehe nur kurz ein paar Sachen besorgen«, sagt sie.

»Okay.« Aber doch sicher nicht in diesem Kleid?

»Was ist?«

»Du ziehst dir doch bestimmt Jeans oder so etwas über.«

»Christian, es sind doch nur meine Beine«, sagt sie leichthin, und ich beiße die Zähne zusammen. »Was würdest du tun, wenn wir am Strand wären?«

»Wir sind aber nicht am Strand.«

»Aber würdest du dich dann auch so aufführen?«

Wir wären an einem Privatstrand. »Nein«, antworte ich.

Sie lächelt mich frech an. »Tja, dann stell dir doch einfach vor, wir wären dort. Bis später.« Sie dreht sich um und verschwindet.

Was? Sie läuft weg?

Und ehe ich mich versehe, bin ich aufgesprungen und laufe ihr nach. Ich sehe einen türkisfarbenen Blitz Richtung Foyer eilen. Ich verfolge sie, aber als ich vor dem Aufzug stehe, sind die Türen schon fast geschlossen. Durch den Spalt winkt sie mir noch zu, dann kann ich sie nicht mehr sehen. Ihre Hast ist eine solche Überreaktion, dass ich lachen möchte.

Was glaubt sie denn, was ich tun würde?
Kopfschüttelnd gehe ich zurück in die Küche. Als wir das letzte Mal Fangen gespielt haben, hat sie mich verlassen. Der Gedanke ist ernüchternd. Ich stehe vor dem offenen Kühlschrank, schenke mir etwas Wasser ein und entdecke meinen Kuchen, der auf einem Backgitter auskühlt. Ich beuge mich hinunter, um daran zu riechen. Köstlich. Ich mache die Augen zu, und eine Erinnerung an die Crackhure kommt hoch.

Mommy ist zu Hause. Mommy ist hier.
Sie trägt ihre höchsten Schuhe und einen sehr kurzen Rock.
Er ist rot.
Und glänzend.
Mommy hat blaue Flecken auf ihren Beinen. Nahe am Hintern.
Sie riecht gut. Nach Süßigkeiten.
»Komm rein, Großer, mach's dir bequem.«
Sie hat einen Mann dabei. Einen großen Mann mit einem langen Bart. Ich kenne ihn nicht.
»Jetzt nicht, Süßer. Mommy hat Gesellschaft. Geh in dein Zimmer und spiel mit deinen Autos. Ich backe dir einen Kuchen, wenn ich fertig bin.«
Sie schließt ihre Schlafzimmertür.

Ich höre das Ping des Aufzugs und drehe mich in der Erwartung um, Ana könnte zurückgekehrt sein. Aber es ist Taylor mit zwei Männern, einer trägt eine Ledermappe, der andere ist so breit wie hoch, ein einziges Muskelpaket, und verhält sich wie ein Leibwächter.
»Mr. Grey.« Taylor stellt den jüngeren, eleganteren Mann mit der Ledermappe vor. »Das ist Louis Astoria, von Astoria Fine Jewelry.«
»Ah. Vielen Dank für Ihr Kommen.«
»Sehr gerne, Mr. Grey.« Er ist lebhaft. Seine tiefschwarzen Augen warm und freundlich. »Ich habe Ihnen ein paar wunderbare Schmuckstücke zur Ansicht mitgebracht.«

»Großartig. Schauen wir sie uns im Büro an. Wenn Sie mir bitte folgen möchten.«

Ich weiß sofort, welchen Platinring ich will. Es ist der feinste und eleganteste mit einem Vier-Karat-Diamanten von höchster Qualität: Farbe D, lupenrein. Er ist wunderschön, oval in einer schlichten Fassung. Die anderen Ringe sind zu auffallend, sie passen nicht zu meinem Mädchen.

»Eine exzellente Wahl, Mr. Grey«, sagt Louis Astoria, als er meinen Scheck einsteckt. »Ich bin mir sicher, dass Ihre Verlobte ihn lieben wird. Und wenn nötig, ändern wir die Größe.«

»Nochmals vielen Dank für Ihr Kommen. Taylor begleitet Sie hinaus.«

»Ihnen vielen Dank, Mr. Grey.« Er überreicht mir die Schatulle und verlässt mit Taylor mein Büro. Ich schaue mir den Ring noch einmal an.

Ich hoffe wirklich, dass er ihr gefällt. Ich lege ihn in meinen Schreibtisch und setze mich. Ich frage mich, ob ich Ana anrufen soll, einfach, um Hallo zu sagen, verwerfe aber die Idee. Stattdessen höre ich mir noch einmal ihre Nachricht an. *Hi... äh... ich bin's, Ana. Geht es dir gut? Ruf mich an.*

Es genügt, nur ihre Stimme zu hören. Ich mache mit meiner Arbeit weiter.

Während ich mit dem Ingenieur von Airbus telefoniere, stehe ich am Fenster und schaue in den Himmel. Er ist so blau wie Anas Augen. »Und der Eurocopter-Spezialist kommt am Montagnachmittag?«

»Er fliegt vom Marseille Provence Airport, nahe unserem Hauptsitz in Marignane, nach Paris, dann weiter nach Seattle. Schneller geht es nicht. Wir haben Glück, dass Boeing Field unser Firmensitz für die nordwestliche Pazifikküste ist.«

»Gut. Halten Sie mich auf dem Laufenden.«

»Unsere Leute werden sich den Hubschrauber ansehen, sobald er hier ankommt.«

»Sagen Sie denen, dass ich am Montagabend, spätestens am Dienstagmorgen eine erste Einschätzung haben will.«

»Mache ich, Mr. Grey.«

Ich lege auf und wende mich wieder meinem Schreibtisch zu. Ana steht in der Tür und sieht mich nachdenklich und ein bisschen besorgt an.

»Hi«, sagt sie, betritt mein Büro und geht um den Schreibtisch, bis sie vor mir steht. Ich will sie fragen, warum sie weggelaufen ist, aber sie kommt mir zuvor. »Ich bin wieder da. Bist du sauer auf mich?«

Ich seufze und ziehe sie auf meinen Schoß. »Ja«, sage ich leise.

Du bist vor mir davongelaufen. Als du das letzte Mal solches getan hast, hast du mich verlassen.

»Tut mir leid. Ich habe keine Ahnung, welcher Teufel mich geritten hat.« Sie kuschelt sich an mich, legt ihre Hand und ihren Kopf an meine Brust. Ihr Gewicht ist beruhigend.

»Geht mir genauso. Zieh einfach an, was dir gefällt.« Ich lege meine Hand auf ihr Knie, nur als Ermutigung, aber sobald ich sie berühre, will ich mehr. Meine Lust schießt wie ein Stromschlag durch meinen Körper. Sie weckt mich abrupt, ich fühle mich lebendig. Ich streiche mit der Hand über ihren Oberschenkel. »Außerdem hat dieses Kleid eindeutig seine Vorteile.«

Sie schaut auf, ihre Augen sind verhangen, und ich beuge mich vor, um Ana zu küssen.

Unsere Lippen beruhigen sich, meine Zunge neckt ihre, und meine Erregung ist so heiß und heftig wie eine Sonneneruption.

Ich spüre es auch bei ihr. Sie umfasst meinen Kopf, während ihre Zunge mit meiner kämpft. Ich stöhne, werde hart. Ich will sie. Brauche sie. Ich knabbere an ihrer Unterlippe, ihrem Hals, ihrem Ohr. Sie keucht und zieht an meinen Haaren.

Ana.

Ich öffne meinen Reißverschluss und befreie meinen Schwanz, ziehe sie rittlings auf mich. Ihren Spitzenslip zerre ich zur Seite und dringe in sie ein. Ihre Hände halten sich an der Rückenlehne meines Bürostuhls fest, das Quietschen des Leders verrät es. Sie schaut mich an – und beginnt, sich zu bewegen. Hoch und runter. Schnell. Ihr Rhythmus ist hektisch und gierig.

Ihre Bewegungen haben etwas Verzweifeltes, als wolle sie etwas wiedergutmachen.

Langsam, Baby, langsam.

Ich lege meine Hände auf ihre Hüften und bremse sie.

Ruhig. Ana. Ich will dich genießen.

Ich fange ihren Mund, und sie bewegt sich langsamer. Aber ihre Leidenschaft liegt in ihrem Kuss und ihrer Berührung, als sie meinen Kopf nach hinten zieht.

O Baby.

Sie bewegt sich wieder schneller.

Und noch schneller.

Sie will es. Sie kommt bald. Ich kann es fühlen. Sie steigt in schwindelerregende Höhen, während sie schneller und schneller wird.

Ah.

Sie kommt in meinen Armen und nimmt mich mit.

»Mir gefällt deine Art, dich zu entschuldigen, ziemlich gut«, flüstere ich.

»Und mir deine.« Sie schmiegt sich an seine Brust. »War's das?«

»Gütiger Himmel, Ana, hast du etwa noch nicht genug?«

»Nein! Ich habe von deiner Arbeit gesprochen.«

»Ich brauche noch eine halbe Stunde.« Ich küsse sie auf den Kopf. »Ich habe gerade deine Nachricht auf der Voicemail abgehört.«

»Die von gestern.«

»Ja. Du hast ziemlich besorgt geklungen.«

Sie drückt mich an sich. »Das war ich auch. Dich nicht zu melden, ist ziemlich untypisch für dich.«

Ich küsse sie noch einmal, und wir sitzen ruhig und friedlich zusammen. Ich hoffe, dass sie immer so auf meinem Schoß sitzen wird. Sie passt perfekt hinein.

Schließlich rührt sie sich. »Dein Kuchen sollte in einer halben Stunde fertig sein«, sagt sie und steht auf.

»Ich freue mich schon drauf. Der Duft vorhin war absolut verlockend und hat einige Erinnerungen heraufbeschworen.« Sie lehnt sich vor und küsst mich zärtlich.

Ich sehe ihr nach, wie sie aus meinem Büro eilt, mache meinen Reißverschluss zu und fühle mich... leichter. Ich schaue wieder aus dem Fenster. Es ist später Nachmittag, die Sonne scheint, aber sinkt schon in Richtung Bucht. Die Straßen liegen im Schatten. Da unten herrscht bereits Abenddämmerung, aber hier oben ist das Licht noch golden. Vielleicht wohne ich deswegen hier. Um im Licht zu sein. Das war mein Ziel, seit ich ein kleiner Junge war. Und erst durch eine außergewöhnliche junge Frau ist mir das klar geworden. Ana ist mein Leitstern.

Ich bin ihr verlorener Junge, der jetzt wiedergefunden wurde.

Ana hält einen glasierten Schokoladenkuchen mit einer einzigen Kerze. Sie flackert.

Mit ihrer entzückenden Stimme singt sie »Happy Birthday«, und mir wird bewusst, dass ich sie noch nie singen gehört habe.

Ein magischer Moment.

Ich blase die Kerze aus, und mit geschlossenen Augen wünsche ich mir etwas.

Ich wünsche mir, dass Ana mich immer lieben wird. Und mich nie verlassen wird.

»Ich habe mir etwas gewünscht«, erkläre ich.

»Der Schokoladenguss ist noch nicht ganz fest. Ich hoffe trotzdem, der Kuchen schmeckt dir.«

»Ich kann es kaum erwarten, ihn zu probieren, Anastasia.«

Sie schneidet für jeden von uns ein Stück ab und reicht mir einen Teller und eine Kuchengabel.

Er schmeckt himmlisch. Der Guss ist süß, der Kuchen feucht

und die Füllung erst ... Mmm. »Genau das ist der Grund, weshalb ich dich heiraten will.«

Sie kichert, erleichtert, glaube ich. Sie sieht mir zu, wie ich den restlichen Kuchen verschlinge.

Auf dem Weg zu meinen Eltern nach Bellevue ist Ana still. Sie schaut aus dem Fenster, ab und zu auf mich. Sie sieht umwerfend aus in Smaragdgrün.

Heute Abend ist wenig los auf der SR 520 Bridge, der R8 schnurrt darüber. Ungefähr auf halber Strecke bricht Ana das Schweigen. »Heute Nachmittag waren fünfzigtausend Dollar mehr auf meinem Konto.«

»Und?«

»Das sollst du nicht ...«

»Ana, du wirst meine Frau. Bitte. Lass uns nicht darüber streiten.«

Sie holt tief Luft, während wir das dämmrige, rosafarbene Wasser vom Lake Washington überqueren. »Okay«, sagt sie. »Danke.«

»Sehr gerne.«

Ich atme erleichtert auf.

Siehst, du, das war doch gar nicht so schwer, oder, Ana?

Am Montag kümmere ich mich um ihren Studienkredit.

»Bereit für meine Familie?« Ich mache den Motor meines Audi R8 aus. Wir stehen in der Auffahrt vor dem Haus meiner Eltern.

»Ja. Sagst du es ihnen heute Abend?«

»Natürlich. Ich kann es kaum erwarten, ihre Gesichter zu sehen.« Ich bin aufgeregt. Ich steige aus dem Wagen und öffne ihr die Tür. Der Abend ist recht kühl, und sie zieht ihr Tuch enger um ihre Schultern. Ich nehme ihre Hand, und wir gehen zur Haustür. Die Zufahrt ist mit Autos zugeparkt, darunter auch Elliots Truck. Die Party ist größer, als ich angenommen habe.

Carrick öffnet die Tür, bevor ich läuten kann.

»Hallo, Christian. Alles Gute zum Geburtstag, mein Sohn.« Er packt meine ausgestreckte Hand und umarmt mich völlig überraschend.

Das tut er nie. »Äh... danke, Dad.«

»Ana, wie schön, Sie wiederzusehen.« Er umarmt Ana rasch, dann folgen wir ihm ins Haus. Ich höre das laute Klappern von Absätzen, wahrscheinlich Mia, aber es ist Katherine Kavanagh. Sie sieht wütend aus.

»Ihr beide! Ich muss sofort mit euch reden«, keift sie.

Ana sieht mich fragend an, und ich zucke mit den Achseln. Ich habe keine Ahnung, was Kavanagh will, aber wir folgen ihr in das leere Esszimmer. Sie schließt die Tür und dreht sich zu Ana um. »Was zum Teufel ist das?«, zischt sie und wedelt mit einem Papier vor ihrem Gesicht. Ana nimmt es und beginnt zu lesen. Fast augenblicklich wird sie blass, erschrocken sieht sie mich an.

Was zur Hölle ist los?

Ana tritt zwischen mich und Katherine.

»Was ist das?«, frage ich nervös.

Ana ignoriert mich und wendet sich an Kavanagh. »Kate! Das Ganze hat nichts mit dir zu tun.« Ihre Reaktion überrascht Katherine.

Worüber reden sie verdammt noch mal?

»Ana, was ist das?«

»Christian, würdest du uns einen Moment allein lassen, bitte?«

»Nein. Zeig das her.« Ich strecke meine Hand aus, widerwillig gibt sie mir das Blatt Papier.

Es ist ihre E-Mail als Antwort auf den Vertrag.

Scheiße.

»Was hat er mit dir angestellt?«, will Kate wissen, ohne mich zu beachten.

»Das geht dich nichts an, Kate.« Ana klingt zornig.

»Woher hast du das, Kate?«, frage ich.

Kavanagh wird rot. »Das spielt jetzt keine Rolle.« Aber ich sehe sie fest an, und sie spricht weiter. »Die Mail steckte in der Tasche eines Jacketts – ich vermute, es gehört dir –, das ich ganz hinten in

Anas Kleiderschrank gefunden habe.« Sie blickt mich düster an, bereit zum Kampf.

»Hast du irgendjemandem davon erzählt?«, frage ich.

»Nein. Natürlich nicht«, blafft sie und besitzt die Frechheit, beleidigt auszusehen.

Gut. Ich gehe zum Kamin, nehme das Feuerzeug aus der kleinen Porzellanschale auf dem Sims, zünde das Papier an einer Ecke an und lasse es brennend in den Kamin schweben. Beide Frauen schauen schweigend zu.

Als nur noch Asche übrig ist, drehe ich mich wieder zu ihnen um.

»Nicht mal Elliot?«, fragt Ana.

»Nein. Niemandem«, erwidert Kate mit Nachdruck. Plötzlich wirkt sie verwirrt und ein klein wenig betreten. »Ich wollte doch nur verhindern, dass dir etwas zustößt, Ana«, flüstert sie besorgt.

Ohne dass die beiden es bemerken, verdrehe ich die Augen.

»Es geht mir gut, Kate. Sogar sehr gut. Bitte, Christian und ich verstehen uns prächtig. Was du da gefunden hast, ist eine uralte Geschichte. Längst vergessen. Ignorier die Mail einfach«, bittet Ana sie.

»Ignorieren?«, sagt sie. »Wie soll ich so etwas ignorieren? Was er dir angetan hat?«

»Er hat mir gar nichts angetan, Kate. Ich schwöre dir, es ist alles in bester Ordnung.«

»Bist du auch ganz sicher?«, fragt sie.

Verdammter Mist.

Ich lege meinen Arm um Ana und sehe Kate an, dabei versuche ich, wahrscheinlich vergeblich, nicht feindselig zu erscheinen.

»Ana hat zugestimmt, meine Frau zu werden, Katherine.«

»Deine Frau?«, kreischt Kate und reißt ungläubig die Augen auf.

»Ja, wir werden heiraten. Heute Abend werden wir unsere Verlobung bekannt geben«, erkläre ich.

»Oh!« Kate sieht Ana völlig fassungslos an. »Kaum lasse ich euch gut zwei Wochen allein, und schon passiert so etwas. Ich muss sagen, das kommt alles ziemlich plötzlich. Also wusstest du gestern, als ich gesagt habe …« Sie hält inne. »Und wie passt diese Mail hier in all das hinein?«

»Tut sie nicht, Kate. Vergiss sie einfach. Bitte. Ich liebe ihn, und er liebt mich. Bitte, ruinier ihm nicht seine Party und uns den Abend«, fleht Ana.

Katherines Augen füllen sich mit Tränen.

Scheiße, sie wird weinen.

»Nein. Natürlich nicht. Geht es dir auch wirklich gut?«

»Ich war nie glücklicher«, sagt Ana leise, und mein Herz schlägt schneller.

Katherine nimmt ihre Hand, ohne darauf zu achten, dass mein Arm immer noch um Anas Schultern liegt.

»Hundertprozentig?«, fragt sie, in ihrer Stimme liegt Hoffnung.

»Ja.« Ana klingt glücklich, und sie löst sich von mir, um Kate zu umarmen.

»O Ana, ich habe mir solche Sorgen gemacht, als ich das gelesen habe. Ich hatte keine Ahnung, was ich denken soll. Bitte, erklär es mir, okay?«, fragt sie.

»Irgendwann, aber nicht jetzt.«

»Gut. Ich werde es auch niemandem verraten. Ich habe dich so lieb, Ana. Du bist wie eine Schwester für mich. Ich dachte …« Sie schüttelt den Kopf. »Ach, ich wusste einfach nicht, was ich denken soll. Es tut mir leid. Aber wenn du glücklich bist, bin ich es ebenfalls.« Katherine sieht mich an.

Ich nicke ihr zu. Vielleicht ist Ana ihr wirklich wichtig, aber ich werde nie verstehen, wie Elliot sie ertragen kann.

»Es tut mir aufrichtig leid. Du hast vollkommen recht. Es geht mich nichts an«, flüstert sie Ana zu. In diesem Moment schreckt uns ein Klopfen an der Tür auf. Meine Mom steckt ihren Kopf herein.

»Alles klar, Schatz?«, fragt Grace und sieht mich an.

»Alles in Ordnung, Mrs. Grey«, antwortet Katherine.

»Alles bestens, Mom«, erwidere ich.

Sie drückt ihre Erleichterung aus, als sie das Zimmer betritt. »Wenn ihr nichts dagegen habt, würde ich meinem Sohn jetzt gern zum Geburtstag gratulieren.« Sie strahlt uns an und lässt sich von mir in meine ausgebreiteten Arme nehmen. Ich umarme sie fest. »Alles Gute zum Geburtstag, mein Liebling«, sagt sie. »Ich bin so froh, dass du noch bei uns bist.«

»Mom, es geht mir gut.« Ich blicke in ihre warmen braunen Augen, sie leuchten vor Mutterliebe.

»Ich freue mich so für dich«, sagt sie und legt ihre Hand an meine Wange.

Mom. Ich liebe dich.

Dann löst sie sich aus meiner Umarmung. »Okay, Kinder, wenn ihr eure kleine Privatunterhaltung beendet habt – da draußen wartet eine ganze Horde von Leuten, die dir zum Geburtstag gratulieren und sich versichern wollen, dass du noch mal mit heiler Haut davongekommen bist, Christian.«

»Ich bin gleich da.«

Mom schaut von Katherine zu Ana. Ich glaube, sie ist zufrieden, dass alles in Ordnung ist. Sie zwinkert Ana zu, als sie uns die Tür aufhält. Ana nimmt meine Hand.

»Christian, ich muss mich wirklich abermals bei dir entschuldigen«, sagt Katherine.

Ich nicke knapp, und wir gehen in den Flur.

»Weiß deine Mutter Bescheid?«, fragt Ana.

»Ja.«

Ana zieht die Augenbrauen hoch. »Oh. Das war ja ein ziemlich interessanter Anfang des Abends.«

»Miss Steele mit ihrem Talent für Untertreibungen.« Ich küsse ihre Finger, und wir betreten das Wohnzimmer.

Ein ohrenbetäubender Applaus schlägt uns entgegen, als wir eintreten.

Scheiße. So viele Leute! Viel zu viele! Meine Familie. Kavanaghs Bruder, Flynn und seine Frau. Mac! Bastille. Mias Freundin Lily und ihre Mutter. Ros und Gwen. Elena.

Elena weckt meine Aufmerksamkeit mit einem kleinen Salut, während sie klatscht. Die Haushälterin meiner Mutter lenkt mich ab. Sie trägt ein Tablett mit Champagner. Ich drücke Anas Hand und lasse sie los, als der Applaus abebbt.

»Danke euch allen. Sieht so aus, als bräuchte ich erst einmal etwas zu trinken.« Ich nehme zwei Gläser und reiche eins davon Ana.

Ich erhebe mein Glas auf sämtliche Anwesende im Raum. Sie alle kommen vor, wegen des gestrigen Unfalls sind sie übereifrig, wollen mich unbedingt begrüßen. Elena erreicht uns als Erste, und ich nehme Anas freie Hand. »Christian, ich habe mir ja solche Sorgen gemacht.« Elena küsst mich auf beide Wangen, bevor ich reagieren kann. Ana versucht, ihre Hand zu entziehen, aber ich halte sie fester.

»Mir geht es gut, Elena«, antworte ich.

»Wieso hast du mich nicht angerufen?« Sie klingt verärgert, will mir in die Augen sehen.

»Ich war beschäftigt.«

»Hast du denn meine Nachrichten nicht gehört?«

Ich lasse Anas Hand los, lege meinen Arm um ihre Schultern und ziehe sie an mich.

Elena lächelt Ana an. »Ana«, schnurrt sie. »Sie sehen reizend aus.«

»Elena, vielen Dank.« Anas Tonfall ist zuckersüß und gekünstelt.

Kann es noch viel unangenehmer werden?

Ich bemerke, dass Mom mit gerunzelter Stirn zu uns herüberstarrt.

»Elena, ich würde jetzt gern eine Ankündigung machen«, sage ich.

»Aber natürlich«, erwidert sie mit einem aufgesetzten Lächeln.

Ich ignoriere sie. »Okay, Leute«, rufe ich und warte einen Moment, bis die Gespräche im Raum verstummt sind. Als ich die Aufmerksamkeit aller habe, hole ich tief Luft. »Nochmals danke, dass ihr heute alle hergekommen seid. Ich muss zugeben, ich hatte mit einem ruhigen Abendessen im Kreis der Familie gerechnet, aber es ist eine sehr schöne Überraschung.« Ich sehe betont zu Mia hinüber, sie winkt mir grinsend zu. »Ros und mich …«, ich nicke in Richtung von Ros und Gwen, »hätte es gestern um ein Haar übel erwischt.« Ros sieht mich an und hebt ihr Glas. »Deshalb bin ich ganz besonders glücklich, dass ich euch heute eine wunderbare Nachricht überbringen darf. Diese wunderschöne Frau …«, ich sehe auf mein Mädchen neben mir, »Miss Anastasia Steele, hat meinen Antrag angenommen und sich bereit erklärt, meine Frau zu werden. Und ihr seid die Ersten, die es erfahren.«

Meine Ankündigung wird mit ein paar Ahs und Ohs, Jubel und spontanem Applaus aufgenommen. Ich drehe mich zu Ana um, die leicht rot ist und wunderschön. Ich küsse sie flüchtig und keusch. »Bald gehörst du mir.«

»Das tue ich doch längst.«

»Vor dem Gesetz«, sage ich lautlos und grinse frech.

Sie kichert.

Mom und Dad sind die ersten Gratulanten.

»Mein lieber Junge. Ich habe dich noch nie so glücklich gesehen.« Mom küsst mich auf die Wange, wischt sich eine Träne weg und macht dann Ana Komplimente.

»Ich bin so stolz auf dich, Sohn«, sagt Carrick.

»Danke, Dad.«

»Sie ist ein tolles Mädchen.«

»Ich weiß.«

»Und wo ist der Ring?«, ruft Mia, als sie Ana um den Hals fällt.

Ana schaut mich erschrocken an.

»Wir werden gemeinsam einen für sie aussuchen.« Ich werfe meiner Schwester einen vernichtenden Blick zu. Sie ist manchmal so eine Nervensäge.

»Meine Güte, nun spring mir doch nicht gleich ins Gesicht, Grey!«, spottet Mia und umarmt mich. »Ich freue mich so für dich,

Christian«, fährt sie fort. »Wann heiratet ihr? Habt ihr schon ein Datum festgelegt?«

»Keine Ahnung, und nein, haben wir nicht. Ana und ich müssen alles erst in Ruhe besprechen.«

»Ich hoffe, ihr entscheidet euch für eine richtig große Hochzeit – hier!« Mia ist unfassbar stur.

»Wahrscheinlich fliegen wir gleich morgen nach Vegas.«

Sie sieht genervt aus, aber Elliot rettet mich mit einer brüderlichen Umarmung.

»Gut gemacht, Bruderherz.« Er schlägt mir auf den Rücken, fest. Elliot wendet sich Ana zu, und auch Bastille klopft mir auf den Rücken. Noch fester.

»Also, Grey, das habe ich nicht kommen sehen. Glückwunsch, Mann.« Er drückt meine Hand.

»Danke, Claude.«

»Also, ab wann trainiere ich deine Verlobte? Der Gedanke daran, dass sie dich in den Hintern tritt, erfüllt mich mit Freude.«

Ich lache. »Ich habe ihr deinen Plan gegeben, ich bin mir sicher, sie wird sich melden.«

Lilys Mutter Ashley gratuliert mir, aber etwas eisig. Ich hoffe, sie und Lily halten sich von meiner Verlobten fern.

Ich rette Ana vor Mia, als Dr. Flynn und seine Frau sich nähern.

»Christian«, sagt Flynn, und wir schütteln uns die Hand.

»John. Rhian.« Ich gebe seiner Frau einen Kuss.

»Wie schön, dass Sie noch unter uns weilen, Christian«, sagt Flynn. »Mein Leben wäre überaus trostlos ohne Sie. Und ärmer würde es mich dazu noch machen.«

»John!«, tadelt Rhian, und ich stelle sie Anastasia vor.

»Ich bin entzückt, die Frau kennenzulernen, die Christians Herz erobern konnte«, sagt Rhian freundlich zu Ana.

»Danke«, antwortet sie.

»Tja, ich muss sagen, mit Ihrer Ankündigung haben Sie die Anwesenden ziemlich aus dem Sattel geworfen.« Dr. Flynn schüttelt amüsiert den Kopf.

»Du und deine ewigen Reitermetaphern.« Rhian tadelt ihn erneut, gratuliert mir zum Geburtstag und uns zur Verlobung, und schon bald sind sie und Ana ins Gespräch vertieft.

»Das war eine große Ankündigung, vor allem bei dem Publikum«, sagt John, und ich weiß, dass er auf Elena anspielt.

»Ja. Ich bin mir sicher, das hat sie nicht erwartet«, entgegne ich.

»Wir können später darüber sprechen.«

»Wie geht's Leila?«

»Viel besser, Christian. Sie spricht sehr gut auf die Behandlung an. Zwei Wochen noch, dann können wir eine ambulante Versorgung ins Auge fassen.«

»Das ist schön zu hören.«

»Sie interessiert sich für unsere Kunsttherapie.«

»Ach ja? Sie hat früher gemalt.«

»Das hat sie mir gesagt. Ich glaube, diese Therapie könnte ihr wirklich helfen.«

»Großartig. Isst sie?«

»Ja. Ihr Appetit ist normal.«

»Klingt gut. Können Sie sie etwas fragen?«

»Natürlich?«

»Ich muss wissen, ob sie Fotos aus meinem Safe genommen hat.«

»Ah. Ja. Davon hat sie mir erzählt.«

»Das hat sie?«

»Sie wissen, wie boshaft sie sein kann. Ihre Absicht war, Ana zu erschrecken.«

»Nun, das hat funktioniert.«

»Auch darüber können wir später reden.«

Ros und Gwen gesellen sich zu uns, und ich stelle sie Ana vor.

»Ich bin so froh, Sie endlich kennenzulernen, Ana«, sagt Ros.

»Danke. Haben Sie sich von den Strapazen erholt?«

Ros nickt, und Gwen legt ihren Arm um sie. »Das war schon heftig«, fährt Ros fort. »Es war ein Wunder, dass Christian eine sichere Landung geschafft hat. Er ist ein ausgezeichneter Pilot.«

»Es war Glück, und ich wollte nach Hause zu meinem Mädchen«, bemerke ich.

»Natürlich wollten Sie das. Wer könnte es Ihnen verdenken, wenn man Ana begegnet ist?«, sagt Gwen.

Grace verkündet nun, dass in der Küche das Abendessen serviert ist.

Ich nehme Anas Hand, drücke sie kurz, um zu fühlen, wie sie sich hält, dann folgen wir den Gästen in die Küche. Mia passt Ana im Flur ab, sie trägt zwei Cocktailgläser, und ich weiß, dass sie nichts Gutes im Schilde führt.

Ana schaut mich kurz panisch an, aber ich lasse sie gehen, schaue ihnen nach, während sie das Esszimmer betreten. Mia schließt hinter ihnen die Tür.

In der Küche kommt Mac zu mir, um mir zu gratulieren.

»Mac, bitte nennen Sie mich Christian. Sie sind auf meiner Verlobungsfeier.«

»Ich habe von der Bruchlandung gehört.« Er hört aufmerksam zu, als ich ihm die grässlichen Einzelheiten erzähle.

Meine Mutter hat ein Abendessen unter dem Motto »Marokko« arrangiert. Ich fülle mir einen Teller, während Mac und ich über *The Grace* plaudern.

Als ich mir gerade eine zweite Portion Lammtajine nehme, frage ich mich, was Ana und Mia eigentlich treiben? Ich beschließe, nachzusehen und Ana zu retten. Schon vor dem Esszimmer höre ich sie brüllen. »Wagen Sie es nicht, mir zu sagen, worauf ich mich einlasse!«

Scheiße. Was ist da los?

»Wann kapieren Sie endlich, dass Sie all das einen feuchten Dreck angeht!« Ana tobt.

Ich will die Tür öffnen, aber jemand steht im Weg. Die Person tritt zur Seite, und die Tür schwingt auf. Ana kocht vor Wut. Ihr Gesicht ist rot. Sie zittert vor Zorn. Elena steht vor ihr, nass, wahrscheinlich von Anas Drink. Ich schließe die Tür und stelle mich zwischen sie.

»Was tust du da, Elena?«, frage ich mit eisiger Stimme.
Ich habe dir doch gesagt, du sollst sie in Ruhe lassen.
Sie wischt sich mit dem Handrücken übers Gesicht. »Sie ist nicht die Richtige für dich, Christian.«
»Wie bitte?«, brülle ich so laut, dass ich sicher bin, Ana erschreckt zu haben, denn Elena fährt ebenfalls zusammen. Aber es ist mir scheißegal.
Ich habe sie gewarnt. Mehrfach.
»Woher willst ausgerechnet du wissen, was das Richtige für mich ist?«
»Du hast doch Bedürfnisse, Christian«, erwidert sie mit weicherer Stimme. Sie will mich besänftigen.
»Ich habe dir schon einmal gesagt, dass dich das alles nichts angeht.« Ich bin über meine eigene Vehemenz erstaunt. »Was bildest du dir ein?« Ich starre sie finster an. »Dass du vielleicht die Richtige für mich bist? Du? Denkst du, du bist die Richtige für mich?«
Elenas Gesichtsausdruck wird härter, ihr Blick schärfer. Sie richtet sich auf und macht einen Schritt auf mich zu. »Ich bin das Beste, was dir je passiert ist«, zischt sie überheblich. »Sieh dich an, wer du heute bist. Einer der reichsten, erfolgreichsten Unternehmer des Landes. Du bist ehrgeizig und engagiert, hast alles im Griff. Du hast alles, was du dir wünschst. Du bist der Meister deines Universums.«
Sie tut es wirklich.
Scheiße.
Ich mache angeekelt einen Schritt zurück.
»Es hat dir gefallen, Christian, mach dir nichts vor. Du warst drauf und dran, dich selbst zu zerstören, aber ich habe dich gerettet. Ich habe dich davor bewahrt, dein Leben hinter Gittern fristen zu müssen. Alles, was du heute weißt, habe ich dir beigebracht. Und alles, was du brauchst.«
Ich kann mich nicht erinnern, jemals so wütend gewesen zu sein. »Du hast mir beigebracht, wie man fickt, Elena. Aber Ficken

ist etwas Leeres, etwas Inhaltsloses. Genauso leer und inhaltslos wie du. Kein Wunder, dass Linc dich verlassen hat.«

Sie schnappt nach Luft. Geschockt.

»Du hast mich nicht ein einziges Mal in den Armen gehalten. Du hast mir nicht ein einziges Mal gesagt, dass du mich liebst.«

Ihre eisig-blauen Augen verengen sich zu Schlitzen. »Liebe ist nur etwas für Dummköpfe, Christian.«

»Raus aus meinem Haus«, ertönt die unerbittliche, zornige Stimme von Grace. Wir zucken alle drei zusammen und drehen uns zu meiner Mutter um, einem Racheengel auf der Türschwelle. Sie starrt Elena an, und wenn Blicke töten könnten, wäre Elena ein kleiner Aschehaufen auf dem Fußboden.

Ich schaue von Grace zu Elena, die inzwischen völlig bleich ist. Und als Grace auf sie zuschreitet, scheint Elena unfähig, sich zu bewegen oder etwas zu sagen, solange meine Mutter sie vernichtend ansieht. Grace verpasst ihr eine schallende Ohrfeige, die uns alle erstaunt und die laut in der Stille des Esszimmers widerhallt. »Nimm deine dreckigen Pfoten von meinem Sohn, du elende Hure, und verlass mein Haus. Auf der Stelle!«, zischt Grace.

Scheiße. Mom!

Elena berührt ihre Wange. Sie ist schockiert, starrt Grace an, dann verlässt sie abrupt den Raum, ohne die Tür hinter sich zu schließen.

Mom dreht sich zu mir um, und ich kann nicht wegschauen. Ich erkenne deutlich in ihrem Gesicht, dass sie verletzt ist, dass sie etwas quält.

Sie sagt nichts, während wir einander ansehen, und sich eine bedrückende und unerträgliche Atmosphäre im Zimmer ausbreitet.

Schließlich macht sie den Mund auf: »Ana, dürfte ich bitte ein paar Minuten allein mit meinem Sohn sprechen?« Es ist keine Bitte.

»Natürlich«, sagt Ana leise. Ich beobachte, wie Ana geht und die Tür schließt.

Mom betrachtet mich finster. Sie sagt nichts, sie schaut mich an, als sähe sie mich zum ersten Mal.

Als sähe sie das Monster, das sie aufgezogen, aber nicht erschaffen hat.

Scheiße.

Ich stecke in großen Schwierigkeiten. Meine Kopfhaut kribbelt, und ich spüre, wie ich blass werde.

»Wie lange, Christian?«, sagt sie leise. Ich kenne diesen Tonfall – es ist die Ruhe vor dem Sturm.

Wie viel hat sie gehört?

»Ein paar Jahre«, murmle ich. Ich will nicht, dass sie es weiß. Ich will es ihr nicht erzählen. Ich will sie nicht verletzen und weiß, dass ich es tun werde. Das Gefühl ist mir vertraut, seit ich fünfzehn bin.

»Wie alt warst du?«

Ich schlucke, und mein Herzschlag beschleunigt sich wie ein Formel-1-Wagen. Ich muss jetzt vorsichtig sein. Ich will Elena keine Probleme bereiten. Ich betrachte Moms Gesicht, versuche einzuschätzen, wie sie reagieren wird. Soll ich sie anlügen? Kann ich sie anlügen? Ein Teil von mir weiß, dass ich sie jedes Mal angelogen habe, wenn ich Elena getroffen und ihr erzählt habe, ich würde mit einem Freund lernen.

Moms Blick ist durchdringend. »Sag es mir. Wie alt warst du, als all das angefangen hat?«, presst sie zwischen ihren Zähnen hervor. Diese Stimme habe ich nur sehr selten gehört, und ich weiß jetzt, dass ich verloren bin. Sie wird nicht aufhören, bevor sie eine Antwort hat.

»Sechzehn«, flüstere ich.

Sie kneift die Augen zusammen und legt den Kopf schräg.

»Versuch es noch einmal.« Ihre Stimme ist von eiskalter Ruhe.

Verdammt. Woher weiß sie es?

»Christian«, warnt sie mich, fordert sie mich auf.

»Fünfzehn.«

Sie schließt die Augen, als hätte ich ihr ein Messer in die Brust gerammt. Sie legt eine Hand vor den Mund, um ein Schluchzen zu unterdrücken. Als sie die Augen aufschlägt, sind sie voller Schmerz und unzähliger nicht geweinter Tränen.

»Mom...« Ich überlege, was ich sagen könnte, um ihr den Schmerz zu nehmen. Ich mache einen Schritt auf sie zu, aber sie hebt die Hand, um mich aufzuhalten.

»Christian. Ich bin im Moment so wütend auf dich. Ich schlage vor, dass du nicht näher kommst.«

»Woher wusstest du das? Dass ich gelogen habe?«, frage ich.

»Um Himmels willen, Christian – ich bin deine Mutter«, faucht sie und wischt sich rasch eine Träne von ihrer Wange.

Ich merke, dass ich rot werde, fühle mich dumm und gleichzeitig ein bisschen gekränkt. Nur bei meiner Mom fühle ich mich so. Bei meiner Mom – und bei Ana.

Ich hatte mich für einen besseren Lügner gehalten.

»Ja, du solltest dich schämen. Wie lange ging das? Wie lange hast du uns angelogen, Christian?«

Ich zucke mit den Schultern. Ich will nicht, dass sie es erfährt.

»Sag es mir!«, beharrt sie.

»Ein paar Jahre.«

»Jahre! Jahre!«, ruft sie aus, so dass ich zusammenzucke. Sie wird selten so laut.

»Ich kann es nicht glauben. Diese verfluchte Schlampe.«

Ich schnappe nach Luft. Ich habe Grace noch nie Schimpfwörter sagen hören. Nie. Es schockt mich.

Sie geht zum Fenster. Ich bleibe stehen. Erstarrt. Sprachlos.

Mom hat gerade geflucht.

»Wenn ich daran denke, wie oft sie hier war...« Grace stöhnt und legt ihre Hände vors Gesicht. Ich kann nicht länger diesem Elend zusehen. Ich gehe zu ihr und umarme sie. Es ist völlig neu für mich, meine Mom im Arm zu halten. Ich ziehe sie an meine Brust, und sie beginnt leise zu weinen.

»Ich habe diese Woche schon geglaubt, du seist tot, und jetzt das«, schluchzt sie.

»Mom – es ist nicht, was du denkst.«
»Versuch es gar nicht erst, Christian. Ich habe dich gehört, habe gehört, was du gesagt hast. Dass sie dir beigebracht hat zu ficken.«
Noch ein Schimpfwort!
Ich zucke zusammen – das ist sie nicht. Sie flucht nicht. Es ist demütigend, daran zu denken, dass ich etwas damit zu tun habe. Der Gedanke, Grace zu verletzen, ist unerträglich. Ich wollte ihr nie wehtun. Sie hat mich gerettet. Und plötzlich erdrücken mich Scham und Reue.
»Ich wusste, dass etwas geschehen war, als du fünfzehn warst. Sie war der Grund, nicht wahr? Der Grund, warum du dich plötzlich beruhigt hast, ein Ziel hattest? O, Christian. Was hat sie dir angetan?«
Mom! Warum reagiert sie so extrem? Soll ich ihr sagen, dass Elena mich kontrolliert hat? Ich muss ja nicht sagen, wie. »Ja«, murmle ich. »Elena war der Grund.«
Sie stöhnt ein weiteres Mal auf. »Christian. Ich habe mit dieser Frau zusammen getrunken, ihr so oft mein Herz ausgeschüttet. Wenn ich daran denke ...«
»Meine Beziehung mit ihr hat nichts mit eurer Freundschaft zu tun.«
»Erzähl mir keinen Mist, Christian! Sie hat mein Vertrauen missbraucht. Sie hat meinen Sohn missbraucht!« Ihre Stimme bricht, und sie verbirgt ihr Gesicht erneut in ihren Händen.
»Mom – so hat es sich nicht angefühlt.«
Sie tritt zurück und schlägt nach meinem Kopf, so dass ich mich ducke.
»Ich bin sprachlos, Christian. Sprachlos. Was habe ich falsch gemacht?«
»Mom, das ist nicht deine Schuld.«
»Wie? Wie hat es angefangen?« Sie hebt die Hand. »Nein. Ich will es gar nicht wissen. Was wird dein Vater sagen?«
Fuck.
Carrick wird ausflippen.

Plötzlich bin ich wieder fünfzehn, habe Angst vor einer weiteren seiner endlosen Predigten über persönliche Verantwortung und angemessenes Verhalten. Mein Gott, das ist das Letzte, was ich will.

»Ja, er wird wahnsinnig wütend sein«, wirft Mom ein, sie hat meinen Gesichtsausdruck richtig interpretiert. »Wir wussten, dass etwas passiert war. Du hast dich über Nacht verändert – wenn ich daran denke, dass es war, weil meine beste Freundin dich flachgelegt hat.«

Ich wünsche mir in diesem Moment nichts sehnlicher, als dass sich der Boden auftut und mich verschluckt.

»Mom – es ist Vergangenheit, es ist vorbei, vorüber. Sie hat mir keinen Schaden zugefügt.«

»Christian, ich habe gehört, was du gesagt hast. Ich habe ihre eiskalte Antwort gehört. Und wenn ich daran denke...« Wieder legt sie ihre Hände vors Gesicht. Plötzlich schaut sie mich an, ihre Augen vor Entsetzen aufgerissen.

Scheiße. Was jetzt?

»Nein!«, haucht sie.

»Was?«

»O nein. Sag mir, dass es nicht wahr ist. Denn wenn es das ist, hole ich die alte Pistole deines Vaters und erschieße die Schlampe.«

Mom!

»Was?«

»Ich weiß, dass Elenas Geschmack recht exotisch ist, Christian.«

Zum zweiten Mal an diesem Abend wird mir schwindlig. *Heilige Scheiße.* Sie darf das nicht erfahren.

»Es war nur Sex, Mom«, murmle ich rasch, um das hier sofort zu beenden. Ich werde meiner Mutter auf gar keinen Fall Einblick in diesen Teil meines Lebens gewähren.

Sie sieht mich mit schmalen Augen an. »Ich will keine schmutzigen Details, Christian. Denn genau das ist es – verkommen, schmutzig, erbärmlich. Was für eine Frau tut einem Fünfzehnjährigen so etwas an? Das ist ekelhaft. Wenn ich an all das denke, was ich im Vertrauen mit ihr geteilt habe. Nun, du kannst sicher sein, dass sie dieses Haus nie wieder betreten wird.« Sie presst entschlossen ihre Lippen aufeinander. »Und du solltest jeglichen Kontakt zu ihr abbrechen.«

»Mom, ähm ... Elena und ich führen ein sehr erfolgreiches Unternehmen. Gemeinsam.«

»Nein, Christian. Du brichst alle Verbindungen zu ihr ab.«

Ich starre sie sprachlos an. Wieso will sie mir befehlen, was ich zu tun habe? Ich bin achtundzwanzig Jahre alt, verdammte Kacke.

»Mom ...«

»Nein, Christian. Ich meine es ernst. Wenn du das nicht tust, gehe ich zur Polizei.«

Ich werde blass. »Das würdest du nicht tun.«

»Das werde ich. Ich konnte es damals nicht stoppen, aber ich kann es jetzt.«

»Du bist einfach nur sehr wütend, Mom, und das kann ich dir nicht verübeln, aber du überreagierst.«

»Sag mir nicht, dass ich überreagiere«, schreit sie. »Du kannst keine Beziehung zu jemandem fortsetzen, der fähig ist, ein verstörtes, unreifes Kind zu missbrauchen! Man sollte vor ihr warnen.« Sie schaut mich düster an.

»Okay.« Ich hebe geschlagen die Hände, und sie scheint sich zu beruhigen.

»Weiß Ana Bescheid?«

»Ja.«

»Gut. Du solltest deine Ehe nicht mit Geheimnissen beginnen.« Sie runzelt die Stirn, als spräche sie aus Erfahrung. Ich frage mich kurz, worum es geht, aber sie fängt sich wieder.

»Es würde mich interessieren, was sie von Elena hält.«

»Ungefähr dasselbe wie du.«

»Vernünftiges Mädchen. Endlich hast du dein Gleichgewicht gefunden. Eine wunderbare junge Frau im richtigen Alter. Jemand, mit dem du glücklich werden kannst.«

Ich fühle, wie ich weicher werde.

Ja. Sie macht mich glücklicher, als ich es je für möglich gehalten hätte.«
»Du brichst den Kontakt zu Elena ab. Beendest jegliche Verbindungen. Verstehst du?«
»Ja, Mom. Ich könnte das als Hochzeitsgeschenk für Anastasia tun.«
»Was? Bist du verrückt? Da denkst du dir lieber etwas anderes aus! Das ist ja wohl kaum romantisch, Christian«, schimpft sie.
»Ich dachte, es könnte ihr gefallen.«
»Ehrlich – Männer! Manchmal habt ihr keine Ahnung.«
»Was meinst du denn, was ich ihr schenken soll?«
»Ach, Christian.« Sie seufzt, dann lächelt sie mich matt an. »Du hast wirklich nichts verstanden, oder? Weißt du, warum ich aufgebracht bin?«
»Ja, natürlich.«
»Dann sag es mir.«
Ich schaue sie an und seufze. »Ich weiß es nicht wirklich, Mom. Weil du nichts wusstest? Weil sie deine Freundin ist?«
Sie streckt die Hand aus und streichelt mir sanft über die Haare, wie früher, als ich klein war. Die einzige Stelle, an der sie mich berührte, weil es die einzige Stelle war, an der ich es zuließ.
»Aus all diesen Gründen und weil sie dich missbraucht hat, Schatz. Und du hast Liebe verdient. Es ist so leicht, dich zu lieben. Das war schon immer so.«
Meine Augen brennen.
»Mom«, flüstere ich.
Sie legt einen Arm um mich, sie ist jetzt ruhiger, und ich umarme sie.
»Du solltest nach deiner zukünftigen Braut sehen. Ich werde es deinem Vater erzählen müssen, wenn die Party vorüber ist. Er wird sicher mit dir sprechen wollen.«
»Mom. Bitte. Musst du es ihm erzählen?«
»Ja, Christian, muss ich. Und ich hoffe, er macht dir die Hölle heiß.«

Scheiße.
»Ich bin immer noch wütend auf dich. Aber wütender auf sie.« Ihr Gesichtsausdruck wird vollkommen ernst. Mir war nie klar, wie einschüchternd Grace aussehen kann.
»Ich weiß«, murmle ich.
»Na los, verschwinde. Such dein Mädchen.« Sie lässt mich los, tritt zurück und wischt unter ihren Augen verschmiertes Make-up weg. Sie sieht wunderschön aus. Diese großartige Frau, die mich wirklich liebt, die mich liebt, wie ich sie liebe.
Ich atme tief ein. »Ich wollte dich nicht verletzen, Mom.«
»Ich weiß. Geh.«
Ich beuge mich vor und küsse sie sanft auf die Stirn, was sie überrascht.
Ich verlasse den Raum und mache mich auf die Suche nach Ana.
Fuck. Das war heftig.

Ana ist nicht in der Küche.
»Hey, Bruderherz, willst du ein Bier?«, fragt Elliot.
»In einer Minute. Ich suche Ana.«
»Vielleicht ist sie vernünftig geworden und hat das Weite gesucht?«
»Verpiss dich, Elliot.«
Sie ist nicht im Wohnzimmer.
Sie würde doch nicht abgehauen sein, oder?
Mein Zimmer? Ich laufe die Treppe hinauf zum ersten Stock, dann zum zweiten. Sie steht auf dem Treppenabsatz. Ich erreiche die oberste Stufe und halte an, als sich unsere Gesichter auf derselben Höhe befinden.
»Hi.«
»Hi«, antwortet sie.
»Ich habe mir Sorgen...«
»Ich weiß«, unterbricht sie mich. »Es tut mir leid. Ich konnte nicht einfach zu den Gästen zurückgehen, als wäre nichts gesche-

hen. Ich brauchte ein bisschen Zeit für mich. Zum Nachdenken.«
Sie streicht mir über die Wange, und ich schmiege mich in ihre Handfläche.

»Und du fandst, mein altes Zimmer sei genau der richtige Ort dafür?«

»Ja.«

Ich trete neben sie, umarme sie, und wir halten einander. Sie riecht umwerfend… sogar tröstlich. »Es tut mir leid, dass du all das miterleben musstest.«

»Es ist nicht deine Schuld, Christian. Wieso war sie überhaupt hier?«

»Sie ist eine Freundin der Familie.«

»Tja, jetzt wahrscheinlich nicht mehr. Wie geht es deiner Mutter?«

»Im Moment ist sie stocksauer auf mich. Ich bin heilfroh, dass du hier bist und wir Gäste haben. Sonst hätte wohl mein letztes Stündchen geschlagen.«

»So schlimm?«

Völlige Überreaktion.

»Kannst du es ihr verdenken?«, fragt Ana.

Ich sinne darüber nach. Ihre beste Freundin vögelt ihren Sohn.

»Nein.«

»Könnten wir uns vielleicht hinsetzen?«

»Klar. Hier?«

Ana nickt, und wir lassen uns beide oben auf die Treppe nieder.

»Und wie geht es dir?«, fragt sie.

Ich seufze.

»Ich fühle mich irgendwie befreit.« Ich zucke mit den Achseln, es stimmt. Es ist, als hätte man mir eine Last von den Schultern genommen. Keine Sorgen mehr darüber, was Elena denkt.

»Wirklich?«

»Unsere Geschäftsbeziehung ist beendet. Aus und vorbei.«

»Du willst die Salons dichtmachen?«

»So nachtragend bin ich nun auch wieder nicht, Anastasia.

Nein. Ich werde sie ihr schenken. Gleich am Montag werde ich alles mit meinem Anwalt besprechen. Das bin ich ihr schuldig.«

Sie schaut mich fragend an. »Also keine Mrs. Robinson mehr?«

»Nein. Das ist Vergangenheit.«

Ana grinst. »Es tut mir leid, dass du eine Freundin verloren hast.«

»Ehrlich?«

»Nein«, sagt sie sarkastisch.

»Komm.« Ich stehe auf und strecke ihr die Hand hin. »Lass uns wieder zu unseren Gästen gehen. Vielleicht betrinke ich mich heute sogar.«

»Tust du das häufiger?«

»Seit meinen wilden Teenagerzeiten jedenfalls nicht mehr.«

Wir gehen die Treppe hinunter.

»Hast du etwas gegessen?«

Ana sieht schuldbewusst aus. »Nein.«

»Solltest du aber. Nach dem, wie Elena ausgesehen und gerochen hat, hast du ihr einen von Dads Killer-Cocktails ins Gesicht geschüttet.«

»Christian. Ich ...«

Ich hebe eine Hand. »Keine Widerrede, Anastasia. Wenn du Alkohol trinkst – und ihn meinen Exfreundinnen ins Gesicht kippst –, brauchst du eine gute Grundlage. Regel Nummer eins. Soweit ich mich entsinne, haben wir das nach unserer ersten gemeinsamen Nacht schon besprochen.«

Ich erinnere mich, wie sie komatös auf meinem Bett im Heathman lag. Wir bleiben im Flur stehen, und ich streichle ihr Gesicht; meine Finger berühren ihr Kinn. »Ich habe stundenlang nur neben dir gelegen und dir beim Schlafen zugesehen«, sage ich leise. »Ich glaube, ich habe dich schon damals geliebt.« Ich beuge mich nach unten und küsse sie. Sie schmiegt sich an mich.

»Iss etwas.« Ich zeige in Richtung Küche.

»Okay«, sagt sie.

Nachdem ich mich von Dr. Flynn und seiner Frau verabschiedet habe, schließe ich die Tür.

Endlich. Ich bin allein mit Ana. Es ist nur noch die Familie da. Grace hat zu viel getrunken und grölt *I Will Survive*, sie liefert sich mit Mia und Katherine im Familienzimmer einen erbitterten Karaoke-Wettbewerb.

»Kannst du es ihr übel nehmen?«, fragt Ana.

Ich kneife die Augen zusammen. »Machen Sie sich etwa über mich lustig, Miss Steele?«

»Ich glaube schon.«

»Es war ein ziemlich ereignisreicher Tag.«

»Christian, in letzter Zeit war jeder Tag mit dir ziemlich ereignisreich.«

»Ein berechtigter Einwand, Miss Steele. Komm, ich will dir etwas zeigen.« Ich führe sie durch den Flur in die Küche.

Carrick, Elliot und Ethan Kavanagh diskutieren über die Mariners.

»Und? Kleiner Spaziergang angesagt?«, scherzt Elliot, als wir auf die Glastüren zugehen, aber ich zeige ihm den Stinkefinger und ignoriere ihn ansonsten.

Draußen ist es mild. Ich führe Ana die Steinstufen hinauf zum Rasen, wo sie ihre Schuhe auszieht und kurz stehen bleibt, um den Ausblick zu bewundern. Der Halbmond steht hoch über der Bucht und beleuchtet einen hellen, silbrigen Weg übers Wasser. Seattle strahlt und glitzert im Hintergrund.

Wir gehen Hand in Hand auf das Bootshaus zu. Es ist innen und außen beleuchtet, und das einladende Licht leitet uns.

»Ich glaube, ich würde morgen gern in die Kirche gehen, Christian«, sagt Ana.

»Ach so?«

Wann war ich das letzte Mal in der Kirche? Ich erinnere mich an ihre Personalakte, da stand nichts davon, dass sie religiös ist.

»Ich habe dafür gebetet, dass du lebend nach Hause kommst, und du bist wieder hier. Das ist das Mindeste, was ich tun kann.«

»Okay.« Vielleicht gehe ich mit.

»Was willst du eigentlich mit den Fotos machen, die José von mir gemacht hat?«

»Ich dachte, wir hängen sie in unserem neuen Haus auf.«

»Du hast es gekauft?«

Ich bleibe stehen. »Ja. Ich dachte, es gefällt dir.«

»Das tut es auch. Wann hast du es gekauft?«

»Gestern Morgen. Jetzt müssen wir uns nur noch überlegen, was wir damit anstellen wollen.«

»Bitte reiß es nicht ab. Es ist so schön. Man muss sich nur ein bisschen darum kümmern.«

»Okay. Ich rede mit Elliot. Er kennt eine gute Architektin, die ein paar Umbauten an meinem Haus in Aspen vorgenommen hat. Und er kann die Renovierung in die Hand nehmen.«

Ana lächelt, dann kichert sie amüsiert.

»Was ist?«, frage ich.

»Ich muss nur gerade daran denken, als du mich das letzte Mal ins Bootshaus entführt hast.«

O ja. Da war heftig. »Oh, das war allerdings ein Spaß. Apropos...« Ich bleibe abermals stehen und schwinge sie über meine Schulter. Sie kreischt auf.

»Damals warst du stocksauer, wenn ich mich recht entsinne«, bemerkt Ana, während sie auf meiner Schulter wippt.

»Ich bin immer stocksauer, Anastasia.«

»Nein, das stimmt nicht.«

Ich klopfe ihr auf den Hintern und lasse sie herabgleiten, als wir vor der Tür des Bootshauses stehen. Ich lege meine Hände um ihr Gesicht. »Nein, jetzt nicht mehr.« Meine Lippen und meine Zunge finden ihre, und ich gebe all die Angst, die ich empfinde, in einen leidenschaftlichen Kuss. Sie keucht, ist atemlos, als ich sie loslasse.

Okay. Ich hoffe, ihr gefällt, was ich geplant habe. Ich hoffe, das ist, was sie möchte. Sie hat die ganze Welt verdient. Sie sieht ein bisschen gespannt aus und streicht über mein Gesicht, über meine Wange und mein Kinn. Ihr Zeigefinger hält an meinen Lippen an.

Showtime, Grey.
»Ich will dir etwas zeigen.« Ich öffne die Tür. »Komm.«
Ich nehme ihre Hand und führe sie die Treppe hinauf. Ich öffne die Tür und blicke hinein, und es sieht gut aus. Ich trete beiseite, damit Ana vorgeht, dann folge ich ihr.
Sie schnappt beim Anblick nach Luft.
Die Floristin hat sich wirklich ins Zeug gelegt. Überall sind wilde Wiesenblumen, in Rosa, Weiß und Blau, alle von winzigen Lichterketten und weichen rosafarbenen Laternen beleuchtet.
Ja. Das passt.
Ana ist sprachlos. Sie wirbelt herum und starrt mich an.
»Du wolltest doch Herzen und Blümchen.«
Sie schaut mich ungläubig an.
»Du hast mein Herz.« Ich deute auf den Raum.
»Und hier sind die Blumen«, murmelt sie. »Christian, sie sind wunderschön.« Ihre Stimme ist belegt, und ich weiß, dass sie kurz vorm Weinen steht.
Ich nehme meinen Mut zusammen und führe sie weiter in den Raum. Mitten in dem Häuschen sinke ich auf die Knie. Ana hält die Luft an und legt die Hände vor den Mund. Aus der Innentasche meines Jacketts hole ich den Ring hervor und halte ihn ihr hin.
»Anastasia Steele, ich liebe dich. Ich will dich lieben und ehren und für den Rest meines Lebens beschützen. Werde meine Frau. Für immer. Teile mein Leben mit mir. Heirate mich.«
Sie ist die Liebe meines Lebens.
Es wird immer nur Ana geben.
Jetzt beginnt sie tatsächlich zu weinen, aber ihr Lächeln überstrahlt den Mond, die Sterne, die Sonne und alle Blumen in diesem Bootshaus.
»Ja«, sagt sie.
Ich nehme ihre Hand und stecke den Ring an ihren Finger. Er passt perfekt.
Sie schaut ihn bewundernd an. »Oh, Christian«, schluchzt sie.

Ihre Knie werden weich, und sie lässt sich in meine Arme fallen. Sie küsst mich, gibt mir alles, ihre Lippen, ihre Zunge, ihr Mitgefühl, ihre Liebe. Sie drückt ihren Körper an meinen. Gibt, wie sie es immer tut.

Süße, süße Ana.

Ich erwidere ihren Kuss. Nehme, was sie mir anbietet, und gebe ihr im Gegenzug. Das hat sie mir beigebracht.

Diese Frau hat mich ans Licht geholt. Diese Frau, die mich trotz meiner Vergangenheit, trotz meiner Fehler liebt. Diese Frau, die zugestimmt hat, für den Rest ihres Lebens mein zu sein.

Mein Mädchen. Meine Ana. Meine Liebe.

DANK

Danke an:
Alle bei Vintage, für eure Hingabe und Professionalität. Eure Sachkenntnis, eure gute Laune und Liebe zum geschriebenen Wort inspirieren mich immer wieder aufs Neue.

Anne Messitte dafür, dass du an mich geglaubt hast. Das werde ich dir nie vergessen.

Tony Chirico, Russell Perreault und Paul Bogaards für eure wertvolle Unterstützung.

Das wunderbare Team im Lektorat und in der Herstellung, das dieses Projekt ermöglicht hat: Megan Wilson, Lydia Buechler, Kathy Hourigan, Andy Hughes, Chris Zucker und Amy Brosey.

Niall Leonard für deine Liebe, deinen Beistand und Rat sowie dafür, dass du diesmal weniger mürrisch warst.

Meiner Agentin Valerie Hoskins – danke für alles, an jedem Tag.

Kathleen Blandino für die erste Lektüre und die Hilfe bei sämtlichen Dingen, die mit dem Internet zu tun haben.

Brian Brunetti, wieder einmal für die hilfreichen Informationen zur Hubschraubertechnik.

Laura Edmonston dafür, dass du dein Wissen über die nordwestliche Pazifikküste der USA mit mir geteilt hast.

Professor Chris Collins für die Erläuterungen zum Thema Agrarwissenschaften.

Ruth, Debra, Helena und Liv für ihre Ermutigung und ihren kritischen Blick auf meine Sprache sowie dafür, dass sie mich dazu gebracht haben, dieses Projekt durchzuziehen.

Dawn und Daisy für eure Freundschaft und eure Ratschläge.

Andrea, BG, Becca, Bee, Britt, Catherine, Jada, Jill, Kellie, Kelly, Leis, Liz, Nora, Raizie, QT und Susi – wie viele Jahre sind es jetzt schon? Und immer noch läuft's bestens. Danke für eure Tipps zu amerikanischen Ausdrücken.

Allen meinen Freunden aus der Welt der Autoren und Verlage – ihr wisst selbst, wen ich meine. Ihr inspiriert mich jeden Tag aufs Neue.

Und schließlich ein Dank an meine Kinder. Ich liebe euch über alles und bin unglaublich stolz darauf, was für wunderbare junge Männer ihr geworden seid. Ihr schenkt mir unfassbar große Freude.

Bleibt, wie ihr seid. Beide.

Unsere Leseempfehlung

550 Seiten
Auch als E-Book
und Hörbuch
erhältlich
Erstverkaufstag:
21.08.2015

Sehen Sie die Welt von Fifty Shades of Grey auf ganz neue Weise – durch die Augen von Christian Grey: Erzählt in Christians eigenen Worten, erfüllt mit seinen Gedanken, Vorstellungen und Träumen. Christian Grey hat in seiner Welt alles perfekt unter Kontrolle. Sein Leben ist geordnet, diszipliniert und völlig leer – bis zu jenem Tag, als Anastasia Steele in sein Büro stürzt. Die schüchterne Ana scheint direkt in sein Innerstes zu blicken – mitten in sein zutiefst verletztes Herz. Kann Christian mit Ana an seiner Seite die Schrecken seiner Kindheit überwinden, die ihn noch immer jede Nacht verfolgen? Oder werden seine dunklen Begierden und sein Kontrollzwang die junge Frau vertreiben und damit die zerbrechliche Hoffnung auf Erlösung zerstören, die sie ihm bietet?

www.goldmann-verlag.de
www.facebook.com/goldmannverlag

GOLDMANN
Lesen erleben

Auch als HÖRBUCH

Gelesen von Martin Kautz

2 mp3-CD: ISBN 978-3-8445-2056-9
Download: 978-3-8445-2059-0

der **Hör**verlag

Endlich im Kino!

672 Seiten
Auch als Hörbuch
und E-Book
erhältlich.
Erscheint Mitte
Januar 2018

Als die unerfahrene Studentin Ana Steele den faszinierenden Christian Grey kennenlernte, veränderte sich das Leben von beiden für immer. Doch Ana ist von Christians dunklen Leidenschaften verunsichert und verlangt nach einer tieferen Beziehung. Zunächst scheint sich Christian tatsächlich auf Ana einzulassen, und die beiden genießen die unendlichen Möglichkeiten ihrer Liebe. Gerade als ihre Liebe alle Hindernisse zu überwinden scheint, werden Ana und Christian Opfer von Missgunst und Intrigen. Anas schlimmste Albträume werden wahr. Und sie muss sich endlich Christians Vergangenheit stellen …

www.goldmann-verlag.de
www.facebook.com/goldmannverlag

Lesen erleben